CLARE CHAMBERS

Seejungfrauen küsst man nicht

Mit elf Jahren lernt Abigail in der Schule Frances Radley kennen, und sie ist gleich fasziniert von diesem Mädchen, das so ganz anders ist als sie selbst – mutig, unbekümmert und selbstbewusst. In den schillerndsten Farben berichtet Frances von ihrer chaotischen Familie: von ihrem Bruder Rad, der eigentlich Marcus heißt, dem ungestümen Hund Growth, ihrer Mutter Lexi, die oft keine Zeit zum Wäschewaschen hat, weil sie sich lieber mit ihren Freundinnen trifft, und von ihrem Vater, der tagsüber schläft und nachts arbeitet. Abigail ist wie verzaubert von dieser Familie, denn ihre Eltern sind weit davon entfernt, aufregend zu sein. Ihr Vater vergräbt sich tagelang in seine Bücher, und für ihre Mutter scheint es nur zwei entscheidende Dinge im Leben zu geben, Ordnung und Sauberkeit. Kein Wunder also, dass Abigail und Frances von nun an unzertrennlich sind. Bei dieser »verrückten« Familie findet Abigail ihr zweites Zuhause und schließlich auch ihre große Liebe: Rad. Doch erwachsen werden ist nicht immer leicht. Von einem Tag auf den anderen zerbricht Abigails sorglose Welt. Dreizehn Jahre lang sieht sie keinen der Radleys wieder – bis sie eines Tages Rad begegnet und erkennen muss, dass der Zauber noch lange nicht verflogen ist ...

Autorin

Clare Chambers, Jahrgang 1968, ist Oxford-Absolventin, hat drei Kinder und lebt heute in Hayes, Kent. Demnächst erscheint bei Blanvalet ihr neuer Roman »Immer Ärger mit Hugo« (35685).

CLARE CHAMBERS

Seejungfrauen küsst man nicht

Roman

Aus dem Englischen
Von Antje Althans

BLANVALET

Die Originalausgabe erschien 1998
unter dem Titel »Learning to Swim«
bei Arrow Books Ltd.,
Random House UK, London.

Umwelthinweis:
Alle bedruckten Materialien dieses Taschenbuches
sind chlorfrei und umweltschonend.

Blanvalet Taschenbücher erscheinen im Goldmann Verlag,
einem Unternehmen der Verlagsgruppe Random House GmbH.

Taschenbuchausgabe September 2001
Copyright © der Originalausgabe 1998 by Clare Chambers
Copyright © der deutschsprachigen Ausgabe 2000
by Wilhelm Goldmann Verlag, München,
in der Verlagsgruppe Random House, GmbH
Umschlaggestaltung:Design Team München
Umschlagillustration: F. Regös
Satz: DTP Service Apel, Hannover
Druck: Elsnerdruck, Berlin
Verlagsnummer: 35255
MD · Herstellung: Heidrun Nawrot
Made in Germany
ISBN 3-442-35255-X
www.blanvalet-verlag.de

1 3 5 7 9 10 8 6 4 2

Für
Christabel, Julian und Florence

I

1

Loyalität wird immer bestraft. Das hat mein Vater einmal gesagt, als er bei einer Beförderung übergangen wurde, und ich habe es nie vergessen. An jenem Samstagnachmittag, kurz bevor ich bei einem großen Wohltätigkeitskonzert spielen musste, besuchte ich meine Eltern, nachdem meine Mutter mich unmissverständlich dazu aufgefordert hatte. Sie hatte eine Entrümpelungsaktion gestartet, weil die Maler kamen, und ich sollte kommen und einen Karton mit meinen Sachen abholen, sonst würden sie auf dem Kirchenflohmarkt landen. Meine Mutter erfindet gern praktische Gründe für meine Besuche, damit sie nicht das Gefühl hat, aus reinem Egoismus und ohne jeden Grund meine Zeit zu beanspruchen.

Als ich ankam, war sie gerade dabei, einen Pappkarton mit alten, ungeordneten Fotos durchzugehen, und offensichtlich schon eine ganze Weile damit beschäftigt. Überall um sie herum lagen leere Schachteln, glatte Negativstreifen und ordentliche Stapel von Bildern, die sie nach Themen, Daten und Qualität sortiert hatte.

»Unscharf, unscharf, doppelt, ich mit furchtbaren Tränensäcken, keine Ahnung, wer das ist«, intonierte sie, während sie den Ausschuss in den Papierkorb warf. Ich griff um sie herum und nahm ein altes Schulfoto aus dem Karton. Darauf waren die Basketball-Teams abgebildet. Da stand ich auf der einen Spielfeldhälfte, die zweite Reserve für das B-Team. Und da saß Frances, Kapitän des A-Teams, und hielt mit diesem typisch trotzigen Gesichtsausdruck die Trophäe der Grafschaft auf dem Schoß. Ganz plötzlich überkam mich ein überwältigendes Gefühl von Nostalgie – mein Erinnerungsvermögen kommt leicht auf Touren –, und auf der Suche nach anderen Gespenstern aus der Vergangenheit schaute ich die herumliegenden Bilder durch.

»Kram hier nicht rum«, sagte meine Mutter verärgert. »Ich bin schon den ganzen Morgen damit beschäftigt.«

»Etwas, was ich immer gehasst habe«, sagte ich, als ich mein dreizehnjähriges Ich betrachtete, lange Haare, straff aus dem Gesicht gekämmt und zu einem Pferdeschwanz gebunden, die spindeldürren Beine von Turnschuhen bis Schlüpfer schmal wie die Knöchel, »war, die Dünnste in der Klasse zu sein.«

»Du warst nicht dünn«, sagte sie defensiv. »Du hast immer genug zu essen bekommen.« Meine Mutter kann die seltsamsten Dinge persönlich nehmen. Sie riss mir das Foto aus der Hand. »Das ist nie im Leben meine Abigail«, sagte sie und kniff die Augen zusammen. Und dann, als ihr klar wurde, dass diese Behauptung nicht aufrechtzuerhalten war, sagte sie mit einem Schnauben: »Also, das würde ich nicht als *dünn* bezeichnen.«

In der Küche war mein Vater gerade dabei, ein neues Spielzeug auszupacken: eine riesige, glänzend schwarze Cappuccino-Maschine, die die Hälfte einer Arbeitsplatte einnahm. Seitdem er das Pfeiferauchen aufgehört hat – weil ihm aufgefallen war, dass er nicht mehr mit Mutters scharfem Tempo durch Museen und Kunstgalerien mithalten konnte, ohne zu keuchen –, ist er immer süchtiger nach modernen Hightech-Geräten geworden: nach allem, womit er seine Hände beschäftigen kann.

»Hallo«, sagte er und blies Staub von der Glaskanne, bevor er sie auf ihren Platz stellte. »Kann ich dir was zu trinken anbieten?«

»Ich hätte wahnsinnig gern eine Tasse Tee«, sagte ich, ohne nachzudenken. »Kaffee, meine ich.«

»Kolumbianischen, brasilianischen, kenianischen, costaricanischen, nicaraguanischen oder entkoffeinierten«, fragte er und holte ein halbes Dutzend ungeöffneter Päckchen aus der Einkaufstüte vor sich.

»Egal«, sagte ich und dachte dann, ach, sei kein Spielverderber. »Kolumbianischen.« Ich sah ihm zu, wie er mit einer kleinen Plastikschaufel sorgfältig die Bohnen abmaß, sie in die Mühle gab und dann an der Kurbel drehte.

»Hast du heute Abend ein Konzert?«, fragte er, während er das Pulver in den Metalltrichter löffelte und feststampfte, wobei sein Gesicht einen verzückten Ausdruck bekam.

»Ja. Eine Wohltätigkeitsveranstaltung. Zu Gunsten der ariden Gebiete oder so was.«

»Sehr poetisch. Und wo soll das sein?«

»Äh ... Im Senegal, glaube ich.«

»Ich meinte das Konzert.«

»Im Barbican. Willst du mitkommen? Der Eintritt kostet nur hundert Pfund.«

Seine Augenbrauen schossen in die Höhe. »Einhundert Pfund. Das ist eine ganze Wand einschließlich Decke und Leisten. Außerdem müssen wir noch all diese Sachen entrümpeln – und packen.« Sie wollten in Urlaub fahren während die Maler da waren: diesmal Florenz. Mich haben sie nie nach Florenz mitgenommen. Es war anderen überlassen geblieben, mir die Schönheiten des Kontinents zu zeigen.

Über das Räusper- und Spuckgeräusch der Kaffeemaschine hinweg sprach mein Vater über die Urlaubsreise, die bis ins letzte Detail geplant war. Sie würden in einem billigen Hotel absteigen – ein ehemaliges Kloster –, etwas außerhalb des Stadtzentrums, aber es hatte ein eigenes Restaurant, sodass sie sich nach Einbruch der Dunkelheit nicht mehr hinauswagen mussten. Tagsüber war ein mörderisches Besichtigungsprogramm angesagt: Galerien, Kirchen und Palazzi. Sie würden alle Sehenswürdigkeiten der Renaissance abklappern, und wenn sie dabei draufgingen. »Anscheinend ist der Eintritt zu all diesen Museen und so weiter für Greise frei«, sagte er, stellte eine Kanne Milch unter die Dampfdüse und schäumte sie zur Konsistenz rohen Baisers auf. »Wir werden ein Vermögen sparen. Hier.« Er reichte mir eine große Tasse mit etwa einem Zentimeter Kaffee und einem steifen Gipfel aus Milch. Ich sah, dass mein Durst ungestillt bleiben würde. »Oh, warte. Lass es uns richtig machen.« Er nahm mir die Tasse wieder ab. »Zimt? Muskat? Geriebene Schokolade?«

Ich sah auf meine Uhr: Ich musste noch mein Festgewand aus der Reinigung holen. »Was am schnellsten geht.«

Als ich ging, meine geretteten Sachen in einer Kiste – hauptsächlich alte Schulbücher, Cellonoten für Anfänger, Briefe, Badminton- und Tennisschläger und eine Sammlung aus Holz-, Glas- und Keramikelefanten verschiedener Größe, über viele Jahre hinweg angesammelt –, fiel mir auf dem Tisch im Flur ein Stapel Leihbücher auf. Reiselektüre. Wo normale Leute wahrscheinlich *Gut essen in Florenz* mitnehmen würden, hatte mein Vater Machiavelli und Giorgio Vasaris »Lebensläufe der berühmtesten Maler, Bildhauer und Architekten« als Führer.

Wegen eines geplatzten Hauptwasserrohrs in Blackfriars hätte ich es fast nicht mehr zum Konzert geschafft: Von solch banalen Zufällen hängt unser Schicksal ab. Ein Teil des Embankments und die Unterführung waren geschlossen, und der Verkehr war zusammengebrochen. Ich musste mein Auto im absoluten Halteverbot stehen lassen und die U-Bahn nehmen – etwas, das ich normalerweise wegen der rauen Behandlung, die andere Fahrgäste meinem armen Cello zuteil werden ließen, nie tue, aber es war einfach zu weit, um das Ding zu Fuß zu transportieren.

Es war voll am Bahnsteig, und es war klar, dass niemand auch nur einen Zentimeter weichen würde. Ich hatte schon meine Konzertklamotten an – eine Vorsichtsmaßnahme, falls ich mich verspäten würde – und musste ständig meinen langen Rock hochziehen, damit nicht dauernd jemand drauftrat. Als ein Zug einfuhr, wogte die Menge zurück und wieder nach vorn, wie eine Welle, die sich bricht, und ich wurde mit der Menschenmenge durch die Türen gesogen und in eine Ecke gequetscht, den Cellokasten zwischen den Beinen.

Als ich beim Barbican ausstieg, war ich überzeugt, dass das arme Instrument nur noch Brennholz war. Es fielen ein paar Schneeflocken. Ich musste wohl langsam alt werden, denn ich dachte sofort: Ach du Scheiße. *Schnee.* In der letzten Zeit habe ich mich schon ein oder zwei Mal bei so was ertappt. Vor ein paar Monaten hatte man mir einen fürchterlich unvorteilhaften Haarschnitt verpasst, aber ich stellte fest, dass ich völlig gelassen blieb. Ich habe der Friseuse sogar noch reichlich Trinkgeld gegeben. Und auf der letzten Party, die in Bristol war, wurde mir plötzlich klar als die Aussicht auf eine Heimfahrt von hundert Meilen um zwei Uhr morgens allmählich etwas bedrohlich wirkte und mir vorgeschlagen wurde, ich könnte auf dem Sofa »pofen« –, welche Entfernungen ich bereitwillig zurücklegen würde, um in meinem eigenen Bett zu schlafen. Und zu guter Letzt habe ich neulich wahrhaftig den Ausdruck »der letzte Schrei« benutzt. Das war nicht einmal akzeptabel, als ich noch zur Schule ging, aber mir fiel keine moderne Entsprechung ein. Meine Gesprächspartnerin schien jedoch keineswegs verblüfft. Vielleicht ist es wieder angesagt. Vielleicht ist es der letzte Schrei.

Ich hatte gerade noch Zeit zu überprüfen, ob mein Cello die Reise überstanden hatte, und saß nur ein paar Sekunden, bevor der erste Geiger auf die Bühne rauschte, auf meinem Platz. Grace warf mir einen fragenden Blick zu, während wir die Instrumente stimmten, und ich verdrehte die Augen. Ich spürte, wie sich Teile meines Haares aus der Klemme am Hinterkopf lösten. Ist doch egal, dachte ich, als eine weitere Strähne vor meinen Augen baumelte. Dich wird sowieso niemand anschauen.

Danach fand ein Empfang statt. Die meisten Orchestermitglieder gingen sofort nach Hause: Viele haben junge Familien und halten sich nach Aufführungen normalerweise nicht länger auf. Ich dagegen hatte keinen Grund, sofort wegzustürzen. Ich habe schon immer den Augenblick gehasst, wenn ich zum Abschluss des Tages allein meine Wohnung betrete, und zögere ihn immer hinaus, wenn ich kann. Grace sagte, sie würde noch bleiben: Sie kannte einen der Organisatoren der Wohltätigkeitsveranstaltung und hatte das Gefühl, sich sehen lassen zu müssen. Ich mag sie, weil sie ein geborener Enthusiast ist, aber ihr Durchhaltevermögen ist gering. Sie hat dauernd eine neue Marotte, für die sie sich stark macht. In dieser Saison war es Enthaltsamkeit, die sie angeblich bereits seit drei Monaten »erfolgreich ausübte«. Ich hatte keine Lust, ihr zu erzählen, dass ich in den letzten paar Jahren in einer ähnlichen Situation gewesen war, ohne dafür üben zu müssen. Der Unterschied bestand darin, dass ich es eher für eine missliche Lage hielt als für ein Hobby.

Ich hatte vor dem Konzert keine Zeit gehabt, etwas zu

essen, weil ich von meinen Eltern zur Reinigung und dann nach Hause gehetzt war, und dachte, ich könnte vielleicht eine Vol-au-Vent oder so was abstauben. Grundsätzlich bin ich nicht so scharf auf Wohltätigkeitsgalas. Das Publikum besteht nicht unbedingt aus Musikliebhabern; die Leute sind gekommen, um den königlichen Schirmherrn anzuglotzen. Sie klatschen an den falschen Stellen und scheinen nach der Pause nur widerwillig von der Bar zurückzukehren. Heute Abend jedoch waren die Zuschauer wohlerzogen, aber zweifellos verstimmt, weil das unbedeutende Mitglied der königlichen Familie in letzter Minute durch jemanden von noch geringerer Herkunft ersetzt worden war.

Als ich Grace fand, trank sie gerade Champagner und starrte auf eine der Schautafeln, auf der die Arbeit des Wohltätigkeitsvereins an einem Bewässerungsprojekt dargestellt war. Darauf waren ein paar Fotos von Entwicklungshelfern und Dorfbewohnern, die einen Brunnen gruben, zu sehen nebst einem ziemlich herablassenden Text.

»Nicht gerade aufwühlende Bilder«, sagte ich zu Grace.

»Tja«, sie deutete auf die mit Edelsteinen geschmückten Horden, »wir wollen sie ja nicht mit der Nase reinstoßen.« In unseren langen, schwarzen Röcken und hochgeschlossenen Blusen sahen wir aus wie zwei Gouvernanten, die aus den Unterkünften der Dienerschaft hereinspaziert waren. Eine Frau hatte bereits versucht, mir ihren Mantel zu geben. Grace' Freund Geoff kam auf uns zu und sah genervt aus. Er war zirka einsneunzig und dünn und hielt die Arme an Ellbogen und Handgelenk gebeugt, als würde er an Fäden hängen wie eine Marionette. Grace machte uns miteinander bekannt, und als er mir ausgesprochen leicht die Hand drückte, fiel mir auf, dass die Manschetten seiner Smokingjacke durchgescheuert waren und den Blick auf gut drei Zentimeter Hemd frei ließen. Er roch nach abgestandenem Zigarettenrauch. Er wird sich später nicht an meinen Namen erinnern, dachte ich.

»Schöne Musik«, sagte er, als er sich bückte, um Grace zu küssen. »Scheißherzogin.« Er kratzte sich heftig am Kopf, wodurch seine Haare büschelweise abstanden. »Ich nehme an, sie kann nichts dafür, dass sie krank ist«, räumte er ein.

»Erfüllen diese Veranstaltungen denn ihren Zweck?«, fragte Grace.

»Oh ja.« Er nickte energisch. »Ich weiß, es ist leicht, diese Leute als …«, er betrachtete die Gäste, die in ihrem Feststaat umherliefen, »Schickeria abzutun, aber sie bringen wirklich das Geld zusammen.«

»Ist das alles, worum es geht? Brunnen zu graben?«, fragte ich und zeigte auf die Poster. »Haben sie wirklich ausgebildete Ingenieure da draußen?«

»Wenn es Sie interessiert, kann ich Sie dem Typen vorstellen, der das Projekt im Senegal in den letzten fünf Jahren geleitet hat. Oder wollten Sie nur höflich sein?«

»Nein«, sagte ich höflich. »Es interessiert mich.«

Er verschwand in der Menschenmenge und war nach zehn Minuten immer noch nicht zurück. Ich nahm mir von einer patrouillierenden Kellnerin ein Glas Champagner und dachte an mein Auto, das inzwischen auf einem Abstellplatz in irgendeinem trostlosen Industriegebiet an der A3 stand, zweifellos mit einem Knöllchen an der Windschutzscheibe. Diskret winkte ich eine weitere Kellnerin herbei, die eine riesige Platte mit etwas hielt, wovon Grace steif und fest behauptete, dass es in Gastronomiekreisen Canapées de luxe genannt wurde. Eine Wurst im Blätterteig oder ein Ritz-Cracker waren jedenfalls nicht in Sicht. Jemand – Mensch oder Maschine – hatte sich die Mühe gemacht, aus hart gekochten Wachteleiern das Eigelb herauszunehmen, es mit etwas Cremigem zu vermischen und in kleinen Rosetten wieder hineinzuspritzen. Alles war so winzig, so wunderschön, so delikat hergerichtet, dass man den ganzen Abend essen konnte und nie satt werden würde.

»Ach, da seid ihr«, sagte Geoff. »Abigail Jex. Marcus Radley.«

Marcus Radley. Für dieses Treffen, oder Varianten davon, hatte ich im Geiste tausendmal geübt, doch trotz all dieser Vorbereitung schaffte ich es nicht, einen der brillanten und vernichtenden Sätze zu sagen, die ich über die Jahre hinweg eingeübt hatte. Stattdessen sagte ich »Hallo Marcus«, wobei ich den Namen ganz schwach betonte und seine Fremdheit auskostete. Er sah genauso aus, wie ich es mir vorgestellt hatte: Meine Fantasie hatte ihn automatisch altern lassen, sodass er vor meinem geistigen Auge immer zwei Jahre älter war als ich. Sein Haar war noch dasselbe, dunkel, lockig und schlecht geschnitten, genauso wie sein Stirnrunzeln, das Uneingeweihte für Missbilligung hielten, das jedoch gelegentlich auch Konzentration erkennen ließ, und seine Augen, in denen der Schock zu sehen war, als er mich wieder erkannte, bevor sein Blick wieder neutral wurde.

»Hallo Abigail«, sagte er, inzwischen ziemlich gelassen. »Jex.« Er dachte eine Sekunde darüber nach. »Guter Name für Scrabble.«

Geoff, der mit den Gedanken woanders war und offensichtlich nach diesem Wortwechsel nicht begriffen hatte, dass wir uns nicht fremd waren, sagte: »Abigail hat heute Abend hier Cello gespielt. Sie möchte gern etwas über das Projekt hören.«

»Marcus« sah mich skeptisch an.

»Entschuldigt mich«, sagte Geoff und eilte wieder davon. Er war sich nicht bewusst, auf welchem Minenfeld er uns zurückließ. Grace war bei weitem nicht so begriffsstutzig und sagte mit verengten Augen: »Kennt ihr beide euch schon oder so?«

Hier war Schnodderigkeit gefragt, beschloss ich. »Ich fürchte ja. Marcus hat mir einmal mit einem glühend heißen Feuerhaken ein Zeichen auf die Stirn gebrannt. Obwohl er damals noch nicht Marcus hieß.«

»Abigail hat mir ihre Haare in einem Umschlag geschickt«, sagte er fast lächelnd. »Damals hieß sie noch nicht Jex.«

Grace sah mit hochgezogenen Augenbrauen von einem zum anderen. Keine flüchtige Bekanntschaft, ganz klar. »Und wie lange habt ihr euch nicht mehr gesehen?«

»Dreizehn Jahre«, antworteten wir gleichzeitig, ohne Zeit zum Nachrechnen zu brauchen. Der Anflug eines Lächelns war verschwunden. Wir erinnerten uns beide an den Anlass unseres letzten Treffens: die Hitze in der Kapelle; die Sopranstimme der Schülerin, die auch die letzten von uns zusammenbrechen ließ; das windige Grab. Einen Augenblick herrschte betretenes Schweigen, dann sagte er, entschlossen darum bemüht, das Gespräch wieder auf sichereren Boden zu lenken: »Dann bist du jetzt eine professionelle Cellistin?« Ich nickte. »Das ist gut – gut, dass du weitergemacht hast.«

»Es gibt schlimmere Formen der Armut«, sagte ich.

»Die meisten davon haben Sie sicher gesehen«, sagte Grace zu Marcus.

»Was ist mit dir?«, fragte ich. »Aus all dem schließe ich, dass du kein professioneller ... äh ... Philosoph bist.«

»Nein«, sagte er lachend. »Nicht einmal ein Amateur. Ich habe mein Studium nie abgeschlossen.«

»Ah.«

»Ich war in den letzten fünf Jahren im Senegal. Ich bin erst seit einem Monat wieder zu Hause; ich bin noch dabei, mich einzugewöhnen.«

»Wieso sind Sie zurückgekommen?«, fragte Grace.

»Ich war zu lange dort. Sie brauchten jemanden, der jung und enthusiastisch ist.«

»Mir erscheinen Sie jung genug«, sagte sie und sandte Signale aus wie ein Geigerzähler.

»Außerdem, je länger man weg ist, desto schwieriger ist es, sich zu Hause wieder einzugewöhnen. Nach ein paar Wochen im Büro, wo Umfragen darüber geplant werden, inwieweit wir im öffentlichen Bewusstsein verankert sind, und erörtert wird, ob wir im Personalklo eine neue Seifenschale brauchen, werde ich mir wünschen, wieder dort zu sein.«

Im Hintergrund konnte ich sehen, wie Geoff sich durch die Menschenmenge zu uns schlängelte und ab und zu stehen blieb, um rechts und links Leute zu begrüßen. »Marcus, kann ich dich mal entführen?«, rief er, als er in Hörweite war, und winkte ihn mit einem dünnen Finger zu sich.

»Entschuldigt mich«, sagte Marcus. »Da muss noch jemand anders an meinen Rohren interessiert sein. Es war schön, dich wieder zu sehen.«

»Du hast dich kein bisschen verändert«, sagte ich, und das Klischee ließ mich sofort erschaudern.

»Ach doch, das hab ich«, sagte er mit einem halben Lächeln, bevor er Geoff ins Getümmel folgte.

Ein herumstehender Kellner bot uns noch mehr Champagner an. »Tja«, sagte Grace, neigte ihr Glas zu meinem und zwinkerte. »Auf die ›ariden Gebiete‹.«

Ich untersuchte meine Fingernägel, während ich auf das unvermeidliche Verhör wartete.

»Okay, lass dir nur Zeit.«

»Ich weiß nicht, was du meinst«, sagte ich unschuldig.

»Ach, nun mach mal halblang. Ich hab noch nie so ein verhuschtes Wiedersehen erlebt. Wenn das nicht schmerzhaft war. Was steckt dahinter?«

Ich lachte nur und genoss ihre Neugier.

»Er ist einer deiner Ex-Freunde, stimmt's?«, fragte sie, etwas zu beiläufig.

»Wieso? Bist du interessiert?«

»Vielleicht. Er sieht ganz gut aus. Schöner Körper. Ich wette, er trainiert.«

Ich sah sie mitleidig an. Der Marcus Radley, den ich gekannt hatte, wäre bereitwillig zehn Meilen zu Fuß gegangen, um irgendwohin zu kommen, aber er hätte nie im Leben *trainiert*. »Ich dachte, du wärst enthaltsam.«

»Bin ich auch. Aber ich will nicht zur Fanatikerin werden.«

Was steckt dahinter? Jedes Mal, wenn ich dachte, ich hätte einen Ausgangspunkt gefunden, fiel mir eine frühere Begebenheit ein, von der die spätere abhing. Egal, wie weit ich zurückging, ich schien nicht bis zum Anfang vorzudringen. Wenn ich bloß an dem Tag, als Lexi wegging, nicht zurück zum Haus gegangen wäre; wenn Anne Trevillion bloß besser Tennis gespielt hätte; wenn sie vor dreißig Jahren an der Schule meines Vaters bloß keine neue Deutschlehrerin eingestellt hätten. Schließlich hatte ich gesagt: »Ich hab mal die ganze Familie gekannt. Als ich noch zur Schule ging, habe ich praktisch bei ihnen gelebt. Aber wir haben keinen Kontakt mehr.«

Und das habe ich ihr nicht erzählt.

II

2

Ich wurde auf den Namen Abigail Onions getauft. Eigentlich sollte ich Annabel heißen, aber mein Vater, der sich in einem Zustand erhöhter Gefühlsregung befand, als er meine Geburt registrieren lassen wollte, erinnerte sich falsch an den Namen, über den er und meine Mutter volle neun Monate debattiert hatten. Diese Verfehlung führte er darauf zurück, dass er an dem Abend, als meine Mutter ins Krankenhaus musste, *Nabucco* gehört hatte, und der Name Annabel und der der bösen Schwester in seinem Kopf durcheinander geraten waren. Es war eine lange und schwere Niederkunft, und da ist ein gewisses Element der Verwirrung verständlich. Ich nehme an, ich sollte dankbar sein, dass er nicht *Götterdämmerung* gehört hat.

Nach ein paar Tränen fand meine Mutter sich mit dem neuen Namen ab, und als ich allmählich hineinwuchs, gefiel er ihr sogar besser als der ursprüngliche, den sie unerklärlicherweise plötzlich »ordinär« fand, ihrer Meinung nach das Allerschlimmste, was ein Name – oder auch alles andere – sein konnte.

Für mich war all das natürlich nicht besonders wichtig. Im Vergleich zu dem Gräuel meines Nachnamens (Onions = Zwiebeln) – der Munition für Tausende von Wortspielen in sich barg und mich vor Verlegenheit lähmte, wenn ich jemandem vorgestellt wurde – war die leichte Abweichung zwischen meinem geplanten und endgültigen Namen nebensächlich. »Abigail« gab keinen Anlass zu Peinlichkeiten – eine Eigenschaft, die ich höher schätzte als jede andere.

Wir bewohnten eine Hälfte eines großen, zwischen den Weltkriegen erbauten Doppelhauses in einer Vorstadt in Kent. Der Garten, der durch kniehohe Zäune von den Nachbargärten getrennt war, grenzte hinten an einen Eisenbahndurchstich. Die Strecke war eine wenig genutzte Pendlerlinie, auf der pro Tag vier Züge verkehrten, und morgens und abends hopste ich am Ende des Gartens auf und ab und winkte den etwa zwölf Passagieren zu, während sie auf dem Weg zur Arbeit und zurück vorbeirumpelten. Als ich vier war, fand dieses Kindheitsritual ein unsanftes Ende: Ein Mann, der allein in einem Waggon war, entblößte sich am Fenster, und als ich meiner Mutter davon erzählte, brach sie in Tränen aus und verbot mir, weiterhin den Zügen zuzuwinken. »Von einem dreckigen *Perversen* eines unschuldigen Vergnügens beraubt«, hörte ich sie toben, als sie es Vater berichtete. Ich erzählte ihr nicht, dass ich den Pendlern schon seit ein paar Wochen *meinen* Schlüpfer gezeigt hatte.

Meine Mutter war die Gärtnerin in der Familie. Sie sprach immer von Landschaftsgärtnerei, als hätte sie Berge zu bearbeiten und Flüsse zu zähmen statt eines tischtuchgroßen Rasenstücks und ein paar Blumenbeeten. Vater wurde mit ein paar niederen Arbeiten betraut – er musste mit einem Rasenmäher auf und ab stapfen, wobei er einen glitzernden Regenbogen aus Grasstaub aufsteigen ließ, das Gemüsebeet umgraben, Komposttüten besorgen und schleppen und alles beschneiden, was groß und stachelig war und woran man leicht hängen blieb.

Die Rosen waren das Ressort meiner Mutter. Den ganzen Winter über hockten die verkümmerten Skelette in ihren Beeten, wie ein Vorwurf und eine Erinnerung an den

Kampf, der jedes Jahr zwischen Mutters Arsenal aus Pudern, Kügelchen und Sprays auf der einen Seite und grüner Blattlaus, Mehltau und Sternrußtau auf der anderen um ihre zarten Blüten geführt wurde. Aber ihre Bemühungen blieben nicht ohne Erfolg, denn in jedem Sommer sprossen die Büsche, wurden dichter und brachen in einer samtigen Masse aus Farben und Duft hervor. Die Blumen zu pflücken war strengstens verboten. Meine erste Dosis körperlicher Bestrafung bekam ich dafür, dass ich für ein Parfümproduktionsexperiment alle Köpfe der Baroness Rothschild abgerissen hatte. Die Hand, die zu sanft war, ein Blütenblatt zu zerquetschen, hinterließ durch zwei Schichten Kleidung einen vierfingrigen blauen Fleck auf meinem Hintern. Ich hatte gehofft, durch den Erfolg meines Projekts rehabilitiert zu werden, aber das Marmeladenglas mit Wasser und Rosenblättern verwandelte sich über Nacht in ein übel riechendes, braunes Mus und musste auf den Kompost geworfen werden.

Unsere Straße war eine von Bäumen gesäumte Sackgasse in Form eines Lutschers, mit einer runden Grünfläche am Ende, von der Hunde und Kinder, eigentlich alle Lebewesen, denen sie eventuell etwas Vergnügen bereitet hätte, fern gehalten wurden, und sie wurde von Autofahrern, die die Abzweigung nach Bromley übersehen hatten, als Wendeplatz benutzt – eine Tatsache, die bei meiner Mutter erhebliche Bestürzung auslöste. Manchmal stand sie am Fenster, sah mit verschränkten Armen durch die Tüllgardinen und beobachtete das Vordringen irgendeines Anstoß erregenden Fahrzeugs. »Wender«, erklärte sie dann missbilligend. Abgesehen vom Eindringen »der Wender« war es eine ruhige Straße: Gartenarbeiten vor dem Haus wurden normalerweise schweigend verrichtet, und Nachbarn kommunizierten über angrenzende Hecken und Mauern hinweg eher mit Kopfnicken und dem Hochziehen von

Augenbrauen als mit Worten. Auch im Haus war es still. Die dicken, weichen Teppiche schienen Geräusche zu schlucken, wie Löschpapier Tinte aufsaugt, und Mutters Vorschrift, in der Wohnung die Straßenschuhe auszuziehen, führte dazu, dass wir drei in unseren Socken so leise umhertapsten wie Katzen. Sogar die Kuckucksuhr, ein Souvenir von der Hochzeitsreise meiner Eltern in die Schweiz, hatte nach und nach ihre Stimme verloren, und das Vögelchen kam jede Stunde mit einer stummen Grimasse statt mit einem Zwitschern hinter seinem Türchen hervor. Manchmal ließ Mutter auf dem Plattenspieler klassische Musik laufen, aber nur mit der Lautstärke auf der geringsten Stufe: Oboen zwitscherten wie Kanarienvögel, Becken klirrten wie Teelöffel, und großartige, dröhnende Symphonien waren zu einem Flüstern gedämpft.

Ich nehme an, das ist der Grund, weshalb das folgende Ereignis so deutlich aus meinen Erinnerungen hervorsticht. Es kommt mir seltsam vor, dass ich mich so detailliert an etwas erinnern kann, das passierte, als ich erst zwei war, aber ich weiß, dass ich damals nicht viel älter gewesen sein kann, weil ich noch in meinem Kinderbett schlief, und in der Familienüberlieferung ist es gut dokumentiert, dass das Bettchen zusammenbrach, als ich zweieinhalb war, wobei ich mir die Finger einklemmte, und dass es danach für gefährlich gehalten und zum Wohltätigkeitsbasar der Pfadfinder gegeben wurde.

Woran ich mich erinnere, ist Folgendes: Einige Zeit, nachdem ich ins Bett gebracht worden war, wachte ich vom Weinen, eigentlich vom Schluchzen, meiner Mutter auf. Durch die offene Tür konnte ich das Licht aus dem Elternschlafzimmer sehen, das Streifen auf den Treppenabsatz warf; meine Mutter kam heraus und zerrte einen Koffer hinter sich her. Einen Augenblick später hörte ich schwere Schritte auf der Treppe, und mein Vater, der ebenfalls weinte, erschien. Dann folgte ein wütender Wortwechsel und ein Kampf um den Koffer, den mein Vater natürlich gewann, und ein gewaltiges Krachen, als er ihn die Treppe hinunterschleuderte. Das war die einzige Gewalttätigkeit, die ich unter diesem Dach je erlebt hatte, und mein verängstigtes Geheul ließ gleich darauf meine Mutter zu mir eilen; sie umarmte mich grimmig, bis ich wieder einschlief. Soweit ich weiß, haben sie nie wieder ihre Stimmen erhoben. Es war ein sehr zivilisierter Haushalt.

Es gab auch medizinische Gründe, wieso in der Sackgasse, Hausnummer 12, Ruhe so hoch geschätzt wurde. Meine Mutter litt an schrecklichen Migräneanfällen, die sie tagelang außer Gefecht setzten, und die durch helles Licht, Hitze, Lärm, Erregung und eine Vielzahl von harmlos aussehenden Nahrungsmitteln ausgelöst werden konnten. So lange wie möglich widersetzte sie sich einem Ausbruch, schleppte sich blass, eine Packung gefrorener Erbsen an die Stirn gepresst, mit zugekniffenen Augen im Haus herum, bis es sie schließlich die Treppe hinauf trieb, wo sie Zuflucht im abgedunkelten Schlafzimmer suchte. Im Eisfach unseres Kühlschrankes war eigens für diesem Fall immer ein Vorrat an gefrorenem Gemüse. Die Packungen mussten regelmäßig gewechselt werden, denn die glühenden Kopfschmerzen meiner Mutter waren so intensiv, dass sie eine innerhalb von zwanzig Minuten zum Schmelzen brachte. Sie beklagte sich nie. Mein Vater und ich schlichen uns in kurzen Abständen an ihr Bett, um die Eispackung zu wechseln oder ihr einen nassen Waschlappen auf die Stirn zu legen, und dann lächelte sie schwach und versprach, bald wieder nach unten zu kommen. Gelegentlich forderte sie mich auf, ihr mit einem Metallkamm über die Kopfhaut zu kratzen, dem Prinzip folgend, dass man die Schmerzen, wenn man sie schon nicht lindern, doch wenigstens abwechslungsreich gestalten konnte.

Während dieser Rückzugsphasen mussten mein Vater und ich für uns selbst sorgen. Vater, der nicht nur so vor sich hin wursteln wollte, riss sich zusammen, holte Kochbücher aus dem Arbeitszimmer, fuhr meilenweit, um nach obskuren Zutaten zu suchen, und bereitete eine üppige, für den Gaumen eines Kindes ziemlich ungeeignete Mahlzeit – Tintenfisch vielleicht, oder ein scharfes Currygericht –, die ich tapfer schluckte, während ich die ganze Zeit betete, dass meine Mutter schnell wieder genesen solle.

Manchmal hielt Vater es für seine Pflicht, mich zu unterhalten, eine Situation, die uns beiden Sorgen bereitete. Einmal, als ich fünf war, ging er mit mir zu einer Matinee von *Verlorene Liebesmüh'*, während der ich die ganze Zeit fest schlief, und ein andermal in einen Zirkus, wo ich sowohl den Anblick erwachsener Männer in Clownskostümen, die sich lächerlich machten, ertragen musste, als auch den meines Vaters neben mir, der sich vor Langeweile und Verlegenheit wand. »Hast du geglaubt, das würde mir gefallen, Daddy?«, fragte ich ihn danach freundlich, eine Geschichte, die er oft erzählte, als ich älter war. Nach diesen Katastrophen unterließ Vater es für eine Weile, Ausflüge vorzuschlagen, und beschränkte sich auf einfachere Vergnügungen. Er brachte mir Backgammon und Rommee bei oder saß einfach neben mir auf dem Sofa, während jeder in seinem Buch las und darauf wartete, dass die Migräne oben vorbeiging. Aber ein Ereignis sticht aus allen anderen heraus.

Schon den ganzen Morgen hat im Haus eine komische Atmosphäre geherrscht. Kein Streit, aber so als würde etwas unterschwellig gären. Der samstägliche Einkauf beim Fleischer und Obst- und Gemüsehändler ist schweigend erledigt worden, und gegen elf Uhr hat meine Mutter sich mit Kopfschmerzen ins Bett zurückgezogen. Für mich ist das eine frühe Phase der wachsenden Erkenntnis, dass meine Eltern nicht besonders glücklich sind – wenigstens nicht gleichzeitig. Mir ist langsam aufgefallen, dass sie sich nicht anschreien wie andere Paare, die ich zum Beispiel auf der Post gesehen habe, aber auch keine besondere Zuneigung füreinander an den Tag legen. Sie küssen, umarmen und necken *mich*, nicht sich.

Während Mutter sich in ihr Bett und Vater sich in sein Arbeitszimmer zurückzieht, spiele ich im Garten hinterm Haus mit Margot und Sheena. In diesem Stadium (ich bin sechs) habe ich mir zwei imaginäre Freundinnen angeschafft, Margot, die etwas älter ist als ich, hübsch, dunkelhaarig und sehr herrisch, und Sheena, die jünger ist, blond, natürlich hübsch und nicht ganz so selbstbewusst. Ich mag Sheena lieber, aber Margot ist diejenige, die die Dinge regelt. Wir üben unser Ballett. Margot führt eine Reihe von Pirouetten vor, die in einem Sprung gipfeln, und Sheena und ich applaudieren begeistert. Margot hat schon Spitzenschuhe, während wir noch weiche Tanzschuhe tragen: Unsere Füße seien noch nicht ausreichend entwickelt, ist Margots Argumentation, und wenn wir zu früh versuchten, zu Spitzenschuhen zu wechseln, würden wir später deformiert sein und höchstwahrscheinlich verkrüppelt.

»Du bist dran«, befiehlt sie, und ich fange mit der Nummer an, an der ich schon ein paar Tage gefeilt habe. Sie ist, finde ich, besser als Margots, weil sie eine Geschichte erzählt: Es geht um ein junges Mädchen, das sich mit einer Nachtigall anfreundet, die dann wegfliegt und es verloren zurücklässt, und wird mit so viel Pathos dargeboten, wie ich nur aufbringen kann. Sheena ist sehr bewegt.

»Gefällt es dir?«, frage ich Margot.

»Ja, Schatz, sehr gut.«

»War sie so gut wie deine?«, hake ich nach.

»Nein, Schatz«, sagt Margot freundlich. »Nicht ganz.«

Während ich mich noch davon erhole, sehe ich Vater am Fenster. Er steht zwischen den Tüllgardinen und der Glasscheibe und blickt in die Ferne. Ich winke ihm, aber er sieht mich nicht. Als ich hineinkomme, steht er noch genauso da, und ich schleiche mich an ihn heran und schlüpfe unter den Tüll. Geistesabwesend legt er mir eine Hand auf den Kopf und zerzaust mein Haar, das ich prompt wieder glatt streiche.

»Daddy?«, sage ich. »Wieso sind du und Mummy traurig?«

Seine Hand zuckt zurück, als hätte er den Finger in eine unter Strom stehende Steckdose gesteckt, und er sagt: »Wir sind nicht traurig, Schätzchen. Wie könnten wir das sein, mit so einer wunderschönen Tochter?« Und er schiebt die Tüllgardinen weg, hebt mich schwungvoll hoch und gibt mir einen Kuss auf die Nase. »Ich sag dir was, wir gehen aus, ja? Wir essen irgendwo zu Mittag.« Das ist sehr aufregend für mich, weil ich noch nie auswärts gegessen habe.

Als Vater das Auto rückwärts aus dem Tor fährt, öffnet sich ratternd das Schlafzimmerfenster, und Mutter erscheint, eine Plastiktüte in der Hand. »Hast du nicht was vergessen?«, sagt sie kalt, und Vater zieht ruckartig die Handbremse an und geht mit großen Schritten die Einfahrt wieder hinauf. Einen Augenblick später kommt er mit der Tüte zurück, in der anscheinend ein mit braunem Papier umwickeltes Paket ist, und verstaut sie im Kofferraum.

»Was ist das?«, frage ich, als wir endlich auf dem Weg sind.

»Eine Besorgung«, sagt er in einem Ton, der jede weitere Frage unterbindet.

Ich sitze mit ausgestreckten Beinen auf dem Rücksitz –

anscheinend ist es gefährlich für mich, vorne zu sitzen, für Vater dagegen in Ordnung. Das macht es schwierig, sich zu unterhalten, aber Vater ist sowieso kein großer Redner, und in freundlichem Schweigen geht die Fahrt weiter, Straße um Straße, bis wir nach fast einer Stunde vor einem außergewöhnlichen Haus anhalten. Im Vergleich zu diesem Haus ist die Straße unauffällig – zwei Reihen großer Backsteinhäuser, keine Lücken dazwischen, kleine Vorgärten und zwei Parkstreifen mit Autos. Doch an der Ecke, von der Straße zurückgesetzt, am Ende einer halbkreisförmigen Zufahrt, hockt dieses Monster mit einem Turmzimmer auf jeder Seite, wie ein Paar hochgezogene, knöcherne Schultern, und mit ungleichmäßig großen Fenstern, die ihm ein beunruhigendes Schielen verleihen. Der Garten, ein Wald aus ungemähtem Gras, Dornensträuchern und riesigem, gummiartigem Gestrüpp, das von violetten Blumen erstickt wird, ist von einer hohen Mauer umgeben, und oben an den Torpfosten sind zwei Furcht erregende Bilder eingeritzt. Eins ist der Kopf eines knurrenden Wolfes, und das andere ist ein Adler oder Geier – jedenfalls ein wild aussehender Vogel – mit einem hakenförmigen Schnabel und finster starrenden Augen, die auf mich gerichtet zu sein scheinen. Während ich auf dem Rücksitz kauere und versuche, ihren Blicken auszuweichen, holt Vater das Paket aus dem Kofferraum und läuft die Einfahrt hinauf. Die Haustür wird von einem der violetten Büsche verdeckt, aber einen Augenblick später taucht er wieder auf, und wir fahren weiter. Nachdem seine Besorgung erledigt ist, scheint Vater gesprächiger zu sein, und er erzählt mir, dass er mich an einen schönen Ort bringe, an einen seiner Lieblingsplätze, einen heiligen Ort namens Half Moon Street; er hoffe, dass ich bequeme Schuhe anhabe, weil wir ein Stück zu Fuß gehen müssen. Ich schaue auf meine Schuhe. Ich habe die Unpässlichkeit meiner Mutter ausgenutzt und meine weißen Lackledersandalen angezogen, die ich nur im Haus tragen darf, zu besonderen Anlässen. Normalerweise kann man sich darauf verlassen, dass Vater solche Details nicht auffallen. Ich erzähle ihm, dass sie äußerst bequem sind, was wahr ist, und bete, dass es dort keinen Schlamm gibt.

Wir essen in einem Dorfpub zu Mittag. Wir sitzen im Garten, weil es ein sonniger Tag ist und weil Kinder nicht hinein dürfen. Vater ist äußerst penibel, wenn es darum geht, solche Verbote einzuhalten, und lässt mich nicht einmal im Pub aufs Klo gehen; stattdessen müssen wir im Dorf umhertrotten, bis wir eine Damentoilette finden.

Wir essen beide Rindfleisch-Nieren-Pastete mit Pommes. Als ich fertig bin, stochert Vater in meinen Resten und isst die Dosenerbsen, die ich auf dem Teller zur Seite geschoben habe, und die Fleischbrocken, die ich als zu zäh oder knorpelig aussortiert habe. Ich probiere zum ersten Mal klare Limonade. Wie, will ich wissen, kann etwas, das wie Wasser aussieht, so gut schmecken? Vater beginnt mit der Erklärung von Aromen und Chemikalien, nimmt sich dann aber zusammen, als er mein Gesicht sieht, und fragt, ob ich noch ein Glas möchte. Er zündet seine Pfeife an, und als die ersten Rauchwolken zum Himmel ziehen, nehmen die Leute am Nachbartisch ihre Teller und verschwinden in die hinterste Ecke des Gartens. Seufzend klopft Vater seine Pfeife im Aschenbecher aus. Es ist so warm, dass ich mir meine Strickjacke um die Taille gebunden habe, aber Vater hat Hemd, Krawatte, Pullover und Jacke noch an. Er trägt immer eine Krawatte. Seine Garderobe ist einfach, und obwohl keins seiner Kleidungsstücke leger ist, ist auch keins richtig schick. Er friert leicht, was ungünstig ist, weil unser Haus praktisch ungeheizt ist: Jede Spur von Wärme kann einen von Mutters Migräneanfällen auslösen.

Half Moon Street erreicht man durch tief liegende Wege. Die Bäume, seit kurzem grün, wölben sich wie ein Tunnel über uns, verdecken den Himmel. Überall um uns herum ist das scharfe, saure Grün des Frühlings. Es ist, als würde man sich in einen Apfel verkriechen. Wir müssen das Auto ungefähr eine halbe Meile entfernt auf dem Parkplatz eines Pubs stehen lassen und zu Fuß weitergehen; der Weg wird zu einem Feldweg, und ich muss aufpassen, damit ich nicht in Pfützen trete. Ab und zu muss Vater mich über große Schlammstreifen tragen. Wir steigen hinab in eine Senke, biegen um eine Ecke, und da ist es: Mein erster Blick auf Half Moon Street, überhaupt keine Straße, sondern ein moosgrüner Teich, von einer Krone aus Bäumen umgeben, mit einem winzigen Backsteincottage und einem Landungssteg auf einer Seite. Der Garten, ein Wasserfall aus blauen Wiesenglockenblumen und Vergissmeinnicht, reicht bis zum Ufer, wo ein kleines Holzboot an ein Schild gebunden ist, auf dem steht: BOOTFAHREN, ANGELN UND SCHWIMMEN VERBOTEN. Das Cottage ist offensichtlich bewohnt, denn die Fenster im ersten Stock sind geöffnet, und ich sehe Vorhänge flattern. Vor der Haustür stehen ein Kübel mit verblühten Osterglocken und ein grüner Stuhl, von dem die Farbe abblättert, mit einem Patchwork-Kissen auf dem Sitz und einem Buch über der Armlehne. »Als ich das letzte Mal hier war, war das Cottage leer«, sagt Vater. »Ich bin froh, dass es jetzt vermietet ist. Es schien mir eine solche Verschwendung zu sein.« Auf dem Teich schwimmen eine Ente und ein paar Entenküken. Nur ihre Haarnadelspuren stören die Symmetrie des Spiegelbilds der Bäume. Es ist so schön, dass es nicht real zu sein scheint.

»Das ist ein Hammerteich«, sagt Vater und versucht mir etwas über Wasserräder und Eisenverhüttung zu erklären, aber meine Gedanken sind bereits abgeschweift, und ich höre bald nicht mehr zu. Ich schmiede Pläne, wie ich später hier wohnen werde, vielleicht mit einer Freundin. Ich weiß schon, dass es einer meiner speziellen Orte sein wird. Ich habe Vater nicht einmal gefragt, wie er ihn entdeckt hat. Es spielt keine Rolle; er gehört jetzt mir. Wir umrunden den Teich; Vater geht und ich renne, schlängele mich um die Bäume herum und hinunter ans Wasser. Auf einem Schild, das an einen Baum genagelt ist, steht: VORSICHT VIPERN, und als Vater es sieht, sagt er zu mir, ich soll aufpassen, wo ich hintrete.

Als wir ungefähr eine Stunde später zum Auto zurückkommen, fällt mir auf, dass meine Sandalen schwarz vor Schlamm sind. Sie mit einem Taschentuch abzuwischen erweist sich als nutzlos – der Schmutz ist tief in die Naht eingedrungen, und das Leder ist von Zweigen zerkratzt. Sie sind ruiniert. Nachdem ich ein paarmal heftig geschluckt habe, breche ich in Tränen aus und plärre ein Geständnis heraus. Vater ist mitfühlend. Im Vergleich zu seinen eigenen Schuhen, die voll Schlamm sind, sehen meine ganz ordentlich aus, aber er weiß, dass kleine Mädchen und insbesondere erwachsene Frauen einigen Wert auf schickes Schuhwerk legen. Außerdem wird er von meiner Mutter zum Teil dafür verantwortlich gemacht werden, dass sie verdorben sind, und deshalb sind Hilfsmaßnahmen erforderlich.

»Wo habt ihr die gekauft?«, fragt er. Zwischen Schluchzern sage ich es ihm: Es ist eine billige Ladenkette, und er ist zuversichtlich, dass wir auf dem Heimweg eine Filiale finden und sie ersetzen können. In Dorking gibt es sie, aber nur in Beige. In Reigate haben sie meine Größe nicht. Wir stöbern schließlich gefährlich nahe an zu Hause ein Paar auf, und die Erleichterung ist riesig. Das alte Paar und die Verpackung der neuen Schuhe werden in einen Mülleimer geworfen, und ein Geheimhaltungseid wird geschworen. Vater versucht, den Betrug zu bagatellisieren, deutet aber an, dass ihm lieber wäre, wir würden es für uns behalten. »Wir wissen beide, dass es Mummy nicht viel ausmachen würde, aber es hat keinen Zweck, sie zu verärgern, wenn sie Kopfschmerzen hat«, sagt er irgendwie unlogisch. Die Aufregung, mich mit Vater gegen Mutter zu verbünden, wird durch ein Gefühl des Unbehagens beeinträchtigt. Ich neige von Natur aus dazu, die Wahrheit zu sagen.

Als wir zurückkehren, sind Mutters Kopfschmerzen und ihre schlechte Laune verflogen, und sie ist unten und bäckt einen Schokoladenkuchen – ein besonderer Leckerbissen und ein großes Zugeständnis, denn Schokolade ist eines ihrer verbotenen Nahrungsmittel, und deshalb wird sie sich nur indirekt daran erfreuen können. Sie, Vater und ich begrüßen uns fröhlich, und nachdem ich die verräterischen Sandalen in meinem Zimmer verstaut habe, werde ich umarmt und gestreichelt und darf den Löffel mit dem Kuchenteig ablecken. Am Abend, nach dem Essen, gesellt mein Vater sich zu uns, statt sich in sein Arbeitszimmer zurückzuziehen, um Hefte zu korrigieren, Unterrichtsstunden vorzubereiten oder an seinem Projekt zu arbeiten – irgendein monumentaler und auf ewig unvollendeter Kommentar zum griechischen Drama –, und spielt mit uns Karten. Im Hintergrund läuft leise Klaviermusik, und zu unserem Rommee, das wir um Streichhölzer spielen, trinken wir heiße Milch und essen Kuchen. Wir sind glücklich, alle drei, gleichzeitig, am selben Ort.

3

Mein Vater hatte sein eigenes Äquivalent für unbehandelbare Kopfschmerzen: die unerklärte Abwesenheit. Da Mutter das Autofahren nie gelernt hatte, war Vater Herr über den Vauxhall Viva und verschwand stundenlang damit, normalerweise um irgendeine kleinere Besorgung zu erledigen, wie zum Beispiel einen Dichtungsring für den Wasserhahn zu kaufen oder in der Leihbücherei seine Strafgebühren zu zahlen. (Als Lateinlehrer an der örtlichen Grammar School hatte er unbegrenzten Zugang zur Schulbibliothek und war deshalb an lange Leihfristen gewöhnt.) Er kündigte seine Ausflüge niemals an, sondern schlenderte offensichtlich geistesabwesend aus dem Haus, und nur das Aufheulen des Motors verriet uns, dass er wieder einmal »weg« war. Gelegentlich kam er mit irgendetwas zurück, das er gekauft hatte, um vier Stunden Abwesenheit zu rechtfertigen: einem exotischen Autoersatzteil oder einem Stapel Bücher in einer Foyle-Plastiktüte. Für meine Mutter war dieses Verhalten eine dieser reizenden Exzentritäten, die sie mit der Zeit zu hassen gelernt hatte, aber die, da sie so lange nicht in Frage gestellt worden waren, jetzt auch nicht mehr geändert werden konnten. (Gewisse Regeln, wie dass Vater nur in seinem Arbeitszimmer oder im Garten Pfeife rauchen durfte, und das Ausziehen der Straßenschuhe an der Türschwelle, waren schon früh festgelegt worden und konnten deshalb mit aller Härte durchgesetzt werden, und nach zwölf Jahren Ehe fiel es ihm sogar fast leicht, sie zu befolgen.)

Im Haus selber gab er eine begrenztere Version seines Verschwindens zum Besten, indem er sich, kurz bevor das Abendessen serviert wurde oder wir ausgehen wollten, in seine abgelegensten Ecken zurückzog.

»Verschwinde jetzt nicht, ich trage auf«, sagte Mutter dann, während sie in einer Dampfwolke Gemüse aus dem Topf in ein Sieb kippte und mein Vater sich in der Tür herumdrückte. Wenn das Essen auf den Tellern war, war er verschwunden – um in seinem Schreibtisch nach einem Dokument zu stöbern, an das er sich plötzlich erinnert hatte, oder um schnell etwas an seinem »Projekt« zu verbessern.

Einmal habe ich ihn erwischt. Es war am Samstag vor Ostern. Vater hatte sich kurz nach dem Lunch weggeschlichen; Mutter jätete im Vorgarten Unkraut. Ich hatte meinen Comic zu Ende gelesen, mein Zimmer aufgeräumt und mich entschlossen, mit dem Fahrrad loszufahren, um mir Süßigkeiten zu kaufen. Rad fahren ohne Stützräder war eine Fähigkeit, die ich erst vor relativ kurzer Zeit gelernt hatte, und die Belohnung für diese Bemühung war ein neues, rotes Fahrrad gewesen, mit einem Korb vorne und einer Satteltasche hinten, das das rostige Flohmarktmodell ersetzte, auf dem ich diese Kunst erlernt hatte. Immer wieder um die Grünfläche am Ende der Sackgasse herumzuradeln war zu meiner Lieblingsbeschäftigung geworden, und als ich an diesem Morgen mit zehn Pence in der Tasche über die holperigen Bürgersteige zum Zeitungshändler fuhr, war ich so vollkommen und wunschlos glücklich, wie ich es als Erwachsene selten gewesen bin.

Im Laden blieb ich an der Gefriertruhe stehen und überlegte, ob ich in der Lage wäre, ein Eis bis nach Hause zu befördern, bevor es schmolz, als ich Vater am Ladentisch stehen sah. Ich wollte ihn schon ansprechen, denn sicher hätte er mir ein paar Süßigkeiten spendiert, aber ich bemerkte gerade noch rechtzeitig, wie der Zeitungshändler von seiner Stehleiter stieg und Vater ein riesiges Osterei in violetter Folie überreichte. Instinktiv ging ich hinter dem Zeitungsregal in die Knie, weil mir klar war, dass das Ei für mich sein musste, und dass ich mich, wenn ich das Geheimnis lüftete, schuldig machen würde, obwohl ich nicht wusste, wessen. Während ich dort hockte, hörte ich das Rattern der Ladenkasse und wie Vater sich bedankte, und dann, zu meiner Bestürzung, sah ich seine glänzenden schwarzen Slipper um die Ecke biegen und auf mich zukommen. Ich hielt den Kopf gesenkt, tat so, als sei ich in eine Kinderzeitschrift vertieft, und hielt für den Fall, dass er mich erkannte, den Atem an, aber nichts geschah.

»Entschuldigung«, sagte Vater mit leerem Blick, streifte meinen Scheitel, als er sich vorbeiquetschte, und war zur Tür hinaus, bevor ich auch nur aufblicken konnte.

Am nächsten Morgen, am Ostersonntag, wachte ich mit einem leicht unzufriedenen Gefühl auf und wusste den Grund nicht mehr. Dann fiel es mir wieder ein: Keine Überraschung, auf die man sich freuen konnte. Ich hatte mich ganz unabsichtlich um die Vorfreude gebracht, die man empfindet, wenn man sich einem verpackten Geschenk gegenübersieht: Man muss einfach enttäuscht werden, aber eine Sekunde lang triumphiert die Hoffnung. Doch als ich zum Frühstück hinunter kam, stellte ich fest, dass das Päckchen neben meiner Müslischüssel nicht im Entferntesten eiförmig war. Ich riss das Geschenkpapier ab und fand ein Schokoladenvogelnest mit mehreren knallbunten Zuckereiern und einem Marzipanküken darin. Mein Gesicht musste vor Verwirrung finster geworden sein.

»Gefällt es dir nicht?«, fragte Mutter, verärgert über diese Undankbarkeit.

»Oh doch, es ist süß«, sagte ich und riss mich zusammen, und um meine volle Zufriedenheit mit dem Geschenk unter Beweis zu stellen, reihte ich die Zuckereier neben meinem Teller auf und machte einen Riesenwirbel um das Marzipanküken.

Ich habe nie auch nur die geringste Spur von diesem glitzernden, violetten Osterei wieder gesehen, und einige Zeit war mir diese Begebenheit absolut rätselhaft. Erst als ich ein wenig älter war, kam ich auf den Gedanken, dass Vater es möglicherweise für sich selbst gekauft haben konnte, da er gern Süßigkeiten aß und Mutter das Zeug nicht vertrug. Die Vorstellung, dass ein Erwachsener – mein Vater – vielleicht demselben harmlosen Vergnügen frönte wie ich, indem er sich heimlich mit Schokolade voll stopfte, die er mit niemandem teilen musste, war ein Schock für mich.

4

Erst als ich in die Grundschule kam, wurde mein Status als Einzelkind zum Problem. Ich vermute, mir ist aufgefallen, dass andere Kinder und Charaktere in Büchern Geschwister hatten, aber wenn man klein ist, akzeptiert man seine Situation als normal, egal wie sie ist. Es kam mir nicht in den Sinn, dass ich irgendwie fehlerhaft war, bis Sandra Skeet, bei deren Bande ich mich am ersten Tag des Halbjahres nicht hatte einschmeicheln können, mich auf dem Spielplatz als »Einzel« beschimpfte.

»Was meinst du damit?«, wollte ich wissen und errötete unter den feindseligen Blicken sechs achtjähriger Mädchen.

»Du bist ein Einzelkind – du hast keine Geschwister. Das bedeutet, du wirst verwöhnt«, antwortete sie und hakte sich bei ihren Höflingen unter, um eine unüberwindbare Barriere aus blauem Gingan zu errichten.

»Du bist ganz rot geworden«, war ihre Schlussbemerkung, als die karierte Mauer abdrehte und sich bereit machte, zu einem anderen Paria vorzurücken.

Von da an fing mein Einzelkindsein an, mich zu beschäftigen: Ich kam langsam in das Alter, in dem es mir nicht mehr so wichtig erschien, meine Eltern ganz für mich zu haben. Ich wollte jemanden, mit dem ich spielen konnte, mit dem ich reden konnte, wenn das Licht aus war, mit dem ich am Kaffeetisch kichern konnte, aber insbesondere jemanden, den ich als Beschützer und Verbündeten anrufen konnte, wenn ich mich den Schultyrannen gegenübersah.

In unserer Klasse gab es mehrere, die von Sandra und ihren Freundinnen dazu ausersehen waren, in die Mangel genommen zu werden. Bei mir reichte bereits mein Nachname aus, und mehrere andere Kinder, die das Pech hatten, fett oder schwach zu sein, oder besonders beschränkt oder klug, wurden auf ähnliche Weise zur Zielscheibe. Mir fiel plötzlich auf, dass ich von mehreren Gruppen der Klasse geschnitten wurde; der Tisch neben mir blieb leer; Kinder, die noch in der Woche zuvor meine Freunde gewesen waren, ignorierten mich, wenn ich sprach, oder diskutierten über mich, als wäre ich nicht vorhanden. Wenn ich in den Garderobenraum kam, erstarb das Gespräch, und dann wurde auf unnatürliche Weise das Thema gewechselt. Doch dann, ebenso plötzlich, ohne jede Vorwarnung, hörte all das auf, und Sandra hielt mir beim Mittagessen einen Platz frei, teilte ihre Chips mit mir und erzählte mir ihre Geheimnisse, und ein paar Tage lang war das Leben wieder schön. Es ist seltsam, dass wir Opfer nie daran dachten, uns zusammenzutun und eine eigene rebellische Bande zu gründen, aber wir hassten uns gegenseitig. Und Sandras Methoden waren zu subtil, um einen Aufstand zuzulassen: Es wurde immer nur einer schikaniert, und wenn ich es einmal nicht war, war ich so dankbar, dass mich nichts dazu gebracht hätte, die Aufmerksamkeit auf mich zu lenken, indem ich für den Sündenbock jener Woche

Partei ergriff. Ich war so rückgratlos, feige und demoralisiert, dass ich mich in den Fällen, in denen Sandra Freundschaftsangebote in meine Richtung machte, vollkommen erniedrigte, was sogar so weit ging, dass ich es stillschweigend billigte, wenn auf einer meiner Leidensgenossinnen herumgehackt wurde. Aber diese Zeiten waren seltener als die, in denen ich an der Reihe war, jedenfalls erschien es mir so; ich lief einen unendlichen Korridor entlang, vorbei an einer Kolonne grinsender Mädchen, oder ich saß allein an meinem Tisch und träumte von der imaginären Schwester, deren Loyalität absolut wäre. In den Pausen war es am schlimmsten, denn dann wurden wir alle aus der relativen Sicherheit des Klassenzimmers in die düstere Wildnis des Spielplatzes hinausgeworfen, wo eine einzige Lehrerin mit einer Trillerpfeife um den Hals alles war, was zwischen mir und allen unvorstellbaren Grausamkeiten stand, die nur möglich waren. Sich im Klo zu verkriechen, kam nicht in Frage, weil Sandra und ihre Bande die Mädchentoiletten als eine Art Hauptquartier nutzten, und dort hineinzuschlendern wäre als ein Akt der Provokation aufgefasst worden. Indem ich mir zum Frühstück und zum Mittagessen jede Flüssigkeitszufuhr vorenthielt, hatte ich es geschafft, den ganzen Tag nicht aufs Klo zu müssen. Wenn es sich doch einmal nicht vermeiden ließ, bat ich während des Unterrichts darum, entschuldigt zu werden – an sich schon eine Demütigung –, was mir den Ruf einbrachte, eine schwache Blase zu haben.

Meine Eltern waren gegen meine dauernde Verzweiflung machtlos. Jeden Sonntagabend quälte ich mich, um die Symptome einer neuen Krankheit zu entwickeln, die ausreichen würde, um am Montag zu Hause bleiben zu dürfen.

»Kannst du dir keine anderen, netten Freundinnen suchen?«, fragte Mutter eines Abends, als ich im Bett saß und in meinen Kakao schniefte – ein Tiefpunkt, ich weiß noch.

»Nein. Es ist keine mehr da. Wenn Sandra mich ignoriert, tun es alle.«

»Was ist mit den anderen Mädchen, auf die sie es abgesehen hat? Kannst du dich nicht mit einem von ihnen anfreunden?«

»Die will ich nicht als Freundinnen. Ich will normale Freundinnen«, schluchzte ich.

»Unterbindet die Lehrerin so was nicht?«

»Sie kriegt es nicht mit.«

»Tja, warum sagst du es ihr dann nicht? Dieser Sandra sollte es nicht erlaubt sein, dir das Leben zur Hölle zu machen. Und mir«, fügte sie hinzu.

Doch Petzen, das wusste ich instinktiv, ohne dass man es mir je gesagt hatte, war das schlimmste Verbrechen von allen, für das Sandra sich bestimmt schon die ultimative Bestrafung ausgedacht hatte.

Aber da gab es eine Schülerin – ein Mädchen namens Ruth Pike –, die sogar noch bedauernswerter war als ich. Sie war nicht nur beschränkt, sondern auch von schrecklichem Hautausschlag geplagt, der ihre Hände, ihr Gesicht und ihre Beine mit roten Schuppen bedeckte, sodass sie kaum noch eine daumennagelgroße Stelle unbeschädigter Haut am Körper hatte. Als wäre das nicht schon schlimm genug, hatte sie schlimmes Asthma, was bedeutete, dass sie dauernd in ein kleines Plastikgerät schnaufte und keuchte. Ihr erschreckendes Aussehen machte sie zur natürlichen Zielscheibe des Spottes, und oft fand man sie hinter den Mänteln im Garderobenraum versteckt, wo sie vor sich hin schniefte und versuchte sich unsichtbar zu machen. Überflüssig zu sagen, dass mein Mitleid mit ihr nicht für eine Freundschaft reichte. Sosehr ich mich auch bemühte, ich mochte sie nicht. Wegen ihrer vielfältigen Gebrechen und wahrscheinlich auf Grund ihrer unglücklichen Erfahrungen in der Schule war sie oft nicht da, und wenn ich ihren marineblauen Regenmantel mit den Fausthandschuhen, die immer noch kindlich mit Zwirnband an den Ärmeln festgenäht waren, an ihrem Haken sah, füllte sich mein feiges Herz mit Erleichterung, weil ich wusste, dass an diesem Tag sie und nicht ich das Opfer sein würde.

Eines Montagmorgens im Frühling, nach einer besonders schlimmen Woche, in der ich mich jeden Abend in den Schlaf geweint hatte und Mutter nur durch meine flehentlichen Bitten davon abgebracht werden konnte, sich bei meiner Klassenlehrerin zu beschweren, stellte ich, als ich in die Schule kam, fest, dass übers Wochenende eine wundersame Verwandlung stattgefunden hatte und die Sonne von Sandras Gunst wieder auf mich herablächelte. Sie saß an dem freien Tisch neben meinem, strich über den Flor ihres flauschigen Schreibmäppchens und sah unter ihrem Pony zu mir auf. Für jemanden mit solcher Macht sah sie seltsam harmlos aus. Sie war klein für ihr Alter, mit sehr blasser, fast albinotischer Haut und weißblondem Haar, das sie immer in zwei dünnen Rattenschwänzchen trug, die ihr bis zur Taille reichten. Ihre blassblauen Augen mit den farblosen Wimpern verliehen ihr ein leicht verwaschenes, unvollendetes Aussehen, wie ein Gemälde, das noch ein paar Konturen braucht. Ihre Schweste, Julie, die schon die Highschool besuchte, war angeblich noch gefährlicher. Zurzeit machte in der Klasse ein Gerücht die Runde, dass sie den Kopf eines Mädchens ins Klo gesteckt und an der Kette gezogen hatte, weil es ihr nicht den gebührenden Respekt erwiesen hatte eine Strafe, die als *Lokuswaschen* bekannt war. Mein Entschluss, die Mädchentoiletten zu meiden, war mir noch nie so weise vorgekommen.

»Hallo«, sagte Sandra. »Nicky ist heute krank, deshalb sitze ich neben dir. Ich habe ein paar neue Bleistifte. Möchtest du einen?« Sie schüttete den Inhalt ihres Schreibmäppchens auf den Tisch, und zum Vorschein kamen ein halbes Dutzend Drehbleistifte, die nach Früchten rochen.

»Wirklich?«, sagte ich, für den Fall, dass es ein Bluff war.

»Ja, mach nur, nimm den hier. Ananas ist am besten.«

Wir waren gerade dabei, an jedem Einzelnen zu schnuppern und die Düfte zu vergleichen, als Ruth Pike hereinkam und sich setzte. Sie hatte einen der wenigen Einzeltische am Rande des Klassenraums, die von den Kindern belegt wurden, die störten oder keine Freunde hatten, und als sie Sandra sah, hob sie hastig den Deckel und gab vor, mit Büchersortieren beschäftigt zu sein, eine Strategie, die mir vertraut war.

»Meine Mum sagt, wenn man das hat, was sie hat, kann man sich nicht richtig waschen, weil man allergisch gegen Seife ist«, sagte Sandra laut. Das Herumrutschen hinter Ruths Tisch nahm zu. Ich spürte, wie ich vor Mitleid und Scham rot wurde. Sandra blinzelte mir mit ihren blassen Wimpern zu. »Wenn du willst, kannst du beim Diktat bei mir abschreiben«, fügte sie hinzu, was in Wirklichkeit eine Aufforderung an mich war, ihr freien Blick auf meine Arbeit zu gewähren: Sie war in Rechtschreibung hoffnungslos schlecht – *Gescheft* und *Febuar*.

In der Pause, nach einem Test, in dem von der ganzen Klasse nur Sandra und ich die volle Punktzahl erreichten, ein Ergebnis, das uns einen strengen Blick von Mrs. Strevens einbrachte, rauschte Sandra hinaus auf den Spielplatz und inthronisierte sich auf der einzigen Bank des gesamten Grundstücks, nachdem sie die bisherige Platzinhaberin mit einem kühlen »Runter da, jetzt bin ich hier« vertrieben hatte, nur weil sie ein volles Jahr älter war. Ihr Gefolge, ich eingeschlossen, drückte sich in der Nähe herum. Durch die Fußballspiele der Jungs, die den gesamten Platz dominierten, wurden die Mädchen immer an den Rand gedrängt. Manchmal fanden auf einem Spielfeld insgesamt sieben verschiedene Matches statt, und sieben harte Tennisbälle schwirrten in Kopfhöhe umher. Ich sah, wie die arme Ruth Pike in einem zum Scheitern verurteilten Versuch, sich unserer Gruppe anzuschließen und gleichzeitig unsichtbar zu bleiben, um den Grenzzaun herumschlich. Hin und wieder bemerkte sie, dass sie beobachtet wurde, änderte ihren Kurs und ging wieder in die entgegengesetzte Richtung. Sie hielt eine Packung Kekse in der Hand. Wahrscheinlich hatte ihre Mutter ihr das verzweifelt als Methode empfohlen, um Freunde zu gewinnen, oder vielleicht hatte sie Ruth sogar damit bestochen, um sie in die Schule zu kriegen. Auch diese Taktik erkannte ich wieder. Als es klingelte und wir wieder über den Schulhof in die Klasse trotteten, fand ich Ruth an meiner Seite. »Möchtest du einen Keks?«, fragte sie und hielt mir einen hin. Es war ein verlockender Keks, mit rosafarbenem Zuckerguss und Marmelade in der Mitte, für mich ein Luxus, da ich an Mutters sandige Haferkekse gewöhnt war, und ich hatte ihn gerade genommen und ein Lächeln mit ihr getauscht, als Sandra plötzlich auftauchte, mich am anderen Arm packte und kreischte: »Iss das nicht!«

»Wieso nicht?«, stammelte ich und blickte von Sandras weißem Gesicht in Ruths schmerzerfülltes.

»Weil du dann kriegst, was sie hat – iih!«

Instinktiv versteckte Ruth ihre wunden Hände hinter dem Rücken, sagte jedoch trotzig: »Nein, tut sie nicht. Es ist nicht ansteckend.«

»Lass ihn fallen«, drängte Sandra mich mit echter Besorgnis in der Stimme, und ich Feigling tat, was sie mir sagte, und sah zu, wie sie den Keks mit dem Absatz auf dem Asphalt zermalmte. Als sie mich ins Gebäude schleifte, sah ich, wie Ruth mich mit Tränen in den Augen völlig ungläubig und vorwurfsvoll anschaute, und ich fühlte mich ebenso klein, abscheulich und verachtet wie der kleinste Kekskrümel unter Sandras Schuh.

»Warum habe ich keine Geschwister?«, fragte ich meine Eltern an jenem Abend beim Essen, als sei das die Ursache all meiner Probleme.

Vater blickte nervös von seinen Lammkotelettes auf und gab die Frage an Mutter weiter.

»Tja«, sagte sie unbehaglich. »Kinder zu bekommen ist nicht ganz so einfach, weißt du. Sie werden nicht fix und fertig an der Tür abgeliefert. Jedenfalls«, sagte sie schnell, damit mein Verhör keine Wende in die geburtsmedizinische Richtung nahm, »kann man sich das nicht immer aussuchen: Die Dinge kommen nicht immer unbedingt so, wie man sie geplant hat.« Und hier warf sie meinem Vater einen Blick zu, der nicht gerade freundlich war. Eine andere Erklärung bekam ich nicht.

»Wenn ich eine Schwester hätte, wäre mir Sandra egal. Wir würden einfach zusammen rumlaufen und uns unterhalten«, sagte ich.

»Weißt du, Schätzchen, ich glaube, es ist Zeit, dass du dieser Sandra die Stirn bietest«, sagte Vater milde.

»Ich glaube, es ist Zeit, dass ich mit der Schulleiterin spreche«, sagte Mutter leicht schroff.

»Nein, nein«, beharrte ich und schlug die Hände vors Gesicht. »Wenn du das tust, wird Sandra *erst recht* hinter mir her sein.«

Die Wahrheit dieses Grundsatzes erwies sich ein paar Wochen später.

Ich war ins Krankenzimmer geschickt worden, um mich hinzulegen, weil mir in der Sportstunde schwindlig gewor-

den war. Es war einer der Tage, an denen Mutter arbeitete (sie war Sprechstundenhilfe bei einem Arzt, Teilzeit),
und die Schulsekretärin hatte Probleme, sie zu erreichen.
Deshalb lag ich auf dem Krankenbett, einem echten ehe-
maligen Krankenhausmodell mit verstellbarer Rückenlehne und kratzigen grauen Decken. Das Krankenzimmer
war im selben Flur wie das Büro der Schulleiterin. Von
meinem Aussichtspunkt konnte ich durch die halb geöffnete Tür das Kommen und Gehen mehrerer Bösewichte
beobachten und das Seufzen und Zappeln hören, das von
dem Holzstuhl kam, auf dem die Missetäter wie Gefange-
ne in der Todeszelle auf ihre Bestrafung warten mussten.
Der erste Besucher, der durch die Tür ging, war Peter
Apps, der Tunichtgut der Schule, ein Rückfalltäter im Ab-
schlussjahr, der regelmäßig mit dem Stock geschlagen
wurde. Die Tür öffnete sich quietschend, um ihn hereinzulassen, schnappte wieder zu, und dann war es ein oder
zwei Minuten lang still, bevor er wieder hinausgeworfen
wurde und, sich den Hintern reibend, über den Korridor
trottete.

Die Nächsten, die durch mein Gesichtsfeld liefen, waren
Ruth Pike und ihre Mutter. Ihre Besprechung mit der Direktorin dauerte wenigstens eine Viertelstunde und endete
auf dem Flur, mit viel Händeschütteln zwischen den beiden Frauen, Entschuldigungen auf der einen Seite und
Dankeschöns auf der anderen. Fünf Minuten später hörte
ich vertraute Schritte auf den Fliesen; das Schlipp-Schlapp
von Sandras Sandalen hätte ich überall wieder erkannt. Sie
saß auf dem Stuhl vor dem Büro der Schulleiterin, hielt
sich mit beiden Händen am Sitz fest und baumelte mit den
Beinen. Nach einiger Zeit wurde sie hineingelassen, doch
trotz aller Konzentration bekam ich nicht eine einzige Sil-
be davon mit, was drinnen vor sich ging. Den Schulpreis
hatte sie bestimmt nicht verliehen bekommen, denn als sie

endlich herauskam, war ihr blasses Gesicht weißer denn je, abgesehen von ihren Augen, die vom Weinen rosa und verschwollen waren.

Kurz vor dem Mittagessen steckte die Schulsekretärin den Kopf durch die Tür. »Ich fürchte, wir können deine Mutter immer noch nicht erreichen, Abigail. Gibt es einen Nachbarn, den wir anrufen könnten, oder fühlst du dich besser?«

Ich fühlte mich inzwischen gar nicht mehr krank, und außerdem kratzte die Decke langsam unerträglich, deshalb beschloss ich, wieder in die Klasse zu gehen. Die Mittagsglocke läutete, als ich mich auf den Weg nach oben ins Klassenzimmer machte, um meine Sandwiches zu holen, wobei ich gegen die Flut von Körpern anschwimmen musste, die sich nach unten in den Speisesaal wälzte. Während der Pausen war der Zutritt zu den Klassenräumen verboten. Die einzige Ausnahme war die Aufsichtsschülerin, die am Ende der Stunde dableiben durfte, um die Tafel zu wischen und die Stühle gerade zu rücken. Diese Pflicht, die sehr begehrt war, war in dieser Woche zufällig an Ruth Pike gefallen, die immer glücklich war, wenn sie die gesamte einstündige Mittagspause damit verbringen konnte, die Möbel umzuräumen, die Scheren und Bleistifte in ihre Ständer zu stecken und jedes Körnchen Kreidestaub von der Tafel zu wischen, anstatt sich der Brutalität auf dem Spielplatz auszusetzen.

Als ich oben auf der Treppe ankam, hörte ich einen Tumult, der aus dem Klassenzimmer kam. Durch das Glas in der geschlossenen Tür sah ich Ruth Pike auf dem Boden liegen, umgeben von einer Mädchenmeute, deren Aufgabe es war, sie festzuhalten. Auf Ruths Bauch saß Sandra Skeet, die gerade dabei war, ihr mit dem Tafelschwamm auf den Kopf, ins Gesicht und auf die Arme zu schlagen, wobei sie mit jedem Schlag schmutzige Staubwolken aufwirbelte. Ruths Haare waren von dem Puder grau, und ihre wunde Haut war aufgesprungen und von Ausschlag bedeckt. Sie gab seltsame Erstickungsgeräusche von sich.

»Hör auf!«, schrie ich – meine Stimme kam nur als ein Quicksen hervor –, als ich die Tür aufstieß, doch Sandra sah mich nur über die Schulter an und machte weiter. Eine Sekunde lang stand ich dort, hilflos, so als hätte ich meine Pflicht getan und könnte wirklich nichts mehr tun, doch dann, aus dem Nichts, spürte ich einen gewaltigen Zorn in mir aufsteigen, wie kochende Milch, und bevor ich mich stoppen konnte, war ich zum Scherenständer marschiert und hatte mir eine gegriffen. Wäre es keine Sicherheitsschere mit abgerundeten Spitzen gewesen, wäre sicherlich Blut geflossen, doch so packte ich mir nur einen von Sandras dünnen blonden Zöpfen und schnitt ihn bis auf ungefähr zwei Zentimeter ab. Es war kein sauberer Schnitt, aber Sandra war durch meinen Angriff so benommen, dass sie erst nach dem ersten Schnipp begriff, was da geschah, und zu diesem Zeitpunkt hatte ich ihre Haare schon so fest im Griff, dass ihr alles Zappeln und Schreien überhaupt nichts nützte. Als Mrs. Strevens durch die Tür stürzte und die Verschwörer zerstreute, stand ich immer noch über ihr, Rattenschwänzchen in der Hand, während Ruth zuckend und nach Luft schnappend auf dem Boden lag und sich unter ihrem Rock eine kleine Pfütze ausbreitete.

Ich sah weder Sandra noch Ruth wieder. Sandra kam nach diesem Vorfall nicht mehr in die Schule – ein Jammer, weil ich mich darauf gefreut hatte, zu sehen, wie sie ihren einseitigen Haarschnitt kaschieren würde –, und die Gerüchteküche bestätigte schnell, dass man sie der Schule verwiesen hatte. Ruth wurde in einem Krankenwagen weggebracht: Die Kombination aus Angst und all dem Kreidestaub, den sie inhaliert hatte, hatte bei ihr einen Asthmaanfall ausgelöst. Trotz der Versicherungen der Schulleiterin, dass die Hauptschuldige für immer vom Schulbesuch ausgeschlossen war, hatte Mrs. Pike entschieden, dass es für Ruth besser wäre, wenn sie ihr Glück woanders versuchte. Ich bekam einen strengen Verweis für die Amputation des Rattenschwänzchens, das ich während des Tumults noch in der Hand gehalten und schließlich ganz unten in meinem Tisch verstaut hatte, wo es zusammengerollt lag wie eine blutarme Viper. Dank meines bisher makellosen Rufs und der Tatsache, dass ich zu Ruths Verteidigung gehandelt hatte, blieb ich von einem Schulverweis verschont. Um die Direktorin zufrieden zu stellen, fühlten meine Eltern sich gezwungen, so zu tun, als würden sie mein Verhalten missbilligen, doch obwohl meine Mutter angesichts dieser bisher unvermuteten Neigung zur Aggression in meinem Charakter besorgt war, waren sie hauptsächlich erleichtert.

»Schließlich hat sie ihr nur *ein* Rattenschwänzchen abgeschnitten«, brachte mein Vater zu meiner Entlastung vor.

5

Mein Mitwirken an der Befreiung der Klasse von Sandras Tyrannei hatte unerwartete Konsequenzen. Ihr ehemaliges Gefolge, das ohne Anführerin nicht weiter wusste, übertrug seine Loyalität auf mich. Nicht weil sie mich mochten oder sich wegen ihrer früheren Unfreundlichkeiten schuldig fühlten, sondern weil sie jetzt Angst vor mir hatten. Es war, als würde die Klasse darauf warten, was ich als Nächstes tun würde. Diese Situation erschien mir kaum angenehmer als die alte. Am Schikaniertwerden hatte ich am meisten gehasst, derart im Mittelpunkt zu stehen; jetzt war ich auffallender denn je. »Das ist die, die dem anderen Mädchen die Haare abgeschnitten hat«, ging ein Flüstern durch die Schule, wohin mein Schatten auch fiel.

Es war mein Glück, dass sich bald etwas anderes bot, das meine Zeit in Anspruch nahm, denn sonst hätte ich mich vielleicht noch in die Rolle der designierten Schultyrannin hineingefunden.

»Wollen wir, dass Abigail ein Musikinstrument erlernt?«, fragte Vater eines Abends beim Tee, während er aus dem Schulrundschreiben vorlas. »Willst du ein Musikinstrument erlernen, Abigail?«

»Ja, das wollen wir ganz sicher«, sagte Mutter. »Was kostet das?«

»Es ist umsonst. Wir müssen bloß dieses Kästchen ankreuzen. Bist du sicher, dass du das willst, Abigail?«, beharrte Vater, während sein Drehbleistift über dem Blatt schwebte. »Dafür muss man viel üben.«

»Natürlich will sie. Ich habe schon immer gesagt, sie ist musikalisch«, sagte Mutter, als wäre diese Tatsache bereits erwiesen. »Such dir etwas aus, was hübsch leise und leicht zu tragen ist, zum Beispiel eine Flöte.«

»Ein Cello?« Die Stimme meiner Mutter hatte einen leicht besorgten Unterton.

»Das war alles, was noch übrig war«, sagte ich. »Cellos und Tubas.«

»Tja, dem Himmel sei Dank für die kleinen Gnaden«, sagte Mutter, als sie das in Segeltuch gekleidete Ungetüm an meiner Seite beäugte.

»Mrs. Allens Klasse ist direkt neben dem Musikschrank, und die waren zuerst dort und haben sich alle Flöten und Geigen genommen, und als wir endlich an der Reihe waren, waren nur noch die großen Sachen übrig.« Ein seltsamer Gedanke, dass meine Karriere auf einem solchen Zufall beruht. »Wir können auch ein anderes Instrument lernen, wenn wir wollen, aber dann müssen wir uns ein eigenes anschaffen. Ich würde lieber Flöte lernen.«

»Das Cello ist prima«, sagte Mutter bestimmt und legte Jacqueline du Pré auf, die im Hintergrund (leise) Elgar spielte, während wir Stangenbohnen schnippelten, nur damit ich wusste, wonach ich streben sollte.

Wie ich dieses Cello hasste – es jede Woche wie einen Leichnam zur Schule zu zerren; es in Busse zu schleppen und wieder heraus, mich errötend zu entschuldigen, wenn ich eine Spur aufgeschürfter Fußknöchel und blauer Schienbeine hinterließ; mit Schlagseite zu laufen, damit es nicht über den Boden kratzte, den freien Arm als Gegengewicht ausgestreckt. Körperlich waren wir ein sehr seltsames Paar – ich: klein, hell und dünn wie eine Flöte, und das Cello: riesig, dunkel und breithüftig. Es war keinesfalls ein neues Modell, sondern oft benutzt und um die Mitte leicht abgewetzt, sodass ich mir Splitter in die Beine zog und eine spezielle Verfügung für mich erlassen werden musste, damit ich – eine weitere Schmach – zum Cellounterricht eine Hose anziehen durfte. Trotzdem beschloss ich, diese Last zu tragen, übte jeden Tag zwanzig Minuten, wie mich die Lehrerin, Mrs. Ede, angewiesen hatte, und setzte meine Eltern Tonleiterkonzerten und Demonstrationen meiner Pizzikatotechnik aus, was sie mit innerer Stärke über sich ergehen ließen. Nach zwei Monaten wurden die kleinen weißen Klebestreifen abgenommen, mit denen die Grundpositionen auf dem Griffbrett markiert worden waren, und hinterließen leichte Klebstoffspuren, die ich noch wochenlang als Anhaltspunkte benutzte. Obwohl ich, wenn es Zeit zum Üben war, stöhnte und jammerte und es bis kurz vor dem Zubettgehen vor mir herschob, sodass es einen Schatten auf den ganzen Tag warf, stellte ich fest, dass es mir, als ich erst einmal richtig zu spielen angefangen hatte, Spaß machte und ich die Zeit vergaß. In meinem Versetzungszeugnis lobte Mrs. Ede mein »natürliches Gehör« – die erste schmeichelhafte Bemerkung, die je über meine Ohren gemacht wurde –, und ich fing an, das gesamte Unterfangen ernster zu nehmen. Zu diesem Zeitpunkt hatte sich mehr als die Hälfte der Schüler, die sich dafür entschieden hatten, ein Instrument zu erlernen, als desinteressiert oder unfähig erwiesen und das Handtuch geworfen: Der Musiksaal war wieder reichlich mit Flöten bestückt. Doch durch Mrs. Edes Worte ermutigt, blieb ich »dem Monster«, wie es zu Hause genannt wurde, treu. Ich fing sogar an, es mit mehr Respekt zu behandeln, wischte ihm mit einem safranfarbenen Staubtuch das Harz von den Saiten und polierte das Holz mit einem Pflegemittel, bis ich in seinem glänzenden Rücken mein stirnrunzelndes Gesicht sehen konnte.

Nachdem ich zwei Halbjahre lang pflichtbewusst an Tonleitern, Arpeggios und drei leichten Stücken herumgesägt hatte, bestand ich »Stufe Eins« mit Auszeichnung, und meine Berufung kündigte sich an. Als Belohnung und Ansporn für weitere Bemühungen boten meine Eltern mir ein »großes Geschenk« an. Ich entschied mich für Etagenbetten und schlief wie eine Prinzessin in einem Turm im oberen, und das Cello, meine Ersatzschwester, im Bett darunter in einem Plüschtiernest.

6

Sie geht in Schönheit wie die Nacht.

»In Landen warm und Sternenhaar … bar … es hat keinen Zweck«, sagte Mrs. Gardiner. »Ich kann ohne meine

Brille überhaupt nichts sehen. Du wirst vorlesen müssen, Monica.«

Mittwochabends war Lyrikabend. Meine Mutter hatte einst dem örtlichen Gesangsverein angehört, der sich einmal in der Woche traf, um ein anspruchsloses Repertoire aus populären Werken einzuüben und dann in der Pfarrkirche vor einem Publikum aufzuführen, das sich aus vielen Freunden und Verwandten der Chormitglieder zusammensetzte. Die Ankunft eines neuen, jungen Dirigenten, der ein modernes Element in das Programm einführen wollte – abenteuerliche Stücke voller Schlaginstrumente, Dissonanzen und entnervender Pausen –, hatte zu Unzufriedenheit und Streit in den Rängen geführt. Schließlich hatte er sich mit der Mitteilung übernommen, dass gewisse Personen im zweiten Sopran Probleme mit den hohen Tönen hatten – eigentlich gar keine Soprane waren und vielleicht die Stimme wechseln sollten. Meine Mutter und ein halbes Dutzend anderer Frauen, die wegen der kürzlichen Erhöhung des jährlichen Mitgliedsbeitrags sowieso bereits verärgert waren, traten geschlossen aus. Sie standen moderner Musik misstrauisch gegenüber, nahmen es übel, von jemandem, der frisch vom College kam, von oben herab behandelt zu werden, und sie wollten *verdammt* sein, wenn sie im ersten Alt singen würden: Nach all den Jahren einen anderen Ton anschlagen? Nein danke.

Um die Lücke zu füllen, die dieser Aufstand in ihrem kulturellen Leben hinterlassen hatte, beschlossen meine Mutter und die anderen rebellischen Sopranistinnen, ihre Aufmerksamkeit einem anderen Zweig der Künste zuzuwenden. Wie bei der Musik jagten sie, wenn es um Lyrik ging, lieber im Rudel, und an jedem Mittwochabend versammelten sie sich mit einem Sherry in der Hand im Wohnzimmer derjenigen, die an der Reihe war, den anderen ihre Gastfreundschaft zu erweisen, und fieberten der bevorstehenden Jagd entgegen.

Eine der Frauen, Mrs. Davis, die als Bibliothekarin arbeitete und von der einmal ein Gedicht in der *Lady*, der ältesten Frauenzeitschrift Großbritanniens, veröffentlicht worden war, fungierte als Vorsitzende. Ihre Aufgabe bestand darin, die Gedichte, die vorgelesen werden sollten, mit ein paar Worten über das Leben des Dichters, den historischen Hintergrund und die Bewegung, der er angehörte, vorzustellen. Dichter, schloss ich daraus, kamen nicht einzeln, sondern in Wellen.

Mein Vater, der Lyrik ziemlich gern las, zog sich mit der Pfeife ins Arbeitszimmer zurück, wenn die ersten Besucher die Kieseinfahrt heruntergeknirscht kamen. Ich konnte bei ihnen sitzen oder auch nicht, ganz wie ich wollte, vorausgesetzt ich verhielt mich leise. Normalerweise setzte ich mich dazu, weil ich bei allem, was passierte, immer gern dabei war, und außerdem gab es an Mittwochabenden immer bessere Kekse als sonst.

An diesem speziellen Abend jedoch ging ich bereits nach der Hälfte der Zeit, weil meine Granny, Mutters Mutter, die zu Besuch war, vor Langeweile herumzuzappeln begann. Sie war nicht scharf auf Lyrik, weil sie als Schülerin gezwungen worden war, ganze Bände von dem Zeug auswendig zu lernen – Grays *Elegy* und *The Charge of the Light Brigade* –, und außerdem ziemlich taub war, sodass sie nicht immer alles mitbekam und missbilligende Geräusche von sich gab, was die Vorlesenden nervös machte. Eine weitere Quelle des Unbehagens war die niedrige Temperatur im Wohnzimmer: Grannys Haus in Bognor Regis hatte Zentralheizung und wurde gut beheizt, und sie fand die Aversion meiner Mutter gegen Wärme vollkommen unverständlich. Um meinen Eltern gegenüber fair zu sein: Sie ließen sie nicht frieren, sondern hatten ihr Zimmer mit einem elektrischen Ofen mit drei Heizelementen ausgestattet, der einen vibrierenden Ton von sich gab und nach verbranntem Staub roch, und in ihr Zimmer zogen wir uns mit Tee und Plätzchen zurück, um Karten zu spielen.

»Ich bin kein großer Lyrik-Fan«, sagte Granny, während sie die Karten mischte. Wir hockten an ihrem Nachttischchen; ich saß auf dem Bett, sie im Sessel. »Ich persönlich habe immer lieber Romane gemocht. Hast du schon viel Thackeray gelesen?«

»Nein«, sagte ich. Ich war neun Jahre alt.

»Tja, das solltest du aber. Als ich so alt war wie du, hatte ich schon alles von Thackeray gelesen. Hab in der Schule die ganze Nacht mit einer Taschenlampe unter der Bettdecke geschmökert. Bin dafür regelmäßig geschlagen worden. Hat natürlich meine Augen ruiniert. Das Lesen, meine ich, nicht das Geschlagenwerden. Würdest du nicht gern ins Internat gehen?«

Die Leute sagten oft, wie verschieden meine Mutter und meine Granny waren – eine Bemerkung, die meiner Mutter schmeicheln sollte. Da war etwas Wahres dran: Meine Mutter neigte dazu, Dinge schweigend zu missbilligen; meine Großmutter tat es lautstark. Granny hatte sich bereits in frühen Jahren das Auftreten einer Frau angeeignet, deren Pläne vereitelt worden waren. Als junges Mädchen war ihr Ehrgeiz, Jura zu studieren, von ihren Eltern im Ansatz erstickt worden, die nicht gewillt waren, einer Frau eine Ausbildung zu finanzieren. Stattdessen hatte sie zusehen müssen, wie sie ihr Geld vergeudeten, indem sie ihre drei weniger intelligenten Brüder durch Public School und Universität gebracht hatten, wo sie sich alle drei nicht gerade mit Ruhm bekleckerten. Trotzdem hatte sie einige der Lektionen ihrer Schulzeit verinnerlicht – sie wäre zum Beispiel lieber verhungert als das falsche Besteck zu benutzen – und konnte dank Thackeray und Co. wenigstens behaupten, ihre Nächte sinnvoll verbracht zu haben. Ihre Ehe mit einem älteren Mann aus dem Dorf war nicht glücklich. Meine Großmutter eignete sich nicht für die Ehe, und mein Großvater eignete sich nicht für meine Großmutter. Häuslichkeit lag nicht in ihrer Natur. Sie hatte irgendeine moderne Vorstellung davon, dass Mutterschaft nicht unbedingt Frauenarbeit sein musste, und wenn man als kleines Kind von ihr in zwei Zentimetern kaltem Wasser gebadet worden war, während einem von ihrer Zigarette heiße Asche auf die nackte Haut fiel, neigte man dazu, ihr Recht zu geben. Wild entschlossen, ihre eigene Tochter nicht auf ähnliche Art bestraft zu sehen, hielt sie das Geld zusammen, sparte und übte sich in Verzicht, um sie auf eine gute Schule schicken zu können. Doch sie hatte nicht mit den Launen der menschlichen Natur gerechnet. Was meine Mutter an materiellen Vorteilen genoss, fehlte ihr an Ehrgeiz; sie wollte nichts anderes als ein ruhiges Familienleben und einen kleinen Job, um sich ein wenig Taschengeld zu verdienen.

Ich liebte meine Großmutter, wie es Kinder oft tun, aber ich hatte auch Angst vor ihr. Sie war eine gute Geschichtenerzählerin, und ich konnte mich darauf verlassen, dass sie in jedem Streit für mich Partei ergriff – nur um zu vermitteln und so die Auseinandersetzung unnötig in die Länge zu ziehen. Doch ihre Freimütigkeit und Taktlosigkeit waren legendär. »Was ist denn das für ein schreckliches Geräusch?«, wollte sie einmal wissen, und als sie erfuhr, dass ich gerade Cello übte, sagte sie lachend: »Großer Gott, ich dachte, da wäre eine Katze im Schornstein stecken geblieben.«

Besuche bei ihr zu Hause in Bognor waren ebenfalls eine Tortur, weil wir dort gezwungen waren, nachmittags zum Strand zu gehen, eine Pilgerreise, die mich zwangsläufig den musternden Blicken der Öffentlichkeit und großen

Peinlichkeiten aussetzte. Während andere Familien mit ein paar Handtüchern über die Runden zu kommen schienen, bestand unser Gepäck aus einer Kühltasche, einem Deckelkorb, Handtüchern, Ersatzhandtüchern, Liegestühlen und Windschutzvorrichtungen, mit denen Vater ein beduinenartiges Lager aufschlagen musste. Während normale Leute sich entkleideten, zog Granny sich immer mehr Schichten über – Mantel, Schal, Wolldecken – und setzte sich grimmig mit dem Gesicht zum Meer, als ob das Ganze ein Test ihrer Charakterstärke wäre.

»Nein, nicht da, Stephen, da. Nicht zu nah bei diesen Leuten. Die haben ein Radio.« Ihre Stimme hallte über den Strand wie die eines Ausbildungsunteroffiziers über den Exerzierplatz. Statt sich eine Strandhütte zu mieten, zogen Mutter und Vater sich mit viel Herumgehopse unter einem selbst gemachten orangefarbenen Frotteezelt mit Gummiband im Halsausschnitt um. Eigentlich zur Tarnung entworfen, machte es den Träger meilenweit sichtbar. Da ich nur ein Kind war, wurde von mir erwartet, dass ich frei von feineren Gefühlen wie Scham war und mit einem Handtuch auskam. Als wir das letzte Mal zusammen am Strand gewesen waren, hatte ich mich im Schutz eines kleinen Handtuchs, das ich mit den Zähnen fest hielt, aus Schlüpfer und Unterhemd gewunden und mir einen Badeanzug erst halb übergestreift, als Granny, durch diese offensichtliche Prüderie bis aufs Äußerste provoziert, bellte: »Ach, um Himmels willen, wozu braucht sie das denn? Es ist ja nicht so, als hätte sie Brüste!«, und mir das Handtuch entriss, um dem gesamten Strand die Wahrheit dieser Aussage zu offenbaren.

An diesem speziellen Abend, während die Damen unten Byron auf den Seziertisch legten, spielten wir »Mach deinen Nachbarn arm«. Granny war eine gefährliche Gegnerin; dass sie mich gewinnen ließ, kam nicht in Frage, und nach zwei Runden schlug sie vor, dass wir um Geld spielen sollten. »Wir spielen normalerweise um Streichhölzer«, sagte ich, doch das wurde mit einem Wedeln ihres Taschentuchs verworfen.

»Geh und bitte deinen Vater um etwas Kleingeld, dann können wir richtig spielen.«

»Herein«, kam auf mein zaghaftes Klopfen Vaters Antwort aus dem Arbeitszimmer. Ich spähte um den Türpfosten – ich wagte mich gewöhnlich nicht in sein Heiligtum. Normalerweise war meine Rolle die des Boten, der ihn zum Mittag- oder Abendessen rief. Natürlich schlich ich mich, wenn er weg war, ab und zu hinein, aber der Teppich war meist mit Papieren, Schulheften, Korrekturen, Stapeln mit maschinengeschriebenen Seiten, Notizen über dies, Übersetzungen von jenem übersät, dass es fast unmöglich war, durchs Zimmer zu gehen, ohne etwas durcheinander zu bringen. Es sah immer aus, als wäre vor kurzem eingebrochen worden.

»Kann ich ein bisschen Kleingeld haben? Granny will mit mir um Geld spielen.«

»Dann hört ihr euch gar nicht die Gedichte an?«

»Wir sind nur bis zur Pause geblieben«, sagte ich. »Granny hat gefroren.«

Er nickte. Über seinen normalen Sachen trug er einen einteiligen Fliegeranzug aus dunkelbraunem Schaffell, die flauschige Seite nach außen, offensichtlich für antarktische Flüge in Flugzeugen entworfen, die oben offen waren, was ihm das Aussehen eines riesigen Teddybären verlieh. Er hatte zwar einen Gasofen im Zimmer, zündete ihn aber nie an, weil er sich weigerte, irgendeinen Komfort für sich selbst zu beanspruchen, auf den Mutter verzichtete.

Er durchsuchte kurz seine Taschen, versuchte aufzustehen, stellte fest, dass er zwischen Kisten voller Papier eingeklemmt war, und sank wieder in sich zusammen. »Ich scheine keins bei mir zu haben«, sagte er. »Versuch es in meiner Jacke – sie ist irgendwo im Schlafzimmer.«

Sie war an die Rückseite der Tür gehängt worden, zweifellos von Mutter. In einer Tasche fand ich nur Kreide – ein paar zerbrochene Stücke und etwas grauen Puder, der unter meinen Fingernägeln hängen blieb, während ich nach Münzen wühlte – und in der anderen war Vaters Brieftasche, die wie das Arbeitszimmer voller Papier war, aber kein Geld beinhaltete. Obwohl es auf den ersten Blick klar war, dass die Brieftasche zu flach war, um Kleingeld zu enthalten, sah ich, ohne mir etwas dabei zu denken, den Inhalt durch. Ich empfand das nicht als Schnüffeln, weil Vater mir mehr oder weniger die Erlaubnis gegeben hatte. Da waren Büchereiausweise und Kontokarten, Briefmarken, alte Quittungen und ein paar Stücke blaues Papier mit Zahlen und Worten wie NETTO und BRUTTO und STEUER drauf. Und in einem Fach hinten steckte ein quadratisches Schwarzweißfoto von einem winzigen Baby in einem Bettchen. Ein Baby, das nicht ich war: Auf der Rückseite standen mit blauer Tinte in einer fremden Handschrift die Worte: *Birdie, 18 Tage alt.*

7

Am nächsten Morgen half ich meiner Mutter gerade dabei, den Frühstückstisch zu decken, als ich das Foto zur Sprache brachte. Wir machten alles, wie es sich gehört, weil Granny da war: Toast im Ständer, Butter in der Schale, Zucker in der Dose. Vater versteckte sich hinter der *Times* und nahm unsere Bemühungen gar nicht wahr. Granny machte sich in der Küche zu schaffen, weil sie ihr Besteck suchte. (Sie brachte immer ihr eigenes Silberbesteck von zu Hause mit, weil unser rostfreies Stahl komisch schmeckte, wie sie sagte.) Ich teilte die Frühstückseier aus und stülpte jedem einen handbestickten Filzwärmer über. Im Handarbeitsunterricht wurden wir angehalten, solche Sachen anzufertigen, weil sie leicht waren und man dafür nicht allzu viel Material brauchte. Ich produzierte die Dinger in solchem Tempo, dass Mutter schon eine ganze Schublade voll hatte; wenn sie sich je in einer Situation wieder finden würde, in der sie vierundzwanzig gekochte Eier gleichzeitig einzeln warm halten müsste, wäre sie gut vorbereitet. Genau in dem Moment, als Mutter ein Tablett hereinbrachte, das mit Müslischüsseln, Milchkrug und Teetassen beladen war, muss ich unbewusst eine Verbindung zwischen Eiern und Vögeln (Birdie = Vögelchen) hergestellt haben, denn ich sagte ohne jede Einleitung: »Wer ist Birdie?«

Krachbumm fiel das Tablett auf den Boden, während Mutter ein »Oh« ausstieß, das in der Luft zerplatzte wie eine Seifenblase. Sie fiel auf die Knie und fing an, mit ihrer Schürze die Milch aufzuwischen und Scherben aus blauweißem Geschirr zu einem zerklüfteten Hügel zusammenzuscharren. Weiß im Gesicht blickte mein Vater von seiner Zeitung auf.

»Wie kommst du denn darauf?«, sagte Mutter mit gesenktem Kopf undeutlich vom Boden. Vater schlug die Hände vors Gesicht und sagte: »Oh Gott.« Ich fing an zu weinen.

»Was hast du mit meiner Serviette angestellt, Monica?«, wollte Granny wissen, die hereinkam und abrupt stehen blieb, als sie die Szene in sich aufnahm.

»Ich hab n-n-nur ein Bild in Daddys Brieftasche gefunden. Er hat gesagt, ich könnte darin nach Kleingeld suchen. Ich wollte nichts Böses tun«, schluchzte ich, während Mutter mühevoll aufstand und blind aus dem

Zimmer stürzte. »Oh nein. Oh *Gott*«, sagte Vater und ging ihr nach, wobei er unachtsam durch die zerbrochene Keramik knirschte und eine Spur milchiger Fußabdrücke hinterließ. Auf der Treppe waren stampfende Schritte zu hören und dann erregte Stimmen.

»Liebling, bitte, jetzt hast du Abigail aufgeregt.«

»*Ich* habe sie aufgeregt!« Und dann mehr Weinen, als die Schlafzimmertür zuschnappte.

»Hör mal, Schätzchen«, sagte Granny, legte mir eine Hand auf die Schulter und schüttelte mich sanft, so als versuchte sie, mich zu wecken. »Worum geht es denn?«

Durch eine Schicht aus Schleim und Tränen stieß ich hervor, was ich gesagt hatte. Als ich Birdie sagte, entfuhr ihr ein »Oje. Oje«, und sie setzte sich ziemlich schwerfällig neben mich, wobei sie sich auf meine Schulter stützte. Sie zog ein riesiges Herrentaschentuch hervor, das mit den Initialen meines verstorbenen Großvaters bestickt war, und wischte mir das Gesicht ab. Dann legte sie den Arm um mich und drückte mich, eine völlig untypische Geste. »Wollen wir Mummy und Daddy einen Augenblick allein lassen und in den Garten gehen, ja?«, redete sie mir gut zu. Ich nickte und gab mir große Mühe, meine Schluchzer zu einem Wimmern zu reduzieren, während sie mich durch die Verandatür hinausführte. Der Rasen war noch taunass, und unsere Schuhe hinterließen grüne Spuren im silbernen Gras. Nach ein paar Runden um den Garten setzten wir uns auf die Bank zwischen den Rosenbeeten: Die ersten Blätter kamen gerade hervor. Granny zeichnete ein paar Minuten lang mit dem Finger die Umrisse ihrer Lippen nach. Sie schien mich vergessen zu haben. »Was tust du da?«, fragte ich.

»Ich denke nach«, sagte sie. »Wirst du ganz lieb sein, wenn ich dir erzähle, was ich dir jetzt erzählen werde? Und ganz tapfer?«

»Mmm-mm«, sagte ich und biss mir fest auf die Unterlippe, um mit dem Weinen aufzuhören.

»Natürlich ist das, was ich dir jetzt erzähle, ein Geheimnis. Und das bedeutet, dass du nie irgendjemandem ein Sterbenswörtchen davon verraten darfst. Du hast doch sicher schon früher Geheimnisse gehabt.«

In jener Phase war meine Erfahrung mit dieser Freundschaftswährung noch sehr begrenzt, aber ich sagte trotzdem ja.

»Nun …« Sie holte tief Luft. »Als du selbst noch ein Baby warst, hattest du ein Schwesterchen, aber es ist gestorben.«

»War das das Baby auf dem Bild?«

»Ja.«

»Warum ist es gestorben?«

»Hm …« Sie zögerte einen Moment und blickte hinauf zum Himmel, als läge die Antwort vielleicht dort, bevor sie sagte: »Das weiß niemand. So was kommt schon mal vor.«

»Wie alt war ich da?«

»Viel zu klein, um dich an irgendetwas zu erinnern. Aber deine Mummy und dein Daddy erinnern sich natürlich, und deshalb darfst du den Namen Birdie nie wieder erwähnen oder nach ihr fragen. Verstehst du?«

»Wieso haben sie mir nie davon erzählt?«

»Weil du es nicht zu wissen brauchtest. Manchmal ist es leichter, über etwas hinwegzukommen, wenn man nicht darüber spricht oder zu viel darüber nachdenkt. Und sie wollten das tun, was für dich am besten war. Also sei einfach weiter die Abigail, die wir alle so sehr lieben, und vergiss das alles. Versprichst du mir das?«

Ich nickte mit trockenen Augen. Darüber gab es keine Diskussion. Doch ich vergaß es nicht; wie hätte ich das gekonnt? Im Zeitraum von ein paar Minuten hatte ich eine

Schwester gewonnen und wieder verloren, die Freundin und Gefährtin, von der ich so lange geträumt hatte, auf die meine Etagenbetten, mein Tennis-Set und mein Schrank voller Spiele vergeblich warteten; die in meine Kleider hätte hineinwachsen sollen; die mich nie Cello spielen hören oder mit mir zur Schule gehen würde oder vor den unverschließbaren Mädchenklos mit einem Fuß unter der Tür warten würde oder die Geheimnisse für sich behalten würde, die ich eines Tages sicher haben würde. Ich habe oft an sie gedacht; jeden Abend, wenn ich im oberen Bett lag, stellte ich mir vor, wie sie aus dem unteren Bett nach oben greifen würde, um meine Hand zu halten. An all den regnerischen Wochenenden, wenn Mutter Kopfschmerzen hatte oder Vater hinter geschlossener Tür in seinem Arbeitszimmer arbeitete, und die Stille im Haus in meinen Ohren langsam zu einem Tosen wurde, dachte ich an sie. Und immer, wenn ich meine Mutter seufzen hörte, und ich wusste, dass sie sich erinnerte, dann dachte ich an dich, Birdie. Doch ich hielt mein Versprechen und fragte nie nach dir oder erwähnte deinen Namen, oder hörte, wie man ihn erwähnte, bis zu jenem Abend neun Jahre später, als mein Leben als Erwachsene wirklich begann.

III

8

Im Sommer 1977 ging ich mit einer Freundin, meinem
»Stufe Zwei«-Cello-Zeugnis und zwei Dutzend selbst gemachten Eierwärmern von St. Bede's ab. Die Freundin
hieß Karen Smart und war das einzige andere Mädchen in
der Klasse, das die Zulassungsprüfung zur höheren Schule bestanden hatte. Das war der Sand, auf dem unsere
Freundschaft gebaut war. Während wir zur Grammar
School für Mädchen geschleust wurden, um eine gute Ausbildung zu erhalten, waren unsere Klassenkameradinnen
dazu ausersehen, an der örtlichen Highschool bereits im
zarten Alter ins Rauchen und in Faustkämpfe eingeführt
zu werden und sich von Sandras Schwester den Kopf in die
Toilette drücken zu lassen. So lautete jedenfalls die herr-
schende Dämonologie.

Ich lernte Karen erst im letzten Halbjahr kennen, als mir
bewusst wurde, dass wir zusammen zur Grammar School
gehen würden. Sie wohnte ein paar Straßen von uns entfernt, und wir fingen an, uns gegenseitig zum Spielen zu
besuchen. Karen war eine Pferdenärrin: Ihre Zimmerwän-
de waren mit Ponybildern tapeziert; ihren Spiegel zierte
ein Messinggeschirr an Lederriemen, und sie hatte sich
eine beträchtliche Rosettensammlung zugelegt. Das war
doppelt beeindruckend, weil sie nicht einmal ein Pferd besaß. Ich war eigentlich gar nicht so scharf auf Pferde, aber
ich spürte, dass dies ein Defizit meinerseits war, und tat

mein Bestes, um es zu verbergen. In ihrem Garten stand eine hohe Leichtsteinmauer, die den schönen Teil des Hauses mit seinem gestreiften Rasen und unkrautlosen Blumenbeeten von dem heruntergekommenen Spielplatz dahinter abschirmte. Über diese Mauer warfen wir zusammengelegte Decken als Sättel, funktionierten ein paar Ledergürtel ihres Vaters zu Zügeln und Steigbügeln um und verbrachten Stunden damit, auf der Mauer zu reiten und das Auf- und Absteigen zu üben. Manchmal baute Karen mit Besenstielen und Gartengeräten ein paar Hindernisse auf, die sie auf Backsteinen, Schubkarren und Gießkannen ausbalancierte, und wir galoppierten, ohne Gaul, um den Kurs herum, stoppten unsere Zeiten und zählten die Fehler. Im Gegensatz zu Karen schaffte ich nie eine fehlerfreie Runde. Sie konnte dieses Spiel den ganzen Nachmittag spielen, ohne sich zu langweilen. Manchmal, wenn ich es wirklich nicht mehr aushielt, lief mein Pferd Amok, stieß Besenstiele und Eimer um, und Karen fragte mich, ob ich es wieder in den Stall bringen wollte.

Obwohl wir in St. Bede's nicht die besten Freundinnen gewesen waren, klammerten Karen und ich uns im wogenden Meer aus blauen Blazern, unserer ersten Erfahrung an der weiterführenden Schule, aneinander wie Überlebende eines Schiffbruchs. Sie hielt mir im Umkleideraum ein Schließfach frei, ich ihr einen Platz in der Essensschlange; sie reservierte mir in Französisch einen Platz neben sich. Französisch. Das war neues Terrain. *Philippe est dans le jardin. Marie-Claude est dans la cuisine.* Überall taten sich neue Möglichkeiten auf.

Alles war neu und seltsam. Anfangs erschien uns der Stundenplan unergründlich. Während wir früher den ganzen Tag am selben Platz gesessen hatten, waren wir nun ständig unterwegs und wurden jede halbe Stunde wie Vieh von einem Raum in den anderen getrieben. Die Schule roch anders als in St. Bede's – nicht nach Plakatfarbe und Desinfektionsmittel, sondern nach Bohnerwachs und alten Büchern, eine Kombination, die gleichzeitig sauber und schmutzig war. An die Uniform musste man sich auch erst gewöhnen: die blauen Filzhüte mit einem Gummiband wie eine Garrotte, die wir auf dem Spielplatz als Frisbees benutzten, wurden von Highschool-Marodeuren für wertvolle Trophäen gehalten, so wie das Horn eines Rhinozeros' einen Wilderer in Versuchung führen konnte. Und die kratzigen Rollkragenpullis, die uns angeblich von der Tyrannei des Schlipses befreien sollen, rutschten unter unseren Überkleidern hoch und bildeten unter der Brust eine feste Wurst. In der Pause waren die Klos immer voller Mädchen, die ihre Überkleider hochzogen und sich diese nervtötenden Pullis wieder in die Schlüpfer steckten.

Bei so viel Neuem war es nützlich, bereits eine Verbündete zu haben. Sehr viele Mädchen waren mit ihren Freundinnen auf die Schule gekommen, sodass Einzelne leicht an den Rand gedrängt werden konnten. Karen und ich hätten vielleicht gute Freundinnen werden können. Sie war eigentlich ganz nett, ein höfliches, harmloses Mädchen, der Typ, den meine Mutter für mich ausgesucht hätte, wenn sie gekonnt hätte. Doch das Schicksal – dieses böse Weibsbild – hatte es anders bestimmt. Manche Leute blicken auf ihre Vergangenheit zurück und können einen bestimmten Moment festlegen, in dem eine Begegnung, eine Handlung, eine Entscheidung oder sogar das Unterlassen einer Handlung oder einer Entscheidung sich als ausschlaggebend erwiesen und den Lauf ihres Lebens geändert hat. In meinem Leben fallen mir drei solcher Momente ein. Einer davon ereignete sich vierzehn Tage, nachdem ich auf die Grammar School gekommen war, und hing von einer Reihe trivialer Faktoren ab: von Karen Smarts geschwollenen Drüsen, der Inkompetenz einer An-

waltsfirma im Norden Londons und vom sich verschlech-
ternden Gesundheitszustand Miss Mimosa Smith'.

Eines Montagmorgens kam ich in die Schule und stellte
fest, dass Karen krank war. Ich wusste schon von ihren
»Drüsen«, die, wie sie sagte, dazu neigten, ohne Vorwarnung anzuschwellen wie Golfbälle: Man sah Karen oft dabei, wie sie ihren Nacken mit einem Taschenspiegel untersuchte und ihren Hals an den Seiten mit Finger und
Daumen abtastete, um nach plötzlichen Schwellungen zu
fahnden.

Egal in welcher Klasse, wir saßen immer an einem
Zweiertisch am gleichen Platz – ungefähr in der Mitte und
etwas nach links versetzt. Normalerweise gab es in jedem
Raum ein paar Ersatztische, sodass man sich nicht neben
jemand anders setzen musste, wenn die Tischnachbarin
fehlte, und an jenem Morgen war ich allein dem mor-
gendlichen Unterricht gefolgt. Als der Nachmittagsunter-
richt begann und wir unsere Plätze im Geschichtsraum
einnahmen – guter Name, wenn man die Antiquiertheit
und Altersschwäche der Einrichtung in Betracht zog –, saß
eine Fremde auf Karens Platz. Sie hatte sehr dichtes, sehr
dunkles, braunes Haar und trug eine seltsame Variation
der Schuluniform: Pullover, Überkleid und Strickjacke kamen den vorgeschriebenen Kleidungsstücken nahe, aber
waren nicht ganz dieselben. Später erfuhr ich, dass ihre
Mutter, entsetzt über die Preise des Maßschneiders, zu
dem wir geschickt worden waren, auf der Suche nach billigeren Ausführungen die Ladenketten abgeklappert hatte:
Sie war nicht der Typ, der sich von Schulvorschriften einschüchtern ließ.

»Wer bist du?«, fragte ich, als ich mich unsicher um
meinen angestammten Platz herumdrückte.

»Frances Gillian Radley. Die Frau da« (sie meinte Dr.

Peel) »hat mir gesagt, ich soll mich hier hinsetzen. Mein Bruder hat gerade ein Schachmatt in fünf Zügen entwickelt.«

»Oh. Bist du neu hier?«

»Ja. Offensichtlich.«

»Wieso hast du nicht zu Beginn des Halbjahres angefangen wie alle anderen?«

»Weil wir umgezogen sind, damit Auntie Mim bei uns wohnen kann, aber es hat sich alles verzögert, und Mum musste zu der Anwaltskanzlei fahren und Krach schlagen. Wir haben bis letzte Woche in Highbury festgesessen. Rad – das ist mein Bruder – geht dort immer noch zur Schule. Er fährt jeden Tag mit dem Zug und mit der U-Bahn. Es sind vierzehn Meilen.«

»Rad ist ein komischer Name«, sagte ich. (Ich interessierte mich für jeden, der ein ähnliches Leiden hatte wie ich.)

»Es ist die Abkürzung für Radley. Sein Vorname ist *Marcus*«, sie flüsterte es, »aber so darf man ihn nicht nennen, sonst schlägt er einen.«

»Oh.«

»Er mag sowieso keine Mädchen.«

»Oh.«

So lernte ich Frances kennen; es war das erste Mal, dass ich den Namen Rad hörte und von dem merkwürdigen Radley-Haushalt erfuhr. In den nächsten Wochen sollte ich noch viel mehr von ihnen hören.

Am nächsten Morgen lungerte ich nervös auf dem Spielplatz herum und wartete, ob Karen wieder käme und ihren Platz beanspruchen würde. Die Wahrheit war, dass ich Frances bereits bevorzugte und hoffte, wieder neben ihr sitzen zu können, und ich fragte mich, wie ich das arrangieren konnte, ohne Karens Gefühle zu verletzen. Als die

Klasse sich jedoch der Reihe nach registrieren ließ, wurde klar, dass keine von beiden aufgetaucht war, und meine Sorge musste auf einen anderen Tag verschoben werden. Nach der Hälfte der ersten Stunde, wieder Geschichte, kam von der Tür ein Geräusch, und ich sah Frances, wie sie mit leicht gerötetem Gesicht hinter der Glasscheibe auf und ab hüpfte, gestikulierte und mit dem Kopf auf die Lehrerin deutete, die ihr glücklicherweise den Rücken zugewandt hatte und etwas an die Tafel schrieb. Ich runzelte die Stirn und formte mit den Lippen: »Was tust du da?« Langsam wurden auch ein paar von den anderen Mädchen aufmerksam und kicherten. Dr. Peel sah sich streng um, als ein unruhiges Zittern durch die Klasse ging wie der Wind durch ein Weizenfeld.

»Pst«, sagte sie scharf und schrieb weiter.

Frances beendete ihre Pantomime und drückte die Tür auf. Sie war bereits halb an ihrem Tisch, als Dr. Peel sich umdrehte.

»Ja?«, sagte Dr. Peel mit sarkastischer Stimme.

»Ich bin es, Frances«, sagte Frances.

»Das sehe ich«, sagte Dr. Peel und schürzte die Lippen. »Was tust du da?«

»Ich gehe gerade zu meinem Tisch«, sagte sie und zeigte auf mich.

Dr. Peel wurde langsam böse. »Was ich meine, Frances, ist: Wie kommst du dazu, zwanzig Minuten zu spät in meine Stunde zu spazieren?«

»Oh«, sagte Frances jetzt voller Reue. »Es tut mir Leid, aber ich bin gerade erst gekommen. Ich musste unseren Hund zum Tierarzt bringen.«

»Ich verstehe. Ich nehme an, du hast einen Brief von deinen Eltern dabei.«

»Nein – sie sind nicht da. Deshalb musste ich ihn ja hinbringen. Er hat eine Geschwulst«, fügte sie hinzu.

»Nun ja, vielleicht kommst du lieber am Ende der Stunde zu mir«, sagte Dr. Peel, einen Augenblick lang verblüfft.

»Er ist eigentlich gar nicht *unser* Hund«, räumte Frances ein, als sie auf den Platz neben mir schlüpfte. »Aber wir wollen ihn adoptieren.« Vom Rest der Klasse, die diese Ablenkung vom *Enclosures Act* genoss, kam ein Kichern. Dr. Peel schlug mit der flachen Hand auf den Tisch, sodass es krachte wie ein Schuss.

»Danke, Frances.«

»Was ist denn mit der los?«, sagte Frances halblaut, bis ein Stirnrunzeln von mir sie zum Schweigen brachte, und die Stunde konnte ohne weitere Unterbrechungen weitergehen.

Am nächsten Tag tauchte sie überhaupt nicht auf, und ich überlegte schon, ob ich sie mir nicht nur eingebildet hatte, aber am Donnerstagmorgen fuhren Vater und ich auf dem Weg zur Schule an ihr vorbei. Da war sie und schleppte sich in ihrer seltsamen Uniform den Hügel hinauf – ihr Blazer in einem etwas dunkleren Blau als dem vorgeschriebenen, ihr Überkleid in blasserem Grau, der Hut offensichtlich aus zweiter Hand, erstanden von einer nachlässigen Besitzerin, denn er war nicht steif und oben abgeflacht, sondern gewölbt und schlapp, sodass sie damit einer Pilzart ähnelte. Ich bat Vater, an die Seite zu fahren, damit ich den Rest des Weges mit ihr zu Fuß gehen konnte, und wartete, bis sie mich eingeholt hatte.

»Wo warst du gestern?«, fragte ich anklagend.

»Ich musste fünf Taschen mit Wäsche in den Waschsalon bringen«, erklärte sie in sachlichem Ton. »Unsere Waschmaschine ist noch nicht angeschlossen und wir hatten alle nichts mehr anzuziehen. Es war so viel, dass ich mit Auntie Mims Einkaufswagen zweimal gehen musste. Gegen Mittag hatte ich alles fertig, aber ich wollte nicht wieder zu spät kommen und Schwierigkeiten kriegen.«

»Aber du kannst doch nicht einfach einen Tag von der Schule wegbleiben, nur um Wäsche zu waschen«, sagte ich verblüfft. Wer hatte je schon so etwas gehört?

»Ich musste«, sagte sie, überrascht über meine Entrüstung.

»Aber was ist mit deiner Mutter? Konnte sie es nicht erledigen?« Meine hätte es getan – na ja, sie hätte erst gar nicht zugelassen, dass sich fünf Taschen Wäsche ansammelten.

»Nein. Sie geht früh morgens zur Arbeit. Sie ist Koordinatorin in der Marktforschung. Dad arbeitet nachts, deshalb hat er geschlafen; Rad muss zur Schule gehen, weil er dieses Jahr seinen O-Level in Mathe macht, zwei Jahre zu früh, und Auntie Mim kann es nicht machen, sie kann überhaupt nichts machen, deshalb sind wir ja umgezogen. Jedenfalls habe ich gesagt, dass es nicht so schlimm ist, wenn ich einen Tag mal den Unterricht verpasse, weil ich diese geniale Freundin hätte, von der ich abschreiben könnte.« Und sie lächelte mich gewinnend an.

»Hast du diesmal einen Brief von deinen Eltern mitgebracht?«, fragte ich, weil ich bei der Aussicht, Zeugin eines weiteren Zusammenstoßes zwischen Frances und Dr. Peel zu werden, bereits nervös wurde.

»Nein, Mum war schon weg, als ich aufgestanden bin«, sagte sie, und als sie mein bestürztes Gesicht sah, fügte sie hinzu: »Keine Sorge. Ich habe Rad einen schreiben lassen – er kann Mums Unterschrift perfekt nachmachen.«

Liebe Beatrice,

ich habe heute an meiner neuen Schule angefangen. Ich dachte nicht, dass ich nervös wäre, aber ich war es. Ich bin in der 1T – Mrs. Twiggs Klasse. Sie ist in Ordnung, aber sie hat eine komische Art, ihre Augen zu schließen,

wenn sie spricht, und sie dann ewig nicht wieder zu öff-
nen. Ich glaube nicht, dass sie viele Probleme machen
wird. Die Geschichtslehrerin, Dr. Peel, ist ziemlich
grimmig. Sie hat mich gezwungen, mich neben dieses
Mädchen zu setzen, das Abigail – jetzt kommt's? –
ONIONS heißt, das ein bisschen eingebildet ist, aber
ganz nett. Sie hat lange Haare, einen schiefen Zahn, eine
leicht spitze Nase und eine sehr ordentliche Hand-
schrift. Sie hat gesagt, ich könnte mir ihre Hefte auslei-
hen, um alles nachzuholen, was ich verpasst habe, was
gut ist, denn nach Geschichte hatten wir Französisch,
und ich wusste gar nicht, was los war. Als ich nach Hau-
se kam, machte Mum Überstunden und Dad war weg,
keine Ahnung wo, also habe ich noch ein bisschen aus-
gepackt, bis Rad heimkam, dann habe ich uns zum Tee
ein Spiegeleisandwich gemacht und wir haben Schach
gespielt, bis Mum zurückkam. Ich habe sechzehn zu
null verloren. Sie hat Essen vom Chinesen mitgebracht,
also haben wir das auch noch gegessen.

Frances war eine ernsthafte Tagebuchschreiberin. Sie
brachte sogar ihr »Journal« – einen großen, kastanien-
braunen Lederband – mit in die Schule, und hin und wieder holte sie es demonstrativ aus ihrer Tasche und fing an
zu schreiben, einen Arm schützend vor die Seite gelegt.
Dann zog sie eine große Show ab, wenn sie es einschloss
und den Schlüssel in ihrer Gürteltasche verschwinden ließ.
Es war entnervend, sich mitten in einem Gespräch mit ihr
zu befinden, das sie unvermittelt abbrach, indem sie nach
ihrem Tagebuch tauchte und ein paar Worte hineinkritzel-
te. Es veranlasste einen dazu, ziemlich aufzupassen, was
man sagte. Nach ein paar Wochen und viel gutem Zureden
erlaubte sie mir, einen Blick auf den oben stehenden Ein-
trag zu werfen, und meine Neugier wurde gerecht belohnt.

»Oh!«, stieß ich hervor, als ich ihr Urteil über mich las, und errötete bis zur Spitze meiner spitzen Nase. »Wieso hast du mich das lesen lassen?«

»Was?« Sie blickte mir über die Schulter. »Oh, hab ich geschrieben, du wärst eingebildet? Ach, egal. Das habe ich vor zwei Wochen geschrieben. Das finde ich jetzt nicht mehr.«

Als Karens Drüsen auf normale Dimensionen abgeschwollen waren und sie wieder in der Schule erschien, war ich gezwungen, meine Position neu zu überdenken. Natürlich hätte ich Frances sagen müssen, dass Karen ihren Platz würde zurückhaben wollen – für territoriale Streitereien dieser Art gab es unausgesprochene Regeln. Aber ich wollte Frances als Freundin, und so bot sich ein Kompromiss an. Wir drei würden uns mit dem Zusammensitzen abwechseln, damit sich keine von uns lange ausgeschlossen fühlte. Frances akzeptierte dieses Arrangement, wie alle Nebensächlichkeiten des Lebens, mit vollkommener Gelassenheit. Karen hatte zuerst ihre Zweifel, da sie spürte, dass sie hinter ihrem Rücken ausmanövriert worden war, doch als sie sah, welche Achtung der Rest der Klasse Frances allein wegen ihrer Seltsamkeit entgegenbrachte, ließ sie sich erweichen. Das bereitete mir noch größere Sorgen, weil ich fürchtete, die beiden könnten gemeinsame Interessen entdecken, die mich ausschließen würden, und so versuchte ich, die Perioden meiner Verbannung an den Einzeltisch so zu arrangieren, dass sie mit den Stunden bei einer der strengeren Lehrerinnen zusammenfielen, die absolute Ruhe verlangte; damit war sichergestellt, dass sie keine Vertraulichkeiten austauschen konnten.

Drei Mädchen können nicht lange miteinander befreundet sein: Der Instinkt, sich zu zweit zusammenzutun, ist zu stark. Und so war es auch bei uns. Obwohl nichts verabredet wurde, vielleicht nicht einmal gedacht, wurde Karen langsam, aber sicher weggedrängt, und diese stillschweigende Loyalität in einer Sache, die zwar ungewollt, aber trotzdem wirklich gemein war, diente nur dazu, Frances und mich mehr zusammenzuschweißen. Für mich, die nie zuvor eine Schwester oder eine richtige Freundin gehabt hatte, war es wie ein Wunder.

Wie kann ich ihre starke Anziehungskraft auf mein elfjähriges Ich erklären? Vielleicht lag es daran, dass sie mich auf seltsame Art an meine alte Feindin, Sandra Skeet, erinnerte, nur dass sie nicht boshaft war. Beide hatten Selbstvertrauen und die Fähigkeit, von anderen Loyalität einzufordern, aber Frances setzte diese Qualitäten selbstlos ein. Vielleicht war es ihr Mangel an Schüchternheit, der mir gefiel. Ihr war fast nichts peinlich, während ich schon rot wurde, wenn ich nur im Korridor an jemandem vorbeiging. Oder vielleicht lag es einfach daran, dass sie interessanter war als ich: Sie unterhielt mich immer mit neuen Geschichten über ihre Familie, streute ohne jede Erklärung Namen und Querverweise ein, als würde ich sie alle bereits genauestes kennen, und nach ein paar Wochen kam es mir auch so vor.

»Gestern Abend sollte eigentlich Lawrence zum Essen kommen ...«

»Wer ist Lawrence?«

»Einer von Mums alten Freunden – aber er ist zu spät gekommen, und das Lamm ist immer mehr angebrannt, und dann haben Fish and Chips mit ihrem Krach angefangen ...«

»Fish and Chips?«

»Unsere Nachbarn. Sie heißen nicht wirklich so, aber Dad lästert immer über sie, und die Wände sind ziemlich dünn, deshalb müssen wir Fish and Chips sagen, falls sie lauschen.« Anscheinend waren Fish and Chips, eine Mutter mit ihrem Sohn, eifrige Handwerker, die häufig zu ausgesprochen unchristlichen Zeiten bohrten und hämmerten.

»Gestern Abend war der Krach so schlimm, dass wir es aufgegeben haben, in ein Restaurant gegangen sind und erst um zwölf zurück waren – deshalb bin ich auch so müde. Na ja, Growth hat sich jedenfalls gefreut, weil er das Lamm bekommen hat.«

»Wer ist Growth?«

»Unser Hund – sein richtiger Name ist Buster, aber er hat an der Seite einen riesigen Knoten, und deshalb hat Rad ihn irgendwann Growth (Geschwulst) genannt, und der Name ist hängen geblieben. Wir haben ihn adoptiert, weil Bill und Daphne sich nicht richtig um ihn kümmern konnten.«

»Wer sind Bill und Daphne?«

Die Ereignisse im Radley-Haushalt ließen es oft nicht zu, dass Frances nachts anständig schlafen konnte. Sie erschien häufig gähnend und verschlafen in der Schule. Zum Beispiel kamen ohne Vorankündigung Freunde ihrer Mutter zu Besuch und mussten für eine Nacht untergebracht werden, und dann musste Frances ihr Bett abtreten und auf dem Wohnzimmersofa schlafen. Das bedeutete, dass sie bis in die frühen Morgenstunden aufbleiben musste, bis die Gäste, die ausnahmslos Unterhalter von großem Durchhaltevermögen waren, sich endlich nach oben begaben. So weit ich daraus und aus anderen Geschichten schließen konnte, schienen ihre Eltern fast überhaupt keine Zeit miteinander zu verbringen. Die Arbeit ihrer Mutter im Marktforschungsbüro brachte viele Überstunden mit sich, und sie musste oft für die Freiwilligenteams, die neue Produkte testeten und darüber diskutierten, die Gastgeberin spielen. In unserem Haus versammelten sich mittwochs Frauen, um Robert Browning zu diskutieren; bei den Radleys ging es eher um Brownies, aber ihre Zusammenkünfte klangen irgendwie lebendiger. Ihr Vater arbeitete nachts – woran genau war nicht herauszufinden; Frances wich mir aus, wenn ich nach Details fragte. In der Woche ernährten sie und Rad sich von Schulkost und abends von Spiegeleiersandwiches und einem anderen Grundnahrungsmittel, dem »Greasy Dog« – einem Würstchen und einer Speckscheibe, in eine Brotscheibe gerollt und in Butter gebraten. Deshalb war Frances ein bisschen mollig, aber trotzdem extrem fit. Sie war zweifelsohne die beste Läuferin in der Klasse und konnte einen Rundball bis in die Gärten jenseits des Schulgeländes schlagen. Anders als ich war sie eine sichere Schwimmerin, und während ich mich am flachen Ende herumdrückte und mit den anderen Zurückgebliebenen Wasserball spielte, übte sie im Olympiabecken das Kraulen.

»Du bist eine geniale Schwimmerin«, sagte ich neidisch, als wir uns aus unseren weißen Gummikappen schälten, mit denen wir aussahen wie gekochte Eier, die auf dem Wasser auf und nieder wippten.

»Ich bin nicht so gut wie Rad. Er hat einmal in Cornwall ein Mädchen vor dem Ertrinken gerettet, als ihr Kanu gekentert ist. Er musste sie an den Strand ziehen und von Mund zu Mund beatmen – was doppelt erstaunlich war, denn er hasst Mädchen.«

Wenn die Korbballmannschaften gewählt wurden, wurde sie immer als Erste aufgerufen. Wenn sie der Kapitän war, nahm sie aus Loyalität zuerst mich, obwohl mein Platz von Natur aus in der Rangfolge weiter unten war. Ich revanchierte mich für diese Gefälligkeit, indem ich sie immer, wenn sie nicht dazu gekommen war, die Hausaufgaben zu machen, meine abschreiben ließ. Akademische Disziplin ging über ihren Horizont: Sie lernte nur für Fächer, in denen ein persönliches Element vorherrschte. Aus diesem Grunde war sie ziemlich gut in Englisch, wo sie ihre Begabung für Autobiografisches und Ausschmückendes mühelos einbringen konnte.

Meine Eltern waren hocherfreut, dass ich entgegen ihrer Befürchtungen eine Freundin gefunden hatte und im Stande schien, sie zu behalten; damit bestand endlich eine gewisse Aussicht, dass ich in der Schule in normalem Maße glücklich sein würde. Sie drängten mich, Frances zum Tee einzuladen, um sie kennen zu lernen. Ich zögerte. So bemüht ich auch war, ein weiteres Freundschaftsband zwischen uns zu knüpfen, hatte ich doch Bedenken, sie mit nach Hause zu bringen. Ob ich befürchtete, meine Eltern und ich würden als die Spießer entlarvt werden, die wir zweifellos waren, oder ob es die Angst war, dass Frances' ziemlich freimütige Art, mit Erwachsenen umzugehen, bei meiner Mutter, die keinen Spaß verstand, wenn es um Manieren ging, Anstoß erregen würde – ich weiß es nicht. Ich prüfte meine Gefühle nicht zu genau, wenn sie etwas über mich offenbarten, das ich nicht wissen wollte. Außerdem war eine Einladung in die Sackgasse, was mich betraf, nur ein Mittel zum dringlichsten aller Zwecke: Ein Gegenbesuch im Hause der Radleys, wo ich endlich die Personen treffen würde, von deren Gewohnheiten und Heldentaten ich bereits gehört hatte, und wo mir ganz sicher etwas Interessantes widerfahren würde.

9

Am Ende dieses ersten Winterhalbjahres inszenierte die Oberstufe die Operette *Der Mikado*, in der die Hauptrollen von Schülerinnen der 12. und 13. Klasse und Mitgliedern des Lehrerkollegiums übernommen wurden und ein paar kleinere Rollen für die jüngeren Schülerinnen übrig blieben. Schülerinnen der siebten Klasse wurden selten berücksichtigt, aber Frances, die einen klaren Sopran und das schwarzhaarige, blasshäutige Aussehen hatte, das auf orientalisch getrimmt werden konnte, ohne die Mittel der Perückenabteilung übermäßig zu strapazieren, wurde folgerichtig in den Chor gezwungen. Als eine der wenigen Cellistinnen an der Schule bewarb ich mich erfolgreich fürs Orchester und fand mich spielend – oder wenigstens, bis ich mir die verzwickteren Stellen der Partitur eingeprägt hatte, pantomimisch agierend – neben viel älteren Mädchen wieder, Mädchen, die Strumpfhosen, Lidstrich und hochhackige Schuhe trugen und wunderbar wenig Angst vor den Lehrern hatten.

Dies, gab uns Mrs. Twigg zu verstehen, war eine Ehre und ein Privileg, das unsere Verdienste weit überstieg, und uns, statt uns von unserer Arbeit abzuhalten, zu größeren Bemühungen ansporen sollte. Diese Bemerkungen waren hauptsächlich an Frances gerichtet, deren anfängliches Interesse an der Inszenierung von der Entdeckung geweckt worden war, dass die Abschlussproben während der Unterrichtsstunden stattfinden sollten. Frances befand sich auch, wie sich herausstellte, im Wettbewerb mit Rad, der nicht nur ein Genie, Schachgroßmeister und ein meisterhafter Schwimmer war, sondern auch ein hervorragender Schauspieler. Ich hatte keine Ambitionen, auf der Bühne zu stehen, sondern fühlte mich in der dämmerigen

Dunkelheit des Orchestergrabens am sichersten; als Teilnehmerin, aber unsichtbar. Als die älteren Mädchen sahen, wie schüchtern ich war und wie dankbar für ihre Aufmerksamkeit, nahmen sie mich unter ihre Fittiche und machten sich über mein Erröten lustig. Das Mädchen, mit dem ich mir die Noten teilte, Aufsichtsschülerin und deshalb Gegenstand gewisser Ehrfurcht, stellte sich taub, wenn ich mich in ungeschriebene Tonlagen verirrte, zeigte mir, wo wir in der Partitur gerade waren, und lächelte ermutigend, wenn ich, endlich auf vertrautem Territorium, mit einiger Überzeugung loslegte.

Während ich zufrieden war, einfach nur mit Kunst zu tun zu haben, bot sich den älteren Mädchen ein zusätzlicher Anreiz, und zwar in Form eines Detachements aus einem halben Dutzend Jungs von der örtlichen freien Schule, die abkommandiert worden waren, um die männlichen Hauptrollen zu spielen. Der Wettbewerb um ihre Gunst war erbittert, und während der Probezeit hätte man nur schwer besser ausstaffierte Städterinnen aus Titipu finden können. In der Treibhausatmosphäre hinter den Kulissen erblühten und erstarben Romanzen innerhalb von Tagen. Ko-Ko, der bestaussehende Junge, schien sich durch die gesamte Besetzung durchzuarbeiten. Es gab immer ein Mädchen, das mit verschwollenen Augen im Umkleideraum von Freundinnen getröstet werden musste oder aus den Kulissen finster auf Ko-Ko und seine neueste Eroberung starrte.

Ich hatte zwei Gründe, mich auf die Vorstellung zu freuen, die in der letzten Woche des Schulhalbjahres an drei Abenden hintereinander stattfand; die Freude, an etwas beteiligt zu sein, das meine individuellen Fähigkeiten weit überstieg, und die Tatsache, dass Frances' Familie zur Premiere kommen würde. Endlich würde ich einen Blick auf die legendären Radleys erhaschen können.

Am Morgen der Generalprobe wachte ich mit Halsschmerzen und einem fröstelnden, schwindligen Gefühl auf, das unverkennbar der Beginn von etwas Üblem war. Ich weigerte mich, die Symptome zur Kenntnis zu nehmen, zog mir ein zusätzliches Unterhemd an und torkelte nach unten zum Frühstück. Mutter sah mich misstrauisch an, als ich am Tisch saß und mit klappernden Zähnen in meinen Corn-Flakes rührte.

»Fühlst du dich nicht gut?«, fragte sie und legte den Handrücken auf meine brennende Stirn. Das gab den Ausschlag. »Du hast Fieber!«, rief sie aus und klapperte auf der Suche nach dem Thermometer im Medizinschränkchen herum, das ein paar Minuten später ihre Diagnose bestätigte. »Ab ins Bett!«

»Ich kann nicht, heute ist Generalprobe«, sagte ich eindringlich, während mein Gesicht heißer wurde. »Ich darf sie nicht verpassen, sonst weiß ich morgen nicht, was in der echten Aufführung vor sich geht.«

»Wenn du jetzt nicht ins Bett gehst, bist du morgen so krank, dass du an der echten Aufführung nicht teilnehmen kannst«, sagte Mutter scharf. »Geh jetzt, ich bringe dir eine Wärmflasche.« Wärmflaschen und Eispackungen: Es gab keine Krankheit, die nicht durch die Zufuhr extremer Temperaturen behandelt werden konnte. Ich fing an zu weinen.

»Komm schon, Schatz«, sagte Vater sanft. »Wenn du heute im Bett bleibst, geht es dir morgen früh vielleicht besser.«

»Und wenn du heute hingehst«, warf Mutter ihre Trumpfkarte ab, »steckst du wahrscheinlich eine der Solistinnen mit deiner Halsentzündung an, und damit wirst du dich besonders beliebt machen!«

Wenn Gebete heilen könnten, wäre ich sicher gegen Mittag kuriert gewesen. Ich lag schwitzend unter meinem

Laken und konzentrierte mich ausschließlich darauf, gesund zu werden. Mutter hatte mich gedrängt, zu schlafen, also kniff ich die Augen zu und brachte all meine Willenskraft auf, um einzunicken. Als das scheiterte, starrte ich vor mich hin und hoffte, vor Langeweile einzudösen. Nach einer Weile fingen die Tapetenmuster an, sich aufzulösen und sich zu neuen Formen zusammenzusetzen. Wie konnte mir bis jetzt das lächelnde Gesicht Jesu entgangen sein, das vom Bücherschrank auf mich herabblickte? Oder dieser merkwürdige, knurrende Hund?

Um die Mittagszeit brachte Mutter mir auf einem Tablett etwas Hühnersuppe und Toast. Sie setzte sich neben mein Bett auf den Boden und aß ihre Portion, und dann, nachdem sie abgewaschen hatte, las sie mir das erste Kapitel von *Jane Eyre* vor und wir spielten Rommee. Mutter hatte immer viel mehr Verständnis für meine Krankheiten, wenn sie zufällig auf ihren freien Tag fielen. Gegen Abend war meine Temperatur ungefähr um ein Grad gestiegen und mir tat allmählich alles weh. Mein Kopf fühlte sich an, als wäre er mit Sand gefüllt; in der einen Minute war ich heiß und trocken, so als würde ich innerlich kochen, in der nächsten kalt und schweißnass. Während sich das die ganze Nacht hindurch wiederholte, wurde die Wärmflasche abwechselnd aus dem Bett geworfen und wieder zurückgeholt. Als der Morgen kam, war ich so schwach, so elend, so von der Grippe niedergewalzt, dass ich mich damit abgefunden hatte, nicht nur die Aufführung zu verpassen, sondern auch Weihnachten. Ich war zu krank, um mir etwas daraus zu machen.

Während meine Künstlerkolleginnen mit gelblichem Make-up und schwarzem Lidstrich geschminkt wurden, wurde ich mit lauwarmem Wasser gewaschen; während sie sich dem Obersten Scharfrichter beugten, fantasierte ich, am Fußende meines Bettes wäre ein Seepferdchen. Der dritte Tag brachte eine leichte Besserung: Jetzt hatte ich die Energie, Trübsal zu blasen, zu quengeln und in Morgenrock und Hausschuhen durchs Haus zu schlurfen und mir selbst überaus Leid zu tun.

Mutter versorgte mich weiterhin mit leicht verdaulichen Speisen und Getränken, mit heißen Wärmflaschen oder kalten Waschlappen. Sie kam oft und setzte sich zu mir, wenn ich wach war: Wir galoppierten richtiggehend durch *Jane Eyre.*

An einem Nachmittag, der Tag der letzten Vorstellung und der letzte Schultag vor Weihnachten, saß ich im Bett und versuchte mich aufzumuntern, indem ich Papierketten bastelte, mit denen ich das Wohnzimmer schmücken wollte. Mir war aufgegangen, dass ich Frances oder sonst jemanden aus der Schule erst im neuen Jahr wieder sehen würde – erst 1978! – und dass ich die Gelegenheit verpasst hatte, irgendwelche Karten zu verschicken oder zu bekommen. Während ich mit dem letzten Kettenglied beschäftigt war und versuchte, die raschelnden Spiralen auf meinem Bett zu entwirren, ohne das Papier zu zerknittern, rief Mutter die Treppe hinauf: »Du hast Besuch.« Die Tür öffnete sich und herein kam Frances höchstpersönlich.

»Hallo«, sagte sie, erfreut über die gelungene Überraschung. »Ich dachte, ich schaue auf dem Heimweg mal schnell vorbei – nicht dass es auf dem Weg liegen würde – und sehe, wie es dir geht. Dieses Zimmer ist ja ordentlich. Wo bewahrst du all deinen Kram auf?«

»Welchen Kram?« Ich hatte einen Kleiderschrank, einen Schreibtisch, einen Bücherschrank und meine Etagenbetten. Auf den Rat meiner Mutter hin lag ich im unteren Bett, falls ich mich in einem Anfall von Delirium herauswerfen sollte. Ich ließ die Papierketten zu Boden gleiten, damit sie sich setzen konnte.

»Ach, du weißt schon, deinen Krimskrams.« Sie knallte

ihre Schultasche auf meine Füße und holte aus dem Durcheinander darin ein kleines Päckchen hervor, in rotes Seidenpapier gewickelt, das mit einem Streifen Elastoplast befestigt war. »Frohe Weihnachten«, sagte sie und überreichte es mir.

»Danke«, sagte ich erfreut und bemühte mich, die Verpackung nicht zu genau zu untersuchen, damit ich nicht erraten konnte, was darin war. »Es tut mir Leid, dass ich dir nichts gekauft habe, aber ich bin nicht draußen gewesen.« Ich legte das Päckchen vorsichtig neben mich.

»Na, willst du es denn nicht aufmachen?«, wollte Frances enttäuscht wissen.

»Ich kann es vor Weihnachten nicht aufmachen«, sagte ich, als stünde hinter diesem Verbot die volle Kraft des Gesetzes.

»Na gut. Es ist sowieso nur eine Kleinigkeit.«

»Das ist wirklich nett von dir.«

»Nein, es war ganz billig. Es hat nur zehn Pence gekostet.«

»Verrat mir nicht, was es ist.«

»Das werde ich nicht. Es waren zwei für zwanzig Pence, deshalb habe ich auch eine für Mum gekauft.«

»Nein, gib mir keine Tipps. Ich lege es unter den Baum.« Aber sie war nicht zum Schweigen zu bringen.

»Leg es nicht nahe an die Heizung oder so, sonst schmilzt es.«

»Ach, Frances, jetzt hast du es verraten.«

»Nein, habe ich nicht.«

»Du hast gesagt, es schmilzt – es ist ziemlich offensichtlich, dass es Schokolade ist.«

»Nein, ist es nicht. In Wirklichkeit ...«

»Nein, sag es mir nicht.«

»... ist es eine Kerze.«

»Ach, *Frances*!«

Dieser Wortwechsel wurde von Mutter unterbrochen, die zwei Tassen Tee und ein paar selbst gebackene Kekse hereinbrachte – *Peanut Brittle*, an dem man sich die Zähne ausbeißen konnte, und ganz leicht gesalzenes *Shortbread*. Frances putzte den ganzen Teller leer. »Oh, klasse«, sagte sie. »So was kriegen wir zu Hause nie.« Den Mund voll Nuss- und Toffeestückchen, brachte sie mich, was die Vorstellungen von *Der Mikado* betraf, auf den neuesten Stand.

»Der erste Abend war wirklich gut, obwohl das Publikum ein bisschen fad war, und deshalb wünschten sich am nächsten Tag alle, die nicht da gewesen waren, dort gewesen zu sein. Und gestern Abend gab es ein bisschen Wirbel, weil Yum Yum ihren Text vergessen hatte und nur da stand und darauf wartete, dass er ihr vorgesagt würde, was aber nicht geschah, weil die Souffleuse gerade in den Kulissen Ko-Ko anmachte. Das Publikum begann schon unruhig zu werden, deshalb hat Pitti Sing ihr den Satz schließlich zugezischt und Yum Yum sagte: »Was?« und das Publikum kringelte sich vor Lachen. Deshalb spricht jetzt kein Mädchen aus der 12. und 13. Klasse mehr mit der Souffleuse – sie ist sowieso eine Aussätzige, weil sie erst in der 11. ist. Ich glaube nicht, dass es ihnen was ausmacht, dass Yum Yum wegen ihr blöd dagestanden hat, sie sind bloß eifersüchtig, weil Ko-Ko sie toll findet.«

»Haben deine Eltern es schon gesehen?«

»Mum und Rad sind am ersten Abend da gewesen. Dad hatte Frühschicht, deshalb konnte er nicht, aber er kommt vielleicht heute Abend. Aber es hat mich wirklich irritiert, sie im Publikum zu haben. Ich wusste genau, wo sie saßen, denn sie kamen zu spät, und die ganze Reihe musste aufstehen, und Mum lacht immer so laut, und ich habe sie immer an wirklich seltsamen Stellen gehört, die gar nicht komisch sein sollten.«

»Wie hat es ihnen gefallen?«

»Ziemlich gut. Sogar Rad, dabei hat er sehr hohe Ansprüche.«

Mutter steckte den Kopf durch die Tür. »Ähm, Abigail, kann ich dich kurz sprechen?«, sagte sie betont beiläufig. Verwundert folgte ich ihr aus dem Zimmer und ließ Frances, die mit einem nassen Finger die Krümel vom Keksteller pickte, auf meinem Bett sitzen. Im Flur flüsterte Mutter: »Bleibt sie zum Abendessen hier? Wenn ja, muss ich nämlich mehr Reis kochen.«

»Ich glaube nicht«, sagte ich.

»Nein, ich kann nicht zum Essen bleiben, danke«, kam Frances' Stimme aus meinem Zimmer. »Ich muss nach Hause und etwas für Rad kochen.«

»Oh«, sagte Mutter total verlegen. »Wie kommst du denn nach Hause, meine Liebe?«, fragte sie schließlich und wagte es, Frances direkt anzusprechen.

»Ich nehme an, mit dem Bus.«

»Aber es ist doch dunkel draußen. Abigails Vater wird dich nach Hause fahren. *Ste-phen*!«

»Keine Sorge, ich komme schon zurecht.«

»Ja, sie kommt schon zurecht«, stimmte ich zu. Die Aussicht, Frances auf meinen Vater loszulassen, den sie ganz bestimmt mit »Chef« anreden würde, machte mich etwas nervös.

Mutter warf mir einen verärgerten Blick zu, bevor sie wieder nach unten ging, um ihn aufzuspüren.

»Außergewöhnliches Mädchen«, hörte ich ihn zu Mutter sagen, als er etwa eine halbe Stunde später zurückkehrte. »Ich mag sie ziemlich gern. Hörte nicht auf zu reden. Sie sagte dauernd: ›Lassen Sie mich einfach am Ende der Straße raus‹, aber ich habe sie natürlich vor die Haustür gefahren, und als ich sagte, ich würde warten, um sicherzugehen, dass jemand da wäre, sagte sie: ›Oh, es ist sicher niemand da‹ und bot an, mir ein Spiegeleisandwich zu machen.«

»Gütiger Himmel. Glaubst du, sie hat Zigeunerblut?«
Ich erstickte mein Gelächter im Kissen.

Als wir uns verabschiedeten, hatte Frances mich gefragt, was ich Weihnachten vorhätte. »Nicht viel«, sagte ich. »Am ersten Weihnachtstag sind wir nur zu dritt, vielleicht noch meine Granny.« Es gelang mir nicht, ein leises Stöhnen zu unterdrücken. »Und am zweiten Weihnachtstag gehen wir normalerweise immer zu unseren Nachbarn, um etwas zu trinken und Erdnüsse zu essen. Sie haben keine Kinder, aber ein paar tropische Fische, deshalb ist es nicht ganz so schlimm. Wie ist es bei dir?«

»Oh Gott, bei uns fallen Millionen von Leuten ein. Dieses Jahr sind wir an der Reihe, obwohl ich ganz sicher weiß, dass ich letzte Weihnachten den ganzen Rosenkohl gemacht habe. Wahrscheinlich gehen wir am ersten Weihnachtstag in Highbury mit Onkel Bill und Tante Daphne essen. Das ist Mutters Bruder. Dann sind wir beim Weihnachtsessen ungefähr achtzehn Leute. Letztes Jahr haben wir am zweiten Feiertag ein Picknick mit nach Hampstead Heath genommen, aber ich nehme an, dieses Jahr wird es in Bromley Common sein.«

Meine Augen schmerzten langsam vor Neid. »Dein Weihnachten klingt sehr viel aufregender als meins.« Sie versuchte nicht, das zu leugnen. Ich probierte eine andere Taktik. »Ich frage mich, ob deine Familie so aussieht, wie ich sie mir vorstelle«, deutete ich an.

»Oh, du musst sie mal kennen lernen«, räumte sie endlich ein. »Ich würde dich ja zu uns einladen, nur, nur, ich will dich meiner Familie nicht vorstellen, weil sie dann versuchen wird, dich zu übernehmen – das machen sie immer.«

»Was meinst du damit?«, fragte ich.

»Ich kann es nicht erklären. Sie führen sich dann auf, als wärest du genauso ihre Freundin wie meine. Als hätten sie dich entdeckt.«

Ich hatte mich noch nie zuvor als jemand gesehen, den man für eine Entdeckung hielt, und an diesem Abend lag ich aufgeregt wach und versuchte mir diesen Moment in absehbarer Zeit vorzustellen, in dem ich auf irgendeine mysteriöse und magische Weise *übernommen* werden würde.

An Heiligabend, dem ersten Tag, als es mir gut genug ging, um aus dem Haus zu gehen, besuchten Vater und ich den Zeitschriftenladen, in dem ich ihn vor ein paar Jahren beim Kauf jenes Ostereis erwischt hatte. Ich suchte ein Geschenk für Frances; ihr rotes Päckchen, das sich, jetzt wo sie es verraten hatte, kerzenähnlich anfühlte und auch durchdringend danach roch, lag auf dem bescheidenen Geschenkhaufen unter unserem künstlichen Baum ganz oben.

Ein merkwürdiger Schriftzug aus Sprühschnee im Schaufenster verkündete: FROHE WEIHNACHTEN ALL UNSERER KUNDEN.

»Unserer Kunden?«, sagte Vater. An den Regalen hingen Fransen aus bunter Metallfolie, und kleine, farbige Lichter blinkten. Hinter dem Ladentisch beklebte eine Verkäuferin gerade Adventskalender und Päckchen mit Weihnachtskarten mit Etiketten, auf denen »halber Preis« stand. Über der Tür hing ein dicker Busch Mistelzweige, und der Zeitungshändler sprang herum und tat so, als würde er alle Mädchen küssen, die hereinkamen. Die Eingangsstufe war mit zertretenen Beeren übersät. Die Geschenkauswahl war ziemlich begrenzt, und nachdem ich mit dem Gedanken gespielt hatte, ein Adressbuch zu kaufen – etwas, das ich oft geschenkt bekam, obwohl ich keine Adressen zum Reinschreiben hatte außer meiner eigenen, von der es unwahrscheinlich war, dass ich sie je nachsehen müsste –, entschied ich mich für einen Schlüsselring mit Spiegeleianhänger. Das erschien mir passend. Wenigstens hatte Frances ihren eigenen Hausschlüssel. Vater kaufte ein großes Glas Erdnüsse und ein paar Pralinen »für den Baum«.

Nach dem Tee ließen wir Mutter in der Küche allein, wo sie Kastanien für die Füllung des Weihnachtsbratens schälte, und fuhren zu Frances, um das Geschenk vorbeizubringen. Sie wohnte gute fünfzehn Minuten entfernt in einem etwas heruntergekommenen Teil der Stadt, obwohl Balmoral Road, die belebte Hauptstraße, an der sie wohnte, mit ihren dreistöckigen Viktorianischen Doppelhausreihen recht elegant aussah.

Im Wohnzimmer brannte Licht und in der Einfahrt stand ein Auto – ein schmutziger gelber Triumph Spitfire mit zerrissenem schwarzem Verdeck –, aber als Reaktion auf das metallische Klirren der Klingel war nur entferntes Gebell zu hören, gefolgt von Pfotenklappern auf Fliesen und lauterem Bellen. Als ich den Briefkasten aufdrückte, der auf Kniehöhe war, rammte sich eine weiße Schnauze mit einer schwarzen Nase und zwei Reihen scharfer Zähne in den Schlitz. Growth. Schnell zog ich die Hand zurück. Als ich ins Wohnzimmer spähte, konnte ich einen echten Weihnachtsbaum sehen, der mit Lichtern und Lametta geschmückt war. Obwohl der Raum hoch war, hatte der Baum nicht genug Platz, dessen oberster Zweig umgebogen war und eine Plastikfee an die Gipszierleiste fesselte. Auf dem Boden lag ein Erdrutsch aus bunt verpackten Geschenken, der den halben Raum einnahm. Kaminsims und Fensterbänke waren mit Karten vollgestellt. Mitten im Zimmer stand ein Couchtisch, auf dem sich mindestens ein Dutzend benutzter Teetassen, eine große

Schüssel Nüsse und ein noch größerer Haufen Nussschalen befand. Das Gasfeuer bullerte so hell wie Neon vor sich hin. Ich konnte fast spüren, wie die Hitze durch das Fenster kam: Ich gab der anderen Kerze keine großen Chancen.

Growth bahnte sich durch den Abfall aus heruntergefallenen Nussschalen einen Weg zum Kaminvorleger, wo er sich unmöglich nahe beim Feuer niederplumpsen ließ. Ein leises Hupen von der Straße erinnerte mich daran, dass Vater im eingeschränkten Halteverbot stand. Ich schob den Schlüsselanhänger in seiner grüngoldenen Verpackung durch den Briefkasten, der wie eine Falle zuschnappte, worauf Growth zur Tür zurückflitzte. Ich hörte sein Knurren und das Geräusch von reißendem Papier und ging zum Auto und zu unserem eigenen, ruhigen Weihnachtsfest zurück.

10

Die Einladung kam erst im nächsten Frühling. Bis dahin war Frances bereits mehrmals bei uns gewesen und hatte meinen Vater vollkommen bezaubert, der sie für »lebendig« erklärte.

»Sie ist eine sehr selbstbewusste junge Dame«, lautete das Urteil meiner Mutter, vorgebracht in einem Ton, der mich in keinem Zweifel darüber ließ, dass Selbstvertrauen nicht unbedingt etwas war, wonach man streben sollte.

Frances brachte die Einladung an einem Freitagnachmittag am Ende der letzten Stunde vor, als wir unsere Bücher für die Wochenendhausaufgaben sortierten.

»Hast du morgen schon irgendwas vor?«

»Nein«, sagte ich hoffnungsvoll.

»Möchtest du zu uns kommen? Wir könnten mit Growth in den Wald gehen oder einfach nur zu Hause rumhängen.«

»Ist deine Familie da?«

»Wahrscheinlich ja, so ein Pech. Egal, du musst sie sowieso früher oder später kennen lernen. Achte nicht auf meinen Dad. Er wird die ganze Zeit versuchen, lustig zu sein – lach nicht über seine Witze. Rad ist wahrscheinlich weg, aber er würde uns sowieso nicht auf die Nerven fallen. Auntie Mim ist taub, deshalb wirst du nicht mit ihr reden können; sie ist meist oben in ihrem Zimmer. Mum ist eigentlich die Einzige, die wichtig ist – und sie ist völlig normal, also ist es okay.«

Vater fuhr mich am Samstagnachmittag zum zweiten Mal zu dem Haus in der Balmoral Road. Er hatte mich angewiesen, ihn anzurufen, wenn er mich abholen sollte, und hatte mir zehn Pence gegeben, mit denen ich den Anruf bezahlen sollte.

»Warte nicht«, sagte ich unhöflich, als ich die Autotür zuknallte, und dann stand ich auf der Eingangsstufe und versuchte, ihn mit Gesten zu verscheuchen, bis er endlich den Wink verstand und das Auto im Schneckentempo davonkroch, bis mir die Haustür geöffnet wurde.

»Hallo, komm rein, RUNTER, GROWTH.« Frances wandte sich dem braunweißen Jack-Russell-Terrier zu, der kläffend um ihre Knöchel herumtanzte und mit gefletschten Zähnen an mir hochsprang. Ich behielt die Hände in den Taschen. An der linken Seite hatte er einen Knoten in der Größe eines Golfballs. »Er hat heute grässliche Laune. Ich glaube, er kriegt ein Blumenkohlohr.«

Der Korridor, in dem wir standen, war lang und schmal, mit schwarzweiß gefliestem Boden und einer Treppe ohne Teppich, die zu einem Absatz und dann zu noch mehr

Treppen hinaufführte. Die Wände waren nackt, und stellenweise zeigten sich unter der abblätternden Tapete kleine Tapetenflecken wie Corn-Flakes.

»Seid ihr grade beim Tapezieren?«, fragte ich.

Frances, die Growth mit einem Hundekuchen zum Schweigen brachte, sah ratlos aus. »Nein. Wieso?«

»Ach nichts«, sagte ich errötend, als sie mich mit den Worten: »Das ist meine Mum!« ins Wohnzimmer führte.

Meine Röte hatte nicht einmal genügend Zeit gehabt, sich zu verflüchtigen, als sie schon wieder aufloderte. Frances' Mutter befand sich, umgeben von Stapeln ordentlich zusammengelegter Wäsche, in der Mitte des Raumes beim Bügeln. Hemden und Blusen hingen über Stuhlrücken und an Kleiderbügeln, die am Kaminsims festgehakt waren. Fenster und Spiegel waren vom Dampf beschlagen. Ein Haufen Socken, zu kleinen Kugeln zusammengerollt, lagen wie Pferdeäpfel auf dem Teppich. Abgesehen von einem winzig kleinen, schwarzen Spitzenschlüpfer war die »völlig normale« Mrs. Radley nackt. Dies war meine erste echte Begegnung mit nackten Brüsten, und ich schreckte zurück wie vor grellem Scheinwerferlicht.

»Ach Mum, du hättest dir wirklich was anziehen können«, protestierte Frances. »Ich hab dir doch gesagt, Abigail kommt jede Minute.«

»Unsinn – wir sind doch unter uns. Abigail macht das doch nichts aus, oder?«

»Nein«, quiekte ich, während meine Augen vor Anstrengung, sie nicht anzustarren, tränten.

»Da bist du also. Ich freue mich sehr, dich kennen zu lernen, Abigail. Bitte nenn mich Lexi.« Sie beugte sich über das Bügelbrett und schüttelte mir die Hand, wobei ihre Brüste bebten. Mir war nie aufgefallen, dass sie so beweglich sein konnten. Wenn ich meine Mutter, die sowieso flachbrüstig war, mit ihrer gewaltigen Panzerung aus elastischen, engmaschigen Hüfthaltern und Nylonspitzen-unterröcken umarmte, war es ungefähr so, als würde man mit einem dressierten Huhn zusammenstoßen.

»Komm«, sagte Frances ungeduldig. »Lass uns nach oben gehen.«

»Nehmt das hier mit«, befahl Lexi und deutete auf die Wäschehaufen. Frances sah mich an und hob die Augen gen Himmel. Wie zur Antwort kam von oben ein lautes Krachen, gefolgt von Flüchen und dem Geräusch schwerer Möbel, die an Holz entlangschrammten.

»HEBEN, NICHT ZIEHEN!«, brüllte Lexi zur Decke, während wir uns ganze Bündel Hemden über die Schulter warfen und gefaltete Betttücher und Handtücher aufsammelten, die noch warm waren und nach Garten rochen.

Auf dem ersten Treppenabsatz standen, verkehrt herum ans Geländer gelehnt, zwei Einzelbetten, festgekeilt von einem Doppelbett, das auf der Seite lag und zur Hälfte aus einer Tür herausragte. Über dem vorderen Ende erschienen Kopf und Schultern eines Mannes. Ich war erleichtert, dass er angezogen war. »Bleibt aus dem Weg, Mädels. Wenn ich's mir recht überlege, Frances, wieso fasst ihr beide nicht an diesem Ende an und versucht, es an diesem Bein vorbeizuheben.«

»Was geht hier vor?«, wollte Frances wissen. »Was macht ihr mit meinem Bett?«

»Wonach sieht es denn aus? Wir tauschen eure Einzelbetten gegen unser Doppelbett.«

»Wieso?«

»Weil deine Mutter sich ständig beschwert, dass ich sie aufwecke, wenn ich von der Arbeit komme.«

»Dann krieg ich das Doppelbett für mich ganz allein?«, fragte Frances misstrauisch.

»Ja. Wenn wir es aus dieser Tür hier rauskriegen.«

»Wo ist Rad?«

»Oben in seinem Zimmer und arbeitet.«

»Du hast hier ein bisschen von der Farbe abge-schrabbt«, kam die Stimme eines anderen Mannes vom hinteren Ende des Bettes.

»Oh, hallo Onkel Bill«, sagte Frances zu der Stimme, befreite mich von der Bügelwäsche und lud alles, nicht sehr ordentlich, auf dem Fußboden im Bad ab.

Begleitet von angestrengtem Grunzen aus dem Schlaf-zimmer ruckelte das Bett noch einen knappen Meter zu-rück, wobei es einen ziemlich großen Streifen Holz vom Türrahmen mitnahm. Frances quetschte sich durch die Lücke und trabte mit mir auf den Fersen die nächste Trep-pe hinauf. »Das war mein Dad«, sagte sie.

»Du brauchst uns nicht miteinander bekannt zu ma-chen«, rief er hinter uns her. »Ich bin ja bloß der Gelegen-heitsarbeiter.«

Der zweite Treppenabsatz wurde von einem Dachfen-ster erhellt und war noch kleiner als der erste. An den drei Seiten, die nicht von der Treppe eingenommen wurden, befanden sich geschlossene Türen. »Das ist Auntie Mims Zimmer.« Frances zeigte auf eine davon, klopfte dann hef-tig an die zweite und riss sie auf, ohne auf eine Antwort zu warten. »Und da«, sagte sie, als würde sie irgendeine inter-essante Neuanschaffung in einem Zoo vorführen, »ist Rad.«

Ein ungefähr vierzehnjähriger Junge saß mit dem Rü-cken zu uns an einem Schreibtisch. Er drehte sich um und sah Frances mürrisch an, bevor er sich wieder seiner Ar-beit zuwandte. Er hatte dichtes, dunkles Haar, das ihm widerspenstig und ungebürstet in die Augen fiel, die so dunkel waren, dass schwer festzustellen war, wo die Iris endete und die Pupille begann.

»Sieht gut aus, was?«, sagte Frances mit gewissem Stolz.

Das tat er sicher, obwohl ich als Einzelkind an einer Mädchenschule keine Expertin für männliche Schönheit war. Ich stieß ein nervöses Lachen aus, das ja und nein hätte bedeuten können, und konzentrierte mich darauf, ein weiteres Erröten zu unterdrücken. Abgesehen von den Bücherregalen waren die Wände in seinem Zimmer nackt, an manchen Stellen bis aufs Mauerwerk. Auf dem Schreibtisch lag im Lichtkegel einer Leselampe ein Stapel Bücher mit faszinierenden Titeln: *Der Fänger im Roggen, Herr der Fliegen, Erinnerungen eines Infanterieoffiziers, Der Mythos von Sisyphos.*

»Rad ist Atheist«, flüsterte sie vertraulich, als wir uns wieder nach unten begaben. »Eigentlich sind wir das alle, außer Mum. Sie glaubt an gar nichts, aber sie ist sehr spirituell. Glaubt deine Mum an Gott?«

Ich dachte einen Augenblick nach. Sie glaubte daran, in die Kirche zu gehen: Mehr als das konnte ich nicht sagen.

Um zu vermeiden, dass wir zu noch mehr Wäschediensten oder Möbelrücken abkommandiert wurden, gingen wir mit Growth in den Wald. Als er die Leine sah, drehte er durch, wirbelte in engen Kreisen um unsere Füße herum und sprang dann mit rollenden Augen in die Luft. Frances versuchte ihm beizubringen, ein Bonio zu apportieren, das sie zwischen den Zähnen hielt, ein Trick, der sie fast die Nase kostete und ihre untere Gesichtshälfte vor Geifer triefen ließ.

»Iih, fast«, sagte sie und wischte sich mit dem Ärmel den Mund ab, während Growth seinen dritten Hundekuchen verschlang, wobei er gleichzeitig knabberte und würgte.

Er zerrte uns den gesamten Weg bis zum Wald. Er zog so heftig an der Leine, dass eine Fettrolle über sein Würgehalsband quoll. Sobald er ohne Leine war, schoss er in die Büsche und war innerhalb von Sekunden nicht mehr zu sehen.

»*Der Wald ist dunkel, tief und schön*«, intonierte Frances, während sie durch die blauen Wiesenglockenblumen stiefelte. Wir hatten das Gedicht von Robert Frost gerade als Übung zum Textverständnis gelesen. *Stell dir vor, du bist der Dichter. Schreib eine Geschichte, in der du erklärst, was dich bewogen hat, in den Wald zu gehen, und wohin du willst.* In meiner Geschichte war der Dichter ein bescheidener Holzfäller, der an Heiligabend mit einem Bündel Feuerreisig zu seiner Familie zurückkehrt. Frances' Version hatte einen fahrenden Spielmann, den einzigen Überlebenden einer glücklichen Schauspieltruppe, die von Wölfen angefallen worden war; es gab mehrere Nebenhandlungen, und sie hatte der Geschichte einen Stammbaum beigefügt.

Es dauerte Stunden, bis wir Growth lokalisierten. Er war sofort aus dem Wald hinaus zu den Sportplätzen gerast und hatte sich danebenbenommen, indem er ein Fußballspiel gestört hatte, hinter dem Ball hergetollt war und schließlich an einem Mantelhaufen hinter dem Torpfosten das Bein gehoben hatte. Frances holte ihn zurück, indem sie vom Spielfeldrand aus eindringlich nach ihm pfiff.

»Hey, ich hoffe, du bezahlst die Reinigung für diesen Mantel«, rief einer der Spieler wütend. »Das ist Wildleder.«

Frances leinte den Hund wieder an, und nachdem sie befunden hatte, der Mann sei zu weit weg, um ihr hinterherzujagen, sprintete sie mit Growth in den Wald, während ich verängstigt hinterherkeuchte. Wir hielten erst an, als wir vor der Haustür waren, wo wir vor Lachen und Seitenstechen nach Luft rangen, während der Missetäter zu unseren Füßen aufs Neue seinen Schwanz jagte und herumhüpfte. Der Auslauf hatte ihn bei weitem noch nicht erschöpft, sondern schien ihn nur noch lebhafter zu machen. Frances ließ ihn in der Halle los, und er jagte ins Wohnzimmer und klemmte sich unter den Gasofen, der glücklicherweise nicht an war. Mrs. Radley, inzwischen anständig in einen bodenlangen Morgenmantel gekleidet, lag auf der Couch und sah sich einen Schwarzweißfilm an. Frances hatte mir einmal erzählt, dass sie als Kind Schauspielerin gewesen war, und das erschien mir durchaus glaubhaft.

»Eben ist Fish da gewesen und hat gesagt, er würde später den Schlauch anstellen, falls ihr Mädchen rübergehen und euch nassspritzen lassen wollt«, rief sie uns nach, als wäre das der normalste Vorschlag der Welt.

Frances verzog angewidert das Gesicht. »Auf keinen Fall.« Anscheinend hatte ihr es im Alter von ungefähr vier Jahren Spaß gemacht, an sonnigen Tagen im Nachbargarten unter dem Sprinkler herumzuhüpfen – eine Tradition, von der Fish gehört hatte und die er trotz der Jahre, die dazwischenlagen, unbedingt aufrechterhalten wollte. Lexi dachte sich nichts dabei, aber für Mr. Radley war das ein weiteres Argument gegen den Mann.

Oben war das Möbelrücken inzwischen mit nur ein paar Beulen und Schrammen an Türrahmen und Tapeten erfolgreich beendet. Das Doppelbett war mitten in Frances' Zimmer gestellt worden, wie ein Floß in einem Meer aus Durcheinander – Bücher, Singles, Spiele, Puzzles, einzelne Schuhe, Kleidung, Papier, Kugelschreiber. Ihre Frisierkommode war ähnlich übersät mit Schmuck, Geschirr und noch mehr Papier, und jede Schublade war ungefähr einen Zentimeter weiter herausgezogen als die darüber, wie eine Treppe.

Frances sammelte einen Arm voll Zeug auf, öffnete ihren Schrank und packte es, ohne es zu ordnen, auf einen anderen Haufen, der, als sie die Tür zudrückte und verschloss, zu wanken begann. Von innen kam das Geratter von Sachen, die nach unten rutschten und an der Tür liegen blieben.

»Das wäre aufgeräumt«, sagte Frances, warf sich aufs Bett und streckte, um seine Breite zu testen, Arme und Beine von sich wie ein Seestern. »Oh, das ist klasse.«

Insgeheim war ich schockiert darüber, wie ruhig sie die neuen Schlafarrangements im Hause hinnahm. Mir erschien es offensichtlich, dass der Umzug ihrer Eltern in Einzelbetten nur das Vorspiel zu einer Scheidung war. Sogar meine Eltern, die, das wusste der Himmel, die meiste Zeit relativ kühl miteinander umgingen, teilten sich noch ein Doppelbett.

Aus einem weißen Spanplattenelement neben sich holte Frances ihr Tagebuch hervor und bot an, mir ein paar Auszüge vorzulesen.

Liebe Beatrice, [Ich hatte zu meiner Erleichterung bereits erfahren, dass Beatrice in Wirklichkeit keine Cousine oder spezielle Freundin war, sondern ein Stilmittel, das sie von Anne Frank übernommen hatte, damit die Einträge persönlicher erschienen.]

heute war ein gut aussehender Junge in Saint-Michael's-Uniform an der Bushaltestelle, deshalb beschloss ich, ihm nach Hause zu folgen. Ich stieg in seinen Bus, einen 194er, mit dem ich noch nie gefahren bin, und sehr bald wusste ich nicht mehr, wo wir waren. Er ist ewig nicht ausgestiegen, und ich dachte langsam, dass das wieder so eine dumme Idee von mir war, als er klingelte. Ich hatte viel Zeit, im Bus seinen Hals von hinten zu studieren, der irgendwie ein bisschen speckig war, sein Hals, nicht der Bus, deshalb bin ich nicht mehr ganz so scharf auf ihn, wie ich dachte. Jedenfalls bin ich ihm in kurzem Abstand gefolgt und weiß jetzt, wo er wohnt,

obwohl ich nicht weiß, was ich damit anfangen soll.
Nichts wahrscheinlich. Ich war wirklich spät zu
Hause – glücklicherweise waren alle anderen noch weg.
Fish stand nebenan auf einer Leiter und schmückte die
Fenster. Er sah mich und sagte: »Du kommst spät, muss-
test wohl nachsitzen, heh heh?«, und stieg herunter, des-
halb bin ich schnell rein. Growth drehte durch, als er
mich sah, und fing an, sich gegen die Hintertür zu wer-
fen, deshalb musste ich mit ihm raus, damit er Auslauf
hatte. Ich wollte nicht noch mal an Fish vorbei, deshalb
sind wir hinten raus und über den Zaun. Ich hatte einen
Bärenhunger, als ich zurückkam, aber der Kühlschrank
war leer, deshalb habe ich ein ganzes Paket kandierte
Kirschen aus der Speisekammer gegessen. Ganz gut, ob-
wohl sie schon ein paar Jahre alt gewesen sein müssen –
ich glaube nicht, dass hier irgendjemand einen Kuchen
oder so was gemacht hat, solange ich lebe. Habe ein
Bonio probiert, aber es war widerlich.

Ich konnte sehen, dass Frances jetzt richtig in Schwung
kam. Sie wälzte sich auf dem Bett und lachte und keuchte
über ihre eigenen Heldentaten. Ihr Gelächter war so theatralisch, so absurd, dass ich einfach einstimmen musste,
und bald hatten wir fast einen hysterischen Lachanfall.
Durch diese erfreuliche Reaktion ermutigt, rasselte Frances noch ein paar Einträge herunter, wobei sie gelegentlich
auf gefährliches Terrain kam und improvisieren musste.

16. *März*

Liebe Beatrice,

heute hat Mum mich gezwungen, ihre neuen Wander-
stiefel in die Schule anzuziehen, weil sie an diesem Wo-
chenende mit Lawrence auf eine »Wanderung« geht

und will, dass sie eingelaufen werden. Sie sind ganz
schön unbequem. Dr. Peel hat mich erwischt, wie ich
mit ihnen den Korridor entlangtrampelte, und sagte,
wenn ich sie noch mal tragen würde, würde ich nach
Hause geschickt, um mir andere anzuziehen. Also ehr-
lich? In der Schulordnung steht nichts davon, dass man
keine Wanderstiefel tragen darf. Darin steht »vernünf-
tige braune Schuhe«, was sie auch sind. Abigail trug ihr
Haar heute in einem Knoten. Es sah nicht besonders ...
ähm, bola bola bola ... Haben heute Zeugnisse bekom-
men. In Mathe hat Mrs. Taylor geschrieben: »Frances
hat ihre Position ganz unten in der Klasse konsolidiert.«
Ha ha. Das wird Dad gefallen. Abigails war wie immer
glänzend ... ähm, bla bla bla.
Bin den halben Weg nach Hause gehumpelt, habe dann
die Stiefel ausgezogen und bin den Rest des Weges in
Socken gelaufen – oder vielmehr in Rads Socken, wie
sich bei genauerer Inspektion herausstellte.

Das Abendessen gab es spät. Frances und ich mussten das
Gemüse vorbereiten: Berge von Rosenkohl, Karotten und
so viele Kartoffeln, dass sie eine ganze Bratform füllten
und ich eine wässrige Blase an der Hand hatte. Frances'
Methode, Karotten zuzubereiten, bestand darin, die holzi-
gen Enden abzuschneiden, sie dann in unhandliche Bro-
cken wie Riesenbatterien zu hacken und ungewaschen in
einen Topf zu werfen. Das Essen schien für zwanzig Personen auszureichen. Das Hähnchen war so groß wie unser
Weihnachtstruthahn. Ich kam mir vor wie Gulliver in
Brobdingnag. Alles war so anders als zu Hause, wo alles
klein, zart und hübsch zubereitet war und dann in winzige Stückchen geschnitten und achtundzwanzigmal gekaut
wurde.

Gegen halb neun, als aus dem Hähnchen immer noch

roter Saft in den See aus heißem Öl drumherum lief und die Kartoffeln immer noch weiß wie Wachs und hart wie neue Seifenstücke waren, machte ich mir langsam Sorgen, dass meine Eltern sich fragen würden, wo ich blieb. Ich schlich mich ins Wohnzimmer, wo Lexi, immer noch im Morgenmantel, auf dem Sofa lag und *Vogue* las.

»Darf ich mal telefonieren? Ich muss meinem Vater Bescheid sagen, wann er mich abholen soll.«

»Dich abholen? Ich dachte, du übernachtest hier. Warum sagst du ihm nicht, dass du hier bleibst, dann muss er nicht herkommen. Hmmm? Als ich jung war, habe ich jedes Wochenende mit meiner Freundin Ruthie verbracht.«

»Oh nein … Ich … Sie erwarten mich zurück.« Mein erster Gedanke war, dass meine Eltern nicht ohne mich auskommen würden, aber gleich darauf fielen mir viele andere akzeptable Entschuldigungen ein. »Ich habe mein Nachthemd nicht dabei.«

»Frances wird dir eines leihen.« Lexi hatte etwas Unermüdliches, das Widerstand zwecklos machte.

»Gut, danke. Ich rufe nur an und frage um Erlaubnis.«

»Übernachten?«, echote Mutter. »Wozu denn bloß?«

»Zum Spaß.«

Es folgte ein Schweigen, während sie hin und her überlegte. »Ich wüsste keinen Grund dagegen.« Ihre einzige Bedingung war, dass Vater mir Nachtwäsche und Zahnbürste vorbeibringen durfte, was Lexis Absicht, ihm den Weg zu ersparen, ziemlich sinnlos machte. »Und vergiss nicht, am Morgen das Bett abzuziehen. Das ist sehr wichtig«, waren ihre letzten Worte.

11

Vater kam gerade, als wir das Abendessen auftischten. Lexi, die sich umgezogen hatte und jetzt ein schwarzes Samtkleid trug, das leicht zerknittert und am Gesäß verblichen war, schaffte es, vor mir an der Haustür zu sein. Frances hielt Growth in der Küche zurück.

»Hallo, ich bin Frances' Mutter, Lexi«, sagte sie und hielt ihm die Hand hin.

»Stephen Onions«, sagte Vater zaghaft.

»Sie hätten sich doch nicht den weiten Weg machen müssen – wir hätten Abigail Nachtwäsche leihen können.«

Als ich Vater in Jacke und Schlips mit der Reisetasche in der Hand dort in der Tür stehen sah, bekam ich plötzlich Heimweh. »Wollen Sie nicht reinkommen und mit uns zu Abend essen?«, fragte Lexi. »Oder etwas trinken?«

»Oh nein, ich kann mich nicht aufhalten, vielen Dank. Hier«, sagte er und gab mir die Tasche. »Ich hoffe, du benimmst dich«, und er lachte nervös.

»Oh, sie ist reizend«, sagte Lexi und presste mich an sich. »Eigentlich hat sie das Essen gekocht.«

»Ah-ha«, sagte Vater, nicht sicher, ob das ein Witz war. »Tja, danke für Ihre Gastfreundschaft …« Und er zog sich in die Nacht zurück.

Am Tisch war Mr. Radley aufgetaucht, um das Hähnchen zu tranchieren, während Frances Gemüse auf die Teller schaufelte. Das war das erste Mal, dass ich ihn richtig zu sehen bekam. Er war kleiner, als ich ihn mir vorgestellt hatte – ein paar Zentimeter kleiner als seine Frau –, mit braunem Haar, das sich lichtete und von vorne her langsam grau wurde, und sehr blauen Augen mit einer kleinen Auster aus Schleim in jedem Augenwinkel. Er trug einen Rollkragenpullover – etwas, das mein Vater für unerträglich dandyhaft gehalten hätte –, den er sich in die Hose gestopft hatte, die unter einem kleinen Bäuchlein mit einem Gürtel fest gehalten wurde. Eine ältere Frau mit einem Wollschal – Auntie Mim, nahm ich an – saß mit dem Rücken vor einem Kohlenfeuer, obwohl es ein warmer Abend war. Sie goss mit zitternden Händen Wasser in sechs Weingläser. Nur Rads Stuhl blieb leer. Growth zog Kreise um den Tisch wie ein Hai um ein Wrack.

»Wie wunderbar dieser Vogel duftet«, sagte Auntie Mim. »Nein, ich möchte nichts davon, danke.« Frances hatte mir schon erzählt, dass sich Auntie Mim schon seit Menschengedenken nur von Rosenkohl, Kartoffeln und schwachem Tee ernährte. Als wäre das nicht schon seltsam genug, durfte keiner über diese seltsame Gewohnheit sprechen; sie bekam weiterhin Hähnchen, Karotten und Soße angeboten, was sie nach kurzer Überlegung wie aus einer Laune heraus höflich ablehnte.

»Etwas Füllung für dich, Tantchen?«, fragte Lexi.

»Ähm, ach weißt du, ich glaube nicht, danke.«

Nach ein paar Minuten begann ich sie um ihre Zurückhaltung zu beneiden: Die Portionen waren riesig. Mr. Radley hatte mir ein ganzes Bein gegeben – Hüfte, Oberschenkel, Wade, Fußgelenk und alles – und ich hatte keine Ahnung, wie ich es bewältigen sollte. Zu Hause bekam ich immer nur das weiße Fleisch. Ich weiß nicht, wo meine Mutter unsere Hähnchen kaufte, aber sie mussten ohne Knochen gezüchtet worden sein. Gerade als der letzte dampfende Teller auf Rads leerem Platz abgestellt wurde, hörte man das Geräusch von lauten Schritten, die zwei Treppen herunterkamen, und der Nachzügler betrat mit einem Buch unter dem Arm den Raum. Wortlos glitt er auf seinen Stuhl und stützte das offene Buch gegen die Rosenkohlschüssel. Albert Camus, *Die Pest* stand auf dem Buchrücken.

»Komm, Herr Jesu, sei unser Gast, und segne, was du uns bescheret hast«, sagte Mr. Radley plötzlich mit dröhnender Stimme, was uns zusammenzucken ließ. Erst als alle anderen missbilligende Töne von sich gegeben oder gesagt hatten, er sollte nicht dumm sein, wurde mir klar, dass er Witze machte. Das fand ich ziemlich schockierend, da Mutter bei uns zu Hause ernsthaft das Tischgebet sprach, normalerweise sogar ziemlich ausführlich, wobei sie die Hungernden in anderen Ländern beschwor, um mich zu erpressen, meinen Teller leer zu essen. Er blinzelte mir zu, was mich erröten ließ, und immer, wenn ich danach seinen Blick auffing, tat er es wieder und genoss meine Verlegenheit.

»Rad, ich dachte, wir hätten uns geeinigt, dass du beim Frühstück lesen kannst, aber nicht beim Abendessen«, sagte seine Mutter vernünftig.

»Hmmph«, grunzte er, ohne von der Seite aufzusehen.

»Wir essen ja nicht so oft zusammen«, fuhr sie fort.

»Oh, Preiselbeeren«, sagte Auntie Mim und nahm die Sauciere hoch. »Wunderbar pikanter Geschmack.«

»Eben«, sagte Rad.

»Nein, nicht für mich, danke, mein Lieber.«

»Wieso sollte ich mich an eine Vereinbarung halten, die nicht einmal fest ist?«

Alle außer mir machten mit ihrem Abendessen große Fortschritte. Frances hatte ihren Teller schon fast leer, während ich immer noch mit Knochen und Sehnen kämpfte. Jedes Mal, wenn ich versuchte, mit Messer und Gabel in das Hähnchenbein zu stechen, drehte es sich auf dem Teller und kickte Rosenkohl und Karotten auf den Tisch. Ich verbrachte genauso viel Zeit damit, das Gemüse aufzufangen und wieder auf den Teller zu befördern, wie mit essen. Die Hitze im Raum war gewaltig: das Kohlenfeuer, der Dampf von den Tellern und Growth, der hechelnd auf meinen Füßen lag. Ich fühlte, wie sein kleiner Golfball gegen meinen Knöchel drückte, und wagte nicht, mich zu rühren. An den Fenstern lief Kondenswasser herunter. Die anderen, außer Auntie Mim, waren schon bei der zweiten Portion, bevor ich überhaupt das Muster auf meinem Teller sah. Mein Weinglas schien ein Loch bekommen zu haben – jedes Mal, wenn ich es an die Lippen setzte, tropfte Wasser am Stiel hinunter auf meinen Schoß.

Mr. Radley hatte Erbarmen mit mir. »Du isst das doch nicht mehr, stimmt's?«, sagte er und zeigte auf das Hähnchenbein, das, seit ich es malträtiert hatte, sogar noch größer aussah.

»Nein«, gab ich widerstandslos zu.

»Gut. Ich hatte gehofft, du würdest das sagen.« Er beugte sich herüber, spießte es mit der Gabel auf und holte es sich auf seinen Teller, wobei er zwischen uns eine Spur aus Soßentropfen hinterließ.

»Du hast dich ja so fein gemacht«, sagte er zu seiner Frau, als es ihm zum ersten Mal auffiel. »Gehst du noch aus?«

»Nur mit Clarissa auf einen Drink in den Golfklub«, sagte Mrs. Radley. Clarissa war ihre jüngere, unverheiratete Schwester, die in Sevenoaks ein wildes Junggesellinnendasein genoss. »Übrigens«, sie sah auf die Uhr, »holt sie mich um halb zehn ab.«

Plötzlich war alles vorbei. »Gott, ist es schon so spät?«, sagte Mr. Radley und stieß seinen Stuhl um, als er aufsprang. Das Hähnchenbein immer noch umklammert, brach er zur Arbeit auf. Das nahm Rad als sein Stichwort, um wieder nach oben zu verschwinden; Mrs. Radley entschwand in einer Wolke pfeffrigen Duftes zum Golfklub und überließ das Aufräumen Frances und mir. Auntie Mim saß noch am Tisch und aß ihren Rosenkohl zu Ende. Es tat mir gut zu sehen, dass jemand noch langsamer war als ich.

Später in Frances' Zimmer zogen wir uns, einander den Rücken zugewandt, schüchtern aus. Mum hatte mir das Nachthemd eingepackt, das ich am wenigsten mochte – eins aus grünem Nylon, das grässlich kratzte. Im Spiegel der Frisierkommode sah ich, wie Frances sich aus ihrem BH wand. Sie war das einzige Mädchen in der Klasse, das einen trug, eine Tatsache, auf die man durch ihr offensichtliches Unbehagen und ihr ständiges Herumfummeln an den Trägern aufmerksam wurde. Mit einem reißenden Geräusch und einer knisternden blauen Funkenentladung zog sie die Laken aus aufgerautem Nylon zurück. In meinem Nachthemd würde ich an ihnen festkleben wie ein Klettverschluss. Nachdem sie einige Zeit mit Zähneputzen verbracht hatte, holte Frances eine Dose Siruptoffees aus dem Nachtschränkchen, und wir saßen mit zusammengeklebten Kiefern im Bett, versuchten zu kauen, kicherten und sabberten, alles gleichzeitig.

»Was hältst du von Rad?«, fragte Frances durch eine Zahnspange aus Toffee.

»Ganz okay«, antwortete ich und errötete bei der Lüge. Schließlich hatte sie ihn mir schon seit Monaten angekündigt, bis ich entschlossen war, mich, wenn er nicht wirklich furchtbar wäre, hemmungslos in ihn zu verlieben.

»Ganz okay?«, wiederholte sie indigniert. »Na ja, du hast ihn noch nicht in Bestform erlebt.«

Frances brachte ihr Tagebuch auf den neuesten Stand, während ich höflich die Augen abwandte, und dann schaltete sie das Licht aus, aber der Raum blieb von der Straßenlaterne und den gleitenden Autoscheinwerfern draußen halb erleuchtet. Im Vergleich zur Sackgasse war der Verkehrslärm ohrenbetäubend. Die Matratze hing durch wie eine Hängematte, und wir rollten immer wieder in die Mitte und stießen mit den Ellbogen zusammen, deshalb legte ich mich so nah wie möglich an die Bettkante und klammerte mich wie ein Faultier mit Fingern und Zehen fest, um nicht immer wieder in den Graben zu fallen. Innerhalb von Minuten war Frances eingeschlafen und atmete gleichmäßig, während ich die Autos zählte, die draußen vorbeibrausten, bis ich um zwölf hörte, dass Mrs. Radley heimkam und sich, leise singend, in ihr Einzelbett zurückzog. Nicht viel später döste ich ein und träumte, ich würde am Rand einer Felswand hängen. Viel später weckten mich die Geräusche, die Mr. Radley bei seiner Rückkehr von der Arbeit machte. Ein Schlüssel knirschte im Schloss, die Tür schloss sich mit einem Klick, und dann hörte ich ein Krachen, gefolgt von Fluchen, als er im Flur über etwas stolperte.

Am Morgen, als Frances im Bad war, zog ich mich schnell an und begann, in Erinnerung an Mutters Anweisungen, das Bett abzuziehen. Ich hatte alles ordentlich auf der nackten Matratze gestapelt und zog gerade den letzten Kissenbezug ab, als Frances wieder hereinkam.

»Was tust du da?«, fragte sie wie vom Donner gerührt.

»Mum«, appellierte sie an Mrs. Radley, die gerade in Bademantel und Turban über den Treppenabsatz sauste. »Sie hat gerade mein ganzes Bett abgezogen.«

Mrs. Radley sah mein rotes Gesicht und die nackte Matratze und sagte: »Tja, weil das höflich ist.«

»Davon habe ich noch nie was gehört.«

»Trotzdem …«

»Jetzt muss ich alles wieder draufziehen«, sagte Frances verärgert.

»Nein. Du bringst die Bezüge in den Waschsalon. Ich habe ein paar Decken, die du mit in die große Maschine stecken kannst, wenn du schon mal da bist.«

»Gut gemacht, Abigail«, sagte Frances mit mürrischem Gesicht und sah genauso aus wie ihr Bruder.

»Woher sollte ich wissen, dass ihr euch ein Bett teilt?«, sagte Mutter, als ich ihr bei meiner Rückkehr empört von dem Zwischenfall berichtete. Sie war in der Küche und machte Teig für Yorkshire Pudding, den sie heftig rührte, um die Klümpchen aufzulösen. Vater war weg. »Wer hat je davon gehört, dass ein Mädchen in dem Alter ein Doppelbett hat?« Und sie rümpfte die Nase, als könnte sie, selbst aus dieser Entfernung, die schmutzige Wäsche riechen.

12

Das war der Beginn meiner Integration in die Radley-Familie. Es wurde als selbstverständlich erachtet, dass ich meine Wochenenden dort verbrachte: Lexi hatte früher dasselbe mit ihrer Freundin Ruthie getan, wie sie uns gern erzählte.

»Was ist eigentlich aus Ruthie geworden?«, fragte Frances ihre Mutter, nachdem ihre beispielhafte Freundschaft an einem einzigen Abend ein halbes Dutzend Mal beschworen worden war.

»Ich weiß nicht«, kam die unromantische Antwort. »Wir sind uns nach der Schule fremd geworden. Wie's halt so ist.«

Frances und ich wechselten einen Blick. Damals musste alles anders gewesen sein: Es bestand keine Möglichkeit, dass wir uns »fremd werden« könnten.

Die Einzigen, die sich nicht für das neue Arrangement begeistern konnten, waren meine Eltern. Auf ihre zivilisierte Art kamen sie nicht besonders gut miteinander aus und brauchten mich als Ablenkung. Da sie nie stritten oder Meinungsverschiedenheiten hatten, war schwer festzustellen, worin genau der Grund für ihre Ernüchterung lag, ich war mir nicht sicher, ob die Kühle zwischen ihnen schon immer existiert hatte und mir erst jetzt, wo ich älter war, auffiel, oder ob sie neueren Ursprungs war. Ein Zankapfel zwischen ihnen war die Zeit, die mein Vater in sein Projekt steckte, ein sich ständig erweiterndes Werk, das ihm reichlich Möglichkeiten zum Verschwinden bot, weil er irgendwo recherchieren musste oder sich lange in seinem Arbeitszimmer aufhielt. Obwohl meine Mutter zweifellos froh war, ihn nicht »vor den Füßen zu haben«, ein Ausdruck, der mich an einen Falten werfenden Teppich erinnerte, machte die Vagheit all seiner Bemühungen sie wütend: Es war nicht so, wie wenn man Quittengelee kochte, den man essen oder auf dem Kirchenbasar verkaufen konnte, oder wie Bügeln, das einfach erledigt werden musste. Es wurmte sie, dass etwas, was so offensichtlich ein Hobby war, den Status von *Arbeit* angenommen hatte.

In dieser Zeit erreichte die Sauberkeitsmanie meiner Mutter ihren Höhepunkt. Wenigstens schien es so. Vielleicht kam es mir auch nur so vor, weil ich in der Zeit gerade dem Radley-Haushalt ausgesetzt war, wo ein weniger strenges Regiment herrschte. Besucher, die in unser Haus kamen, schmeichelten meiner Mutter mit der Bemerkung, sie hätten ihr Abendessen vom Küchenboden essen können: Bei den Radleys sah es normalerweise so aus, als hätte das gerade jemand getan.

Mutters neueste Errungenschaft im Kampf gegen den Schmutz war ein Teppichreiniger, den sie auf einem Kirchenbasar erstanden hatte. Es war ein blassgelber Plastikapparat, wie ein kleiner Handstaubsauger, den man mit einem speziellen Shampoo füllen und vor und zurück über den Boden ziehen musste, wobei er Schaumspuren wie Speichel hinterließ. Sie war ganz vernarrt in diese Maschine, und eine Weile gab es immer wenigstens einen Teppich im Haus, der nach chemischer Seife roch und sich feucht und moosig anfühlte. Die Hausarbeit wurde eine Art Zuflucht für sie: Während eine theatralischere Person oder eine, die weniger migräneanfällig gewesen wäre, vielleicht ihre Frustrationen in ein Klavier gehämmert hätte, griff Mutter zu Mopp und Staubtuch. Eines Morgens schaute ich aus meinem Schlafzimmerfenster und sah, wie sie versuchte, bei starkem Wind den Weg vorm Haus zu kehren. Da war sie, mit zusammengebissenen Zähnen, und schwang ihren Besen, während Staub, Sand und heruntergefallene Blüten um sie herumwirbelten.

Ich erinnere mich auch an eine andere Gelegenheit, die bei meinen Eltern zu ihrer Version eines Streits führte. Es war ein sonniger Sonntag im Mai, und ich war früh von Frances zurückgekommen, um unsere Hausaufgaben zu erledigen. Es war sicherer, beide anzufertigen, als Frances abschreiben zu lassen, weil sie entweder meine bis aufs letzte Detail anbinselte und wir beide Ärger bekamen, oder bei dem Versuch, ihrer Version eine persönliche Note zu geben, absichtlich so lächerliche Fehler einbaute, dass es meine Bemühungen sinnlos machte. Ich hatte gerade auf die Schnelle den Lebenszyklus der Lebermoose erledigt und war nach unten gekommen, um eine Teepause einzulegen. Im Wohnzimmer war meine Mutter dabei, die frisch gewaschenen Tüllgardinen zu bügeln, und Vater stand an den nackten Fenstern und sah die Straße hinauf.

»Das Zimmer sieht ohne Tüllgardinen ziemlich hübsch aus«, bemerkte er geistesabwesend. »Man kann nach draußen sehen.«

»Und die Leute können reinsehen«, sagte Mutter und bügelte ein bisschen heftiger.

»An dieser Straße kommen nicht viele Leute entlang«, bemerkte Vater. »Außerdem ist es ja nicht so, als würde jemand gegenüber wohnen.« Als das Haus am Ende der

Sackgasse blickten wir auf die Grünfläche und die ganze Straße entlang.

»Es wäre so, als würden wir in einem Goldfischglas wohnen«, sagte Mutter, legte den ersten Vorhang der Länge nach auf die Couch und nahm den nächsten in Angriff. »Jeder, der vorbeigeht, könnte jeden Flecken an der Wand sehen.« Als ob da irgendwelche Flecken wären!

»An einer Hauptstraße wäre es etwas anderes«, räumte Vater ein.

»Die Radleys wohnen an einer Hauptstraße, und sie haben keine Tüllgardinen«, warf ich ein.

»Tja, Tüllgardinen brauchen viel Pflege«, sagte Mutter spitz. Sie schien die Vorstellung zu haben, offensichtlich auf Grund einer unvorsichtigen Bemerkung meinerseits, dass die Radleys in Schmutz und Elend lebten – was unfair war: Frances und ich kümmerten uns oft um den Haushalt.

»Man fühlt sich durch sie so eingeschlossen«, sagte Vater, als Mutter anfing, die Vorhänge wieder auf die vulkanisierte Gardinenstange aufzufädeln.

»Tja, ich habe heute den ganzen Tag damit verbracht, sie sauber zu machen«, sagte Mutter mit einer Stimme, die gleichzeitig mild und stur war. »Also kommen sie wieder dran.« Und sie stieg von der Couch aufs Fensterbrett, wobei sie meterweise Tüll hinter sich herzog wie einen Fächer, und hakte sie wieder da hin, wo sie hingehörten, wie eine Armee, die ihr Banner hochzieht.

Die Einseitigkeit meines Arrangements mit Frances verstieß gegen das Anstandsgefühl meiner Mutter. »Wieso bringst du sie nie mit hierher?«, fragte sie eines Samstags, als ich ein paar Klamotten in eine Reisetasche stopfte. »Sie können dich schließlich nicht jede Woche ernähren.« Ich erzählte ihr nicht, dass wir uns meist selbst ernährten –

und eigentlich auch sie. Ich konnte ihr auch nicht den wahren Grund dafür sagen, warum wir immer zu Frances gingen. Wir hatten dort einfach mehr Spaß. Bei uns *passierte* nichts, während bei den Radleys immer etwas los war: Immer kam oder ging gerade jemand, der von neuen Abenteuern oder Katastrophen zu berichten wusste.

Growth und Auntie Mim waren die einzigen Mitglieder des Haushalts, die garantiert immer da waren. Letztere trafen wir manchmal in der Küche vor einer grün schäumenden Pfanne Rosenkohl. Sie kochte das Gemüse mit so viel Natron, dass es, wie Lexi sagte, ernährungswissenschaftlich gesehen überhaupt keinen Wert hatte und es ein Wunder war, dass Tantchen noch keinen Skorbut hatte. Rad war samstags oft weg, spielte Rugby, schwamm oder nahm an Schachturnieren teil. Er schien keine Freundin zu haben oder irgendein Interesse, eine zu finden – für Frances, die ihn liebend gern aufzog, Anlass zu großer Heiterkeit. »In Rads Schule gibt es nur ein Mädchen«, sagte sie immer. »Und sie kommt nur zum Werkunterricht. Wie ist sie denn so, Rad?«

»Fett, hässlich und dumm«, antwortete Rad dann, worauf Frances erfreut in schallendes Gelächter ausbrach.

Wenn er zu Hause war, blieb Rad meist in seinem Zimmer. Manchmal warnte uns ein Rascheln aus der Speisekammer, dass er auf Streifzug war, und unter dem Vorwand, aufs Klo zu gehen, versuchte ich dann, ein Treffen auf der Treppe zu arrangieren, um eventuell Empfängerin eines knappen »Hallo« zu werden, das mir dann nächtelang Stoff für gequälte Träume lieferte. Natürlich zeigte er nie das geringste Interesse an mir. Ich wagte es nicht, Frances von meiner Vernarrtheit zu erzählen, weil sie es Rad sicher verraten hätte, wahrscheinlich in meiner Gegenwart, eine Demütigung, für die als Heilmittel nur Selbstmord in Frage gekommen wäre.

Wegen seiner seltsamen Arbeitszeiten verschlief Mr. Radley normalerweise einen Teil des Tages, und um sein Schlafzimmer herum hatte Ruhe zu herrschen. Ich hatte inzwischen von Frances erfahren, dass er einst einen anständigen Beruf im Staatsdienst gehabt hatte, aber seit ein paar Jahren hatte er von kurzfristigen Gelegenheitsarbeiten gelebt, die letzte davon Hotelboy in einem Londoner Hotel. Wenn er auf den Beinen war, kam er oft in Frances' Zimmer, um ihr irgendeine lächerliche Frage zu stellen, wie zum Beispiel nach dem Verbleib eines speziellen Nahrungsmittels, das aus dem Kühlschrank verschwunden war, und blieb schließlich stundenlang, um uns von seiner Arbeit zu erzählen oder uns wegen der Schule ins Kreuzverhör zu nehmen. Er genoss es, wenn wir ihm Fragen stellten, und war nie um eine Antwort verlegen, aber irgendwie hatte ich kein großes Vertrauen in seine Erklärungen. Wenn mein Vater etwas erklärte, hatte man das Gefühl, von der Oberfläche eines tiefen Brunnens zu trinken, während man sich bei Mr. Radley des Gefühls nicht erwehren konnte, dass das, was man bekam, alles war, was vorhanden war – und ein bisschen mehr –, und wenn man nur ein wenig nachhakte, wäre er völlig ausgetrocknet. Ich wurde aus ihm nicht schlau: Er schien gern in Gesellschaft junger Leute zu sein, und trotzdem waren sie seiner Meinung nach verantwortlich für alles Übel in der Welt. »Die Jugend ist an die jungen Leute vergeudet«, sagte er gern, besonders wenn er uns beim Faulenzen vor dem Fernseher erwischte, oder wenn wir uns über Langeweile beklagten. Von ihm stammte auch mein Spitzname Blush, die Errötende –, der hängen blieb, wie es nur die gemeinsten oder passendsten tun.

Lexi konnte den ganzen Tag im Wohnzimmer residieren, wo sie eine Reihe von Besuchern bewirtete. Clarissa oder andere Golffreunde konnten auftauchen, gefolgt von

Lawrence, einem gut aussehenden Mann, der als Lexis Freund vorgestellt wurde. Jeder, der nicht mit ihr blutsverwandt war, wurde von Lexi als »Freund« oder »Freundin« bezeichnet, deshalb war das kein Anlass, misstrauisch zu sein. Außerdem schien Lawrence mit Mr. Radley auf bestem Fuß zu stehen, eine weitere Beruhigung. An Nicht-Besuchstagen wurde ein kurzer, aber gewaltiger Angriff auf die Hausarbeit gestartet. Dann fegte Lexi wie ein Tornado durchs Haus, hob Sachen auf, die jemand fallen gelassen hatte, und feuerte sie ins Schlafzimmer des Besitzers, während Frances ihr mit dem Staubsauger folgte, der auf dem teppichlosen Boden schrecklichen Lärm machte. Holzmöbel wurden kurz mit einem wachsweichen Staubtuch abgewischt, und alles über Augenhöhe wurde liegen gelassen, bis es verfaulte. Abends zog Lexi sich schick an, rollte ihre Haare auf heizbare Lockenwickler und schwebte auf einer Wolke Moschusparfüm zum Dinner. Gelegentlich spielte sie selbst Gastgeberin, und Frances und ich wurden dafür bezahlt, die Gäste zu bedienen, Essen und Getränke zu servieren und abzuwaschen. Wegen seiner unsozialen Arbeitszeiten war Mr. Radley selten mit von der Partie.

Nachdem ich ein paar Mal bei ihnen gewesen war, wagte ich es, mich nach der mysteriösen dritten Tür auf dem obersten Treppenabsatz zu erkundigen.

»Das ist Dads Studio. Er geht ab und zu hoch, um zu malen und so.«

»Was denn? Ölgemälde?«

»Ja, du weißt schon, Porträts und so.«

»Du meinst, er ist Künstler«, sagte ich beeindruckt. Ich hatte schon geahnt, dass er mehr war als nur ein großer Hotelboy. »Wieso hast du mir das nie erzählt?«

»Na ja, er ist kein richtiger *Künstler*«, sagte sie. »Es ist nur ein Hobby. Ein paar von seinen Sachen sind ein bisschen verrückt. Willst du mal sehen?«

Als Frances die Tür mit der Schulter berührte, öffnete sie sich zitternd und setzte einen trockenen Geruch nach Holz und Terpentin frei. Der Boden war teppichlos und voll mit getrockneten Farbklecksen. An einer Wand stand eine Holzbank voller Gläser mit Pinseln und Palettenmessern, Zeichenkohle, ausgedrückten Farbtuben und zerknitterten Stofflappen. Im Licht des Fensters standen eine Staffelei und eine leere Leinwand, und in der Mitte des Zimmers befand sich ein niedriger Sessel, der mit einem schmuddeligen weißen Laken bedeckt war. An einer Wand lehnten einige Gemälde. Frances fing an, sie durchzusehen. Ich spähte ihr über die Schulter. Es waren alles ziemlich verkleckste Akte: Einer davon sollte offensichtlich Lexi darstellen, aber die anderen waren die unterschiedlichsten Leute, Männer und Frauen, ein paar *alte* Menschen, in sonderbaren Farben.

»Ein bisschen fleckig, was?«, sagte Frances kritisch. »Er muss eine Menge Farbe verbrauchen.«

»Erfindet er die einfach oder was?« Ich konnte mir nicht vorstellen, dass eine Truppe Nackedeis durch die Dachkammer marschierte, nur um sich in Orange- und Grüntönen malen zu lassen.

»Nein, du Trottel, er geht zu Aktmalkursen. All diese Leute wie Dad sitzen rum und ziehen sich abwechselnd aus.«

»Nein!«

»Ich denke, so läuft es. Wo sollte man sonst die Leute herkriegen?«

»Wie peinlich! Wieso angezogene Leute malen?«, fragte ich. »Er benutzt ja sowieso keine fleischfarbenen Töne.«

»Künstler malen Leute immer nackt. Vielleicht ist es schwieriger oder leichter oder so«, sagte Frances. »Also«, fügte sie warnend hinzu, »wenn er dir je anbietet, dich zu malen, weißt du, was du sagen musst.«

»Ist dein Dad denn auf die Kunstakademie gegangen?«, fragte ich, als wir uns wieder nach unten begaben.

»Nein«, sagte Mr. Radley, der aus seinem Schlafzimmer kam, was mich zusammenzucken ließ. »Ich war nicht klug genug für die Akademie«, sagte er mit gespielt bescheidener Stimme, die keinen Zweifel daran ließ, dass er sich ganz im Gegenteil für viel zu klug hielt.

13

Von Samstag zu Samstag zu leben, wie ich es tat, schien die Zeit schneller vergehen zu lassen, und fast bevor ich bemerkt hatte, dass es angefangen hatte, war das Sommerhalbjahr vorbei, die Prüfungen absolviert und bestanden. Die Basketballsaison war gekommen und vergangen, und unsere verhassten Sommeruniformen – steife Strohhüte und türkise Kleider, die unter den Armen dunkle Schweißflecken zeigten – konnten ganz hinten in den Schrank verbannt werden. Die großen Ferien nahten, steuerten auf mich zu wie ein Schnellzug. Ich sah ihrer Ankunft mit etwas entgegen, das an Furcht grenzte. Durch einen unglücklichen Zufall hatten die Radleys ihre Ferien in den ersten drei Wochen geplant, während meine Eltern in den dreien danach mit mir wegfuhren. Wir überschnitten uns um etwa einen Tag, deshalb konnte ich Frances den ganzen Sommer über nicht sehen. Sechs Wochen – es war unvorstellbar. Frances' Gleichmut angesichts dieser Katastrophe war eine zusätzliche Provokation. Sie war zweifellos auf die bevorstehende aufregende Auslandsreise zurückzuführen: Lexi nahm sie über Paris mit nach Menton, während Vater und Sohn an irgendeinen Ort fuhren, der »Die Schützengräben« hieß, offensichtlich eine alljährliche Pilgerfahrt.

»Armer Rad«, kicherte Frances. »Drei Wochen, in denen Dad fährt. Er wird als Wrack zurückkommen – wenn er nicht umkommt.« Mr. Radleys Ruf als schlechter Autofahrer war Teil der Familienlegende. Er fuhr immer los, ohne sich anzuschnallen, und dann, wenn er erst einmal auf einer befahrenen Hauptstraße war, besann er sich eines Besseren, tastete suchend nach dem Gurt, während das Auto von einer Seite zur anderen schlingerte. Und er schien eine Abneigung gegen Scheibenwischer zu haben – er weigerte sich, sie einzuschalten, bis die Windschutzscheibe verschwommen war. Seine gefährlichste Angewohnheit war jedoch, sich mit seinen Passagieren zu unterhalten, ohne sich ständig umzudrehen und sie direkt anzusprechen.

»Wieso fahrt ihr getrennt in den Urlaub?«, fragte ich, leicht schockiert über die Arrangements.

»Das machen wir immer – wir mögen einfach unterschiedliche Dinge. Mum will nicht Jahr für Jahr um ›Die Schützengräben‹ rumlatschen.«

»Was sind ›Die Schützengräben?‹«

»Hat was mit irgendeinem Krieg zu tun. Ein Haufen Gräber und so – wirklich bedrückend. Dad liebt das. Rad übrigens auch. Es ist das Einzige, worin sie sich einig sind.« Am Ende der drei Wochen, erfuhr ich, traf sich die Familie, einschließlich irgendwelcher Statisten, die auf dem Weg aufgelesen wurden, für eine Nacht in einem Hotel in Nordfrankreich, um Geschichten auszutauschen, bevor sie zusammen nach Hause zurückfuhren.

Meine Aussichten auf aufregende Ferien waren nicht so rosig. Mutter und Vater neigten dazu, den Britischen Inseln treu zu bleiben – normalerweise ihren feuchtesten und windzerzaustesten Gegenden –, wobei sie lieber Wanderurlaub machten als Orte von literarischer oder historischer Bedeutung aufzusuchen. Ödes Moorland oder kühle Kathedralen waren ihre Heiligtümer. Dieses Jahr hatte die Wahl ihres Zielortes noch eine zusätzliche Bedeutung. Zu Weihnachten hatte Mutter sich eine Steinpoliermaschine gekauft, die sie in einem Kunsthandwerk-Katalog gesehen hatte. Sie hatte sich in einige Unkosten gestürzt und sie unter viel Aufregung angefordert, weil sie plante, das Haus mit Gläsern voll funkelnder Steine zu dekorieren, durch die man, wenn man nervös war, die Hände gleiten lassen konnte. Dem Unternehmen war kein sofortiger Erfolg beschieden: Die Maschine, eine kleine Trommel mit Eisenspänen, musste wochenlang unentwegt laufen: Mutter verstaute sie im Gästezimmer unter einem Tisch, um den Lärm zu dämpfen, aber man hörte sie Tag und Nacht mahlen, hartnäckig wie Zahnschmerzen. Es war jedoch Mutters geologische Unkenntnis, die sich als ihr Verderben erwies. Die meisten Steine, die sie gesammelt hatte, waren zu weich, und als sie zur vorgegebenen Zeit die Trommel öffnete, stand sie statt vor funkelnden Schätzen vor einer Masse grauen Staubs. Und die Kieselsteine, die, wenn sie nass waren, wie Juwelen glänzten, sahen im trockenen Zustand so aus wie vorher, nur kleiner. In diesem Sommer wollten wir daher zur Isle of Skye, um Eruptivgestein zu suchen.

Am Abend vor Frances' Abreise ging ich zu ihr, um mich zu verabschieden. Es war gerade ein Streit darüber im Gange, welche Partei welches Auto nehmen sollte. Schließlich wurde beschlossen, dass die Frauen den Spitfire haben konnten, während die Männer den Kombi nahmen.

»Da, wo ihr hinfahrt, werdet ihr kaum das Wetter für ein Cabriolet haben«, sagte Lexi.

»Wir brauchen sowieso einen Viersitzer«, raunte Mr. Radley seinem Sohn zu. »Um Mädchen aufzureißen.« Rad lachte. Alle vier waren gut gelaunt. Lexis Koffer standen schon in der Halle, der größere von beiden an die Räder von Auntie Mims Einkaufswagen geschnallt. Oben war Frances dabei, Klamotten auf vier Haufen zu verteilen, geordnet nach »gutes Wetter«, »schlechtes Wetter«, »schick« und »vergammelt«, wobei der vierte bei weitem der größte war. Ihr Tagebuch und ein unscharfes Foto von Growth im Garten hinterm Haus waren die einzigen Gegenstände, die sie bisher eingepackt hatte. Das Haus schien ohne Growth still zu sein: Er war zwischenzeitlich bei Daphne und Bill, seinen ursprünglichen Besitzern, untergebracht worden. Ich hätte fast angeboten, ihn zu nehmen, aber Mutter verabscheute alle Tiere, und es war unwahrscheinlich, dass Growth mit seinem wenig attraktiven Äußeren und ständigen Kratzen sich irgendjemandem empfehlen würde außer dem leidenschaftlichsten Hundeliebhaber. Auntie Mim war bei Clarissa, damit sie keine Pfanne mit Rosenkohl auf dem Herd vergaß und das Haus niederbrannte.

»Schick mir eine Postkarte, ja?«, sagte ich, als ich Frances dabei zusah, wie sie ihre letzten Kleider in eine riesige Nylonreisetasche quetschte.

»Oh nein, ich schreibe richtige Briefe«, sagte Frances. »Ich habe sogar schon einen geschrieben, den solltest du morgen kriegen. Und wenn wir irgendwo lange genug bleiben, schicke ich dir die Adresse und du kannst mir schreiben.« Dieser Gedanke heiterte mich ein wenig auf.

Am nächsten Tag kam wie versprochen der erste Brief.

Liebe Abigail,

wenn du das hier kriegst, sind wir bereits auf See! Wir nehmen die frühe Fähre nach Calais und halten an einem Ort, der Amiens heißt, um Mittag zu essen. Ich habe den ganzen Morgen damit verbracht, Hundehaare

*aus dem Spitfire zu saugen, dann sagte Rad, sie wollten
ihn nehmen, deshalb musste ich den Renault auch sauber machen, vorsichtshalber Ich wünschte, du und
Growth würden auch mitkommen, aber da sind die
Quarantänebestimmungen und all das, und dein Urlaub ist auch im Weg. Dad nimmt ständig Rads Bücher
aus seinem Koffer, wenn er nicht hinsieht; er sagt, sie
müssen sich abends unterhalten! Rad fragte sarkastisch,
ob Dad seine Farben mitnehmen würde, und Dad wurde ganz hochnäsig und sagte, ja, vielleicht. Kannst du
dir vorstellen, wie er mitten auf irgendeinem Platz seine
Staffelei aufstellt? Rad wird vor Verlegenheit sterben.
Tja, ich bringe das jetzt besser zur Post. Mein nächster
Brief kommt aus Paris.*

*Alles Liebe
Frances*

Die nächsten Tage vergingen quälend langsam. Nach sorg-
fältigem Verhör meiner Eltern wusste ich, dass Post aus
dem Ausland notorisch unzuverlässig war, wochenlang
brauchte, bis sie ausgeliefert wurde, und manchmal gar
nicht ankam. Ich sah mich nach neuen Beschäftigungen
um. Ich übte hingebungsvoller als gewöhnlich Cello, erle-
digte meine gesamten Ferienhausaufgaben an einem Tag
und stellte die Möbel in meinem Zimmer in jeder möglichen Kombination um. Es war heiß und trocken: Der
Sonnenschein würde sich vor unserer Reise nach Skye
ganz sicher erschöpft haben. Ich half Mutter im Garten,
jätete und spritzte und schnitt verwelkte Blüten ab. Ich
fuhr lange mit dem Fahrrad durch die Straßen. Ungefähr
am vierten Tag radelte ich weiter als normal, da es mich
unwiderstehlich zur Balmoral Road zog. Ich weiß nicht,
was ich vorzufinden erwartete, aber als ich zum Haus

kam, sah ich, dass der Renault immer noch in der Einfahrt parkte und die Fenster im ersten Stock weit geöffnet waren. Zu schüchtern, um zu klingeln, radelte ich in wildem Tempo nach Hause, raste Hügel hinunter und schlängelte mich auf den Bürgersteig, um Ampeln zu umgehen. Sobald ich nach Hause kam, wählte ich Frances' Telefonnummer. Nach dem zwölften Klingeln ging Rad ran.

»Hallo, ist Frances da?«, fragte ich schüchtern.

»Ist da Blush?«, sagte er. »Sie sind doch in Frankreich.«

»Ja, ja, aber ich bin grad am Haus vorbeigekommen und habe das Auto gesehen und dachte, sie wäre vielleicht noch da. Wieso seid ihr noch da? Wolltet ihr nicht alle zusammen wegfahren?«

»Das *wollten* wir, aber Dad ist nicht rechtzeitig fertig geworden, deshalb sind Mum und Frances schon vorgefahren, und dann hat Dad bemerkt, dass er kein Geld auf seinem Konto hatte, deshalb musste er zu Bill fahren und sich was borgen. Und dann hat er festgestellt, dass sein Pass abgelaufen war. Wir versuchen es angeblich morgen noch mal.«

»Oje.«

»Das ist jedes Jahr so. Ich bin schon dran gewöhnt.«

Das war das längste Gespräch, das ich je mit Rad geführt hatte, und ich war dankbar für den Schutz des Telefons und die meilenweite Entfernung zwischen uns, die ihn davon abhielt, meine brennenden Wangen zu sehen. Manchmal errötete ich so heftig, dass ich Nasenbluten davon bekam. Ich war überzeugt, dass an meinem Zustand etwas Krankhaftes war, doch Mutter hatte meine Forderungen, zum Arzt zu gehen, als lächerlich abgetan. Ihrer Ansicht nach wäre es ungesund gewesen, wenn ein zwölfjähriges Mädchen *nicht* errötete. Es war eines der Dinge, die sie an Frances verdächtig fand, diese Weigerung, sich einschüchtern zu lassen.

»Denk einfach an etwas Kühles, wenn du spürst, dass du rot wirst«, lautete ihr Vorschlag. Deshalb murmelte ich eine Zeit lang immer, wenn Verlegenheit drohte, »gefrorene Erbsen, gefrorene Erbsen« vor mich hin.

Der Parisbrief kam schließlich am Tag vor unserer Abreise nach Skye an. Die Woche zuvor hatte ich damit verbracht, trübsinnig im Haus herumzuschleichen, gelangweilt und unruhig, spät aufzustehen und meine Mutter in den Wahnsinn zu treiben, indem ich mich einschloss und stundenlang fernsah, anstatt den Sonnenschein zu genießen.

»Du kriegst noch Rachitis«, warnte sie mich.

Ich machte noch mal einen Fahrradausflug zur Balmoral Road, aber das Haus war verschlossen und dunkel. Ich spähte sogar durch den Briefkasten und rechnete halb damit, Kläffen und das Geräusch von Pfoten auf den Fliesen zu hören, aber da war nichts.

Dann kam er endlich, flatterte in seinem Luftpostumschlag auf die Fußmatte, so leicht wie ein Herbstblatt. Ich zog mich in mein Zimmer ins obere Bett zurück und schloss die Tür, falls der Brief Geheimnisse enthielt, die sonst entfliehen würden. Er war vor zwei Wochen aufgegeben worden: Für Frances waren die Ereignisse, die sie beschrieben hatte, längst Vergangenheit.

Liebe Blush,

ich schreibe dies im Hotelzimmer Es ist bullig heiß draußen und Mum liegt ohne was auf dem Bett. Wir amüsieren uns prächtig – wir waren beim Eiffelturm und im Louvre und in Notre-Dame, wo ich eine Kerze für dich und eine für Growth angezündet habe. Es hat zwei Francs gekostet. Man muss das Geld in diese Blechdose tun, aber das kontrolliert niemand. Mum will ständig, dass ich Französisch spreche. Ich habe versucht, ihr zu sagen, dass wir nur so was können wie »Il fait beau aujourd 'hui« und »Le chien est sous la table«, was in Geschäften oder sonst wo nichts taugt. Im Untergrund sind viele Bettler mit kleinen Pappstücken, auf denen steht »J'ai faim« – das habe sogar ich verstanden! Ich habe einem einen Franc gegeben und er hat »Merci« gesagt, und ich habe Panik gekriegt und ebenfalls »Merci« gesagt. Ich werde mich nie an dieses Essen gewöhnen – gestern Abend habe ich Fisch bestellt und das war alles, was ich bekommen habe – nur einen ganzen Fisch auf einem Teller in ein bisschen Sauce, der mich angestarrt hat. Keine Pommes oder so. Ich glaube, ich bleibe ab jetzt beim Steak. Weißt du was? Heute Morgen saßen wir in diesem Café und rate, wer reinkam?

Lawrence. Er ist ein paar Tage in Paris auf irgendeiner Architektenkonferenz, deshalb lädt er uns zum Abendessen ein.

1 Uhr nachts. Wir sind gerade vom Abendessen mit Lawrence zurückgekommen. Meine Füße tun mir höllisch weh. Wir sind in einem wirklich protzigen Restaurant gewesen – Mum hat mich gezwungen, ein Kleid anzuziehen, und hat mir ein Paar hochhackige Schuhe geliehen. Sie war natürlich total aufgedonnert. Lawrence spricht wirklich gut Französisch – er hat uns nicht gefragt, was wir wollten oder so, er hat einfach eine ganze Menge Zeug bestellt – ungefähr sechs Gänge. Und er hat Mum und mir je eine rote Rose gekauft von dem Typen, der mit einem Eimer um die Tische herumwanderte. Ich habe gerade versucht, meine zwischen den Seiten meines Tagebuchs zu pressen, aber jetzt ist sie ein bisschen zerquetscht. Noch dem Dinner hat er uns mit in einen Klub genommen, wo wir noch mehr getrunken

haben – ich hatte schon ungefähr einen Liter Cola! –,
und du wirst es nicht glauben, aber da waren Frauen auf
der Bühne, die haben eine Art Formationstanz gemacht
und eine Menge Federn und Pailletten und so was ge-
tragen, aber nichts über ihren Titten oder Hintern! Ehr-
lich! Und außer mir schien das niemandem auch nur
aufgefallen zu sein. Dad sollten wir von diesem Etablis-
sement lieber nichts erzählen, sonst kommt er noch mit
seiner Staffelei her. Ich habe Mum später gefragt, ob es
ihr aufgefallen sei, und sie sagte, ja natürlich, und ich
fragte, warum haben sie diese Teile gezeigt, und sie sag-
te, und jetzt kommt's, »weil der Körper einer Frau das
Allerschönste ist, was die Schöpfung zu bieten hat«,
und dann hielt sie einen Vortrag darüber, mich nicht für
meinen Körper zu schämen, weil in den Augen der Na-
tur selbst die hässlichste Frau schön ist, nicht dass ich
hässlich wäre, etc. etc. Ehrlich gesagt glaube ich, dass
sie ein bisschen blau war Jedenfalls schläft sie jetzt fest.
Morgen fahren wir weiter nach Süden. Mum will sich
einen FKK-Strand suchen, damit sie am ganzen Körper
braun wird. Vielleicht vergrabe ich mich im Sand oder
in Steinen, oder was sie auch immer da unten haben.

Alles Liebe
Frances

In Skye konnte man nicht am ganzen Körper braun werden. So schnell, wie Lexi sie abgeworfen hatte, mussten
wir sogar noch Kleiderschichten hinzufügen. Das Ferien-
cottage, das wir gemietet hatten, war klein und düster und
schlecht möbliert mit billigen, nicht zusammenpassenden
Stühlen und Tischen, die in keinem normal bewohnten
Haus gestanden hätten. Es roch leer – nach abgestandener
Luft und ungefüllten Regalen und einer leichten Andeu-

tung von Gas. Durch die klappernden Fenster zog es, sodass die Vorhänge flatterten; die Nachtspeicheröfen tobten mitten in der Nacht ein paar Stunden lang, waren gegen Morgen jedoch kalt wie Marmor. Mutter hatte das Gesicht verzogen, als sie die Ausstattung sah, das Haus jedoch als Stützpunkt für völlig ausreichend erklärt – Worte, die meine Stimmung sinken ließen, weil sie tagelange Wanderungen über die Hügel versprachen. Vater, der sein Territorium auf dem Couchtisch mit Stapeln von Ferienlektüre markiert hatte (Reiseführer, örtliche Geschichte und ein paar Walter Scotts), schien unbeeindruckt. Wenigstens waren wir auf die Kälte vorbereitet, mit extra Pullis, dicken Socken und Wärmflaschen.

An der Wohnzimmerwand hing ein primitives Ölgemälde von der Aussicht, die man aus dem Fenster hatte – die Gartenmauer, das Tor, ein schäumender Bach, ein paar Grasbüschel, ein weiß getünchtes Cottage im Zentrum und im Hintergrund die Cuillins vor einem grellen Sonnenuntergang. Nur am Tag unserer Ankunft hatten wir Gelegenheit, das Bild mit dem Original zu vergleichen, da es am folgenden Morgen heftig regnete und Nebel die Welt jenseits des Fensters in einheitliches Grau verwandelte. Nach drei Tagen Eingesperrtsein im Haus hatte ich alle Bücher gelesen, die ich mitgenommen hatte, und war zu dem Sortiment zerlesener Bücher mit kaputten Buchrücken auf der Anrichte übergegangen: *Herr der Fliegen*, was ich auf Rads Schreibtisch gesehen hatte und wovon mir Mutter fälschlicherweise prophezeit hatte, dass es mir nicht gefallen würde; Im *Zeichen des Krebses*, durch das ich verstohlene und beunruhigende Streifzüge machte, wenn ich unbeobachtet war, und *Ruf der Wildnis*, was mit Hunden zu tun hatte und weniger interessant war.

Am vierten Tag wurde beschlossen, dass das Wetter unsere Pläne nicht länger durchkreuzen solle und wir auch bei Hagel und Sturm nach draußen gehen würden. Den Rucksack mit Landkarten, Sandwiches und einer Flasche heißer Suppe auf den Schultern, führte Vater uns gestiefelt und behandschuht – unsere Plastikregenmäntel raschelten beim Gehen – in einem Tagesmarsch nach Elgol und zurück. Zur Belohnung für Blasen an den Füßen und wunde Nasen fuhr er am Abend auf der Suche nach einem Fish-and-Chips-Shop auf der Insel herum und kam eine Stunde später mit drei lauwarmen, fettigen Paketen zurück, über die wir herfielen wie ein Rudel Wölfe. Durch Herumbasteln an den Nachtspeicheröfen war es Vater gelungen, den Zeiger auf »konstant« zu fixieren, sodass sie Tag und Nacht heftig heizten. Egal, was er versuchte, er bekam sie nicht in den Griff. Die Tapete hinter ihnen, vielleicht zum ersten Mal trocken, begann sich vom Verputz zu lösen; nasse Kleider, die man darüber legte, waren in einer halben Stunde trocken wie Chips; wir wachten jeden Morgen mit Halsschmerzen und aufgesprungenen Lippen auf; Mutter bekam eine Migräne und dann noch eine.

Am Ende der zweiten Woche kam die Begnadigung: Nach einem Spaziergang zur nächsten Telefonzelle, um Granny anzurufen, kam Mutter mit der Nachricht zurück, dass Großmutter von einer Stehleiter gefallen war und sich am Rücken verletzt hatte. Sie hatte sich nichts gebrochen, nur den Kartentisch ruiniert, auf dem sie gelandet war, musste aber das Bett hüten und hatte Schmerzen. Wir müssten nach Hause fahren; Mutter müsste sich um sie kümmern. Vater verbarg seine Enttäuschung: Das Ende des Urlaubs bedeutete das Nahen eines weiteren Schuljahres. Ich verbarg meine Freude, als wir das Auto beluden, das Cottage abschlossen und mit der stampfenden Fähre zum Kyle of Lochalsh fuhren, dem Tor zur Heimat.

14

Als Mutter nach einer Woche in Bognor Regis zurückkam, in der sie für meine Großmutter Kindermädchen gespielt hatte, verkündete sie ihre Absicht, das Autofahren zu lernen. Die Unannehmlichkeiten, alle Einkäufe und Besorgungen zu Fuß erledigen zu müssen, und die Unfähigkeit, ihre Mutter in die Arztpraxis zu bringen, hatten sie davon überzeugt, dass es Zeit war, das zu meistern, was sie für eine einfache Aufgabe hielt. Mein Vater war entsetzt; das Auto war seine Zuflucht. Darin konnte er entschwinden, ohne Vorwarnung, wann und wohin er wollte. Ein weiterer Fahrer in der Familie würde Absprachen bedeuten, Verhandlungen: Es war unvorstellbar.

»Aber warum?«, fragte er. »Du brauchst nicht zu fahren. Ich kann dich überall hinbringen, wohin du willst. Jederzeit. Ich werde mir Sorgen machen, wenn ich denke, dass du irgendwo draußen auf der Straße bist. Es ist nicht sicher.«

In den Augen meiner Mutter leuchtete ein kleiner Triumph auf. »Hab ich dich«, sagten sie.

»Sei nicht albern«, antwortete sie. »Das ist lächerlich. Heutzutage fährt jeder. Im Notfall wäre ich keinem eine Hilfe, wenn ich nicht fahren kann.«

»Wenn du es tust, wirst *du* wahrscheinlich der Notfall sein«, sagte Vater. »Kannst du es ihr nicht ausreden, Abigail?«

Ich zögerte. Obwohl ich mir Sorgen über das offensichtliche Vergnügen machte, das Mutter an ihrer Sturheit hatte, sah ich keinen guten Grund, wieso sie nicht fahren sollte.

»Denk nur, wie viel einfacher die Fahrt nach Skye gewesen wäre, wenn wir uns beim Fahren hätten abwechseln können«, fuhr sie fort und ignorierte seinen letzten Kommentar.

»Das hat mir nichts ausgemacht«, sagte Dad. »Als Beifahrer wäre ich nervöser. Du brauchst nicht zu fahren. Wenn ich dich jemals irgendwohin fahren soll, weißt du doch, dass du es nur zu sagen brauchst.«

»Das ist nicht der Punkt. Ich würde gern selber fahren können.«

»Ich verstehe nicht, was du damit gewonnen hättest.«

»Freiheit.« Endlich war das Wort heraus. Zwei verschiedene Freiheiten, und nur ein Auto. Meine Mutter gewann natürlich. Nicht weil sie schrie oder wetterte oder das bessere Argument hatte, sondern weil ihre Sturheit in bestimmten Situationen, in denen sie die Möglichkeit eines Sieges sah, absolut war. Die Proteste meines Vaters waren wie Regentropfen, die an einem großen Jadestein abperlten: Solange er lebte, würde er nicht abgetragen. Vernünftigerweise ließ er sich erweichen, bot ihr sogar an, sie persönlich zu unterrichten, aber sie war entschlossen, es richtig zu machen, und zweimal in der Woche glitt das kleine rote Coupé mit dem weißen Dach, das die Insignien der Fahrschule trug, vors Haus, um sie abzuholen, und hoppelte mit Mutter am Steuer wie ein Häschen davon. Auch in der Niederlage freundlich, brachte Vater ihr die Straßenverkehrsordnung bei, zeigte ihr bei Übungsfahrten wahrscheinliche Prüfungsstrecken und verkniff sich alle guten Ratschläge, die eventuell missverstanden werden konnten. Nachdem sie die ersten beiden Male durchgefallen war, war sie durcheinander, aber nicht gebrochen. Nach dem dritten Mal sagte sie: »Es sieht so aus, als wäre ich nicht zum Fahren bestimmt«, schob die Verantwortung für ihr Dilemma auf eine höhere Macht, die Anfänger-Schilder verschwanden vom Auto, und das Thema wurde nie wieder angesprochen.

Ein paar Monate später war Vater an der Reihe. Diesmal war seine Arbeit die Quelle häuslicher Spannungen. Nachdem ich von der bewegten Geschichte der verschiedenen Beschäftigungen Mr. Radleys gehört hatte, hatte ich weder gedacht, dass Lateinlehrer etwas anderes war als ein edler und bewundernswerter Beruf, noch wäre mir in den Sinn gekommen, dass etwas daran falsch war, wenn man während seines ganzen Arbeitslebens denselben Job ausübte. Es erschien mir vernünftig. Ich war glücklich in der Schule und hatte keinerlei Neigung, sie zu verlassen; ich konnte nicht verstehen, wieso irgendein Lehrer das vielleicht wollte. Doch ungefähr zu der Zeit, als ich Saint Bede's verlassen hatte, war Vaters Gymnasium zu einer Gesamtschule geworden. Natürlich verstand ich die Details nicht, aber die Niedergeschlagenheit und das finstere Gemurmel meiner Eltern ließen keinen Zweifel daran, dass das etwas Schlechtes war.

»Verstehst du, im Moment«, erklärte Vater eines Morgens, während er den Frühstücksspeck unter den Grill legte, »nimmt das Gymnasium nur kluge Kinder wie dich, und der Himmel weiß, dass ein paar davon dumm genug sind.« Er schaltete das Gas ein, das sich fächerartig über den Speck ausbreitete, während er nach den Streichhölzern suchte. »Aber wenn es zu einer Gesamtschule wird«, er zündete ein Streichholz an, »müssen wir Kinder nehmen, die wirklich sehr beschränkt sind«, das Gas entzündete sich dröhnend, »und den sehr Beschränkten Latein beizubringen ist viel weniger angenehm, als es den Klugen beizubringen.«

Das war natürlich nicht alles. Als der Geist der Modernisierung erst einmal auf dem Vormarsch war, folgten andere Veränderungen. Latein und Griechisch, befand man, waren nicht mehr so relevant wie zum Beispiel vor fünf Jahren. Vater und der Griechischlehrer würden die Oberstufe weiter unterrichten, aber die Neuzugänge würden stattdessen bei einem Geschichtslehrer ein Fach namens »Gemeinschaftskunde« haben. Vater war glücklich, von seinen Pflichten gegenüber den sehr Beschränkten entbunden zu sein, aber trotzdem deprimiert, und das Abendbrot, früher eine Gelegenheit, sich die wichtigen Ereignisse des Tages zu erzählen, wurde zu einer düsteren Angelegenheit unter Vorsitz des Geistes der Zivilisation, deren Hinscheiden Vater allabendlich beklagte.

»Es scheint, dass Shakespeare als Nächstes gehen muss, der arme Kerl«, sagte er einmal, als spräche er von einem Kollegen. »Heute Mittag gab es eine ziemlich lange Konferenz zu dem Thema – ich lausche bei so was immer, um die neueste Dummheit aufzuschnappen –, und das Ergebnis war, dass die Englischlehrer Wege finden müssen, Shakespeare relevant zu machen.« Er seufzte.

»Was passiert eigentlich«, sagte Mutter, »wenn die Gymnasiasten nach und nach abgehen? Ich meine, es wird eine Zeit kommen, wo niemand mehr da ist, der Latein lernt. Was passiert dann mit dir?«

»Ah«, sagte Vater. »Mit jedem Jahr, das vergeht, werde ich langsam getilgt. Und dann? Gute Frage.« Aber er wusste darauf keine Antwort, und die Mahlzeit wurde in unbehaglichem Schweigen fortgesetzt.

»Tony Inchwood hat den Posten des stellvertretenden Schulleiters bekommen«, berichtete Vater ein paar Monate nach diesem Gespräch beim Abendessen. »Seit Jahren der Erste, der bei uns befördert wird.«

»Tony Inchwood? Was war er denn vorher?«, fragte Mutter.

»Fachleiter der Sprachen.«

»Dann wird sein Posten also frei.«

»Nicht lange – die Stellenausschreibung erscheint in der Freitagszeitung.«

»Du könntest dich bewerben, du unterrichtest schließlich eine Sprache.«

»Oh nein, ich nicht«, sagte Vater, schnitt sich ein Stück Weißbrot ab und tunkte es in seine Gulaschsoße. »Hätte nicht die geringste Chance.«

»Wieso denn nicht?«, fragte Mutter entrüstet.

»Zu alt.«

»Du bist nicht alt, du bist erst neunundvierzig.«

»Einundfünfzig.«

»Na ja, was sind schon zwei Jahre?«

»Es klingt schlimmer.«

»Aber du hast noch fast fünfzehn Berufsjahre vor dir. Sie können doch von dir nicht erwarten, dass du die ganze Zeit im selben Job bleibst.«

»Erst vor kurzem hast du dir Sorgen gemacht, dass ich *nicht* mehr sehr lange im selben Job bleiben würde«, sagte Vater, ließ sein Brot über den Teller gleiten und hinterließ eine saubere Porzellanspur. »Außerdem will ich nicht die Sprachabteilung leiten – den Lehrplan für Deutsch aufstellen, Inventur machen und endlose Sitzungen leiten. All das hat nichts mit Lateinunterricht zu tun.«

»Aber du musst dich darum bewerben«, beharrte meine Mutter. »Du hast sicher eine gute Chance, nach allem, was du schon getan hast. Und es würde ihr Problem lösen, was sie mit dir machen sollen.« Und bevor er sein letztes Stück Brot aufgegessen hatte, hatte sie einen Block Schreibpapier aus dem Sekretär geholt. »Hier.«

»Ich muss es nicht schriftlich machen. Ich werde Roger gegenüber erwähnen, dass ich vage interessiert bin. Nicht, dass ich es wäre«, fügte er hinzu.

»O nein«, sagte meine Mutter energisch. »Wir werden das richtig machen.«

Er bekam den Job natürlich nicht. Nachdem er sich die Mühe gemacht hatte, war er enttäuschter, als er angenommen hatte, aber trotzdem stoisch und großmütig. »Es war ja keine völlige Zeitverschwendung«, sagte er. »Ich wollte diesen Anzug schon ewig in die Reinigung bringen.«

Mutters Gerechtigkeitssinn war zutiefst verletzt. »Wie konnten sie nur?«, schrie sie, wütend über die Brüskierung und darüber, dass Vater trotz allem doch Recht behalten hatte. Der siegreiche Kandidat war erst zweiunddreißig.

»Sieht sogar noch jünger aus«, sagte Vater. »Er war in einer dieser großen Gesamtschulen in der Londoner City. Schrecklich netter Bursche. Eigentlich genau was wir brauchen.«

»Aber zählen denn all die Dienstjahre überhaupt nichts?«, beklagte sich Mutter.

Vater lächelte leise. »Oh doch«, sagte er. »Loyalität wird immer bestraft.«

15

Während die Karriere meines Vaters dauerhaft in einer Sackgasse zu stecken schien, wurden Frances' Eltern von Veränderungen erfasst. Lexi war zu etwas befördert worden, das sich Teamleader nannte. Das bedeutete mehr Arbeit und mehr Geld – Geld, das nicht in neue Teppiche oder Tapeten oder solche Dinge umgesetzt wurde, für die unerwarteter Geldsegen in unserem Haus gesorgt hätte. Lexi kaufte zwar eine antike Chaiselongue fürs Wohnzimmer, die neben dem Gasfeuer und dem Dralonsofa ziemlich seltsam aussah, und nach einem harten Tag, an dem sie Berichte geschrieben oder Umfrageergebnisse analysiert hatte, lag sie mit Gurkenscheiben auf den Augen darauf. Leider wurde diese Neuanschaffung bald zu Growths Lieblingsplatz, und es dauerte nicht lange, bis der elegante gelbe Brokat unter einer haarigen Hundedecke verschwand. Mr. Radley dagegen war auf der Leiter des kommerziellen Erfolges noch eine weitere Stufe abgestiegen. Er hatte nach einer kleineren Meinungsverschiedenheit mit dem Hotelmanager den Job als Hotelboy hingeschmissen. Es war offensichtlich nicht das erste Mal, dass er unter solchen Umständen gekündigt hatte.

»Das Problem mit Dad ist, dass er eine Menge Prinzipien hat«, erklärte Frances. »Und er kündigt immer auf Grund des einen oder anderen.« Es war an einem Sonntagmorgen, und wir saßen vor Lexis Frisierkommode und probierten ihr Make-up aus. »Er hat sogar den Hausmeisterposten an dieser privaten Mädchenschule in Hampstead gekündigt, und das war sein Lieblingsjob gewesen. Oder ist er da rausgeschmissen worden? Ich weiß es nicht mehr.« Mit unsicherer Hand trug sie pflaumenfarbenen Lippenstift auf und zog im Spiegel einen Schmollmund.

»Was macht er denn jetzt?«, fragte ich. Ich hatte nicht bemerkt, dass Mr. Radley unbemerkt hinter uns ins Zimmer gekommen war.

»Er ist eine Art Nachtwächter.«

»Was bewacht er denn?« Ich reckte den Hals zu meinem Spiegelbild. Ich zog mir gerade mit einem stumpfen Kajalstift einen Lidstrich, der zu einer dicken, unebenen Linie wurde, als ich Mr. Radley im Spiegel sah und zusammenzuckte, wobei ich mich stach.

»Die meiste Zeit die Uhr«, sagte er, als ich mich mit einem tränenden Auge umdrehte. »Und würdet ihr zwei Schlampen jetzt so gütig sein und hier verschwinden, damit ich ein bisschen Schlaf bekomme.«

Zurück in Frances' Zimmer betrachteten wir unsere bemalten Gesichter und kicherten. Ich hatte zwei flammende

Streifen aus orangefarbenem Rouge auf den Wangen und ein blutunterlaufenes Auge, das schwarz umrandet war. Frances hatte silbernen Lidschatten bis hoch zu den Augenbrauen und einen verwackelten Clownsmund. Aber es gab bereits einen Unterschied zwischen uns. Ich sah immer noch aus wie ein Mädchen, das das Make-up seiner Mutter ausprobierte; sie sah aus wie eine echte Schlampe.

Frances wurde sich schnell ihrer Anziehungskraft auf Jungs bewusst. Mit dreizehn sah sie schon aus wie fünfzehn. Das war teilweise auf ihre Figur zurückzuführen. Obwohl sie nicht besonders groß war, war sie, was Mutter mit einem leichten Schürzen der Lippen »gut entwickelt« nannte. Sie hatte nicht so verräterisch dünne Beine wie ich, die von oben bis unten gleich schmal waren, wie Stelzen. Und sie zog nicht die Schultern hoch, um sich unsichtbar zu machen, sondern ging gerade, selbstbewusst, Brust raus. Es war aber nicht nur ihr Äußeres. Frances schien starke Signale auszusenden, wie Radiowellen, ohne es auch nur zu bemerken. Immer, wenn wir zusammen loszogen, pfiffen ihr Männer an Baustellen oder aus vorbeifahrenden Lastwagen hinterher und warfen ihr begehrliche Blicke zu, und dann schrie sie wütend »Wichser«, bevor sie sich mit einem Grinsen abwandte. Das passierte mir nie, wenn ich allein war. Sie hatte auch ein Talent, mit fremden Männern Gespräche anzufangen. An der Bushaltestelle standen immer ein paar Jungs, mit denen sie spöttisch plänkelte, und wenn jemand Neues dabei war, hob sie in einer Art ihre Stimme, die deutlich machte, dass ihr Gespräch, selbst mit mir, eine Vorstellung nur für ihn war. Ich ertappte mich dabei, wie ich in dieser Zeit nur allzu oft auf mein »gefrorene Erbsen«-Mantra zurückgriff.

Ab und zu arrangierte Frances ein Stelldichein mit einem der besser aussehenden Bushaltestellen-Kavaliere. Treffpunkt war normalerweise ein beschlagenes Café in der Fußgängerzone, mit zerrissenen PVC-Sitzen, Ketchup-Spendern in Tomatenform auf den Tischen und einer Tee-maschine, die den ganzen Tag vor sich hin brodelte. Zu diesen Gelegenheiten wurde ich mitgeschleppt – ähnlich einem Sekundanten bei einem Duell und mit ähnlich ge-ringen Hoffnungen auf einen angenehmen Ausgang. Der entsprechende Junge brachte vielleicht ebenfalls seinen Adlatus mit, und dann saßen wir in einer Nische vor un-seren Tassen mit schaumigem Tee, während Frances und Baz oder Gaz oder Jez Pfeffer in die Zuckerdose rührten oder die Ketchupklumpen von der Spritzdüse der Plastik-tomate pulten und nach der althergebrachten Methode, Beleidigungen auszutauschen und sich ihre gegenseitige Verachtung zu erklären, miteinander flirteten.

Ihr neuester Schwarm war jedoch ein Freund von Rad namens Nicky, der etwa einsneunzig groß war, lockiges Haar, eine dicke Brille und Akne hatte. Es muss seine Angst vor ihr gewesen sein, was sie attraktiv fand. Rad brachte nicht oft Freunde mit nach Hause, weil die meis-ten von ihnen im Norden Londons wohnten, näher bei sei-ner Schule, aber Nicky schien bereit zu sein, die lange Rei-se in die südlichen Vororte auf sich zu nehmen, und war bald ein regelmäßiger Gast im Haus. Lexi adoptierte ihn sogar bald als eine Art Handwerker. Er wurde ständig auf-gefordert, Sachen von den höchsten Regalen zu holen, hohe Fenster zu öffnen und zu schließen, Spinnen von Bil-derleisten zu retten und unzugängliche Äpfel von Fish und Chips' überhängendem Baum zu stehlen. Da er noch mehr Angst vor Lexi als vor Frances hatte, erhob er keinen Ein-spruch dagegen. Bei seiner Einführung in die Radley-Fa-milie verursachte er versehentlich eine Krise.

Untypischerweise war die gesamte Familie versammelt: Die Zentralheizung hatte den Geist aufgegeben, und wir saßen alle im Wohnzimmer, wo das Gasfeuer auf höchster

Stufe brannte. Selbst Auntie Mim war herunter gekommen und saß eingewickelt in einer Decke auf der Couch.

Lexi blätterte gerade ihr Adressbuch durch. »Wen kennen wir denn, der einen Boiler reparieren kann?«, fragte sie. Die Frage, sich an einen Fachmann zu wenden, stellte sich nicht – kleinere Wartungsarbeiten wurden ausnahmslos von Freunden erledigt oder von Freunden von Freunden, oder von Bekannten von Freunden wenn nötig. Ich war mir nicht ganz sicher, welche Dienste im Austausch dafür offeriert wurden. Vielleicht bot Mr. Radley ihnen an, sie nackt zu zeichnen. »Ich habe erst vor kurzem mit jemandem gesprochen, der jemanden kannte, der seine eigene Zentralheizung eingebaut hat. Wer war das denn noch? Verdammt.«

»Dein Vater ist kein Klempner, oder, Nicky?«, fragte Mr. Radley.

»Nein, er ist Geburtshelfer.«

»Hmm, für so was haben wir nicht mehr viel Bedarf«, sagte Mr. Radley. »Ein Tierarzt – ja.«

»Meine Mutter ist Rechtsanwältin«, fügte Nicky hilfsbereit hinzu.

»Anwältin«, sagte Lexi. »Das muss ich aufschreiben – ich glaube nicht, dass wir so was haben.«

»Und Blushs Vater unterrichtet Latein, deshalb ist er nutzlos«, sagte Mr. Radley.

»Nicky Rupp – *Geburtsh. und Anw.*«, sagte Lexi beim Schreiben.

»Ich nehme nicht an, dass er den Beruf ergriffen hat, um dir von Nutzen zu sein«, sagte Rad, der meinen Vater verteidigte.

»Als ob du so nützlich bist«, fügte Frances hinzu.

»Tja, das ist nur allzu wahr«, gab Mr. Radley gutmütig zu.

»Ich habe einen Onkel, der ein bisschen Ahnung von

Autos hat«, warf Nicky schnell ein. Er war noch nicht an die Respektlosigkeiten gewöhnt, mit denen Vater und Kinder sich in diesem Haus bedachten.

»Oh fantastisch«, sagte Lexi. »Wohnt er in der Nähe?«

»Harrogate. Vor allem von Oldtimern.«

»Lass Rad um Gottes willen nicht in ihre Nähe.« Qualvolle Signale seines Sohnes ignorierend fuhr er fort: »Er hat mich in Frankreich fast umgebracht, als er einem *toten* Igel ausgewichen ist.« Diese Aussage wurde mit einem kurzen, frostigen Schweigen aufgenommen. Mr. Radley wurde leicht rot. Rad blickte zu Boden.

»Willst du damit sagen, du hast Rad in Frankreich fahren lassen?«, sagte Lexi mit einer Stimme, die reines Gift war.

»Ach *Scheiße*!«, sagte Mr. Radley.

»Gut gemacht, Dad«, sagte Rad bitter.

»Du hast ihn auf französischen Straßen fahren lassen, minderjährig, ohne Führerschein, ohne Versicherung? Wie konntest du so verantwortungslos sein? Was, wenn er jemanden umgebracht hätte?«

»Er hat *mich* fast umgebracht«, sagte Mr. Radley verärgert. Niemand ist so entrüstet wie die zu Recht Beschuldigten.

Nicky und ich wechselten einen verschwörerischen Blick. »Unsere Familien sind nicht so«, besagte er.

»Es war bloß ein einziges Mal«, sagte Rad. »Und es war sicherer, als Dad in seinem Zustand fahren zu lassen.«

Bei der Erwähnung von Mr. Radleys Zustand schien Lexis Ärger absoluter Müdigkeit zu weichen; wortlos stand sie auf und ging aus dem Zimmer. Nicky und ich entschuldigten uns und gingen bald danach.

16

Anfang Dezember hatten wir ein paar Tage Schnee. Frances und ich saßen gerade in der Biologiestunde, als die ersten Flocken am Fenster vorbeitrieben. Die Wettervorhersage hatte schwere Schneefälle prophezeit, und der Himmel hatte schon den ganzen Morgen eine Farbe wie Haferbrei gehabt. Frances war in Ungnade gefallen, weil sie sich geweigert hatte, an der Präparation einer Ratte teilzunehmen; sie hatte fast geweint, als sie die eingelegte Leiche auf dem Hackbrett sah, und darauf beharrt, dass ihr vom Formaldehydgeruch schlecht würde. Deshalb war Frances ganz nach hinten ans offene Fenster verbannt worden, um stattdessen einen Pilz zu zerschneiden, während der Rest von uns sich um Mrs. Armitages Tisch drängte und durch den Mund zu atmen versuchte, um den Gestank des einbalsamierten Nagetiers nicht zu riechen.

»Ähem!« Mrs. Armitage hielt mit erhobenem Skalpell inne, um Frances zu ermahnen, die das Fenster so weit wie möglich aufgerissen hatte und sich hinauslehnte, um mit der Zunge Schneeflocken aufzufangen. Ein eiskalter Luftzug fegte durch das Labor. Die Sportplätze und Häuser jenseits des Schulgeländes waren bereits vom Schneesturm verhüllt. Frances zog den Kopf zurück und schloss das Fenster vor der Flockenmasse, die herumwirbelten wie Daunen aus einem zerplatzten Kissen. Es schien unmöglich zu sein, dass sich das Zeug legen konnte: Das meiste davon schien nach oben zu fliegen. Am Ende des Nachmittagsunterrichts war die Schule jedoch von einem sechs Zentimeter dicken Schneepelz umgeben. Als wir nach dem letzten Klingeln herauskamen, vor Ehrfurcht schweigend wie Forscher, die den Fuß auf einen neuen Kontinent setzten, sahen wir Rad und Nicky am Tor. Sie begrüßten uns mit einem Schneeballhagel.

»Was macht ihr denn hier?«, fragte Frances und spuckte Schnee aus.

»Wir hatten früher Schluss, deshalb dachten wir, wir kommen vorbei und holen euch ab«, sagte Rad und warf einen Schneeball in die Zweige eines Baumes, wo er zerbarst und eine Lawine auf unsere Köpfe auslöste. »Wir können durch den Wald nach Hause laufen.«

»Dann kannst du genauso gut zum Tee mit zu uns kommen«, sagte Frances zu mir. »Du kannst unsere Hausaufgaben dort erledigen.« Nachdem das entschieden war, zogen wir los, so schnell wie Frances' und Rads unzweckmäßiges Schuhwerk es erlaubte. Nicky und ich waren natürlich gut ausgerüstet zur Schule gekommen und trugen Stiefel. Rads Hose war unten schon durchnässt, und Frances' Schnürschuhe waren innerhalb von Sekunden durchweicht. Ein paar der älteren Mädchen betrachteten mich und Frances respektvoll, als wir vorbeikamen. Rad war offensichtlich Gegenstand einigen Interesses.

Schweigend, nur das Knirschen des Schnees unter unseren Füßen war zu hören, nahmen wir den Fußweg zum Wald. Es herrschte das unausgesprochene Einverständnis, dass die Feindseligkeiten erst ausbrechen würden, wenn wir die Felder jenseits der Bäume erreicht hätten. Inzwischen hatte es zu schneien aufgehört, und als wir das oberste Feld erreichten, war der Himmel schon dunkel. Bis hin zum Baumkamm, der den Park von der Hauptstraße trennte, waren die Fußabdrücke eines einzelnen Menschen die einzige Spur. Wir zögerten eine Sekunde, und dann, wie auf ein verabredetes Signal, rannten wir jauchzend und kreischend den Hang hinunter, wobei wir mit den Füßen so viel Schnee aufwirbelten wie möglich und vier tiefe Furchen hinterließen. Am Fuß der Senke zog Rad im Abstand von etwa sechs Metern mit dem Fuß zwei Linien. Er und Nicky standen auf einer Seite des Niemandslandes, Frances und ich auf der anderen, und auf »Los« fingen wir an, uns mit Schneebällen zu bewerfen, die so hart wie Glas waren. Bald wich dieser disziplinierte Ansatz der blanken Anarchie – Nicky durchbrach die Linie, stürzte sich auf Frances, riss sie zu Boden und stopfte ihr ganze Hände voll Schnee hinten in den Blazer, bis sie um Gnade schrie. Bei der Aussicht, von Rad auf ähnliche Weise belästigt zu werden, wurde mir vor Aufregung leicht schwindlig, aber aus Höflichkeit, Zurückhaltung oder reiner Gleichgültigkeit beschränkte er sich darauf, schicklich noch ein paar Schneebälle zu werfen, bevor er sich Frances' Gegenangriff auf Nicky anschloss, der inzwischen seine Brille verloren hatte und eine leichte Beute war. Erst als ihnen bewusst wurde, dass ich bisher glimpflich davongekommen war und noch zu präsentabel aussah, taten die drei sich zusammen und begruben mich praktisch bei lebendigem Leibe. Nicky und Frances hielten mich fest, während Rad die Schulbücher aus meiner Tasche kippte, sie mit Schnee füllte und über meinem Kopf entleerte. Die nächsten fünfzehn Minuten verbrachten wir damit, nach Nickys Brille zu suchen, die sich verbogen, aber nicht zerbrochen, in einem Loch hinten in Frances' Blazer wieder fand. Er wischte den Schnee ab und setzte sie auf, wobei der verbogene Rahmen ihm ein noch komischeres Aussehen verlieh als normalerweise.

Mit tränenden Augen und wunden Gesichtern humpelten wir nach Hause. Als wir die Hauptstraße erreichten, hatte ich jedes Gefühl in den Fingern verloren, und meine Zehen fühlten sich an wie lose Kieselsteine, die in meinen Stiefeln umherrollten. Ab und zu fiel ein Schneeklumpen aus meinem verfilzten Haar und rutschte schmelzend meinen Hals hinunter. Im Haus war von Mr. und Mrs. Radley nichts zu sehen, aber im Esszimmer hatte jemand Feuer gemacht. Rad legte noch etwas Kohle nach, während Frances Tee und Toast machte, und wir setzten uns vor den Kamin, um uns aufzuwärmen. Frances versuchte mit Nicky zu flirten, wischte ihm den Schnee aus dem Haar und zog ihn wegen seiner Brille auf, und ich betrachtete ihn mit zusammengekniffenen Augen, um herauszufinden, wie er ohne Akne aussehen würde, bis er es mitbekam und wissen wollte, warum ich ihn so anstarrte.

»Ach, nichts«, stammelte ich. Ich log schwach: »Ich glaube, ich habe was im Auge« und verließ das Zimmer unter dem Vorwand, es untersuchen zu wollen. Als ich zurückkam, hatten sie offensichtlich etwas ausgeheckt, denn es herrschte ein auffallendes, verschwörerisches Schweigen. Rad spielte mit dem Kaminbesteck, stieß mit dem Schüreisen in die Kohlen, bis das Ende orange glühte. Als ich misstrauisch von einem Gesicht zum anderen sah, stand Rad auf und kam mit dem rot glühenden Schüreisen in der Hand auf mich zu. Ich lachte und wich keinen Zentimeter, bis die Spitze, die inzwischen weiß geworden war, sechs Zentimeter von meinem Gesicht entfernt war, ich die Nerven verlor und zurückwich. Er ging ohne zu lächeln auf mich los. Als meine Fersen die Wand berührten und Rad mich immer noch verfolgte, zuckte ich zusammen und schloss die Augen, und als ich einen brennenden Schmerz zwischen den Augenbrauen spürte und das Zischen verbrennender Haut hörte, stieß ich einen Schrei aus, der Nicky und Frances aufspringen ließ. Es folgte ein Krachen, als das Schüreisen zu Boden fiel, und als ich die Augen öffnete, stand Rad vor mir, mit schreckerfülltem Gesicht, den Zeigefinger immer noch ausgestreckt.

»Wieso hast du das getan?«, fragte ich, und die Tränen sprangen mir in die Augen.

»Abigail. Es tut mir Leid. *Ich habe nichts gemacht*«,

stammelte er. »Oder?«, appellierte er an die anderen. Die drei drängten sich um mich, um mein Brandmal zu untersuchen, während ich einfach dastand, noch zu benommen, um mich zu bewegen.

»Das ist naturwissenschaftlich unmöglich«, sagte Nicky.

»Völlig irre«, stimmte Frances zu.

Es dauerte eine Zeit, bis sie mich überzeugt hatten, dass, was wirklich geschehen war, Folgendes war: Nachdem ich die Augen geschlossen hatte, hatte Rad das Schüreisen gesenkt und mich leicht mit einem Finger auf der Stirn berührt. Aber dort zwischen meinen Augenbrauen – wie ein *tilak* einer Hindufrau – war eine makellose, runde Verbrennung, die trotz hastiger Anwendung eines in einen Waschlappen gewickelten Eiswürfels mehrere Wochen in seiner lebhaftesten Form sichtbar war und dann zu einer silbrigen Narbe in Form eines verblichenen Vollmonds verblasste.

17

Als ich vierzehn war, entdeckte ich, wohin mein Vater ging, wenn er ohne Erklärung weg war. Die Wahrheit war seltsamer als meine schlimmsten Vorstellungen. Eine Zeit lang hatte Frances die Fantasie gehegt, er sei ein russischer Spion.

»Er war doch in Cambridge, oder?«, lautete ihre Argumentation. »Und Latein ist eine nützliche Fähigkeit für Code-Knacker.«

»Und für Lateinlehrer«, sagte ich.

Sie ignorierte mich. »Und er geht immer weg – wahrscheinlich trifft er sich in einem Park mit dem KGB-Chef, um Geheimnisse an ihn weiterzugeben.«

»Mein Vater ist kein Kommunist. Er wählt die Konservativen«, protestierte ich.

»Ich glaube nicht, dass die Kommunisten im nordwestlichen Kent einen Kandidaten ins Feld schicken«, sagte Rad, der auf dem Boden Patiencen legte und unserer Diskussion zuhörte. Seit Nickys Einführung in den Haushalt schien Rad geselliger geworden zu sein. Obwohl er sich Frances' und meinen Aktivitäten nicht richtig anschloss, hielt er sich jetzt öfter außerhalb seines Zimmers auf und konnte, wenn nötig, ein Gespräch – selbst ein belangloses – aufrechterhalten.

»Man weiß ja nicht, was er wirklich wählt, wenn er erst mal in dieser kleinen Wahlkabine ist«, sagte Frances. »Es ist eine perfekte Tarnung – er ist ein solch ehrenhafter Bürger, dass ihn sogar die eigene Tochter nicht verdächtigen würde.«

»Wenn ich das mal so sagen darf, dein Vater kann genauso gut ein Spion sein wie meiner. Ich meine, er kann den ganzen Tag herumhängen und sich mit Leuten im Park treffen oder was sie auch immer tun.« Ihre Anspielungen wurmten mich langsam.

Sie sah mich verächtlich an. »Dad? Sei doch nicht albern. Dem würde niemand auch nur fünf Minuten lang ein Geheimnis anvertrauen.« Es folgte ein Schweigen, in dem ich anerkennen musste, dass das der Wahrheit entsprach. »Wieso verfolgst du ihn nicht mal mit dem Fahrrad?«, fragte sie schließlich.

»Oh nein, das könnte ich nicht tun. Was wäre, wenn ich ihn bei etwas wirklich Schlimmem erwischte – zum Beispiel bei einem Bordellbesuch?« Ich war mir nicht ganz sicher, wie ich ein Bordell erkennen würde, es sei denn, es wäre durch ein Neonschild gekennzeichnet. »Und was wäre, wenn er mitkriegen würde, dass ich ihn sehe?«

Frances gab zu, dass das schwierig sein könnte. Wie sich

herausstellte, brauchte ich gar keine ausgefeilten Pläne zu schmieden, um meinen Vater bei der Ausführung seines verbotenen Hobbys zu erwischen.

Es war an einem Sommerabend im Juni, und Frances und ich waren auf dem Weg zu einer Party. Wir hatten den Nachmittag damit verbracht, verschiedene Kostüme aus ihrem und Lexis Schrank anzuprobieren und wieder zu verwerfen. Ich war bereits mit einem engen schwarzen Rock ausgestattet, den meine Mutter mir trotz einiger Bedenken genäht hatte. Mir war es nur gelungen, ihn davor zu bewahren, zu einem Stück anständiger Bürokleidung zu werden, das eine Bibliothekarin gefahrlos tragen konnte, indem ich nach einer Anprobe die Nadeln nach innen versetzt hatte. Auf Frances' Vorschlag hin hatte ich meinen BH mit Taschentüchern ausgestopft und trug nun stolz ein Paar harter und ziemlich klumpiger Brüste unter meinem T-Shirt. Frances, die sehr oft Flohmärkte besuchte, hatte sich für etwas entschieden, das offensichtlich ein gestreiftes Männernachthemd war, am Kragen ausgefranst, sie trug es halb offen mit einem Gürtel über einem tief ausgeschnittenen Unterhemd. Sie brauchte nichts auszustopfen. Ich übte gerade, in Lexis Stilettos zu laufen, die mir eine Nummer zu groß waren; ich hatte sie ebenfalls mit Taschentüchern ausgestopft, um sie nicht zu verlieren. Allmählich kam ich mir wie eine Stoffpuppe vor.

»Hmm. Ich glaube, dein Problem ist, dass der Schlitz in deinem Rock nicht hoch genug geht«, sagte Frances, als ich x-beinig an ihr vorbeiwankte, den Blick starr auf meine Füße gerichtet. Jahrelanges Anprobieren von Lexis Schuhen hatte sie zu einer selbstbewussten Spezialistin in der Kunst gemacht, mit hochhackigen Schuhen hinter Bussen herzulaufen. »Soll ich ihn für dich ändern?«

»Tja …« Ich zögerte. Der Haupteinwand meiner Mutter gegen diese Mode hatte gelautet, dass der Schlitz die Trägerin billig aussehen ließ. Und ich hatte Frances noch nie für eine große Schneiderin gehalten. Bevor ich dazu kam, das Angebot abzulehnen, hatte sie sich den hinteren Teil meines Rockes gepackt und mit einem schrecklichen Ratschgeräusch die Naht auseinander gerissen.

»Bitte«, sagte sie, erfreut darüber, mir geholfen zu haben.

»O mein Gott«, jammerte ich und verdrehte meinen Hals, um den Schaden zu inspizieren. »Was hast du getan? Man kann fast meinen Schlüpfer sehen.«

»Nicht, wenn du dich nicht zu weit vorbeugst.« Sie hatte sich schon etwas anderem zugewandt und kramte in einer Schubschachtel, die voll mit Lexis aussortierten Schminksachen war. Ich beobachtete, wie sie scharlachroten Lack auf ihre abgebissenen Fingernägel auftrug. »Ich weiß gar nicht, wieso ich mir so viel Mühe mache«, sagte sie und wedelte eine Hand durch die Luft, damit sie trocknete. »Es wird sowieso niemand Anständiges da sein.« Womit sie Nicky meinte.

»Hm«, stimmte ich zu. Die Party wurde von einem Mädchen an unserer Schule gegeben, und auf Grund des Mangels an verfügbaren männlichen Wesen waren wir alle instruiert worden, einen Jungen mitzubringen. Natürlich waren wir nicht in der Lage auszuhelfen, da wir keine kooperativen Jungs kannten. Es war ausgeschlossen, Rad zu bitten mitzukommen. Er war jetzt in der Oberstufe und hätte die Veranstaltung für »Weiberkram« und unter seiner Würde gehalten. Außerdem war er zu sehr damit beschäftigt, für eine Schulaufführung von *Viel Lärm um Nichts* zu proben, worin er die Rolle des Benedick spielte. Noch am selben Tag hatte ich ihn seinen Text abgefragt und die Aufregung erfahren, ihn ohne jede Verlegenheit zu mir sagen zu hören, dass er in meinem Herzen leben, in meinem Schoß sterben und in meinen Augen begraben sein wolle. Ich hatte in der Schule *Was ihr wollt* gelesen und war mit Shakespeareschen Anspielungen vertraut. Erst nach etwas Drumrumreden und sorgfältiger Befragung erfuhr ich zu meiner großen Erleichterung, dass Beatrice von einem schwächlichen Zehntklässler namens Toby Arlington gespielt wurde.

Auf der Partyeinladung hatte gestanden, dass man eine Flasche mitbringen sollte. Kurz bevor wir gingen, erinnerte sich Frances an dieses Detail und kontrollierte den Kühlschrank. »Wir haben Glück«, rief sie, als sie mit einer drei Viertel vollen Flasche kalorienarmen Tonics aus der Küche kam. »Ich dachte nicht, dass noch was da ist.«

»Ihr wollt doch nicht etwa ohne Mäntel gehen, oder?«, sagte Lexi, als sie aus dem Wohnzimmer kam, um sich von uns zu verabschieden. »Es ist nicht besonders warm.«

Wir schüttelten entsetzt den Kopf. »Oh nein, Mum, wir können doch keinen Mantel anziehen«, sagte Frances. »Wir kommen schon klar. Wir fahren die längste Strecke mit dem Bus.« Ich nickte zustimmend. In Wahrheit fror ich schon ein wenig, besonders am Hals, weil Frances mir die Haare hoch gesteckt hatte, aber mein marineblauer Schulmantel war unvorstellbar; er hätte mich zum Gespött der Leute gemacht.

»Und wie kommt ihr nach Hause?«

»Ach, uns nimmt schon jemand mit.« Das schien Lexi zufrieden zu stellen. Die Frage, ob sie oder Mr. Radley antreten würden, um Frances abzuholen, stellte sich nie. Wenn mein Vater gewusst hätte, was wir vorhatten, hätte er darauf bestanden, uns bis zur Tür zu bringen und wieder abzuholen. Als wir los wollten, kam Rad mit den Resten seines Abendessens auf einem Tablett – einer Variation des alten Favoriten »Greasy Dog« – die Treppe herunter. Er trug eine ausgefranste, sehr verblichene Jeans und einen

Seemannspullover mit Farbflecken und großen Löchern an den Ellbogen.

»Wie findest du es, Rad?«, fragte Frances und posierte.

Er sah uns ein oder zwei Sekunden von Kopf bis Fuß an und ließ unseren minimal bekleideten Zustand und unsere bemalten Gesichter auf sich wirken. »Ich finde, ihr seht aus wie ein paar Nutten«, sagte er gleichgültig und stapfte in die Küche. Ich war bereit, mir auf der Stelle das Gesicht zu waschen, aber Frances wollte unbedingt los, also gingen wir aus dem Haus und wankten zur Bushaltestelle. Lexi hatte Recht mit dem Wetter: Meine Arme waren von Gänsehaut überzogen, lange bevor der Bus kam. Ich muss den Großteil meiner Teenagerjahre falsch gekleidet gewesen sein. Die Mode war so verrückt: Im Hochsommer dicke Pullover, die man in enge Jeans steckte, im Winter nackte Beine und keine Jacke.

Das Haus, zu dem wir wollten, war einen kurzen Fußweg von einer öffentlichen Anlage entfernt, und der letzte Teil des Weges wurde durchs Gras zurückgelegt. Als wir auf Zehenspitzen entlangtrippelten und versuchten, nicht mit jedem Schritt mit den Absätzen einzusinken, fiel mir ein vertrautes Auto auf, das im Schneckentempo die Straße herunterfuhr, die die Gemeindewiese durchschnitt, und auf einem Parkplatz hielt.

»Ist das nicht dein Dad?«, fragte Frances und kniff die Augen zusammen, während ich mich hinter einen Baum duckte und sie mitzog.

»Ich glaube ja«, sagte ich verlegen und ängstlich, ihn bei irgendeinem schrecklichen Betrug ertappt zu haben.

»Was macht er denn?«

»Ich weiß nicht. Verhalt dich ruhig. Was ist, wenn er uns sieht?«

»Er wird dich sowieso nicht erkennen«, sagte Frances vernünftig. »Wir bleiben mal ein bisschen hier und sehen, was passiert.« Zu meiner großen Aufregung schnellte sie immer wieder hinter dem Baum vor und zurück, um mir Lageberichte zu geben. »Ich glaube, er liest ein Buch«, sagte sie verblüfft. »Er muss auf jemanden warten.«

Nachdem das etwa eine halbe Stunde so gegangen war, ohne dass etwas Belastendes ans Licht gekommen wäre, nahm Frances' Begeisterung für Detektivarbeit langsam ab. Die kalte Abendluft machte unsere Beine hochrot und fleckig, und ich verspürte wegen meines marineblauen Schulmantels Reue.

»Er scheint auf niemanden zu warten«, gab Frances schließlich zu. »Er sieht nicht die Straße auf und ab oder so was. Er liest nur.« Als sie das sagte, hörte man das Stottern eines Autos, das angelassen wurde, und der Vauxhall Viva schob sich langsam in den Verkehr und war bald nicht mehr zu sehen. Frances war verwirrt, aber ich hatte etwas begriffen. Wenn Vater verschwand, dann nicht, weil er irgendwo hingehen musste oder sich mit jemandem traf. Er musste nur weg – vom Haus, von Mutter, vielleicht sogar von mir. Allein in der Zurückgezogenheit seines Autos ein Buch zu lesen war die größte Freiheit, die er erreichen konnte.

18

Rads Auftritt als Benedick wurde im Radley-Haushalt als Ereignis von gewisser Bedeutung angesehen. Eine ganze Reihe wurde reserviert, damit eine wachsende Gruppe von Freunden und Angehörigen Platz fand – ich, Lawrence, Clarissa, Bill und Daphne und Lexis verwitwete Mutter Cecile, die sich eine Art aufblasbares Kissen mitbrachte, eingeschlossen. Selbst Mr. Radley hatte sich von der Bewachung der Kekse der Nation einen Abend frei genommen, doch letzten Endes blieb sein Platz leer, genau wie Banquos.

»Wo ist dein Vater?«, flüsterte ich Frances zu, als wir darauf warteten, dass der Vorhang sich hob. Überall um uns herum rutschten Eltern und Freunde der Schauspieler erwartungsvoll auf ihren Sitzen herum, husteten ein letztes Mal und raschelten mit ihren Programmen. Ich hatte sofort die Besetzungsliste studiert. *Benedick – Marcus Radley*. Ein seltsamer Gedanke, dass es hier vielleicht Leute gab, die ihn als Marcus kannten. Später bewahrte ich das Programm in einer Schuhschachtel mit anderen wichtigen Andenken unter meinem Bett auf – selbst sein gedruckter Name war kostbar.

»Er hat sich im letzten Moment nicht besonders gut gefühlt«, sagte sie. »Er ist zu Hause im Bett.«

Ich wusste, dass sie log, nicht nur wegen der mangelnden Überzeugungskraft, mit der sie diese Erklärung vorbrachte, sondern wegen des Benehmens der gesamten Radley-Gesellschaft. Lexi, flankiert von Lawrence und Clarissa, saß mit dem Gesichtsausdruck einer Person, die entschlossen ist, sich ungeachtet übelster Laune zu amüsieren, starr auf ihrem Platz. Ab und zu griff Lawrence nach ihrer Hand und drückte sie ermutigend, und sie belohnte ihn mit einem zuckenden Lächeln. Bevor ich Frances weiter ausfragen konnte, erloschen die Lichter im Zuschauerraum langsam, und sie drehte sich von mir weg.

Vor Rads erstem Auftritt war ich einen Moment nervös. Würde er gut sein? Würde meine Schwärmerei einer öffentlichen Zurschaustellung von Mittelmäßigkeit standhalten? Glücklicherweise wurde meine Loyalität nicht auf die Probe gestellt: Vom ersten Satz an war klar, dass er ein Naturtalent war. Die blumigsten Lyrikzeilen wurden vorgetragen, als wären sie ihm in diesem Moment gerade erst eingefallen; es schien keine meisterhafte Gedächtnisleistung zu sein. Überall um mich herum spürte ich, wie die Leute sich wachsam, aufmerksam, erleichtert aufsetzten, wenn er auf die Bühne kam. Seine Leistung hatte den bedauerlichen Nebeneffekt, dass der Rest der Besetzung dagegen ziemlich amateurhaft wirkte. Er ließ sie als das aussehen, was sie waren – schauspielernde Schüler, die gewissenhaft ihre Rollen spielten, während er einfach Benedick war. Es war seltsam, der Verwandlung des einsiedlerischen und einsilbigen Rad in diesen selbstsicheren und großspurig auftretenden Charakter beizuwohnen. Wenn er auf der Bühne so überzeugend den liebeskranken Helden spielen konnte, schlussfolgerte ich, musste er doch sicher auch im wahren Leben ein wenig Sympathie für diesen Typen hegen?

Während der Pause wurden im Schulfoyer Erfrischungen gereicht: bitterer Kaffee und knotige selbst gemachte Kekse, auf die Frances sich stürzte, als wären sie eine Delikatesse. Von allen Seiten konnte ich Gesprächsfetzen mithören: »... dieser Junge, der die Hauptrolle spielt«, »... Bühnenpräsenz«, »... wunderbar«, »... Reife«, »... doch sicher auf die Schauspielschule, oder?«, und spürte, wie ich vor Stolz glühte, weil ich ihn kannte. Der Regisseur der Produktion, Rads Schauspiellehrer, ein kleiner, relativ junger Mann in einer schwarzen Lederjacke, schob sich durch die Menge zu uns, wobei er ein paar Glückwünsche entgegennahm. Er machte sich mit Lexi bekannt, die Rad ihm, wie er sagte, aus den Kulissen gezeigt hatte, und dann musste er uns vorgestellt werden, was etwas länger dauerte. Er hatte offensichtlich einen Riesenrespekt vor Lexi, denn als sie sich die Hände schüttelten, stieg eine leichte Röte seinen Hals hinauf und legte sich während ihres gesamten Gespräches nicht mehr.

»Mir gefällt die Aufführung sehr gut«, sagte Lexi und

schenkte ihm ihr schönstes Lächeln. Es war ihr gelungen, ihre schlechte Laune zu überwinden.

»Das ist alles Ihrem Sohn zu verdanken – er ist außergewöhnlich talentiert. Ich hatte gehofft, Sie heute Abend zu treffen, weil ich versucht habe, Rad zu überreden, sich an der Schauspielschule zu bewerben, aber er scheint etwas unschlüssig zu sein. Ich habe mich gefragt, ob Sie ihn vielleicht dazu überreden könnten.«

»Oh, ich würde meine Kinder nie zu etwas überreden, worin sie sich unschlüssig sind«, sagte Lexi fest, aber immer noch lächelnd. »Dafür respektiere ich ihr Urteil zu sehr.«

»Ja, natürlich.« Die Röte wurde noch einen Ton tiefer. »Ich will nur nicht, dass er sein Talent vergeudet – er ist wirklich außergewöhnlich.«

»Aber er ist in so vielen Dingen außergewöhnlich«, unterbrach Cecile und klapperte mit ihren Armreifen, die ständig auf ihre Spitzenmanschetten stießen. Sie hatte einen starken deutschen Akzent, obwohl Frances sagte, sie lebte schon seit über fünfzig Jahren in England. Aber von Lexis Mutter hätte ich auch nicht erwartet, dass sie ihr Verhalten änderte, nur um sich ihrer Umgebung anzupassen: Das lag nicht in der Familie. »Englisch, Französisch, Geschichte, Mathematik, Rugby, Schwimmen, Schach, Schauspielerei, Singen …« Sie übertrieb. Rad konnte keinen Ton singen. Ich sah Frances von der Seite an, um zu sehen, wie sie die öffentliche Beweihräucherung Rads aufnahm. So etwas konnte das Selbstvertrauen unterminieren. Sie wirkte unbeeindruckt: Sie war daran gewöhnt, dass seine vielfältigen Talente aufgezählt wurden. Außerdem war sie damit beschäftigt, sich nach Nicky umzusehen. Endlich entdeckte sie ihn mit seinen Eltern, *Geburtsh. und Anw.*, und starrte ihn so intensiv an, als könnte sie ihn durch reine Willenskraft dazu bringen, sich umzudrehen. Was sie schließlich auch tat. Er hob zum Gruß seine Kaffeetasse, und sie warf ihm eine Kusshand zu, worauf er sich vor Verlegenheit duckte.

Ein Klingeln zeigte das Ende der Pause an, und die Menschenmenge bewegte sich langsam zurück in den Zuschauerraum. Lawrence und Clarissa waren kurz rausgegangen, um eine zu rauchen. Ich konnte sie durch die Glasscheibe in der Dunkelheit sehen, in ihren privaten Nebel gehüllt. Als Entreeakt spielte ein Ensemble im Orchestergraben auf traditionellen elisabethanischen Instrumenten »Greensleeves«.

»Was ist das denn für ein seltsames Ding?«, flüsterte Frances und zeigte auf eine Art verkümmerte Posaune.

»Das nennt sich *shagboot* (›Bumsstiefel‹)«, sagte Lawrence ernst, worauf wir drei in schallendes Gelächter ausbrachen, das erst von der plötzlichen Verdunkelung und dem Quietschen des sich öffnenden Vorhangs erstickt wurde.

Ich lehnte mich an die unnachgiebige Rückenlehne meines Holzstuhls, spürte, wie jeder einzelne Wirbel dagegen drückte, und wünschte, ich hätte Ceciles aufblasbares Kissen. Ich konzentrierte mich auf den Luxus, Rad rückhaltlos anstarren zu können – etwas, das im täglichen Leben nicht erlaubt war –, und genoss die spezielle Wärme, die in einem aufsteigt, wenn man jemanden, den man liebt, dabei beobachtet, wie er sich selbst übertrifft. Diese intensive Betrachtung war schwer durchzuhalten, weil Frances mich hin und wieder mit dem Ellbogen in die Rippen stieß, »shagboot« flüsterte und von neuem zu zittern und zu schnauben begann.

Gegen Ende gab es einen aufregenden Moment, als Rad sich mit dem Satz »Still! Ich stopfe dir den Mund« nach vorne beugte und Arlington auf die Lippen küsste. Ein Zittern lief durch das Publikum und legte sich sofort wieder, als der Dialog weiterging, unerbittlich und beruhigend.

Nach dem letzten Vorhang nahm Rad mit der Andeutung eines Lächelns seinen Applaus entgegen, der von einem Prasseln zu einem Tosen geworden war, während die Besetzung reihenweise nach vorne kam. Frances musste davon abgehalten werden, zwei Finger in den Mund zu stecken und zu pfeifen. »Michael soll verdammt sein«, hörte ich Lexi Lawrence durch das Klatschen zumurmeln. »Er hätte hier sein sollen. Verdammt soll er sein.«

Wir lungerten im Foyer herum und warteten darauf, dass unser Held aus den Umkleideräumen kam, während Lawrence losging, um einen Stuhl für Cecile zu suchen. Schließlich requirierte er aus dem Büro der Sekretärin einen Drehstuhl, auf dem Cecile wie ein kleiner juwelengeschmückter Gnom auf einem Giftpilz saß. Die Menge hatte sich erheblich gelichtet, als Rad auftauchte, bekleidet mit seinem üblichen schäbigen Pullover und einer Jeans. Zwischen seinen Wimpern waren noch schwarze Spuren zu sehen, und unterm Kinn verlief von Ohr zu Ohr ein Streifen braune Schminke. Er wurde sofort von der Familie überfallen, von den Frauen abgeküsst und von den Männern zwischen die Schulterblätter geschlagen. Ceciles Lippenstift hinterließ zwei violette Halbmonde auf seiner Wange.

»Gut gemacht, junger Mann. Ich nehme an, als Nächstes ist das West End dran«, sagte Onkel Bill, der in Wahrheit drei Stunden Shakespeare für eine Erfahrung hielt, die man nicht wiederholen sollte.

»Exzellente Leistung«, sagte Lawrence.

»Gut gemacht, Marcus«, sagte Cecile. *Sie* schlug er nicht, fiel mir auf. »Das Talent zur Schauspielerei hast du von deiner Mutter.«

»Unsinn. Er ist viel besser, als ich es war«, sagte Lexi. »Ich bin stolz auf dich«, fügte sie hinzu.

Nicky kam herübergeschlendert. »Gratulation«, sagte er und tat so, als würde er über Rads Hand katzbuckeln.

»Du warst der Beste«, sagte ich.

»Wie war es, diesen Jungen zu küssen?«, wollte Frances wissen.

»Wo ist Dad?« sagte Rad, und dann, als er sah, dass Lexi zögerte, verengten sich seine Augen, und er fauchte: »Ach, lass mich raten« und ging mit großen Schritten hinaus zum Auto.

19

Meine Mutter ließ das Stück Papier auf dem Kaminsims stehen wie den Abschiedsbrief eines Selbstmörders. Es war eine Stellenausschreibung für den Leiter der Abteilung Alte Sprachen an der alten Schule meines Vaters in Bristol, die sie aus dem *Times Educational Supplement* herausgerissen hatte.

»Du hättest doch bestimmt gute Chancen, als Ehemaliger – und dazu noch Stipendiat?«

Es war an einem Sonntagmorgen; Mutter war aus der Kirche zurückgekommen, hatte das Mittagessen aufgestellt, und wir drei saßen im Wohnzimmer und lasen Zeitung. Es war seit Monaten mein erstes Wochenende zu Hause; Frances lag mit Grippe im Bett.

»O nein«, sagte Vater hinter dem Feuilleton. »Ich habe überhaupt nicht den richtigen Stammbaum – besonders jetzt nicht, wo wir zur Gesamtschule geworden sind.«

»*Nicht den richtigen Stammbaum?*«, echote Mutter. »Aber du bist einer von ihnen.«

»Möchtest du, dass ich mich darum bewerbe, meine Liebe?«, sagte mein Vater müde, legte seine Zeitung hin und starrte sie durch den oberen Teil seiner Brillengläser an.

»Ja, natürlich. Würdest du nicht gern wieder nach Bristol ziehen? Weg von hier und all den ...« Selbst ohne aufzublicken spürte ich, wie sie mich ansah, bevor sie verstummte. Ich hatte dem Wortwechsel nur halb zugehört, aber als das Wort »Bristol« fiel, war ich ganz Ohr.

»Was meint ihr damit, nach Bristol ziehen?«, sagte ich dümmlich. »Ihr meint, *von hier weggehen*?«

»Ja, natürlich. Dein Vater könnte ja schlecht pendeln. Es ist eine schöne Stadt – in Clifton gibt es ein paar hübsche Geschäfte. Auch gute Schulen für dich.«

»Aber wir würden niemanden kennen«, sagte ich. Die Panik stieg in mir auf wie Gallenflüssigkeit.

»Ach, du wirst dich schnell mit jemandem anfreunden«, sagte Mutter obenhin, wobei sie vergaß, dass ich volle elf Jahre gebraucht hatte, um die einzige Freundin zu finden, die ich hatte.

»Was ist mit meinen Cellostunden?« Ich wusste, das würde bei meiner Mutter schwerer wiegen als so etwas Triviales wie Freundschaft. Ich hatte gerade Stufe sieben mit Auszeichnung abgeschlossen; meine Lehrerin war zufrieden mit mir und hatte sich viel Mühe gegeben, mir einen Platz in einem örtlichen Jugendorchester zu besorgen, das sich jeden Montagabend traf. Es war der Zeitpunkt, an dem man entweder aufhörte oder anfing, es ernst zu nehmen.

Mutter zögerte. Das war verzwickt, aber jetzt gab es kein Zurück mehr. »In Bristol wird es auch gute Lehrer geben. Es gibt bestimmt Schulen, die sich auf Musik spezialisieren. Wir würden durch den Umzug dein Cellospielen nicht gefährden. Mach dir deshalb keine Sorgen.« Sich einer von Mutters plötzlichen Leidenschaften entgegenzustellen war wie zu versuchen, den Kiefern eines Hais zu entkommen: Je mehr man dagegen ankämpfte, desto fester wurde der Biss.

»Aber ich will nicht umziehen. Mir gefällt es hier.«

»Wir können ja schlecht ohne dich gehen«, sagte Mutter.

»Doch – ich könnte bei Frances bleiben.«

Das ließ sie aus der Haut fahren. »Mach dich nicht lächerlich. Hier mag es zwar nicht so aufregend sein, aber wir sind zufällig deine Eltern. Ich nehme nicht an, dass dir je in den Sinn gekommen ist, dass alles, was hier geschieht, in deinem Interesse ist. Ich kann dir nicht annähernd erklären, welche Opfer schon für dein Glück erbracht worden sind.« Mutters Wangen waren puterrot, und sie war den Tränen nahe. Morgen würde sie eine Migräne haben, und es wäre alles meine Schuld.

Vater intervenierte. »Dieser Streit ist akademisch. Ich habe mich noch nicht einmal um den Posten beworben, und wenn ich es täte, würde ich ihn nicht bekommen. Können wir das Thema als beendet ansehen?«

An diesem Abend lag ich lange wach und machte mir Sorgen. Ich kannte meine Eltern: Wenn Mutter wollte, dass Vater sich bewarb, dann würde er es tun. Die Hoffnung, dass er keinen Erfolg haben würde, konnte ich nicht hegen. Er war mein Vater – wie konnte da irgendein anderer Kandidat bevorzugt werden? Kurz nach elf hörte ich Stimmen aus dem Schlafzimmer. Meine Mutter ließ die Tür immer offen, damit sie das Telefon hören konnte, falls meine Granny über Nacht Opfer irgendeines medizinischen Notfalls werden sollte. Ich schlich mich auf den Treppenabsatz.

»... hättest nicht vor Abigail mit den Opfern anfangen sollen. Was soll sie denn von diesem Ausbruch halten? Es war sehr unfair.«

»Okay, okay. Ich bedaure das jetzt. Es ist mir einfach so rausgerutscht: Ich fand, dass *sie* uns gegenüber unfair war.«

»Aber würdest du denn wirklich den ganzen Trubel eines Umzuges aushalten?« Das war Vater.

»Ja. Dieser Ort ist mit so vielen Erinnerungen belastet. Es wäre schön, irgendwo neu anzufangen.«

»Nicht auch glückliche Erinnerungen?«

»Oh ja, Abigail und so weiter.«

»Die Sache ist, Monica, dass ich nicht weiß, ob ich mit einer neuen Arbeit klarkäme. Ich vertrage Veränderungen nicht sehr gut.«

»Aber hast du denn keinen Ehrgeiz?«

»Du sprichst davon, als wäre es eine Tugend.«

»Das ist es doch auch, bei einem Mann, oder? Bist du nicht frustriert, da festzusitzen, wo du bist, mit all den jungen Hüpfern, die dir bei der Beförderung vorgezogen werden?«

»Ein bisschen, denke ich, aber …«

»Na dann.«

»Wenn du wirklich willst, dass ich mich bewerbe, meine Liebe, werde ich es tun.«

»*Ich* will nicht, dass du dich bewirbst. Ich will, dass *du* es willst.«

»Ich werde mein Bestes versuchen, um es zu wollen.«

Wie vorausgesehen hatte Mutter am nächsten Tag Migräne. Ich wusste es in dem Moment, als ich auf dem Heimweg von der Schule in die Sackgasse einbog. Ihre Schlafzimmervorhänge waren zugezogen – ein Zeichen so unmissverständlich wie die Quarantäneflagge auf einem Schiff. Als ich meine Tasche im Flur fallen ließ, rief sie die Treppe hinunter. »Abigail, kannst du mir etwas gefrorenes Gemüse bringen?«

Ich stieg die Treppe hoch, die Eispackung in der Hand. Mutter lag im Dunkeln mit einem nassen Waschlappen auf der Stirn und einem Eimer am Bett. Also war es schlimm. Ihre Haut hatte die vertraute Graufärbung. Sie öffnete die zugekniffenen Augen ein bisschen, als ich mich näherte, und griff nach den Erbsen. Das Zimmer roch muffig und abgestanden, als wäre alle Luft erst vor kurzem ausgeatmet worden. Ich öffnete die Tür ein wenig und ließ einen Lichtkeil herein, vor dem Mutter ängstlich zurückschreckte wie Graf Dracula.

»Hier, bevor Dad kommt«, schnarrte sie. Ihre Migräneanfälle waren oft von einer halbseitigen Lähmung der Stimmbänder begleitet. Ich war nie ganz sicher, ob das ein echtes Symptom war, oder ob sie, wenn sie sich mies fühlte, die versagende Stimme eines Invaliden annehmen musste. »Ich wollte nur kurz mit dir über diese Bristolsache sprechen. Ich weiß, wie sehr du gegen den Umzug bist, aber ich möchte, dass du mir versprichst, keinen Druck auf Daddy auszuüben. Er will diese Stelle so sehr. Erfolg ist nämlich sehr wichtig für einen Mann. Manchmal ist es für uns Frauen schwer, so was wie Ehrgeiz zu verstehen …«

Ich nickte niedergeschlagen. Es war ein Schock, meine Mutter bei einer Lüge ertappt zu haben, aber ich konnte sie schlecht mit meinem Wissen konfrontieren. Eine Lügnerin und eine Lauscherin standen sich gegenüber.

»Bestimmt könntest du ab und zu ein Wochenende bei Frances verbringen, wenn es dazu käme. Oder sie könnte zu uns kommen. Und es gibt immer noch Telefon …« Als sie an meine häufigen, stundenlangen Gespräche mit Frances dachte, überlegte sie es sich schnell anders. »… oder die Post. Ihr müsstet den Kontakt nicht verlieren.«

Den Kontakt verlieren. Sie hatte keine Ahnung. War ihr denn nicht klar, dass unsere Freundschaft immun gegen Trennung, Konflikte, Veränderungen war? Ich hatte keine Angst, dass wir den Kontakt verlieren würden. Ich war nur unglücklich bei dem Gedanken, Frances nicht jeden Tag zu sehen; ich würde sie und Rad und Lexi und sogar

Mr. Radley schrecklich vermissen; es war eine entsetzliche Vorstellung, nicht mehr Teil ihres Alltags zu sein.

»Das versprichst du doch, oder?«

»In Ordnung«, sagte ich unhöflich.

Und so verbrachte Vater die nächsten Abende damit, eine Bewerbung abzufassen. Gelegentlich kam er heraus und las einen Absatz vor, um ihn von Mutter billigen und kommentieren zu lassen; wenn sie es wagte, eine Verbesserung vorzuschlagen, verteidigte er die Originalversion ausführlich und zog sich dann mit Märtyrermiene in sein Arbeitszimmer zurück, um die Änderung vorzunehmen.

Eine Woche später berichtete er, dass die Referenzen eingeholt worden waren. Sein Direktor war ihm auf dem Korridor begegnet und hatte gesagt, er hätte Vater über den grünen Klee gelobt. »Er will mich unbedingt loswerden«, lautete Vaters Interpretation. Der Brief mit der Einladung zum Vorstellungsgespräch kam, während er in der Schule war. Als Mutter das Emblem auf dem Umschlag sah, befühlte sie ihn, schüttelte ihn und hielt ihn ans Licht, um den Inhalt zu erraten. »Es fühlt sich zu dünn an, um eine einfache Absage zu sein«, sagte sie und wog ihn auf einer Handfläche. Sie presste ihn gegen das Glas der Haustür. »›Sehr geehrter Mr. Onions, vielen Dank für Ihre Bewerbung um den Posten als …‹ Wie ärgerlich! Da ist eine Art Falte.« Sie hätte nicht im Traum daran gedacht, den Brief zu öffnen: Das wäre dann doch zu primitiv gewesen.

Doch ihre Intuition erwies sich als richtig, und so begannen die Vorbereitungen für Vaters »große Prüfung«. Mutter schnitt ihm die Haare sorgfältiger als sonst, sodass sein Pony in gekämmtem Zustand wirklich glatt lag anstatt schräg. Sein einziger Anzug, der seit seinem Kauf vor vielen Jahren immer wieder unmodern geworden und wieder in Mode gekommen war, und der zu allen offiziellen Anlässen diente, sein letztes erfolgloses Bewerbungsgespräch eingeschlossen, wurde aus dem Schrank geholt und auf Flecken, Mottenlöcher und Zeichen von Verschleiß überprüft.

Ich hatte mein Versprechen gehalten, bis zu einem gewissen Punkt. Ich erwähnte nicht, wie verzweifelt ich bei der Aussicht auf einen Umzug war, und versuchte nicht zu seufzen und zu stöhnen, wenn das Thema angesprochen wurde; ich erschien mir von beispielloser Neutralität. Mir kam nicht in den Sinn, dass allein mein Schweigen eine Form von Druck war. In den Tagen vor dem Bewerbungsgespräch trug mein Vater die Miene eines Mannes zur Schau, der gezwungen war, die Methode seiner eigenen Hinrichtung auszuwählen: Mich aufregen oder Mutter enttäuschen – was er auch machte, er machte es falsch.

Am Abend vor dem großen Tag war ich früh nach oben in mein Zimmer gegangen, um das Lyrikkränzchen zu meiden, das unten zusammentraf, um Tennyson »durchzunehmen«. Ich nährte eine leichte Verachtung für diese Clique, seit wir uns in der Schule mit Lyrik beschäftigten und sich bei mir, wie bei den meisten aus meiner Klasse, die Überzeugung herausgebildet hatte, dass allein ich sie richtig verstand; dass sie mit dem Gedanken an mich persönlich geschrieben worden war. Es ärgerte mich, dass die Begeisterung meiner Mutter für ihr Mittwochabendhobby sich nicht auf die restliche Woche erstreckte – zu anderen Zeiten sah ich sie nie auch nur einen Blick auf ein Gedicht werfen. Das kam mir vor wie Heuchelei. Vater war während des Abendessens nervös und unruhig gewesen. Ich konnte sehen, wie er gedanklich in imaginäre Debatten mit dem Leiter des Vorstellungsgesprächs abschweifte. Selbst wenn er die Fragen selbst zusammenstellte, sah er völlig geschlagen aus, als er wieder in die Realität zurückkehrte.

Ich lag im Bett und las *Mansfield Park*, als ich hörte, wie sich die Tür des Arbeitszimmers öffnete, und dann Vaters langsame Schritte auf der Treppe. Er zögerte vor meiner Tür, bevor er mit einem Fingernagel leise klopfte, ein zaghaftes Trappeln, das noch andauerte, nachdem ich mehrmals »Herein« gerufen hatte. Das unterschied sich sehr von Mutters Vorgehen, die einmal laut klopfte und sofort hereinplatzte.

»Oh, gut«, sagte er und drückte sich in der Tür herum. »Ich dachte, du wärst vielleicht unten bei den Damen.« Er sah sich mein Buch an. »Aber ich sehe, du bist in einer prosaischeren Stimmung.« Ich nickte. »Wer ist denn heute Abend unterm Skalpell?«

»Tennyson«, sagte ich.

»Ah. *In die Kiefer des Todes, In den Höllenschlund.* Abigail, wirst du schrecklich unglücklich sein, wenn ich diese Stelle bekomme? Du darfst auch Ja sagen.«

Ich schwankte einen Moment und sagte dann: »Ich wäre glücklich für dich, aber unglücklich für mich.«

»Hmm«, sagte er. »Gute Antwort. Danke.« Er küsste mich auf den Scheitel und ging.

Am nächsten Morgen schien all seine Nervosität verflogen zu sein, und er sah fast fröhlich aus, als er frühstückte, Geschirrtücher als Servietten benutzend, um seinen Anzug vor Milchspritzern und Marmeladenflecken zu schützen.

»Ich bin froh, dass du nicht so nervös bist«, sagte Mutter, die ihn leicht überrascht beobachtete. »Ich dachte, du wärst in einem schrecklichen Zustand.«

In dem Moment wurde mir klar, wieso Vater mich am Abend zuvor befragt hatte. Er hatte seine Entscheidung gefällt, und ich war sicher, dass er, wenn er von Bristol nach Hause kam, die Stelle nicht haben würde und wir nicht umziehen würden. Und so war es dann auch. Ich erfuhr nie, ob er sich absichtlich schlecht präsentiert hatte, nicht gut genug gewesen war, die Stelle angeboten bekommen und abgelehnt hatte, oder ob er einfach nicht zu dem Bewerbungsgespräch gegangen war. Aber ich wusste, dass dies ein weiteres dieser Opfer war, die in meinem Namen erbracht wurden, auf die Mutter angespielt hatte.

Für Mutter, die nichts von unserem Gespräch wusste, war sein Scheitern natürlich ein Zeichen für zweierlei: die Gleichgültigkeit des Schicksals gegenüber ihren Bedürfnissen und Wünschen und für Vaters Unfähigkeit. Von da ab bat sie ihn nicht mehr, sich um eine Beförderung zu bemühen, nicht weil sie das zusätzliche Geld und Prestige nicht mehr wollte, sondern weil sie sich ihn nicht mehr als erfolgreich vorstellen konnte. Früher hatte sie den Leitern der Bewerbungsgespräche wegen ihres schlechten Geschmacks die Schuld gegeben; jetzt beschuldigte sie Vater, dass ihm die Qualitäten, welch mysteriöser Art sie auch immer waren, fehlten, nach denen sie suchten.

Seitdem habe ich mich oft gefragt, ob die Dinge vielleicht anders verlaufen wären, wenn ich selbstloser gewesen wäre. Wir wären vielleicht nach Bristol gezogen; Vater hätte sich als erfolgreicher Mann neu erfunden; Mutter wäre stolz oder wenigstens dankbar gewesen, vielleicht sogar glücklich; ich wäre aus der unmittelbaren Sphäre der Radleys weggezogen; ich hätte Anne Trevillions Party verpasst; ich wäre an diesem schrecklichen Nachmittag nicht allein zum Haus zurückgegangen; ich hätte nicht verloren, was ich vor so kurzem erst gefunden hatte.

20

Rache ist ein Gericht, das, wie Mutters Heilmittel gegen Migräne, am besten kalt serviert wird.

»Ich werde Mum bitten, zu uns zu ziehen.« Das warf

Mutter ein paar Wochen später wie eine Granate auf den Frühstückstisch.

»Du *wirst* sie bitten?«, sagte Vater, dessen Tasse auf halbem Wege zum Mund zum Stillstand gekommen war.

»Nun, in Wahrheit habe ich sie schon gefragt.«

»Und was hat sie gesagt?«

»Sie hat Ja gesagt.«

»Oh. Dann ist ja schon alles entschieden.«

»Nur mit eurer Zustimmung.« Sie sah uns beide an. »Sie weiß, dass ich es zuerst mit euch absprechen muss.«

Es folgte eine Pause, während der wir uns beeindruckt die Unaufrichtigkeit des Wortes »zuerst« auf der Zunge zergehen ließen. »Ist das Wort Absprache nicht eher angebracht, wenn sie erfolgt, *bevor* eine Entscheidung getroffen wurde?« Vaters Ton war so sanft wie möglich – ein gefährliches Zeichen.

Als sie die Ironie spürte, begann Mutter sich zu verteidigen. »Was sollte ich denn tun? Sie ist allein nicht mehr sicher. Sie ist halb blind, und sie vergisst ständig Sachen auf dem Herd. Du weißt doch, ich kann nicht dauernd zu ihr, weil ich nicht fahren kann.« Aus unerfindlichen Gründen gab sie Vater die Schuld an diesem Mobilitätsproblem, als wäre es seine Schuld, dass sie die Fahrprüfung nicht bestanden hatte. »Eines Tages wird sie noch das Haus anzünden. Du weißt ja nicht, was für ein Glück du hast, keine Eltern zu haben, um die du dich sorgen musst.«

Ein Amen darauf, dachte ich.

Ihre Ängste waren durchaus berechtigt. Granny wurde wirklich langsam blind. All der Thackeray unter der Bettdecke hatte sie schließlich eingeholt, und sie konnte jetzt gar nicht mehr lesen. Bücher im Großdruck und eine Lupe hatten Tonbändern Platz gemacht, die sie Tag und Nacht in voller Lautstärke hörte, denn ihre Taubheit hatte sich über die Jahre auch nicht verbessert. In ihrem Haus sammelte sich nach und nach eine Menge technischen Krimskrams an, der ihr dabei helfen sollte, weiter ein unabhängiges Leben zu führen: Ein Telefon mit Verstärker und riesigen Ziffern, Brailleuhren, ein Hörgerät, das sie sich zu tragen weigerte, weil es pfiff, ein Notsummer, den sie eigentlich um den Hals tragen sollte, den sie aber herumliegen ließ und dann verlor. Aber nichts davon hielt den Wechselfällen ihres Gedächtnisses oder ihrer Launen stand. Haushaltshilfen wurden regelmäßig des Diebstahls irgendeines verlegten Schmuckstücks bezichtigt, das sich später in einem neuen, bizarren Versteck wieder fand – vielleicht in der Teebüchse oder im Kühlschrank. Selbst die Dame von »Essen auf Rädern« musste ihren Hut nehmen, weil sie die Polizei gerufen hatte, als auf ihr Klingeln hin niemand öffnete. Als Granny aus ihrem Mittagsschlaf erwacht war, hatte sie einen jungen Polizisten mit einem Bein über dem Fenstersims erwischt. Sie lebte inzwischen von einer Kost, die nur wenig abwechslungsreicher war als die von Auntie Mim: Toast und Marmelade zum Frühstück, eine Dose mit irgendwas, das sie sich zum Mittagessen erwärmte (da sie die Etiketten nicht lesen konnte, war sie nie sicher, ob Sardinen oder Pfirsichhälften schließlich auf ihrem Teller landeten), und zum Abendbrot Käsecracker. All dies wurde durch viele Süßigkeiten zwischendurch ergänzt. Mutter hatte immer mehr Wochenenden dort verbracht, um die Speisekammer aufzufüllen, ranzige Butterstücke und grünen Käse aus dem Kühlschrank zu entfernen, Marmeladereste vom Boden zu schrubben, die an den Sohlen von Grannys Hausschuhen durchs ganze Haus verteilt wurden, und sich mehr oder weniger geduldig endlose Klagen über Einsamkeit und Schwäche anzuhören.

Granny würde kein einfacher Logiergast sein, das war klar. Aber egal wie viel Ärger meine Mutter sich damit aufhalste, Vater würde noch mehr darunter leiden. Die Ruhe und Privatsphäre, die er so liebte, wären nicht mehr gegeben. Er würde Chauffeur spielen, defekte Geräte reparieren, Kontoauszüge, Aktiendividenden, Einkommensanleihen und Rentenausweise entziffern und dem Sozialamt Besuche abstatten müssen, und das alles ohne die Bande aus Liebe und Pflicht und gemeinsamen Erinnerungen, die es für Mutter – gerade so – erträglich machen würden. Ich sah die Angst in seinem Gesicht, als wir die Neuigkeit auf uns wirken ließen, aber er brach keinen Streit vom Zaun.

»Ich habe ihr gesagt, sie kann nicht viel Plunder mitbringen – nur was ins Gästezimmer passt. Und auf dem Dachboden ist doch noch Platz für ein paar Kisten, oder?«

Vater bestätigte das.

»Und ich habe gesagt, sie kann nicht von uns erwarten, dass wir sie unterhalten – wir werden nicht die Zeit haben, ihr jeden Morgen die Zeitung vorzulesen, wie wir es tun, wenn wir bei ihr sind. Es wird kein Urlaub sein, das sieht sie ein.«

»Mmm. Wann soll ich sie denn holen?«

Entnervt darüber, auf so wenig Widerstand zu stoßen, schwankte Mutter. Sie hatte nicht annähernd mit so viel Kooperation gerechnet, und da sie mehrere Argumente zu ihrer Verteidigung vorbereitet hatte, musste sie die auch loswerden. »Ich weiß, am Anfang wird es schwierig sein, bis wir uns alle aneinander gewöhnt haben, aber wir können uns kein anständiges Pflegeheim leisten, und eins von diesen staatlichen kommt nicht in Frage – du weißt ja, wie unverschämt sie zu allen ist, die nicht die englische Hochsprache beherrschen.«

»Oh, ich glaube nicht, dass sie in einem Heim alt werden würde«, stimmte Vater zu.

»Ja, man hört immer wieder von Leuten, die nach einer Woche in einer solchen Einrichtung durchdrehen. Das möchte ich nicht auf dem Gewissen haben.«

»Ich habe gemeint, niemand würde sie dort lange dulden – sie würde des Hauses verwiesen, relegiert, oder was auch immer sie tun.«

»Ach so. Tja, mir fällt keine Alternative ein – ich rechne jeden Tag mit einem Anruf der Polizei, dass sie in der Badewanne ertrunken ist oder das Haus abgebrannt hat. Sie ist eine Gefahr für andere, nicht nur für sich selbst.«

»Mmm.«

»Und sie wird sich an Rechnungen und Essen und so weiter beteiligen. Du musst zugeben, dass das zusätzliche Geld nützlich wäre.« Da es dir nicht gelungen ist, eine Gehaltserhöhung zu bekommen, lautete der unausgesprochene Vorwurf. Ich konnte Mutters Freude, eine neue Einkommensquelle angezapft zu haben, nicht teilen. Granny war daran gewöhnt, ihre Rente zu sparen; es war unwahrscheinlich, dass das, was sie sich unter einer angemessenen Beteiligung vorstellte, allein die Heizkosten für ihr Zimmer decken würde. Es würde uns finanziell schlechter gehen, nicht besser.

»Ach, ich weiß nicht, was ich tun soll«, endete Mutter, als wäre sie auf nichts als Widerstand gestoßen.

»Tun?«, sagte Vater. »Unsere Pflicht natürlich.«

Mutter hatte nicht Recht damit, dass es am Anfang schwierig sein würde. *Am Anfang* war es so, als hätten wir einen Gast: Man war höflich zueinander und machte Zugeständnisse. Wenn um drei Uhr morgens der *World Service* deutlich vernehmbar aus Grannys Zimmer drang, zogen wir uns die Decken über die Ohren. Wenn sie während einer Fernsehsendung redete, die wir sehen wollten, antworteten wir höflich oder stellten den Apparat ab. Wenn sie Vater, wenn er sonntagnachmittags in seinem Arbeitszimmer schlief, mit den Worten: »Kann jemand meine Taschenlampe/mein Radio/mein Hörgerät reparieren?« weckte, sprang er auf und tat, wie ihm geheißen. Wenn sie darauf bestand, Teller aus dem Esszimmer in die Küche zu tragen und einen fallen ließ, biss Mutter die Zähne zusammen und sagte: »Macht nichts.«

Erst nach ein paar Wochen registrierten wir langsam, dass es nun stets so sein würde: Der Sessel, den Granny jetzt immer besetzte, wurde ohne jede Diskussion für sie frei gelassen. Wir würden uns daran gewöhnen, abends leere Milchflaschen auf dem Kopf stehend in einer Tasse vorzufinden, damit die letzten Tropfen nicht vergeudet würden, ebenso wie an verklumpte Kugeln aus vielfarbiger Seife, die sie aus den Bröckchen formte, die von einem Stück Seife übrig blieben. Ich wusste, dass Sparsamkeit eines ihrer Laster war: Als ich ihr in Bognor half, ihre Siebensachen zusammenzupacken, war ich auf einen Schuhkarton aus Pappe mit der Aufschrift KULIS, DIE NICHT MEHR SCHREIBEN gestoßen; sie sammelte und bügelte noch immer altes Geschenkpapier, obwohl sie seit Jahren kein Geschenk mehr gekauft geschweige denn *verpackt* hatte; und sie hob all ihre alten Kalender auf und schrieb nur mit Bleistift hinein, weil sie herausgefunden hatte, dass alle vierzehn Jahre Tage und Daten wieder zusammenfielen. Als ich noch kleiner war, schickte sie mich immer hinauf in die höheren Zweige ihres Apfelbaums, um das Obst zu pflücken, an das man nicht herankam. Ein Morgen lang harte Arbeit – zerkratzte Knie, um ein Haar runtergestürzt und Begegnungen mit gigantischen Bienen – wurde mit einer Tüte madiger Falläpfel belohnt. Die guten Äpfel wurden im Vorgarten auf Tabletts ausgelegt und an Urlauber verkauft.

21

Im Sommer 1982 erfüllte sich einer der größten Wünsche meiner Kindheit: Lexi und Frances luden mich ein, mit ihnen in den alljährlichen Urlaub zu fahren. Das war etwas, wonach ich mich insgeheim schon gesehnt hatte, seit jener erste Brief aus Paris angekommen war, mit barbusigen Tänzerinnen, Bettlern in der Metro und roten Rosen.

Meine Mutter konnte nichts dagegen einwenden: Wir würden überhaupt keinen Familienurlaub machen, da Granny als mögliche Brandstifterin in den Köpfen meiner Eltern fest verankert war. Sie zurückzulassen kam nicht in Frage, aber sie mitzunehmen war kein Urlaub. Sie brauchten Urlaub von ihr. Lexi hatte die Vorsichtsmaßnahme ergriffen, zuerst eine Eingabe bei meinen Eltern zu machen, anstatt es mir zu überlassen. Eines Morgens kam eine Postkarte mit Burne-Jones's *Ophelia* – nicht gerade das beruhigendste Bild – mit der Nachricht:

Lieber Mr. Onions, liebe Mrs. Onions,

Frances und ich würden uns sehr freuen, wenn Abigail dieses Jahr mit uns nach Frankreich käme. Ich hoffe, Sie können Ihre reizende Tochter im August ein paar Wochen entbehren. Wir werden gut auf sie aufpassen.

Hochachtungsvoll
Alexandra Radley

Mutter schnüffelte. »Sie schreibt mit rotem Füller«, sagte sie, als wäre das ein weiteres Zeichen für Lexis moralische Verworfenheit. »Fährt ihr Mann denn nie mit ihnen weg?«, fuhr sie fort. »Es scheint mir ein sehr seltsames Arrangement zu sein.« In diesem Jahr fuhren Vater und Sohn wie in all den anderen Jahren gemeinsam zu den »Schützengräben«. Die rituelle Bedeutung dessen wurde noch durch die Annahme verstärkt, dass es das letzte Mal sein würde. Im September ging Rad zur Universität; in Zukunft würde er in den Ferien zweifellos arbeiten, um seine Schulden abzuzahlen. Obwohl man sich bei Rad schwer vorstellen konnte, dass er es schaffen würde, sein Stipendium aufzubrauchen. Er trank nicht viel und rauchte nicht, kaufte sich nur mit dem größten Widerwillen neue Kleidung und trug sie, bis sie auseinander fiel. Auf Grund seiner A-Level-Ergebnisse hatte er in Durham einen Studienplatz für Philosophie bekommen. Die Vorstellung, die Schauspielerei als Beruf zu ergreifen, hatte ihm schließlich doch nicht zugesagt. Er könne jederzeit nebenbei schauspielern, argumentierte er, aber wann würde er je wieder die Chance haben, drei Jahre nur mit Denken zu verbringen?

»Das ist sehr freundlich von ihnen«, sagte Vater, als er die Postkarte in die Hand nahm. »Deine erste Auslandsreise, Abigail.«

»Ich frage mich, was das kosten wird?«, sagte Mutter. »Du wirst deinen Anteil bezahlen müssen, Abigail, an Benzin und so weiter.« Doch als das Thema schließlich am Telefon von Vater angesprochen wurde, mit Mutter als Souffleuse, verwarf Lexi die Idee sofort.

»Oh nein – sie wird keine Ausgaben haben. Wir werden uns sowieso alle ein Zimmer teilen. Sie wird nur ein bisschen Taschengeld brauchen für Eis und so weiter.«

Letzten Endes gab Vater mir eintausend Franc mit – ein Vermögen, das ich in einem Geldgürtel unter meiner Kleidung trug wie ein Pistolenhalfter, und das ich besorgt zwanzigmal am Tag nachzählte.

Meine Eltern brachten mich gemeinsam zu den Radleys,

um sich von mir zu verabschieden. Typischerweise war gerade der alljährliche Streit darüber im Gange, welche Partei welches Auto brauchte. Ehemann und Ehefrau standen auf je einer Seite des umstrittenen Vehikels, Lexi noch im Morgenmantel und mit Turban. Mr. Radley bestand darauf, dass er den Kombi brauchte. Er und Rad fuhren erst in einer Woche los, und er hatte offensichtlich vor, in dieser Zeit seine Gemälde in verschiedenen Galerien und Geschäften anzubieten. »Die kriege ich doch nicht in den Triumph rein, oder?«

»Aber wir sind zu dritt«, sagte Lexi gerade mit ihrer Lehrerinnenstimme. »Du kannst nicht erwarten, dass eins von den Mädchen sich den ganzen Weg bis Menton hinten reinquetscht.«

»Wieso nicht? Blush ist dürr wie ein Rechen – sie würde da ganz leicht reinpassen.«

»Abigail ist nicht dürr; sie ist wunderbar schlank«, sagte Lexi, die sich gegen jede Verunglimpfung der weiblichen Figur wehrte.

»Dürr, schlank, wo ist da der Unterschied?« Mr. Radley schlug sich frustriert gegen die Stirn. »Der Punkt ist, sie passt leichter hinten in einen Spitfire als ein Gemälde von einsachtzig mal einszwanzig.«

»Sie ist sogar perfekt proportioniert. Hallo Abigails Eltern«, sagte Lexi, ohne eine Pause einzulegen. »Wir streiten uns gerade.« Und sie nahm meinen kleinen Koffer – gegen die Raublust ausländischer Zimmermädchen gut verschlossen – und stellte ihn trotzig auf den Rücksitz des Renault. Prompt nahm Mr. Radley ihn wieder heraus und warf ihn in die Einfahrt.

»Nun ...«, sagte Mutter unbehaglich. Das war ihr erstes Zusammentreffen mit den Radleys. Durch die Hintertür konnte ich sehen, wie Frances Wäsche von der Leine nahm, während Growth hochsprang und nach den Kleidern schnappte, die sie hinter sich herschleifte. Als er mich sah, kam er angerast, einen von Lexis Spitzenschlüpfern zwischen den Zähnen, zwei Bänder aus Speichel schwangen von seinen Kinnbacken. Mutter wich zurück wie jemand, der in ein Spinngewebe läuft, als sich die Erscheinung bellend und geifernd auf uns warf und dabei versuchte, den Schlüpfer fest zu halten.

»Wir verabschieden uns jetzt lieber, Abigail«, sagte sie schließlich. »Hast du alles?« Ich nickte forsch, um sie loszuwerden. »Pass, Geld, Kalaminlotion, Durchfalltabletten«, fuhr sie fort, entschlossen, mich nicht zu verschonen. Mr. Radleys Lippen zuckten.

»Ja, ja«, sagte ich und schubste sie geradezu die Einfahrt hinauf. Wir umarmten und küssten uns. »Ruf uns mal an, damit wir wissen, dass es dir gut geht«, sagte Mutter. Sie schien den Tränen nahe.

»Kopf hoch«, hörte ich Vater ihr zuflüstern, als sie ins Auto stiegen. »Sie geht schließlich nicht ins Internat.«

»Nein, weit davon entfernt«, kam die Antwort, bevor die Autotür zuschlug.

In der Zwischenzeit war Rad in der Tür erschienen. Er hatte offensichtlich vom Korridor aus alles mitgehört. »Wenn wir das Dach abnehmen, können wir die Gemälde auf den Rücksitz des Spitfire stellen, und du kannst sie fest halten, damit sie nicht hin und her schleudern, während ich fahre.« Rad war inzwischen rechtmäßiger Besitzer eines Führerscheins.

»Oh, sehr würdevoll«, sagte Mr. Radley und ging mit großen Schritten ins Haus.

»Hier, Rad, lad das ein«, befahl Lexi, die den Streit für gewonnen hielt. Sie zeigte auf ihre großen Koffer und auf die kleineren von Frances und mir. »Ich muss mich noch umziehen.«

Inzwischen war Frances mit der Wäsche fertig und hatte sich zu mir und Rad in die Einfahrt gesellt. »Ich nehme an, ich werde die nächste Woche damit verbringen müssen, Dad mit seinen Gemälden durch den ganzen Südosten zu kutschieren«, sagte Rad finster und schmiss die Taschen in den Kofferraum. »Was für eine Zeitverschwendung. Er hat in fünf Jahren noch kein einziges verscheuert.«

»Keine Sorge«, sagte Frances. »Sie haben für die ganze nächste Woche Regen vorausgesagt.«

»Psst«, sagte Rad, als man das Geräusch sich nähernder Schritte hörte. Aber es war nur Lexi, für die Reise mit einer weißen Jeans, roten Stiefeln und einem Poncho bekleidet, der aussah, als wäre er aus der Autodecke gemacht, die Growth am wenigsten mochte. Ihre Haare waren im Nacken zu einer Rolle festgesteckt, und eine große Sonnenbrille mit roträndrigen Gläsern verdeckte ihr Gesicht zur Hälfte. Die Autoschlüssel baumelten von ihrem Mittelfinger.

»Wir fahren jetzt«, rief sie zurück ins Haus. »Wir sehen uns dann in Arras. Pass auf ihn auf«, sagte sie zu Rad.

Mr. Radley war so anständig, in der Tür zu erscheinen und zu winken, als wir rückwärts aus der Einfahrt fuhren. »Benehmt euch«, war seine letzte Anweisung. Frances wühlte schon in einer Kassettenbox und suchte nach passender Musik. Zwischen uns auf dem Rücksitz lag eine Plastiktüte voller Süßigkeiten, die Cecile Frances für die Reise geschenkt hatte – Lutscher und Brausepulvertütchen und Lakritzpfeifen –, als wären wir Achtjährige.

»Tja, Mädels, ich hoffe, ich kann das Französischsprechen euch überlassen«, sagte Lexi und sah in den Rückspiegel. Ich machte mir keine Sorgen. Die Chance, dass Lexi bei irgendeinem Dialog mit offiziellen Stellen im Hintergrund verschwinden würde, bestand nicht, und ihre Kombination aus höflichem, laut und deutlich artikuliertem Englisch und grimmigem Lächeln brachte viel schnellere Ergebnisse als unser stümperhaftes O-Level-Französisch. Die Reise nach Folkestone wurde größtenteils von einem ihrer Vorträge bestimmt. Diesmal ging es um die Vorteile »Vieler« gegenüber »dem Einen«, was Jungs betraf. »Als ich in eurem Alter war, sind meine Freunde und ich immer als Clique ausgegangen – das Geschlecht spielte überhaupt keine Rolle. Wenn einer der Jungs einen Film sehen wollte, sprach er eine Einladung an alle aus, und dann ging eins von den Mädchen vielleicht mit. Es gab nie irgendwelche Paare. Viel besser so.«

Frances und ich hätten uns glücklich geschätzt, ein halbes Dutzend Jungs zu unseren Bekannten zu zählen. Außer Rad und Nicky gab es nur noch die Bushaltestellenbrigade – die Jungs aus der Boys' High, mit denen Frances ununterbrochen flirtete und für die ich ungefähr so interessant war wie ihr Hockeyschläger. Eigentlich weniger interessant, weil man den Hockeyschläger an sich reißen und dazu benutzen konnte, Röcke hochzuheben und unanständige Gesten zu machen.

Außerdem wurden wir instruiert, nicht vor dreißig zu heiraten. Das war etwas, das man nur in Betracht ziehen sollte, wenn alle anderen Erfahrungsgebiete ausgeschöpft waren. Das war mir ein Rätsel. Lexi hatte mit dreiundzwanzig geheiratet und wirkte nicht wie eine Frau, die unter verpassten Gelegenheiten litt. Ein weiterer fester Grundsatz Lexis lautete, dass ein Mädchen keine Geheimnisse vor seiner Mutter haben sollte. Es war natürlich absolut zulässig, dass Frances sozusagen zu Freizeitzwecken Geheimnisse hatte, aber sie sollte wissen, dass es kein Thema gab, das sie nicht anschneiden konnte.

»Okay. Was ist Oralsex?«, fragte Frances.

Lexi schreckte leicht zurück, bevor sie in gemessenen Ausdrücken eine Erklärung vortrug. Frances tat so, als müsste sie würgen.

»Noch etwas, das du fragen möchtest?«, sagte Lexi, zuversichtlich, dass das Schlimmste vorüber war.

»Hast du je mein Tagebuch gelesen?«

»Nein, nie«, sagte Lexi ohne jedes Zögern. »Mum hat mein Tagebuch gelesen, als ich ungefähr in eurem Alter war, weil sie dachte, ich würde mich mit einem nicht standesgemäßen Jungen treffen. Es stand überhaupt nichts Belastendes drin, aber es dauerte *Jahre*, bis ich ihr verziehen habe. Sie hätte wissen müssen, dass allein die Tatsache, dass ich Tagebuch führte, Beweis meiner Unschuld war. Sobald ich anfing, Dinge zu tun, die sie missbilligte, gab ich das Tagebuch komplett auf. Du siehst also, ich brauche deins nicht zu lesen – solange du es noch führst, weiß ich, dass du dich benimmst.«

Frances war verblüfft.

»Sonst noch was?«

»Wieso hast du Dad geheiratet?«

Diese Frage schien Lexi mehr zu strapazieren als die davor. Auch ich war darüber schockiert, weil sie zu implizieren schien, dass Frances die beiden für ein seltsames Paar hielt, und obwohl ich mich schon oft insgeheim gefragt hatte, wie zwei so unterschiedliche Charaktere zusammengefunden hatten, schien es mir eine Frage zu sein, die dem Produkt einer ehelichen Verbindung niemals auch nur in den Sinn kommen sollte.

»Ich habe ihn geliebt«, sagte Lexi schließlich. »Ich meine, das tue ich immer noch«, fügte sie hinzu.

Auf der Fähre stellten wir unsere Uhren um eine Stunde vor. Dadurch war bereits Zeit fürs Mittagessen, also aßen wir unsere Sandwiches, und dann breitete Lexi ihren Poncho auf einem der langen Sitzplätze an Deck aus und schlief in der Sonne ein. Frances und ich durchstreiften die Schiffskorridore, verloren unser letztes englisches Kleingeld an den Spielautomaten, kicherten über die Mitreisenden und sahen durch die Fenster der Duty-Free-Shops. Kurz vor Boulogne wachte Lexi auf, sah leicht zerknittert aus, weil sie Abdrucke der Ponchoquasten auf den Wangen hatte, und verschwand auf der Damentoilette, um sich wieder herzurichten. Sie kam mit einer Tüte zurück, in der sich zwei Flaschen Parfüm befanden – Chanel No. 5 für Frances und No. 19 für mich. Ich war vor Dankbarkeit und Freude sprachlos. Ich hatte noch nie vorher solch ein großzügiges und extravagantes Geschenk bekommen, hatte noch nie eigenes Parfüm gehabt. Meine begrenzte Erfahrung bestand aus einem gelegentlichen Spritzer vom Tweed meiner Mutter und einem verbotenen Tupfer aus ihrer alten Flasche Joy. Ich brachte es kaum über mich, die Verpackung zu beschädigen, während Frances ihre sofort aufriss und sich mit einem Schwung besprühte, der mich an Mutter erinnerte, wenn sie den Kampf gegen die Blattläuse aufnahm.

»Sachte«, tadelte Lexi sie milde. »Man strebt einen subtilen Effekt an.«

Als das Auto auf französischen Boden rollte, sah ich Frances bedeutungsvoll an, obwohl ich nicht erwarten konnte, dass der Augenblick sie, die erfahrene Reisende, ebenso beeindrucken würde wie mich. Ich suchte die Landschaft nach Anzeichen von Fremdheit ab, während Lexi, die Straßenkarte offen auf dem Beifahrersitz, uns auf der rechten Straßenseite nach Paris, unserer ersten Station, lotste. TOUTES DIRECTIONS/AUTRES DIRECTIONS stand auf einem Straßenschild. Frances und ich erfanden ein Spiel, bei dem man die Bedeutung der Werbeslogans an den Reklamewänden am Straßenrand erraten musste: Manchmal war es schon schwer genug, das Produkt zu identifizieren.

Lexi mied wie immer die Autobahn, wegen der Gebühren und um uns einen besseren Eindruck von der Landschaft zu vermitteln, wie sie sagte. Gelegentlich drehte sie unsere Musik leiser, um uns irgendeine Kirche oder ein Denkmal zu zeigen, und wir waren gezwungen, zu nicken und in Begeisterung auszubrechen. »Ich tue das nur, damit ihr etwas Interessantes in eure Tagebücher schreiben könnt«, sagte sie.

Frances, vom üppigen Lunch und unserer vorherigen Naschorgie gesättigt und vom gefleckten Sonnenlicht, das durch die Fenster blitzte, halb hypnotisiert, war bald eingedöst; aus Angst, von Lexi in ein Gespräch verwickelt zu werden, das sich zu einer Beichte entwickeln könnte, schloss auch ich, im vollen Bewusstsein, meine erste Auslandserfahrung zu verpassen, die Augen und war ziemlich schnell eingeschlafen.

Als wir aufwachten, stellten wir fest, dass die Felder und Pappeln und staubigen, linearen Straßen den Pariser Vororten Platz gemacht hatten. Die Luft war dunstig von Benzindämpfen, und längs der Straßen befanden sich graue Fabriken, Abbruchhöfe voll schrottreifer Autos und grauenvolle, pastellfarbene Apartmentblocks mit Bullaugenfenstern, die sich wie gigantische Käsereiben gegen den Himmel abhoben. Rußgestreifte Reklamewände flitzten vorbei. Die meisten Graffiti waren auf Englisch, offensichtlich die Sprache des internationalen Rowdytums.

»Bäh«, sagte Frances und rieb sich die Augen. »Was für ein Dreckloch.«

In der Ferne waren bereits das glänzende Eierschalenweiß von Sacré Cœur und die verschwommene Silhouette des Eiffelturms zu sehen, die man von tausenden Büchern und Postkarten kannte. Unser Hotel lag in Montmartre, nicht ganz in Sichtweite von Sacré Cœur, an einem Bürgersteig, der voll parkender Autos und Taubendreck war. Auf dem Bürgersteig gegenüber stand eine Frau in Lederjacke und einem Minirock mit Leopardenmuster in der Tür eines Sexkinos, kratzte sich an den Moskitostichen auf ihrem Oberschenkel und forderte müde Passanten auf, einzutreten.

PERVERSIONS
COCHONNERIES

versprach ein verblichenes Poster im Fenster.

»Schweinische Perversionen!«, sagte Frances erfreut. Lexi verzog das Gesicht.

Die Tür des Hotels wurde bewacht, eigentlich blockiert, von einem schlafenden Schäferhund, der sich mühsam aufrappelte und in eine entfernte Ecke der Hotelhalle humpelte, nachdem wir vorsichtig über ihn gestiegen waren. Die Besitzerin, Madame Orselly, eine kleine, pummelige Frau mit rot gefärbten Haaren, begrüßte Lexi und Frances verzückt und küsste sie zweimal auf jede Wange. »Und das ist Abigail, unsere Freundin.« Lexi stellte mich vor, und es wurden noch mehr »Bonjours« ausgetauscht, bevor Madame Orselly einen pickligen Jugendlichen aus dem Hinterzimmer rief, der unsere Taschen nach oben bringen sollte. Selbst am frühen Abend eines hellen, sonnigen Tages lagen die Treppen und Korridore im Dunkeln, und unser Gepäckträger und Führer schlug regelmäßig auf Schalter, die von einer orangen Glühbirne angezeigt wurden, was uns ein paar Sekunden lang trübes Licht schenkte, bevor es sich mit einem Klick wieder ausschaltete. Mir fiel auf, dass die Wände zitterten, als wir vorbeimarschierten, und als ich die Hand ausstreckte, um die Tapete zu berühren, bemerkte ich, dass sie nicht massiv waren, sondern aus geblümtem Stoff, der über einen Rahmen gespannt war, dünn wie ein Szenenaufbau im Theater.

Unser Zimmer hatte ein Doppel- und ein Einzelbett, bedeckt mit Tagesdecken aus blauem, verschlissenem Frottierplüsch, eine von der Sonne gebleichte Rosentapete und einen reich verzierten, dunklen Holzschrank, der so groß war, dass man fast ein Auto darin parken konnte. Eine Trennwand aus einer Hartfaserplatte, mit demselben Rosenpapier tapeziert und nicht ganz bis zur Decke reichend, trennte das Bad vom Rest des Zimmers. Es bestand aus einem angeschlagenen Waschbecken, einer breiten, quadratischen Badewanne mit einem Vorsprung, auf dem man sitzen konnte, und einem Bidet auf Rädern. Nachdem sie den Gepäckträger ohne Trinkgeld entlassen hatte, zog sich Lexi bis auf den Schlüpfer aus und streckte sich mit einem Waschlappen auf den Augen auf dem Einzelbett aus. »Ich ruhe mich vor dem Dinner etwa eine Stunde aus«, sagte sie blind. »Ihr könnt ein bisschen auf Entdeckungsreise gehen, wenn ihr möchtet.«

Unsere Erkundungen führten uns nicht weiter als bis hinunter in die Bar, wo wir uns hinsetzten, Limonade tranken, viel Aufhebens um den Hund machten, der Boubous hieß, und kritische Bemerkungen über die an- und abreisenden Gäste fallen ließen. Madame Orselly brachte uns je ein Glas Pastis und eine Karaffe mit Wasser, stellte es mit einem Zwinkern und einer Salve Französisch, von der wir kein Wort verstanden, auf den Tisch, und wir antworteten mit Nicken und Lächeln und *mercis*, bis sie sich zufrieden zurückzog.

Als Lexi eine Stunde später herunter kam, waren wir beide etwas albern. Nicht vom Pastis, den wir beide für ungenießbar befunden hatten – Frances hatte sowieso eine puritanische Abneigung gegen Alkohol –, sondern von unseren Versuchen, ihn diskret loszuwerden, ohne Madame Orsellys Gefühle zu verletzen. Ihn in die Karaffe zu kippen hatte das Wasser zu unserer Überraschung trübe gemacht, und wir hatten uns darauf verlegt, jedes Mal, wenn die Besitzerin uns den Rücken zuwandte, ein wenig von der Mixtur in eine Vase mit Plastikchrysanthemen in einer Nische hinter uns zu kippen.

Wir aßen im Hotel von der Sechzig-Franc-Speisekarte zu Abend. *Gemischtes Schweinemetzgerfleisch* bot die Übersetzung von *Charcuterie* an. Frances und ich hielten uns an Pastete und Steak, Dinge, die uns gleichzeitig vertraut und fremd waren – die Pastete wurde mit Kartoffelbrei und Essiggurken serviert, und aus dem Steak lief immer noch das Blut in die Pommes frites, obwohl es *bien cuit* war. Lexi aß Wachteln, Mitleid erregende, runzlige Kreaturen, kaum einen Mund voll Fleisch, und *haricots verts* so dünn wie Schnürsenkel.

Lexi bestand darauf, dass wir alle zum Nachtisch Crêpes nahmen, die am Tisch flambiert wurden, obwohl Frances und ich bereits begehrliche Blicke auf die Schokoladencreme geworfen hatten, als sie anderen Gästen serviert wurde.

»Für mich bitte ohne Alkohol«, sagte Frances streng, als der Küchenchef Amaretto in die Pfanne goss und ihn mit einem Knall anzündete.

»Mach dich nicht lächerlich«, sagte Lexi. »Man kann nicht in Coca-Cola flambieren. In diesen Mengen schadet Alkohol dir nicht.« Sie hatte zu ihrem Abendessen eine bescheidene halbe Flasche Rotwein getrunken. »Köstlich«, sagte sie, als sie eine tropfende Pfannkuchenecke aufspießte.

»Es ist Gift«, sagte Frances hitzig und versuchte mit Messer und Gabel so viel Flüssigkeit wie möglich aus ihrem Pfannkuchen zu pressen. Erst im Lauf dieses Urlaubs ergab Frances' Aversion – die ich vorher für sinnlose Affektiertheit gehalten hatte – sowie vieles andere, das mich an den Radleys verwirrte, langsam Sinn.

22

Früh am nächsten Morgen setzten wir uns gemütlich hin und planten unseren kurzen Parisaufenthalt. Frances und Lexi hatten die Touristenattraktionen schon gesehen, aber ich nicht, und die Zeit war knapp. Ich wurde aufgefordert, zwei Sehenswürdigkeiten zu nennen. Gegen meine Wahl, den Eiffelturm, legte Lexi ihr Veto ein. Er war langweilig, überbewertet und man sah ihn sich am besten von weitem an. Notre-Dame, meine zweite Wahl, war akzeptabel, aber niemand konnte Paris besuchen, ohne den Louvre zu sehen. Schließlich setzte Lexi uns im Louvre ab, damit wir uns umsehen konnten, während sie einkaufen ging. Sie wies uns an, sie um eins in einem bestimmten Café auf den Champs-Élysées zu treffen. Als wir, von der Galerienrallye mit wunden Füßen, dort ankamen, fanden wir sie mit Lawrence an einem Tisch, eine leere Champagnerflasche zwischen ihnen. Später erklärte Frances mir, dass Lawrence jedes Jahr um diese Zeit in Paris an einer Architektenkonferenz teilnahm und sich regelmäßig mit ihnen traf, obwohl Lexi seine Ankunft als reinen Zufall darstellte. »Schaut, wer hier ist!«, rief sie, als wir uns durch die Tische zu ihnen schlängelten. »Überraschung!«, sagte Lawrence und hob sein Glas. Er trug ein blauweiß gestreiftes Hemd mit einem dunklen Anzug, dessen Jacke über dem Stuhl hing. Mir kam der Gedanke, dass er nicht schlecht aussah – jedenfalls für einen Mann über vierzig. Sein Gesicht war gebräunt; wenn er zu lächeln aufhörte, zeigten sich weiße Fältchen in seinen Augen- und Mundwinkeln, als würde er sich sogar mit einem Lächeln im Gesicht sonnen.

»Wollen wir irgendwo essen, wo es billiger ist?«, fragte Lexi und sammelte ihre Tüten zusammen, aber Lawrence hielt sie mit einem Wink zurück, rief einen der herumlaufenden Kellner zu sich und bestellte vier Schüsseln Muscheln, Wein und zwei Cola für uns. Ich gewöhnte mich langsam daran, dass Entscheidungen für mich getroffen wurden. Das passierte eben, wenn jemand anders die Rechnung bezahlte.

»Wie gefällt es dir in Paris, Abigail?«, fragte Lawrence.

Ich antwortete, dass ich noch nicht einmal einen Tag da sei, aber dass es mir bisher sehr gut gefiele.

»Ich komme schon seit dreißig Jahren her«, sagte er. »Es ist meine Lieblingsstadt.« Die Muscheln wurden serviert, als er gerade mitten in einem ausführlichen Bericht über seine erste Parisreise im Alter von sechzehn war. »Es war ein Austausch, den die Schule organisiert hatte – wurde damals als ziemlich abenteuerlich angesehen. Mein Austausch-Schüler war ein Junge namens Alain, der genauso hoffnungslos in Englisch war wie ich in Französisch. Wir haben die gesamten zwei Wochen damit verbracht, uns anzugrinsen und mit den Schultern zu zucken. Der Vater war ein griesgrämiger kleiner Beamter, der den ganzen Tag im Büro war und uns nirgendwo mit hinnehmen konnte, wo es interessant war, und Madame sprach kein Wort Englisch – na ja, so weit ich sehen konnte, schien sie überhaupt nicht zu sprechen, sie produzierte nur zu jeder Mahlzeit dieses fremde Essen. Ich war ausgesprochen unglücklich. Aber er hatte eine Cousine, die Delfine hieß und ein bisschen Englisch konnte, deshalb schleiften sie sie von Versailles herüber, damit sie mit mir redete und mir Paris zeigte – ich glaube, sie fühlten sich unwohl, weil ich mich offensichtlich nicht amüsierte –, und natürlich verliebte ich mich wahnsinnig in sie, und der ganze Besuch war plötzlich wunderbar. Und dann waren die zwei Wochen um und ich musste nach Hause fahren, und das war es dann.«

»Seid ihr nicht in Verbindung geblieben?«, wollte Frances, Briefschreiberin von Rang und Namen, wissen.

»Wir haben uns noch ein paar Jahre geschrieben, aber dann hörten die Briefe auf, deshalb habe ich schließlich an Alain geschrieben und nach ihr gefragt, nur so beiläufig, und ich bekam einen Brief zurück, in dem stand, dass sie alle niedergeschmettert waren, weil sie in der Seine ertrunken war – anscheinend bei dem Versuch, einen Hund zu retten.«

»Oh!«, sagte Frances. Keine von uns hatte damit gerechnet, dass die Geschichte eine so tragische Wendung nehmen würde. Wenn Mr. Radley sie erzählt hätte, hätten wir sie für erfunden gehalten.

Die Schüsseln mit Muschelschalen wurden abgetragen und durch vier Tabletts mit Schnecken in Knoblauchbutter und vier Häkelhaken ersetzt. Ich schloss die Augen. Ich war schon satt von dem Brot.

»Auf keinen Fall«, sagte Frances. (Schließlich war sie es gewesen, die beim Präparieren in der Biologiestunde die vegetarische Wahlmöglichkeit in Anspruch genommen hatte.)

»Ach, du meine Güte«, sagte Lexi, wählte ein Schneckenhaus aus und stocherte darin herum. »Du isst Steaks, aber du isst keine Schnecken. Wo ist da der Unterschied?«

»Ich bin schon mal auf eine Schnecke getreten«, sagte Frances. »Ich habe das Zeug gesehen, das aus ihnen herausquillt. Aber wenn meine Inkonsequenz dich stört, gebe ich auch das Steakessen auf.«

»Okay, okay«, sagte Lexi, die ausmanövriert war. Alle schauten mich an, um zu sehen, was ich tun würde. Ich nahm meinen Häkelhaken in die Hand. Loyalität war ja schön und gut, aber man konnte von mir nicht verlangen, dass ich Frances' Schlachten alle mitschlug, und Lawrence gegenüber hätte es ein wenig unhöflich gewirkt. Als Nächstes kam eine Terrine mit geschmortem Perlhuhn auf den Tisch, und ich spürte, wie mir auf der Stirn der Schweiß ausbrach. Ich öffnete behutsam den Knopf an meinem Rock, und der Reißverschluss platzte auf wie eine überreife Frucht.

Der Nachmittag schritt voran. Es sah so aus, als würde Notre-Dame unbesichtigt bleiben. Aber ich hatte ja meinen Louvre-Katalog, den ich als Andenken mit nach Hause nehmen konnte. Ich hatte Lust auf ein Eis gehabt und mich gezwungen gefühlt, einen meiner Hundertfrancscheine anzubrechen, indem ich einen Gegenstand von kulturellem Wert kaufte, den mein Vater gutheißen würde.

Frances' widerspenstige Stimmung hielt den ganzen Tag an. Abgesehen von ihrer Abscheu gegen die Schnecken gab sie keinen Kommentar zu dem Essen ab, das köstlich war, selbst für meinen unerfahrenen Gaumen. Als Lawrence sich zwischen den Gängen eine Zigarette anzündete, schlug sie gereizt den Rauch weg, und als Lexi nach einem zweiten Glas Wein griff, gab sie ein lautes, missbilligendes Zischen von sich. Und dann, genau in dem Moment, als der Dessertwagen sich näherte, für Frances normalerweise der Höhepunkt des Mahls, sprang sie plötzlich auf und sagte: »Seht mal, da ist ein Telefon – ich könnte zu Hause anrufen und fragen, ob alles in Ordnung ist.« Und sie fing an, nach ihrem Portemonnaie zu suchen.

»Doch nicht sofort, oder?«, sagte Lexi.

»Wieso nicht?«, sagte Frances. »Ich will wissen, wie es Growth geht. Und herausfinden, ob Dad ein Gemälde verkauft hat. Ich brauche nicht lang.« Und sie ging mit großen Schritten zur Telefonzelle. Lexi zuckte mit den Schultern und schob dann ihren Stuhl zurück. »Ich denke, ich sollte besser mitgehen und auch mit ihnen reden«, sagte sie. »Sonst fühlen sie sich vernachlässigt.«

»Macht es dir was aus, wenn ich die Gelegenheit nutze?«, fragte Lawrence, als sie weg waren, und deutete auf seine Zigaretten. Er bot mir eine an, was ich ablehnte, steckte sich eine an, lehnte sich auf seinem Stuhl zurück und strahlte mich an, als wären wir verbündete alte Kumpel. Natürlich hatten wir wirklich etwas gemeinsam – wir waren keine Radleys.

»Sie ist ein komisches Mädchen, Frances«, sagte er.

»Inwiefern?«, fragte ich vorsichtig.

»Sie ist eine seltsame Kombination – eigenwillig und trotzdem vernünftig. Man würde nicht denken, dass das zusammen geht. Als Kind war sie nicht zu halten – lief immer weg und übernachtete in Highbury Fields. Lexi war überzeugt, dass sie auf die schiefe Bahn geraten würde. Doch jetzt scheint die vernünftige Seite das Kommando zu übernehmen. Ich wette, dass sie einmal zu einer Stütze der Gesellschaft wird – Gemeindeschwester oder Friedensrichterin oder so was. Warte nur ab.«

Ich war mir nicht sicher, ob ich Frances gegen den Vorwurf drohender Ehrbarkeit verteidigen sollte. Bei Lawrence war es schwer zu sagen, ob er es als Beleidigung gemeint hatte oder nicht. »Sie will Filmstar werden«, sagte ich. »Oder Hundeführerin.«

»Nun«, fuhr Lawrence fort, »unter uns gesagt, die ganze Familie ist nicht gerade das, was man normal nennen würde. Abgesehen von Lexi. Rad ist ein komischer Kerl – ganz sicher intelligent, aber er ist ein bisschen kalt, findest du nicht?«

»Ich weiß nicht.« Es kam mir schockierend illoyal vor, hinter ihrem Rücken über die Radleys zu sprechen, doch ich war auch fasziniert. Normalerweise hatte ich nicht die Gelegenheit, sie mit den Augen eines anderen zu sehen. Und obwohl ich bereit gewesen war, Rad noch im selben Moment, als sein Name fiel, zu verteidigen, war Lawrences Kommentar nicht so einfach zu verwerfen. Rad hatte wirklich etwas Kühles. Es war mir aufgefallen, als er schauspielerte, und ich hatte mir gewünscht, dass er mehr wie die Figur wäre, die er gespielt hatte.

»Ich kann mir nicht vorstellen, wie er und Mr. Radley im Urlaub miteinander auskommen. Sie sind so unterschiedlich.«

»Ach, *Michael*«, sagte Lawrence, als sei das ein ganz neues Thema, das man lange und gründlich betrachten musste. »Da besteht sicher eine Rivalität – von Michaels Seite aus natürlich. Sein Problem ist, dass er es grässlich findet, keine zwanzig mehr zu sein. Er hängt gern mit jungen Leuten rum, aber gleichzeitig ist er wahnsinnig eifersüchtig. Er hatte ja einmal eine anständige Arbeit, wusstest du das? Im Umweltministerium. Aber was ist er jetzt? Hausmeister in einer Schule? Hotelboy? Nachtwächter? Ich habe es vergessen.«

»Pizzalieferant«, sagte ich.

»Gott«, sagte Lawrence und schüttelte den Kopf.

»Aber wirklich interessiert ist er doch an der Malerei, oder?« Ich weiß nicht, wieso ich mich verpflichtet fühlte, für ihn einzutreten.

»Hast du seine Bilder schon mal gesehen?«, fragte Lawrence.

Ich nickte. »Ein paar.«

»Na ja, dann weißt du ja Bescheid. Ich habe ihm gesagt, sie sind ausgesprochen scheußlich, und er stimmte mir auch zu, aber er macht trotzdem weiter. Er denkt, es ist nur eine Frage der Ausdauer: Wenn er genug Farbe auf genügend Leinwände spritzt, wird er irgendwann etwas Anständiges produzieren. Aber du darfst seiner Hilflosigkeit nicht so viel Beachtung schenken. Ich bin überzeugt, das ist nur Theater. Auf sich gestellt wäre er genauso lebenstüchtig wie jeder andere. Das ist alles nur dazu da ...«

Ich fand nie heraus, wozu es da war, denn Lexi und

Frances erschienen wieder auf der Bildfläche, und Lawrence wechselte sofort das Thema. »Ich habe keinen Nachtisch bestellt, weil Abigail bereits aus ihrem Rock geplatzt ist und ihr beide nicht da wart, deshalb habe ich nur um Kaffee gebeten«, sagte er. »Alles in Ordnung zu Hause?«

»Es hat die ganze Zeit geregnet, deshalb konnte Dad seine Gemälde nicht im Spitfire umherfahren«, sagte Frances. »Aber er hat eins seiner Bilder von Mum bei einem nationalen Porträtwettbewerb eingereicht.«

»Er sagt, er hat es unter dem Namen Lazarus Ohene eingereicht, weil das überzeugender klingt als Michael Radley«, sagte Lexi.

»Findest du das nicht schaurig – all diese Richter und Leute, die sehen, wie du aussiehst, wenn du nichts anhast?«, fragte Frances.

»Nicht besonders«, sagte Lexi. »Es sieht mir nicht besonders ähnlich, wenn du dich erinnerst. Es ist das ›Blau und aufgedunsen‹.«

»Oh.«

»Lieber Himmel, ist es schon so spät?«, sagte Lexi, die auf die Uhr des Kellners sah, als er den Kaffee einschenkte. »Ich fürchte, das war's für heute mit Notre-Dame. Reicht dir stattdessen Sacré Cœur? Wir können heute Abend vom Hotel aus hinlaufen.«

Neben uns hatten einige französische Teenager gerade fertig gegessen und verabschiedeten sich voneinander. Die Aufbrechenden umkreisten den Tisch, um zwei Küsse auf jede Wange auszuteilen und zu bekommen.

»Diese Verabschiedungen auf dem Kontinent können den ganzen Tag dauern«, sagte Lawrence, als wir aufstanden, um zu gehen. »Seht euch als geküsst an.« Und er winkte uns nach, bevor er sich wieder hinsetzte und seine Zeitung aufschlug. Wir waren bereits in der Metro auf dem Weg zurück nach Montmartre, als Lexi bemerkte, dass sie ihre Sonnenbrille liegen gelassen hatte.

»Ach verdammt«, sagte sie, nahm ihren roten Strohhut ab und kippte den Inhalt ihrer Handtasche hinein. »Das war meine beste.« Während sie Lippenstifte, Puderdosen, Brieftaschen, Kämme und Zettel durchwühlte, boten wir ihr an, zurück zum Café zu fahren, aber sie schüttelte den Kopf.

»Vielleicht fällt es Lawrence auf und er nimmt sie mit«, meinte Frances.

Im Hotel legte sich Lexi, die Hände über der Brust gefaltet wie ein Ritter auf einem Grabmal, aufs Bett; Frances brachte ihr Tagebuch auf den neuesten Stand, und ich blätterte in meinem Louvrekatalog, nur um festzustellen, dass ich aus Versehen die holländische Version erwischt hatte.

In den frühen Morgenstunden wachte ich auf, weil sich vor dem Fenster zwei Männer schlugen. Kundschaft des Kinos gegenüber, zweifellos entflammt durch die schweinischen Perversionen. Frances neben mir blieb komatös. Ich setzte mich auf die Bettkante, weil ich plötzlich dringend aufs Klo musste. Als meine Augen sich an die Dunkelheit gewöhnten, sah ich, dass Lexis Bett leer war. Danach lag ich einige Zeit lauschend und wartend wach, aber meine Augen wurden bald schwer, und ich döste ein. Als ich schließlich um sieben aufwachte, war Lexi bereits beim Packen, die verlorene Sonnenbrille auf dem Scheitel.

23

Liebe Mum, lieber Dad, liebe Granny,

ich hoffe, es geht euch allen gut und dass zu Hause alles in Ordnung ist. Es gefällt mir gut, und Mrs. Radley passt sehr gut auf mich auf.
Paris war toll – wir sind im Louvre gewesen und haben auf den Champs-Élysées mit einem Freund von Mrs. Radley mittag gegessen. Er hat bezahlt. Ich lerne viele neue französische Worte. Die Fahrt nach Menton war sehr lang und sehr heiß. Wir haben eine Nacht an einem Ort namens Beaune verbracht. Das Hotelzimmer war so winzig und heiß, dass wir alle Fenster offen lassen mussten, und ich bin schlimm von Moskitos gestochen worden. Frances und ihre Mutter schienen sie in Ruhe zu lassen – ich schmecke offensichtlich besser. Ich habe viele interessante Sachen gegessen – Muscheln, Schnecken, Wachteln und ein Steak, von dem Frances behauptete, es sei cheval, aber ich glaube, das war ein Witz. Menton ist sehr hübsch. Zu unserer Villa führen 324 Stufen hinauf, und wir gehen anscheinend immer um die Mittagszeit hinauf und hinunter, wenn die Sonne gerade unerträglich ist. Die Kalaminlotion kann ich gut gebrauchen. Im ganzen Dorf hier ist kein Auto zu sehen. Alle scheinen mit diesen kleinen Motorrollern zu fahren, manchmal mit der ganzen Familie hinten drauf. Vom Balkon der Villa aus kann man in der Ferne gerade noch so Monte Carlo sehen. Gestern Abend war über der Bucht ein Feuerwerk. Das Meer ist erstaunlich blau. Überhaupt nicht wie in Bognor. Abends sitzen wir auf dem Balkon und lesen oder spielen Karten oder machen einen Spaziergang ins Dorf. Morgen begeben wir uns

auf den Heimweg. Wir treffen uns mit Mr. Radley und Rad in Arras. Das wird bestimmt lustig. Ich habe von dem Geld, das ihr mir gegeben habt, erst 125 Francs ausgegeben – meist für Eiscreme. Bei all dem Essen sollte man meinen, ich hätte zugenommen, aber ich sehe immer noch aus wie ein Strich in der Landschaft – ein roter Strich.

Alles Liebe von
Abigail

Menton, 12. August

Liebe Beatrice,

wir haben die letzte Nacht an einem Ort verbracht, der so ähnlich hieß wie Bone. Das Hotelzimmer war winzig und knallheiß – ich habe die meiste Zeit in der Badewanne gesessen und immer wieder kaltes Wasser einlaufen lassen. Blush sprang ständig auf, um Moskitos totzuschlagen. Am Morgen hatte sie fünfunddreißig Stiche an den Beinen und tat sich verdammt Leid.
Ich weiß nicht, aber dieses Jahr scheinen es mehr Stufen zu sein. Vielleicht haben sie die Villa höher gelegt oder den Strand niedriger oder so. Es ist ein bisschen zu heiß, um sich zu sonnen (natürlich nicht für Mum, deren Bikinioberteil bisher noch nicht aufgetaucht ist). Bis man sich eingeölt und in Position gelegt hat, ist man so verschwitzt, dass man schwimmen gehen muss, um sich abzukühlen. Blushs Rücken und Schultern sind knallrot. Gestern Abend haben wir sie am ganzen Körper mit Kalamin betupft, und jetzt sieht sie aus wie ein Stück Salami. Ungefähr dreißig Meter vom Ufer entfernt liegt ein Floß in der Bucht, von dem man springen kann, und

darauf posieren immer mehrere braune Franzmänner. Ich bin heute ein paarmal allein dort hingeschwommen – Blush kann nicht schwimmen und geht nur so weit, wie sie stehen kann. Ich habe versucht, es ihr beizubringen, aber jedes Mal, wenn sie die Füße vom Boden nahm, geriet sie in Panik und ging unter.

Nach dem Abendessen, das nur aus dem restlichen Baguette und Brie vom Lunch und einem Pfirsich bestand, liefen Blush und ich runter ins Dorf, um in der Bar eine Cola zu trinken. Es dauerte nicht lange, bis ein paar französische Jungs, die ich von heute Morgen auf dem Floß wieder erkannte, uns über die Tische hinweg lüsterne Blicke zuwarfen. Wir ignorierten sie, aber ein paar Minuten später saßen sie bereits einen Tisch näher, und immer, wenn ich an ihnen vorbeigehen musste, um aufs Klo zu gehen oder mir etwas zu trinken zu holen, gaben sie in knarrendem Englisch einen Kommentar ab. Jedenfalls kamen sie schließlich rüber, und wir taten unser Bestes, um mit einem gemeinsamen Vokabular von etwa fünfzig Worten zu kommunizieren. Der besser Aussehende von beiden, Georges, bot mir eine Fahrt auf seinem Moped an, also sind wir darauf im Dorf rumgesaust und der Hundescheiße ausgewichen, während Blush und der andere, Max, der ein schielendes Auge hat, vor der Bar auf der Mauer saßen und auf uns warteten. Als wir zurückkamen, saßen sie noch genauso da wie vorher, als wir wegfuhren. Danach sagte Blush, dass keiner von ihnen gewusst hätte, was er sagen sollte – egal in welcher Sprache – und es sei eine Qual gewesen. »Du hättest doch deinen Subjunctiv an ihm üben können«, sagte ich. Als es Zeit war zu gehen, fiel George regelrecht über mich her und versuchte, mich zu küssen, aber ich murmelte etwas wie, dass ich zu Hause einen Freund hätte, der eifersüchtig wäre. Es war keine kom-

plette Lüge, da ich mich als Nicky auf ewig angetraut
sehe, obwohl noch nichts darauf hindeutet, dass er meine Leidenschaft erwidert. Max hat bei Blush nichts probiert, was auch besser so war, denn nach den Blicken zu
urteilen, die sie ihm zuwarf, hätte sie ihm wahrscheinlich eine geknallt. Sie hat auf dem Weg zurück nicht viel
gesagt. Ich glaube, sie ist sauer.

Ferientagebuch. 10. Tag
Merke: Geh nie mehr mit Frances in eine Bar. Schlecht
für die Moral.
Gestern Abend nach dem Abendessen sagten wir zu
Lexi, wir wollten einen Spaziergang machen, und ihre
letzten Worte waren: »Geht nicht in diese Bar im Dorf –
sie ist immer voll rowdyhaft aussehender Jungs«, worauf Frances merklich auflebte. Natürlich gingen wir ge-
radewegs in die Bar, suchten uns einen Tisch, und Frances tat das, was mir von der Schulbushaltestelle vertraut
ist. Sie redet mit einer Stimme, die ich ihre Bühnenstim-
me nenne, und behält gleichzeitig den Raum im Auge,
um zu sehen, welche Wirkung sie erzielt. Es dauerte
nicht lange, bis sie sich für zwei französische Jungs entschied, die an der anderen Seite der Bar saßen und mit
sich selbst beschäftigt waren. Nach mehreren Ausflügen
zum Klo, wozu gehörte, dass sie sich an ihrem Tisch
vorbeiquetschte und eins ihrer Biergläser umwarf,
schaffte sie es, ein Gespräch mit ihnen anzufangen. Einer von den beiden war auf unrasierte Art ganz attraktiv. Er war scharf auf Frances. Der andere war weniger
attraktiv – ehrlich gesagt sah er ziemlich erschreckend
aus, mit einem schielenden Auge, das ständig über meine Schulter blickte, als würde er Jagd auf ein interes-
santeres Objekt machen. Er war auch scharf auf Frances. Sie war nicht im Geringsten an ihnen interessiert –

sie hatte an diesem Nachmittag nur gejammert, dass sie es nicht schaffte, Nicky einzufangen.

Am nächsten Tag, dem letzten unseres Aufenthaltes in Menton, tauchten Georges und Max, durch die Zurückweisung keineswegs entmutigt, an dem Strand auf, wo Lexi und Frances sich zum letzten Mal braten ließen. Da es mich vor roten Frieseln und Sonnenbrand am ganzen Körper juckte, hatte ich den einzigen Schattenplatz meilenweit besetzt und lauerte dort wie eine Eidechse in einer Felsspalte. Sie winkten uns fröhlich zu und bahnten sich über die Steine einen Weg zu uns.

George hatte nichts dabei außer einem zusammengerollten Handtuch und einem Walkman, der vorne an seiner Badehose befestigt war; Max hatte einen Plastikfußball für Kinder mitgebracht, den wir uns träge zuspielten, bis sich zwischen uns vieren ein seltsames, mannschaftsloses, *sinnloses* Volleyballspiel entwickelte. Als wir dort im gleißenden Sonnenlicht standen, praktisch nackt, und den Ball hin und her schlugen, hin und her, hatte ich ein seltsames Gefühl der Verbundenheit mit dem prähistorischen Menschen. Selbst in den primitivsten Gesellschaften mussten die Menschen das Bedürfnis verspürt haben, im Kreis herumzustehen und sich Steine oder gar Schädel zuzuwerfen, nur um sich die Zeit zu vertreiben.

»Frances, geh mir aus der Sonne«, maulte Lexi immer, wenn der Schatten ihrer Tochter auch nur einen Augenblick lang über sie fiel, und schlug gleichzeitig mit einer Ausgabe der *Times* nach ihr, für die sie fast bis nach Monte Carlo gefahren war.

Als die Hitze unerträglich wurde und der Ausschlag auf meinen Schultern zu kribbeln begann, rannten wir kreischend und nach Luft schnappend ins Wasser. Georges, Frances und Max schwammen sofort mit kräftigen Zügen zum Floß, auf dem bereits mehrere Leute lagen wie See-hunde auf einem Felsen, während ich im Flachwasser dümpelte und das Wasser auf meinem Sonnenbrand genoss. Frances gewann das Wettschwimmen mühelos. Ich sah, wie sie sich aus dem Wasser auf das Floß zog. Sie winkte mir triumphierend zu, bevor eine Hand sich aus dem Meer reckte, ihren Knöchel umfing und sie wieder hineinzog. Es schien eine Ewigkeit zu dauern, bis ihr Kopf wieder hochschnellte. Ich war schon kurz davor, panisch zu werden, aber da war sie, spritzte Diamanten aus ihrem nassen Haar und lachte.

Auf dem Rückweg zur Villa blieb Frances zurück und gab vor, Sand aus ihren Sandalen zu schütteln, bis Lexi außer Hörweite war. »Sie wollen, dass wir heute Nacht mit ihnen Baden gehen«, sagte sie. »Was denkst du?« Ihre Augen strahlten vor Aufregung. Ich sah, dass sie ihre Entscheidung bereits getroffen hatte.

»Ich kann mir nicht vorstellen, dass deine Mum da zustimmt.«

»O Gott, ich hatte nicht vor, Mum davon zu erzählen«, antwortete Frances, schockiert über den Vorschlag. »Wir könnten uns einfach rausschleichen. Sie ist dran gewöhnt, weiterzuschlafen, egal wann Dad nach Hause kommt – sie wird nicht aufwachen.«

»Aber wir kennen sie doch kaum – es könnten Verrückte sein.«

»Verrückt sind sie bestimmt, aber ich glaube nicht, dass sie gefährlich sind.«

»Hör zu, ich finde nicht, dass wir gehen sollten. Stell dir vor, deine Mum wacht doch auf – sie wird *stinksauer* sein. Dir wird sie verzeihen, weil du ihre Tochter bist, aber von mir wird sie nicht sehr viel halten.«

Frances gab zu, dass an diesem Argument was dran war. »Außerdem«, fügte ich hinzu, »ist es für dich okay –

Georges sieht wenigstens gut aus. Aber Max ist ein furchtbarer, schielender Zwerg. Und selbst er ist nicht scharf auf mich.«

»Das ist nicht sehr nett«, sagte Frances. »Vielleicht ist er ein ganz reizender Mensch.«

»Ja, aber wie sollen wir das je rausfinden, mit seinem Englisch und meinem Französisch?«

»Okay, wir gehen nicht«, sagte sie eingeschnappt, aber einen Augenblick später war sie wieder fröhlich, als hätte sie das ganze Thema bereits vergessen.

Beim Abendessen schöpfte ich bereits Verdacht, als sie vorschlug, den letzten Abend mit Kartenspielen zu verbringen statt noch einmal in die Bar zu gehen; aber erst die Unbekümmertheit, mit der sie vorschlug, früh schlafen zu gehen und die Erregung, mit der sie meine ausgedehnten Vorbereitungen fürs Bett beobachtete, überzeugten mich vollends. Sie hatte vor, ohne mich zu gehen. Verletzt durch diesen Verrat, beschloss ich, ihr einen Strich durch die Rechnung zu machen, indem ich wach blieb. Aber meine Anstrengungen beim Volleyballspiel mussten mich entkräftet haben, denn ich schlief fast sofort ein, und als ich wieder wach wurde, schnarchte Frances leise im Bett neben mir.

Ich dachte schon, ich hätte sie falsch eingeschätzt, aber in dem Moment, in dem sie ihren Kopf hob, brach ich in Lachen aus: Über einem Ohr stand ihr Haar in einem großen Kamm ab, was sie aussehen ließ wie einen nassen und schmutzigen Papagei. Sie war offensichtlich mit nassen Haaren ins Bett gekrochen, das getrocknet war, während sie darauf lag.

»Wo seid ihr denn gewesen?«, fragte ich.

Sie war ein bisschen überrascht, erwischt worden zu sein, und überlegte sich offensichtlich, ob sie einfach leugnen sollte, bevor der Drang zu prahlen die Oberhand gewann und ihr Gesicht einen selbstgefälligen Ausdruck bekam. »Italien«, flüsterte sie.

»Was?«

»Es sind nur ein paar Meilen bis zur Grenze – wir sind auf dem Moped nach Ventimiglia gefahren.«

»Um Himmels willen, Frances«, schnauzte ich sie an. »Was wäre, wenn etwas passiert wäre? Er hätte dich einfach dort lassen können – ich meine, es hätte alles Mögliche passieren können.«

Das wies sie zurück. »Nein, er ist schon okay. Wir sind nur schwimmen gegangen.« Sie sah mein skeptisches Gesicht. »Ehrlich. Es ist nichts passiert. Er hat nichts versucht.« Es folgte eine Pause. »Na ja, er hat es *versucht*«, gab sie zu. »Aber er ist nicht weit gekommen.«

»Ich wusste, dass du was im Schilde führst«, sagte ich leicht bitter.

»Du hättest ja mitkommen können«, sagte sie. »Aber du schienst nicht so begeistert zu sein, als ich es gestern erwähnte.«

Es stimmte, dass ich keine Begeisterung für ein Mitternachtsbad gezeigt hatte, aber *Italien*: Das war etwas ganz anderes. Ich war plötzlich so eifersüchtig, so frustriert, dass ich spürte, wie meine Augen zu schmerzen begannen; ich musste den Kopf senken und so tun, als würde ich nach meiner Toilettentasche wühlen, damit Frances nicht sehen konnte, dass ich blinzelnd die Tränen zurückhielt. In der Dusche ließ ich das Wasser über mich prasseln. Wie konnte ich mich im fortgeschrittenen Alter von fünfzehn über etwas derart Triviales so sehr aufregen? Es war ja nicht mal so, dass ich Georges mochte. Es war irrational. Doch unsere Gefühle wissen oft Dinge, die unser Verstand nicht erkennt: Ich weinte, weil ich Glück nur durch Frances erfuhr, aber dasselbe nicht für sie zutraf. Früher oder später, wenn die Zeit kam, würde sie sehr gut ohne mich auskommen.

24

Wir hatten mit Rad und Mr. Radley verabredet, uns in ihrem Stammhotel in Arras zu treffen. Ich blickte auf den Grande Place, auf dem am Abend unserer Ankunft ein Wanderjahrmarkt stattfand. Ein halbes Dutzend Autoscooter parkten in einer winzigen Arena unter blitzenden Lichtern, und die größten Attraktionen waren Buden, von denen die Farbe abblätterte und die Doughnuts und *frites* verkauften, die im selben Fett gebraten wurden, sowie ein Schießstand, der als Hauptpreise ein paar schmuddelige Plüschtiere anbot.

»So ein Mist«, sagte Lexi, als Diskomusik aus den Lautsprechern hämmerte, die mit einer Plane bedeckt waren. »Heute Nacht werden wir kein Auge zutun.«

Ich hatte mich schon den ganzen Urlaub über darauf gefreut, Rad zu sehen, eine Vorfreude, die ich für mich behalten musste. Obwohl Frances so offen war, wie man nur sein konnte, und mich bis ins kleinste Detail über ihre Schwärmereien informierte, hatte ich mein Geheimnis immer streng gehütet. Trotz ihrer Annahme, dass Rad einfach von allen bewundert werden musste, würde sie mein ernsteres Interesse an ihm als unerträglich anmaßend empfinden, da war ich mir sicher.

Aus meiner Sicht hatte dieses Treffen noch eine zusätzliche, schmerzliche Dimension: Es wäre das letzte Mal, dass ich Rad sehen würde, bevor er zur Universität ging. Er würde zehn Wochen lang weg sein, nur in den Ferien und ab und zu am Wochenende zurückkommen, und in der Zwischenzeit würden dort Mädchen sein, Mädchen, die »es« zweifellos schon getan hatten, und die im selben Studentenwohnheim wohnen würden, auf dem selben Treppenabsatz, und zu jeder Tages- und Nachtzeit vorbeischauen würden, um über Nietzsche zu diskutieren. Bei dieser Vorstellung wurde mir immer leicht schwindlig, und ich litt an Atemnot, doch ich tröstete mich mit dem Gedanken, dass er dort nicht für immer wäre und dass diese imaginären Rivalinnen, egal wie schön oder intelligent sie auch waren, nicht so geduldig wären wie ich. Ich musste nur darauf warten, dass er Notiz von mir nahm, und wenn er es tat, würde ich bereit sein, und alles hätte sich gelohnt.

Der Gegenstand dieser sorgfältig geplanten Passivität saß gerade an der Bar und studierte eine topografische Karte der Somme, als wir hereinkamen. Als er uns sah, glitt er sofort von seinem Barhocker und kam, um uns mit unseren Koffern zu helfen. Er küsste Lexi und Frances, zuckte dann gewissermaßen in meine Richtung, überlegte es sich aber offensichtlich anders und nickte mir nur lächelnd zu. Vielleicht war es auch besser so – das letzte Mal, als wir Hautkontakt hatten, hatte er einen Brandfleck auf meiner Stirn hinterlassen.

»Wo ist dein Dad?«, fragte Lexi und blickte sich um.

»Zieht sich um. Er hat sich beim Abendessen einen ganzen Teller *œufs à la neige* auf den Schoß gekippt.« Er zog noch ein paar Hocker an die Bar heran.

»Wie war es denn?«, fragte Lexi mitfühlend. »Ich wette, du hast alles heldenhaft ertragen.«

»Es gab keine Katastrophen«, sagte Rad. »Aber er hat mich verrückt gemacht. Nächstes Jahr gehe ich bestimmt auf Inter-Rail-Tour. Ich weiß ja, dass er ein Gewohnheitstier ist, aber ich schwöre, es wird mit dem Alter schlimmer – er will immer an dieselben Orte fahren. Ich habe versucht, ihm klar zu machen, dass wir nicht weit weg von Agincourt waren und dass das Schlachtfeld von Waterloo nur eine Stunde Autofahrt entfernt war, aber er lehnte glattweg ab, dort hinzufahren. Also haben wir dieselbe Tour gemacht wie alle zwei Jahre: Ypern, Beaumont Hamel, Delviller Wald, Thiepval.« Er tippte auf die Karte vor sich. »Er muss inzwischen jeden Namen auf dem Menentor auswendig können. Der einzige Ort, den wir ausgelassen haben, ist der Soldatenfriedhof Vimy.«

»Armer Rad«, sagte Lexi beruhigend.

»Aber er ist so zwanghaft«, fuhr Rad fort. Er hatte eine Hand in seinem Haar, als müsste er sich ganze Büschel ausreißen. »Auf dem Marktplatz in Cambrai gibt es eine Pommesbude, und da halten wir immer auf dem Weg runter. Ich weiß nicht, warum; die Pommes sind nicht mal besonders gut. Aber wir sind aufgehalten worden, und als wir dort ankamen, war die Mittagszeit vorbei, und die Bude hatte geschlossen. Und Dad hat einen unglaublichen Wutanfall bekommen. Ich dachte, er würde in Tränen ausbrechen und mit dem Fuß aufstampfen.«

»Wenigstens konntest du diesmal fahren, Rad«, sagte Frances. »Das muss es einfacher gemacht haben.«

»Wir haben uns beim Fahren abgewechselt«, gab er zu. »Ich wollte nicht die ganze Strecke fahren. Ich wollte ihn nicht entmannen.«

Mr. Radley erschien in der Tür zur Bar und war noch dabei, sein Hemd zuzuknöpfen. »Ah, bonjour«, rief er und steuerte mit offenen Armen und flatternden Manschetten auf uns zu.

»Oh Gott, das ist noch so ein Punkt«, flüsterte Rad mir und Frances zu, als Lexi auf ihren Mann zuging und Küsse ausgetauscht wurden. »Wenn wir eine Bar oder ein Café betreten, will er immer, dass ich vorgehe, damit er ein paar Minuten später hereinkommen, diese ›bonjour, bonjour‹-Masche abziehen und mir auf den Rücken schlagen kann. Als ich ungefähr zwölf war, fand ich das lustig, aber jetzt ist es nur noch verdammt peinlich.«

»Hallo, Mädels«, sagte Mr. Radley. »Du siehst braun aus, Frances, und Blush, du siehst, äh, rosa aus.«

»Rad sagt, eure Fahrt war gelungen«, log Lexi aalglatt.

»Na ja, wir hatten ein oder zwei Probleme. Diese verdammte Pommesbude in Cambrai. Und wir haben es noch nicht nach Vimy geschafft – ich dachte, wir könnten morgen hinfahren ...«

Als Lexi etwas später verkündete, dass sie ins Bett gehen wollte, knallte Mr. Radley zwei Schlüssel auf die Bar. »Rad und ich haben uns ein Zimmer geteilt, aber für heute Nacht habe ich zwei Zimmer gebucht, also, wie wollen wir es machen? Die Jungs in einem, die Mädchen im anderen? Oder schläfst du heute Nacht bei mir, Lex?«

»Tja, das hängt davon ab, ob es Abigail etwas ausmacht, im selben Zimmer zu schlafen wie Rad.«

»Ach, das macht ihr nichts aus«, sagte Mr. Radley überzeugt. Die beiden sprachen oft liebevoll über mich, so als wäre ich nicht vorhanden.

»Du kannst nicht einfach davon ausgehen«, sagte Lexi. »Manche Mädchen würden es vielleicht sehr einschüchternd finden.«

»Ich würde Rad nicht als einschüchternd bezeichnen – schau ihn dir an«, sagte Mr. Radley. Rad war an der Bar fast eingeschlafen, den Kopf auf den verschränkten Armen.

»Wer sagt, ich bin nicht einschüchternd?«, protestierte Rad schläfrig, ohne aufzublicken.

»Ich meinte nicht Rad«, sagte Lexi. »Ich meinte, dass manche Mädchen in Abigails Alter sich bei dem Gedanken, mit einem Jungen in einem Zimmer zu schlafen, unbehaglich fühlen könnten.«

»Tja, wieso fragt ihr sie denn nicht?«, sagte Frances leicht ungeduldig.

Mr. Radley wandte sich an mich. »Nun, Blush?«

»Wer, ich?«, sagte ich. »Ich hatte irgendwie vergessen,

dass ich auch noch da bin.« Und darüber lachten alle, sogar Rad, der sich inzwischen aufgesetzt hatte. Ich war in einer Zwickmühle. Zu hastig zuzustimmen hätte Lexis Sensibilität mir gegenüber nicht gebührend gewürdigt. »Eigentlich macht es mir nichts aus«, sagte ich. Mr. Radley nahm einen Schlüssel und schob mir den anderen über den Tisch zu.

»Mir fällt auf, dass mich niemand fragt, ob es mir etwas ausmacht«, rief Rad hinter seinen Eltern her.

»Er hat die ganze Woche nur gejammert«, sagte Mr. Radley auf dem Weg nach draußen laut zu Lexi. »Ich glaube nicht, dass ich ihn nächstes Jahr wieder einlade, mitzukommen.«

Ich schlief nicht gut. Um mich nicht vor Rad ausziehen zu müssen, war ich unter dem Vorwand, eine Postkarte nach Hause zu schreiben, noch ein paar Minuten allein in der Bar geblieben – eine fadenscheinige Ausrede: Wir würden in sechsunddreißig Stunden wieder zu Hause sein. Als ich nach oben ging, schliefen die beiden anscheinend schon; ein Haarbüschel auf dem Kissen war alles, was von Rad über dem Laken zu sehen war. Frances, im Doppelbett, hatte es geschafft, sich diagonal zu legen, und ließ sich selbst durch sanfte Tritte von mir nicht wecken, deshalb musste ich mich in dem kleinen Dreieck freier Matratze zusammenrollen. Es war eine heiße Nacht, und wegen der dröhnenden Jahrmarktsmusik waren die Fenster geschlossen. Ich schob die Decken zur Seite und schwitzte ins Kissen. Frances, die nicht wachzukriegen war, hatte sich nicht gerührt – wenn überhaupt, war sie näher an mich herangerückt. Ich spürte die Hitze, die Hitze, die ihr Körper ausströmte an meinem Rücken. Um halb zwei, als der Jahrmarktslärm endlich zu Ende war, schlüpfte ich aus dem Bett, um das Fenster zu öffnen, wobei die Dielenbretter, lose wie Klaviertasten, unter meinen Füßen knarrten.

»Wer ist das?«, flüsterte eine Stimme aus dem Bett in der Ecke.

»Abigail. Ich lasse nur ein bisschen Luft rein.« Es knackte, als sich das Fenster ruckend öffnete und sich trockene Farbschichten voneinander lösten; warme, suppige Luft, die leicht nach Pommesfett und Zigarettenqualm roch, wehte durch die Fensterläden.

»Ich kann nicht schlafen«, sagte Rad.

»Ich auch nicht.«

»Das war der Lärm da draußen. Und die Hitze.«

»Jetzt sollte es besser werden.« Ich fächelte mir ein bisschen Luft zu, um mein Gesicht zu kühlen, bevor ich zurück ins Bett ging. »Jetzt sollten wir schlafen können«, sagte ich, aber der Gedanke, dass wir beide im Dunkeln wach lagen und dem Atem des anderen lauschten, erwies sich als zu großer Störfaktor, und ich blieb trotz Müdigkeit schlaflos bis in die frühen Morgenstunden.

»Ich weiß nicht, was das heutzutage mit euch jungen Mädchen ist«, sagte Mr. Radley, als wir am nächsten Morgen unsere Plätze am Frühstückstisch einnahmen. »Ist es eure Absicht, so hässlich wie möglich auszusehen? Oder soll die Schäbigkeit der Kleidung einen Kontrast zu eurer Schönheit bilden?«

Zu der Zeit folgten Frances und ich einer Mode, deren Parole »schlampig« war. Sie trug ein schwarzes T-Shirt, das ihr mehrere Nummern zu groß war, über einem nicht sehr sauberen Jerseyrock, der ihr bis zu den Knöcheln reichte und sich an Gesäß und Knien ausbeulte, wenn sie sich setzte. Ich hatte eine lange, formlose Jeans-Tunika an, die durch wiederholtes Waschen fast weiß war, und ein grünes T-Shirt, das ich schwarz zu färben versucht hatte, das jedoch fleckig und seetangfarben geworden war. Flache Schuhe und ein nachlässiger Gang waren die notwendigen Accessoires dazu.

»Dir kommt nicht in den Sinn, dass du nicht die Art Mann bist, auf die sie anziehend wirken wollen?«, gab Lexi zu bedenken.

»Für mich sehen sie okay aus«, sagte Rad.

»Vielleicht haben wir einfach wichtigere Sorgen als unser Aussehen«, sagte Frances indigniert.

»Zum Beispiel?«, sagte Mr. Radley.

Auf Frances' Stirn erschienen vor Konzentration tiefe Furchen, während sie vergeblich nach einer Antwort suchte.

»Ich weiß nicht«, seufzte Mr. Radley. »Irgendwie scheint es eine solche Verschwendung zu sein. Es dauert nicht mehr lange, bis ihr furchtbare, vierzigjährige, alte Hexen seid, und es total egal ist, was ihr anhabt.«

»Danke«, sagte Lexi.

Nach dem Frühstück nahm mich Mr. Radley beiseite, als ich auf dem Treppenabsatz auf Frances wartete, die ihren Fotoapparat aus unserem Zimmer holen wollte. An seinem Kinn hing ein Croissantkrümel, den ich am liebsten weggewischt hätte, und vorne auf seinem Hemd waren noch mehr Krümel. Er war der nachlässigste Esser, den ich je gesehen hatte: Der Abfall eines einzigen Stücks Baguette konnte bis zu allen vier Ecken des Tisches reichen.

»Ich nehme an, ihr Mädels habt euer ganzes Geld für Krimskrams ausgegeben, was?«, sagte er.

Ich schüttelte den Kopf – abgesehen von meinem holländischen Louvrekatalog hatte ich mir nur ein T-Shirt mit dem zweideutigen Aufdruck NICE gekauft. (Ich sollte es nur ein einziges Mal tragen, bis es von Mutter für billig und scheußlich erklärt und in eine untere Schublade verbannt wurde.) Lexi hatte alle finanziellen Beiträge für Essen und Benzin abgelehnt, sodass mein Bündel Geldscheine noch weitgehend unversehrt war.

»Oh, tja, in dem Fall könntest du mir vielleicht hundert Francs leihen? Ja? Oh, das ist großartig. Ich habe kein Geld mehr, und es lohnt sich nicht, für einen Tag noch einen Scheck einzulösen. Ach, gib mir lieber zweihundert.«

Wie versprochen verbrachten wir den Vormittag auf der Kreidekuppe von Vimy. Wir hatten beschlossen, uns alle in ein Auto zu quetschen. Lexi, Frances und ich saßen auf dem Rücksitz; Rad fuhr. Alle paar Meilen zeigte Mr. Radley uns einen neuen Friedhof am Straßenrand – Reihen um Reihen identischer Grabsteine wie weiße Zähne, die aus dem Rasen wuchsen.

»Schau nur, Blush«, sagte Mr. Radley und drehte sich um, damit er mein Gesicht besser sehen konnte. »Tausende davon, nur Namen auf Steinen. Und doch war jeder Einzelne von ihnen einst ein lebendiges, atmendes menschliches Wesen – genauso wie Rad hier – und die meisten davon Freiwillige, frisch von der Schulbank, die alles noch vor sich hatten, die Klügsten und Besten ihrer Generation.« Als einziger Neuling wurde ich dazu auserwählt, in den Genuss von Mr. Radleys weisen Ansichten zu kommen. Meine Unwissenheit in Bezug auf den Ersten Weltkrieg entsetzte ihn. Ich bekam gerade noch die Daten zusammen; Erzherzog Ferdinand, Haig, Sir John French, Kaiser Wilhelm waren nur Namen. Es hätten auch Rennpferde sein können.

»Du weißt nicht, wann die Schlacht an der Somme war? Großer Gott im Himmel, was bringen sie euch an dieser Schule überhaupt bei? Ich nehme an, da ich mit Frances zusammenlebe, sollte ich an Unwissenheit auf diesem Niveau gewöhnt sein, aber von dir habe ich ehrlich mehr erwartet, Abigail.« Ich war daran gewöhnt, auf diese Art von Mr. Radley eingeschüchtert zu werden. Jeder, dem es nicht gelungen war, genau denselben Wissensschatz anzusammeln wie er selbst, war Zielscheibe für Mitleid und Spott: Etwas weniger zu wissen war ein Beweis für Idiotie; mehr zu wissen war sinnlos, nutzlos, wissenschaftlich.

»Wenn es ihnen nie beigebracht wurde, wie können sie es dann wissen?«, sagte Lexi vernünftig.

»Ich weiß, ich weiß, es ist ihre Ausbildung. Wenn das nicht ein zu starkes Wort dafür ist. Hast du *Goodbye to All That* gelesen? Nein, natürlich nicht. Es ist ein großartiges Buch. Ich lese es jedes Jahr wieder. Ich borge dir mein Exemplar.«

Ich entschuldigte mich für meine Dummheit und sagte, ich würde *Goodbye to All That* bestimmt lesen. »Aber ich borge es mir nicht aus. Ich kaufe es mir. Wenn ich mir schon die Mühe mache, ein Buch zu lesen, möchte ich es auch gern behalten.« Ich konnte mir gut vorstellen, in welchem Zustand Mr. Radleys Exemplar war. Erst an diesem Morgen beim Frühstück hatte er Lexis neue gebundene Biografie von Jackie Onassis aus ihrer Tasche geholt, und als er feststellte, dass ein paar der hinteren Seiten noch nicht aufgeschnitten waren, hatte er sein buttriges Messer genommen und versucht, sie zu trennen.

»Schenk Dads Version vom Krieg lieber nicht zu viel Beachtung«, sagte Rad und sah mich im Rückspiegel an. »Er romantisiert gern. Er glaubt, jeder, der an der Front gestorben ist, war ein Poet.«

»Es war auch ein romantischer Krieg. Es ging um Unschuld und Opferbereitschaft – Konzepte, die eure herzlose Generation sowieso nicht versteht. Oder könnt ihr euch etwa vorstellen, dass heutzutage irgendein Achtzehnjähriger losstürzt, um Soldat zu werden?«

»Na, das ist doch ein Fortschritt, oder?«, sagte Rad.

»Schaut, dort ist Vimy«, sagte Mr. Radley, froh, um einen Streit herumgekommen zu sein, bei dem die Gefahr bestand, dass er sich geschlagen geben musste. In der Ferne hob sich auf einer Lichtung ein Denkmal vom Himmel ab wie eine große weiße Stimmgabel.

Die Sonne kam gerade hinter der einzigen Wolke am Himmel hervor, als Rad auf den Parkplatz fuhr. Hinter Stacheldrahtzäunen sah ich flache, sich schlängelnde Schützengräben, inzwischen verwittert und von kurz geschnittenem Gras überwachsen. Schlanke Tannen streiften den Himmel. *Entree interdite: munitions non éclatées*, stand auf den Schildern.

»Sie finden sogar jetzt noch Granaten, die noch nicht detoniert sind«, sagte Mr. Radley. »Das passiert hier überall – jedes Jahr hört man, dass irgendein armes Kind im Wald herumgelaufen ist und sich in die Luft gesprengt hat.« Er ernannte sich selbst zu meinem persönlichen Reiseführer und führte mich hinab in die kanadischen Schützengräben, die von Betonsandsäcken und Lattenrosten geschützt wurden, und zwang mich, mich an einen der Geschütztürme zu stellen und durch das Loch im rostigen Metall auf die gigantischen Krater zu sehen, die uns von der deutschen Front in nicht einmal vierzig Metern Entfernung trennten.

»Warum haben sie die Schützengräben so zickzackförmig angelegt?«, fragte ich.

»Damit die Deutschen nicht den ganzen Schützengraben entlang feuern konnten, wenn er eingenommen wurde. Natürlich wurde es dadurch auch ziemlich schwierig, Bahren zu tragen.«

Es schien unmöglich zu sein, dass wir am Schauplatz eines solchen Gemetzels standen. Die Sonne war warm; eine sanfte Brise bewegte die Blätter; die Schützengräben, sauber, trocken und leer, wirkten fast behaglich; eine goldene Wolke Stechmücken schimmerte über unseren Köpfen;

zwei kleine Jungen kullerten die steilen Seiten des größten Kraters herunter und kreischten vor Vergnügen.

»Es kann kaum noch jemand am Leben sein, der sich an all das erinnert«, sagte Mr. Radley und presste sich an den Schützengraben, um nicht von kichernden, keuchenden Kindern überrannt zu werden. »Und wenn meine Generation tot ist, gibt es keinen mehr, dem es etwas bedeutet.«

»Mich wird es noch geben«, sagte Rad, der uns eingeholt hatte. »Mir bedeutet es was. Ich bin nur nicht krankhaft sentimental wie du.« Inzwischen hatte ich mich vollkommen an die feindselige Art gewöhnt, in der Mr. Radley oft von Frau und Kindern angesprochen wurde, und es überraschte mich nicht mehr. Aber das würde ich nicht zu Hause ausprobieren.

Frances und ich waren schon zum Denkmal vorausgegangen. Frances gurrte und schnippte mit den Fingern, als sie eine Gruppe magerer Schafe sah, die die Grashügel auf der Kuppe abweideten. Eins hörte einen Augenblick auf zu kauen und fixierte uns mit leerem Blick, als wir näher kamen.

»Ah, Schafe!«, rief Mr. Radley herzlich. »Symbole der Unschuld.«

»Und der Dummheit«, sagte Rad.

Auf der Kuppe war der Wind stärker, riss an den französischen und kanadischen Flaggen, die am Zugang zum Monument standen, und schlug mir die Haare in die tränenden Augen.

»Hier sieht man, wieso dies ein so wichtiger strategischer Punkt war«, sagte Mr. Radley gestikulierend. Vor uns erstreckte sich die Ebene, winzige Häuserreihen, die durch vulkanisch aussehende Schlackenhalden klein erschienen. Weiße Rauchwolken stiegen aus Schornsteinen so dünn wie Bleistifte.

»Hat aus unserer Familie jemand im Krieg gekämpft?«, fragte Frances, die die Namen der Toten, die um den Sockel des Denkmals herum eingemeißelt waren, inspiziert hatte.

»Nein, meine Liebe, du kommst aus einer langen Linie von Feiglingen«, sagte Mr. Radley und tätschelte ihre Schulter.

»Ich kann nicht glauben, dass so viele Menschen gestorben sind«, sagte ich und zeigte auf die Liste der Namen, die Frances nach gefallenen Radleys absuchte.

»Das ist noch gar nichts«, sagte Rad. »Du solltest erst das Menentor sehen. Vimy vermittelt dir keinen richtigen Eindruck davon, wie es gewesen sein könnte – es ist alles hergerichtet worden. Es sieht mehr einem Golfplatz als einem Schlachtfeld ähnlich. Wenn du ein paar echte Schützengräben sehen willst, solltest du zu Hügel zweiundsechzig gehen. Da gibt es auch ein fantastisches altes Museum.«

»Ist das hier in der Nähe?«, fragte ich.

»Es ist in Belgien. Ypern. Möchtest du es sehen? Wir könnten es an einem Nachmittag über die Autobahn hin und zurück schaffen.« Bei der Aussicht schien er plötzlich aufgeregt zu sein.

»Tja, ich will nicht stundenlang im Auto sitzen, nur um einen weiteren Haufen Gräber zu sehen und so«, sagte Frances.

»Ich wette, Abigail musste sich schon die ganzen Ferien über nach dir richten«, sagte Rad. Bevor ich sagen konnte, dass es mir so oder so recht wäre, trieb Rad uns zurück zum Parkplatz und arrangierte alles: Er würde Frances und Lexi in Arras absetzen, die beiden Männer und ich würden nach Ypern fahren. Dass sie in dieser Woche schon einmal dort gewesen waren, schien sie nicht abzuschrecken. Später würde ich mich an diese Begebenheit erinnern als das erste Mal, dass Rad mehr Rücksicht auf mich genommen hatte, als die reine Höflichkeit gebot.

Ungefähr zehn Meilen vor Ypern beugte sich Mr. Radley, der fuhr, plötzlich vor und fing an, im Handschuhfach herumzuwühlen, wobei er eine Lawine aus Bonbonpapieren auslöste. »Gott, werft ihr Mädels denn nie was in den Mülleimer?«, wollte er wissen, während das Auto zum Mittelstreifen ausscherte. Rad griff nach dem Steuer. »Das ist gut, lenk du eine Minute.« Endlich fand er, was er suchte – eine Kassette, die er mit einer Hand aus ihrer Hülle schnipste, während er mit der anderen wieder das Steuer ergriff. »Ich dachte, wir sollten passende Musik dazu hören – Ich habe Bill gebeten, mir das auf seiner raffinierten Maschine aufzunehmen. Kennst du Brittens War *Requiem*? Nein, natürlich nicht.« Er schob die Kassette in den Rekorder und drehte die Lautstärke hoch. Nach ein paar Minuten mörderischen Lärms wagte es Rad, die Lautstärke etwas zu reduzieren.

»Was ist los?«, fragte Mr. Radley. »Gefällt es euch nicht?«

»Nein«, sagte Rad.

»Es klingt ein bisschen langsam, wie ein Klagegesang«, sagte ich.

»Ja, natürlich tut es das, es ist ein verdammtes Requiem. Da kann man nicht den Ententanz erwarten. Ihr seid wirklich zwei Kulturbanausen. Ich gebe zu, Britten ist gewöhnungsbedürftig«, fuhr er fort. »Man muss sich erst einhören.«

Wir ertrugen das Dröhnen ohne jeden weiteren Kommentar, bis der Auftritt des Tenors, der »Anthem for Doomed Youth« sang, es sogar für Mr. Radley offensichtlich machte, dass Bills raffinierte Maschine nur mit der halben Geschwindigkeit aufgenommen hatte. Er betätigte abrupt die Eject-Taste. »Hmm, mit der Kassette scheint was nicht in Ordnung zu sein«, murmelte er und steckte sie ein. »Ich fand schon die ganze Zeit, dass es komisch klingt.«

Wir machten nur einen kurzen Rundgang durch Ypern. In der Kathedrale hatten ein paar ältere Nonnen Probleme damit, eine neue Lautsprecheranlage aufzubauen. Ein Stück Kabel hatte sich am Vorsprung einer Säule verfangen, und sie konnten zupfen, so viel sie wollten, sie bekamen es nicht wieder los. Ich sah, wie sie zweifelnd ihre Leiter beäugten. Sie lehnte unsicher an der Säule und wackelte, wenn man sie versuchsweise anstupste. Ich hatte plötzlich das Bild vor Augen, wie eine der Nonnen oben auf der Leiter thronte wie ein Pirat in einem Krähennest, und stieß Rad an, um ihn darauf aufmerksam zu machen. »Schau«, sagte ich und deutete auf sie. Er muss mich missverstanden haben, denn er sagte: »Oh« und eilte sofort hin, um ihnen zu helfen. Einen Augenblick später kletterte er die Leiter hoch, während die zwei Nonnen sie unten fest hielten und ängstlich hinaufblickten. Ich kam mir durch diesen Zwischenfall ziemlich klein vor, obwohl ich nicht genau wusste, wieso.

Auf dem Weg nach draußen blieb ich unter der marmorweißen Christusfigur mit dem goldenen Heiligenschein aus Dornen stehen und zündete eine Kerze an.

»Ich wusste gar nicht, dass du religiös bist«, sagte Rad, als ich die Kerze auf einem der wenigen freien großen Nägel auf dem Ständer aufspießte, der mit geschmolzenem Wachs bespritzt war wie mit Vogelmist.

»Nun, ich glaube an die Kreuzigung«, sagte ich.

Rad sah nachdenklich aus. »Ja, genau das würde passieren.«

»Du bist Atheist, stimmt's?«, sagte ich, eine kühne Äußerung angesichts dieser Umgebung.

»Nein, das würde ich nicht sagen«, antwortete er und

hielt mir die Tür auf. »Ich bin nur ein ›netter Mensch‹. Nicht praktizierend.«

Als wir durch das Menentor fuhren, verlangsamte Mr. Radley das Tempo und deutete auf die Namen, die auf jede Fläche gemeißelt waren. »Sieh sie dir alle an, Blush. Und das sind nur die, deren Leichen nicht gefunden wurden.«

»Wieso wurden sie nicht gefunden? Wie konnten so viele Menschen verschwinden?«, fragte ich verwirrt.

»Tja, wenn man zum Beispiel von einer Granate getroffen wurde, waren die … äh … Stücke vielleicht nicht mehr sehr groß«, sagte er.

Es stellte sich heraus, dass das Museum bei Hügel zweiundsechzig aus ein paar feuchten und zugigen Räumen hinter einer Bar bestand. Glasvitrinen mit deutschen Helmen, Gewehren, Schwertern, Abzeichen und Taschenuhren, nichts davon beschriftet, standen an einer Wand. Auf dem Boden waren rostige Granatenhülsen, Feldstecher, Stacheldrahtstücke, Flaschen und eine Sammlung einzelner Stiefel angehäuft, verbeult, verrottet und noch immer schlammverkrustet. Eine Schneiderpuppe mit dem Kopf einer Schaufensterpuppe stand mitten im Raum, bekleidet mit einem grünen Mantel, einer Gasmaske und einem angeschlagenen Helm. Auf einem Tapeziertisch war eine Sammlung hölzerner Gerätschaften mit Sepiadias arrangiert. Rad setzte sich sofort vor einen der Kästen und kurbelte am Griff. Er winkte mich heran, und ich setzte mich auf seinen Platz, schaute durch die Linse und sah zu, wie die Bilder scharf wurden und dann dreidimensional. Ich sah eine Gruppe Soldaten, die sich an die Seite eines Schützengrabens lehnten, Blechbecher in der Hand hielten und mich mit ernsten Gesichtern und glasigen, geschwollenen Augen ansahen; eine teilweise verweste Leiche saß in einem Unterstand, als würde sie sich ausruhen. Auf dem nächsten Bild hing ein totes Pferd in einem Baum.

Rad war ins Hinterzimmer geschlendert, das noch mehr nicht klassifizierte Militaria enthielt: Gewehre, Granatenhülsen und noch mehr einzelne Stiefel. Im Durchgang zwischen den beiden Zimmern stand – ausgerechnet – ein Kaugummiautomat aus Plastik. Mr. Radley tauchte in meiner Nähe auf, wartete, bis Rad außer Hörweite war, und sagte dann: »Ich kann genauso gut in der Bar auf euch warten. Keine Eile – lasst euch nur Zeit.«

Im Wald draußen war ein Gebiet mit Original-Schützengräben. Sie sahen insgesamt weniger behaglich aus als die Rekonstruktionen aus Gras und Beton in Vimy. Hier war der Boden aus Lehm und selbst an einem warmen Sommertag klebrig und nass. Rostiges Wellblech lehnte an den Wänden, und in der Luft hing der Geruch feuchter Erde und verrottender Vegetation. Rad lief am Schützengraben entlang und kaute konzentriert an seinen Fingernägeln. Er und Frances waren unverbesserliche Nägelkauer; Frances kaute sie manchmal so weit ab, dass sie bluteten, und dann erschien sie mit Pflastern auf jedem Stummel in der Schule wie das Opfer von Erfrierungen.

Vor mir stand ein Kreis aus riesigen kaffeefarbenen Pilzen mit einer Haut wie Wildleder. Ich kniete mich hin, um einen anzufassen, und als ich über die Oberfläche strich, explodierte eine kleine Wolke Sporen aus den Lamellen.

»Abigail«, sagte eine Stimme eindringlich, und als ich rasch aufblickte, hörte ich ein Klicken, und Rad senkte lächelnd seinen Fotoapparat. »Danke«, sagte er.

»Aber ich hatte den Mund offen«, protestierte ich, trotzdem geschmeichelt und erfreut.

»Ah, aber du hast so natürlich ausgesehen. Und das Licht fiel so schön auf diese Schirmpilze.«

»Na, dann bin ich ja froh, dass die Pilze sich von ihrer besten Seite gezeigt haben«, sagte ich, stand auf und wischte den Schmutz vom Saum meines Kleides.

Rad spulte den Film zurück und zog die Rolle aus der Kamera. »Es war die letzte Aufnahme«, sagte er. »Es wird wahrscheinlich sowieso nichts.«

Also hatte er nur ein Foto gemacht, um den Film zum Entwickeln geben zu können; nicht als Andenken, das er mit nach Durham nehmen würde, um sich vor Kummer darüber zu verzehren. Tja, das würde mir eine Lehre sein. »Freust du dich auf die Universität?«, fragte ich und köpfte gedankenlos mit der Schuhspitze einen Pilz.

»Ja und nein. Der Studiengang scheint gut zu sein, und das Studentenwohnheim ist eine Art Schloss, aber den Gedanken an die Einführungswoche und daran, dass ich gesellig sein muss, finde ich ein bisschen einschüchternd.« Er machte eine Pause. »Und zu Hause werde ich ein paar Dinge vermissen. Ich meine Leute, nicht Dinge. Ich wünschte, ich hätte mich für London entschieden, wie Nicky. Aber ich nehme an, es ist gut, wenn ich mal von Mum und Dad wegkomme. Besonders von Dad.« Er sah sich besorgt um. »Apropos – wo ist Dad?« Ich deutete auf die Bar und war überrascht, als ich sah, dass sein Gesicht lang wurde. »Oh Gott. Wie lang ist er da schon drin?«, fragte er.

»Seit wir angekommen sind«, sagte ich. Durch den Eingang sah ich Mr. Radley mit drei leeren Bierflaschen vor sich in einer Haltung tiefer Zufriedenheit an einem der entlegensten Tische sitzen. Er fing meinen Blick auf und winkte uns heran.

»Ach, Scheiße«, hörte ich Rad halblaut sagen. Er sah wütend aus.

»Was ist los?«, fragte ich, aber er schüttelte nur den Kopf.

»Hallo, seid ihr fertig? Trinkt was – ich bezahle«, sagte Mr. Radley und wedelte mit einem Zweihundertfrancschein.

»Ich nehme nur einen Kaffee, da ich ja zurückfahren werde«, sagte Rad giftig.

»Oh ja, gute Idee. Das bedeutet, ich kann noch ein Bier trinken. Dieses belgische Zeug ist wunderbar«, sagte sein Vater und rief den Kellner.

Als die Rechnung kam und Mr. Radley bezahlte, waren nur noch ein paar Francs übrig, die er auf dem Tisch liegen ließ. »Schrecklicher Wechselkurs«, sagte er, als er Rads Gesicht sah. »Man wird ganz schön über den Tisch gezogen.«

»In deinem Fall über die Theke«, sagte Rad und stolzierte hinaus zum Auto.

Mr. Radley lächelte mich verlegen an. »Ich glaube, ich mache mich auf der Heimfahrt auf dem Rücksitz lang, wenn ihr nichts dagegen habt. Das grelle Sonnenlicht macht mich ganz schläfrig.«

Also saßen Rad und ich vorne. Er fuhr und ich las die Karte und war schuld, dass wir uns bei einer Umleitung in der Nähe von Armentieres verfuhren, und Rad wurde ungeduldig – genau wie ein richtiges Ehepaar. Schließlich, als ein leises Schnarchen vom Rücksitz darauf hindeutete, dass Mr. Radley eingeschlafen war, sagte Rad: »Entschuldige, dass ich eben ärgerlich geworden bin. Es lag nicht an dir. Ich koche nur vor Wut wegen Dad. Ich habe Mum versprochen, dass ich ihn nichts trinken lassen würde, aber sobald ich ihm den Rücken zuwende ...«

Mein Gott, dachte ich. Das ist es also. Er ist Alkoholiker.

»Er ist kein Alkoholiker«, sagte Rad, und ich wurde rot, weil ich so leicht zu durchschauen war. »Er trinkt nicht oft, aber wenn er einmal anfängt, macht er immer weiter, bis ...« Er verstummte. »Mum wird wütend sein. Außerdem weiß ich nicht mal, woher er das Geld hatte. Ich habe mich um die Finanzen gekümmert.« Wieder errötete ich und sah auf meine Knie.

»Er hat es sich von mir geborgt«, beichtete ich. »Ich wusste nicht ...«

»Oh, er ist so ein heimtückischer kleiner Mistkerl«, sagte Rad etwas zu laut, denn die Gestalt auf dem Rücksitz grunzte und bewegte sich im Schlaf. »Hier«, fuhr er leiser fort, holte behutsam seine Brieftasche aus seiner Jeanstasche und warf sie mir zu. »Nimm es dir bitte da raus. Er wird nicht dran denken, es dir zurückzugeben, und ich weiß, du wärest zu höflich, ihn daran zu erinnern.«

Kurz hinter Béthune wachte Mr. Radley auf, sehr ausgeruht und rundum zufrieden mit unserem Nachmittagsausflug. Doch als er wach war, stellte er fest, dass es ihm nicht gefiel, hinten zu sitzen, weil er sich ausgeschlossen fühlte, und bestand darauf, sich so weit wie möglich nach vorne zu lehnen, die Arme um unsere Sitze gelegt und den Kopf zwischen uns gezwängt.

»Habe ich irgendwas verpasst, während ich geschlafen habe?«, fragte er. »Worüber habt ihr gesprochen?«

»Über dich«, sagte Rad.

Mr. Radley schenkte mir ein bierseliges Lächeln. »Du darfst Rad nicht allzu ernst nehmen«, sagte er in vertraulichem Ton. »Er ist gut in abstrakten Dingen wie Trigonometrie, aber wenn es um zartere Gefühle geht, hat er ein paar Defizite.«

»Du trauriger alter Mann«, sagte Rad milde.

Lexi und Frances waren schon fürs Dinner angezogen, geschminkt und parfümiert, und saßen in der Bar, als wir zum Hotel kamen. Frances schrieb Tagebuch und Lexi las ihre gebutterte Biografie über Jackie Onassis. Sie hatten Schuhe kaufen wollen, waren jedoch enttäuscht zurückgekehrt. Entschlossen, nicht mit leeren Händen zurückzukommen, hatte Lexi Rad ein Hemd gekauft.

»Du musst mir nichts zum Anziehen kaufen, Mum. Ich

habe genug«, sagte er und betrachtete bestürzt die Neuanschaffung. Sie war orange.

»Ja, aber sieh dir an, in welchem Zustand deine Kleider
sind«, sagte sie und deutete auf sein verwaschenes graues
T-Shirt, von dem man wirklich nicht mehr sagen konnte,
welche Farbe es ursprünglich gehabt hatte.

»Daran ist nichts auszusetzen. Ich kann Sachen nicht
einfach wegschmeißen, weil sie alt sind.«

»Versuch nicht, aus deiner Schlampigkeit auch noch
eine Tugend zu machen«, sagte sein Vater. »Dein Mangel
an Eitelkeit ist an sich schon eine Form von Eitelkeit. Uns
machst du nichts vor.«

Während ich mich zum Dinner umzog, klopfte es an der
Tür, und Mr. Radley kam herein. »Verzeihung«, sagte er
und legte eine Hand über die Augen, während ich nach einem Handtuch tauchte. »Hier ist das Buch, das ich dir versprochen habe«, und er schmiss eine alte Penguin-Ausgabe von *Goodbye to All That* aufs Bett. Eine genauere
Inspektion bestätigte meine Bedenken – es wurde von einem Gummiband zusammengehalten, und als ich es abnahm, fiel das ganze Ding wie ein Kartenspiel auseinander.

Die Atmosphäre beim Dinner war angespannt. Lexi warf
ihrem Mann einen überraschten Blick zu, als er den Wein-
kellner heranwinkte, zog dann die Augenbrauen hoch und
sah Rad an, der mit den Schultern zuckte. Frances brach
das Schweigen, als zwei Flaschen Rotwein an den Tisch gebracht wurden, die der Kellner flott entkorkte, als würde
er Hühnern den Hals umdrehen.

»Für wen sind die?«, wollte sie wissen und starrte ihren
Vater wütend an.

»Letzter Ferientag. Ich dachte, wir sollten feiern«, sagte er und schenkte Wein in Lexis Glas, bevor er die Flasche
wie ein geladenes Gewehr auf mich richtete. Ich schwank-

te. Rad und Frances hielten beide ihre Handflächen über die Gläser. »Schenk den beiden Spielverderbern keine Beachtung«, sagte er. Nach dem, was Rad mir erzählt hatte, wollte ich Mr. Radley nicht auch noch ermutigen, doch dann folgerte ich, wenn ich Ja sagen würde, wäre weniger für ihn übrig. Also ließ ich ihn mir ein Glas einschenken, beschloss jedoch, es nicht zu trinken.

Lexi hatte die Speisekarte in der Hand und überlegte. Während des Urlaubs war mir aufgefallen, dass sie unfähig war, eine Mahlzeit zu bestellen, ohne den Kellner regelrecht zu verhören, wie sie voraussichtlich beschaffen sein würde. »Ist da eine Soße dabei? Ist es eine *einfache* Pastete? Ist es sehr schwer/süß/salzig?« Ebenso wurde kaum ein Gericht bestellt, das nicht für irgendeine Verbesserung zurück in die Küche geschickt wurde: Es war zu wenig gebraten oder verkocht; zu kalt oder nicht kalt genug. Es lag nicht daran, dass Lexi penibel war: Es war nur eine Demonstration ihres Selbstvertrauens – eine Weigerung, zu nachgiebig, entgegenkommend und britisch zu sein. Meine Erziehung hatte mich gelehrt, dieses Benehmen als unhöflich anzusehen; meine Eltern würgten lieber rohe Leber hinunter, als zu solch extremen Maßnahmen zu greifen. Endlich stand ihr Entschluss fest. Sie hatte sich für das billigste Menü entschieden, vielleicht um ihren Mann zu tadeln, der sich nicht nur das *menu gastronomique* ausgesucht, sondern auch nur die Gerichte ausgewählt hatte, die mit Beilagen serviert wurden.

Mr. Radley war immer dafür, sich mit anderen das Essen zu teilen, und pflegte sich schamlos hinüberzubeugen, interessante Happen von fremden Tellern aufzuspießen und uns als Gegenleistung dazu zu zwingen, von seinem eigenen Gericht zu probieren.

»Lass das«, sagte Frances gereizt und schnippte klappernd eine Schnecke zurück auf seinen Teller. »In diesem

Urlaub hat Lawrence schon einmal versucht, mir diese ekelhaften Dinger aufzudrängen.« Es war einen Augenblick lang still.

»Ach, ist er wieder aufgetaucht?«, sagte Mr. Radley. Er lachte nachsichtig. »Der treue, alte Lawrence.« Ein oder zwei Minuten lang war nichts zu hören als das Geräusch von Besteck auf Porzellan. Oha, dachte ich. Spannungen. Schließlich brach Mr. Radley das Schweigen.

»Und wie hat dir Paris gefallen, Blush? Dein erstes Mal, nicht?« Und bevor ich die Chance hatte zu antworten, hatte er schon angefangen zu erzählen, wie es ihm gefiel. »Es ist eine wunderbare Stadt. Nur Rom ist noch schöner, meiner Meinung nach. Eines Tages zeige ich dir Rom«, versprach er. »Wie alt bist du?«

»Fünfzehn.«

»Es hat fünfzehn Jahre gedauert, bis du nach Paris gekommen bist. Sagen wir, es dauert noch mal fünfzehn, um nach Rom zu kommen.« Er sah auf die Uhr. »Wir treffen uns am 23. August 1996 um acht Uhr auf der Spanischen Treppe, unter Keats' Fenster.«

Das erschien mir unwahrscheinlich. »In Ordnung«, sagte ich.

»Sie glaubt mir nicht!«, rief er aus.

»Tja, sie ist ja nicht blöd«, sagte Lexi.

Da Mr. Radley mehr Gänge hatte als wir anderen, mussten wir dasitzen und ihm dabei zusehen, wie er seine *moules* in Angriff nahm, was er geräuschvoll und voller Enthusiasmus tat, als hätte er am liebsten alles in sich hineingestopft, mit Schalen und allem.

Frances fing an, Rad die Regeln eines Spiels namens »Zehn Fragen« zu erklären, das wir auf der Hinfahrt erfunden hatten, gegen das er ständig Einwände erhob, während Mr. Radley den Boden seiner Schüssel mit einem Stück Baguette auswischte. Er verteilte dabei so viele Krümel, dass der Kellner mit seinem Tischkehrgerät der Aufgabe, wieder Ordnung zu schaffen, nicht gewachsen war und sich geschlagen zurückziehen musste. Mr. Radley dankte ihm überschwänglich für seine Bemühungen. Er katzbuckelte immer vor Kellnern, vielleicht in der Hoffnung auf größere Portionen oder bessere Behandlung. Lexi dagegen behandelte Personal aller Art, als wäre es unsichtbar – es sei denn, sie beschwerte sich über etwas, dann wurde sie umwerfend höflich.

»Du musst dir also zehn Fragen ausdenken, die dir bei der Entscheidung helfen würden, wen du heiraten sollst«, sagte Frances gerade. »Meine erste wäre: ›Mögen Sie Hunde?‹ Blushs war: ›Wer ist der größte Komponist?‹ und deine wäre vielleicht so was wie: ›Wer ist der größte Philosoph?‹«

»Aber ich will gar nicht heiraten«, protestierte Rad.

»Nein«, sagte Frances geduldig. »Du musst dir nur Fragen vorstellen, die dir dabei helfen würden, deinen Idealpartner zu finden.«

»Ich glaube nicht an das Konzept eines Idealpartners. Das ist nur ein romantischer Mythos.«

»Es ist bloß ein Spiel, Rad«, sagte Frances. »Kannst du nicht einfach mitspielen?«

»Du meinst, meine Intelligenz ausschalten?«, fragte Rad.

Mr. Radley verschluckte sich an seinem Wein. »So aufgeblasen?«, prustete er und wischte sich die Augen. »Glaubst du, das ist ein Charakterzug der Radleys, oder kommt das von deiner Seite?«, fragte er Lexi. »Egal«, fuhr er fort und drohte Rad mit dem Finger. »Ich sehe keinen Grund, wieso du die Ehe so negativ siehst, mit uns als Beispiel vor Augen.« Er legte den Arm um Lexis Schultern und drückte sie kumpelhaft, worauf sie ihn gereizt abschüttelte.

»Wenn Nicky nicht bald Notiz von mir nimmt«, sagte

Frances, die nicht bemerkte, wie sich die Atmosphäre am Tisch verschlechterte, »gebe ich es auf und heirate des Geldes wegen.«

»Du könntest es schlechter treffen«, sagte Lexi. »Immerhin bemerkt eins von drei Paaren, die aus Liebe heiraten, seinen Fehler irgendwann.«

»Du machst es ihm zu leicht, Frances«, sagte ihr Vater. »Jeder mag Schokolade, aber man will nicht mit ganzen Schachteln von dem Zeug voll gestopft werden.«

»Ich schon«, sagte Frances. »Ich träume manchmal davon.«

»Das ist ein weiterer Punkt – du isst zu viel Schokolade. Nicky mag vielleicht lieber dünne Mädchen wie Blush – hast du schon mal daran gedacht?«

Frances und ich waren jeweils entrüstet und beschämt. Lexi, Verfechterin der weiblichen Formen in all ihrer Vielfalt, legte los: »Eine solche Bemerkung ist äußerst ungehörig«, sagte sie, als würde sie einen frechen Schuljungen rüffeln.

»Ich wollte niemanden beleidigen«, sagte Mr. Radley gekränkt. »Viele Männer mögen Mädchen mit ein bisschen Fleisch dran. Ich habe nur gesagt, dass es bei Nicky vielleicht nicht so ist.«

Die Mahlzeit wurde in unbehaglichem Schweigen fortgesetzt, gelegentlich unterbrochen von einer unbekümmerten Bemerkung Mr. Radleys. Seine Versuche, die Konversation wieder aufzunehmen, stießen bei den anderen am Tisch auf tödliche Stille. Ich hielt den Kopf gesenkt und konzentrierte mich aufs Essen, soweit mein verringerter Appetit es zuließ: Meine Eltern taten so etwas nicht. Höflichkeit war alles für sie.

Als der Dessertwagen anrollte, suchte Frances sich den gehaltvollsten, cremigsten Pudding aus, eine Geste, deren Aufsässigkeit leicht übersehen werden konnte. Lexi und ich schlossen uns ohne Rücksicht auf unsere Figur an. Mr. Radley schmachtete über seinem zusätzlichen Gang Käse. Er trank die zweite Weinflasche bis zum letzten Tropfen aus und dann, als er mein immer noch volles Glas sah, nahm er es und sagte: »Du trinkst das doch nicht mehr, oder?«, und kippte es in seins.

»Ich glaube, wir sollten früh zu Bett gehen, denn wir haben morgen eine weite Fahrt vor uns«, sagte Lexi bestimmt, als die letzten Teller abgeräumt wurden und um Mr. Radleys Teller herum ein Muster aus Krümeln zum Vorschein kam.

»Gute Idee«, sagte er. »Geh du schon mal hoch. Ich glaube, ich nehme noch schnell ein *Digestif* in einer dieser Bars am Platz.« Lexis Wut ignorierend schlenderte er fröhlich summend hinaus in die Dunkelheit.

Um Mitternacht wachte ich von einem Klopfen an der Tür auf. Sie öffnete sich einen Spalt, warf einen Lichtstreifen auf mein Gesicht, und Lexis Stimme flüsterte: »Rad, kannst du mal kommen? Ich brauche Hilfe.« Ich wartete, bis er sich hinausgeschlichen hatte, und ging ihm heimlich nach. Am Ende des Korridors versuchten er und Lexi die Klotür weit genug aufzudrücken, damit Rad sich durch den Spalt quetschen konnte. Mr. Radley war vom Sitz gefallen und eingeschlafen oder bewusstlos, eingeklemmt zwischen Sockel und Tür. Nach ein paar Minuten tauchte Rad wieder auf. Halb stützte er seinen Vater, halb zog er ihn. Als sie vorbeikamen, wich ich zurück und entdeckte Frances dicht hinter mir. »Geh wieder ins Bett«, sagte sie kalt. »Sie brauchen dich nicht.« Und mir wurde klar, dass das, was ich an dem Abend miterlebt hatte, kein einmaliger Vorfall war, sondern schon früher passiert war, vielleicht sogar ebenso zum Familienritual gehörte wie der Besuch bei den Schützengräben.

Bei meiner Rückkehr wurde ich von meinen Eltern begeistert empfangen: Meine Abwesenheit war ein willkommener Grund, sich nicht mehr nur um Großmutter kümmern zu müssen. Sie kamen unabhängig voneinander zu mir, um mir zu sagen, wie sehr sie mich vermisst hatten. Ich nehme an, meine Ferien hatten ihnen einen Vorgeschmack darauf gegeben, wie das Leben sein würde, wenn ich in ein paar Jahren von zu Hause wegginge. Ihnen drohten endlose Tage unbelohnter Knechtschaft. Seit ihrer Ankunft hatte Granny sich bemüht, so hilflos und abhängig wie möglich zu werden, damit das Arrangement sich nicht als vorübergehend erweisen sollte.

Am Morgen nach meiner Rückkehr war ich im Wohnzimmer und durchsuchte den Sekretär nach ihrem verlegten Adressbuch. Es enthielt kaum ein halbes Dutzend Namen, die nicht durchgestrichen und mit einem beunruhigenden »T« versehen waren, und sie konnte es sowieso nicht mehr lesen, aber ihre Aufregung darüber, es verlegt zu haben, war so groß, dass das gesamte Haus Zimmer für Zimmer durchsucht wurde, um es zu finden. Ich hatte gerade ein altes Postsparbuch auf meinen Namen ans Tageslicht befördert, auf dem noch zwei Pfund waren, und übte in der Hoffnung, sie eines Tages abzuheben, meine Unterschrift im Alter von sieben Jahren, als ich hörte, wie die Briefkastenklappe klirrend zufiel und ein Päckchen auf die Matte fiel. Das Päckchen war an mich adressiert und enthielt eine neue Taschenbuchausgabe von *Goodbye to All That*, mit einer Widmung von bewundernswerter Knappheit: Für *Abigail von Rad*. Ich hatte nicht einmal versucht, Mr. Radleys zerfledderte Ausgabe zu lesen, aber mit dieser fing ich sofort an und hatte nach ein paar Absätzen beschlossen, dass es das beste Buch war, das je geschrieben worden war.

Ich kam nicht dazu, Rad für dieses Geschenk zu danken: Das nächste Mal, als ich zu den Radleys ging, war er nach Durham abgereist. Mr. Radley hatte darauf bestanden, ihn hinzufahren, obwohl Rad versucht hatte, es ihm auszureden, und das Thema wäre fast zum Enterbungsgrund geworden. Insgeheim dachte ich, dass es von Mr. Radleys Seite eher eine Frage von Sturheit als von Vaterstolz war. Als Autodidakt war seine Einstellung zu Universitäten schon immer ambivalent gewesen: Eine Kombination aus Neid und Verachtung. Im Endeffekt war es die Frage, wie viele Bücher mehr Rad im Auto mitnehmen könnte als im Zug, die die Frage zu Gunsten seines Vaters entschied. Später hörte ich, dass Mr. Radley gegen Ende der Fahrt eine ziemlich anmaßende Gleichgültigkeit für die Tankanzeige an den Tag gelegt hatte und dass das Auto kurz vorm Ziel stehen geblieben war. Sie waren gezwungen gewesen, es die letzten zweihundert Meter bis zu Rads Studentenwohnheim zu schieben, eine Demütigung, über die erst gegen Ende des Trimesters Gras wachsen würde.

25

Ein paar Monate nach unserer Rückkehr aus dem Urlaub kam Frances mit der aufregenden Neuigkeit in die Schule, dass *Nackte auf einer Sonnenliege mit frischen Feigen* von Lazarus Ohene im Nationalen Porträtwettbewerb Dritter in seiner Kategorie geworden war und sich das Vermögen der Radley-Familie auf einen Schlag um fünfhundert Pfund erhöht hatte.

Sofort trugen Bittsteller ihre Wünsche vor.

»Wir brauchen einen neuen Staubsauger«, sagte Lexi. »Dieser hier saugt den Schmutz nicht mehr auf, er schiebt ihn nur hin und her. Ach, und mein Mitgliedsbeitrag für den Golfklub ist bald fällig. Vergiss den Staubsauger.«

»Ich brauche eine Lederjacke, wie sie Motorradfahrer tragen«, sagte Frances.

»Du hast doch gar kein Motorrad«, protestierte Mr. Radley. Er wandte sich an seine Frau. »Ich werde meinen Gewinn nicht für etwas Prosaisches wie einen Staubsauger ausgeben, vielen Dank.« Ihm kam ein Gedanke. »Ich benutze ihn ja nicht mal.«

»Als Motiv des Gemäldes habe ich ein paar Rechte, finde ich«, sagte Lexi.

»Ich sollte Anspruch auf einen Teil des Geldes haben«, sagte Rad, der übers Wochenende zu Hause war. »Ich bin auf der Suche nach diesen Feigen durch halb London geradelt. Und es besteht nicht mal eine große Ähnlichkeit mit ihnen: Jedes alte Stück Obst hätte es ebenso gut getan.«

Man hatte sich geeinigt, dass Mr. Radley allein zur Preisverleihung gehen würde. Mit Ausnahme von Frances fand niemand die Aussicht reizvoll, den Lazarus-Ohene-Betrug zu untermauern, und bei ihr konnte man sich nicht darauf verlassen, dass sie die Erfindung nicht noch weiter ausschmücken würde, wenn sich die Gelegenheit böte. Ich hob den Zeitungsausschnitt aus dem *Evening Standard* noch jahrelang auf, auf dem Mr. Radley, flankiert von den anderen Preisträgern und dem vorsitzenden Preisrichter, mit vor Verlegenheit weit aufgerissenem Mund zu sehen war und seinen Scheck umklammerte. Die Bildunterschrift lautete: *Gewinner des Sampson & Gold Porträtwettbewerbs 1982. (Von l. noch r) Judy Quaid, Lonise Barrack und Lazarus Ohene erhalten von Sir Gerald Sampson ihre Auszeichnungen.*

Wichtiger als das Preisgeld war jedoch für die Künstler, dass die Siegergemälde in einer privaten Galerie in Bloomsbury ausgestellt und zum Verkauf angeboten wurden. Es wurde viel Energie darauf verwendet, den Wert des Gemäldes festzulegen; nachdem Mr. Radley ein paar Minuten gewettert hatte, dass Lexis Porträt nicht mit Geld zu bezahlen sei, setzten sie einen Preis von dreihundert Pfund fest.

»Das erscheint mir immer noch ziemlich teuer«, sagte Lexi.

»Es ist einsachtzig mal einszwanzig. Auf dieser Leinwand befindet sich eine Unmenge Farbe«, sagte ihr Mann, für den materielle Interessen wieder ihre angemessene Bedeutung bekamen. »Ganz zu schweigen von der stundenlangen Arbeit, die darin steckt. Und wenn der Preis die Käufer abschreckte, umso besser. Ich will es sowieso nicht verkaufen.«

Frances und ich besuchten eines Abends nach der Schule die Ausstellung. Ich hatte die Eröffnung verpasst, weil sie sich mit einer Orchesterprobe überschnitt. Es war abgemacht, dass wir uns mit Lawrence dort treffen und er uns anschließend nach Hause bringen würde.

Der Galeriebesitzer war nicht an Schülerinnen als Kundinnen gewöhnt und beobachtete uns die ganze Zeit misstrauisch, als könnten wir plötzlich ein Gemälde einstecken und wegrennen. Mr. Radleys Gemälde, gerahmt, beleuchtet und an einer sauberen weißen Wand, schien plötzlich umso vieles authentischer als damals, als ich es auf dem Dachboden zum ersten Mal gesehen hatte, mit einem halben Dutzend anderer Versuche gestapelt wie eine gigantische Toastscheibe. Zwischen den anderen Ausstellungsstücken sah es sogar richtig heimisch aus: Lexis verzerrtes, verdrießliches Gesicht war bloß eins von vielen. Als wir ankamen, stand Lawrence schon davor, strich sich übers Kinn und sah nachdenklich aus. »Tja, es ist wirklich scheußlich«, sagte er zu mir, als Frances weitergegangen war. »Aber ist es Kunst?«

Das Siegerbild war ein Porträt von etwas, das ich für ein älteres Opfer eines Straßenraubs oder eines anderen gewalttätigen Angriffs hielt. Eine Gesichtshälfte hatte die Farbe von roher Leber, das Auge war auf eine Falte im verschwollenen Fleisch reduziert. Die unversehrte Hälfte war kaum ansprechender, jede Warze, jede Pockennarbe und jedes Nasenhaar im kleinsten Detail wiedergegeben. Ins Violette spielende Hautlappen hingen vom Kiefer bis zum Schlüsselbein, und ein Flecken Spucke schäumte im Mundwinkel. Lawrence zog eine Grimasse, ging weiter und stellte sich vor das Bild eines jungen Mädchens mit rasiertem Kopf und einem Spinnwebentattoo auf der Stirn, das ihm von der Leinwand entgegenfauchte.

»Glaubst du, wir können daraus schließen, dass Schmeichelei nicht mehr die Pflicht des Künstlers ist?«, flüsterte er.

Ein paar Gemälde hatten kleine orangefarbene Aufkleber neben dem Titel. »Wozu sind die denn?«, fragte ich Frances, als wir sie einholten.

»Die Aufkleber bedeuten, dass das Gemälde verkauft ist.« Wir drehten uns in einer synchronen Bewegung zurück zum Radley-Beitrag. »Dad regt sich wirklich darüber auf. Er hat das Geld schon ausgegeben.«

Offensichtlich war Mr. Radley, nachdem er ursprünglich den Gedanken an den Verkauf des Bildes weit von sich gewiesen hatte, inzwischen besorgt, dass er die Demütigung erleben würde, nach zwei Wochen der Einzige zu sein, dessen Gemälde noch nicht verkauft war. Zwischen seinen Schichten beim Pizza-Service raste er auf dem Liefermotorrad in die Stadt, um nachzusehen, ob ein orangefarbener Aufkleber erschienen war, und kam jedes Mal ein wenig niedergeschlagener zurück.

»Es macht mir ja nichts aus, dass es dort hängt wie die einzige alte Jungfer auf einer Hochzeit«, sagte er ein paar

Tage, bevor die Ausstellung schloss. »Es kommt mir nur wie eine Beleidigung für Lexi vor.«

Sein Modell und seine Muse blinzelte überrascht. »Da kannst du ganz beruhigt sein, das versichere ich dir«, sagte sie.

»Vielleicht ist es zu teuer – du könntest es um ein paar Mäuse runtersetzen«, schlug Frances vor.

Mr. Radley wehrte entrüstet ab. »Das ist doch kein Körbchen mit matschigen Himbeeren, mein Gott.«

Seine Würde wurde am nächsten Tag wieder hergestellt, als er einen Anruf von der Galerie bekam, dass das Gemälde verkauft wäre. »Ich habe mir schon gedacht, dass es für den Preis weggehen würde«, sagte er rot vor Freude. »Ich frage mich, ob sie den Namen des Käufers haben. Ich könnte fragen, ob er noch ein paar andere Sachen von mir will.«

»O nein«, sagte Lexi schnell. »Ich glaube, diese Transaktionen gehen normalerweise anonym vonstatten.«

26

Ungefähr um diese Zeit zahlte sich Frances' hartnäckige Verehrung für Nicky endlich aus. Ob Rads Abreise ein ungünstiges Hindernis aus dem Weg geräumt hatte, oder ob Jahre der Bewunderung Nicky schließlich zermürbt hatten, erfuhr ich nie. Aber sogar nachdem Rad seine Philosophiebücher und seine löchrigen Pullover eingepackt hatte und nach Norden gegangen war, besuchte Nicky die Radleys weiterhin regelmäßig: Er studierte am King's College Zahnheilkunde und hatte es deshalb nicht weit. Das passierte zur selben Zeit, als ich etwas weniger Zeit dort verbrachte. Samstagvormittags spielte ich Cello im Jugendorchester, und normalerweise wurde es Nachmittag, bevor ich zu Frances stieß und das Wochenende richtig anfangen konnte.

An einem frostigen Novembernachmittag kam ich mit meiner Reisetasche dorthin und traf niemanden an. Im Nachbargarten war Fish gerade dabei, welke Blätter zu Haufen zusammenzuharken und sie dann mit schwarzem Plastik und Backsteinen zu verschalken. »Ich glaube, sie sind alle weg«, sagte er fröhlich. Ich klingelte und klopfte mehrmals und spähte durchs Wohnzimmerfenster, aber ich scheuchte niemanden auf außer Growth, der auf der Chaiselongue geschlafen hatte. Auntie Mim war ganz bestimmt da, denn in ihrem Zimmer brannte Licht, aber sie öffnete prinzipiell nicht die Tür. Während ich zitternd dastand und überlegte, was ich tun sollte, hörte das blecherne Klappern auf, und Fish erschien an der Grenzhecke, die auf seiner Seite genau bis zur Hälfte rechtwinklig geschnitten war und sich auf der Seite der Radleys blähte wie das Hinterteil eines Zwergpudels. »Willst du ins Warme kommen und einen Tee trinken, während du wartest?«, fragte er, den Kopf auf die Seite gelegt, um schüchtern zu wirken. »Es kann noch ewig dauern.«

Ich suchte nach einer Entschuldigung. Obwohl er Frances inzwischen nicht mehr anbot, den Schlauch anzustellen und sie »richtig vollzuspritzen«, wenn die Sonne schien, hatte ich das Bild irgendwie immer noch vor mir, und ich fand die Aussicht, allein mit ihm zu sein, wenig verlockend. Ich hatte vorgehabt, in den hinteren Garten zu gehen und im Schuppen zu warten, bis jemand aufkreuzte, aber das konnte ich Fish kaum als meine bevorzugte Alternative anbieten. Lawrences Ankunft in seinem Jaguar rettete mich. »Ah, na also«, sagte Fish und schaffte es nicht, die Enttäuschung in seiner Stimme zu verbergen; er wandte mir den Rücken zu und scharrte weiter mit seiner Harke auf dem Rasen.

Lawrence ließ uns mit seinem Schlüssel ins Haus, schaltete Lichter ein und drehte Heizkörper höher, als würde er dort wohnen. »Mach es dir gemütlich«, sagte er, fegte Zeitungen und Hundespielzeug von der Couch und ließ sich mit den Füßen auf dem Couchtisch nieder, um sich den Grand Prix anzusehen. Ich schlenderte in die Küche und fing an aufzuräumen. In der Spüle stand in sechs Zentimeter hohem schmierigem Wasser ein Turm aus Kochtöpfen und Geschirr. Die Ofentür stand offen, und ich sah sich kräuselnde Lasagnereste in einer Folienschale. Jede Arbeitsplatte schien mit deckellosen Gläsern übersät zu sein: Marmelade, Piccalilli, Erdnussbutter, gefüllte Oliven. Gott weiß, was sie zum Lunch gegessen hatten. Der Mülleimer war voll, und anstatt ihn zu leeren, hatte jemand eine weitere Mülltüte angefangen, die jetzt halb voll an der Klinke der Hintertür hing. Mitten in diesem Chaos lehnte ein Zettel mit Frances' Handschrift. DAD, DU BIST DRAN.

Eine langwierige Suche förderte einen löchrigen Gummihandschuh zu Tage. Ich biss die Zähne zusammen und tauchte die Hände in die Spüle. Meine Finger berührten einen Schmalzpfropfen, der entfernt werden musste, bevor das Wasser ablaufen konnte. Nach zwanzig Minuten ließ meine Begeisterung an der Aufgabe nach. Ich ließ den Abwasch abtropfen – es war kein Geschirrhandtuch zu finden – und trocknete meine Hände mit einem Topfhandschuh ab, bevor ich mich nach oben schlich. Aus dem Fernseher hörte ich immer noch das Heulen der Rennautos und den gebrabbelten Kommentar. Auf dem ersten Treppenabsatz hielt ich inne, kontrollierte zweimal, dass niemand in den Schlafzimmern war, und ging weiter nach oben in Rads Zimmer. Er hat zwar einiges mitgenommen, aber es würde mir trotzdem noch Anhaltspunkte liefern. Ich weiß nicht, was ich zu finden hoffte – vielleicht eine

Locke von mir, zwischen die Seiten von Byron gepresst. Ich drückte die Tür auf und spürte einen kalten Luftzug. Die Heizung war abgestellt, und das Zimmer roch bereits feucht und verlassen. Ich schaltete die Deckenbeleuchtung ein, und in ihrem grellen Licht wimmelte es nur so von Staubkörnchen. Die Schranktür stand offen und gab den Blick auf ein halbes Dutzend leere Kleiderbügel, Rads alte Schuluniform und drei vereinzelte Schuhe frei. Er besaß so wenig Kleidung, dass er es sich kaum hätte leisten können, irgendetwas Nützliches zurückzulassen.

Auf dem Schreibtisch war ein Briefständer mit einer Postkarte von Nicky, Urkunden über seine Leistungen im Tauchen und seine Lebensrettungskenntnisse und eine Kritik, aus der örtlichen Tageszeitung ausgeschnitten, über die Aufführung von *Viel Lärm um Nichts* an seiner Schule. Ein Satz – *Marcus Radley als Benedick war zweifellos der Star dieser Aufführung, die ihre Höhen und Tiefen hatte* – war mit gelbem Textmarker hervorgehoben: Diese Eitelkeit musste man ihm zugestehen, beschloss ich. Die Wände waren kahl, abgesehen von einem Dartbrett mit allen drei Pfeilen im Schwarzen, Löchern im Verputz drumherum und ein paar Drucken in Postkartengröße: Cézannes *Badende*, Botticellis *Geburt der Venus*, ein paar streng aussehende badende Schönheiten aus den Fünfzigerjahren, David Hockneys Swimming-Pools. Was war das gemeinsame Thema? Wasser. War Schwimmen nicht eines seiner vielen Supertalente? Ich erinnerte mich vage daran, dass Frances mir erzählt hatte, er hätte einmal ein Mädchen vor dem Ertrinken gerettet.

Vor der Schreibtischschublade zögerte ich. Es war in Ordnung, sagte ich mir, sich die Sachen anzusehen, die sich im Raum befanden – dafür waren sie schließlich da. Aber Schubladen zu öffnen war eine andere Sache. Trotzdem. Ich würde nur hineinschauen, beschloss ich, aber nicht drin herumkramen. Kramen wäre schäbig. Die Schublade erwies sich als leer, was mich mit dem ganzen Unbehagen eines schlechten Gewissens zurückließ, ohne die Befriedigung, etwas entdeckt zu haben. Ich schnüffelte nicht weiter: Rad war zwischen seinen Sachen nicht zu finden. Als ich aus seinem Zimmer trat, fiel ich fast über Auntie Mim, die ein Tablett balancierte. Ein Teller mit knallgrünem Rosenkohl und blassen Kartoffeln dampfte neben einer Tasse grauen Tees, von dem das meiste bereits auf der Untertasse gelandet war. Eine schuldbewusste Röte überzog meine Wangen. »Hallo«, stammelte ich. Sie dachte wahrscheinlich, ich hätte versucht, etwas zu stehlen. Vielleicht dachte sie, ich wäre auch in ihrem Zimmer gewesen. »Soll ich Ihnen helfen?« Ich nahm ihr das Tablett ab, solange noch etwas Tee zu retten war, und sie drückte die Tür auf und winkte mich hinein.

Auntie Mims Ernährung hatte mich eine gewisse Kargheit in ihrer Umgebung erwarten lassen, aber an diesem Raum war nichts Klösterliches. Alle Flächen waren mit Krimskrams übersät – Porzellanfigürchen und Fingerhutsammlungen, Pillendöschen, gerahmte Stickereien, ganze Horden von Holzpuppen mit Rüschenkleidchen. Ich drückte mich herum, das Tablett immer noch in der Hand, während Auntie Mim das Nachtschränkchen leerräumte und den Nippes auf der Frisierkommode sorgfältig neu aufstellte. Der letzte Gegenstand, der weggenommen wurde, war ein altes Schwarzweißfoto in einem runden Silberrahmen, ungefähr so groß wie eine Puderdose. Es zeigte eine junge Frau mit einem intelligenten, entschlossenen Gesicht, dunklen Augen und einem eckigen Kinn. Auntie Mim fiel auf, dass ich das Bild anstarrte, als sie es hochnahm, deshalb sagte ich: »Sind Sie das?« Eingefallen und faltig wie sie war, hätte man unmöglich sagen können, wie Auntie Mim als Zwanzigjährige ausgesehen haben mochte, aber das Mädchen auf dem Foto war attraktiv genug, dass es eine schmeichelhafte Bemerkung war, selbst wenn sie sich als falsch herausstellte.

Und dann tat sie etwas sehr Überraschendes. Sie presste das Bild an ihr Herz und sagte: »Die große Liebe meines Lebens«, bevor sie es wieder neben ihre Nachttischlampe stellte. Ich war so verblüfft, dass ich fast das Tablett fallen ließ, und brachte nur ein »Oh!« heraus, bevor sie nach ihrem Abendessen griff und den Tee von der Untertasse zurück in die Tasse kippte, und der Augenblick für weitere Vertraulichkeiten war vorüber. Ich taumelte die Treppe hinunter, wütend auf mich selbst, weil ich angesichts eines solchen Geständnisses sprachlos gewesen war. Mein mangelndes Interesse musste zweifellos unhöflich gewirkt haben, aber es war nur die Verblüffung gewesen, die mich gelähmt hatte. Irgendwie schienen Auntie Mim und verbotene Leidenschaft unvereinbar zu sein.

Unten stellte ich fest, dass Frances und Nicky nach Hause gekommen waren. Sie saßen auffallend eng zusammen auf der Couch und sahen ausgesprochen selbstgefällig aus. Lawrence war noch in das Autorennen vertieft.

»Ach, hallo, wie kommt's, dass du hier bist?«, sagte Frances mit einer Stimme, die nicht gerade einladend war. Da ich in den vergangenen vier Jahren fast jedes Wochenende hier verbracht hatte, hielt ich es nicht für nötig, darauf zu antworten, sondern sagte: »Wie kommt's, dass du *nicht* hier warst?«

»Nicky ist heute Morgen vorbeigekommen und sagte, er hätte Karten für *Les Enfants du Paradis*«, sagte Frances so bestimmt, als hätte ihr Wissen über den Film nicht an diesem Tag erst begonnen und auch wieder geendet.

»Wie fandest du ihn?«, fragte Lawrence plötzlich interessiert.

»Erstaunlich«, sagte Frances. »Ein Klassiker.«

»Du bist eingeschlafen!«, protestierte Nicky und gab ihr einen Klaps.

»Du auch.«

»Ich bin ja auch die halbe Nacht auf gewesen und habe einen Bericht über ein Experiment geschrieben.«

»Tja, für mich war es aber schwerer, mich zu konzentrieren, weil ich den Kopf dieses riesigen Kerls direkt vor den Untertiteln hatte.«

»Klingt ja fesselnd«, sagte ich frostig, verwirrt durch meine Unkenntnis des Films und die ungewöhnliche Intimität zwischen Frances und Nicky. Irgendetwas lief da. Keiner von beiden konnte mir richtig in die Augen sehen, und meine Versuche, ein normales Gespräch zu beginnen – eines, an dem ich wenigstens teilhaben konnte –, scheiterten. Jedes Thema, das ich anschnitt, rissen sich Frances und Nicky unter den Nagel und verwandelten es in eine Gelegenheit zum Austausch von Spötteleien und scheinbaren Beleidigungen, begleitet von einem spielerischen Handgemenge. Frances schien mit einem neuen Lachen zu experimentieren, um ihr normales Gegacker zu ersetzen. Jeder klägliche Witz von Nicky rief ein flötenartiges Kichern hervor, das er dann imitierte, sodass sie wieder anfing. Und dafür hätte ich fast den widerwärtigen Fish ertragen müssen, dachte ich. Nachdem das etwa eine halbe Stunde so gegangen war, wollte ich sie schon fragen, ob es ihnen wirklich gut ginge, als Lawrence, der Sportergebnisse überdrüssig geworden, auf die Uhr sah und sagte: »Es sieht nicht so aus, als würde Lexi noch kommen. Ich habe in einem chinesischen Restaurant einen Tisch für zwei Personen bestellt. Willst du mitkommen, Abigail?« Niemand erhob Einwände gegen diesen Plan, deshalb nahm ich an und verabschiedete mich kurz angebunden von Nicky und Frances.

»Oh, tschüss, viel Spaß. Du Glückspilz«, sagte Frances,

die auf Grund dieser Entwicklung strahlte. Aber als Lawrence mir in den Mantel half, folgte sie mir in den Flur, sagte in reuevollerem Ton: »Ich rufe dich morgen an, ja?«, und schien erleichtert zu sein, als ich nickte.

»Das mit dem chinesischen Restaurant habe ich erfunden«, sagte Lawrence, als wir rückwärts die Auffahrt hinauffuhren. »Ich hatte nur den Eindruck, dass die beiden allein sein wollten, deshalb dachte ich, wir hauen besser ab.«

»Aber Frances ist schon seit Ewigkeiten hinter Nicky her, und er hat nie das geringste Interesse an ihr gezeigt«, protestierte ich, gekränkt, dass mein Status als fünftes Rad am Wagen so offen ausgesprochen wurde.

»Tja, jetzt hat er Interesse, das kannst du mir glauben«, sagte Lawrence. »Soll ich dich jetzt nach Hause fahren, oder wollen wir uns etwas mitnehmen und bei mir essen?«

»Sie brauchen mich nicht einzuladen«, sagte ich, schaffte es aber nicht, den Märtyrerton in meiner Stimme zu unterdrücken. »Nach Hause ist okay.«

Lawrence sah mich mitleidig an und fuhr ins nächste chinesische Restaurant.

»Wenn Frances und Nicky wirklich ein Paar werden«, sagte Lawrence später, während er mit der Gabel Nudeln auf meinen Teller schaufelte, »dann können sie mit dir und Rad ein Quartett bilden.« Ich blickte misstrauisch auf und sah seinen viel sagenden Blick.

»Das halte ich nicht für sehr wahrscheinlich«, sagte ich so neutral wie möglich. Wir knieten in seinem Haus in Dulwich auf beiden Seiten des Couchtisches. Das Wohnzimmer befand sich in der ersten Etage – ein Arrangement, das mir hochkultiviert erschien. Der Tisch war von dampfenden Aluschüsseln und -deckeln übersät. Lawrence hatte viel zu viel bestellt; noch bevor der Abend vorbei war,

würden wir wegen seiner Großzügigkeit eine Magenver-
stimmung haben. »Rad interessiert sich nicht so richtig für
Mädchen – oder Jungs«, fügte ich hinzu, während meine
Kiefer mechanisch ein übel zugerichtetes Stück Schweinefleisch bearbeiteten. Ich hatte schon lange keinen Hunger
mehr, traute mich aber nicht, es angesichts solch wunder-
barer Reste zuzugeben.

»Es scheint wirklich so zu sein«, stimmte Lawrence zu
und kippte eine Schale Riesengarnelen auf seinen Teller.

»Ich glaube ehrlich gesagt nicht, dass Rad schon aufgefallen ist, dass ich existiere«, sagte ich.

»Ach. Nur Geduld.« Er spießte eine Garnele auf. »Damit kenn ich mich aus.« Als er mein verständnisloses Lächeln sah, wechselte er schnell das Thema und fing an,
mich über mein Cellospielen auszuquetschen – welche Stufe ich schon erreicht hätte; wie oft ich übte; wer meine
Lieblingskomponisten wären, bis nebenan im Arbeitszimmer das Telefon klingelte und er mich allein ließ.

»Hallo ... Entschuldige ... Du warst nicht zu sehen, und
Abigail brauchte jemanden, der sie rettet ... Nein, wir haben schon gegessen ... In Ordnung. Ich muss Abigail erst
zu Hause absetzen ...« Ich konnte Lawrences Stimme
durch die Wand hören, und da es mir unangenehm war,
mitanzuhören, wie über mich diskutiert wurde, ergriff ich
die Gelegenheit, um aufs Klo zu gehen. »Unten rechts«,
rief Lawrence mit der Hand über dem Hörer, als ich an der
Tür zum Arbeitszimmer vorbeikam.

Der erste Raum rechts erwies sich als Esszimmer; die
zweite Tür sah viel versprechender aus, aber als ich nach
dem Lichtschalter tastete, verlor ich das Gleichgewicht
und stolperte gegen etwas, das gegen die Wand gelehnt
war. Es fiel krachend auf mein Schienbein, und ich stieß einen Schrei aus, der Lawrence die Treppe heruntersprangen
ließ. Er schaltete das Licht an – ich stand in einem groß-

zügigen Besenschrank. Mein Bein hatte eine tiefe, zentime-
terlange Schürfwunde, die erst nach etwa zwei Stunden zu
bluten anfangen sollte. Zu meinen Füßen lag eine Verpa-
ckungskiste aus Sperrholz, wie man sie benutzte, um Gemälde zu transportieren. Sie war ungefähr einsachtzig mal
einszwanzig und trug ein Etikett von der Galerie in
Bloomsbury, wo Lazarus Ohene seinen jüngsten Triumph
gefeiert hatte. Lawrence hob sie auf und lächelte verlegen,
als er mein Gesicht sah. »Ich wäre dankbar, wenn du das
niemandem gegenüber erwähnen würdest«, sagte er.

»Weiß denn keiner, dass Sie es waren?«

»Lexi natürlich. Es war ihre Idee – um Michaels Moral
zu heben. Und sicherzugehen, dass das Bild nicht zurück-
käme und an der Wand landen würde. Deshalb darf er es
auf keinen Fall erfahren. Ich will das verdammte Ding
schon dauernd loswerden – es irgendjemandem schenken,
aber mir fällt niemand ein, den ich so wenig mag. Wahrscheinlich gebe ich es an einen Ramschladen oder mach's
wie Clementine Churchill – schneid es in Stücke und ver-
brenn es. Aber verrat mich nicht.«

Ganz plötzlich war ich zum Geheimnisträger geworden. Nachdem Lawrence mir ein Versprechen abgenommen hatte, bot er an, mich nach Hause zu fahren. Ich kam
mir bei der Aussicht, das Geheimnis zu wahren, ein bisschen betrogen vor. Schließlich hatte ich das Täuschungs-
manöver allein aufgedeckt – hatte sogar eine Wunde als
Beweis –, und wenn er nicht zufällig den Krach gehört
hätte, hätte ich mit meiner Entdeckung nach eigenem
Gutdünken verfahren können. Ein Geheimnis, das man
nicht weitererzählen konnte, machte keinen Spaß: Das
Vergnügen lag darin, es beiseite zu schaffen und zu sehen,
wie es im Wert stieg, bis man Kapital daraus schlagen
konnte.

»Am Samstagabend zu Hause. Welche Ehre«, sagte meine Mutter sarkastisch, als ich in den Korridor humpelte. Als Lawrences Jaguar draußen vorgefahren war, empfing ihn von den Bewegungsmeldern an der Vorderseite des Hauses eine Lichtflut.

»Wie auf dem Nürburgring«, murmelte er und schirmte seine Augen ab.

Sicherheit war Mutters neuester Fimmel. Ich war mit einem Schlüsselbund ausgestattet worden, der in keine Tasche passte, und hatte den Code für die Alarmanlage auswendig lernen müssen, die höchstwahrscheinlich nie eingeschaltet würde, weil meine Großmutter immer im Haus war. Vater stand diesen Maßnahmen skeptisch gegenüber. »Wenn es mal brennt, werden wir alle bei lebendigem Leib geröstet«, sagte er immer. »Aber lieber tot als ausgeraubt, nicht wahr, Liebes?« Das nächtliche Geräusch von rasselnden Ketten und vorgeschobenen Riegeln, das Mutters Abschließroutine begleitete, ließ ihm die Haare zu Berge stehen. »Ich komme mir vor wie der alte Mr. Dorrit im Marshalsea-Gefängnis«, sagte er einmal.

»H-mm. Wonach riechst du?«, fragte Mutter, die sich zu mir beugte, um mich auf die Wange zu küssen.

»Äh … süßsaures Schweinefleisch? Peking-Ente?«

Sie verzog das Gesicht. Wir aßen nie chinesisch – meine Mutter bekam Migräne davon. »Nein. Zigarettenqualm. Du warst doch nicht etwa im Pub, oder?«

»Nein. Lawrence raucht.«

»Oh. Tja, wenn du nichts dagegen hast, hänge ich deinen Mantel über Nacht in den Windfang, damit er nicht die Garderobe vollstinkt. Du gehst doch nicht etwa hoch in dein Zimmer, oder?«, sagte sie, als mein Fuß die unterste Stufe berührte. »Ich bin mir sicher, dein Dad und Granny würden sich freuen, dich zu sehen. Wir haben dich ja nicht oft am Wochenende hier.«

Im Wohnzimmer ging Vater mit Granny ihre Konten durch. Auf dem Tisch vor ihnen lag ein Haufen Schecks, Steuerquittungen und Bankauszüge. Granny war nicht wohlhabend, aber dank geschickter Verwaltung schlug sie aus ihrer Armut noch Kapital.

»Wo ist denn der Scheck von Cable and Wireless?«, sagte sie, durchwühlte den Haufen und verstreute Papiere, bis mein Vater ihn ihr in die Hand drückte. »Ich kann nicht lesen. Ich bin blind. Was steht drauf?«

»Drei Pfund einundsiebzig«, sagte Vater. Er tippte auf das Hauptbuch. »Das haben wir schon eingetragen.« Seine Brille saß nicht ganz horizontal – ein Zeichen von Anspannung. Sie waren offensichtlich beim zweiten oder dritten Durchlauf.

Mutter hatte Recht. »Abigail«, sagte er und stürzte sich freudig auf die Ablenkung. »Ich hole dir eine Tasse Kaffee.«

»Schön, dich zu sehen, Abigail«, sagte Granny, als er in die Küche floh. »Nicht, dass ich es könnte«, fügte sie hinzu.

27

Lawrences Prophezeiung bewahrheitete sich, aber nicht ganz so, wie er es sich vorgestellt hatte. Frances und Nicky wurden wirklich ein Paar, und als Rad in den Weihnachtsferien zurückkam, gingen wir zu viert aus oder blieben zu Hause, je nach unserer Finanzlage. Das war jedoch nicht die Erfüllung all meiner Träume, da Rad sich durch den Anblick der großen Romanze, die Frances und Nicky täglich aufführten, nicht aus der Ruhe bringen zu lassen schien und keine Anstalten machte, es ihnen gleichzutun.

Er lief einfach als Nickys Freund und Frances' Bruder mit und hatte nicht vor, sich von den Anforderungen der bloßen Symmetrie unter Druck setzen zu lassen. Dieses Arrangement legitimierte jedoch wenigstens meine Anwesenheit. Ohne Rad wären wir ein peinliches Dreigespann gewesen: Ich hatte nicht die Würde, mich zurückzuziehen, und Nicky und Frances hatten nicht das Herz, mir zu sagen, dass ich abhauen sollte. Ich verbrachte die Freitagabende bei den Radleys und ging samstagmorgens rechtzeitig zum Orchester. Frances traf sich samstags mit Nicky, und sonntags wurden wir beide zum Lunch eingeladen. Das bedeutete, dass ich nun meine Samstagabende zu Hause verbrachte: Ich hatte keine anderen Freunde. Ich hatte mich nie darum zu bemühen brauchen – Frances war immer da gewesen. Meine Mutter war bald ebenso bestürzt darüber, dass ich im Haus herumlungerte, wie sie es anfangs über mein Weggehen gewesen war. Sie nahm mein Dilemma als persönlichen Affront, für den Frances verantwortlich war.

»Es ist nicht normal, wenn ein Mädchen in deinem Alter jeden Samstagabend zu Hause sitzt. Hast du denn keine anderen Freundinnen, die du anrufen kannst? Du könntest jemanden einladen, hier zu übernachten – damit könntest du es Frances zeigen. Was ist mit den Leuten im Orchester? Du musst inzwischen jemanden kennen gelernt haben?« Es war sinnlos, ihr zu erklären, dass meine Reserviertheit ernstere Gründe hatte. Es machte mir nichts aus, einen Abend zu Hause zu bleiben. Ich musste ihn nur hinter mich bringen, und dann wäre es Sonntag, und ich wäre wieder weg.

In dieser Zeit sah ich viel fern. Dabei wurde ich von Vater unterstützt, der sich vor kurzem eine Fernbedienung angeschafft und eine große Freude an seinem neuen Gerät hatte, das es ermöglichte, sich auf allen drei Kanälen

gleichzeitig ausreichende Kenntnisse des Materials anzu-
eignen. Sein ständiges Hin- und Herschalten brachte meine Mutter zur Verzweiflung, die immer eine Weile brauchte, bis sie verstand, was vor sich ging. Wenn man das
geringste Interesse an dem zeigte, was auf dem Bildschirm
zu sehen war, schaltete Vater sofort um. Die einzige Methode sicherzustellen, dass die Sendung, die man sehen
wollte, eingeschaltet blieb, bestand darin, völlige Gleichgültigkeit vorzutäuschen – indem man zum Beispiel eine
Zeitschrift in die Hand nahm. Aber Mutter lernte es nie.
Sie beugte sich nach vorn oder sagte: »Ooh, gut«, wenn
Gardener's World auf dem Bildschirm erschien, und klick
waren wir mitten in *Coronation Street* oder *Dad's Army*.
Er schien das für ein tolles Spiel zu halten. »Ich hab die
Muschel«, sagte er immer, wenn er sich im Sessel niederließ, einen Finger auf dem Knopf wie ein Teilnehmer bei ei-
ner Quiz-Show.

Selbst dieses Opfer meinerseits reichte Nicky nicht aus.
Nachdem er seine Leidenschaft für Frances erst relativ
spät entdeckt hatte, holte er jetzt die verlorene Zeit nach
und missgönnte ihr jede Minute, die sie nicht mit ihm verbrachte. Manchmal kam er mitten in der Woche vom College zu ihr und blieb über Nacht. Rads Zimmer wurde seine offizielle zweite Residenz. An diesen Abenden blieben
sie offensichtlich lange auf, denn am nächsten Tag kam
Frances immer schlapp vor Müdigkeit in die Schule. Ihr
akademischer Ruf war nie schlechter gewesen. Ihre Arbeiten wurden regelmäßig mit Kommentaren wie *3/20 – Offen gesagt erbärmlich*, oder *Nicht bewertet – Ist das ein
Witz?*, zurückgegeben. Das einzige Fach, in dem sie sich an-
strengte, war Englisch, wo sie sich immer seitenweise über
Jane Eyre oder *The Eve of Saint Agnes* ausließ mit der
größtmöglichen Zufluchtnahme zu persönlicher Meinung
und Erfahrung, und einem Minimum an Textanalyse. Die-

se Darbietungen wurden von der Lehrerin als Zeichen von Interesse begrüßt, und ihren begeisterten Ausführungen, egal wie zusammenhangslos, wurde jede nur mögliche Ermunterung zuteil.

»Ich wünschte, Nicky wäre ein bisschen romantischer«, war Frances' einzige Kritik.

»Wie romantisch?«, fragte ich. »Willst du etwa, dass er dir unter deinem Fenster ein Ständchen bringt?«

»Ja«, sagte sie und sprang voll auf die Idee an. »Ja. Ach, weißt du, ich dachte, er würde mir vielleicht Gedichte schreiben und so.«

»Das ist ein bisschen viel verlangt, oder? Er ist Zahnarzt in der Ausbildung, kein Dichter. Ich wette, du selbst könntest auch kein Gedicht schreiben.« Ich wusste, dass sie die Herausforderung annehmen würde, doch gegen Ende der Doppelstunde Biologie hatte sie nur ein klägliches Reimpaar produziert: »Nicky Rupp, du machst mich grantig / Bist du denn so unromantisch?« Am nächsten Tag jedoch ließ sie während der Morgenandacht einen zusammengefalteten Zettel in meinen Schoß gleiten. Wir saßen in der ersten Reihe – die jüngeren Schülerinnen mussten im Schneidersitz zu unseren Füßen im Staub sitzen – und ich fühlte mich beobachtet. Während die Direktorin und ihre Stellvertreter den Gang hinuntermarschierten, faltete ich den Zettel im Schutz meines Gesangbuchs auf und las:

Nicky Rupp, du machst mich grantig;
Bist du denn so unromantisch
Dass ein Gedicht nichts für dich ist
Um mir zu sagen, was du fühlst?
Schenk mir eine rote Rose
Vergiss Karies und Parodontose!
Denk dran, wenn du Zähne ziehst
Dass ich es bin, die du doch liebst;

Lass Fantasien freien Lauf
Nimm Halitosis ruhig in Kauf
Halt in der Hand mal eine Feder
Löcher bohren kann doch jeder,
Dich muss doch mehr noch interessieren
Als immer Zähne zu plombieren.

Ich schaute Frances von der Seite an, und sie bleckte die Zähne. Ich sah hastig weg und vergrub die Fingernägel in meiner Handfläche, bis meine Augen zu tränen begannen. Neben mir spürte ich ein Zucken, aber ich traute mich nicht, aufzusehen. Während der Andacht zu lachen wurde als Beleidigung Gottes betrachtet.

»Frances Radley und das Mädchen daneben, raus mit euch«, zischte die Direktorin, sobald sie das Podium erreicht hatte. »Wir nehmen unseren Gottesdienst hier sehr ernst!«, fügte sie in drohendem Ton hinzu.

»Das hast nie im Leben du geschrieben«, sagte ich, als wir uns aus der Aula geschlichen hatten.

»Nein«, gab sie zu. »Ich kam schon nach zwei Zeilen nicht mehr weiter, da hat Dad es fertig geschrieben. Ich werde es Nicky anonym zuschicken.«

Nicky bekam bald die Gelegenheit, sich als Mann großer Gesten zu beweisen. Rad war übers Wochenende nach Hause gekommen, und wir vier planten, den Tag in London zu verbringen. Nicky, der direkt aus seinem Studentenwohnheim kam, wollte sich an der Bushaltestelle am Waterloo-Bahnhof mit uns treffen, und wir wollten hinüber zum King's College gehen, um in der dortigen Kantine zu Mittag zu essen, und uns dann im Empire einen Film ansehen. Mir war erst an diesem Morgen klar geworden, dass Valentinstag war, weil ich eine anonyme Karte bekommen hatte – wie jedes Jahr, seit ich bei den Radleys ein und aus ging. Ich wusste, dass sie von Mr. Radley war, weil Frances ebenfalls eine bekommen hatte, die in derselben Handschrift an sie adressiert war, die er nicht zu verstellen versucht hatte. Diese Karten sollten uns trösten, weil wir ansonsten ungeliebt waren: Mit sechzehn empfand ich das als Unverschämtheit.

Wir waren ein bisschen spät dran, weil ich mein Cello mitgenommen hatte, als wäre ich auf dem Weg ins Orchester. Meine Eltern sollten nicht wissen, dass ich schwänzte: Sie hatten gerade fünfhundert Pfund für einen neuen Bogen ausgegeben, nachdem der andere zu haaren angefangen hatte, und es hätte vielleicht undankbar gewirkt. Rad stand diesen Maßnahmen typischerweise kritisch gegenüber.

»Sind deine Eltern sehr grausam? Schlagen sie dich?«, fragte er, als er mir zusah, wie ich das Cello im Schrank unter der Treppe neben Lexis Golfschlägern verstaute. »Oder hast du nur gern Komplikationen?«

Als wir aus dem Bus stiegen, war Nicky nirgends zu sehen, also liefen wir los und trafen ihn auf halbem Weg auf der Brücke. Er trug eine teuer aussehende Jacke aus abgewetztem Leder und verschwand fast hinter einem riesigen, sonderbar geformten Paket, ungefähr so groß wie ein pralles Kissen, das in rote Folie eingewickelt war.

»Hallo Köter«, sagte er, als er sich Frances näherte. Rad und ich blickten auf die Themse, während sie sich leidenschaftlich küssten. Das Wasser war dunkelgrau und kräuselte sich wie gehämmertes Metall. Ein Vergnügungsboot, halb leer, fuhr auf seinem Weg nach Greenwich unter uns hindurch. Es war kein guter Tag für Sight-Seeing: Es ging ein scharfer Wind, und ein paar Regentropfen fielen auch schon. Meine Haare wurden heftig vom Wind gepeitscht, deswegen drehte ich sie zu einem Kringel und stopfte sie hinten in meinen Mantel. Der Kuss dauerte immer noch an. Rad gab missbilligende Laute von sich. Passanten fingen an, sie anzustarren. Der Regen wurde heftiger, und überall um uns herum blühten Regenschirme auf. Frances und Nicky lösten sich voneinander. »Ist die neu?«, fragte sie, als sie aus seiner Jacke herauskam. Bei den Radleys wurde Nicky wegen seiner Ausgaben für Klamotten oft aufgezogen. Nur Lexi kaufte sich so viel neue Kleider wie er – und sie brachte sie grundsätzlich zurück, nachdem sie sie einmal getragen hatte.

Nicky fingerte am Revers herum. »Ja. Gefällt sie dir?«

»Soll sie so aussehen?«

»Das ist modern, Frances. Ich weiß, das ist für euch nicht gerade ein vertrautes Wort.«

»Du meinst, Gammellook ist ›in‹? Hey, Rad, pass lieber auf, sonst hält dich noch jemand irrtümlicherweise für einen Modefreak.«

»Ich wusste ja, dass meine Zeit kommen würde«, sagte er.

»Was ist das denn?« Frances, deren Neugier die Oberhand gewann, deutete auf das Paket.

»Oh, entschuldige«, sagte Nicky und riss sich zusammen. Er drückte es ihr in die Hand. »Ich wünsche dir einen schönen Valentinstag.«

Frances rupfte das Papier ab, das ihr der Wind prompt aus der Hand riss. Wir beobachteten, wie es auf die Straße flog, wo es von mehreren Autos überfahren wurde. Der Inhalt des Pakets erwies sich als riesiger weißer Plüschteddybär, der ein rotes Satinherz in der Hand hielt. Ihr Gesicht wurde lang.

»Danke«, sagte sie ein Sekunde zu spät.

»Gefällt er dir nicht?«, fragte Nicky.

»Do-och«, sagte Frances nicht sehr überzeugend.

Nicky sah niedergeschlagen aus. »Ich dachte, Mädchen mögen so was. Niedliche Plüschtiere. Die Läden sind voll davon.«

»Das ist der Sinn der Sache«, sagte Frances. »Außerdem habe ich nicht gesagt, dass er mir nicht gefällt. Mir würde alles gefallen, was ich von dir bekäme.« Und dann der Todesstoß. »Hast du die Quittung aufgehoben?«

»Was ist denn falsch daran?« Er appellierte an mich und Rad.

Wir standen um den Bären herum und betrachteten ihn kritisch.

»Tja …«, fing Rad an, der darum kämpfte, Ehrlichkeit mit Takt zu vereinen. »In Sachen guter Geschmack lässt er etwas zu wünschen übrig.«

»O Gott, ich habe wirklich Mist gebaut, was?«, sagte Nicky. »Ich wusste, ich hätte Blumen kaufen sollen.«

»Ach, so schlimm ist er auch wieder nicht«, sagte Frances und drückte den Bären versöhnlich an sich, was irgendwo tief im Fell einen Schalter aktiviert haben musste, denn er gab ein elektronisches Quieken von sich, das auf eine gequälte Kreatur schließen ließ.

»Nein, du hast Recht, er ist totale Scheiße«, sagte Nicky entschlossen, und bevor einer von uns reagieren konnte, schnappte er sich den Bären und warf ihn über die Brüstung.

»O Nicky!« Frances stieß einen Schrei aus, der einer Mutter, deren Baby gerade in die Themse gefallen war, würdig gewesen wäre. »Wieso hast du das getan? So sehr habe ich ihn doch gar nicht gehasst. Armes kleines Ding.« Und sie brach in Tränen aus. Er sah wirklich ziemlich einsam und verlassen aus, wie er auf dem Rücken im öligen Fluss davontrieb.

»Ich hole ihn dir zurück, wenn du ihn willst«, sagte Nicky heldenhaft und kämpfte sich aus seiner Jacke. »Passt darauf auf«, fügte er hinzu, wodurch er den Effekt ziemlich ruinierte.

»Sei doch nicht …«

»Du willst doch nicht ...«, sagten Rad und ich gleichzeitig.

»Ich komm schon klar.« Und er schwang die Beine über die Brüstung.

»Um Himmels willen«, sagte Rad.

»Frances, halt ihn zurück«, sagte ich. Aber sie zögerte, und in dieser Sekunde sprang Nicky.

Wir sahen entsetzt, wie er ins Wasser stürzte, mit leicht um sich tretenden Beinen, als würde er es schon bereuen. Er verschwand unter der Oberfläche, als würde er in die Tiefe gezogen, und alles schien stillzustehen – der Verkehr auf der Brücke, die Schiffe auf dem Fluss, die Leute auf der Uferstraße unter uns, so als würde die Zeit den Atem anhalten, und dann, vielleicht vier Sekunden später, tauchte Nicky etwa zwanzig Meter von dem Punkt entfernt wieder auf, an dem er hineingefallen war, und kämpfte vergeblich gegen die einlaufende Flut, die ihn flussaufwärts und in die Mitte des Flusses zog. Der Teddybär war inzwischen schon auf dem Weg zur Westminster Bridge und so gut wie unerreichbar.

»O Gott, er wird ertrinken. Rad, du musst ihm nachspringen«, sagte Frances hysterisch. Rad rührte sich nicht.

»Nein, muss ich nicht«, sagte er. »Schau.« Unter uns kam tuckernd eine Polizeibarkasse in Sicht. Sie machte einen Bogen auf Nicky zu, wobei das Kielwasser einen milchigen Kreis um ihn zeichnete. Die Strömung war so stark, dass Nicky jedes Mal, wenn das Boot versuchte, seitlich an ihn heranzukommen, weiter außer Reichweite getrieben wurde. Inzwischen hatte sich auf der Brücke eine kleine Gruppe Zuschauer zu uns gesellt, in der Hoffnung, Zeuge eines erfolgreichen Selbstmordversuchs zu werden. Jedes Mal, wenn es der Barkasse nicht gelang, ihn herauszuziehen, ging vor Angst – oder war es vor Aufregung? – ein Murmeln durch die Menschenmenge. Die Barkasse brauchte mehrere Runden, bis einer der Bootsführer nahe genug herankam, um Nicky einen Rettungsring mit Leine zuzuwerfen, und ihn endlich an Bord ziehen konnte. Mit hochgezogenen Schultern und patschnass stand er am Bug des Bootes, als es unter der Westminster Bridge verschwand.

»Wenn er ertrunken wäre, wärst du schuld gewesen, Frances«, sagte Rad streng.

»Was meinst du damit?«, sagte sie, vor Schuldgefühlen und Ärger rot im Gesicht.

»Du hättest ihn davon abhalten können, aber du hast es nicht getan.«

»Du hättest ja hinter ihm herspringen können, aber du hast es nicht getan.« Sie standen sich gegenüber und starrten sich wütend an. Das war das erste Mal, dass ich sie je bei einer Auseinandersetzung gesehen hatte. Die paar Zuschauer, durch die Effizienz der Flusspolizei um ihre Tragödie betrogen, wandten sich in Erwartung eines neuen Dramas Frances zu.

»Schon gut, beruhige dich«, murmelte Rad. »Es hat keinen Sinn, hier im Regen rumzustehen und zu streiten.«

»Was glaubt ihr, wo sie Nicky hinbringen?«, fragte ich. »Ins Saint Thomas Hospital? Wenn er was von diesem Wasser geschluckt hat, werden sie ihm den Magen auspumpen müssen.«

»Es ist wahrscheinlicher, dass sie ihn einbuchten, weil er ihnen Schwierigkeiten gemacht hat.«

»Sie können ihm doch nichts anhängen, oder?«, fragte Frances.

»Weiß nicht«, sagte Rad. »Öffentliche Ruhestörung?«

»Umweltverschmutzung?«, schlug ich vor. Frances fing an zu kichern, ihr vertrautes Irrenlachen, worauf auch wir losprusteten, und ich weiß nicht, ob es nur die Anspannung war, die sich löste, aber bald kamen uns dreien vor Lachen die Tränen. Wir schnappten immer noch nach

Luft, als wir die Unterführung erreichten, wo wir an der Bordkante stehen blieben, um die Straße zu überqueren; ein schwarzes Taxi fuhr durch das einzige Schlagloch auf der Brücke und bespritzte uns in hohem Bogen mit Dreckwasser, das auf Nickys neuer Jacke ölige Spritzer hinterließ.

Später stellte sich heraus, dass sie Nicky aufs Polizeirevier gebracht hatten – »um mir trockene Sachen anzuziehen und zur Sau gemacht zu werden«, wie er berichtete. Seine Retter hatten auch den Bären herausgefischt, nicht um Nicky einen Gefallen zu tun, sondern um der Sauberkeit willen, und als er in seinem Studentenwohnheim schließlich wieder zu uns stieß, konnte er ihn Frances überreichen.

»Nur abwischen«, sagte Frances, als sie das Etikett las, während sie den mit Wasser vollgesogenen Teddy über dem Waschbecken ausdrückte. »Nicht einweichen.« Da sie inzwischen leidenschaftlich an ihm hing, nahm sie ihn mit nach Hause und legte ihn auf die Heizung, wo er zwei Tage brauchte, um zu trocknen, seinen Glanz und sein Quieken verlor und einen starken Geruch nach Abflussrohren verströmte.

28

Frances' Methode, sich für Nickys leichtsinnige Gefährdung zu bestrafen, bestand darin, einen schäbigen Salon in einer Nebenstraße von Streatham aufzusuchen, der auf Tattoos, Body-Piercing und andere Formen von Verstümmelung spezialisiert war, und von dort unauslöschlich gezeichnet mit einem von Weintrauben umschlungenen grünen Buchstaben N auf einem Schulterblatt zurückzukommen.

Sie gab vor mir damit an, als es noch frisch war – geschwollen und wund –, hielt es jedoch unter einem Pflaster versteckt, wenn sie sich in der Schule zum Korbball oder Hockey umzog. Sie war so klug gewesen, mich zu dieser Mission nicht mitzunehmen.

»Ich dachte, man muss über achtzehn sein, um sich tätowieren zu lassen«, sagte ich und versuchte meine Empörung zu verbergen – schließlich hatte sie das Tattoo jetzt für immer.

»Der Typ hat schon gefragt, und ich habe gesagt: ›Wieso? Sehe ich nicht aus wie achtzehn?‹ und er hat nur gelacht. Ich musste nicht mal lügen.«

»Das muss ein großer Trost für dich gewesen sein«, sagte ich, und sie zog eine Grimasse. »Wie findet Nicky es?«

»Tja, zuerst war er ziemlich schockiert, aber jetzt fühlt er sich geschmeichelt.« In Wahrheit war sein vorherrschendes Gefühl Furcht gewesen, dass vielleicht von ihm erwartet wurde, dass er sich revanchierte, und dann Erleichterung, als klar wurde, dass das nicht nötig sein würde. »Hast du es deinen Eltern gezeigt?«

Sie schüttelte den Kopf. »Sie sind tolerant«, sagte sie tapfer. »Es wird ihnen nichts ausmachen.« Trotzdem fiel mir auf, dass sie sich bemühte, ihre nackten Schultern nicht zu zeigen. Eines Nachmittags wurde es schließlich doch entdeckt, als Lexi ins Bad kam, während ich Frances dabei half, Henna aus ihren Haaren zu waschen. Das Henna hatte auf ihren schwarzen Locken keine große Wirkung gezeigt, aber die Badewanne war so rot, als hätte sie sich die Kehle aufgeschlitzt.

»O mein Gott«, sagte Lexi und betrachtete die blutigen Spritzer auf den Kacheln. »Ich dachte schon, du hättest dich verletzt.«

Ich konnte den Blick nicht von dem Tattoo lösen, gleich rechts neben Frances' BH-Träger. Wie konnte Lexi es nur übersehen? Bevor ich ein Handtuch um Frances' Schultern werfen konnte, hatte Lexi sich auf sie gestürzt. »Oh, das ist doch kein ... Oh, du hast doch wohl nicht ... Oh, du dummes Ding.«

Frances, leicht behindert, weil sie mit dem Kopf in der Badewanne hing, stand mühsam auf, warf ihre nassen Haare zurück und besprühte uns und die Wand mit orangefarbenen Tröpfchen. »Was ist los?«, sagte sie, dann fiel es ihr ein. »Oh.« Ihre Finger wanderten zu ihren Schultern. »Gefällt es dir nicht?«, fragte sie, da sie die Stimmung des Augenblicks auf verhängnisvolle Weise falsch einschätzte.

»Gefallen? Bist du wahnsinnig?«

Mr. Radley, der den Lärm hörte, steckte den Kopf durch die Tür. »Wer ist wahnsinnig?«

»Schau, was sie gemacht hat. Dreh dich um, Frances.«

Mr. Radley lachte – seine übliche Reaktion auf unbotmäßiges Verhalten von Frances' Seite – nicht aus Toleranz oder Gutmütigkeit, sondern weil eine gewisse Freude darin liegt, wenn man seine ohnehin geringen Erwartungen bestätigt sieht.

»Ist dir klar, wie diese hübschen prallen Weintrauben in fünfzig Jahren aussehen? Wie ein Haufen Rosinen. Sehr verführerisch«, sagte er.

»Ehrlich, Frances, mir wäre es, glaube ich, lieber gewesen, wenn du mit ihm durchgebrannt wärest und ihn geheiratet hättest. Das kann man wenigstens rückgängig machen«, sagte Lexi.

»Es wird ja nicht ewig halten«, sagte Frances. »Der Typ im Laden sagte, es wäre nur semi-permanent.«

»*Semi*-permanent«, sagte Mr. Radley. »Na, das ist ein interessanter Ausdruck.«

»Ein semi-permanentes Tattoo!«, sagte Lexi. »Das hat er wirklich gesagt?«

»Tja, nicht wortwörtlich«, gab Frances zu. »Ich habe gesagt: ›Das ist jetzt für immer, oder?‹ und er sagte: ›Nichts ist für immer, Schätzchen.‹«

In diesem Moment fing ich Mr. Radleys Blick auf, und wir beide brachen in Gelächter aus, wodurch wir der Konfrontation etwas von ihrer Schärfe nahmen. Das steckte auch Frances an. Nur Lexi verzog keine Miene. Mir war schon früher aufgefallen, dass sie nicht viel Humor hatte: Wenn jemand eine witzige Bemerkung machte, wartete sie, bis es vorbeiging, wie ein Niesanfall, bevor sie mit dem fortfuhr, was sie gerade hatte sagen wollen. Das war eine der wenigen Eigenschaften, die sie mit meiner Mutter gemeinsam hatte.

»Ich nehme an, als Nächstes willst du einen Ring durch die Nase«, sagte Lexi, als ihr klar wurde, dass der Streit beendet war.

»Sie haben Brustwarzen für fünf Pfund pro Stück gepierct, wenn du interessiert bist«, sagte Frances mit frechem Blick. »Drei für einen Zehner.«

»Drei?«, echote Lexi, während unser Gelächter von den gekachelten Wänden widerhallte.

29

In seinen ersten langen Sommerferien nahm Rad einen Job in einer Bäckerei an, wo er glühend heiße Bleche mit Brotlaiben in Öfen hinein- und wieder heraushob, um neun Uhr morgens kam er dann erschöpft nach Hause, mit Mehl in den Haaren und Augenbrauen und Schwielen an den Händen. Er brauchte das Geld nicht – er hatte sogar schon so viel von seinem Stipendium gespart, dass er sich einen Gebrauchtwagen hatte kaufen können –, aber er hatte irgendeine seltsame Vorstellung, vielleicht von seinem Vater geerbt, von der Würde körperlicher Arbeit. Sein Talent, von fast nichts zu leben, gab Familie und Freunden Anlass zur Sorge.

»Ich mache mir Gedanken um Rad«, hörte ich Lexi am Telefon zu Clarissa sagen. »Er scheint sein Stipendium zu sparen. Was tut er dort bloß?« Das war ungewöhnlich, weil Lexi sich prinzipiell nie Sorgen machte.

Nicky, der es fertig brachte, schon fast vor Beginn des Trimesters Schulden zu haben, und dem Geburtsh. und Anw. regelmäßig aus der Patsche helfen mussten, war empört. »Wegen Leuten wie dir haben Studenten einen schlechten Ruf. Die Regierung wird die Stipendien nie erhöhen, wenn sich herausstellt, dass jemand wirklich damit auskommt.«

»Ich brauche aber nicht mehr«, protestierte Rad. Er trug eine zerrissene Jeans, die er mit schwarzem Isolierband zusammenzuflicken versucht hatte, und Frances' altes Sporthemd, das über der Brust mit »Greenhurst Mädchenschule« bestickt war und auf einem Arm ihre Korbball-, Tennis- und Schwimmabzeichen als Aufnäher hatte.

Nur Mr. Radley schien diesen Stand der Dinge gutzuheißen. »Es ist sehr ermutigend, dass er eine verantwortungsvolle Einstellung zum Geld hat. Äh, Rad, du hast nicht zufällig was bei dir, oder?«

»Ich muss der einzige Student sein, der übers Wochenende nach Hause kommt und von seinem Vater angepumpt wird«, murrte Rad und griff nach seiner Brieftasche.

Zu Rads Verteidigung muss gesagt werden, dass er immerhin nicht genug Geld gespart hatte, um sich ein gutes Auto zu kaufen. Es war ein altersschwacher Citroën

2CV, zuverlässig nur in der Beziehung, dass man sich auf seine Unzuverlässigkeit verlassen konnte, und deshalb wurden Vorsichtsmaßnahmen ergriffen. Trotzdem waren Nicky, Frances und ich hell begeistert, da uns der Wagen Tagesausflüge an die Küste, Picknicks auf dem Land und einen erweiterten Horizont in Aussicht stellte. In Wahrheit verbrachten wir genauso viel Zeit damit, im Auto zu hocken und auf den Abschleppwagen zu warten, wie mit der Erweiterung unseres Horizonts, und noch mehr Zeit damit, uns zu überlegen, wohin wir fahren wollten. Unsere Überlegungen waren durch mangelhafte Initiative gekennzeichnet: Keiner wollte einen Ort vorschlagen, der sich als Reinfall erweisen würde. Deshalb war unweigerlich der halbe Tag bereits verstrichen, wenn wir endlich zu einer Entscheidung kamen.

Eines Sonntags im Juli lagen Nicky, Frances und ich im Wohnzimmer auf dem Boden und betrachteten eine amtliche topografische Karte von Surrey. Obwohl es noch früh war, war es schon heiß, und Growth kam angeschlichen, um eine kühlere Stelle zu finden; er ließ sich keuchend auf den Bauch plumpsen, mitten auf die North Downs. Lexis Empfehlung, Kew Gardens zu besuchen, war bereits auf Hohn gestoßen.

»Was ist Kew Gardens denn genau?«, hatte Frances wissen wollen.

»Das sind botanische Gartenanlagen.«

»Was kann man da machen?«

»Es sind botanische Gartenanlagen«, sagte Lexi geduldig. »Man geht hin und sieht sich die Pflanzen an. Sie haben einen Azaleengarten, ein tropisches Palmenhaus und eine schöne Rosenpergola …« Frances gähnte übertrieben. »Hmm, du bist wahrscheinlich noch zu jung, um das schätzen zu können«, gab Lexi zu, wohl wissend, dass sie Frances damit ärgern würde.

»Wie wär's mit Shere?«, schlug Nicky vor und schubste Growth weg, der ihn anknurrte.

»War ich schon«, sagte Frances und hievte sich hoch, um die Fenster zu öffnen. Sie räumte einen vertrockneten Kaktus weg, damit sie sich auf die Fensterbank knien konnte, und stellte ihn dann sorgfältig wieder zurück.

»Wie wär's mit dem Meer – Hastings oder so was?«

»Zu weit.«

»Box Hill?«

»Das ist bloß ein Hügel«, sagte Frances. »Oh, schau, das ist ein schöner Name. Half Moon Street.« Sie legte ihren kurzen, dicken Finger auf die Karte.

»Das kenne ich. Da war ich schon mal«, sagte ich. Plötzlich sah ich es so deutlich vor mir wie einen Traum, an den man sich erinnert: Jener Ausflug mit Vater, der Pub, der See, türkiser Himmel, apfelgrüne Blätter, das Cottage, Matsch, meine ruinierten Sandalen. »Es ist schön da.«

»Tja, dann lasst uns da hinfahren«, sagte Nicky, nachdem ich es ihnen beschrieben hatte. »Es dauert nicht länger als eine Stunde.«

»Abgemacht«, sagte Frances.

Als Rad nach Hause kam und sich dem Plan nur zu gerne anschloss, rief ich Vater an, um abzuklären, ob das Half Moon Street auf der Karte derselbe Ort war, an den ich dachte.

Er war im Garten gewesen, um Granny in einen Liegestuhl unter dem Magnolienbaum zu setzen, und schnaufte leicht, als er abnahm. Ich konnte ihn mir vorstellen, erhitzt und nervös, mit seiner Jacke und der Krawatte. Meine Frage überraschte ihn, und es dauerte eine Weile, bis er antwortete: »Hab ich dich dorthin mit hingenommen? ... Gütiger Himmel, dass du dich daran erinnerst ... Ja, es ist nicht weit von Dorking entfernt.«

»War da ein Pub in der Nähe?«

»Das stimmt. Eine halbe Meile die Straße runter, da wo man das Auto abstellt.«

»Er ist bestimmt nicht mehr da.«

»Tja, man soll nie die Lieblingsplätze seiner Kindheit aufsuchen – sie enttäuschen einen immer.« Er wünschte uns einen schönen Tag und entschuldigte sich. Er telefonierte nicht gern, und ich spürte immer sein Bedürfnis, sich kurz zu fassen. »Ich gehe jetzt besser und sehe nach deiner Großmutter. Ich habe sie in diesen Liegestuhl gelegt, der zuschnappt wie eine Mausefalle.«

»Wo ist Mum?«

»In der Kirche. Poliert die Messingplatten. Glaubst du, es ist zu spät für mich, religiös zu werden?«

»Ja.«

Mein Gedächtnis hatte mich nicht im Stich gelassen. Der Pub war immer noch da, und Rad, durch den Verdienst einer Woche gut bei Kasse, lud uns zum Lunch ein. Wir saßen im Garten, aßen Erdnüsse und wichen Wespen aus, während ein Mädchen mit einer fettigen Schürze unsere Steaks auf einem spritzenden Grill wendete. Danach führte ich die anderen mit Besitzermiene den eingesunkenen Feldweg hinunter zum See. Im Tunnel aus Bäumen war es kühl, dunkel und still, wie im Inneren einer Kathedrale. Gelegentlich schoss ein Lichtblitz durch einen Spalt in den Blättern, und als wir um die Ecke bogen, wurde das Sonnenlicht von der Wasseroberfläche so grell reflektiert, dass wir unsere Augen bedecken mussten.

Das Cottage war immer noch da, wenn auch unbewohnt und mit Brettern vernagelt, und der Garten von Löwenzahn und Nesseln überwuchert. Am Ufer trieb ein Boot, das verzogen war und von dem die Farbe abblätterte, an einer Leine vor und zurück, wobei es nur ganz leichte Erschütterungen im Spiegelbild der Baumspitzen und des

Himmels verursachte. Selbst das BOOTFAHREN, ANGELN UND SCHWIMMEN VERBOTEN-Schild war noch da.

»Ich hab's dir doch gesagt«, sagte ich und stupste Frances an. Sie wollte gern schwimmen und hatte trotz meiner Warnung darauf bestanden, Badeanzüge und Handtücher mitzunehmen. Rad hatte für Nicky eine Ersatzbadehose ausgraben müssen, während Frances mir ihren zweitbesten Bikini anbot.

»Ich hoffe nur, die wird nicht von Isolierband zusammengehalten«, lautete Nickys Kommentar.

Am gegenüberliegenden Ufer ging ein Paar Händchen haltend spazieren. Der Mann trug einen Rucksack, in dem ein Baby saß, das mit einem geknoteten Taschentuch auf dem Kopf hin und her schwankte. Alle paar Sekunden griff es mit seiner kleinen Hand nach oben und zerrte sich das Taschentuch übers Gesicht, und dann weinte es, bis die Frau es wieder geradezog, und das Ganze ging wieder von vorne los. Im Wald führte jemand einen Setter aus. Der Hund sprang immer wieder aus den Bäumen heraus und blieb am Ufer abrupt stehen, bevor er wieder zurückraste. Auf unserer Seite lagen zwei Mädchen auf dem Bauch im Gras und schliefen oder sonnten sich.

»Ich dachte, du hättest gesagt, es wäre ein See«, sagte Frances, als wir es uns auf einem trockenen Stück Gras bequem gemacht hatten. »Das ist eher ein Teich.«

»Ich war erst sechs, als ich zuletzt hier war«, sagte ich. »Damals sah alles anders aus.«

Rad hatte sich ein Buch mitgebracht – *Narziss und Goldmund* – und lag auf dem Rücken und las. Frances und Nicky spielten Poker. Ich kannte die Regeln nicht und hatte auch keine Lust, sie zu lernen, deshalb knüpfte ich eine Weile Gänseblümchenketten und legte mich dann mit geschlossenen Augen hin und beobachtete, wie die roten und gelben Lichter unter meinen Lidern verschwammen.

»Verdammt, Rad, das ist so typisch«, hörte ich Frances einen Augenblick später sagen. Rad las weiter. »Du bist so ungesellig.«

»Was ist am Lesen ungesellig?«, fragte er, ohne von der Seite aufzublicken. »Was soll ich denn tun? Einen Moriskentanz aufführen?«

»Du könntest dich mit Abigail unterhalten. Sie hat uns hierhergebracht, und sie langweilt sich.«

Rad seufzte und ließ sein Buch sinken. »Worüber willst du dich denn unterhalten, Abigail?«

»Ich will mich nicht unterhalten«, sagte ich. »Es ist Frances, die Schweigen zermürbend findet, nicht ich.«

»Danke«, sagte Rad und rollte sich wieder auf den Bauch. Als ich ihn verstohlen beobachtete, bemerkte ich, dass er nicht richtig las – er blätterte nicht schnell genug um, und als Nicky das Thema ihres bevorstehenden Urlaubs anschnitt, ließ er sich nur allzu gern ablenken. Sie planten, Anfang September durch Europa zu reisen, »wenn die Kinder wieder in der Schule sind«.

»Ich wünschte, ihr würdet früher fahren«, murrte Frances. »Dann könnte dieses Kind hier mit euch fahren.«

»Du kannst nicht mitkommen«, sagte Nicky und zerzauste ihr gönnerhaft die Haare. »Wir werden in Bahnhöfen schlafen, in Mülleimern nach Essen suchen und uns durchschlagen.«

»Das würde mir nichts ausmachen. Sehe ich aus wie jemand, der verhätschelt werden muss?« Nicky musste zugeben, dass sie sich beim Mülleimer durchwühlen wahrscheinlich mit den Besten messen könnte.

»Deine Eltern würden dich sowieso nicht mitfahren lassen«, sagte er.

»Mum hätte nichts dagegen – sie glaubt, ihr würdet auf mich aufpassen.«

»Keine Ahnung, wie sie darauf kommt«, sagte Rad.

»Nur Dad macht ein paar Schwierigkeiten.«

Über die Reiseroute bestanden noch Unstimmigkeiten. Nicky war für die griechischen Inseln; Rad wollte nach Berlin.

»Wir müssen ein paar Tage irgendwo, wo es warm ist, am Strand pofen.«

»Wir müssen hinter den Eisernen Vorhang.«

»Wir wollen ja nicht den ganzen Urlaub in Zügen verbringen.«

»Wir wollen schließlich eine so weite Strecke wie möglich zurücklegen.«

Der einzige Punkt, über den sie sich einig zu sein schienen, war, unter allen Umständen die Schweiz zu meiden.

»Zu teuer«, sagte Nicky.

»Zu sauber«, sagte Rad.

»Was macht dein Vater denn dieses Jahr?«, fragte ich Rad.

»Er jammert ständig, dass er niemanden hat, der mit ihm fährt – Mum fährt mit Clarissa auf eine Schönheitsfarm. Ich habe ihm einen dieser Aktivurlaube für Einsame vorgeschlagen – du weißt schon, Skizzieren in den Trossachs oder so was. Das fand er nicht besonders witzig.«

»Das erklärt, wieso er mir nicht erlauben will, mit euch zu fahren«, sagte Frances. »Er ist eifersüchtig, dass du ohne ihn wegfährst, deshalb will er sichergehen, dass noch jemand anders einen beschissenen Sommer hat.«

»Was hast du denn vor, Blush?«, fragte Nicky.

»Omasitten am Stadtrand.«

Rad wollte sich gerade wieder *Narziss und Goldmund* zuwenden, als Frances, die eine Sekunde schneller war als er, ihm das Buch wegschnappte und es mit einem Triumphschrei über seinen Kopf hinweg zu Nicky schleuderte. Rad machte einen Moment zu spät einen Satz nach vorn und setzte sich dann, um seine Würde zurückzuerlangen, resigniert wieder hin, während die beiden es hin und her warfen. »Kinder, Kinder«, sagte er im Gouvernantenton. »Ruiniert den Einband nicht«, fügte er ernster hinzu. Er war fanatisch, was den Zustand seiner Bücher betraf. Ich hatte ihn oft dabei beobachtet, wenn er versuchte, ein dickes Taschenbuch zu lesen, ohne den Buchrücken kaputtzumachen; er öffnete das Buch ein Stückchen und linste zwischen die Seiten.

Nicky und Frances, dadurch provoziert, dass er nicht aufgestanden war, näherten sich langsam dem Ufer. Ich sah schon kommen, was passieren würde. Und wie vorauszusehen, war Frances' nächster Wurf ein hoher Lob; Nicky sprang zu früh, und das Buch flog über seinen Kopf hinweg ins Wasser, wo es ein paar Sekunden trieb und dann anmutig versank.

Rad schaute ungläubig auf die kleinen Wellen. »Ihr Schweine«, sagte er. »Ich würde euch ja hinterherwerfen, aber ihr würdet nur meine Autositze nass machen.«

»Ich kaufe dir auf dem Heimweg ein neues«, sagte Frances. »Wenn du mir das Geld leihst.«

»Und was ist mit meinen Anmerkungen?«, wollte er wissen, und als wir in Gelächter ausbrachen, war selbst er so anständig, über sich selbst zu lachen.

Am Nachmittag wurde uns die Sonne zu viel. Unser Stückchen Schatten hatte sich verschoben und die Luft war wie heißer Sirup. Frances schlug zur Abkühlung einen Waldspaziergang vor, aber als wir erst einmal alles zusammengepackt und uns das Gras von den Kleidern und aus den Haaren gewischt hatten, erschien es uns sinnlos, die Abfahrt hinauszuzögern.

»Gute Wahl, Blush, gut gemacht«, sagte Rad, als wir uns auf dem Feldweg zwischen den Wänden aus freigelegten Baumwurzeln wieder auf den Weg zurück machten, und ich war so zufrieden mit mir selbst, als hätte ich den Ort erfunden.

»Denk beim nächsten Mal dran, kein Buch mitzunehmen«, sagte Frances.

»Beim nächsten Mal denk ich dran, euch zwei Trottel nicht mitzunehmen«, korrigierte er sie.

Wir fuhren mit aufgeklapptem Dach und bei laufendem Radio nach Hause – für Rad eine ungewöhnliche Frivolität, die auf ausgesprochen gute Laune hindeutete. Frances hielt kurz vor Redhill ein Eisauto an und kaufte vier unnatürlich weiße Soft-Eis, die schneller schmolzen und an unseren Armen herunterliefen, als wir sie essen konnten.

Auf dem Rückweg machten wir beim örtlichen Schwimmbad Halt, weil Frances darauf bestand, dass die Badeanzüge und Handtücher, die sie eingepackt hatte, benutzt werden müssten. Ich war als Einzige anderer Meinung. Ich benutzte meine Angst vor tiefem Wasser als Ausrede, aber insgeheim lag es an meiner Befürchtung, dass Frances' 80D-Bikinioberteil an mir nicht gerade vorteilhaft aussehen würde. Natürlich wurde ich überstimmt.

»Du kannst nicht schwimmen?«, fragte Rad erstaunt, als hätte ich gerade zugegeben, dass ich nicht schreiben konnte. Er und Frances, die von Mr. Radley bereits als Babys in den Pool geworfen worden waren und schwimmen konnten wie Delfine, bevor sie laufen lernten, neigten zu dem Glauben, dass die Fähigkeit angeboren war. »Was, wenn du in einen Fluss fällst oder so?«

»Ich würde ertrinken. Es sei denn, es würde mich jemand retten.«

»Hast du in der Schule keinen Unterricht gehabt?«, fragte Nicky.

»Meine Mutter hat eine krankhafte Furcht vor Warzen«, sagte ich. »Sie hat mich gezwungen, weiße Gummisöckchen zu tragen, die sich mit Wasser füllten und mich runterzogen.«

»Ich erinnere mich«, sagte Frances. »Wir anderen waren am tiefen Ende und tauchten in unseren Pyjamas nach Schlüsselbunden, und Abigail saß am Planschbecken und versuchte, das Wasser aus ihren OP-Strümpfen zu schütteln.«

»Ich habe nie ganz verstanden, worauf uns das Tauchen nach Schlüsseln im Pyjama vorbereiten sollte«, sagte sie später, als wir Ellbogen an Ellbogen in den überfüllten Umkleidekabinen standen. »Für ein überschwemmtes Schlafzimmer?« Sie quälte sich in einen engen schwarzen Badeanzug, der dazu gedacht war, die weibliche Figur für olympische Wettkämpfe auf Torpedoform plattzudrücken. Der weiße Bikini, den sie mir geliehen hatte, war riesig für mich. Selbst wenn ich hätte schwimmen können, hätte er nur sehr gesetzte Bewegungen erlaubt. Wenn ich hineinsprang, würde mir das Oberteil über den Kopf rutschen; wenn ich tauchte, würde mir die Hose um die Knöchel hängen.

Als wir durch das eiskalte antiseptische Fußbad zum Schwimmbecken wateten, waren Rad und Nicky bereits im Wasser. Nicky schwamm Bahnen, durchpflügte mit dem Kopf nach unten die Überholspur und trieb Kinder auseinander. Rad sprang vom Sprungbrett, so anmutig wie ein Seevogel. Frances gesellte sich zu ihm, während ich mich im flachen Ende herumtrieb, auf dem Rücken liegend, eine Hand am Geländer, und meine Haare sich fächerartig hinter mir ausbreiteten wie ein Pfauenrad. Um mich herum sprangen kleine, furchtlose Kinder vom Beckenrand ins Wasser, kreischten und spritzten sich mit Wasserbomben nass. An der Wand hing ein mit Cartoons illustriertes Schild, auf dem stand: RENNEN, SPUCKEN, SPRITZEN, ANDERE UNTERTAUCHEN, WASSERBOMBEN, RAUCHEN UND PETTING VERBOTEN. Ab und zu stieß der Bademeister, ein kleiner Mann in sehr engen weißen Shorts, in seine Trillerpfeife und deutete auf jemanden oder zitierte ihn an den Rand, um ihm eine Standpauke zu halten. Ich legte den Kopf zurück, und meine Ohren füllten sich mit Wasser, dämpften das Geplansche und Gekreische, das von den Kacheln widerhallte, und ich sah zu, wie das Licht an der Decke spielte. Als ich aufstand, war Rad neben mir.

»Dein Haar sieht von oben erstaunlich aus«, sagte er.

»Danke.«

»Wie Seetang«, fügte er hinzu, als er wegschwamm, was das Kompliment ziemlich relativierte. Trotzdem gestattete ich mir, mich geschmeichelt zu fühlen, und legte den Kopf wieder zurück, bis meine Haare sich ausbreiteten und der Bademeister heftig in seine Trillerpfeife stieß und mir befahl, sie zusammenzubinden oder eine Badekappe zu tragen, weil es unhygienisch sei.

30

Sehr geehrte Mrs. Gledloe,

mein Sohn, der an der Universität Durham studiert, plant im September eine Besichtigungstour durch Europa und hat sich bereit erklärt, als Aufsichtsperson für Frances zu agieren. Angesichts des enormen kulturellen und erzieherischen Wertes einer solchen Reise befürworte ich sie sehr und hoffe daher, dass Sie Frances in den ersten drei Wochen des nächsten Halbjahres vom Unterricht freistellen werden.

Hochachtungsvoll
Alexandra Radley

Sehr geehrte Mrs. Radley,

vielen Dank für Ihren Brief vom 12. Juli. Ich fürchte, wir wären äußerst unglücklich, wenn Frances in den ersten drei Wochen des Winterhalbjahres dem Unterricht fern bleibe. Die Oberstufe ist für die Schülerinnen sehr wichtig, und wir legen großen Wert auf Anwesenheit. Selbst wenn Frances nächsten Juni ganz sicher mit guten Noten abschneiden würde, wäre ich dagegen, dass sie so viel Stoff versäumt, und angesichts ihrer schwankenden Leistungen in den Prüfungen in diesem Sommer zögere ich nicht, die Erlaubnis zu verweigern. Ich hoffe, wenn Sie darüber nachdenken, werden Sie verstehen, dass wir nur in Frances' Interesse handeln.

Hochachtungsvoll
J. A. Gledloe

Lexi stürzte sofort ans Telefon. Es war Samstag, aber das schreckte sie nicht ab. »So viele Gledloes kann's im Telefonbuch nicht geben«, sagte sie, als sie die entsprechende Seite fand und das Buch mit der Faust plattdrückte, bis der Rücken brach. »Glebe, Gledhill, da haben wir's.«

»Du kannst sie nicht zu Hause anrufen«, protestierte Frances, als Lexi ihr die Tür zum Flur vor der Nase zumachte. »Dad, halt sie zurück.«

»Ja, sicher wäre ich bereit, in die Schule zu kommen, um es zu besprechen«, hörte man Lexi mit ihrer salbungsvollsten Stimme sagen.

»Als ob ich das könnte«, sagte Mr. Radley und zupfte den Brief auf. »Engstirnige alte Zimtziege«, schnaubte er. »›Schwankende Leistungen!‹ Verdammte Frechheit – wenn man sich schon die Mühe gemacht hat, in *allen* Fächern kläglich zu versagen.«

Frances zog eine Grimasse, als Lexi wieder ins Zimmer kam. »Ich spreche am Montag mit ihr«, sagte sie in einem Ton, der darauf hindeutete, dass die Schlacht bereits so gut wie gewonnen war.

»Ich komme mit«, sagte ihr Mann. »Ich würde sie gern fragen, was sie an einer Schule unterrichten, die im Vergleich mit den Uffizien oder der Sixtinischen Kapelle so gut abschneidet.« Er hatte der Schule immer noch nicht verziehen, dass sie die Daten der Schlacht an der Somme nicht weitergegeben hatte.

»Das möchte ich nicht«, sagte Lexi.

»Warum nicht?« fragte er. »Ich sehe immer gern einen Zusammenstoß zwischen zwei entschlossenen Frauen.«

Natürlich ging Lexi allein. Was sich während des Gesprächs genau abspielte ist nicht dokumentiert, aber Mrs. Gledloe war kein so leichtes Opfer, wie Lexi angenommen hatte. »Ich fürchte, mein Charme war an ihr vergeudet«, berichtete sie. »Die Frau ist selbst so völlig ohne Charme, dass sie nicht in der Lage ist, diese Eigenschaft bei jemand anderem zu erkennen.« Nach einer halbstündigen Diskussion war ein Patt erreicht worden. Mrs. Gledloe ließ sich nicht von der Vorstellung erweichen, dass Frances von der Quelle europäischer Kultur trank, während der Rest von uns die Köpfe in den Geschichtsbüchern hatte; Lexi ließ sich nicht vom relativen Gegenwert von drei Wochen Unterricht überzeugen. Mr. Radley, der ein leidenschaftlicher Gegner der Idee gewesen war, dass Frances Rad begleitete, war inzwischen, nach der ersten Andeutung institutionellen Widerstands, zum leidenschaftlichen Befürworter geworden.

»Vielleicht wäre sie glücklicher, wenn ein Elternteil mitfahren würde?«, sagte er hoffnungsvoll.

»Niemals«, sagte Frances.

»Ich hab's dir doch schon gesagt, für Interrail muss man

unter sechsundzwanzig sein«, sagte Rad. »Wieso fährst du nicht mit Mum auf die Schönheitsfarm? Du weißt doch, dass du Übergewicht hast.«

»Ich habe Untergröße«, korrigierte Mr. Radley ihn.

»Ich will ihn nicht dabeihaben«, sagte Lexi entsetzt. »Es soll schließlich ein Urlaub sein.«

»Ich dachte, wir hätten uns geeinigt, dass wir dieses Jahr zusammen irgendwo hinfahren«, sagte er.

»Das hatten wir auch«, sagte Lexi, »aber ich habe unsere Meinung geändert.«

Die letzte Mitteilung zu dem Thema bestand aus ein paar knappen Zeilen der Direktorin am Ende des Schuljahres.

Wir freuen uns darauf, Frances am 6. September zum Unterricht begrüßen zu dürfen. Eventuelles Nichterscheinen wird eine nochmalige Prüfung ihrer Berechtigung nach sich ziehen, Greenhurst weiterhin zu besuchen.

Das gab den Ausschlag.

Die einzige weitere Frage, die nun noch zur Debatte stand, waren die Schlafarrangements. Rad und Nicky hatten sich ein Zweimannzelt teilen wollen, aber Lexi fand es wichtig, dass Frances getrennt untergebracht wurde.

»Es ist ja nicht so, als könnten wir irgendwas anstellen, wenn Rad dabei ist«, murrte Frances.

»Ich könnte mich zwischen die beiden legen wie ein Schwert«, bot Rad an, aber das fanden seine Eltern nicht ausreichend. Ich interessierte mich sehr für dieses Problem, da ich mich schon seit einiger Zeit fragte, ob Nicky und Frances miteinander schliefen. Die Art, wie sie in der Öffentlichkeit miteinander umgingen, ließ noch größere Freiheiten unter Ausschluss der Öffentlichkeit vermuten, aber ich traute mich nicht, sie zu fragen. Die Antwort wäre entweder ein entrüstetes »Natürlich nicht!« oder ein entrüstetes »Natürlich!«, gewesen. Als wir etwa zwölf waren, hatte Frances angedeutet, dass sie nie einen Jungen an sich »herumfummeln« lassen würde, aber im Lauf der Zeit hatte sie ihre Überzeugungen offensichtlich etwas revidiert.

Ein paar Tage, bevor sie losfahren wollten, fragte ich Frances beiläufig, ob sie ihr Tagebuch mitnehmen würde, und sie gestand, dass sie keins mehr führte. Oh ha, dachte ich, und ob sie »es« getan haben. Hatte Lexi nicht gesagt, Jungfräulichkeit und Tagebuchführen hingen miteinander zusammen?

Lexis Lösung für das Problem der Unterbringung bestand darin, Frances ein eigenes, brandneues Zelt zu schenken. »Das ist für dich, und die Jungs können sich das andere teilen«, sagte sie und fixierte Nicky mit bedeutungsvollem Blick.

Als sie aus dem Urlaub zurückkamen, erzählte mir Frances, sie hätten am ersten Abend das Zelt ausgepackt, damit Rad darin schlafen konnte, und festgestellt, dass Lexi aus Versehen ein Zelt gekauft hatte, mit dem man ein tragbares Klo umgeben konnte. »Ich werde so tun müssen, als hätte ich im Stehen geschlafen«, sagte sie lachend.

Sie waren den ganzen September weg. Ich hatte bis dahin nicht gewusst, dass ein Monat so lang sein konnte. Die Frage, ob ich sie hätte begleiten können, hatte sich nicht gestellt. Meine Mutter hätte mir nie erlaubt, auch nur einen Tag Unterricht zu versäumen, und war schockiert darüber, dass die Radleys die Schwänzerei ihrer Tochter auch noch unterstützten. Ich hatte angeboten, in der letzten Ferienwoche auf Granny aufzupassen, um meine Eltern zu entlasten. Diese Selbstlosigkeit meinerseits hatte sie in ein Dilemma gebracht: Einerseits hatten sie Angst, mich unbeaufsichtigt zurückzulassen, andererseits den verzweifelten Wunsch, einmal rauszukommen.

Die Situation zu Hause wurde langsam unerträglich, da die Ansprüche meiner Großmutter immer größer wurden. Sie erwartete alles und war dankbar für nichts. Es war unmöglich, ihr eine einmalige Gefälligkeit zu erweisen, wie ihr etwas vorzulesen, sie auszuführen, ihr die Haare zu waschen und zu legen oder ihr das Frühstück ans Bett zu bringen, ohne dass sie es bösartig kommentierte. »Es wird langsam Zeit, dass mir jemand etwas vorliest. Kannst du dir vorstellen, dass ich gestern von sieben Uhr morgens bis zum Abendbrot hier gesessen habe, ohne eine Menschenseele zu sehen? So was von langweilig: Ich bin froh, wenn ich tot bin. Und ihr auch, kann ich mir vorstellen.« Was vielleicht als Gefälligkeit begann, wurde schnell zur Pflicht. Eine besondere Freude wurde im Handumdrehen als Recht angesehen. Und, so ist die menschliche Natur, obwohl die Erfüllung dieser Pflicht ihr anscheinend keine Freude bereitete, gab ihre Vernachlässigung Anlass für die bittersten Vorwürfe.

Nicht zufrieden damit, bei Tage die unhöflichste Kranke zu sein, die man sich vorstellen konnte, hatte Granny eine akute Schlaflosigkeit entwickelt und vertrieb sich die Stunden vor der Morgendämmerung damit, in voller Lautstärke Radio zu hören. Glücklicherweise lag mein Zimmer am anderen Ende des Treppenabsatzes, aber meine Eltern, deren Zimmer neben Grannys war, mussten das nächtliche Bombardement ertragen. Sie hatten schon verschiedene Tricks versucht, um den Lärm zu reduzieren. Vater kaufte einen Adapter mit eigenem Hörer, den Granny tragen sollte wie ein Hörgerät, aber sie zappelte im Bett und verheddderte sich im Kabel und riss es schließlich frustriert aus der Steckdose. Dann kaufte er ein spezielles Zusatzteil für den Lautsprecher, das dünn genug war, dass es

unter ein Kissen passte, aber Granny, die sich die Emp-
findsamkeit einer Prinzessin auf der Erbse zugelegt zu haben schien, behauptete, es wäre wie auf einem Backstein
zu liegen.

Meine Eltern hatten die Möglichkeit geprüft, meine
Großmutter eine Woche lang in einem Heim unterzubrin-
gen, damit wir drei zusammen wegfahren konnten, aber
ein wirklich sehr kurzer Blick reichte aus, um sie davon zu
überzeugen, dass dies kein Erfolg versprechendes Arrangement sein würde.

»Es wäre dem Pflegepersonal oder den Insassen, ich
meine Bewohnern, gegenüber nicht fair«, sagte Mutter eines Abends, als sie von der Inspektion einiger Institutionen
zurückkam. »Im letzten schienen sie gerade gemeinsam zu
singen. Ich kann mir nicht vorstellen, dass sie da mit-
macht.«

Die billigeren Heime waren zu deprimierend, hatten
Zweibettzimmer, es lief den ganzen Tag über ITV, die Bewohner spielten Bingo oder waren katatonisch, und es
stank nach Urin. Die teuren rochen zwar besser und hatten hübschere Tapeten, waren aber, nun ja, teuer.

»Wie schade«, sagte Vater, während er eine Hochglanz-
broschüre mit Bildern von gepflegten, lächelnden älteren
Frauen und gepflegten, lächelnden Schwestern überflog,
die in etwas saßen, das aussah wie die Parkanlagen eines
herrschaftlichen Anwesens. »In diesen Häusern kriegt
man offensichtlich eine bessere Form von Demenz.«

»Ich lasse mich nicht abschieben«, erwiderte Großmutter, als das Thema angeschnitten wurde. »Ich bin durchaus
in der Lage, auf mich selbst aufzupassen. Eine Woche
lang«, fügte sie hinzu, damit niemand auf falsche Ideen
kam.

»Wir lassen dich nicht allein. Stell dir vor, du fällst
hin!«, sagte Mutter.

»Ich habe doch gesagt, ich bleibe hier. Ich passe ganz gern auf Granny auf«, sagte ich. »Eine Woche lang.«

Da dies die beste Lösung war, fuhren Mutter und Vater in ihren Wanderurlaub in Snowdonia. Mit den Schuldgefühlen, Granny zurückzulassen und den Sorgen, mich allein zu lassen, würden sie garantiert eine schreckliche Zeit haben.

»Hier ist unsere Telefonnummer am ersten Abend«, sagte Mutter und händigte mir ein DIN-A4-Blatt mit allen Details ihrer Reiseroute aus. »Das Cottage hat kein Telefon, aber tagsüber kannst du eine Nachricht bei der Post hinterlassen. Und wenn du uns abends erreichen musst, gegenüber ist ein Pub, und du wählst diese Nummer und fragst nach Mr. Pollitt, dann holt er uns.«

Ich nickte, ohne wirklich zuzuhören. Über ihre Schulter hinweg sah ich, wie Vater mit einer Kiste Vorräte zum Auto schwankte. Das machten sie immer: Sie kauften alles vorher ein, überließen nichts dem Zufall, für den Fall, dass Müsli oder Earl Grey in Wales schwer zu kriegen wäre. »Ich rufe dich jeden Abend um fünf nach sechs von der Telefonzelle aus an. Wenn du nicht abnimmst, versuche ich es noch mal um zehn.« Mutters Stimme leierte weiter. »… Im Sekretär ist etwas Geld für Notfälle. Vergiss nicht, die Rosen zu gießen, wenn es trocken ist – benutz nicht den Sprinkler, davon werden die Blütenblätter braun. Die Hängekörbchen müssen jeden Tag gegossen werden. Oh, und es ist noch etwas Gehacktes im Kühlschrank, das fast schlecht ist, das muss gegessen werden. Viel Spaß.«

Die Woche wurde nur von einem knackenden Telefonanruf von Frances belebt. Sie hatte kaum Zeit, die Information zu übermitteln, dass sie in Rom seien, sich blendend amüsierten, dass es knallheiß sei und sie gerade aus der Peterskirche geworfen worden sei, weil sie eine kurze Hose trüge, bevor die Leitung tot war. Das war meine einzige Nachricht von den Europareisenden, abgesehen von einer Postkarte, die an dem Tag ankam, als sie zurückkommen wollten. Jeder hatte eine Zeile darauf gekritzelt.

Obwohl mein heilig gesprochener Namensvetter angeblich Tiere liebte, sind in der Basilika »Hunde verboten!« Das würde Growth nicht gefallen. Frances.

Wir haben den verknöcherten Überresten der Heiligen Klara und Franz unsere Aufwartung gemacht. Sehr erpicht auf Knochen, diese Katholiken. Das würde Growth gefallen. Rad.

Wir schreiben das in einem Ristorante. Kalbfleisch exzellent. Nicky.

Bei Frances' Rückkehr war ihr Empfang in der Schule nicht wärmer als im Vatikan. Mrs. Gledloes Ankündigung war keine leere Drohung gewesen, und die Radleys wurden aufgefordert, Frances von Greenhurst zu nehmen, damit sie nicht als erstes Mädchen in der Geschichte der Schule ausgeschlossen wurde. Dementsprechend wechselte sie zum örtlichen Oberstufengymnasium – ein Glas- und Betonblock aus den Sechzigern in der Innenstadt –, wo sie Jeans tragen, in der Kantine rauchen und am Unterricht teilnehmen durfte, wenn sie Lust hatte. Die zweite dieser Freiheiten interessierte sie nicht, doch von der ersten und dritten machte sie jeden nur möglichen Gebrauch, und ihre jeansbekleidete Gestalt ward in diesen graffitibemalten Hallen nur gelegentlich gesehen.

31

Anne Trevillions Party war die Party, auf die ich mich mein ganzes Leben lang vorbereitet hatte, und trotzdem kannte ich sie davor nicht und habe sie seitdem auch nie mehr gesehen.

Es war am Ende meines letzten Schuljahres, ein Jahr, in dem mein Stern so schnell aufgestiegen war wie Frances' verblasst war, was so weit ging, dass die Direktorin inzwischen meinen Namen kannte und mir eine Empfehlung schreiben konnte. Meine Mutter führte diese Entwicklung auf meine Erlösung von Frances' unheilvollem Einfluss zurück, und indirekt hatte sie damit wahrscheinlich sogar Recht. Ich hatte mich mehr angestrengt als je zuvor, in der Schule und beim Celloüben, weil ich nichts anderes zu tun hatte. Mein Vorspielen war gut gelaufen: Ein Platz am Royal College of Music hing von Noten ab, die ich leicht schaffen würde; ich musste nur noch warten.

Meine Einladung zu der Party erhielt ich durch Rad und Nicky. Es war Wimbledon-Zeit, und die beiden waren gerade auf dem Rückweg vom Turnier und kamen an ein paar öffentlichen Tennisplätzen vorbei, auf denen ein Spiel im Gange war, als Nicky von einem Tennisball, der über den Zaun geflogen kam und ihn mit voller Wucht am Hinterkopf traf, fast niedergestreckt wurde. Die Attentäterin war ein weiblicher Teenager. Sie muss ihr Glück kaum zu fassen gewagt haben, so mühelos zwei so anständige Typen zur Strecke gebracht zu haben. Während des langen Gesprächs, das ihren überschwänglichen Entschuldigungen folgte, stellte sich heraus, dass sie am darauf folgenden Wochenende achtzehn wurde und eine kleine Geburtstagsparty geben würde. Ob die beiden vielleicht kommen wollten? Wenn sie ihr ihre Adressen gä-

ben, würde sie ihnen auch eine richtige Einladung schicken.

»Wie widerlich«, sagte Frances, als Nicky uns von dem
Zwischenfall erzählte. Als Anhängerin der Flirtschule
»Hände hoch und ergeben« verachtete sie alle subtileren
weiblichen Schliche. »Und was habt ihr gesagt?«

»Ich habe gefragt, ob wir jemanden mitbringen könnten, und sie sagte: ›Klar – jede Menge.‹«

»Wahrscheinlich hat sie gedacht, du sprichst vom Rest
des Rugby-Teams. Gott, du bist manchmal so schwer von
Begriff, Nicky.«

»Ich glaube nicht, dass wir noch was von ihr hören«,
sagte Rad, der auf der Couch lag und *Private Eye* las.

»Schade«, sagte Nicky, um Frances zu ärgern. »Sie war
ziemlich sexy. Was, Rad?«

»Nicht schlecht«, gab er zu. »Schöne Zähne.«

»*Zähne*«, sagte Nicky verächtlich.

Die Einladung kam prompt am nächsten Tag. »Sie ist
sehr interessiert«, sagte Frances. »Sie muss noch in derselben Minute, als ihr euch verabschiedet habt, zum Briefkasten gerannt sein.« Sie blickte mit schmalen Augen von
Nicky zu Rad. »Die Frage ist nur, an wem von euch ist sie
interessiert?«

Nicky zeigte auf Rad. »Sie hat ein Mordstheater um ihn
veranstaltet. Um mich brauchst du dir keine Sorgen zu
machen«, sagte er. »Für mich ist sie einfach eine Nummer
zu groß.«

Frances grunzte. Sie war sich nicht sicher, ob die Impli-
kation, selbst keine Nummer zu groß für Nicky zu sein,
ein wirkliches Kompliment war.

Rad betrachtete die Einladung. »Das ist die Straße am
Rand von Wimbledon Common«, sagte er und deutete auf
die Adresse.

»Sie müssen nur so im Geld schwimmen«, sagte Nicky.

»Die Häuser sind riesig. Man hat ihr schon angesehen, dass sie reich ist.«

»An ein paar Proleten wie euch wird sie sich nicht mal erinnern«, sagte Frances, die bereits eine aufrichtige Abneigung gegen das Mädchen entwickelt hatte, weil es reich, gut aussehend und über jede rationale Kritik erhaben war. »Sie wird wahrscheinlich die Hunde auf uns hetzen.«

»Ihr wollt da doch nicht wirklich hingehen, oder?«, sagte ich. »Ihr kennt da doch keinen.«

»Genau die Art Party, die mir gefällt«, sagte Frances. »Wenigstens besteht die Chance, dass etwas Interessantes passiert.«

Wir wurden nicht von Hunden vom Grundstück gejagt, obwohl zwei Irische Wolfshunde aus der Gartentür geschossen kamen, als wir die Auffahrt hinaufliefen, uns zweimal umkreisten und dahin zurückschlichen, woher sie gekommen waren. Frances und Nicky hatten sich auf der Hinfahrt die meiste Zeit gestritten. Nicky war der Meinung, es zeuge von schlechten Umgangsformen, wenn man zu spät käme; Frances bestand darauf, dass niemand zu Partys ging, bevor die Pubs schlossen, egal was auf der Einladung stand. Rad und ich bevorzugten einen diskreten Auftritt im Laufe des Abends, und auf diesen Kompromiss hatten wir uns geeinigt, obwohl der Streit darüber, wer vertrauter mit dem Partyprotokoll war, weiterging.

Ich hatte das Gefühl, dass Rad ärgerlich auf mich war, weil er mich an diesem Abend gebeten hatte, ihm die Haare zu schneiden; ich hatte zunächst so getan, als ob das kein Problem wäre, aber dann mittendrin den Mut verloren, sodass er die Sache selbst zu Ende bringen musste.

Wir saßen in Frances' Zimmer und aßen Doughnuts, als er hereinkam, ein Handtuch um die nackten Schultern, nasse Haare in den Augen. »Kannst du Haare schneiden?«, fragte er und zeigte mit dem Griff einer Schere auf mich.

»Ich kann«, sagte Frances mit nervtötender Begeisterung, wischte sich die zuckrigen Finger an ihrem Kissen ab und hielt ihm die Hand hin.

»Dir traue ich nicht – du schneidest mir wahrscheinlich ein Ohr ab. Kannst du das machen, Blush?«

»Ja«, sagte ich zuversichtlich, obwohl sich meine Erfahrung darauf beschränkte, alle paar Monate einen Zentimeter meines Ponys abzuschneiden. »Wo wollen wir es machen?«

»Ich will hier nicht überall Haare rumliegen haben, danke«, sagte Frances, deren Zimmer sowieso wie ein Flohmarkt aussah, auf dem die guten Sachen schon alle verkauft waren.

»Am besten ist es in der Küche«, sagte Rad. »Da kannst du danach den Boden kehren. Man kann. Ich werde«, korrigierte er sich, als er mein Gesicht sah.

Unten zerrte Rad sich ein paarmal den Kamm durchs Haar, wobei er mehrere Zinken abbrach, bevor er ihn mir mitsamt der Schere überreichte und sich auf einem Holzstuhl mit harter Rückenlehne niederließ. Frances saß auf dem Küchentisch, ließ die Beine baumeln und blätterte Lexis *Vogue* durch.

»Wie hätten Sie's denn gern?«, fragte ich mit alberner Stimme.

»Ähm, ich möchte gern was sehen können. Aber ich will nicht wie ein Rekrut aussehen. Wenn du das hinkriegst.«

»Kein Problem«, sagte ich und fragte mich, wo ich anfangen sollte. Ich schnitt versuchsweise hinten ein bisschen was ab, bevor ich im Spiegelbild der Ofentür seinen Blick auffing. Ich lächelte nervös. Er lächelte nicht zurück.

Growth kam hereingeschlendert, drehte in der Hoffnung auf den einen oder anderen Leckerbissen ein paar Runden um unsere Knöchel und ließ sich schließlich zwischen meinen Füßen nieder. Ich schnippelte mit größerer Entschlossenheit weiter. Zu meinen Füßen bildete sich ein kleiner Haufen aus schwarzen Locken, die sich zu Flaum verwandelten, als sie trockneten. Er hat schließlich Locken, redete ich mir zu. Da fallen kleinere Unregelmäßigkeiten gar nicht auf. In der Küche war zwischen Tisch, Stuhl, Einbaumöbeln und Hund nicht viel Platz zum Manövrieren, und ich entschuldigte mich ständig, weil ich mich vorbeiquetschte oder mit dem Ellbogen Rads Hinterkopf streifte. Frances unterhielt uns, indem sie uns Schönheitstipps vorlas. »Vermeiden Sie hässliche Stirnrunzeln, indem Sie sich über Nacht ein Stück Klebeband zwischen die Augenbrauen kleben.«

»Oder versuchen Sie, die Stirn nicht zu runzeln«, sagte ich.

»Klebeband ist auch praktisch, um ein Dekolleté vorzutäuschen.«

»Allmächtiger. Frauen sind so oberflächlich«, sagte Rad.

»Da kann ich dir nur zustimmen«, sagte Mr. Radley, der in der Tür erschien. »Ich kann dir nur raten, dich von ihnen fern zu halten.«

»Pass auf, was du sagst«, sagte Frances zu Rad. »Abigail hat mal einem Mädchen den Zopf abgeschnitten, weil es ihr auf die Nerven fiel.«

Rad besah sich die Schere.

»Wirklich?«, sagte Mr. Radley und sah mich mit neuem Respekt an. »Das hätte ich gern gesehen.«

»Damals war ich erst neun«, sagte ich.

»Und schau dich jetzt an. Was ist aus diesem Kampfgeist geworden?«

»Der wurde mir durch meine spießige Erziehung ausgetrieben«, antwortete ich in dem Wissen, dass ihn das freuen würde.

»Tja, das stimmt wahrscheinlich«, sagte er und zwängte sich vorsichtig an mir vorbei, um an den Kühlschrank zu gelangen. »Leer wie immer«, sagte er empört. »Ach nein, warte – was zum Teufel macht das denn hier drin?« Er holte eine Flasche blutroten Nagellack aus dem Eierfach.

»Dann trocknet er bei der Hitze nicht ein«, erklärte Frances.

»Typisch. Nagellack im Kühlschrank, aber nichts zu essen. Hat irgendjemand vor, in naher Zukunft einkaufen zu gehen? Essen wir heute Abend eigentlich was?«

»Tja, *wir* schon«, sagte Frances. »Wir gehen auf eine Party.«

»Oh schön, Hauptsache euch geht's gut«, sagte ihr Vater. »Es sieht so aus, als würde ich heute Abend in meinem Klub speisen.« So bezeichnete er das griechische Restaurant in der Hauptstraße. Er holte einen Zehnpfundschein aus seiner hinteren Hosentasche. »Das ist das Geld, das ich dir schulde«, sagte er zu Rad.

»Oh, danke«, sagte Rad und streckte ihm die Hand hin.

»Ich muss es mir nur zurückborgen, um mir ein Kebab zu holen«, sagte er und steckte es wieder ein. »Viel Spaß auf eurer Party«, fügte er hinzu. Und dann zog er summend ab.

Ich war immer noch am Kämmen und Schneiden, aber mit immer weniger Überzeugung. Alle paar Minuten musste ich den Kamm nass machen – Rads Haare trockneten schneller, als ich sie schneiden konnte.

»Bist du sicher, dass du weißt, was du tust?«, wagte er zu fragen, als das Haar an den Seiten durch mein Streben nach Gleichmäßigkeit immer kürzer wurde. Ich stand vor ihm, an den Ofen gequetscht, und biss mir vor Konzentration auf die Lippe.

»Natürlich«, sagte ich leise und zerrte an der Haarsträhne über einem Ohr, als würde ich versuchen, eine Perücke geradezuziehen, die verrutscht war.

»Au. Durch Ziehen wird es auch nicht länger.«

Ich legte die Schere beiseite. Ich kam mir vor wie ein Bergsteiger, den auf der Hälfte einer Felswand der Schwindel packt. Kann nicht mehr weiter. Kann nicht zurück. »Ich stecke fest«, sagte ich.

Rad öffnete den Mund, um etwas zu sagen, überlegte es sich dann anders und stieß stattdessen einen Seufzer aus, der darauf schließen ließ, dass seine Geduld bis aufs Äußerste strapaziert war, bevor er die Schere nahm und wegging, um sich einen Spiegel zu suchen.

»Für das, was ich bereits gemacht habe, berechne ich nichts«, rief ich ihm nach.

»Weißt du was«, sagte Frances zu mir, als wir uns umzogen. »Ich glaube, Rad hat ein Auge auf diese Anne Trevillion geworfen. Wieso sollte er sonst so scharf drauf sein, da heute Abend hinzugehen? Normalerweise hasst er Partys. Er hat sich sogar die Haare gewaschen.«

»Ich weiß schon, was passieren wird«, sagte ich und wühlte in der Schublade ihrer Frisierkommode nach der Wimperntusche, obwohl es jetzt kaum noch einen Zweck zu haben schien, sich Mühe zu geben. »Rad wird mit der hübschen Anne verschwinden, du und Nicky werdet den ganzen Abend über die Köpfe zusammenstecken, und ich werde in der Küche hocken und Salzgebäck essen.« Ganz unten aus der Schublade funkelten mir zwei Wimpernwickler entgegen wie Folterinstrumente. Ich hatte nicht vor, meine Zeit mit etwas so *Oberfächlichem* zu vergeuden. Nickys Prophezeiungen über den Pomp der Veranstaltung hatten mich so eingeschüchtert, dass ich mein einziges schickes Kleid angezogen hatte – ein kurzes Schwarzes mit dünnen Trägern und winzigen Jettperlenschnüren, die ein knirschendes Geräusch von sich gaben, wenn ich mich setzte. Jetzt, als ich in Frances' Zimmer stand und mich in ihrem verschmierten Spiegel betrachtete, kam ich mir plötzlich zu festlich gekleidet vor. Die einzigen passenden Schuhe, die ich hatte, waren unbequeme Slingpumps, die vorne spitz waren und Spikeheels hatten. Am Ende des Abends würde ich halb erfroren und verkrüppelt sein – so viel war sicher.

»Wieso tragen Frauen solche blöden Dinger an den Füßen?«, sagte Rad, als er mich zum Auto hinken sah.

»Tja, heute Abend suchen wir einen Mann für Abigail«, verkündete Frances, als wir endlich auf dem Weg waren. »Rot!«, kreischte sie, als Rad heftig auf die Bremse trat.

»Sag das nicht so, als sei es eine so große Herausforderung«, murrte ich.

»Ich bin froh, dass wir den Rollschuh um die Ecke geparkt haben«, sagte Nicky, als wir die Auffahrt hinaufliefen, die dem Vorhof eines Ausstellungsraums für Luxuswagen ähnelte. Das Haus, das einen Blick auf Wimbledon Common hatte, war ein dreistöckiges Herrenhaus, geschützt durch schwere Sicherheitstore aus Eisen, wie meine Mutter sie sich wahrscheinlich erträumte, und durch eine hohe, mit Wistarien und Geißblatt bewachsene Mauer.

An der Haustür wurden wir von einem Mann mit schwarzem Schlips abgefangen, der uns ums Haus herum in den Garten dirigierte. Es war schwer zu sagen, ob er ein Partygast war oder ein professioneller Platzanweiser. Ich kam mir vor wie eine Hochstaplerin, die kurz davor war, in der Öffentlichkeit entlarvt zu werden. Aus Nervosität wurde mein Lächeln starr.

»Schau nicht so unsicher«, zischte mir Frances ins Ohr. »Wir sind ordnungsgemäß eingeladen.«

Im Vorfeld hatte einige Unsicherheit darüber geherrscht, was wir mitbringen sollten. »Das wird nicht die Art Party sein, zu der man ein Six-Pack mitnimmt«, sagte Nicky.

»Wenn es ihr achtzehnter ist, sollten wir ihr ein Geschenk mitbringen«, sagte Frances. »Aber woher sollen wir wissen, was sie schon hat?«

»Kauft was Billiges«, schlug Lexi vor. »Egal was ihr nehmt, es wird den Anforderungen sowieso nicht entsprechen. Aber verpackt es aufwändig.«

Auf diesen Rat hin hatte Frances eine Basil-Brush-Fingerpuppe in einer Schachtel verpackt und großzügig mit Bändern und Schleifen geschmückt. Sie vergaß es der Gastgeberin zu überreichen, als wir ihr vorgestellt wurden, und am Ende des Abends hatte sie das Päckchen noch immer in der Hand.

Im Garten war die Party bereits im Gange. In den Bäumen funkelten winzige bunte Lichter, und auf dem Krocketrasen spielte ein altmodisches Grammofon knisternd ein paar Wiener Walzer, während einige Paare – meist im Alter meiner Eltern – sich gekonnt drehten. Mitten auf dem Rasen stand ein Festzelt, aus dem ständig Leute mit beladenen Tellern herauskamen. Kellnerinnen in Uniform reichten Champagner und Appetithappen herum. Die jüngeren Leute waren sehr schick angezogen. Mehrere Mädchen trugen lange Ballkleider und ihre Partner Smoking. Plötzlich kam mir mein schwarzes Kleid nicht mehr ganz so schick vor.

»Ich wusste, ich hätte mir einen schwarzen Schlips umbinden sollen«, murrte Nicky.

»Ich glaube nicht, dass ich einen Schlips besitze«, sagte Rad sinnierend. »Nicht seit Mum meine alte Schuluniform verhökert hat.«

»Welche ist es denn?«, fragte Frances.

Rad und Nicky suchten die Grüppchen auf dem Rasen ab. »Sie ist ziemlich groß, blond und sieht ziemlich gut aus«, sagte Nicky. Das half nicht viel.

»Für mich sehen sie mit hoch gestecktem Haar alle gleich aus«, sagte Rad und schüttelte den Kopf.

»Und ich hatte eine Gehirnerschütterung«, sagte Nicky.

Wir waren noch nicht weit gegangen, als ein Mädchen im grünen Taftkleid sich aus einer Gruppe löste und übers Gras auf uns zugerauscht kam. Ihre blonden Haare waren zu einem brutal gesprayten Knoten hochgebunden.

»Ihr seid gekommen!«, sagte sie offensichtlich überrascht und erfreut, wobei sie sehr weiße, gleichmäßige Zähne zeigte. »Ich freue mich sehr. Ich besorge euch was zu trinken«, sie brach ab und ließ mit einer bloßen Neigung des Kinns eine der Tablett-Trägerinnen zu sich kommen, »und dann werde ich euch mit ein paar Leuten bekannt machen. Ich bin übrigens Anne«, sagte sie angesichts Rads und Nickys Versäumnis, uns einander vorzustellen, zu mir und Frances. »Ehrlich gesagt bin ich ein bisschen besoffen«, vertraute sie uns an, »deshalb tue ich das gleich, solange ich mich noch an alle Namen erinnern kann.« Völlig entwaffnet ließen wir uns von Gruppe zu Gruppe herumreichen, bis unsere Integration endlich vollbracht war. Das war ein langsamer und mühsamer Prozess: Gespräche wurden mittendrin unterbrochen, als wir vorgestellt wurden, und nach verlegenem Schweigen wieder aufgenommen, als wäre nichts geschehen. Aber unsere Gastgeberin war unermüdlich und gab nicht auf, bis sie Nicky und Frances bei ein paar Schulfreunden gelassen hatte, Rad bei ein paar Mitgliedern des Ruderachters ihres Bruders, und mich bei ihren Eltern.

Mr. Trevillion war groß, hatte graues Haar und dramatische schwarze Augenbrauen, die aussahen, als hätten sie einmal zu einer Maske mit falscher Nase und Brille gehört, tatsächlich aber echt waren. Er schien ein wenig perplex, dass sich in seinem Garten so viele fremde Leute amüsierten.

»Sie sind eine Tennisfreundin von Anne?«, sagte er, als er an meiner Hand zerrte. Er hatte nicht richtig zugehört, als seine Tochter ihren Bericht über die Kette von Zufällen herunterrasselte, die uns verband. Ich hatte keine Lust, die ganze Geschichte noch einmal zu erzählen: Auf der Suche nach viel versprechenderer Gesellschaft blickte er schon über meine Schulter.

»Sozusagen«, antwortete ich.

»Prima. Ich hole Ihnen noch etwas zu trinken.« Und er ergriff mein leeres Glas und flüchtete. Das war bis zum unglücklichen Ende der Party ein paar Stunden später das Letzte, was ich von ihm sah.

»Dann sind Sie keine Schulfreundin von Anne? Nein, nein«, sagte Mrs. Trevillion, die die entnervende Angewohnheit hatte, eine Frage zu stellen, meine Antwort vorauszusehen und mir den Bruchteil einer Sekunde zuvorzukommen. »Hatten Sie einen weiten Weg? Nicht allzu weit, nein, gut.« Aus den Augenwinkeln sah ich Nicky, der gerade den Augenblick vorspielte, als der verhängnisvolle Tennisball ihn mit voller Wucht traf.

»Wir hatten schreckliches Glück mit dem Wetter«, sagte Annes Mutter und schaute auf meine nackten Schultern. »Ich weiß nicht, was wir getan hätten, wenn es geregnet hätte.« Danach folgte eine Pause, während wir beide zum wolkenlosen Himmel blickten. Meine Wangen fingen vor Lächeln langsam an zu schmerzen. Lass dir bloß was einfallen, drängte ich mich selbst. Die Kunst, einfache Sätze zu bilden, die ich seit früher Kindheit als selbstverständlich empfunden hatte, schien mir entfallen zu sein. Ihr ein Kompliment über ihr Kleid zu machen, schien unangebracht, so elegant es auch war.

»Das ist ein schöner Garten«, brachte ich schließlich zu Stande und wurde für diese Banalität mit einem erfreuten Lächeln belohnt.

»Gefällt er Ihnen? Oh, gut. Er ist meine große Leidenschaft. Ich habe einen wunderbaren Helfer, der die schwere Arbeit macht und mir die Sachen überlässt, die Spaß machen. Soll ich Sie herumführen?« Mein Herz wurde schwer – meine Schuhe drückten sowieso schon. Ich folgte ihr um das Festzelt herum, wobei ich den Rasen mit meinen Absätzen auflockerte, während sie mir die spalierten Birnbäume und die Quittenhecke zeigte und im Vorbeigehen die Namen der Sträucher herunterleierte wie eine lateinische Litanei. Am Ende des Gartens stand ein riesiger Schuppen mit einem Vorhängeschloss an der Tür. »Das ist die Werkstatt meines Sohnes«, erklärte sie. »Er bastelt an alten Motorrädern herum.« Durch die staubigen Fenster konnte ich die Umrisse eines halben Dutzends Motorräder aus der Vorkriegszeit erkennen, die sich in verschiedenen Stadien der Montage befanden. Das einzige vollendete Modell war ein Meisterstück der Restauration, jeder Zentimeter Chrom so funkelnd wie ein Diamant. Hier war offensichtlich ein Experte am Werk.

»Als kleines Mädchen hat Anne immer im Gartenhaus geschlafen.« Mrs. Trevillion deutete auf einen achteckigen Schindelpavillon vor einer Pappelreihe, die die Grenze des Grundstücks markierte. »Das könnte man natürlich heute nicht mehr machen. Damals ist uns gar nicht in den Sinn gekommen, dass jemand einsteigen könnte.«

Am anderen Ende des Hauses war noch mehr Garten, weniger kultiviert, mit hohem Gras, Wildblumen und Apfelbäumen, die gerade anfingen, Früchte zu tragen. Ich hätte nie für möglich gehalten, dass jemand, der in London wohnte, so viel Platz hatte. Am Ende des Obstgartens standen drei Bienenstöcke. An einem lehnte ein Junge in einem schwarzen T-Shirt und Jeans und rauchte eine selbst Gedrehte. Er versteckte sich, als wir vorbeikamen, und da Annes Mutter ihn nicht bemerkt hatte, sagte ich nichts. Als wir gingen, blickte ich zurück und sah ihn mit den Beinen baumelnd auf einem Baum sitzen. Er machte eine unanständige Geste mit der Zunge, und ich wandte mich wieder ab und tat so, als hätte ich es nicht gesehen.

»Arbeiten Sie viel im Garten?«, fragte Annes Mutter und blieb stehen, um die verwelkte Blüte einer fetten Rose abzuknipsen. »Wahrscheinlich nicht. Sie sind zu jung. Das ist eine Beschäftigung für Leute mittleren Alters.«

Ich dachte an unseren Garten zu Hause, wo das Gras zu Streifen geschoren war, und an Mutters Pomponringelblumen und Pompondahlien wie Pudelschwänze, und die Setzlinge, die von Juni bis September massenweise farbenfroh blühten und dann wieder ausgerissen wurden.

»Erinnern Sie mich daran, Ihnen etwas Honig mit nach Hause zu geben«, sagte meine Gastgeberin, als wir zum Kampfplatz zurückkamen. »Mögen Sie Honig? Natürlich.« Auf dem Weg kamen wir an Rad und Annes Bruder Neil vorbei, die in entgegengesetzte Richtung gingen. Ich fing Rads Blick auf, und er blinzelte mir zu – eine völlig untypische Geste, die mich bis zu den Schultern erröten ließ. Mrs. Trevillion stellte mich am Festzelt ab, bevor sie sich entschuldigte und einen Neuankömmling herbeiwinkte. »Du hast mich gerade vor einer komischen Freundin von Anne gerettet«, hörte ich sie flüstern. Ich entriss einer der kreisenden Kellnerinnen ein Glas Champagner, stürzte es hinunter und spürte, wie die Bläschen in meiner Nase platzten. Ich konnte keinen von den anderen sehen, also nahm ich mir einen Teller, stellte mich am Buffet an und machte das nonchalante Gesicht einer Frau, die nur vorübergehend von ihrem Partner getrennt wurde. Während ich wartete, trank ich noch ein Glas Champagner, und dann noch eins. Das Essensangebot war überwältigend. Die Bedienungen schienen miteinander im Wettbewerb zu stehen, ihre Schüsseln zu leeren: Mein Teller war schon voll, als ich erst die halbe Runde hinter mir hatte. Im Kühlschrank der Trevillions würde kein Platz für Nagellack sein.

Weil drinnen kein Platz mehr frei war, begab ich mich wieder nach draußen und fand ein Plätzchen an einer Mauer zwischen zwei Töpfen mit weißen Geranien. Ich sah auf die Uhr. Es war erst Viertel vor zehn. Ich fragte mich gerade, wie ich den Rest des Abends rumkriegen sollte, als Frances mit einem randvollen Teller ankam und sich neben mich quetschte.

»*Salzgebäck*«, sagte sie verächtlich.

»Wo ist Nicky?«

»Betrinkt sich wahrscheinlich irgendwo. Er hat seinen eigenen Champagnervorrat gefunden. Wo ist Rad?«

»Weiß nicht.«

»Oha.« Frances sah mich bedeutungsvoll an. »Ich wette, ich weiß, bei wem er ist.« Einen Moment später wurde ihr Selbstvertrauen angeknackst, als das Objekt ihrer Verdächtigungen ohne Rad aus dem Haus kam und auf uns zusteuerte. Der Saum ihres Kleides war ausgerissen, und alle paar Sekunden verfing sie sich mit dem Fuß darin und stolperte. Steife Haarsträhnen lösten sich bereits aus ihrem Knoten.

»Tut mir Leid, wenn ich störe«, sagte sie, schob einen kühlen Arm durch meinen und zog mich von der Wand weg. »Aber ich möchte dich mit jemandem bekannt machen. Einer von Neils Ruderfreunden fragt mich dauernd, wer das Mädchen mit den langen Haaren ist, deshalb habe ich versprochen, dich ihm vorzustellen. Er ist wirklich nett«, fügte sie hinzu, was mir, was sein Aussehen betraf, keine großen Hoffnungen machte.

»Ist er sehr groß?«, fragte ich.

»Nein, durchschnittlich«, antwortete sie verdutzt.

»Oh gut, dann kann ich die hier ausziehen«, sagte ich, zog meine Schuhe aus und erlaubte meinen armen, gequetschten Zehen, sich im kühlen Gras zu strecken. Ich ließ die Schuhe an der Mauer bei Frances, die damit beschäftigt war, meinen Teller zu leeren.

»Ich hoffe, es macht dir nichts aus, wenn ich frage, aber seid ihr ein Paar, du und Rad?«, fragte Anne, als wir am Festzelt vorbeikamen. »Ich habe Frances schon gefragt, aber sie hat nur hysterisch gelacht.«

Einen Augenblick lang erwog ich eine unverfrorene Lüge: Wenn sie wüsste, dass Rad noch zu haben war, wäre sie hinter ihm her wie ein Windhund hinter einem elektrischen Kaninchen. Aber ein älterer Anspruch meinerseits würde sie wahrscheinlich auch nicht groß abschrecken. Sie schuldete mir keine Loyalität und sah aus wie jemand, der daran gewöhnt war, zu kriegen, was er will. Trotzdem wollte ich es ihr nicht leicht machen.

»Es ist kompliziert«, sagte ich mit bedeutungsvollem Blick, und sie schenkte mir ein mitfühlendes, wissendes Lächeln von Frau zu Frau.

»Was ist kompliziert?«, sagte eine Stimme direkt hinter mir, und ich wurde vor Verlegenheit fast ohnmächtig, als Rad mit amüsiertem Gesicht den Kopf um die Zeltklappe streckte.

»Nichts. Alles. Ich darf mich nicht aufhalten«, stotterte ich und deutete auf Anne, die mit großen Schritten vorwegging. Das würde mir eine Lehre sein. »Ich lerne einen Ruderer kennen.«

»Einen Bruder?«, sagte Rad, als ich floh.

»Ich hoffe, er hat nicht alles gehört«, sagte ich.

»Ja. Das würde die Komplikationen noch komplizieren«, sagte Anne unschuldig. Ich hatte das Gefühl, sie hatte mich durchschaut. »Das ist Frank«, fügte sie hinzu und zeigte auf einen der Typen in Smokingjacke, die, wie ich vorher beobachtet hatte, Probleme mit dem Walzertanzen hatten. »Er studiert in Cambridge.« Sie hatte gerade seine Aufmerksamkeit erregt und winkte ihn zu uns herüber, als sie plötzlich innehielt und ihr Griff um meinen Arm fester wurde. »Oh *Scheiße*. Was macht der denn hier?« Ich folgte ihrem Blick und sah den Jungen in Jeans, der auf dem Apfelbaum gesessen hatte. Er lungerte lächelnd und nickend am Rande einer Gruppe herum, als wäre er am Gespräch beteiligt, was er offensichtlich nicht war. Er sah nicht ganz normal aus.

»Den habe ich eben bei den Bienenstöcken gesehen«, sagte ich.

»Ich wünschte, es wären Killerbienen.«

»Wer ist das?«

»Mein Exfreund Grant. Ich habe ihnen gesagt, sie sollen jemanden vors Tor stellen, damit er nicht reinkommt. Scheiße, Scheiße Scheiße. Frank, das ist Abigail. Kannst du auf sie aufpassen?«, sagte sie zu meinem neu ernannten Wächter, der mit einer Champagnerflasche in der Hand näher gekommen war. Sie drehte sich auf dem Absatz um. »Ich muss Dad und Neil suchen. Entschuldigt.« Und sie hob den gefährlichen Saum ihres Kleides hoch und lief forsch dahin zurück, wo wir hergekommen waren.

»Hallo Abigail«, sagte Frank und füllte mein Glas.

»Hallo.« Er hatte ein großes sommersprossiges Gesicht und einen freundlichen Akzent. Was war es für einer? Kanadisch?

»Du siehst aus, als wäre dir ein bisschen kalt.« Irisch. Es war eine warme, beruhigende Stimme, und außerdem war ich nicht scharf auf ihn, also konnte ich mich entspannen.

»Das stimmt«, sagte ich. »Abendgarderobe für Männer

und Frauen scheint für unterschiedliche Klimata entworfen worden zu sein. Ist dir das schon aufgefallen?«

»Man braucht Thermalunterwäsche«, sagte er. »Oder Terminalunterwäsche, wie meine Granny es nennt.« Er testete mit dem Handrücken die Temperatur meiner Arme, die von Gänsehaut überzogen waren. »Du kannst meine Jacke haben«, sagte er galant. »Obwohl es schade ist, dein hübsches Kleid zu verdecken.« Er half mir hinein, und ich stand da, meine Fingerspitzen ragten unter den Manschetten hervor, wie eine Zehnjährige in einem Schulblazer, der auch in den nächsten fünf Sommern noch passen muss. Ohne Schuhe und mit Jacke fühlte ich mich zum ersten Mal an dem Abend wohl.

»Du studierst in Cambridge«, sagte ich. »Was machst du da?«

»Meistens rudern. Trinken. Im Sommer Kricket.« Er musterte mich von Kopf bis Fuß. »Du solltest mal Steuerfrau spielen. Du bist dafür genau richtig gebaut.«

»Danke. Glaube ich.« Ich war es nicht gewöhnt, dass mein Körper nach seinem »Bau« beurteilt wurde. Das erinnerte mich an einen Schornstein oder ein Silo. »Ich kann sowieso nicht schwimmen.«

»Das macht nichts. Man wird nicht jeden Tag in den Fluss geworfen.« Er füllte mein Glas wieder auf, das anscheinend schon wieder leer war. Ich beschloss, dass er mir ziemlich gut gefiel.

»Ich meinte, welches Fach studierst du?«

»Oh, nach dem allmorgendlichen Katzenjammer mach ich ein bisschen Geschichte. Sie drohen ständig damit, mich rauszuwerfen, aber nächstes Jahr steck ich den Kopf in die Bücher.«

Er lachte. »Und du? Du ruderst nicht. Du spielst bestimmt auch nicht Kricket. Was machst du den ganzen Tag?«

»Ich habe gerade die Schule fertig. Ich warte auf das Ergebnis – ich gehe im September aufs Royal College of Music.« Es sollte noch eine Weile dauern, bis ich anfing, mich als Cellistin oder Musikerin zu definieren.

»Ich hab keinen blassen Dunst von Musik«, sagte Frank fröhlich, und dann aus dem Mundwinkel: »Ist das dein Freund da drüben, der zu uns rüberstarrt?« Ich wandte mich um und sah Rad, der sich an die Mauer lehnte und mit saurem Gesichtsausdruck über Frances' Schulter zu uns blickte. Bevor ich winken konnte, war er weggegangen. »Nein«, sagte ich. »Er ist der Bruder meiner Freundin. Eigentlich glaube ich, dass er hinter Anne her ist.«

»Wirklich? Er wäre gut beraten, einen großen Bogen um sie zu machen. Ihr letzter Freund ist völlig verrückt geworden.«

Das Knacken eines Lautsprechers und das plötzliche Dröhnen von Musik aus dem Festzelt verriet uns, dass die Disco begonnen hatte.

»Möchtest du tanzen?«, fragte Frank. »Oder nicht?« Er drehte die Flasche um, und das letzte Rinnsal aus Champagner schäumte in meinem Glas.

»Wieso nicht?«, sagte ich und fühlte mich plötzlich glücklich. Ich war achtzehn, barfuß, leicht betrunken und völlig sorglos.

Wir ließen uns mit der allgemeinen Strömung zum Zelt treiben und spähten hinein. Ich war jetzt ohne meine Schuhe fast so unsicher wie vorher mit ihnen. Stühle und Tische waren zur Seite geräumt worden, und ein paar Leute hüpften bereits auf der Tanzfläche herum. In den Ecken pulsierten jede Menge blinkender Lichter und warfen verzerrte Schatten auf die Zeltwände. Als meine Augen sich an das Flimmern gewöhnten, entdeckte ich Nicky, dessen Arme und Beine sich rhythmisch bewegten, wenn auch leider nicht in dem Rhythmus, den die Musik vorgab.

»Ich tanze ganz gern«, sagte Frank mir ins Ohr. »Aber ich habe immer das Gefühl, wenn ein Haufen Marsianer hier landen würde und diese seltsame und völlig sinnlose Aktivität sehen würde, würden sie uns für eine ziemlich primitive Spezies halten.«

»Ungefähr dasselbe denke ich über Kricket«, sagte ich. Er sah ehrlich schockiert aus. »Und ich habe gerade gedacht, was für ein nettes Mädchen du bist.«

Annes Bruder Neil kam aufgeregt zu uns. »Wo ist Matt?«, wollte er wissen.

»Weiß nicht. Warum?«, sagte Frank.

»Ich möchte, dass er am hinteren Tor Schmiere steht. Ich hab grad Annes Ex rausgeschmissen, und wenn der Wichser noch mal versucht reinzukommen, knall ich ihm eine.« Er marschierte mit geballten Fäusten davon. Frank seufzte.

»Der verrückte Freund, von dem ich dir erzählt habe. Ich glaube, ich versuche lieber, Blutvergießen zu verhindern«, sagte er. »Hat mich gefreut, mit dir zu reden.« Er gab mir einen Kuss auf die Wange und lief hinter Neil her. »Geh nicht mit meiner Jacke nach Hause«, rief er über seine Schulter. »Sie ist nur ausgeliehen.«

Nicky fing meinen Blick auf und kam herübergetanzt. »Come on Eileen«, hämmerte die Musik. »Come on, Abigail«, sagte Nicky, schnappte sich meine Hand und zog mich auf die Tanzfläche.

»Wo ist Frances?«, brüllte ich ihm ins Ohr. Er zuckte unbekümmert mit den Schultern, die Handflächen nach oben. Oh ha, dachte ich. Ein Krach. Meine nackten Zehen kamen mir so nahe bei den Quadratlatschen der Tänzer ziemlich ungeschützt vor, aber mir fiel nicht mehr ein, wo ich meine Schuhe gelassen hatte. Nickys unberechenbare Bewegungen erwiesen sich auf jeden Fall als wirkungsvoll, wenn es darum ging, Platz zu schaffen: Jeder, der sich zu nah heranwagte, lief Gefahr, aus Versehen eine verpasst zu bekommen.

Dexy's Midnight Runners waren von Madonna abgelöst worden. »Like a vir-ir-gin«, sang Nicky mir mit einem Grinsen zu, das mich rasend machte. Ich kehrte ihm den Rücken, und er tätschelte herablassend meinen Kopf. »Nur ein Scherz«, schmeichelte er mir, stieß mich dann in die Rippen und zeigte durch die Menschenmenge zu einem Tisch, an dem Rad allein saß, mit verschränkten Armen und gelangweiltem Gesichtsausdruck. »Sieh dir den jämmerlichen alten Kerl an«, sagte er lachend und wischte sich die verschwitzten Stirnfransen aus den Augen. Es wurde immer heißer. »Komm«, schrie er, als er nach einigem Winken endlich Rads Aufmerksamkeit erregt hatte. »Komm und tanz mit.«

Rad kräuselte verächtlich die Lippen. Mr. Darcy, dachte ich. War er für eine solche Brüskierung nicht in die Knie gezwungen worden? Ermutigt durch diesen Präzedenzfall ging ich zu seinem Tisch. Das höhnische Lächeln verwandelte sich in Rads typischen missbilligenden Blick. Es entstand eine kurze Pause, als der DJ die Platten wechselte.

»Schöne Schuhe«, sagte er sarkastisch.

»Schöner Haarschnitt.«

Wir starrten uns wütend an. »Du hast ja nicht viel Zeit verschwendet«, sagte er und deutete mit einem Nicken auf Franks Jacke.

»Was meinst du damit?« Die Musik brach wieder los und übertönte seine Antwort.

Nach ein paar gebrüllten Wortwechseln, die aus »Was?« und »Sprich lauter« bestanden, stand Rad auf. »Lass uns gehen«, las ich von seinen Lippen ab, und er trieb mich zurück in den Garten, wo es jetzt kalt und dunkel war. Kleine Galaxien aus bunten Lichtern schimmerten in den Zweigen, und aus dem Haus strömte bis hin zum

Krocketrasen ein gelbliches Leuchten. Ein starker Wind zerrte an den Kleidern der Frauen und an der losen Klappe des Festzelts.

»Was hast du da drin gesagt?«

»Ich hab gesagt, du und dieser Ire habt ja nicht lange gebraucht, euch an die Wäsche zu gehen.«

»*Dieser Ire!*«

»Wie er auch immer heißt.« Es folgte eine Pause. »Frank«, kapitulierte er.

»Wir sind uns nicht gerade an die Wäsche gegangen. Er hat mir nur seine Jacke geliehen, weil mir kalt war. Das hast du mir nicht angeboten.«

»Ich trage keine Jacke«, protestierte er. »Willst du, dass ich mein Hemd ausziehe?«

»Das ist sowieso Nickys Hemd.«

»Oh-oh«, sagte Rad und fasste mich am Ellenbogen. Auf den Stufen vor der Verandatür stand Anne und spähte in die Dunkelheit, offensichtlich auf der Suche nach jemandem. »Hast du Rad gesehen?«, hörten wir sie Neil fragen, der bei dem Wind versuchte, sich eine Zigarette anzuzünden.

»Schnell«, sagte Rad, zog mich ins Gartenhaus und schloss die Tür. Drinnen war es warm und trocken, mit einem muffigen Geruch nach ausgedörrtem Holz. Ich wischte einen der Banksitze ab, die an den Wänden entlangliefen, wobei große Stücke weißer Farbe absplitterten.

»Hier.« Rad reichte mir ein verblichenes Kissen, und wir setzten uns, etwa zehn Zentimeter auseinander, und lauschten den gedämpften Geräuschen der Party.

»Magst du sie nicht?«, fragte ich. »Frances glaubt das.«

»Frances weiß überhaupt nichts. Was glaubst du?«

»Das geht mich nichts an.«

»Sie ist ein bisschen zu direkt«, sagte er. »Sie schickt

ständig ihre Freunde rüber, um mich zu verhören. Sie scheinen zu glauben, wir gehen zusammen.«

»Ich weiß nicht, wie sie darauf kommen.«

»Nein. Lächerlich, was?« Wir lachten und schüttelten die Köpfe über dieses Beispiel menschlicher Torheit, und dann senkte sich Schweigen auf uns wie dicker Nebel.

»Es ist Viertel vor elf«, sagte ich schließlich und sah auf die Uhr. »Es kommt mir vor, als müsste es später sein. Oder früher.« Trottel, dachte ich. Glücklicherweise schien er es nicht bemerkt zu haben.

»Ich werde das wahrscheinlich bereuen«, sagte Rad.

»Tja, dann tu es nicht.«

»Aber ich könnte es bereuen, wenn ich's nicht tue. Hast du was dagegen?« Und bevor ich die Chance hatte zu antworten, beugte er sich vor und küsste mich.

Das ist Rad, war mein einziger Gedanke.

»Da. Das wollte ich schon seit Ewigkeiten tun«, sagte er, als wäre mich zu küssen wieder eine so lästige Pflicht, die man auf der Liste abhaken konnte, wie sich zum Beispiel neue Absätze an die Schuhe machen zu lassen. »Jetzt wirst du mir wahrscheinlich eine runterhauen und etwas völlig Niederschmetterndes sagen.«

»Nein, werde ich nicht«, sagte ich, immer noch zu benommen, um etwas Kluges zu erwidern.

»Tja, das ist ja eine Erleichterung.« Er küsste mich noch einmal, diesmal selbstsicherer, und schon als das geschah, prägte ich mir jedes Detail des Augenblicks ein, sodass ich es in meiner Fantasie tausendmal wieder durchleben konnte. Als er sich an mich drückte, müssen seine Hemdknöpfe sich in den Fäden meines Kleides verheddert haben, denn als wir uns voneinander lösten, war da das Geräusch zerreißender Baumwolle, und Hunderte von winzigen Jettperlen fielen klappernd zu Boden. Rad versuchte sie wieder aufzulesen, gab dann aber auf. Jedes

Mal, wenn ich mich bewegte, fielen noch mehr herunter. »Du scheinst dich aufzulösen, Abigail«, sagte er und lächelte mir vom Boden aus zu. Und dann sah er verwirrt aus und sagte wieder »Abigail« mit entrückter Stimme, als würde er versuchen, sich mit einem Wort wieder vertraut zu machen, das plötzlich seltsam klingt. Als er aufstand, waren auf seiner Hose, da wo er gekniet hatte, zwei runde Schmutzflecken. Er machte einen Schritt auf mich zu und blieb dann stehen. »Hier riecht es verbrannt.«

Zuerst dachte ich, er würde Witze machen, und wollte gerade ein abgedroschenes Klischee zum Besten geben, dass es mein Herz wäre, aber er hörte nicht zu.

»Der Schuppen brennt«, sagte er und stürzte aus der Tür. Ich folgte ihm perlenstreuend. Um den Schuppen schlängelten sich Flammen, und ein orangefarbenes Leuchten von innen zeigte, dass sie bereits Fuß gefasst hatten.

»Hey!«, schrie Rad den Garten hinauf über die dröhnende Musik hinweg. »Der Schuppen brennt!« Ein paar Leute, die gerade aus dem Obstgarten kamen, sahen die Flammen und rannten über den Rasen zu uns, überlegten es sich dann aber anders und flitzten zurück zum Haus, um Alarm zu schlagen. Innerhalb von Sekunden war die Hölle los: Geschrei, Gerenne und eine hilflos herumstehende Menschenmenge. Die Musik hatte abrupt aufgehört, und alle strömten aus dem Festzelt, um das Schauspiel zu beobachten. »Haben die keinen Gartenschlauch?«, fragte jemand, aber eine eventuelle Antwort wurde von der Explosion übertönt, als das Benzin in den Motorrädern Feuer fing, die Schuppenfenster zerbarsten und sich ein großes Flammenmeer über das Dach ausbreitete. Die Menschenmenge wich zurück. Innerhalb weniger Sekunden hatten die Flammen den Schuppen verschlungen.

Neil schob sich durch die Menge nach vorne. »Meine Motorräder«, brüllte er verzweifelt und stürzte zum brennenden Gebäude. Von dieser selbstmörderischen Rettungsaktion wurde er von ein paar Freunden zurückgehalten, die ihn wegzerrten.

»Das war dieser Scheißwichser Grant«, schimpfte er vor allen, die ihm zuhörten. »Grant«, schrie er in die Dunkelheit, als würde der Brandstifter dort noch rumlungern. »Du bist ein toter Mann!«

Der Wind wehte die Flammen gefährlich nahe zum Festzelt, und Funken prasselten bereits auf die Zeltbahn. »Das geht gleich in Flammen auf«, sagte Rad. Diese Bemerkung hörte Mr. Trevillion, der in der Nähe stand und die schluchzende Anne tröstete. Er übernahm das Kommando.

»Baut das Ding ab«, befahl er, worauf etwa ein Dutzend von uns, froh darüber, endlich etwas Nützliches tun zu können, sich daran machte, das Festzelt mit mehr Hast als Methode abzubauen. Spannschnüre wurden gekappt und Pfähle herausgerissen, und nach ein paar Minuten schwankte die gesamte Konstruktion und sank nach vorn wie eine Frau in einer Krinoline, die betrunken umfällt. Es war keine Zeit gewesen, den Boden abzutragen oder Tische und Stühle wegzuräumen. Später stellte sich heraus, dass Nicky zu der Zeit auf einer Stuhlreihe gelegen und geschlafen hatte. Kurz vorm Ersticken wachte er in totaler Dunkelheit auf und kroch auf der Suche nach dem Ausgang wie eine Ratte am Zeltrand entlang. Mr. Trevillion, Frank und ein paar Helfer rissen an der Seite des Gartens einen Zaun weg, damit das Feuerwehrauto ein leichteres Durchkommen hatte. In dem Moment, als sie damit fertig waren, brauste die Feuerwehr mit heulenden Sirenen heran. Schläuche wurden aufgerollt wie Parteibanner, und innerhalb von fünf Minuten war der Schuppen nur noch ein geschwärztes, rauchendes Skelett.

»Lass uns gehen«, sagte Rad. »Sie werden jetzt nicht mehr scharf auf Gäste sein.«

»Was ist mit Nicky und Frances?«

»Ich habe Nicky schon vor Ewigkeiten gesagt, sie sollen um Mitternacht am Auto sein, wenn sie mitfahren wollen, aber er war wahrscheinlich zu besoffen, um es zu verstehen. Um ehrlich zu sein, ist es mir auch egal, wenn er nach Hause laufen muss. Er ist eine ziemlich Zumutung, wenn er ein paar gekippt hat.«

Ich fand meine Schuhe an der Mauer wieder. Jemand hatte sie mit der Spitze in einen Geranientopf eingepflanzt. Aus irgendeinem Grund waren sie mir jetzt nicht mehr annähernd so unbequem. Als wir die Auffahrt schon fast zur Hälfte hinuntergegangen waren, fiel mir ein, dass ich immer noch Franks Jacke trug. Beim Haus war er nicht zu sehen, deswegen ging ich wieder nach hinten und hing sie an einen Kirschbaumzweig.

Der Garten bot ein Bild der Verwüstung. Das Festzelt, immer noch nicht ganz abgebaut, lag auf dem Rasen wie ein großes, eingefallenes Soufflé. Drumherum waren abgestellte Teller und leere Champagner- und Bierflaschen im Gras verteilt. Leute, die vorher noch getanzt hatten, standen planlos und verlegen herum und warteten auf ihren Rausschmiss. Ein paar Ruderer planten, einen Suchtrupp zu bilden, um die Straßen nach Grant zu durchkämmen. Anne weinte immer noch untröstlich; die Wimperntusche hinterließ tintige Spuren auf ihren Wangen. Am Ende des Gartens tropfte und rauchte noch der ausgebrannte Schuppen, und Neil kauerte zwischen den Ruinen und untersuchte die Überreste seiner verkohlten Motorräder.

Als wir gingen, fuhr die Polizei gerade vor.

»Wo gehen wir hin?«, fragte ich, als Rad in die entgegengesetzte Richtung seines Wagens lief.

»Ich weiß nicht«, sagte er. »Lass uns einfach spazieren gehen.«

Das taten wir, Seite an Seite, im Abstand von dreißig

Zentimetern, schweigend, an prachtvollen Häusern mit hohen Mauern und Toren vorbei, die wie Zugbrücken gegen die Welt waren, bis ich mich schon fragte, ob ich mir die Episode im Gartenhaus nur eingebildet hatte. Aber an meinem Kleid war eine kahle Stelle, die es bewies. Ohne mir etwas dabei zu denken, zupfte ich an einem Faden, und in meiner Hand löste sich ein weiterer Perlenstrang und fiel kaskadenartig zu Boden.

»Seltsamer Abend«, sagte Rad kopfschüttelnd.

Das kannst du laut sagen, dachte ich, aber bevor ich irgendwas erwidern konnte, griff Rad nach meiner Hand und zog mich zwischen die Bäume, was mein Herz vor Aufregung und Angst heftig schlagen ließ. »Schau«, sagte er und deutete nach oben. »Fledermäuse.« Ich spähte durch die Zweige und sah ein paar schwarze Umrisse, wie verbrannte Papierfetzen, die flatternd über uns kreisten. Und dann, da wir unter einem Baum standen und es schade gewesen wäre, das nicht auszunutzen, presste Rad mich an den Stamm und küsste mich ziemlich heftig.

»Ich weiß nicht«, sagte er danach, und ich fand, dass es das Netteste war, was er je gesagt hatte, und es war das einzige Mal, dass ich ihn Unsicherheit ausdrücken hörte. Er fuhr mit der Hand durch mein langes Haar. »Ich liebe deine Haare. Schneid sie niemals ab.«

»Haare schneiden ist nicht mein Ding. Wie du weißt.«

Er ging auf den Weg zurück, und ich folgte ihm, wobei ich noch mehr Perlen verlor, und diesmal legte er den Arm um meine Schultern, und ich schlang meine um seine Taille. Wir liefen weiter, wobei wir unbeholfen mit den Hüftknochen zusammenstießen, weil es nicht gerade eine bequeme Art war, sich zu bewegen, aber keiner von uns wollte sich geschlagen geben. Außerdem war es für mich eine Erleichterung, so nahe bei ihm zu gehen, damit er mein brennendes Gesicht nicht sehen konnte. Selbst in einer solch extremen Situation, in diesem Augenblick der Offenheit, konnte ich mich des Gefühls nicht erwehren, dass wir auf einem Hochseil balancierten: Ein falsches Wort, eine falsche Geste, und wir würden in einen Abgrund aus Verlegenheit fallen, aus dem es keine Rettung mehr gab.

»Hast du das wirklich ernst gemeint, dass du das schon seit Ewigkeiten tun wolltest?«, fragte ich, als wir in eine Seitenstraße mit großen viktorianischen Häuserreihen einbogen. Ich hätte gern geglaubt, dass er es nicht nur aus einer Laune heraus getan hatte.

Rad nickte.

»Wie lange?«

»Ach, ich weiß nicht. Seit Frankreich, denke ich.«

»Frankreich? Was hat dich so lange davon abgehalten?«

»Du hast mich nie ermutigt.«

»Dazu hast du *mich* nie ermutigt.« Wir starrten uns fast böse an, als fühlten wir uns wie die Opfer irgendeines Streichs, der uns unnötig Zeit gekostet hatte.

»Du warst immer so unnahbar.«

»Aber du hättest in der Lage sein müssen, das zu deuten. Außerdem hast du vor einer Minute noch gesagt, du magst keine direkten Frauen.«

»Alles, was man braucht, ist ein Hauch von Interesse. Sogar als du heute Abend meine Haare geschnitten hast, hast du eine Armlänge entfernt von mir gestanden. Kein Wunder, dass es so vermurkst ist.«

»Ich wollte dich nicht bedrängen.«

»Und wenn ich's mir recht überlege, ich hab dich sehr wohl ermutigt. Ich hab dich damals im Urlaub nach Ypern gefahren. Und dann hab ich dir *Goodbye to All That* gekauft. Wofür du dich übrigens nie bei mir bedankt hast.«

»Das hätte ich ja getan, aber du warst schon in Durham. Ich konnte ja schlecht Frances nach deiner Adresse fragen – sie wäre misstrauisch geworden.«

»An diesem Nachmittag am Hügel zweiundsechzig hätte ich mich fast getraut – erinnerst du dich an diese Schützengräben im Wald hinter dem Museum?«

Ich nickte. »Und wieso hast du es nicht getan?«

»Tja, erstens hatten wir den Alten dabei. Und wir hatten uns gerade all diese Bilder von Leichen und Pferdeteilen in Bäumen angesehen, und es schien nicht so ganz der richtige Moment zu sein.«

»Ich wusste gar nicht, dass du so wählerisch bist.«

»Heute Abend hätte ich fast auch nicht den Mut aufgebracht, aber dann habe ich gesehen, wie Frank dich angequatscht hat, und da bin ich irgendwie in Panik geraten.«

»Er war nett«, sagte ich.

Rad verzog das Gesicht. »Ich nehme an, ich sollte ihm dankbar dafür sein, dass er dich betrunken gemacht hat.«

»Ich bin nicht betrunken«, log ich. Der Bürgersteig unter mir floss dahin wie ein Gleitband am Flughafen. Die Sterne erschienen mir heller und zahlreicher als je zuvor, und über uns schien ein schmaler, fingernagelartiger Mond, wie ein Riss im Hintergrund des Himmels. Am Ende der Straße blieben wir stehen.

»Welche Richtung?«, sagte Rad. An der Ecke gegenüber stand ein riesiges, hässliches Haus am Ende einer gekrümmten Auffahrt. Es hatte auf jeder Seite Turmzimmer und im obersten Stockwerk asymmetrische Fenster, die ihm ein schiefes Aussehen verliehen, wie jemand, dessen Brille auf einer Seite vom Ohr gerutscht ist. Das Haus wurde von einem Paar Torpfosten flankiert, die vom Kopf eines brüllenden Löwen und einem bösartig aussehenden Adler gekrönt waren.

»Hier war ich schon mal«, sagte ich.

»Das Gefühl habe ich auch oft«, sagte Rad. »Sogar

ohne zu trinken. Ich habe vor kurzem irgendwo gelesen, dass ein Déjà-vu von einer Art Kurzschluss im Gehirn verursacht wird«, quasselte er weiter.

»Nein. Ich meine, ich war hier wirklich schon mal. Vor Jahren. Mein Dad hat auf dem Weg nach Half Moon Street hier angehalten und ein Päckchen abgegeben. Ich weiß noch, dass ich Angst vor diesen Figuren hatte.« Ich ging die Auffahrt hinauf.

»Was hast du vor?«, sagte Rad.

»Ich klingele.«

»Es ist fast Mitternacht. Bist du verrückt?«

»Unten brennt noch Licht.«

»Was willst du denn sagen?«

»Hallo.« Ich weiß nicht, woher diese Welle der Unvernunft kam; vielleicht war es der Champagner, der mich angeben ließ, oder die Euphorie, mit Rad zusammen zu sein, oder etwas noch viel Unheimlicheres. Aber der Mut verließ mich erst, als ich die Haustür erreichte, und bis dahin muss das Geräusch meiner Absätze auf dem Weg durchs offene Fenster zu hören gewesen sein, denn ein Gesicht erschien kurz zwischen einem Vorhangspalt, die Lichter im Korridor wurden eingeschaltet, und bevor ich mich zurückziehen konnte, wurde die Tür etwa zehn Zentimeter geöffnet, und dann wieder geschlossen, während der unsichtbare Bewohner mit der Kette kämpfte. Ich war plötzlich nüchtern, verlegen und wäre geflohen, wenn ich gedacht hätte, ungeschoren davonzukommen. Rad lungerte noch in den Schatten am Fuße der Auffahrt, bereit, mich zu retten oder wenn nötig wegzurennen. O Gott, was habe ich jetzt getan?, dachte ich. Vielleicht sollte ich nur so tun, als hätte ich mich verlaufen und bräuchte eine Wegbeschreibung.

»Entschuldigung«, sagten wir beide, als die Tür sich öffnete.

Mir gegenüber stand ein Mädchen, vielleicht zwei Jahre jünger als ich. Sie hatte langes, blondes Haar, meine Augen, meine Nase, die Ärmste, und als sie vor Überraschung leise lachte, sah ich, dass sie meinen schiefen Zahn hatte. Wir starrten uns einen Augenblick an.

»Hallo«, sagte ich schließlich. »Ich bin Abigail Onions.«

»Ich weiß«, sagte sie und machte eine plötzliche, erfolglose Bewegung mit dem Fuß, um eine magere Katze aufzuhalten, die an uns vorbei in die Rhododendren schoss. Sogar ihre Stimme klang wie meine.

»Und wer bist du?« Ich musste einen von Rads Kurzschlüssen erlebt haben, denn ich schien die Worte zu hören, bevor sie sie ausgesprochen hatte.

Sie streckte mir zur Begrüßung die Hand hin. »Ich bin Birdie«, sagte sie.

IV

32

Die Sicherung, die seit sechzehn Jahren vor sich hin geschmort hatte, war endlich durchgebrannt, und meine Familie wurde auseinandergesprengt.

Letztendlich verließ mein Vater das Haus, obwohl es Mutter lieber gewesen wäre, wenn diese Geste ihr überlassen worden wäre: Einen Koffer zu packen, mit der Haustür zu knallen, so, bügel deinen Kram selber, ich verbringe keine Nacht mehr mit dir unter einem Dach. Aber sie konnte ja schlecht meine Großmutter im feindlichen Lager zurücklassen. Also blieb es meinem Vater – ein wenig verspätet – überlassen, zu tun, was sich gehört. Er wollte nicht gehen; er hatte sich bereits vollkommen erniedrigt und schon seit vielen Jahren Buße getan, dachte er jedenfalls, doch es stellte sich heraus, dass die Vergebung meiner Mutter nur eine Leihgabe, kein Geschenk gewesen war, die sie jetzt wieder zurückforderte.

Er nahm kaum etwas mit und suchte sich die erbärmlichste Unterkunft, die man sich vorstellen kann, so als könnte er nicht ganz glauben, was geschah; er wollte nicht zugeben, dass es so bleiben würde. Nach ein paar Wochen besuchte ich ihn dort: Er hatte sich ungefähr drei Meilen entfernt in einem riesigen viktorianischen Haus ein möbliertes Zimmer genommen. Auf der Treppe lag ein Teppichstreifen, der so abgetreten war, dass man auf jeder Stufe das Holz darunter sehen konnte. Im Flur stand eine abgestorbene Bananenpflanze in einem Korbständer, und auf dem Fußabtreter lag ein Haufen unsortierter Briefe. Die Mieter durchwühlten offensichtlich die Post, nahmen sich, was ihnen gehörte, und warfen den Rest wieder auf den Boden.

Vaters Zimmer lag im zweiten Stock. Es war braun gestrichen und hatte haferbreifarbene Wände, die mit Löchern von Reißzwecken und winzigen Blu-Tack-Klecksern übersät waren. An ein paar Nadeln hingen noch Papierfetzen von Postern, die in Eile abgerissen worden waren. Es war ein Ort, den man schnell wieder verlassen würde. Er hatte dort ein Bett, über das er eine Strickdecke von zu Hause gelegt hatte, einen Tisch, auf dem seine Schreibmaschine stand, einen Schrank, der so in einer Ecke platziert war, dass er einen Boiler kaschierte, und ein Handwaschbecken mit einem algengrünen Streifen vom Wasserhahn bis zum Abfluss. Unter dem Becken befand sich ein kleiner elektrischer Herd, dessen Ofen Vater als Aktenschrank benutzte. Er schien nicht die Absicht zu haben zu kochen. Auf Grund des Geruchs im Raum und der Verpackungen im Papierkorb folgerte ich, dass er sich von Kebabs und Currys ernährte.

Ich ging auf das riesige Schiebefenster zu, das einen Blick auf die Mülltonnen und Windmühlen in den Nachbargärten gewährte.

»Darf ich das ein bisschen öffnen?«, fragte ich. Es war drückend im Zimmer, und zusätzlich zum Kebabgeruch war da noch der Duft nach ungewaschener Wäsche und Pfeifenrauch.

»Es ist zugenagelt«, sagte Vater. »Wahrscheinlich, um die Mieter davon abzuhalten, sich aus Verzweiflung rauszustürzen.«

»Sag das nicht.«

»Entschuldigung. Wie geht's deiner Mutter?«

»Ganz gut.«

»Gut, gut. Und Granny?«

»Ich wohne immer noch nicht wieder dort«, gab ich zu. Seit meiner Entdeckung hatte ich nicht mehr zu Hause übernachtet. Unfähig, meine Eltern direkt zu konfrontieren, hatte ich feige ein paar Zeilen hinterlassen, die mir die Gelegenheit gaben, ohne Angst vor einer offenen Konfrontation etwas von meinem Ärger abzureagieren.

Gestern Abend habe ich durch Zufall meine Halbschwester getroffen. Ich stehe noch unter Schock – nicht so sehr, weil es sie gibt, sondern weil ihr es so lange vor mir geheim gehalten habt. Ich kann vor allem Granny die Lüge nicht verzeihen, die sie mir erzählt hat, dass ich eine Schwester gehabt hätte, die gestorben wäre. Das war grausam und unnötig. Ich bleibe lieber bei Frances, bis ich meine Gefühle geordnet habe.

Alles Liebe
Abigail

Dieser Brief hatte viele Versionen durchlaufen – ein paar davon lang und theatralisch, ein paar kühl und knapp. Das »Alles Liebe« war ein großes Zugeständnis. Mir war nicht in den Sinn gekommen, dass meine Eltern sich deshalb trennen könnten. Meine! Die sich kaum je stritten und die nie die Stimme erhoben. Ich dachte nur an mich selbst und an die Entschuldigungen, die sie mir schuldeten.

Die Radleys akzeptierten meine Anwesenheit ohne Murren und behandelten mich mit dem Respekt, den man jemandem schuldet, der entgegen aller Erwartungen Dramatik in ihren Haushalt gebracht hatte. Dass meine Familie sich erhoben und als tragisch und interessant erwiesen haben sollte, erschien ihnen wie ein Affront gegen die Natur. Das Seltsame an der Sache wurde an diesem Sonntag noch dadurch unterstrichen, dass alle Radleys, Auntie Mim, Nicky und ich eingeschlossen, zum Mittagessen Roastbeef aßen, das Lexi zubereitet hatte, wobei die Unterhaltung kooperativ und höflich war, während meine Eltern ein paar Meilen entfernt ihre Ehe in Stücke rissen.

Innerhalb von vierundzwanzig Stunden nach der Vertreibung meines Vaters stand Mutter auf Frances' Türstufe und bat mich, nach Hause zu kommen. Rad machte die Tür auf.

»Hallo, R ... ähm, ist Abigail da?« Mutter hatte schon immer eine Aversion gegen Spitznamen gehabt: Sie brachte es einfach nicht über sich, etwas auszusprechen, das nicht auf einer Geburtsurkunde stand. Ich konnte sie schlecht für eine offene Aussprache zu den Radleys hereinbitten, deshalb gingen wir zur Hauptstraße und sahen uns nach etwas um, wo wir uns hinsetzen konnten. Sie schlug die Wimpy Bar vor – mein erster Hinweis darauf, dass sie verzweifelt war.

»Bitte komm zurück«, sagte sie und versuchte nicht zu weinen. »Es ist nicht nötig, dass du auch gehst.« Wir rührten unseren Tee mit Plastikstäben um. Keine von uns hatte große Lust, ihn zu trinken.

»Wieso ist Dad jetzt erst gegangen? Das verstehe ich nicht. Wenn du schon immer von Birdie gewusst hast, welchen Unterschied macht es dann, dass ich es weiß?« *Ich bin jetzt die Geschädigte*, hätte ich am liebsten geschrien.

»Es macht einen großen Unterschied. Es ist leichter, privat etwas zu vergeben. Bald werden es alle wissen.« Eine junge Frau mit drei Kleinkindern an einem Laufgurt wie eine Hundemeute manövrierte sich an uns vorbei, und Mutter senkte die Stimme – als wären sie daran interessiert, unsere Familiengeheimnisse zu belauschen! »Alle in

der Kirche, in der Praxis und in der Mittwochsgruppe.«
Ihr Kinn fing an zu zittern.

»Wie sollen sie es rausfinden? Ich werde es keinem erzählen.«

»Du hast es Frances doch schon erzählt, oder?«, sagte sie. »Und ich nehme an, die gesamte Familie weiß es inzwischen.«

»Das musste ich. Rad war dabei. Außerdem muss ich mit jemandem reden. Wenn ihr mich gar nicht erst angelogen hättet –«

»Wir haben nie gelogen!« In diesem Punkt ließ sie sich nicht beirren. »Wir haben nur beschlossen, dass es etwas ist, das du nicht wissen musst. Ich wusste nicht, dass Granny diese schreckliche Geschichte erfunden hat. An dem Tag, als du gesagt hast, du hättest in Dads Brieftasche ein Foto gefunden, hat sie uns nur erzählt, sie hätte dich beruhigt und dich zu dem Versprechen gezwungen, es nie wieder zu erwähnen. Ich bin wütend auf sie.« Ihr Mund verzog sich schmerzlich. »Jetzt sprechen wir alle nicht mehr miteinander.« Ich hielt über dem Tisch ihre Hand, während sie nach einem Taschentuch griff. Ich spürte, dass wir von den beiden Mädchen hinter der Theke interessiert beobachtet wurden. Auf meinem Tee hatte sich eine braune Haut gebildet. Ich ritzte ein Kreuz hinein.

»Wir haben das für dich getan. Wir haben versucht, dir eine glückliche Kindheit zu ermöglichen.«

»Ich weiß, ich weiß. Ich bin auch glücklich«, sagte ich mit bebender Stimme. »Ich wünschte nur, ihr hättet mir davon erzählt, bevor ich es auf diese Weise herausfinden musste.«

»Wir konnten ja nicht wissen, dass ihr euch je über den Weg laufen würdet. Es erschien uns sehr unwahrscheinlich.« Es folgte eine Pause, während sie ihr feuchtes Taschentuch durch ein trockenes ersetzte.

»Hast du die Frau je getroffen?«, fragte ich trotz meiner leisen Angst, dadurch eventuell noch mehr Tränen auszulösen.

»Nein. Nie«, sagte sie. »Sie war Referendarin an seiner Schule. Dein Vater sollte sich um sie kümmern, weil sie Schwierigkeiten hatte. Es war nur eine einmalige Sache. Es war keine Affäre. Er hat es mir sofort gebeichtet. Und es war in Ordnung. Aber dann hat sie ihm gesagt, sie würde, na ja, ein Baby bekommen.« Ihre Stimme wurde wieder wässrig. »Es war einfach schrecklich.«

Ich hörte sie reden, als wäre sie weit weg. Wir saßen in der Wimpy Bar, meine Mutter und ich, und sprachen darüber, wie mein Vater, der jeden Tag eine Krawatte trug, sogar in den Ferien, der niemals im Halteverbot parken würde, *jemanden schwängerte*. Ich war plötzlich von Mitleid mit ihr überwältigt. Es schien jetzt so offensichtlich, dass die Ehe meiner Eltern nicht auf traditionelle Weise glücklich – in Wahrheit sogar kalt und leer gewesen war. Und es war klar, dass sie, weil sie ihm jahrelang, nur um meinetwillen, eine Vergebung vorgespielt hatte, die sie nicht empfand, gedämpft, dünnhäutig, scharfzüngig und bitter geworden war.

»Du warst erst anderthalb. Ich habe ihn zu einer Entscheidung gezwungen. ›Uns‹ oder ›sie‹.« Ich sah zu, wie sich die Haut auf meinem Tee neu bildete. Sie drückte meine Hand. »Und er hat sich für dich entschieden.«

Vater bot mir eine Tasse Tee an. Er hatte sich bei Boots einen winzigen Wasserkocher gekauft, den er am Handwaschbecken füllte. Er hatte sich nichts Nützliches mitgebracht und wollte sich auch nichts kaufen, das nach langfristiger Unabhängigkeit roch. Das war ein akzeptabler Kompromiss: Die Art Anschaffung, die man mit dem Gedanken an die nächsten zwei Wochen, aber nicht länger, tätigen würde.

»Diese Dinger sind ziemlich praktisch«, sagte er und zeigte auf die Teebeutel, als er sie in die Becher fallen ließ. Er war über diese Entdeckung erfreut. Zu Hause hatten wir immer Teeblätter, eine vorgewärmte Kanne, Teewärmer und Porzellantassen. Frances hätte losen Tee nicht einmal erkannt – sie hatte einmal bei uns in die Büchse geschaut und gesagt: »Was ist das denn? Schnupftabak?«

Dad holte die Milch von der Fensterbank, wo sie in der prallen Sonne gestanden hatte. Er schnüffelte daran und verzog das Gesicht. Als er den Karton schüttelte, hörte ich das Schlipp-Schlapp von Gelee an Pappe, und in meiner Kehle stieg die Galle hoch. »Schwarz ist okay«, sagte ich.

»Ist es nicht an der Zeit, dass du wieder nach Hause ziehst?« Er trug die nassen Teebeutel auf einem Löffel zum Papierkorb, wobei er eine Tropfenspur hinterließ. »Deine Mum muss dich vermissen. Und du solltest all das nicht an ihr auslassen.«

»Ich geh zurück, wenn du auch zurückgehst.«

»Sie will mich noch nicht zurückhaben. Es ist zu früh. Im Moment bin ich hier besser aufgehoben, damit sie etwas Zeit für sich hat. Außerdem können die Radleys dich nicht den ganzen Sommer unterbringen.«

»Das macht ihnen nichts aus. Ich bin wie eine Tochter für sie«, sagte ich gedankenlos und hätte mir die Zunge abbeißen können, als ich den verletzten Ausdruck sah, der für den Bruchteil einer Sekunde über sein Gesicht huschte.

»Mir tut das alles sehr Leid«, sagte er und hob die Schultern in einer hilflosen Geste. »Egal, was du von mir denkst, du weißt doch, wie sehr ich … was du mir bedeutest. Ich wollte dich nicht belügen, aber es dir zu erzählen erschien mir noch schlimmer.«

»Birdie wusste alles über mich.«

»Tja, ihr Dilemma war natürlich ein ganz anderes. Ich nehme an, du hast dich länger mit ihr unterhalten.«

»Ja.«

»Wie geht es ihr? Ist sie gesund?«

»Ja. Sie sieht genau so aus wie ich. Und wie du.«

»Ah.«

»Wieso hast du sie nicht mehr besucht?«

»Ich habe sie gesehen, als sie ein Baby war, und ich habe ihr an Weihnachten Geschenke gebracht und Ostereier und so weiter.«

Ostereier, dachte ich, und eine Erinnerung kämpfte sich ans Licht.

»Aber natürlich hat das deine Mutter unglücklich gemacht, und als Birdie alt genug war, um Fragen zu stellen, fand sie meine Besuche langsam verwirrend und schwierig, deshalb hat Val, ihre Mutter, mir gesagt, ich solle damit aufhören. Ein paar Jahre lang habe ich ihnen Geld geschickt, aber irgendwann kam es zurück, und ich nahm an, sie hätte geheiratet.« Er zog fragend eine Augenbraue hoch.

»Ja«, sagte ich. »Aber sie haben sich vor ein paar Jahren scheiden lassen.«

»Ah, tja, das ist ein Nationalsport.« Er lächelte gespenstisch.

»Dann fährst du also, wenn du mit dem Auto verschwindest, nicht zu ihnen.«

Er schien höchst erstaunt über diese Vermutung. »Nein, natürlich nicht. Ich habe in den letzten zwölf Jahren keine von beiden besucht. Wenn ich wegfahre, fahre ich nur … weg.«

Wie konntest du das tun?, hätte ich am liebsten gesagt, aber ich sah, welche Qualen ihm dieses Gespräch bereitete, und ich hatte nicht den Willen, noch tiefer zu bohren. Als ich ging, kritzelte er die Nummer des Münzfernsprechers in der Halle auf die Rückseite eines Umschlags und gab ihn mir. »Du kannst mich jederzeit anrufen«, sagte er.

»Wenn ich nicht rangehe, frag einfach nach Zimmer fünf, dann kommt einer meiner Mitgefangenen und klopft an die Tür.«

»Kennst du einen von ihnen?«

»Wir nicken uns auf der Treppe zu. Manche Leute hinterlassen wegen des Putzplans wütende Nachrichten an der Badezimmertür. Es ist fast so wie früher in meiner Studentenbude. Nur ohne den Spaßfaktor.«

33

Birdie wurde bei den Radleys mit der üblichen, ungezwungenen Gastfreundschaft willkommen geheißen. An jenem Abend, als ich bei ihr geklingelt hatte, hatte sie uns hereingebeten, und wir hatten zusammengesessen und geredet bis um drei, als Rad schließlich mit dem Kopf auf dem Küchentisch einschlief, und ich musste ihn wachrütteln und ihn zum Kaffeetrinken auffordern, damit er uns nach Hause fahren konnte. Seitdem hatte ich Birdie nur auf neutralem Territorium getroffen – in einem Park, im Café oder bei Frances. Sie hatte mich bei diesem ersten Mal ihrer Mutter vorgestellt, aber ich spürte, dass es unpassend gewesen wäre, sie öfter zu besuchen. Valerie Cromer arbeitete in einer Art fensterlosem Besenschrank an einem Schreibtisch und schwang sich auf ihrem Drehstuhl herum, als wir klopften. Ihre Haare waren braun mit grauen Strähnen und zu einem unordentlichen Pferdeschwanz zusammengebunden, die Haut in ihrem Gesicht fing an zu welken, obwohl sie nicht älter als vierzig gewesen sein kann.

»Gut, gut«, sagte sie, als Birdie ihr erklärte, wer ich war. Sie sah mich über ein Paar Brillengläser mit breitem rotem

Rand hinweg an und nickte langsam. »Ihr seht wirklich aus wie Schwestern.« Dann wandte sie sich wieder ihrem Papierstapel zu, und das war alles.

»Sie ist beschäftigt«, hatte Birdie erklärt. »Korrigiert Examensarbeiten. Achtundvierzig Pence pro Skript – kannst du dir das vorstellen?« Sie sah überall Ungerechtigkeiten.

Ich wusste sofort, dass wir uns anfreunden würden, dass wir uns nicht nur treffen und wieder auseinander gehen und unser Leben weiterleben würden. Wenn man jemanden kennen lernt, bekommt man innerhalb von Minuten ein Gespür dafür, ob sich daraus etwas entwickeln kann oder nicht, und bei Birdie war das Gefühl, dass wir uns bereits kannten, nicht nur aufs Aussehen beschränkt. Sie sah genauso zu mir auf wie ich früher zu Frances; als jemand, der sich als Tor zu einer interessanteren Existenz erweisen könnte. Es war seltsam und angenehm, diese Art von unverdienter Bewunderung zur Abwechslung einmal selbst zu erfahren. Sie kann nicht nur davon beeindruckt gewesen sein, dass ich älter war als sie. Obwohl sie zwei Jahre jünger war, hatte sie das Selbstvertrauen eines älteren Mädchens. Sozial benachteiligt zu sein hatte ihr doch auch ein paar Vorteile gebracht. Sie war sehr gern bei den Radleys, weil es dort war wie bei ihr zu Hause – locker, unordentlich und ungezwungen –, aber mit mehr Gesellschaft. Und sie mochten sie ebenfalls, weil ihre Herkunft romantisch war und weil sie felsenfeste Überzeugungen hatte, über die sie sich lustig machen konnten. Sie war offensichtlich in einem Haushalt aufgewachsen, in dem oft über Politik diskutiert wurde. Sie beherrschte das gesamte Kauderwelsch: Alles war entweder »politisch korrekt« oder »politisch unkorrekt«; es gab Sozis, aber keine Konsis, Grüne, aber keine Blauen, Streikbrecher, Kommunisten, Faschisten – Worte, die mir nichts sagten, die sie jedoch mit absoluter Sicherheit aussprach. Meine Mutter hatte immer steif und fest behauptet, es zeuge von schlechten Manieren, über Politik zu reden – es sei denn, man war Politiker, und selbst dann mochte sie es nicht besonders. Meinungen waren nichts, das man verkündete, mit anderen teilte oder modifizierte, sondern etwas, das man versteckte wie ein teures Schmuckstück, das in einer Schachtel aufbewahrt und nie getragen wird, damit es nicht kaputtgeht.

Innerhalb von zwei Wochen hatte Birdie Frances zu Lexis großer Bestürzung zum Vegetarismus bekehrt. Das bedeutete, dass Frances nicht mehr gezwungen werden konnte, irgendwelche Mahlzeiten für die Familie vorzubereiten, die Fleisch enthielten. Mr. Radley liebte es, sich mit Birdie zu streiten: Niemand anders würdigte seine Ansichten mit einem Streitgespräch. Sie waren sich über praktisch alles uneinig.

»Wir sind Fleischfresser, schau nur«, sagte er und fletschte die Zähne. Oder: »Gleichberechtigung? Könnt ihr haben, wenn es nach mir geht. Wenn ihr euer Leben im Nadelstreifenanzug in einem Büro verbringen wollt, bis ihr alt und erschöpft seid, und das für Freiheit haltet, dann nur zu!« Oder: »Glaubst du wirklich, es macht im Alltag auch nur *den geringsten Unterschied*, welche Partei an der Macht ist? Ich habe in meinem ganzen Leben noch nicht gewählt.«

»Wann kommt deine Schwester wieder?«, fragte er mich am Tag nach Birdies erstem Besuch. »Ich habe nicht oft die Gelegenheit, mich mit einer echten Feministin zu streiten.«

»Sie hat gesagt, an einen so hoffnungslosen alten Eiferer würde sie keinen einzigen Atemzug mehr vergeuden«, improvisierte Frances. »Außerdem sind wir auch Feministinnen«, fügte sie indigniert hinzu. Mr. Radley brüllte vor Lachen.

Es dauerte einige Tage, bevor Rad und ich einen Augenblick fanden, in dem wir mehr als ein paar Sekunden allein waren. Während der Heimfahrt von Birdie in jener Nacht hatten wir kaum miteinander gesprochen.

»Mit dir wird es nie langweilig, Abigail«, hatte Rad leise gesagt, als wir losgefahren waren, und ich hatte gelacht, fand aber nicht die richtigen Worte, um das Gespräch wieder aufzunehmen. Mein Gehirn fühlte sich an wie verknotet. Es war, als hätten diese beiden großen Ereignisse – dass Rad mich entdeckt hatte und ich Birdie, auf die mein ganzes Leben hingeführt hatte, wie es jetzt schien – sich durch den grausamen Zufall, gleichzeitig eingetreten zu sein, gegenseitig aufgehoben. Eine Gleichung, die ich nie richtig verstanden hatte, spielte sich ständig von neuem in meinem Kopf ab: Licht plus Licht gleich Dunkelheit. Wie konnte ich über meine Beziehung zu Rad nachdenken, wenn mein Kopf voll von Birdie war? Was bedeutete mir eine ganze Horde Schwestern im Vergleich mit ihm?

Als wir bei mir zu Hause angekommen waren, wo er mich absetzen sollte, damit ich meinen märtyrerhaften Abschiedsbrief schreiben und ein paar Sachen zusammenpacken konnte, war ich bereits überzeugt, dass Rad die ganze Episode auf der Party schon längst abgeschrieben hatte. Doch als wir anhielten, genau in dem Moment, als die blaue Morgendämmerung anbrach, sagte er, ohne mich anzusehen: »Ich weiß, du hast jetzt wichtigere Dinge im Kopf, und ich weiß, dass du vorhin betrunken warst, aber ich nicht, und ich habe das alles ernst gemeint«, und da wusste ich, dass zwischen uns alles in Ordnung war.

Es war jedoch nicht leicht, unter den scharfen Blicken der restlichen Radleys unsere Beziehung wieder aufzunehmen. Rad hatte kein Talent zum Flirten, und das beruhigende Zunicken und Lächeln, das wir in Gesellschaft austauschten, hätte noch monatelang unentdeckt bleiben können. Ich beschloss, die schnellste Methode, die Nachricht zu verbreiten, wäre, es Frances direkt zu sagen.

Obwohl ich schon immer den Verdacht gehegt hatte, dass sie dagegen sein würde, überraschte mich ihre mangelnde Begeisterung trotzdem.

»Du nimmst mich auf den Arm«, hatte sie gesagt, als ich das Thema ansprach.

»Tu ich nicht.«

»Aber ihr passt überhaupt nicht zusammen.«

»Wieso?«

Sie gab diese Argumentation auf. »Was ist, wenn etwas passiert – wenn ihr euch trennt? Dann wird es für uns wirklich schwer, befreundet zu bleiben.«

Ich lachte unsicher. »Das ist ein bisschen zu viel der Familienloyalität, findest du nicht?«

»Nicht unbedingt«, sagte sie. »Ich meine, wenn du und Rad einen Riesenkrach hättet, müsste ich mich entscheiden, oder? Und ich müsste mich für Rad entscheiden.«

»Dann gilt für dich und Nicky dasselbe«, sagte ich.

»Ich weiß«, sagte sie. »Darüber mache ich mir auch Sorgen.«

Lexis Reaktion war ermutigender. »Ach, *wirklich*? Was für eine gute Idee«, sagte sie, als Frances die Information an sie weitergab, als wären praktische Gründe unsere Hauptmotivation gewesen.

Rad arbeitete den Sommer über wieder in der Bäckerei, deshalb lehnte ich eines Morgens in der darauf folgenden Woche, als Lexi im Büro war und Mr. Radley an all die Pubs auf seiner Route Bindeneimer auslieferte (sein neuester Abstieg auf der Karriereleiter), Frances' Vorschlag ab, einen Großeinkauf zu machen, und ermunterte sie, ohne mich zu gehen.

»Wartest du auf Rad?«, fragte sie. »Er wird wahrscheinlich erst spät kommen. Mum hat ihm eine ganze Liste mit Besorgungen aufgehalst.«

»Ist schon okay«, sagte ich. »Ich bin Warten gewöhnt.«

Ich schlich durchs Haus und schlenderte auf der Suche nach Ablenkung von einem Zimmer ins andere. Ich holte mein Cello hervor – einen der wenigen Gegenstände, die ich von zu Hause importiert hatte – und spielte im Esszimmer, wo die nackten Dielen einen schönen vollen Klang verursachten, ein paar leichte Stücke. Dann fiel mir Auntie Mim oben ein, und ich stellte es wieder weg. Ich mochte es nie, ohne Begleitung vor Publikum zu spielen: Die Anonymität eines Orchesters ist für mich genau das Richtige. Growth strich um meine Füße und wollte spielen. Ich hatte Erbarmen mit ihm und warf seinen Gummiknochen durch das Wohnzimmer, er rannte los und apportierte ihn, wobei er vor Freude mit den Augen rollte. Ohne mir etwas zu denken, schrieb ich meinen Namen in den Staub auf dem Fernsehbildschirm, bemerkte dann, dass das aussehen könnte, als wollte ich auf etwas aufmerksam machen, und wischte das Glas mit einem Geschirrtuch sauber. Dadurch sah der Rest des Zimmers noch schmutziger aus, aber ich sollte verdammt sein, wenn ich den ganzen Vormittag mit Waschen und Wischen verbringen sollte. Eine Aufgabe wie diese würde man nie zu Ende bringen – man würde untergehen.

Rad kam noch vor dem Mittagessen zurück. Ich beobachtete ihn dabei, wie er mit zwei Tragetaschen voller Lebensmittel in jeder Hand und einem halben Dutzend von Lexis frisch gereinigten Kleidern über der Schulter die Straße entlang kam. Ich winkte ihm, aber bevor er mich sah, wurde er von Fish abgefangen, der seine Auffahrt umgrub, und es dauerte zehn Minuten, bevor er sich wieder losreißen konnte.

»Schwachkopf«, sagte er, als er die Tür hinter sich zutrat, eine Bemerkung über Fish, wie ich annahm, nicht über mich. »Oh, hallo.« Er streifte meine Lippen mit seinen, als er auf dem Weg in die Küche mit dem Einkauf an mir vorbeikam. Nachdem er eine Tasche geleert hatte, hielt er inne, weil er die ungewöhnliche Stille im Haus registrierte. »Sind wir allein?«, fragte er und warf Schachteln mit Fertiggerichten in die Kühltruhe.

»Abgesehen von Auntie Mim, ja.«

Sein Tempo erhöhte sich geringfügig. »Gut, das wäre geschafft. Ich geh mich umziehen.« Er klopfte auf sein T-Shirt und ließ dabei eine Mehlwolke aufsteigen. »Kommst du mit hoch?«, fügte er hinzu, eine Spur zu lässig.

»Ähm … okay«, sagte ich. Ich war mir der Bedeutung des Schrittes, die Türschwelle seines Zimmers zu überschreiten, durchaus bewusst und folgte ihm mit dem Gefühl einer drohenden Katastrophe nach oben.

Als Rad den obersten Treppenabsatz erreicht hatte, hatte er sein T-Shirt bereits ausgezogen. Er warf es auf einen Wäschehaufen vor seiner Tür. Der einzige Stuhl im Zimmer war von einem Stapel aufgeschlagener Bücher und handschriftlich beschriebener Seiten besetzt – ein noch fertigzustellendes Essay –, deshalb setzte ich mich auf die Bettkante, während Rad vor seinem Schrank stand und seine drei Hemden betrachtete, als wäre er überwältigt von der Auswahl.

Was, wenn er seine Hose auszieht?, war mein Hauptgedanke. Soll ich ihm dabei zusehen oder nicht?

Doch er zerrte nur ein Hemd von einem Kleiderbügel und setzte sich neben mich aufs Bett, während er es zuknöpfte.

»Bist du okay?«, fragte er schließlich und nahm meine Hand.

»Ja, natürlich«, sagte ich.

»Du bist mir doch nicht aus dem Weg gegangen, oder?«

»Nein. Es ist nur, wir haben nie einen Moment …«

»Ich weiß«, sagte er. »In diesem Haus gibt es keine Privatsphäre.«

Wir schwiegen. In all meinen Tagträumen und Fantasien über Rad, die ich über viele Jahre hinweg geprobt und verfeinert hatte, war es nie weiter gegangen als bis zu dem anfänglichen Moment des Eingeständnisses, zu diesem ersten Kuss, und jetzt hatte ich das seltsame und entnervende Gefühl, ohne Drehbuch auf der Bühne zu stehen. Was sollte als Nächstes passieren? Wie sollten wir dieses schwierige Terrain zwischen betrunkener Euphorie und dem normalen, nüchternen Alltag als trautes Paar bewältigen?

»Wenn das ein Film wäre, wäre er schon zu Ende«, sagte ich. »Er hätte im Gartenhaus geendet, mit den hochschlagenden Flammen im Hintergrund.«

»Wovon sprichst du?«

Manchmal, wenn ich in Gedanken war, sprach ich offenbar einen Teil davon aus, ohne es zu bemerken. »Entschuldigung. Ich habe gerade gedacht, dass ich wünschte, wir wären wieder auf der Party. Aus irgendeinem Grund war es dort leichter zu reden. Vielleicht lag es daran, dass es dunkel war.«

»Tja, wir können die Vorhänge zuziehen, wenn du möchtest«, sagte Rad, der mich missverstand. Er wartete nicht auf die Antwort, sondern zog sie einfach zu. Als er sich wieder setzte, war er sehr viel näher bei mir. In der Dunkelheit konnte ich, weiß auf seinen schwarzen Wimpern, Mehlkörnchen sehen.

Wie taub war Auntie Mim tatsächlich?, fragte ich mich und dachte an die dünnen Wände.

Am Briefkasten klapperte es. »Huhu«, rief eine Stimme. »Jemand da?«

Growth, der geschlafen hatte, bellte gereizt. Rad legte einen Finger auf meine Lippen. »Wir sind nicht da«, flüsterte er und spähte durch einen Spalt im Vorhang. »Es ist Clarissa.«

Ein Schlüssel quietschte im Schloss, und dann hörten wir, wie sich die Haustür öffnete. »Halloo! Lexi!«

»Ach, typisch Mum. Halb London muss einen Schlüssel zu diesem verdammten Haus haben.« Er gab sich geschlagen und stand auf. »Hallo«, rief er über das Geländer.

Clarissa stand im Flur und kritzelte eine Nachricht auf den Telefonblock. Als sie seine Stimme hörte, zuckte sie zusammen. »Ach Rad, hast du mich erschreckt. Ich dachte, es wäre niemand da. Hallo Abigail, bist du auch hier?«, fügte sie hinzu, als ich an Rads Seite erschien. »Ihr wart doch nicht im Bett, oder?«

»Nein, wir waren drauf«, sagte Rad. Wir gingen nach unten.

»Wo ist deine Mum?«

»Ist sie nicht im Büro?«

»Sie hat sich angeblich frei genommen, damit wir zusammen zur Blumenschau gehen können. Sie sollte mich schon vor einer Stunde abholen.«

»Sie muss es vergessen haben.«

»Hat sie irgendwelche Sorgen?«, fragte Clarissa. »Das ist schon das zweite Mal in vierzehn Tagen, dass sie mich versetzt hat.«

»Vielleicht macht sie sich Sorgen über Frances'A-Level-Ergebnisse?«, schlug ich vor. Rad und Clarissa schienen diese Idee höchst amüsant zu finden.

»Ich wollte mir sowieso ein paar Klamotten von ihr borgen, also kann ich sie genauso gut gleich mitnehmen, wenn ich schon mal hier bin.« Sie sah die gereinigten Sachen durch, die an der Bilderleiste hingen. »Die sind gut«, sagte sie. »Macht weiter«, waren ihre letzten Worte, bevor sie mit großen Schritten die Auffahrt hinunterlief und meterweise sich blähendes Plastik hinter sich herzog.

Innerhalb der nächsten Minuten kam Frances mit einer neuen Jeans und einer Tüte Apfeldoughnuts vom Einkaufen zurück, und der Moment, mit irgendetwas weiterzumachen, war zu meiner großen Enttäuschung und Erleichterung vorbei.

34

Vielleicht ist sie in den Wechseljahren«, sagte Birdie und legte *Die Fahrt zum Leuchtturm* weg. Sie saß im Wohnzimmer der Radleys quer über einem Sessel und ließ die Beine baumeln.

Ihre Angewohnheit, uns zu besuchen und sich dann die ganze Zeit in einem Buch zu vergraben, fand Frances bizarr und beunruhigend. »Wieso macht man sich auf den langen Weg von Wimbledon hierher, nur um rumzusitzen und zu lesen? Das könnte sie auch zu Hause tun.« Aber Birdie schien zufrieden damit, nur mit uns zusammen zu sein, und hatte kein Bedürfnis nach zusätzlicher Unterhaltung. Ich fand das beruhigend. Es war natürlich, ungezwungen; es war das, was eine Schwester tun würde. (Ich kam erst später auf die Idee, dass sie vielleicht gar nicht kam, um *uns* zu sehen.) Ich saß im Schneidersitz vor ihrem Sessel auf dem Boden und zog ein paar von Lexis Bernsteinketten neu auf. Frances war dabei, ihre neue Jeans aufzupeppen, indem sie Schlitze in Knie und Hintern schnitt und die Löcher mit fleischfarbenem Stoff fütterte. Rad lag schlafend auf der Couch.

»Wird man deswegen denn vergesslich?«, fragte Frances. »Ich dachte, es würde einem nur heiß und man schwitzt.«

»Nein. Manche Frauen drehen total durch.«

Der Anlass ihrer Sorge war Lexi. Sie hatte gerade den

Kopf durch die Tür gesteckt und uns gesagt, dass sie mit Clarissa Golf spielen wollte, und wir hatten gehört, wie sie im Schrank unter der Treppe herumgeklappert hatte, wo sie ihre Schläger aufbewahrte. Einen Augenblick später war sie mit dem Staubsauger über der Schulter wieder aufgetaucht, und bevor sie einer von uns abfangen konnte, hatte sie ihn in den Kofferraum geschmissen und war losgefahren.

»Vielleicht macht sie sich Sorgen um Auntie Mim.« Alle waren sich einig, dass Auntie Mim kränkelte: Ihr Appetit hatte sich noch weiter verschlechtert; sie nahm jetzt schon seit Tagen nur dünnen Tee und Aspirin zu sich.

»Mum ist nicht der Typ, der sich Sorgen macht.«

»Ich auch nicht«, sagte Birdie. »Wenn man ein Problem hat, muss man was dagegen tun. Wenn man nichts tun kann, hilft es auch nichts, sich Sorgen zu machen.«

Hier war endlich der Beweis für einen genetischen Unterschied: Ich machte mir Sorgen über Dinge wie den Ausbruch der Legionärskrankheit in einem Land, das ich nie besucht hatte. Wenn im Fernsehen ein Bericht über einen kleinen Asteroiden auf Kollisionskurs zur Erde gezeigt wurde, überlegte ich sofort, wie hoch die Wahrscheinlichkeit war, dass er auf mir landete. Was Katastrophen betraf, kam ich mir immer vor wie ein versicherungsstatistisches Phänomen, das nur darauf wartete, einzutreffen; wenn ich die Zeitung las, identifizierte ich mich nur mit den großen Pechvögeln, eher mit dem, der an einer Erdnuss erstickt war, als mit dem Toto-Gewinner.

»Sie muss überarbeitet sein«, sagte Frances.

»Wer ist überarbeitet?«, fragte Mr. Radley, der hereingeschlendert kam. »Ich bin es ganz sicher.« Er warf sich auf die Chaiselongue und schaltete den Fernsehapparat ein. Als es laut wurde, bewegte sich Rad, aber seine Augen blieben geschlossen. »Das Bild kommt mir sehr hell vor«, sagte er. »Hast du an den Schaltern rumgefummelt, Frances?« Sie verneinte. Ich hielt den Kopf gesenkt. »Seltsam«, sinnierte er. »Muss ein plötzlicher Stromanstieg sein.« Er beobachtete Frances bei ihrer Näharbeit. »Weißt du Frances, in primitiveren Zeiten saßen die Frauen herum und *flickten* alte Wäsche anstatt mutwillig neue zu zerstören.« Frances steckte zwei Finger durch den Schlitz am Hintern ihrer Jeans und wackelte mit ihnen.

»Ihr beide«, fuhr er fort und ignorierte sie, »gebt so ein wunderbares Bild ab, dass ich euch fragen möchte, ob ihr mir Modell stehen würdet.« Gegen unseren Willen fühlten wir uns geschmeichelt.

»Was, hier?«, fragte Birdie.

»Nein, nein, oben, wo das Licht besser ist. Es würde euch doch nichts ausmachen, jeden Nachmittag eine Stunde oder so still zu sitzen? Ihr habt doch nichts Besseres zu tun, oder?«

»Passt mir gut«, sagte Birdie. »Da kann ich einiges durchlesen.«

»Kann ich nicht auch lesen?«, protestierte ich.

»Nein, ich möchte, dass du diese Perlen hältst«, sagte Mr. Radley.

»Kann ich einen Walkman tragen?«

Er richtete die Augen gen Himmel. »Wenn ich mit deinen Händen fertig bin, lasse ich dich vielleicht lesen«, räumte er ein.

»Kann ich das Gemälde kaufen, wenn es fertig ist?«, bat Birdie. Sie war mit seinem Werk noch nicht vertraut. »Es sei denn, Abigail will es auch.«

»Ihr werdet darum knobeln müssen«, sagte Frances. »Der Verlierer muss das Bild behalten.«

Birdie kam ein Gedanke. »Müssen wir uns ausziehen?«

»Nein, nein.« Mr. Radley lachte nachsichtig. »Nur wenn ihr wollt.«

»Wollen wir nicht«, sagte ich.

»Mir würde es eigentlich nichts ausmachen«, sagte Birdie. »Nacktheit ist keine Schande.«

»Hast du das von Mum?«, fragte Frances.

»Künstler sind wie Ärzte«, fuhr Birdie fort. »Ich meine, man würde sich auch nichts dabei denken, sich vor seinem Hausarzt auszuziehen.«

»Vielleicht doch, wenn er weder qualifiziert noch talentiert wäre«, sagte Rad von der Couch, ohne sich zu bewegen.

Mr. Radley tat so, als würde er sich vor Lachen schütteln. »Ich wusste, dass er nicht wirklich geschlafen hat«, sagte er. »Mein Sohn lässt sich leicht provozieren«, erklärte er Birdie laut flüsternd.

»Ich *habe* geschlafen, bis du so rücksichtsvoll den Fernseher angestellt hast.«

Das ignorierte Mr. Radley. »Übrigens, Rad, obwohl ich zugebe, dass du eventuell gewisse Rechte auf Abigail hast, verstehe ich nicht, wieso du dieses Privileg auch auf ihre Schwester ausdehnst.«

Rads Reaktion auf solche Witze, die er hasste, war normalerweise ein plötzlicher Anfall von Aufgeblasenheit. »Ich behaupte nicht, irgendwelche *Rechte* auf Abigail zu haben«, sagte er. »Oder auf sonst jemanden. Es war nur ein freundlicher Rat.«

Sein Vater grinste aufreizend, froh darüber, es geschafft zu haben, Rad zu provozieren.

Birdie, die vor Rad ein wenig Furcht hatte, beschloss nach längerer Überlegung, dass der Kunst ebenso gedient war, wenn sie angezogen blieb.

Mr. Radley war ein peinlich genauer Porträtist. Er schien sehr schnell zu vergessen, dass wir nur auf seine Bitte hin im Studio waren, und hielt das Unternehmen stattdessen für einen großen und lästigen Gefallen seinerseits. Birdie machte es nichts aus – sie raste nur so durch Virginia Woolf. Ich saß mit diesen verdammten Perlen auf den Dielen. Als ich gegen die Langeweile um Musik bat, bot mir Mr. Radley gregorianische Gesänge an oder nichts, und er gab missbilligende Geräusche von sich, als ich einen Krampf bekam und im Zimmer umherhumpeln musste.

Zuerst konnten Birdie und ich uns nicht unterhalten, ohne uns umzudrehen oder uns zum Lachen zu bringen, aber nach und nach gewöhnten wir uns daran, und nach einer Weile konnten wir Mr. Radleys Seufzen und Stöhnen und das Quietschen von Kohle auf Leinwand ignorieren und so weiterreden, als wäre keiner da. Unsere Gespräche kamen immer auf dasselbe Thema zurück – auf »uns«.

»Birdie ist nicht dein richtiger Name, oder?«

»Nein. Elizabeth. Elizabeth Katherine Cromer. Aber ich war eine Frühgeburt, und Mum sagt, ich hatte so dünnes Haar auf dem Kopf wie nasse Federn, und winzige Hühnerbeine, ich sah aus wie ein Vögelchen, das aus dem Nest gestoßen worden ist. Niemand hat mich je anders als Birdie genannt.«

»Wenn du schon immer von mir wusstest, hast du nie den Wunsch gehabt, mich ausfindig zu machen und mich zu konfrontieren?«, fragte ich sie eines Nachmittags.

»Das durfte ich nicht«, sagte sie. »Mum hat mir erzählt, dass du nichts von uns wusstest. Aber als ich jünger war, habe ich dich wirklich gehasst.«

»Oh.« Mir gefiel die Vorstellung nicht, gehasst zu werden, selbst *in absentia* und mit zeitlichem Abstand von mehreren Jahren.

»Aus irgendeinem Grund habe ich mir vorgestellt, du wärst reich und lebtest in einem protzigen Haus, mit einem Pony und allen Schikanen, während Mum und ich in einem Apartment ohne Zentralheizung hockten und arm waren.«

»Wir haben auch keine Zentralheizung«, sagte ich, plötzlich stolz auf eine Tatsache, die mich jahrelang geärgert hatte.

»Aber ich bin trotzdem mal zu eurem Haus gegangen – ungefähr vor drei Jahren. Ich wusste, dass Mum deine Adresse irgendwo hatte; ich habe den Zug und den Bus genommen und mich total verlaufen. Ich bin meilenweit gelaufen, aber schließlich habe ich es gefunden. Ich habe das Haus vom Ende der Straße aus ungefähr zehn Minuten lang bespitzelt. Dann bin ich ein bisschen mutiger geworden und bis zum Haus gegangen. Ich habe durchs Fenster deinen Dad gesehen (»deinen Dad«, fiel mir auf, nicht »Dad«), und dann kamst du aus der Haustür, und ich bin abgehauen. In eurer Straße kann man sich nirgends verstecken. Ich war ziemlich erleichtert darüber, dass du nicht reich warst oder so. Ich erinnere mich sogar daran, dass du einen wirklich schlimmen Rock getragen hast. (An dieser Stelle schnaubte Mr. Radley vor Lachen.) Dadurch habe ich mich viel besser gefühlt.«

»Ich habe ihn noch irgendwo«, sagte ich und schwor mir noch im selben Moment, ihn so bald es ging wegzuschmeißen.

Bei einem dieser Gespräche kamen seltsame Übereinstimmungen ans Licht. Wie ich war Birdie in der Schule schikaniert worden; sie hatte sich nie die Haare schneiden lassen; sie konnte nicht schwimmen, und sie spielte ein Musikinstrument – Geige. Als wir unsere Aufzeichnungen verglichen, kam heraus, dass unsere jeweiligen Orchester im Sommer zuvor am selben Musikfestival teilgenommen hatten. Wir waren vielleicht nur eine Bogenlänge davon entfernt gewesen, uns dort bereits zu entdecken.

Aufgrund dieses gemeinsamen musikalischen Interesses schlug Birdie vor, zusammen Straßenmusik zu machen. »Hast du das schon mal gemacht?«, fragte sie.

Ich verneinte. Irgendwie fand ich, dass das Cello nicht den Klang hat, der sich für U-Bahn-Stationen oder Unterführungen eignete. Eine Konzerthalle oder der Garten eines Colleges in Oxford, ja.

»Lass uns das tun. Man kann damit gut Kohle machen«, beharrte sie. »Ich könnte noch eine weitere Geigerin und eine Bratschenspielerin zusammentrommeln, kein Problem, und wir könnten ein bisschen Kammermusik machen.«

»Kammermusik?«, sagte Frances ein wenig niedergeschlagen, als wir ihr von dem Plan erzählten. »Ich nehme an, das heißt ohne Sänger.« Sie hielt sich für eine Art Klubsängerin mit tiefer, rauer Stimme, und ihr hätte nichts besser gefallen, als peinlich berührten Pendlern »Hey Big Spender« entgegenzuschmettern.

»Wo wollt ihr das machen?«, fragte Rad. »Ihr müsst aufpassen, dass ihr nicht das Gebiet eines anderen verletzt.«

»Da ist dieser blinde Akkordeonspieler, der den Abschnitt beim Parkplatz des Einkaufszentrums hat«, stimmte Frances zu. »Der sieht aus, als könnte er unangenehm werden.« Ich hatte plötzlich das Bild eines Kleinkriegs zwischen rivalisierenden Musikergangs vor mir.

»Lass dich von denen nicht davon abbringen«, sagte Birdie. »Das wird lustig. Wir laden euch von unserem Verdienst zu einer Pizza ein«, versprach sie ihnen.

Bruder und Schwester sahen sich an. »Wir essen vorsichtshalber schon vorher«, sagte Frances.

Letztendlich konnte Frances nicht widerstehen mitzukommen. Wir hatten uns eine Stelle in einem Unterführungskomplex in der Stadtmitte ausgesucht, wo die Tun-

nel auf einer Kreuzung unter freiem Himmel zusammen-
liefen, deren Hauptmerkmal ein achteckiges Stück vertrockneten Rasens war. Die ausgewählte Stelle hatte den
Vorteil, eine interessante Akustik zu bieten, ohne zu bedrückend unterirdisch zu sein. Trotzdem roch es dort wie
in einem Pissoir. Ziemlich befangen pflanzten wir uns – Instrumente, Notenständer, ein Stuhl für mich – zwischen
zwei Graffiti-Schmierereien: FREIHEIT FUR NELSON
MANDELA und weiter weg: TRACIE IST EINE FETTE
SCHLAMPE.

Birdie hatte ein paar Arrangements für Cello und Violi-
ne mitgebracht – nichts, was technisch anspruchsvoll war:
Wir waren schließlich dort, um Fußgängern die Zeit zu
vertreiben, nicht um uns zu überanstrengen. Wie vorauszusehen hatte die andere Hälfte des versprochenen Quar-
tetts in letzter Minute einen Rückzieher gemacht. Ich fragte mich, ob Birdie sie nur erfunden hatte. Als sie ihren
leeren Geigenkasten zu unseren Füßen aufstellte und etwas Kleingeld hineinwarf, gingen ein paar Passanten, die
unsere Vorbereitungen sahen, schneller.

Frances, die sich nicht ausgelastet fühlte, verließ uns, als
wir unsere ersten Stücke spielten, und machte einen schnel-
len Rundgang durch die anderen Tunnel und Treppenhäu-
ser, um zu überprüfen, wie weit die Musik zu hören war.
»Es klingt schön«, sagte sie, als sie wieder auftauchte, und
fügte taktlos hinzu: »Das muss am Echo liegen.«

Nach einer Weile entspannten Birdie und ich uns langsam. Wir konzentrierten uns weniger auf das Spiel und
mehr darauf zu erraten, welche Passanten einen Beitrag zu
unserem Pizza-Fonds leisten würden. Dabei kristallisierten
sich ein paar allgemeine Prinzipien heraus. Leute, die
schneller gingen, die Augen stur geradeaus richteten oder
auf ihre Füße starrten, waren hoffnungslose Fälle, ebenso
wie Teenager, alte Damen mit Einkaufswägelchen und jun-

ge Mütter mit Buggys. Vielleicht hatte es etwas damit zu tun, dass sie die Hände voll hatten. Die leichtesten Opfer waren Männer in Anzügen, besonders wenn sie in Gruppen auftraten: Wenn einer von ihnen etwas gab, beugten sich auch die anderen dem Druck.

»Glaubst du, Männer sind großzügiger als Frauen?«, fragte ich Birdie, als unsere statistische Stichprobe signifikante Ausmaße erreicht zu haben schien.

»Nein. Sie haben nur mehr Geld«, lautete ihre Antwort.

Gelangweilt mit ihrer passiven Rolle, hatte Frances begonnen, Rundgänge als Passantin durch das Tunnelsystem zu machen und zur Ermutigung für andere demonstrativ Münzen in den Geigenkasten zu werfen und sich das Geld wieder herauszuholen, wenn niemand in der Nähe war. »Schön, nicht wahr?«, hörten wir sie zu jemandem sagen, als sie die Treppen hinunter auf uns zukamen.

»Sehr«, sagte ihre Begleiterin, eine teuer gekleidete Frau, ungefähr im Alter meiner Mutter, und hielt ihre Handtasche fest.

»Geizkragen«, murmelte Frances, als die Frau blitzschnell einen Bogen schlug, bevor sie in Reichweite unserer Bettelschüssel kam. »Ich gehe was trinken; ich habe furchtbaren Durst«, fügte sie hinzu und bediente sich mit einer Hand voll Kleingeld. »Wollt ihr irgendwas?« Birdie bat um eine Cola.

Als Frances etwas später zurückkam, bestätigten Krümelspuren auf ihrem Top meinen Verdacht, dass sie sich mit Schokoladenkuchen voll gestopft hatte. Die Cola hatte sie natürlich vergessen. Sie blickte anerkennend auf die Silberschicht in unserem Geigenkasten. »Wir schlagen uns gut«, sagte sie.

»Wir?«, sagten Birdie und ich und legten zum Protest unsere Bögen nieder. Die Unterführung war ohnehin leer, und wir gönnten uns eine Pause.

»Ich halte uns schließlich bei Laune, oder?«, sagte Frances. In der Ferne waren Schritte zu hören. »Schnell, fangt an zu spielen«, befahl sie. Ich hoffte, dass es vielleicht Rad war, der versprochen hatte, vorbeizukommen und zuzusehen, wenn er rechtzeitig mit seinem Essay fertig würde. Doch die Gestalt, die um die Ecke bog, war eine unangenehme Überraschung. Er war ungefähr in Rads Alter, möglicherweise älter, mit einem schmalen, weißen Gesicht und einer kleinen Wollmütze. Sein T-Shirt und seine Jeans sahen aus, als hätte er sie schon monatelang am Leib. Er schwankte leicht und murmelte vor sich hin, schlug gelegentlich mit einer Hand gegen die Wand der Unterführung, vielleicht um festen Halt zu finden, oder weil er nichts anderes hatte, das er schlagen konnte.

Als er uns sah, ging er langsamer – anders als die meisten Leute – und machte eine Art Schlingerbewegung auf uns zu. Ich muss zugeben, dass meine Bogenführung zu diesem Zeitpunkt alles andere als fließend war, aber Birdie neben mir spielte unbeeindruckt weiter. Als er auf unserer Höhe war, blieb er stehen, und einen wahnsinnigen Augenblick lang dachte ich, er würde uns Geld geben. Stattdessen schenkte er uns ein grässliches, lüsternes Lächeln, beugte sich vor und spuckte einen widerlichen grünen Schleimbrocken auf den Boden, etwa acht Zentimeter von Birdies rechtem Schuh entfernt. Unsere Musik brach abrupt ab, und wir drei starrten entgeistert hinter ihm her.

»Noch ein zufriedener Kunde«, sagte Birdie und fing an zu kichern. Fünf Minuten später, als wir zusammenpackten und Rad kam, kicherten wir immer noch darüber.

»O nein«, sagte er, als ich die Haken meines Cellokastens zuschnipste. »Ich komme doch nicht zu spät, oder?«

Birdie wäre bereit gewesen, alles wieder auszupacken, nur um ihm einen Gefallen zu tun, aber Frances hatte sich schon seit geraumer Zeit gelangweilt, und ich hatte die

Nase voll von der Unterführung. »Zwölf Pfund«, sagte Birdie und rasselte mit der Plastiktüte, in der sich die Einnahmen des Nachmittags befanden, vor seinem Gesicht.

»Nicht schlecht«, gab er zu. »Aber in der Bäckerei kriegt man wenigstens Brot umsonst – und so viel Mehl, wie man einatmen kann.«

»Ah, aber man hat nicht die Freude, von verrückten Pennern bespuckt zu werden«, sagte Birdie und erzählte, mit vielen Unterbrechungen und Ausschmückungen von Frances' Seite, von dem Zwischenfall.

Wir hatten geplant, zurück zur Balmoral Road zu gehen, unsere Instrumente dort abzuladen, auf Nicky zu warten und uns eine Pizza zu bestellen – vielleicht auch zwei, je nachdem, wie weit unsere Mittel reichten. Ich hatte das Mittagessen ausfallen lassen, und mir wurde bei dem Gedanken an Essen vor Freude schon leicht schwindlig. Als wir am Bahnhof ankamen, erzählte Rad gerade von dem Durchbruch in seinem Essay über Kant, während ich versuchte, mich an die vier Beläge auf einer Quattro Stagioni zu erinnern, und nur mit einem Ohr zuhörte, als Frances mich plötzlich in die Rippen stieß und sagte: »Aha, da ist der Rotzer.« An der Mauer beim Taxistand saß auf einem gräulichen Schlafsack unser Kritiker mit seiner schmutzigen Jeans und seiner Wollmütze. Es war damals immer noch ein seltener Anblick, einen jungen Menschen offen betteln zu sehen – besonders in den Vororten –, und ich war schockiert über die unterwürfige Art, wie er den Kopf gesenkt und die Hand ausgestreckt hielt, während er die ganze Zeit »Eine kleine Spende bitte« vor sich hin murmelte. Aber Rache ist ein primitives Bedürfnis, und in dem Moment, als ich ihn sah, spürte ich, wie sich mein Mund mit Speichel füllte.

»Das ist der Kerl, der uns vor die Füße gespuckt hat«, sagte Frances zu Rad. »Geh hin und knall ihm eine.«

»Macht es dir was aus, wenn ich's nicht tue?«, fragte Rad.

Birdie, die bisher nicht zu erkennen gegeben hatte, dass sie ihn wieder erkannte, und stattdessen in ihre eigenen Gedanken versunken zu sein schien, kam plötzlich zu sich und sagte: »Darf ich? Ihr habt doch nichts dagegen, oder?«, fügte sie hinzu, während wir drei zurückblieben und uns etwas unbehaglich fragten, welche Gestalt diese Konfrontation annehmen würde. Bevor einer von uns sie davon abhalten konnte, hatte sie die Straße überquert und ihm die Plastiktüte mit unseren gesamten Nachmittagseinnahmen vor die Füße geworfen.

Es wäre schön, erzählen zu können, dass der Empfänger dieser grandiosen, wohltätigen Geste eine gewisse Dankbarkeit oder Beschämung zeigte, doch er starrte Birdie nur mit leerem Blick an und zog die Tüte etwas näher zu sich heran.

»Glaubt ihr, ich habe das Richtige getan?«, fragte Birdie, als sie unsere bestürzten Mienen sah.

»Ach, großartig«, sagte Frances bitter. »Das war unser Abendessen.«

»Ich hatte sowieso keinen Hunger«, sagte Rad, als er sah, dass Birdie bei diesem Tadel rot wurde.

Artischocken. Das war der vierte Belag, fiel mir ein.

Wegen des regen Besucherverkehrs bei den Radleys – Birdie, Lawrence, Clarissa, Nicky – und auf Grund meiner Erhebung zum Künstlermodell und Rads ungünstiger Arbeitszeiten hatten Rad und ich selten Gelegenheit, zusammen zu sein. Seine Schicht in der Bäckerei fing um drei Uhr morgens an, deshalb kam es nicht in Frage, lang aufzubleiben. Er wollte auch nicht den Tag mit Schlafen vergeuden und beklagte sich, dass ich so viel Zeit damit verbrachte, auf dem Boden des Ateliers Perlen aufzuziehen.

»Dad sieht dich mehr als ich«, beklagte er sich an einem Nachmittag, als Mr. Radley eine unserer Sitzungen verlängert hatte, weil es so gut lief. »Ich glaube, er macht das mit Absicht.« Ich lachte leise. Ich wusste, wieso er so ungeduldig war.

35

An dem Tag, als Auntie Mim schließlich ins Krankenhaus musste, fuhren Rad und ich noch einmal nach Half Moon Street – allein. Mr. Radley hatte unsere Sitzung abgesagt, um sie persönlich hinzubringen und dafür zu sorgen, dass alles glatt ging. Er hatte saubere Nachtwäsche, ihre Haarbürste mit dem Elfenbeinrücken und den Agatha-Christie-Sammelband, das einzige Buch, das ich sie je lesen sah, in ihre Tasche gepackt.

Währenddessen hatten Rad und ich sein Auto mit der Hundedecke von der Chaiselongue und einem Picknick bepackt, das aus Erdnussbutter-Sandwiches, ein paar relativ weichen Äpfeln und dem restlichen Treacle Tart vom Tag zuvor bestand. Rad nahm kein Buch mit – eine Tatsache, die mir bedeutsam erschien. Als ich die Äpfel wusch – von denen einer ominöse Löcher hatte, als hätte ein kleiner Hund ihn zwischen die Zähne genommen und dann fallen lassen –, kam Rad mit zwei Handtüchern in die Küche. »Wollen wir Schwimmzeug mitnehmen?«

»Dort ist schwimmen verboten«, erinnerte ich ihn.

»Wenn niemand da ist …«

»Da sind immer Leute.«

»Vielleicht auch nicht. Es ist nicht so sonnig.«

»Wenn es kalt genug ist, um die Leute von dort fern zu halten, ist es auch zu kalt zum Schwimmen«, bemerkte ich.

»Wollen wir sie trotzdem mitnehmen, nur für den Fall?«

»Rad, du weißt doch, dass ich nicht schwimmen kann.«

»Ich bringe es dir bei.«

»Ich will es nicht lernen.«

»Du musst aber.«

»Muss ich nicht.«

Rad seufzte und brachte die Handtücher wieder in den Wäscheschrank. Wir sprachen nicht viel auf der Fahrt. Zwischen uns lag eine Verlegenheit, die etwas mit meiner Weigerung zu schwimmen zu tun hatte, aber auch mit etwas anderem. Das letzte Mal, als wir in Half Moon Street gewesen waren, war vor einem Jahr, mit Frances und Nicky. Rad hatte uns alle zum Lunch eingeladen, wir hatten im Gras gesessen, *Narziss und Goldmund* war im Wasser gelandet, wir hatten auf der Heimfahrt Eis gegessen, Rad und ich waren nur befreundet gewesen: Wir waren alle glücklich. Heute war ich nervös. Wenn ich das Falsche sagte oder tat, würde er mich fallen lassen?

Rad fummelte am Radio herum, dem außer Zischen und Knacken und ab und zu einem Schwall Deutsch nichts zu entlocken war.

»Ich hoffe, Auntie Mim erholt sich schnell wieder«, sagte ich irgendwann. »Sie muss aufgepäppelt werden – aber ich glaube nicht, dass sie dort jeden Tag Kartoffeln und Rosenkohl auf der Speisekarte haben.« Sie hatte schrecklich ausgesehen, als Mr. Radley ihr ins Auto geholfen hatte. Ich hatte sie bis dahin kaum in Bewegung gesehen – sie hatte immer in ihrem Sessel gesessen – und mir war plötzlich aufgefallen, wie winzig und gebrechlich sie war. Wenn sie in der Einfahrt gefallen wäre, wäre sie bestimmt in tausend Stücke zersplittert. Die Knochen meiner Granny waren wie Stahl: Sie konnte mit einem Hüftschlag eine Platte zertrümmern. Auntie Mim hatte uns vom Beifahrersitz aus zugewunken; ihre winzigen Finger, mit denen sie sich ans Fenster gekrallt hatte, zitterten.

»*Aufpäppeln?*«, Rad lachte. »Du bist vielleicht ein Optimist. Sie wird aus dem Krankenhaus nie wieder rauskommen.«

»Was meinst du damit?«

»Leute in ihrem Alter versuchen sie nicht zu *kurieren*.«

»Aber sie müssen doch versuchen, Leben zu erhalten, oder?«

»Ach, sie werden sie an einen Tropf hängen und ›Tests‹ mit ihr machen, aber … Sie weiß, dass sie nicht zurückkommt. Ich bin in ihr Zimmer gegangen, um zu sehen, ob ich was für sie runtertragen soll, aber sie hatte ihren ganzen Kram in Kisten gepackt, damit Mum ihn zu Oxfam bringen kann.«

»Nein.«

»Das ist die Wahrheit.«

Sie hat ihre Angelegenheiten geordnet, dachte ich erschaudernd. Wir fuhren durch ein Schlagloch, und das Radio sprang plötzlich auf einen hörbaren Sender. »Our lips shouldn't touch, move over darling«, sang Doris Day. Die Sonne schien, im Radio liefen Liebeslieder, Kinder waren mit ihren Fahrrädern unterwegs, und Auntie Mim packte zusammen und zog in den Wartesaal des Todes. Ich dachte an die knochige Hand am Fenster.

»Sie ist lesbisch. Wusstest du das?«, sagte ich.

»Doris Day?«

»Auntie Mim.«

»Nie im Leben. Das muss eins von Dads Märchen sein.«

»Nein. Sie hat es mir eines Tages gewissermaßen anvertraut. Sie hat mir das Bild einer Frau gezeigt – ein Schwarzweißfoto, sah wirklich alt aus, muss in den Zwanzigern oder so aufgenommen worden sein – und sagte, sie wäre die Liebe ihres Lebens gewesen.«

»Was hast du dazu gesagt?«

»Ich glaube, ich habe gar nichts gesagt. Ich habe sie nur mit offenem Mund angestarrt.«

»Jetzt, wo du mir das erzählt hast, werde ich sie mit ganz anderen Augen sehen«, sagte Rad.

»Wenn deine Prognose korrekt ist, wirst du keine Gelegenheit mehr haben, sie überhaupt zu sehen.«

Rad zog eine Grimasse. »Das wird eine stille Beerdigung.«

»Ich war noch nie auf einer Beerdigung«, sagte ich.

Das Cottage in Half Moon Street war immer noch verlassen und mit Brettern vernagelt, obwohl eines der Bretter im ersten Stock abgefallen war, was dem Haus ein einäugiges Aussehen gab. Es waren viele Leute dort, die am Wasser spazieren gingen oder im Gras saßen. Es war kein Wetter zum Sonnen oder Schwimmen – die Wolken waren herangezogen, als wir Hand in Hand vom Parkplatz am Pub hinunterliefen. Wir gingen automatisch zu der Stelle, die wir beim letzten Mal belegt hatten, setzten uns und aßen unsere Sandwiches und den Treacle Tart. Ich bot Rad die beiden Äpfel an, damit er sich einen aussuchen konnte, und er nahm freundlicherweise den übel zugerichteten, wartete, bis ich meinen aufgegessen hatte und warf seinen dann im hohen Bogen ins Gebüsch. Wir hatten nicht daran gedacht, uns etwas zu trinken mitzunehmen, und die Kombination aus Erdnussbutter, Sirup und den Gebäckstückchen von gestern machte uns sehr durstig.

»Soll ich uns im Pub was holen?«, fragte Rad, sprang auf und wischte sich die Krümel von der Jeans.

»Es ist zu weit«, protestierte ich halbherzig: Es war über eine Meile bis zum Pub, aber ich war bereit, den Kopf in den See zu stecken, wenn ich nicht bald etwas zu trinken bekam. »Soll ich mitkommen?«

»Nein, ich renne.« Und er lief befangen los, weil er wusste, dass er beobachtet wurde.

Ich warf die matschige Kruste einer Entenflottille am Ufer hin. Kurz darauf gesellten sich ein paar Kanadagänse zu ihnen. Verärgert darüber, zu spät gekommen zu sein, wateten sie aufs Gras und näherten sich mir schreiend, sodass ich gezwungen war, den Rückzug anzutreten.

Als Rad mit zwei gut geschüttelten Colaflaschen den Weg wieder heruntergejoggt kam, hatten die Gänse aufgegeben und ließen sich wieder ins Wasser plumpsen; die ersten dicken Regentropfen fielen. Auch wenn der Himmel am Horizont blau war, über uns war es schwarz. »Das ist bloß ein Schauer«, sagte Rad, als die Wolken sich öffneten und der Regen herunterprasselte wie Speere. Die wenigen anderen Leute, die sich noch am Seeufer befanden, stürzten in den Schutz der Bäume. Wir hatten keine Chance, es bis zum Auto zu schaffen. Innerhalb von Sekunden wären wir nass bis auf die Haut. »Komm mit«, befahl Rad, warf sich die Decke über die Schultern und watete durch kniehohes Gras und Mohnblumen zum Cottage. Er spähte durch einen Bretterspalt. »Das ist okay«, sagte er. »Da sind sogar ein paar Möbel.« Die Haustür war abgeschlossen, aber die Hintertür, morsch und bröckelig, war durch ein rostiges Vorhängeschloss gesichert, das in Rads Händen auseinander fiel. Rad lehnte sich sanft gegen die Tür, die sich rumpelnd öffnete und einen Bogen in die Steinplatten kratzte.

Drinnen war es dunkel und kühl und es roch nach Ruß. Dünne Lichtstrahlen aus Löchern und Ritzen in den Brettern streiften Wände und Boden. Die »Möbel« bestanden aus einem gusseisernen Küchenherd und einer Couch, deren Sitze herausgerissen worden waren, sodass man die Sprungfedern und das Gurtband sehen konnte. Durch einen Türbogen war ein weiteres Zimmer zu sehen, das offensichtlich leer war. Rad ließ die Decke vor dem Herd auf den Steinboden fallen und setzte sich. Er reichte mir eine von den Flaschen. »Nicht ...«, war alles, was er sagen konnte, bevor ich den Verschluss aufdrehte und eine schäumende Colafontäne auf uns niederregnen ließ. »Ich nehme an, du willst jetzt meine trinken«, sagte er, als wir uns die Gesichter abgewischt hatten.

»Nein«, sagte ich tapfer. »Es sind noch vier Zentimeter drin.« Er drehte seine immer nur ein kleines Stück auf, bis sie zu zischen aufgehört hatte, und reichte sie mir dann. »Trink ruhig.«

Als wir die Flaschen ausgetrunken hatten, stellte ich mich ans Fenster und lauschte dem Regen, der auf das Sperrholz trommelte. Rad lag inzwischen auf der Decke, auf einen Ellbogen gestützt, drehte müßig an der leeren Flasche und wartete auf mich. Ich spürte, wie die Verlegenheit in mir aufstieg wie heiße Lava. In solchen Situationen verschlägt es mir entweder die Sprache oder ich fange an zu plappern. In diesem Fall siegte das Schweigen. Ich weiß nicht, wieso ich so sehr zögerte. Ich bin keine so hoffnungslose Romantikerin, dass ich mir vorgestellt hatte, ich würde meine Jungfräulichkeit in meiner Hochzeitsnacht zwischen weißen Satinlaken in einem Himmelbett verlieren, aber irgendwie hatte ich mir nie vorgestellt, dass es auf Growths Decke passieren würde. Ich nehme an, es war Angst – zu viel von mir preiszugeben und in Notfällen nichts mehr in Reserve zu haben.

»Tja, willst du den ganzen Nachmittag damit verbringen, aus einem mit Brettern vernagelten Fenster zu sehen, oder kommst du hierher?«, fragte Rad schließlich, und ich drehte mich schuldgewusst um, wie jemand, dem ein Ladendetektiv auf die Schulter klopft. Mein Herz pochte heftig – zu einem solchen Rhythmus hätte man keinen Takt schlagen können; er war völlig unregelmäßig. Vielleicht bekomme ich einen Herzanfall, dachte ich, als ich mich neben ihn legte, dann muss ich »es« nicht machen. Ein paar Sekunden später küssten wir uns, und einen Augenblick lang war es wie damals im Sommerhaus – ein Gefühl der Entdeckung und Erleichterung –, und ich entspannte mich und dachte, es ist in Ordnung, es wird nichts passieren. Mein Hinterkopf lag auf einem kleinen Stein unter der Decke, deshalb griff ich mit einer Hand nach hinten, um ihn zu entfernen. Rad muss mein plötzliches Hin- und Herrutschen als Zeichen der Ermutigung interpretiert haben, denn er fing an, zuerst meine Jeans und dann seine aufzuknöpfen.

»Was tust du da?«, sagte ich und riss mich los.

Er wich zurück, als hätte ich ihm kaltes Wasser ins Gesicht geschüttet. »Was glaubst du denn?«, sagte er und sah verwirrt aus. »Es ist doch in Ordnung, oder?«

»Ich finde nicht, dass wir sollten«, sagte ich, unfähig, ihm in die Augen zu sehen.

»Ich ... Ich kenne dich nicht gut genug.«

»Du kennst mich seit sechs Jahren.« Zu diesem Zeitpunkt hatten wir uns aufgesetzt und saßen im Schneidersitz im rechten Winkel zueinander, wie zwei Seiten einer Triangel.

»Nein. Ich meine richtig. Wie das hier. Wir haben kaum über alles geredet.«

»Worüber willst du denn reden?«

»Nichts Spezielles. Ich will nur ... Du hast das schon mal gemacht, oder?«

»Abigail. Ich bin seit zwei Jahren an der Universität. Ich bin kein Mönch.«

»Tja, ich habe noch nicht, also ist es für mich eine größere Sache.«

»Machst du dir Sorgen, dass du schwanger werden könntest?«

»Nein«, sagte ich ein wenig schrill. An dieser Stelle knöpfte ich meine Hose wieder zu. »Ich meine, ja, das würde mir auch Sorgen machen, aber das ist es nicht.«

»Es muss an mir liegen«, sagte er. »Du magst mich nicht mehr.«

»Das stimmt nicht«, sagte ich bestimmt. »Ich muss mir deiner nur sicher sein. Ich könnte ›es‹ nur mit jemandem tun, den ich liebe und der mich liebt.«

»Oh, ich verstehe«, sagte Rad in enttäuschtem Ton. »Ich soll dir sagen, dass ich dich liebe, ist es das?« Ich spürte, wie ich unter seinem Blick zusammenschrumpfte.

»Nur wenn es stimmt.«

»Das kann ich nicht«, sagte er, nachdem er einen Moment nachgedacht hatte. »Nein. Das wäre ein bisschen so, als würde man für Sex bezahlen.«

Wenn ich mich durch diesen Wortwechsel nicht sowieso schon so degradiert gefühlt hätte, so herabgesetzt, hätte ich nach Luft geschnappt. Stattdessen sagte ich: »Du musst mich hassen, wenn du so etwas sagst.« Wir waren inzwischen aufgestanden, steckten unsere Hemden wieder in die Hosen und versuchten, das zu wahren, was von unserer tödlich verwundeten Würde noch übrig war.

»Liebe. Hass. Alles dazwischen reicht dir nicht aus.«

»Ich verstehe nicht, wovon du redest«, sagte ich. Ich konnte jetzt jede Sekunde in Tränen ausbrechen, und dagegen würde nichts helfen, als mich in den See zu werfen oder zu emigrieren.

»Du kennst mich«, sagte Rad. »Trotz allem, was du sagst, weißt du, wie ich bin. Ich weiß nichts von ›Liebe‹, und ich werde nichts sagen, was nicht wahr ist, selbst wenn das dafür nötig wäre, um dich rumzukriegen.«

»Ich habe einfach Angst, dass du mit mir vögelst und mich dann fallen lässt.«

»Wieso sollte ich das tun?«

»Weil du es kannst.«

»Du genauso.«

»O nein. An mir wird es nicht liegen, wenn wir uns trennen. Das wirst du sein. Du bist derjenige, der sich seiner Gefühle nicht sicher ist.«

»Ich bin mir sicher, dass ich dich lieber habe als alle, die ich kenne, und dass ich mich nicht heimlich nach jemand anderem umsehe, und dass ich absichtlich nichts tun würde, um dir wehzutun. Aber das reicht dir nicht aus, stimmt's?«

Ich öffnete den Mund, um zu kontern, schloss ihn dann aber wieder. Ich war plötzlich von Kummer und Müdigkeit überwältigt. Ich sank auf die Armlehne der kaputten Couch. »Ich habe alles vermasselt«, sagte ich. Was ich wirklich sagen wollte, war: »Bin ich immer noch deine Freundin?«, aber ich wusste, dass das auf noch mehr Spott stoßen würde.

Rad wurde ein bisschen weicher. »Komm, lass uns nach Hause fahren und das alles vergessen. Es ist nicht wichtig.« Er zog die Tür auf, und der Raum wurde von wässrigem Sonnenlicht überflutet. »Wenn du so weit bist«, sagte er, und ich war mir nicht sicher, ob er mich drängte, mich zu beeilen, oder sich auf das größere Problem bezog, doch seit dieser Zeit lag eine gewisse Beherrschung in seinen Küssen, und er war vorsichtig, mich nicht auf eine Art zu berühren, die eine Wiederholung der Unstimmigkeiten von jenem Tag nach sich ziehen könnte.

36

Ich treffe mich heute mit deinem Vater«, sagte Birdie eines Morgens, als wir im Waschsalon standen und die Trockner mit Radley-Bettzeug beluden. Es war ein Zeichen ihrer vollständigen Integration in die Familie, dass sie jetzt den vollen Anteil des Dienstplans übernahm. Ich war über die Neuigkeit ein wenig erstaunt. Birdie hatte zwar schon seit einiger Zeit Andeutungen in diese Richtung gemacht, und ich hatte mir vage vorgestellt, ein Treffen zu arrangieren, aber nichts dergleichen unternommen. Ich hatte das Thema Vater gegenüber nicht einmal angeschnitten. Ich nehme an, ich war stellvertretend für ihn nervös, dass sie sich nicht verstehen würden oder, was wahrscheinlicher war, sich nichts zu sagen hätten. Aber es muss auch ein wenig Eifersucht dabei gewesen sein, denn mein Beschützerinstinkt Birdie gegenüber verschwand nahezu augenblicklich, als sie sagte, sie würde sich mit ihm treffen. Ich fühlte mich hintergangen.

»Wie habt ihr das arrangiert?« *Ohne mich*, fragte ich.

»Ich habe ihm ein paar Zeilen geschrieben, und er hat zurückgeschrieben, dass ich ihn zu einer bestimmten Zeit anrufen soll, und wir haben uns am Telefon ein bisschen unterhalten, und er sagte, wir könnten uns heute Nachmittag in der Central Library treffen.«

Typisch Vater. Nur er konnte solch ein potenziell riskantes Treffen in einer Bücherei arrangieren, wo man sich unmöglich in Ruhe unterhalten konnte. Birdie muss meine Gedanken gelesen haben, denn sie fuhr fort: »Wir treffen uns nur dort, weil wir es beide kennen. Wir gehen dann in ein Café oder so was. Er konnte ja schlecht zu mir nach Hause kommen, und er sagte, seine Wohnung sei für Besucher ungeeignet.«

»Du wirst ihn erkennen, denn er sieht aus wie wir«, sagte ich. »Und er wird einen Tweedhut tragen, egal wie das Wetter ist.«

Ich hatte große Lust, dieses bizarre Treffen heimlich zu beobachten, aber natürlich tat ich es nicht. Besonders ärgerlich war, dass ich meine Informationen nur von Birdie bekommen würde. Ich war nicht fähig, Vater anzurufen und ganz nebenbei zu fragen, wie es gelaufen war. Wenn es um das Wiedergeben von Details ging, war er sowieso hoffnungslos; alles, was ich aus ihm herauskriegen würde, wären einsilbige Antworten.

Stattdessen besuchten Rad und ich Auntie Mim im Krankenhaus. Mr. Radley, der sie zu meiner Überraschung jeden Tag besuchte, hatte uns gesagt, dass sie nicht gut aussah. Sie hatte jede Nahrung verweigert und wurde jetzt durch einen Schlauch ernährt, den sie ständig herauszureißen versuchte. »Das wird sie an ihre Jugend erinnern«, sagte Mr. Radley. »Sie war eine Suffragette.«

Wir kauften im Foyershop ein paar Blumen, und ich erstand eine Ausgabe der Zeitschrift *Country Living*. Das brachte meine Mutter ihren Bekannten immer ins Krankenhaus mit, wahrscheinlich weil sie glaubte, dass Bilder von edlen Möbeln und schön angelegten Gärten die Patienten von ihrer bedrückenden Umgebung ablenkten. Oder vielleicht auch, dass Neid ein Ansporn zur Genesung war, ich weiß es nicht.

»Wir können ihr nicht mal Trauben mitbringen«, sagte Rad.

Wir liefen durch die labyrinthähnlichen Korridore, wobei unsere Schuhe auf dem Vinyl quietschten. Auf der Feltham Station, wo wir sie vorzufinden erwartet hatten, war das Bett abgezogen und leer. Wir wechselten einen beunruhigten Blick und gingen zu dem Schreibtisch, an dem eine Krankenschwester saß und einen Stundenzettel ausfüllte.

»Sie ist auf die Fairfax 2 verlegt worden«, sagte sie und deutete ruckartig mit ihrem Kuli in die Richtung, aus der wir gekommen waren. Eine weitere halbe Meile aus Korridoren führte uns aus dem modernen Block heraus, durch einen überdachten Fußweg in die alten Gebäude, die schon mehrmals für abbruchreif erklärt worden und dann doch verschont geblieben waren. Der Boden hob und senkte sich wie eine Berg-und-Tal-Bahn, die Türen bestanden nur aus dicken Plastiklappen, staubige Rohre kletterten über die Wände wie Rebengewächse, und das gesamte Gebäude wirkte so baufällig und vernachlässigt, dass die Aussicht auf Genesung dort sehr abwegig erschien.

Fairfax 2 war eine geriatrische Frauenabteilung mit sechs Betten. Rad nickte der Schwester zu und zuckte mit dem Blumenstrauß, um anzudeuten, dass wir Besucher waren. »Da ist sie«, sagte er und näherte sich einem Bett, in dem eine winzige, geschrumpfte alte Frau saß und mit offenem Mund schlief. Auf dem Nachttisch lagen ein Früchtekorb und eine offene Packung Kekse.

»Ich glaube nicht, dass sie es ist«, sagte ich.

»Nicht?«

Wir betrachteten die Insassen der anderen Betten. In Krankenhausnachthemden, ungeschminkt, weiß, das einst gefärbte Haar jetzt schlapp und glatt und mit papierartiger Haut, die von den Wangenknochen bis zum Kiefer herunterhing, *sahen sie alle gleich aus.* Jede oder keine von ihnen hätte Auntie Mim sein können. Entmutigt gingen wir zu der Krankenschwester zurück.

»Wir suchen Mrs. Smith«, sagte Rad.

Die Krankenschwester brachte uns zu einem kleineren Nebenzimmer, in dem nur drei Betten standen. Unsere Erleichterung, Auntie Mim endlich zu erkennen, wurde durch die Bestürzung über die Umgebung und ihren Zustand etwas gemindert. Selbst die Mindestanforderungen an Sauberkeit und Hygiene schienen aufgegeben worden zu sein: Auf dem Boden lagen Staubknäuel, Fusseln und getrocknete Tropfen von Gott weiß was. Die Fenster waren verschmiert, und die Vorhänge waren in einem jämmerlichen Zustand. Auf Auntie Mims Stuhl lag ein Haufen benutzter Taschentücher, und auf dem Wagen am Fuße ihres Bettes war eine schmutzige Bettpfanne zurückgelassen worden. Die Patientin selbst sah äußerst schlecht aus. Aus ihrer Nase ragte ein Schlauch, der an ihrer Oberlippe festgeklebt war, und an ihrer Hand, die vom Handgelenk bis zu den Fingerknöcheln blaue Flecken hatte, hing ein Tropf. Ein weiterer Schlauch führte zu einem Plastikbeutel, der halb voll mit einer klaren, rötlichen Flüssigkeit war. Mein Magen drehte sich um, und ich vergrub das Gesicht in den glänzenden, parfümierten Seiten von *Country Living*. Streng geschnittene Hecken, gelbe Tapeten, Toiles de Jouy, ich blätterte fieberhaft weiter, Gieves & Hawkes, William Morris, Sissinghurst, Quiltdecken, schon besser.

»Sie schläft«, sagte Rad. »Wir sollten noch ein bisschen warten, ob sie aufwacht. Bist du gut im Arrangieren von Blumen?«, fragte er und überreichte mir die Nelken. Auf dem Nachttisch stand eine schmale Vase mit einem welkenden Sträußchen aus Glockenblumen, Gänseblümchen und anderen Blumen, die in den Vorgärten der ans Krankenhaus angrenzenden Häuser zu finden waren: Ein Geschenk von Mr. Radley. Ich nahm sie heraus und stopfte unsere eigene Gabe in das trübe Wasser. Uns war offensichtlich ein Ladenhüter verkauft worden, denn die meisten Blumen hatten geknickte Stiele und ließen die Köpfe hängen, wodurch die wenigen anderen hoch standen wie Zaunpfähle.

»Sehr hübsch«, sagte Rad.

Wir lungerten etwa eine halbe Stunde lang am Bett herum, bevor wir aufgaben. Rad war ebenso erleichtert wie ich, dass sie nicht aufgewacht war, das spürte ich genau. Die einzigen Geräusche im Zimmer waren leises Schnarchen und das Kratzen eines Füllers, während die Schwester sich mit ihrer Schreibarbeit quälte. Und irgendwo in der Ferne das Brummen eines Bohnergeräts.

»Glaubst du, sie gehen manchmal herum und schauen nach, wer noch lebt?«, fragte ich.

Die Frau im Bett gegenüber, die wie alle anderen Patientinnen offensichtlich vor sich hin dämmerte, fing an zu stöhnen, als hätte sie große Schmerzen. Die Krankenschwester blickte kurz auf und schrieb weiter. Zum Abschied stellte Rad ihr die benutzte Bettpfanne auf den Schreibtisch und wurde dafür mit einem kalten Blick und einem bissigen »Danke« belohnt.

»Wir kommen ein andermal wieder«, sagte Rad nicht sehr begeistert zu mir, als wir endlich durch die automatischen Türen traten und frische Luft atmeten.

»O ja«, sagte ich zustimmend.

»Wie habt ihr euch denn verstanden?«, fragte ich Birdie an diesem Abend.

»Gut. Wir haben uns sofort erkannt. Ich hätte ihn auch erkannt, wenn du mir nichts von dem Hut gesagt hättest.«

»Worüber habt ihr gesprochen?«

»Ach, er hat mich gefragt, was meine Hauptfächer sind und was ich später studieren will. Über die Vergangenheit haben wir überhaupt nicht gesprochen. Er hat nicht mal richtig zugegeben, dass er mein Dad ist: Es war ein bisschen, wie einen lange verloren geglaubten Paten zu treffen. Irgendwann sagte er, er würde sich wirklich freuen, mich endlich kennen gelernt zu haben, und er wäre froh, dass ich mich so gut entwickelt habe. Aber ich merkte, dass es gleich emotional würde, deshalb habe ich ihn abgelenkt. Er hat gefragt, wie es Mum ginge, und ich sagte nur: ›Gut‹, und er sagte: ›Schön, schön‹, und damit war das Thema erledigt.«

»Und worüber habt ihr noch gesprochen?«

»Hauptsächlich über Bücher. Er wollte wissen, was ich lese, und ich sagte Virginia Woolf, und er verzog das Gesicht, und wir hatten einen kleinen Disput darüber, ob sie ein Genie war, und dann sagte er, ich sollte Gibbon lesen. Wer immer das ist.«

»Das ist seine Antwort auf alles«, sagte ich.

»Ich komme nur nicht dahinter, wie er und meine Mum je zusammen gekommen sind. Sie sind so verschieden. Ich meine, er ist so süß und altmodisch.« Ich wollte gerade zustimmen – sogar ein paar eigene Anekdoten einwerfen –, als sie hinzufügte: »Wie du.«

»Glaubst du, dass ihr euch wieder sehen werdet?«, fragte ich, als würden wir uns über eine heiße Verabredung vom Abend zuvor unterhalten. Ich wollte nicht über meine Erleichterung nachdenken, als sie sagte: »Wir haben nichts verabredet. Ich frage mich immer noch, wie ich es Mum beibringen soll und ob überhaupt. Sie wird es früher oder später sowieso herausfinden; mir rutscht es bestimmt irgendwann raus.«

»Wird es ihr was ausmachen?«

»Ich weiß nicht. Es wird ihr nicht gefallen, dass ich sie hintergangen habe.«

»Das Gefühl kenne ich«, sagte ich.

Im Gegenzug erzählte ich ihr von unserem Nachmittag im Krankenhaus. Sie wurde ziemlich blass. »Ich will nicht alt werden«, sagte sie erschaudernd. »Ich will es einfach nicht.«

37

Wir sollten die letzten Familienmitglieder gewesen sein, die sie sahen, obwohl sie uns natürlich nicht wahrgenommen hatte.

Das Krankenhaus rief am nächsten Morgen an, um mitzuteilen, dass sie in der Nacht gestorben war. Mr. Radley schien die Nachricht am meisten zu treffen: Den Rest des Tages saß er im Sessel, starrte aus dem Wohnzimmerfenster und kaute auf seinen Lippen, in seine eigenen Gedanken versunken. Als ich ihm mittags ein Sandwich brachte, sah er mich an wie eine völlig Fremde und sagte: »Danke, Birdie, stell es auf den Tisch«, wo es unberührt stehen blieb, bis ich es am Abend wegräumte. Das überraschte mich. Ich hatte ihn nie für einen Mann gehalten, der, wenn es um Menschen – richtige Menschen – ging, zu tieferen Gefühlen fähig war. Wegen Fremder, die schon lange tot waren, konnte er sich in Sentimentalitäten hineinsteigern – zum Beispiel am Soldatendenkmal in Vimy –, aber er neigte dazu, auf der Straße über Bettler hinwegzusteigen.

Währenddessen befand sich Lexi im organisatorischen Overdrive: Krankenhaus, Standesamt, Leichenbestatter, Anwalt, Krematorium, alle kamen in den Genuss ihrer eigenartigen Mischung aus Tyrannei und Charme.

Die Beerdigung sollte schon in wenigen Tagen stattfinden. Es bestand keine Veranlassung, sie zu verschieben: Es gab keine Freunde oder Verwandte, die von weither anreisen mussten, und das Krematorium war sehr entgegenkommend. Anscheinend gab es für den Tod bestimmte Jahreszeiten, und im August ging das Geschäft schlecht.

»Tja, die Leute sind alle im Urlaub«, lautete die Interpretation meiner Mutter dieser statistischen Besonderheit.

Meine Granny zeigte großes Interesse an den Details von Auntie Mims Tod. »Ich bin die Nächste«, sagte sie, »Gott sei Dank.« Schon so lange ich sie kannte, hatte sie selbstzufrieden ihr unmittelbar bevorstehendes Ableben vorausgesagt. Sie war erst achtundsiebzig, aber die Blindheit hatte ihre Aktivitäten grausam beschränkt, und sie war vom Leben so gelangweilt wie eine Neunzigjährige. »Hat sie irgendwas hinterlassen?«

Ich sagte, das glaubte ich nicht. Erbschaften waren eine weitere von Grannys langjährigen Obsessionen. Sie benutzte die Notwendigkeit, für meine Mutter ein Erbe zusammenzukratzen, als Entschuldigung für ihren Geiz, der immer schlimmer und exzentrischer wurde. In der letzten Zeit hatte sie angefangen, die dünnen Plastiktüten, in die der Fleischer das Fleisch wickelte, aufzuheben und auszuwaschen. Sie hatte in der Küche eine Schnur gespannt, an der sie sie trocknete, und dort hingen sie dann wie feuchte kleine Geister. Wenn sie trocken waren, landeten sie in einer Schublade, bis der Tag dämmerte, an dem sich eine Verwendung für sie finden würde. Selbst als ihr Augenlicht nachgelassen hatte, bestand sie darauf, Laufmaschen in Strumpfhosen zu stopfen. Meine Mutter musste sie mit einer eingefädelten Nadel ausstatten, und dann saß sie am Küchentisch, eine Pampelmuse in den Zeh eines löchrigen Strumpfes gequetscht, und flickte; sie fluchte und schrie, wenn sie sich stach, freute sich jedoch innerlich, vierzig Pence zu sparen.

Mit irgendeiner unergründlichen Methode hatte sie ihren Kostenanteil an dem Essen, das Mutter ihr jede Woche servierte, auf 2,67 Pfund berechnet. Eine so präzise Summe konnte man nicht anfechten. Jeden Sonntag, wenn Mutter den Braten auftischte, stapfte sie in die Küche und zählte Münze für Münze genau diesen Betrag aus ihrem Geldbeutel auf den Tisch, während Mutter seufzte, missbilligende Töne von sich gab und die Kartoffeln zerstampfte.

Ich hatte nicht Recht gehabt, was Auntie Mim betraf. Sie hatte ihren Schmuck – nichts davon besonders wertvoll – Frances vermacht, Clarissa 1000 Pfund und den Rest, der ungefähr 90 000 Pfund betragen würde, Lexi.

»Wusstest du, dass sie irgendwelche Ersparnisse hatte?«, fragte ich Frances auf dem Weg zum Krematorium. Rad fuhr uns; Nicky und Frances saßen hinten. Die Erwachsenen – Mr. und Mrs. Radley, Onkel Bill und Tante Daphne – fuhren mit dem Renault. Clarissa, ihre Mutter Cecile und Lawrence kamen mit getrennten Taxis. Limousinen gab es nicht.

»Sie hat ihr Cottage verkauft, bevor sie zu uns gezogen ist, deshalb wusste ich wohl, dass sie etwas haben musste. Aber ich habe nie richtig drüber nachgedacht. Sie sah immer so arm aus.«

»Reich auszusehen kostet viel Geld«, klärte Nicky uns auf. Die Atmosphäre im Auto war fröhlich: Es sei lächerlich, den Tod einer Dreiundneunzigjährigen zu betrauern, sagte Rad. Wir sollten froh sein, dass sie so lange gelebt hatte. Das war die beste Art Beerdigung, stimmte Nicky zu, als wäre er ein Kenner: Eine, auf der man jemanden ganz groß verabschieden konnte, ohne allzu traurig zu sein. Frances beugte sich zwischen die Vordersitze und stellte das Radio an. Wir waren alle unter einundzwanzig. Wenn unsere Zeit kam, hätte jemand ein Heilmittel entdeckt.

In der Kapelle schafften wir elf es, die ersten zwei Reihen zu besetzen, indem wir uns ein bisschen breit machten. Lexi nahm dank ihrer Aufmachung sowieso so viel Platz ein wie zwei normale Menschen – schwarze Jacke mit riesigen Schulterpolstern, Schoßjacke, enger schwarzer Rock und ein breitkrempiger Hut, übersät von zitternden Straußenfedern. Frances hatte davon abgebracht werden müssen, die vererbten Perlen zu tragen. Sie zwang Nicky, sich neben Cecile zu setzen, die einen Fuchspelz trug. »Ich will dieses tote Ding nicht berühren«, sagte sie laut.

Der Gottesdienst war nach einer Viertelstunde vorbei. Lexi hatte den Kaplan angewiesen, es nicht zu lang zu machen. »Sie war dreiundneunzig, also lassen Sie es uns um

Himmels willen kurz und vergnügt halten.« Musik gab es keine – wir waren nicht genug Leute für eine Hymne, und die Radleys waren sowieso keine begeisterten Sänger. Der Kaplan raste in flottem Tempo durch die Begräbnisliturgie. Es ist nicht leicht, mit optimistischer Stimme »Wir kommen ohne irdische Güter zur Welt, und wir nehmen nichts mit uns, wenn wir gehen« zu sagen, aber er schaffte es. Er hielt die Rede, für die Lexi ihn mit den notwendigen biografischen Details versorgt hatte, mit solcher Überzeugungskraft, dass ich am Ende fast bereit war zu glauben, er würde Auntie Mim genauso vermissen wie wir.

Vor der Kapelle waren die Blumengrüße zu unserer Inspektion aufs Gras gelegt worden. Die Direktorin des Beerdigungsinstituts hatte gesagt, wir dürften sie mit nach Hause nehmen, wenn wir wollten. »Wenn ich das gewusst hätte, hätte ich keinen Kranz bestellt«, beschwerte sich Cecile. »Dann hätte ich was ausgesucht, das noch als Tischdekoration hätte dienen können.«

Clarissa bewunderte Lexis Aufmachung. »Mir gefällt die Schoßjacke. Sehr neckisch.«

»Ach wirklich?« Lexi strich sie über den Hüften glatt. »Ich weiß nicht, ob ich das bin. Ich werde sie wahrscheinlich umtauschen – es sei denn, in den nächsten zwei Tagen stirbt noch jemand.« Und sie stieß ein kehliges Lachen aus.

Es war das einzige Mal, dass ich je hörte, wie sie versuchte, einen Witz zu machen.

Zu Hause gab es etwas zu trinken und einen kleinen Imbiss. Cecile durfte ein Glas Sherry trinken, vielleicht auf Grund ihres Alters. Alle anderen bekamen Orangensaft. Lexi hatte ein paar fertige Cocktailsnacks gekauft, die auf Teller gekippt und herumgereicht wurden.

Mir fiel auf, dass das Foto von Auntie Mims »einziger großen Liebe« jetzt bei den anderen Familienfotos auf dem Sekretär stand. Ich beschloss, Lexi auf die Probe zu stellen.

»Wer ist das?«, fragte ich, als sie mit kleinen Käsestangen an mir vorbeikam.

»Marigold Bray«, sagte sie, ohne zu zögern. »Sie war Auntie Mims Freundin. Hübsch, nicht?« Und schon war sie weiter. Cecile, eine passionierte Klatschtante, hatte diesen Wortwechsel mitbekommen und war schnell auf den Platz gerückt, den Lexi geräumt hatte.

»Sie war lesbisch, als sie jünger war«, sagte Cecile, als wäre das ein Hobby, aus dem man herauswuchs. »Sie hatte eine Art *Beziehung* mit einer anderen Lehrerin an der Schule, an der sie arbeitete. Sie war damals Mitte zwanzig. Wusstest du, dass sie unterrichtet hat? Ja, Kochen. Wirklich kaum zu glauben, wenn man drüber nachdenkt.«

»Und was ist dann passiert?«

»Ihre Eltern haben es herausgefunden und sie in eine Anstalt einweisen lassen. Sie war sechs Monate dort, und als sie herauskam, war sie völlig geheilt. Na ja, sie hat nie geheiratet. Und von der Zeit an aß sie nichts mehr außer Kartoffeln und Rosenkohl. Ist das nicht seltsam?«

»Sie war nicht ›geheilt‹, sie war völlig gebrochen.« Lexi war wieder ins Zimmer gekommen und hatte den letzten Teil unseres Gesprächs mit angehört. »Mir graut, wenn ich darüber nachdenke, was sie ihr dort angetan haben. Sie hat den Rest ihres Lebens nicht mehr gearbeitet.« Während dieses Wortwechsels war es im Zimmer still geworden.

Alle hörten zu.

»Wovon hat sie denn in den folgenden siebzig Jahren gelebt?«, fragte ich.

»Sie ist zurück zu ihren Eltern gegangen, und die haben für sie gesorgt, bis sie zu alt wurden, und dann hat sie sich um sie gekümmert. Ihre ältere Schwester – Mums Mutter – war schon verheiratet und nach Belgien gezogen, und Mim war mit ungefähr fünfundzwanzig zur Rolle der unverheirateten Tante verdammt. Sie bekamen nie Besuch und gingen nie irgendwohin, deshalb hatte sie auch keine Gelegenheit, jemanden kennen zu lernen.«

»Warum hat sie nur Rosenkohl und Kartoffeln gegessen?«, fragte Frances, die sich inzwischen zu uns gesellt hatte. »Haben sie ihr in der Klapsmühle nur das gegeben?«

Lexi gab missbilligende Geräusche von sich. »Ich weiß es nicht. Bevor sie eingesperrt wurde, war sie Lehrerin und eine wunderbare Köchin. Ich glaube, es war ihre Art, ihren Eltern zu zeigen, dass sie ihr Schaden zugefügt hatten.«

»Wieso haben sie und Marigold ihnen nicht gesagt, sie sollen sich verpissen?«, sagte Frances.

»In diesen barbarischen Zeiten respektierten Kinder ihre Eltern noch«, sagte Mr. Radley.

»Sie war keine Rebellin«, sagte Lexi. »Und ihre Karriere als Lehrerin war zu Ende – es war damals für Frauen viel schwerer, unabhängig zu sein.«

»Ich wünschte, ich hätte das alles gewusst, als sie noch am Leben war«, sagte Frances entrüstet. »Dann hätte ich mir mehr Mühe gegeben, sie mal auszuführen, damit sie ein bisschen Spaß gehabt hätte.«

»Du meinst, in den Tattoo-Salon oder zu Miss Selfridge, um Make-up auszuprobieren?«, sagte Rad.

Frances ignorierte ihn. »Warum ist sie nicht ausgegangen und hat was unternommen, als ihre Eltern tot waren?«

»Da war sie schon um die fünfzig.«

»Das ist nur so alt wie du, und du bist auch nicht zu alt, um auszugehen und dich zu amüsieren.«

»Wahrscheinlich hat sie es einfach nicht mehr hingekriegt. Selbstverleugnung kann zur Gewohnheit werden wie alles andere auch.«

»Meine Frau ist Expertin in Selbstverleugnung, wie ihr alle wisst«, sagte Mr. Radley.

»Wenn ich es mir jetzt so überlege«, fiel Lexi ihm ins Wort, »hat sie mir einmal erzählt, dass sie nach dem Tod ihrer Mutter versucht hat, Marigold ausfindig zu machen, und schließlich rausgefunden hat, dass sie nach Kenia ausgewandert ist. Das war dreißig Jahre nachdem sie den Kontakt verloren hatten, und Auntie hatte die Sache mit ihr immer noch nicht überwunden.«

»Tja, ich hab ja schon immer gesagt, Liebe hält länger, wenn sie unglücklich ist«, sagte Clarissa.

Ich sah automatisch zu Rad hinüber und kam in den Genuss eines seiner süffisanten Blicke. Neben ihm, von allen anderen unbemerkt, starrte Lawrence Lexi an.

38

Das Porträt von Birdie und mir ist fast fertig. Der Hintergrund sieht gut aus; unsere Gesichter sind noch leer. Ab und zu schleichen wir uns nach oben und inspizieren es – nur um zu überprüfen, ob Mr. Radley wirklich daran arbeitet. Manchmal kommt mir die verrückte Idee, dass er uns gar nicht malt, sondern nur so tut und uns jeden Tag zu seinem Vergnügen auf dem Dachboden gefangen hält. Ich weiß zwar nicht, wieso er das tun sollte, aber es würde mich auch nicht überraschen.

Mr. Radley steht zaudernd vor der Staffelei. Er hat immer Probleme, mit den Figuren anzufangen, sagt er. Eine Art Malblockade. Birdie fragt, wieso er dann keine Stillleben malt. Oder Landschaften. Er sagt, wenn er ihre Meinung hören will, lässt er es sie wissen. Bis auf Clarissa, die wieder mal am Schnorren ist, sind wir die Einzigen im Haus. Diesmal hat sie es auf Lexis Golfschläger abgesehen. Sie hat einen neuen Freund und kann es kaum erwarten, ihm das Spiel beizubringen. Lexi ist früh zum Friseur gegangen und immer noch nicht zurück. Mr. Radley sieht ständig auf die Uhr. Nicky, Frances und Rad sind mit einem von Nickys Freunden vom King's College windsurfen gegangen. Als Nichtschwimmerin und Angsthase ist das ohnehin kein Vergnügen für mich. Am Abend wollen wir alle zusammen essen gehen – das kriege ich hin. Ich verstehe meine Beziehung zu Rad immer noch nicht besser. In gewisser Weise scheint er mich zu behandeln, als wäre ich seine Freundin, aber seit jenem Tag in Half Moon Street achtet er darauf, mich nicht zu berühren, wenn wir allein sind. Jetzt möchte ich es; jetzt tut er es nicht. Ich bin mir nicht sicher, was läuft. Er wird es mir nicht sagen, und ich werde nicht fragen.

Von unten sind ein unglaubliches Gepolter und ein paar gewählte Ausdrücke von Clarissa zu hören. Ich kann mir den Grund denken: Beim Herausholen der Golftasche aus dem Flurschrank ist eine Lawine aus Mopp, Besen, Eimern, Bügelbrett, Staubsauger und Kabeln heruntergegangen. Das passiert jedes Mal. Mr. Radley wagt sich nach unten, um der Sache nachzugehen. Birdie und ich entspannen und strecken uns. Das Telefon klingelt und wird abgenommen. »Oh«, sagt er. »Oh, in Ordnung …« Er klingt enttäuscht. »Was ist mit dem Essen? Soll ich dir was aufheben? Okay, gut. Wo bist du überhaupt? … Ach wirklich?« Seine Stimme wird hart. »Kann ich sie mal sprechen? … Nein, das dachte ich mir schon, denn Clarissa ist rein zufällig gerade hier.« Und der Hörer wird aufgeknallt.

Birdie und ich sehen uns nervös an. »Worum ging es denn?«, flüstert sie.

Ich schüttele den Kopf. Ich habe nur Angst, dass Mr. Radley jede Minute wütend zurück nach oben kommt und es an uns auslässt. Aber das tut er nicht. Wir hören, wie die

Haustür klickt und Clarissas Auto startet. Nach etwa fünf Minuten schleichen wir uns nach unten. Im Wohnzimmer sind die Vorhänge noch zugezogen, obwohl Spätnachmittag ist, und Mr. Radley sitzt dort im Dunkeln. Ich weiß nicht, was ich tun soll. Wenn wir uns wortlos zurückziehen, weiß er, dass wir mitgehört haben. Wenn wir ganz harmlos tun und fragen, wo er bleibt, knurrt er uns vielleicht an.

»Komm, wir gehen«, sagt Birdie. Das nimmt mir die Entscheidung ab, und wir gehen jeder zu sich nach Hause.

Gegen sechs gehe ich zurück. Ich will das Essen nicht verpassen. Die anderen werden inzwischen wahrscheinlich zurück sein und sich fragen, wo ich bin. Aber als ich ankomme, ist das Haus still. Die Wohnzimmervorhänge sind immer noch zugezogen, aber Mr. Radley ist nicht da. Ich beschließe, ein Bad zu nehmen, bevor die anderen kommen und das ganze heiße Wasser für sich beanspruchen. Obwohl ich »offiziell« wieder zu Mutter gezogen bin, übernachte ich immer noch oft in Frances' Zimmer und habe den Großteil meiner Lieblingsklamotten hier. Mutter und ich sind wieder vollkommen versöhnt, aber es fällt mir nach wie vor schwer, lange mit meiner Granny zusammen zu sein. Sie hat sich nicht entschuldigt oder zugegeben, dass sie an der Krise eine Mitschuld hat.

Während ich im Bad bin, höre ich, dass jemand gekommen ist. Schwindelig, vom überheißen Wasser verschwollen und in ein extra großes Handtuch gehüllt, komme ich aus dem Bad und stoße mit Lexi zusammen, die zwei riesige Koffer über den Treppenabsatz zerrt. Sie sieht leicht ramponiert aus und ist nicht besonders erfreut, mich zu sehen.

»Hallo«, sage ich. »Fährst du in Urlaub?«

»In gewisser Weise. Fass mal mit an, ja?« Es scheint ihr nicht aufzufallen, dass ich nur ein Handtuch trage. Ich umklammere es, nehme einen Koffer und humpele hinter ihr die Treppe hinunter.

»Ich habe einen goldenen Ohrring mit einer Perle verloren«, sagt sie in der Tür und zieht an ihrem Ohrläppchen. »Wenn du ihn findest, heb ihn für mich auf.« Das sind ihre letzten Worte an mich.

Ich stehe in BH und Schlüpfer vor Frances' Schrank, als Mr. Radley hereinkommt. Mein halb bekleideter Zustand scheint ihm nichts auszumachen oder auch nur aufzufallen, sondern er geht schnurstracks zum Fenster und sieht hinunter, wo bis vor ein paar Minuten noch Lexis Auto stand. Dann setzt er sich aufs Bett und vergräbt den Kopf in den Händen.

»Sie ist weg«, sagt er. »Was soll ich nur tun?«

»Was meinen Sie damit?«, sage ich, obwohl ich es weiß. Irgendwie hat meine bisherige Lebenserfahrung mich gelehrt, dass es unhöflich wäre, sich weiter anzuziehen, während jemand einem erzählt, dass seine Frau ihn verlassen hat, also stehe ich dort in meiner Unterwäsche und warte darauf, dass er es sagt.

»Sie will Lawrence heiraten.«

»Oje. Das tut mir Leid.« Mein Vokabular ist umfangreich, aber mehr bringe ich im Moment nicht zu Stande. Es folgt eine lange Pause. Ich ertappe mich dabei, wie ich die Stelle auf seinem Hinterkopf anstarre, wo das Haar schütter wird; die Kopfhaut darunter ist gebräunt und glänzend.

»Ich habe gesagt: ›Wozu willst du ihn heiraten? Du siehst ihn doch sowieso schon jeden Tag.‹ Aber das reicht ihr nicht.«

»Sie wird zurückkommen«, sage ich. »Sie hat wahrscheinlich gerade viel Stress, und da ist sie einfach ausgeflippt.«

Er blickt auf. »Genau das ist es. Sie sagt, sie hat genug

davon, sich den Arsch aufzureißen, damit ich rumsitzen kann. Sie sagt, Lawrence wird sie anständig versorgen. Weißt du, was sie gesagt hat? ›Ich bleibe zu Hause. Vielleicht fange ich sogar an zu malen.‹«

»Sie Armer.« Ich stehe vor Verlegenheit Todesqualen aus und sehe keinen Ausweg. Meine Qual steigert sich noch, als er eine Art Schluchzer von sich gibt, blind nach mir greift und mich auf sein Knie zieht. Ich sitze steif wie ein Gartenzwerg. In jedem anderen Zusammenhang würde ich aufspringen und wegrennen – ihm vielleicht sogar eine knallen –, aber das kann ich jetzt nicht. Seine Arme umschlingen mich sowieso so fest, als würde er versuchen, einen Baum auszureißen. Es ist keine bedrohliche Umarmung, aber trotzdem. Er spürt, wie ich zusammenzucke, denn er sagt in einem Ton, der es fertig bringt, Bitten mit Ungeduld zu kombinieren: »Ach, geh nicht weg. Ich will dich nicht vergewaltigen. Ich will nur jemanden im Arm halten. Wenn es dir so viel ausmacht, umarme ich eben den verdammten Hund.« Darüber muss ich lachen. Sein Griff lockert sich. »Was soll ich tun? Hältst du mich für einen egoistischen Mistkerl? Vielleicht bin ich das auch. Ich dachte, wir wären glücklich. Natürlich wusste ich, dass sie Lawrence schon immer toll fand – er ist ein gut aussehender Mann. Findest du, dass er gut aussieht? Ich habe sie nie davon abgehalten, mit ihm auszugehen.« Er schwafelt weiter und scheint keine Antwort zu erwarten, wofür ich dankbar bin, weil ich keine weiß. »Sie will nicht mal was. Sie hat gesagt, ich kann das Haus haben – so glücklich ist sie, von hier wegzukommen.« Er streichelt geistesabwesend mein Haar: Vielleicht denkt er doch, er hat den Hund im Arm. Ich beschließe, eine Andeutung zu machen, dass mir kalt wird, sobald er eine Pause macht, aber die Worte sprudeln weiter aus ihm heraus. »Sie hat die ganze Zeit darauf gewartet – Gott weiß, wie lang sie das schon plant –, dass Mim stirbt. Nicht wegen des Geldes, sondern weil sie sie nicht zurücklassen konnte. Und jetzt, wo sie tot ist – bum, das war's, sie hat ihre Sachen gepackt und ist gegangen. Frances wird in einem Monat auch auf irgendeine TH gehen, und ich werde allein sein, und Rad wird wieder nach Durham gehen ...« Er kommt nicht weiter, denn in diesem Moment öffnet sich die Tür und Rad erscheint und sagt fröhlich: »Wir sind wieder da – oh!«

Und ich tue das Dümmstmögliche. Ich springe von Mr. Radleys Schoß, als fühlte ich mich schuldig. Als ob da etwas laufen würde. Ich werde zurückgezerrt, weil sich die Schnalle von Mr. Radleys Uhrarmband in meinen Haaren verfängt, und ich stehe in meiner Unterwäsche da, halb nach vorn gebeugt, mit steifem Genick, während er mich gemächlich losmacht, und Rad uns ungläubig anschaut.

»Was geht hier vor?«, sagt er.

»Nichts«, sage ich, schnappe mir mein Kleid und quäle mich mit schamrotem Gesicht hinein. Los, mach schon, sag es ihm, dränge ich Mr. Radley wortlos. Ich kann ihm doch nicht sagen, dass seine Mutter gerade das Haus verlassen hat. Doch Mr. Radley, vor ein paar Minuten noch so schwach und verletzlich, sagt nichts. Und in der Sekunde, die es ungefähr dauert, bis Rads Gesichtsausdruck sich von Verwirrung in Ärger verwandelt, wird mir klar, dass er nicht die Absicht hat, mir zu Hilfe zu eilen; dass er will, dass Rad denkt, da sei etwas gelaufen, und dass ihm egal ist, wenn ich deshalb untergehe.

Rad interpretiert das Schweigen auf die schlimmstmögliche Art. »Raus hier«, sagt er, packt mich plötzlich am Handgelenk und zerrt mich zur Tür. Ich fange an zu schreien. »Hör auf hör auf ich hab nichts getan es ist nicht was du denkst, frag ihn frag ihn.«

»Ich darf dich nicht anfassen, aber du sitzt da und lässt dich von ihm befummeln.«

»Hab ich nicht!«

»*Er* würde dir sagen, dass er dich liebt. Er würde alles sagen.«

»Es war nicht meine Schuld.«

»Keine Sorge. Ihn hasse ich auch.« Er zerrt mich die Treppe hinunter, vorbei an Nicky und Frances, die fassungslos sind. Growth, den der Lärm geweckt hat und der annimmt, dass Rad angegriffen wird, stürzt sich bellend und schnappend auf mich. Er verbeißt sich in meinen Kleidersaum und schwingt mit wirbelnden Beinen hin und her. Die Rückseiten meiner Waden werden von seinen Krallen zerkratzt.

Mr. Radley ruft in halbherzigem Ton: »Ach, beruhige dich doch, Rad«, was keine große Hilfe ist. Nicky und Frances haben sich immer noch nicht gerührt: Sie haben Rad noch nie in Rage gesehen. Ich auch nicht. Ich bin so schockiert und gedemütigt und habe solche Angst vor weiteren Angriffen von Growth, dass es eine Sekunde später fast eine Erleichterung ist, mich allein draußen vor der Tür wieder zu finden. Nachdem er den Hund mit einem reißenden Geräusch von mir weggezogen hat, sind Rads letzte Worte an mich: »Verpiss dich und komm nie wieder hierher«, bevor er mir die Tür vor der Nase zuknallt.

Ich habe nichts dabei, kein Portemonnaie, keine Schuhe, nichts, aber ich werde nicht an die Tür klopfen und darum bitten. Ich gehe den ganzen Weg auf heißen, splittbedeckten Bürgersteigen zu Fuß zurück. Andere Fußgänger machen einen weiten Bogen um mich: Ich muss aussehen wie aus dem Irrenhaus entsprungen. Mein Kleid ist zerrissen, ich bin barfuß, meine Beine sehen aus, als wären sie mit Dornenzweigen geschlagen worden, und mein Gesicht ist tränenüberströmt. Ich bete, dass niemand zu Hause ist, aber Mutter ist mit einem Seifenspray draußen im Vorgarten, auf Blattlauspatrouille.

»Abigail, was ist los? Wo sind deine Schuhe?«, sagt sie, wodurch sie verrät, wo ihre Prioritäten liegen. Ich habe meine Tränen gerade unter Kontrolle gebracht, aber die Besorgnis in ihrer Stimme lässt mich wieder losheulen. Ich kann ihr nicht sagen, was passiert ist. Es wird ihre seit langem gehegten Vorurteile gegen die Radleys bestätigen: dass sie unzuverlässig sind, wahrscheinlich verrückt, aber ganz bestimmt nicht anständig. Sie wird bissige Bemerkungen darüber machen, dass Lexi ihre Familie im Stich gelassen hat. Schließlich haben sie und mein Vater sich wegen eines moralischen Problems getrennt, nicht weil sie ihre Chancen, glücklich zu sein, erhöhen wollten. Selbst in dieser Extremsituation habe ich das Bedürfnis, die Radleys zu verteidigen – dem Bild, das ich von ihnen habe, loyal zu bleiben.

Mutter lässt Blattläuse Blattläuse sein und bringt mich ins Haus. »Was ist passiert?«

»R-r-rad mag mich nicht mehr«, sage ich zwischen Mitleid erregenden Schluchzern. Genau dieselben Worte muss ich bei meiner alten Freundin und Feindin Sandra benutzt haben, als ich neun war.

»Warum?«

»Ich weiß nicht. Er will mich nie wieder sehen.« Wir sitzen auf der Treppe, und sie legt den Arm um mich. Einen Augenblick fühle ich mich getröstet, aber dann drängt sich mir die Realität wieder auf.

»Ach Liebling, es tut mir so Leid.« Sie würde mir zu gern sagen, dass ich ohne ihn besser dran bin, dass sie seine löchrigen Pullis, seine langen Haare und seine hochgestochenen Worte nie gemocht hat, aber sie hält sich zurück. Und außerdem macht ihr etwas anderes Sorgen. Sie wird leicht rosa und beißt sich auf die Lippe, bevor sie sehr schnell sagt: »Abigail, ich weiß, du wirst es nicht getan haben, aber hast du mit ihm geschlafen?« Ich schüttele den

Kopf, und sie bricht vor Erleichterung fast zusammen. »Ach, Gott sei Dank.« Für Mutter scheint es damit erledigt zu sein. Ich bin nicht benutzt und danach fallen gelassen worden – nur fallen gelassen, was nichts ist. Für mich jedoch ist der Gedanke, nicht mit ihm geschlafen zu haben, nicht der Trost, der es sein soll. Jetzt wünschte ich, ich hätte es getan. Ich wünsche mir, ich wäre *schwanger*. Alles, um die Verbindung aufrechtzuerhalten.

»Bis morgen hat er es sich bestimmt anders überlegt«, sagt sie. Zufrieden darüber, dass wir »es« nicht getan haben, ist sie bereit, mir so viel zuzugestehen. »Du weißt doch, was für ein temperamentvoller Haufen sie sind.« Diesen kleinen Seitenhieb kann sie sich nicht verkneifen.

»Was ist hier für ein Krach?« Meine Großmutter ist von unseren Stimmen aufgewacht. Ich werfe Mutter einen flehenden Blick zu und laufe die Treppe hinauf in mein Zimmer, um Grannys inquisitorischem Empfang zu entgehen.

Sie hat Recht, sage ich mir selbst. In einer Minute wird er anrufen und sich entschuldigen. Mr. Radley wird es ihm erklärt und mich völlig entlastet haben. Rad wird von Gewissensbissen und Schuldgefühlen überwältigt sein. Ich überzeuge mich so vollkommen davon, dass ich schon bald plane, wie ich reagieren werde, wenn er anruft. Großmütig: Wir vergessen einfach, dass es je passiert ist. Vielleicht ein bisschen gekränkt oder sogar tief verletzt. Vielleicht mache ich eine Bemerkung über meine gegeißelten Beine. Während der Abend sich hinzieht, Minute um Minute, und das Telefon schweigt, wird die Reaktion, die ich eingeübt habe, immer versöhnlicher. Ich beginne daran zu zweifeln, dass das Telefon funktioniert, aber als ich abnehme, ertönt das Freizeichen und macht sich über mich lustig. Als ich den Hörer wieder auflege, kommt mir in den Sinn, dass Rad sich vielleicht entschieden hat, genau in dieser Sekunde anzurufen, und als er nur das Besetztzeichen hörte, aufgegeben oder seine Meinung geändert hat. Oh bitte, lass ihn bitte bei mir anrufen, flehe ich den Gott an, an den Rad nicht glaubt. Was tun sie denn dort? Sie können doch nicht ausgerechnet heute Abend essen gegangen sein, jetzt wo Lexi weg ist und ich in der Verbannung schmachte. Vielleicht hat er mich schon eine ganze Weile gehasst und nur auf eine Gelegenheit gewartet, mich loszuwerden. Ich gehe in meinem Zimmer auf und ab und rechne nervös nach, um welche Zeit sie wahrscheinlich aus dem Restaurant zurück sein werden. Ich rechne aus, wie lange es dauert, bis sie hingefahren sind, geparkt haben, bestellen, essen, zahlen und wieder zurückfahren. Als der festgelegte Augenblick naht und vorbeigeht, fängt die Zeit, die sich den ganzen Abend über quälend hingezogen hat, an zu rasen, und es ist Mitternacht, und alle Hoffnungen sind zerstört.

Mutter kommt hoch, bringt mir eine Tasse heiße Schokolade – ich habe das Abendessen verweigert – und überredet mich, ins Bett zu gehen. Ihre Geduld, was Rad betrifft, lässt nach: Wenn sie ihn vor mir in die Finger bekommt, wird sie ihm sicher die Meinung sagen. Ihre Loyalität mir gegenüber ist rührend, aber auch lästig. Ich bin vom Weinen erschöpft, als wäre all meine Energie mit dem Salzwasser ausgelaufen. Ich komme mir vor wie eine leere Batterie. In dieser Nacht besteht mein Schlaf aus einer Reihe angenehmer Träume, aus denen ich mit einem flüchtigen Gefühl der Erlösung erwache, auf das niederschmetternde Enttäuschung folgt, wenn ich mich erinnere.

Am Morgen steht ein Pappkarton mit meinen Schuhen, meinem Portemonnaie und den restlichen Klamotten, die ich in Frances' Schrank aufbewahrt hatte, vor der Haustür. Rad muss sie mitten in der Nacht vorbeigebracht haben, damit er mich nicht sehen muss. Ich durchwühle verzweifelt den Inhalt, in der Hoffnung, ein paar Zeilen zu finden, einen Zettel mit seiner Handschrift, irgendwas, aber natürlich ist da nichts. Er hat nicht mal meinen Namen auf den Karton geschrieben. Die Kleider sind ordentlich zusammengelegt. Ich kann mich nicht entscheiden, ob das ein gutes oder ein schlechtes Zeichen ist, aber ein Zeichen ist es sicherlich. Ich sehe überall Omen: Der blaue Himmel bedeutet Hoffnung; die einzelne Elster eine Katastrophe. Wenn ich wieder oben bin, bevor Mutter mich ruft, wird er anrufen; wenn nicht, dann nicht. Mitten auf der Treppe fragt sie mich, ob ich frühstücken will, und ich reiße ihr fast den Kopf ab.

Um neun Uhr kapituliere ich und wähle die Nummer der Radleys. Es ist die einzige außer meiner eigenen, die ich auswendig kenne. Ich kann den Hörer kaum halten, so verschwitzt sind meine Handflächen. Ich weiß noch nicht, was ich sagen will, und als das Telefon zehnmal geklingelt hat, ist mein Mund sowieso ausgetrocknet. Ich bete, dass nicht Mr. Radley abnimmt. Einer Konfrontation mit ihm fühle ich mich noch nicht gewachsen. Schließlich ist da ein Klicken und ein knappes »Ja?« von Rad, und ich schaffe nicht mehr als ein »Hallo«, bevor er das Gespräch unterbricht. Ich rufe sofort noch einmal an. Meine Würde ist inzwischen tödlich kompromittiert, und ich bin zu verzweifelt, mir um irgendetwas anderes Gedanken zu machen, als wie ich mir Gehör verschaffen kann. Niemand nimmt ab.

»Ich gehe rüber«, sage ich zu Mutter. Sie sieht beunruhigt aus: Sie ist immer noch misstrauisch, was die Herkunft der Kratzer an meinen Beinen angeht, und außerdem der festen Überzeugung, dass ich die Geschädigte bin und deshalb auf die Entschuldigung warten sollte, die mir gebührt. Sie empfiehlt mir, meine Nase zu pudern, als würde das den Ausschlag geben. Als ich in den Spiegel sehe, verstehe ich ihre Beweggründe, aber meine Wiederherstellungsversuche sind zum Scheitern verurteilt. Meine Haut ist vom Weinen so angespannt und glänzend, dass das Puder nicht hält, und beim Auftragen von Mascara auf die nassen Lider bilden sich Halbmonde mit verschmierten Strichen und Klecksen wie Ausrufungszeichen.

Ich habe nicht vor, mit leeren Händen hinzugehen. Als Rache für das anonyme Paket vor der Tür werde ich die Ausgabe von *Goodbye to All That* zurückgeben, die Rad mir vor zwei Sommern geschenkt hat. Das erscheint mir angemessen. Noch während meiner Vorbereitungen kann ich nicht ganz glauben, dass ich den Mut habe, hinzugehen. Ich weiß nicht, ob ich nicht nur dort herumhängen, das Haus beobachten und wieder heim schleichen werde. Der Bus ist voll, und ich muss stehen, taumele und torkele jedes Mal, wenn wir um eine Ecke biegen. Ich fühle mich wie Marie-Antoinette in ihrem Karren – und mit genauso viel Vertrauen in den Ausgang meiner Reise. Ich betrachte die ausdruckslosen Gesichter der anderen Fahrgäste: Sie sind benommen wie alle Leute, die in Massen zur Arbeit transportiert werden. Sie glauben wahrscheinlich, ich bin eine von ihnen, eine weitere Arbeitsbiene. Sie können sich nicht vorstellen, in welcher Zwangslage ich stecke; dass ich auf dem Weg zu einem Treffen bin, das vielleicht über den weiteren Verlauf meines Lebens entscheiden wird.

Frances öffnet die Tür. »Oh«, sagt sie, »du bist's.« Sie bittet mich nicht hinein. Wenn überhaupt, schiebt sie die Tür noch ein paar Zentimeter weiter zu. »Was willst du?« Ihre Stimme ist lustlos, nicht direkt feindselig, aber auch nicht warm.

»Rad geht nicht ans Telefon«, sage ich und spüre, wie die Tränen wieder in mir hochsteigen. In meiner Kehle ist eine Schwellung wie eine Faust.

»Weil er nicht mit dir reden will.«

»Ich muss ihm erklären, dass es nicht so ist, wie er denkt.«

»Er weiß, dass du Dad nicht aufreißen wolltest«, sagt sie ungeduldig. Es erscheint mir so seltsam, sie diese Worte sagen zu hören. »Er weiß, dass Dad reinkam und dich geschnappt hat, wegen Mum und all dem. Aber du hast dich nicht gerade gewehrt. Du musst doch gewusst haben, dass Rad so was wirklich nicht ertragen kann.«

»Ich war zu verlegen. Er hatte mir gerade davon erzählt, dass Lexi mit Lawrence durchbrennt. Er hat fast geweint.«

»Wie würdest du dich fühlen, wenn du mich im Schlüpfer auf dem Knie deines Vaters finden würdest?« Das Bild, das sie damit heraufbeschwört, ist so bizarr, so unpassend, dass ich ihren Standpunkt fast verstehe. Sie sind auf ihn wütend, denke ich. Aber ihn haben sie am Hals, deshalb bin ich es, die gehen muss.

»Kann ich nicht einfach mit Rad reden?«

Sie zuckt mit den Schultern und macht mir die Tür vor der Nase zu, als wäre ich irgendein zweifelhafter Vertreter für doppelt verglaste Fenster oder von den Zeugen Jehovas. Einen Augenblick später ist sie wieder da. »Er will dich nicht sehen.« Sie klingt leicht entschuldigend. Ich tröste mich mit dem Gedanken, dass sie mich nicht persönlich hasst. Sie betrachtet das Buch, das ich in der Hand halte. »Soll ich das Rad geben?«

»Ja. Ich gebe es zurück.«

»Das ist nur fair.« Sie nimmt es.

»Du bist schwach, Frances«, sage ich in einem plötzlichen Anfall von Mut und Entrüstung. »Du weißt, dass ich keine Schuld habe. Du hättest für mich eintreten müssen. Das ist was zwischen Rad und eurem Dad. Das hat nichts mit uns zu tun.«

»Unsere Familie ist auseinander gebrochen«, sagt sie. »Du bist im Moment mein geringstes Problem.« Und mit einem weiteren Schulterzucken schließt sie die Tür.

39

Die nächsten Tage sitze ich in meinem Zimmer herum wie ein Zombie und starre aus dem Fenster in eine Welt, die neuerdings grau ist. Ab und zu mache ich einen Spaziergang zum Kinderspielplatz, wo ich mich auf eine Schaukel setze und weine. Meine Gegenwart vertreibt die übliche Klientel, obwohl einmal eine Gruppe sieben- oder achtjähriger Jungs einen Ball um mich herumkickt, als wäre ich unsichtbar, was ich für sie auch bin. Wenn ich in die Zukunft blicke, sehe ich nichts Verlockendes: Von nun an wird jeder Tag sein wie der andere. Ich werde mich von der Welt zurückziehen und nur noch Rosenkohl und Kartoffeln essen. Ich bereue bitterlich, dass ich *Goodbye to All That* zurückgegeben habe. Jetzt habe ich nichts mehr von Rad. Am dritten Tag (ich mache mir im Kopf eine Strichliste wie eine Geisel) fällt mir Birdie ein. Ich habe ja noch Birdie; sie hat Zugang zu ihnen. Sie wird sich für mich einsetzen. Da ich vergesse, dass sie nicht zu uns kommt, rufe ich sie an und bitte sie, vorbeizukommen. Sie weiß, dass etwas passiert ist; sie hat eine Version von Frances gehört und ist erpicht auf Details.

Mutter ist großartig. Ich vermute, sie ist insgeheim froh darüber, ihre Neugier befriedigen zu können. Sie heißt Birdie herzlich willkommen wie eine ganz besondere Freundin. »Es ist so nett von Ihnen, zu kommen und Abigail aufzuheitern.« Dass sie von einander wissen, wird nicht angesprochen. Birdie, die damit rechnet, durch die Hintertür hereingeschmuggelt zu werden, ist vollkommen entwaffnet. Mutter macht einen Victoria-Rührkuchen für uns, etwas, das sie seit Monaten nicht getan hat. Ich gebe meinen Hungerstreik auf: Vielleicht schlage ich stattdessen den anderen Weg ein und esse mich zu Tode. Ich gebe Birdie meinen Bericht der Ereignisse, und sie hört mit gerunzelter Stirn zu. Sie ergreift Partei für mich, wie ich von Anfang an wusste.

»Als Frances' und Rads Vater hat er eine elterliche Beziehung zu dir, deshalb kommt es Inzest gleich, wenn er dich so anfasst. Außerdem ist er ein Mann, er ist älter, es ist sein Haus – die Macht ist ganz auf seiner Seite.« Ihre Mutter ist Samariterin, und Birdie kennt sich in der Ratgeberliteratur gut aus – in ihren Regalen stehen Bücher mit Titeln wie *Trennung von gewalttätigen Männern* und *Tagebuch eines Missbrauchs*. Innerhalb von zwanzig Minuten hat sie mich fast überzeugt, dass Mr. Radley ein potenzieller Vergewaltiger ist und mein Dilemma ein Musterbeispiel für das Leid der Frauen durch die Jahrhunderte hindurch. »Er hat überhaupt nicht mehr funktioniert«, lautet ihre Zusammenfassung, was mich an eine zerbrochene Toilette oder ein mutwillig zerstörtes Telefonhäuschen erinnert. Mir ist nicht wohl dabei. Seit meinem Besuch bei Frances überlege ich immer wieder, ob ich nicht auch einen Teil der Schuld trage: Verhalten sollte schließlich von strengeren Kriterien diktiert werden als nur von Verlegenheit. Aber es ist trotzdem eine Erleichterung, mein Gefühl, ungerecht behandelt worden zu sein, so nachdrücklich bestätigt zu bekommen. Trotz Birdies düsterer Interpretation des Zwischenfalls hat sie keine Probleme, sich in die Höhle des Vergewaltigers zu begeben. Sie stimmt sogar bereitwillig zu. »Ich werde mit Rad reden«, verspricht sie. »Vielleicht kann ich ihn dazu überreden, dich anzurufen.« Ein Teil von mir lässt sie nur widerwillig gehen, weil es bedeutet, dass ich wieder allein bin. Ihre Gesellschaft hat mich von meinem gegenwärtigen Unglück abgelenkt, obwohl wir von nichts anderem gesprochen haben. Sie hat mich sogar zum Lachen gebracht. Aber ihr Eingreifen ist meine letzte Hoffnung. Es ist wenigstens eine

Methode, ihnen meine Gegenwart vor Augen zu halten, sodass sie mich nicht völlig aus ihrem Leben streichen können, deshalb schicke ich sie mit leisen Bedenken los, um für meine Sache einzutreten.

Sie nimmt erst am nächsten Tag Kontakt mit mir auf. Sie hat keinen Erfolg gehabt, will aber nicht mit den Details rausrücken. Ich spüre, dass sie versucht, mir die schlechten Neuigkeiten zu ersparen.

»Er ist sehr stur«, sagt sie.

»Was hat er gesagt?«

»Dass er nicht darüber reden will. Also hat er es nicht getan.«

»Hat er aufgewühlt gewirkt, oder anders, oder irgendwas?«

»Ja-a, er ist verschlossener. Aber sie sind alle ganz durchgedreht, weil Lexi weg ist. Er spricht nicht mit seinem Vater. Frances versucht alles zusammenzuhalten. Sie ist die Einzige, die noch mit allen spricht.«

»Aber wenn Rad nicht über mich reden wollte, was habt ihr dann die ganze Zeit getan?«

»Ach, wir haben über andere Sachen gesprochen.«

Irgendwie vergeht die Zeit. Trotz meines Kummers geht die Sonne mit majestätischer Gleichgültigkeit auf und wieder unter. Die Tage sind lang und heiß. Es hätte ein guter Sommer sein können. Eines Nachmittags nehme ich den Bus hinüber zur Balmoral Road und beobachte das Haus. Ich drücke mich im rechteckigen Schatten des Wartehäuschens herum. Als Verkleidung trage ich eine Sonnenbrille und eine dreißig Jahre alte Kricketkappe meines Vaters, die niemanden irreführen würde. Der einzige aufregende Moment ist, als sich die Haustür öffnet und Frances noch im Schlafanzug die beiden Flaschen mit warmer, saurer Milch hereinholt und wieder verschwindet.

Zwei Wochen Besorgtheit haben Mutter erschöpft. Sie hat verschiedene Strategien versucht, um mich wieder aufzurichten, und hat inzwischen alle Geduld mit mir verloren. Die erste davon bestand darin, mich mit verschiedenen Haushaltspflichten zu beschäftigen, damit ich keine Zeit zum Grübeln habe. Aber ich bin zu vielseitig: Ich kann Taschentücher bügeln und gleichzeitig grübeln. Die zweite war, sich selbst als Beispiel für jemanden hinzustellen, der sich trotz aller Widrigkeiten als unverwüstlich erwiesen hat. Sie hat das Auseinanderbrechen einer vierundzwanzigjährigen Ehe überlebt. Es gab Zeiten, sagt sie, da wäre sie am liebsten durchgedreht, aber »sie hat sich zusammengerissen«. Die dritte und sinnloseste von allen bestand darin, Andeutungen über das viel größere Leid riesiger Teile der Menschheit zu machen.

Irgendwann im August kommen die Examensergebnisse. Ich habe gut abgeschnitten. Mein Platz am Royal College ist gesichert, aber ich kann mich nicht zum Feiern aufraffen. Ich frage mich, wie es Frances ergangen ist und wohin sie gehen wird. Sie hat sich völlig planlos an Technischen Hochschulen überall im Land beworben, für so unterschiedliche Kurse wie Medienwissenschaften und Krankenpflege. Am Abend finde ich meine Mutter am Küchentisch vor, wo sie die halbe Flasche Moët & Chandon trinkt, die sie in Erwartung meines Erfolges im Kühlschrank aufbewahrt hat. Schuldgefühle steigen in mir auf wie Übelkeit, und ich hole mir ein Glas.

»Du wirst Kopfschmerzen kriegen«, sage ich zu ihr.

»Ich hatte schon seit zehn Wochen keine mehr. Ist dir das nicht aufgefallen?« Genauso lange ist mein Vater weg. »Es ist ein Wunder.«

»Prost«, sage ich.

»Ich dachte, als Nächstes probiere ich Kaffee. Mal sehen, wie er wirkt.«

»Wir könnten uns abends mal was vom Chinesen holen.«

»Ich weiß nicht. Ich glaube, ich gehe es lieber langsam an. Will's nicht übertreiben.«

Das letzte Mal habe ich auf Anne Trevillions Party Champagner getrunken. Beim ersten Schluck setzt in meinem Kopf die Erinnerung ein.

Mutter schiebt mir den Rest der Flasche zu. »Schreckliches Zeug, Champagner, was? Gott sei Dank haben wir nicht oft was zu feiern.«

Ich sitze allein vor meiner Frisierkommode, betrachte mein Spiegelbild und zähle im Kopf chronologisch jedes einzelne Wort auf, das Rad je zu mir gesagt hat. Der Spiegel hat zwei bewegliche Seitenteile, sodass man sich im Profil sehen kann oder mit etwas Geschick von hinten.

Manchmal kann ich ganze Alleen von mir mit demselben trostlosen Gesichtsausdruck sehen.

Diese Gedächtnisübung dauert nicht lang. Ich habe die frühen Sachen hinter mir und bin jetzt bei der Party – meine Lieblingsstelle. Es kann nicht viele Paare geben, für die das Wort »Fledermäuse« Auftakt zu einem Kuss war. »Schneid deine Haare nie ab«, hatte er gesagt. Meine Hand zieht automatisch die Schublade der Frisierkommode auf, und dort, zwischen den Bürsten, Flaschen und Tuben, liegt eine Schere. Ihr Vorhandensein ist pures Glück: An einem Griff hängt eine Schlaufe, auf der KÜCHE steht. Mutter benutzt sie dazu, Coupons aus Zeitschriften zu schneiden. Ich fange unter meinem linken Ohr an, schneide grob in die Richtung meines Nackens und sehe, wie die Haarschwaden auf den Boden fallen. Nach dem ersten Schnitt wird mir plötzlich schwindlig, aber jetzt ist es zu spät, deshalb mache ich weiter. Es ist schwieriger, als man denkt, dickes, trockenes Haar zu schneiden: Es rutscht von den Klingen, wenn sie sich schließen, und verursacht ein scheußliches Knirschgeräusch. Als ich fertig bin, fühlt sich mein Kopf leicht und frei an, wie ein Ballon, dessen Leinen gekappt worden sind. Leider sehe ich aus wie die Insassin eines viktorianischen Waisen- oder Irrenhauses. Ich habe einen einseitigen Johanna-von-Orléans-Schnitt mit zottigen Zipfeln und Stufen. Ich werde anfangen müssen, mir den Hals zu waschen.

Auf dem Teppich scheint das abgeschnittene Haar dunkler und matter: Ich sammle es auf, und es bildet in meinem Schoß ein weiches, unordentliches Nest. Es wäre besser gewesen, wird mir jetzt klar, wenn ich es geflochten und als lange Schlange abgeschnitten hätte, aber dazu wäre Hilfe erforderlich gewesen, und Selbstverstümmelung ist dem Wesen nach eine Privatangelegenheit. Ich durchwühle das Arbeitszimmer nach einem gefütterten Umschlag, der groß genug für alle Haare ist und fest genug, um Growth zu widerstehen. Ich brauche meine Schrift nicht zu verstellen, da meine Hände sowieso zittern. Man stelle sich den Schock vor, wenn er die Hand hineinsteckt und all das tote Zeug berührt. Ich könnte nach Melodramen süchtig werden, denke ich, als ich, ganz tapfer ohne Hut, zum Briefkasten gehe, obwohl diese Geste eine einmalige Sache bleiben muss. Um eine Ernte wie diese zu bekommen, würde es noch einmal achtzehn Jahre dauern.

Als ich mich wieder ins Haus schleiche, stoße ich im Flur mit Mutter zusammen. Sie stößt einen Schrei aus und hält sich die Hand vor den Mund. Eine Minute lang steht sie so da und starrt mich mit vor Schreck geweiteten Augen an. Hier ist endlich die Bestätigung für meinen nicht ganz normalen Zustand.

»Deine schönen Haare«, sagt sie durch ihre Hand hindurch. »Was hast du getan?«

»Ähm, ja«, murmele ich und zerzause die zottigen Zipfel. »Ich habe sie abgeschnitten.«

»Was wird dein Vater sagen? Er hat mir nie erlaubt, dir die Haare zu schneiden, als du klein warst. Das wird ihm das Herz brechen.«

Was kümmert dich denn sein gebrochenes Herz? Oder gar meins, denke ich. Sie geht um mich herum und betrachtet sich die Katastrophe von allen Seiten. »Was ist bloß in dich gefahren?«

Ich zucke mit den Achseln. »Ich wollte sie loswerden.«

»Na dann«, sagt sie. »Auf deine Kappe.«

Mutter hat mir zwanzig Pfund gegeben, damit ich meine Haare in Ordnung bringen lasse. Ich war im ganzen Leben noch nicht beim Friseur und bin mit der Prozedur nicht vertraut. Bei uns gibt es zwei Salons: einen mit Neonlichtern, weißen Kacheln und Personal mit Lederhosen und platinblonden Irokesenschnitten oder kahlrasierten Köpfen. Der andere ist in Beigetönen gehalten und hat eine Reihe Trockenhauben im Fenster, unter denen alte Damen sitzen und darauf warten, dass ihre Dauerwellen kochen, wie Sämlinge unter Glasschutz. Ich entscheide mich für den beigefarbenen. Drinnen fegt eine Frau mit geblümter Schürze abgeschnittene Haare zusammen. Sie schiebt den wachsenden Haufen grauen Flaums auf eine Tür zu, die sie öffnet, schubst dann alles, inklusive Besen, hinein und knallt die Tür blitzschnell wieder zu.

Als ich zum Waschbecken dirigiert werde, aus dessen Rand ein seltsames Stück herausgebissen worden ist, knie ich mich auf den Stuhl, um mich wie zu Hause über das Becken zu beugen; die entgeisterte Friseuse klopft mir auf die Schulter und sagt, dass ich mich hinsetzen darf. Sie bringt mir eine Tasse Kaffee und eine Ausgabe von *Cosmopolitan*, damit ich lesen kann, während die Haarschnellkur einwirkt. Den Kaffee stellt sie so, dass ich gerade nicht rankomme, aber das Magazin blättere ich durch, bis mir die folgende fett gedruckte Zeile ins Auge sticht: **Das Mittel gegen Kummer: Ein Haarschnitt! 75% der Frauen, die sich von ihrem Partner getrennt haben, ändern ihre Frisur.** »*Es ist eine Frage der Kontrolle*«, sagt Amanda, 22, deren Beziehung letztes Jahr in die Brüche ging. »*Es geht darum, einen Bereich seines Lebens wieder in den Griff zu bekommen.*«

Ich schließe die Augen und lege meinen Kopf zurück. Ein Tropfen pflegegespülten Wassers tröpfelt an meinem Hals herunter und zwischen meine Schultern zu meinem BH-Träger. Es wird eine Weile dauern, bis ich mich mit der Banalität meines Kummers abfinde.

40

Es ist Anfang September. Bei mir hat sich nichts getan. Birdie hat ein paarmal angerufen, ist aber oft nicht zu erreichen. Sie hat andere Freunde, und ihre Loyalität mir gegenüber ist nicht sehr ausgeprägt. Ich habe Vater besucht. Ihm graut vor dem kommenden Schuljahr, ansonsten ist er fröhlich. Mutter hat ihn gebeten, morgen vorbeizukommen, was er für ein gutes Zeichen hält. Anscheinend müssen sie über Geld reden. Das mit Rad tut ihm Leid, und ich kann mich darauf verlassen, dass er das Richtige sagt. »Ich mochte ihn ganz gern. Vielleicht nimmt er doch noch Vernunft an.« Als ich gehe, bemerke ich, dass ihm mein neuer Haarschnitt nicht mal aufgefallen ist. Vielleicht blicken seine Augen direkt in die Seele; oder vielleicht hat er andere Dinge im Kopf.

An dem Tag, als das normale Leben aufhört, sitze ich in

meinem Zimmer und sehe aus dem Fenster in die Ferne –
ein neues Hobby von mir –, als ich den vertrauten grünen
Citroën vorfahren sehe und Rad die Auffahrt entlang-
humpelt. Mein Herz macht einen Sprung: Er ist da, der
Augenblick, auf den ich gewartet habe, er ist wieder da.
Ich nehme die Treppe mit drei Sätzen und öffne die Tür
mit dem Klingeln. Er sieht schrecklich aus – blass, mit fettigen Haaren und unrasiert. Mit einem solchen Maß an
Reue habe ich nicht gerechnet.

»Kann ich reinkommen?«

»Natürlich.« Wir gehen ins Wohnzimmer. Er wartet, bis
ich mich gesetzt habe, bevor er auf der Couch gegenüber
Platz nimmt. »Was hast du mit deinem Fuß gemacht?«,
muss ich ihn einfach fragen. Er trägt einen dicken Verband
und ein Paar Opalatschen.

»Was? Oh, hab mich geschnitten. Das ist nicht wichtig.« Es herrscht Schweigen. »Ich weiß nicht, wie ich es sagen soll.« Er vermeidet jeden Blickkontakt. Mir ist egal,
wie er es sagt. Ich weiß nur, dass es noch nie eine so dank-
bare Empfängerin einer Entschuldigung gegeben hat und
ich es ihm so leicht machen werde, wie ich kann. Jeden
Moment werde ich wieder glücklich sein; ich spüre, wie
ich mich darauf vorbereite.

Er steht auf, wie um sich selbst Mut zu machen, aber es
funktioniert nicht, und er setzt sich abrupt wieder.

»Du musst nichts sagen, wenn du nicht willst. Ich verstehe schon.«

Er sieht mich mit leiser Hoffnung an. »Du hast es schon
gehört? Von wem?« Die Atmosphäre zwischen uns ist gespannt: Seine Worte scheinen lange zu brauchen, bis sie
mich erreichen.

»Was gehört?« Ich begreife allmählich, dass das, was
kommt, keine Entschuldigung ist – nichts dergleichen.

»Von dem Unfall?«

»Was für ein Unfall?«

Der Hoffnungsschimmer ist weg. »Oh, ich dachte, du meinst, du wüsstest es.«

»Nein. Ich weiß nichts. Was ist passiert?«

»Birdie ist …« Seine Stimme wird hoch, und er hält eine Sekunde inne und schluckt. »Ertrunken.«

»Ertrunken?« Eine Sekunde lang kann ich mich nicht erinnern, was das Wort ertrunken bedeutet. Es klingt so seltsam. »Du meinst doch nicht, dass sie tot ist?«

Er nickt. »Gestern Abend. Ich wollte nicht, dass du es von jemand anderem erfährst.«

»Wie ertrunken?«

»Wir sind in Half Moon Street mit einem Boot auf den See hinaus gefahren, und es ist gekentert. Ich habe versucht, sie zu retten, aber ich habe sie nicht mal gefunden.«

Wie bei Hurricanes und Tornados herrscht mitten in der Katastrophe eine schreckliche Stille. Und deshalb breche ich trotz allem, was ich höre, nicht in Tränen aus und breche auch nicht zusammen. Stattdessen sage ich etwas so Verabscheuungswürdiges, dass es mich noch jahrelang verfolgen wird: »Wieso warst du mit Birdie in Half Moon Street?«

Rad sieht mich an, als hätte er nicht ganz verstanden, was ich gerade gesagt habe. »Wieso ist das wichtig, warum wir da waren?«

»Ich meinte, was ist passiert? Wie ist es passiert? Bist du sicher, dass sie tot ist?«, plappere ich. »Können sie nicht was unternehmen? Ärzte.« In meinen Ohren dröhnt es so, dass ich nicht einmal ein Viertel von dem aufnehme, was er sagt. Erst viel später kann ich mir zusammenreimen, was passiert ist. Aber ein Bild dringt zu mir durch. Rad, wie er triefend nass die halbe Meile den Feldweg hinauf zurück zum Pub läuft, der jetzt dunkel und verschlossen ist, und wie er gegen die Tür schlägt und schreit: »Meine Freundin ist im See. Meine Freundin ist im See.«

»Kommst du zurecht?« Er steht auf und will gehen. »Ich muss ihre Mutter besuchen. Sie weiß es, aber nur von der Polizei.« Seine Gesichtsmuskeln sind ganz starr; er will nicht weinen. Wir könnten uns gegenseitig trösten, denke ich. Aber wir tun es nicht.

»Ich komme schon zurecht. Meine Mutter ist in einer Minute zurück. Ich setze mich hin und warte auf sie. Ich kann nicht glauben, dass sie tot ist. Ich kann nicht richtig denken. Ich kann nicht …« Mein Gehirn ist so bleiern, dass ich nicht einmal sagen kann, was ich nicht tun kann.

Rad sagt nicht einmal »Auf Wiedersehen«, er schüttelt nur mit dem Kopf, und dann ist er weg und ich bin allein. Ich lege mich auf die Couch und blicke durch ein Kaleidoskop aus Wasserleichen an die Zimmerdecke. Ich höre Granny oben hin und her gehen. Ich denke an Birdie, meine Schwester, die ich nur drei Monate kannte und nie besser kennen lernen werde, und dann an ihre Mutter, die Samariterin, der ihre jahrelange Erfahrung in der Beratung Hinterbliebener und Verzweifelter jetzt so wenig helfen wird.

41

Folgendes ist geschehen: Rad war mit Birdie zum Pub in Half Moon Street gefahren. Sie hatten im Restaurant gegessen, und als es schloss, machten sie einen Spaziergang um den See. Er war überrascht, dass sie den Ort schon kannte; ihre Mutter war schon einmal mit ihr dort gewesen, als sie klein war.

Das Cottage war immer noch leer und mit Brettern vernagelt, und sie waren eine Weile hineingegangen. Es war ein warmer Abend, auf dem Wasser lag ein heller Mond, und Rad hatte vorgeschlagen, nackt zu baden, aber Birdie hatte abgelehnt. Wie ich konnte sie nicht schwimmen. Das alte Boot war immer noch an dem BOOTFAHREN VERBO-TEN-Schild festgebunden; Rad war hinausgewatet und hatte es zum Landesteg gezogen. Es sah recht stabil aus und war innen trocken, deshalb ruderte Rad Birdie in die Mitte des Sees hinaus. Er zog die Ruder ein und ließ das Boot sich langsam drehen, und die beiden legten sich zurück, betrachteten die Sterne und redeten. Das Gespräch war auf mich gekommen, und sie hatten träge zu streiten begonnen. Rad sagte halb im Scherz, er würde zurückschwimmen und sie dort im Boot sitzen lassen. Sie sagte, gut, mach doch, ich rudere auch allein zurück, aber erwarte nicht von mir, dass ich reinspringe und dich raushole, wenn du schlappmachst. Rad zog seine Jeans, sein Hemd und seine Schuhe aus und sprang, schwamm in der Hoffnung, dass Birdie ihn nicht sehen würde, so tief und weit unter Wasser wie er konnte. Aber als er wieder durch die Wasseroberfläche brach und sich die nassen Haare aus dem Gesicht schüttelte, sah er, dass sein Sprung das Boot zum Kentern gebracht hatte – die Ruder trieben auf dem Wasser, und Birdie war nirgends zu sehen. Er hatte nach ihr gerufen, bis er heiser war, und die nächsten fünfzehn Minuten war er unter dem Boot getaucht, hatte mit den Armen das Schilf auf dem Grund durchwühlt und war nur keuchend nach oben gekommen, um nach Luft zu schnappen, bevor er wieder tauchte und immer weitere Kreise zog. Das Wasser war schwarz wie die Hölle, und bei seiner verzweifelten Suche wühlte er den Schlamm vom Boden des Sees auf, sodass er in der suppigen Dunkelheit nicht einmal die eigene Hand vor Augen sah. Nach etwas, das ihm vorkam wie Stunden, in Wirklichkeit jedoch nur Minuten waren, als er nichts gefunden hatte außer einem schlammigen Espadrille und kurz davor war, selbst den Geist aufzugeben, quälte er sich zurück ans Ufer und rannte triefnass und fast nackt die halbe Meile zum Pub. Seine Hilfeschreie weckten den Wirt, der an die Tür kam, einen knurrenden Dobermann zurückhielt und Rad, der sich am Fuß verletzt hatte, zusammengesunken auf der Stufe fand. Er war auf dem Feldweg in eine Scherbe getreten, ohne es überhaupt zu bemerken. Der Wirt wickelte ihn in ein Handtuch und ließ ihn im Dunkeln in der Bar sitzen, während er die Polizei rief. Rad wurde ins Krankenhaus gebracht, wo sein Fuß genäht wurde, und war deshalb nicht dabei, als Polizeitaucher um fünf nach eins Birdies Leiche bargen.

42

Bis zur Beerdigung ist es für mich unmöglich, zu begreifen, dass Birdie tot ist. Ich habe natürlich geweint, oft sogar, und ich habe versucht, mich zu zwingen, es zu verstehen, aber mein Schmerz hat etwas Distanziertes. Ich fühle mich, als wäre ich irgendwo tief in meinem Körper verborgen und würde einer Ausgrabung entgegensehen: Nichts, was dieser Körper tut, ist noch real. Es ist zu früh, um sie zu vermissen, sich auf einer anderen Ebene als der oberflächlichsten klar zu machen, dass ich sie nie wieder sehen werde, egal, wie sehr ich es mir wünsche und brauche, dass ich alt werden und ebenfalls sterben werde, und sie immer noch nicht gesehen haben werde, dass alles andere weiter existieren wird außer Birdie.

Ich bin nicht stark genug, um es meinem Vater zu sagen. Er erfährt es von Mutter, die mich überrascht hat, weil sie herzzerreißend geschluchzt und dafür gesorgt hat, dass in der Kirche spezielle Gebete für sie gesprochen werden. Mein Vater kommt nach Hause, um mich zu trösten und getröstet zu werden. Wir sitzen zusammen auf der Bank im Garten, umgeben vom Duft sterbender Rosen und dem Summen der Bienen, und reden. Als ich Half Moon Street erwähne, scheint er sehr betroffen. Dieses Detail hat Mutter in ihrem Bericht nicht weitergegeben.

»Du hast dich mit Val dort getroffen, stimmt's?«, sage ich. Wir sehen uns nicht an, während wir reden, sondern geradeaus über den Rasen.

»Ja«, sagt er ruhig. »Ich wollte, dass du es siehst, weil ich wusste, dass es dir dort gefallen würde, nicht weil es mir irgendetwas bedeutet hat. Es war falsch von mir, dich mit dorthin zu nehmen.«

Mutter bringt uns Tee, lässt uns aber ansonsten in Ruhe. »Ich muss heute Abend an Valerie schreiben«, sagt Vater, der laut denkt. Ich weiß, dass es ihn seelisch fast umbringen wird, einen solchen Kondolenzbrief aufzusetzen, aber aus seiner Sicht ist selbst diese Buße einem persönlichen Besuch vorzuziehen.

Als es für ihn Zeit ist zu gehen, kommt Mutter heraus, um sich zu verabschieden. »Danke für das Geld«, sagt sie, eine Anspielung auf irgendeine Transaktion der vergangenen Woche.

Er winkt ab. »Wenn du mehr brauchst ...« Sie gehen ein Stück vor mir den Garten hinauf. »Die Rosen müssen in diesem Jahr schön gewesen sein.« Er hat das Beste davon verpasst.

»Ja. Ich habe das Schlauchverbot ignoriert«, sagt Mutter. »Leider wird der Rasen immer höher.« Sie zieht mit der Schuhspitze einen Scheitel durchs hohe Gras.

»Soll ich mähen, wo ich schon mal hier bin?«, fragt Vater, erfreut, sich nützlich machen zu können, und noch erfreuter, dass er den Wink verstanden hat.

»Würdest du das tun?« sagt Mutter. »Das wäre wunderbar.« Und innerhalb von Sekunden kämpft Vater sich aus seiner Jacke und steuert auf den Schuppen zu, und Mutter legt noch ein Kotelett in den Schmortopf. Ich weiß nicht, ob es Kummer oder Schuldgefühle oder ein Bedürfnis nach Trost ist, was diese Versöhnung bewirkt, oder welcher ungeschriebene Vertrag in ihrem Schlafzimmer besiegelt wird, aber Vater bleibt an diesem Abend und kehrt nur noch einmal in sein schreckliches möbliertes Zimmerchen zurück, um seine Sachen zu holen und zum letzten Mal dankbar durch das zugenagelte Fenster auf die Mülltüten und kaputten Motorräder in der Gasse darunter zu sehen.

43

Tote haben viele Freunde. Praktisch Birdies gesamte Schule ist zur Beerdigung gekommen. Vom Parkplatz aus, wo Vater und ich sitzen, weil wir viel zu früh gekommen und fast in den falschen Gottesdienst geplatzt sind, sehen wir ein ganzes Heer Mädchen und Jungs zur Kapelle strömen. Fast alle tragen Schwarz, obwohl Valerie vorgeschlagen hat, dass die Leute in normaler, bunter Kleidung kommen sollen. Die ältere Generation ist dem Wunsch nachgekommen, aber die Jugendlichen sind abergläubisch. Ein paar Jungs haben keine Trauerkleidung und tragen stattdessen ihre Schuluniform. Ein paar Mädchen wischen sich schon die Augen. Ich sehe schnell weg: Ich kann es mir nicht leisten, jetzt schon zu weinen, wo es doch noch so viel schlimmer kommen wird. Eine kleine Welle geht durch die Menschenmenge, als der Leichenwagen vorfährt, blumenübersät wie ein Festwagen, und als ich diesen Kasten darin sehe, läuft mir ein eisiger Tropfen aus Furcht den Rücken herunter. Sich vorzustellen, dass der Deckel nur Zentimeter von ihrem Gesicht entfernt ist. Aus dem Begleitwagen steigt Birdies Mutter, unsicher, auf den Arm einer Freundin gestützt. Ich habe sie als kräftigen, sportlichen Typ in Erinnerung, doch jetzt scheint sie geschrumpft zu sein – ihre Haut wie Stoff auf einem Stickrahmen; ein Husten könnte sie wegblasen. Selbst die größte der drei Hallen auf dem Friedhof ist nicht groß genug, und hinten gibt es nur Stehplätze: Vater und ich, die als Erste gekommen sind, gehen als Letzte hinein, und wir nehmen unsere Plätze an den Türen ein, die hinter uns geschlossen werden. Selbst in einem Augenblick wie diesem ertappe ich mich dabei, wie ich mich nach Rad umsehe, und mich erfüllt Scham und Selbstverachtung. Aber dort ist er, nur ein paar Reihen vor mir, neben Frances und Mr. Radley. Er hält den Kopf gesenkt, durchaus angemessen.

Birdies Mutter hat sich für eine weltliche Version des traditionellen Gottesdienstes entschieden. Wenn sie je gläubig gewesen ist, wird sie es jetzt sicher nicht mehr sein. Die Trauerfeier für Birdie wird von einem Mann in einer grauen Hose und einer Sportjacke mit Lederflicken an den Ellbogen abgehalten, der aussieht wie ein Lehrer. Er verrät sich sofort als Laie, als er den Mund aufmacht und erklärt, dass alle hier versammelt sind, um sich an das Leben von Elizabeth Cromer zu erinnern und es zu feiern. Als er »Elizabeth« sagt, wird die gesamte Gemeinde steif. Birdie hat ihren richtigen Namen nie benutzt. Die Hälfte der Anwesenden kennt ihn wahrscheinlich nicht einmal, aber niemand hat den Mut oder die Geistesgegenwart, ihn zu korrigieren, und er darf diesen schrecklichen Fehler noch verstärken, indem er die ganze Zeit von einer völlig Fremden spricht. Elizabeth wollte Anwältin werden; Elizabeth diskutierte gern über Politik; Elizabeths Freunde werden uns jetzt etwas vorlesen. Überall um uns herum spüre ich, wie die Leute sich jedes Mal, wenn der Name kommt, dagegen wappnen. Eine Schulfreundin von Birdie übernimmt das Pult, um ein Gedicht von Christina Rosetti vorzulesen, und eine andere liest »Fürchte nicht mehr Sonnenglut« mit einer Stimme, die nicht zittert. In meiner Kehle ist ein Gefühl der Enge, das ich durch Schlucken nicht loswerden kann. Die mutigste Darbietung von allen kommt von einem etwa fünfzehnjährigen Mädchen, das mit einem zarten Sopran ohne Begleitung die Arie »Ach, ich fühl's« aus *Die Zauberflöte* singt, die schließlich die Dämme brechen lässt. Das Taptap ihrer Schuhe auf den Platten, als sie zu ihrem Platz zurückkehrt, wird von gedämpften Schluchzern und erstickten Lauten begleitet. Ich spüre, dass meine Augen zu brennen beginnen, und ein Prickeln oben in meiner Nase, das mich ein paar Sekunden vorwarnt, bevor die Tränen kommen, und jetzt, wo ich einmal zu weinen angefangen habe, kann nichts die Flut aufhalten. Vor mir wischt sich Rad mit seiner Manschette über die Augen und sackt noch weiter nach vorn; Frances Schultern heben und senken sich. Die Hitze in der Halle ist unerträglich. In der Minute zum stillen Gedenken ertönt neben uns ein Poltern: Jemand ist ohnmächtig geworden und wird nach draußen getragen. Der plötzliche kühle Luftzug von der offenen Tür scheint das Salzwasser auf meinen Wangen in Säure zu verwandeln, und meine Haut lodert auf.

Obwohl wir unter den Ersten sind, die hinausgehen, halten Vater und ich uns zurück, bevor wir der Prozession zu der Grabstelle folgen. Es ist ein langer Weg über den Friedhof, und als der Sarg beim Grab angekommen ist, hat die Menschenmenge sich zu einer langen Reihe aufgelöst. Vater bietet mir ein großes, weißes Taschentuch an – eins von denen, die ich im Zuge des Beschäftigungstherapieprogramms meiner Mutter sorgfältig gebügelt habe. Auf dem Weg fällt mir auf, dass ein paar von Birdies Freunden mich von der Seite ansehen und über diese unerklärliche Ähnlichkeit verblüfft sind. Ich halte den Kopf hoch, trage meine Ähnlichkeit stolz zur Schau. Sollen sie sich ruhig wundern.

Die Leute stehen zu fünft hintereinander ums Grab herum, deshalb bleibt mir der Anblick erspart, wie der Sarg hinuntergelassen wird. Stattdessen sehe ich hinauf zum Himmel und beobachte, wie die wenigen Wolken über die Sonne geweht werden. *Wo bist du?*, denke ich. Während des Gottesdienstes ist nicht vom Jenseits gesprochen worden. Nur Birdies Vergangenheit darf eine Rolle spielen, was mir grausam erscheint. Bei einem Anlass wie diesem kann doch bestimmt auch ein Nichtgläubiger einen Hoffnungsschimmer zulassen? Auf dem Gras neben uns liegen mehr Blumen, als ich je gesehen habe: Die einzelnen Kränze und Sträuße sind dicht zusammengelegt worden, damit sie nicht die benachbarten Grabstellen überfluten; es sieht aus, als könnte man das ganze Gebilde an einer Ecke hochheben und übers Grab legen wie eine Flickendecke.

Mir wird erst klar, dass es vorbei ist, als die Menge sich langsam auflöst. Mädchen bilden Grüppchen, die sich aufeinander stützen; sie stecken die Köpfe zusammen wie Verschwörer. Weiße Taschentücher flattern im Wind wie Friedensfahnen. Vater seufzt schwer und zieht an seinem Bart; er denkt die Gedanken, die zu tief für Tränen liegen. Ich kann nicht mehr weinen, jedenfalls im Moment nicht. Ich fühle mich ausgewrungen wie ein alter Scheuerlappen. Auf dem Weg zum Auto kommen wir an Frances und Rad vorbei, die mir zunicken, wie jemandem, den sie einmal kannten.

In jener Nacht wache ich gegen vier Uhr morgens mit trockenem Mund und wild pochendem Herzen auf, weil eine große Platte aus Schmerz schwer auf meiner Brust lastet. Ich habe die Vorhänge nicht richtig zugezogen, und von meinem Bett aus kann ich den Mond sehen, einen perfekten Halbkreis aus leuchtendem Weiß, und jenseits davon Nadelstiche aus Licht von Hunderten von Sternen, die vielleicht schon gar nicht mehr existieren. Und einen sehr kurzen Augenblick erkenne ich mit plötzlicher Klarheit, *und mit jeder Faser meines Wesens*, die ungeheure Weite des Universums und meine eigene unendlich kurze Zeitspanne auf dieser winzigen, sich drehenden Kugel aus Schmutz und Feuer, und ich verstehe zutiefst, was es bedeutet, für den Rest der Ewigkeit nicht zu existieren. Die Vision, wenn es das ist, hält nur ein paar Augenblicke an, und dann bin ich wieder ich, im Bett liegend, schweißnass, und mache mir auf die normale, abstrakte Art Sorgen um den Tod, die man ertragen kann und die uns alle vorm Wahnsinn bewahrt.

Ich sehe die Radleys nicht mehr wieder. Lexi ist weg, Rad geht zurück nach Durham, nehme ich an, und Frances irgendwohin, wo ihr ein Studienplatz angeboten worden ist, und als ich das nächste Mal am Haus vorbeikomme, hängt dort ein Schild »Zu verkaufen«.

Ich fange am Royal College an und ziehe in ein Studentenwohnheim in Kensington. Von meinem Fenster aus sehe ich das Natural History Museum und die Dächer von roten Bussen. Die Zimmer sind schachtelförmig und mit braunen Nylonteppichen ausgelegt, die sich so aufladen, dass ich jedes Mal, wenn ich die Türklinke anfasse, eine gewischt kriege. Das Bad ist eine fensterlose Zelle mit schwitzenden weißen Kacheln und schwarzen Schimmelblüten an Decke und Duschvorhang.

Meine Zellengenossin ist eine junge Frau namens Eva, die an der School of Hygiene and Tropical Medicine studiert. Sie hat einen Freund in Saint Albans und ist fast nie da. Sie hat eine Kaffeemaschine, die sie gewöhnlich abzustellen vergisst und die in der Ecke zischt und keucht und beißende Dämpfe ausstößt. Auf demselben Flur wohnen ein walisischer Lichenologe und ein Geologe, der so laut Heavy Metal hört, dass die Poster von der Wand fallen. Er gibt laute Partys, zu denen ich eingeladen werde, aber nie hingehe. Die Einladungen bleiben bald aus. Das sollen die besten Jahre meines Lebens sein.

Nach etwa einem Monat schickt mir Mutter einen Brief von Frances nach. Sie studiert Theater an einer TH im Norden und führt ein wildes Studentenleben. Sie und Nicky haben sich getrennt, und Frances hat einen neuen Freund. Ich ärgere mich über den triumphierenden Ton ihres Briefes, der weder eine Andeutung über die vergangenen Ereignisse noch eine Entschuldigung enthält. Ich gebe mir Mühe, eine Antwort zu verfassen, die nicht nach Vorwürfen und Selbstmitleid stinkt. Zu gegebener Zeit kommt ein viel kürzerer Brief, und dann nichts mehr.

Da ich nichts Besseres zu tun habe, arbeite ich hart, und meine Dozenten sind zufrieden mit mir. Sie loben meine Technik, Mrs. Suzansky, meine neue Lehrerin, sagt auf ihre geschwollene Art, dass ich das Cello mit einer Stimme voller Tränen zum Singen bringe.

Und was wurde aus meiner hoch geschätzten Jungfräulichkeit? Ich verlor sie an einen Kommilitonen namens Dave Watkins in seinem möblierten Zimmer nach einer Party am 28. Januar 1986. Ich erinnere mich vor allem deswegen daran, weil am selben Tag die *Challenger* explodierte und sowieso schon Trauerstimmung in der Luft lag.

Zufällig war ich im August 1996 mit dem Orchester in Rom, und an dem Tag, den Mr. Radley vor all den Jahren für unser Treffen festgelegt hatte, fühlte ich mich in einer neugierigen und nostalgischen Stimmung zur Spanischen Treppe und zu Keats' letzter Unterkunft hingezogen. Mr. Radley tauchte natürlich nicht auf, aber ich sah Keats' Schreibpult, seine Totenmaske und das McDonald's-Restaurant ein paar Meter von seiner Tür entfernt; da ich wusste, wie sehr das Mr. Radley erzürnt hätte, aß ich dort zu Mittag und trank mit einem gelben Milchshake auf sein Wohl.

V

44

Eines habe ich gelernt: Wir lernen nie dazu.

Im Laufe des Abends mischte ich mich bemüht zwanglos unter die Leute, aber meine Umlaufbahn kreuzte Rads nicht noch einmal, und er machte keine Anstalten zurückzukommen. Ab und zu entdeckte ich ihn in der Menschenmenge – er wurde herumgereicht wie ein Teller mit Sandwiches. All diese Mädchen mit ihren hochgebundenen Haaren und Kleidern mit Schnürsenkelriemchen konnten offensichtlich nicht genug von seinen Rohren bekommen. Ich kann es nicht, dachte ich. Ich werde nicht genug Mut zusammenkratzen können, um noch mal zu ihm zu gehen, obwohl ich tausend Fragen an ihn habe. Ich werde am Rand herumstehen, und wenn er meinen Blick auffängt, werde ich lässig wegschauen, damit er nicht denkt, ich bin eine traurige, verzweifelte, sich verzehrende alte Jungfer, und dann werde ich würdevoll, aber enttäuscht nach Hause schleichen und mich derart grämen, dass ich wahrscheinlich Krebs kriege.

Ich traf Grace auf der Damentoilette. Sie zog sich um und schlüpfte gerade in ein braunes Samtkleid. »Gott, siehst du sauer aus«, sagte sie fröhlich. »Gehst du nach Hause?«

Ich nickte. »Willst du dir mit mir ein Taxi teilen?«

Sie holte einen Kübel Puder und eine riesige, buschige Bürste hervor und puderte heftig ihr Gesicht. »Nein, ich

381

gehe noch mit ein paar Leuten zu Ronnie Scott. Wieso kommst du nicht mit?«

»Das würde ich auch, wenn ich nicht zurechtgemacht wäre wie eine Gouvernante«, sagte ich und ließ meinen langen Rock flattern. Das Neonlicht über den Spiegeln verlieh meinem Gesicht einen gesprenkelten, leicht violetten Stich. »Ich bin eindeutig aus den besten Jahren heraus«, sagte ich und schnitt meinem Spiegelbild eine Grimasse. »Was bedeutet ich muss sie schon erlebt haben.«

Grace drehte einen meißelförmigen Lippenstift hoch und malte sich mit festen, schwungvollen Strichen die Lippen an, wie meine Mutter es früher getan hatte, ohne jede Rücksichtnahme auf ihre natürliche Form. »Ach, komm schon«, sagte sie, ließ ihn wieder in ihr Kosmetiktäschchen fallen und sah mich bedeutungsvoll an. »Ich wette, du bist jetzt attraktiver als, sagen wir, vor dreizehn Jahren.«

Draußen lag ein Zentimeter lockerer, nasser Schnee, und es schneite immer noch dicke Flocken. Am Taxistand hatte sich eine lange Schlange gebildet, deshalb beschloss ich, mit dem Cello zur Hauptstraße zu laufen. Mein Auto konnte bis morgen auf seine Rettung warten. Dann hätte ich etwas zu tun. Ich stand an der Ecke Aldersgate Street, als ein Motorradfahrer neben mir am Bordstein hielt und mit einer behandschuhten Hand gestikulierte. Instinktiv trat ich ein paar Schritte zurück und hielt meine Handtasche fester. Er trug Lederklamotten und einen schwarzen Sturzhelm, den er jetzt abnahm. In der Ferne erschien ein Taxi mit einem leuchtenden gelben Licht, und ich wollte gerade den Arm heben, als eine vertraute Stimme sagte: »Dacht ich mir doch, dass du's bist«, und Rad kam aus seiner Schale hervor.

»Oh«, sagte ich mit unendlicher Erleichterung. »Ich dachte, du wärst ein Straßenräuber.«

»Tja, bin ich nicht. Hör zu, tut mir Leid, dass wir nicht

viel Gelegenheit hatten, uns zu unterhalten.« Das Taxi
hielt mit ratterndem Motor hinter ihm, und der Fahrer
beugte sich herüber und kurbelte das Fenster runter. »Vas-
sall Road, Vauxhall«, sagte ich. »Können Sie einen Moment warten?« Er sah auf die Uhr und nickte.

»Ich hätte dir ja angeboten, dich mitzunehmen«, sagte
Rad. »Aber …« Er blickte vom Motorrad zum Cello. Einen Augenblick lang stellte ich mir vor, wie ich auf dem
Soziussitz mitfuhr und das Cello neben mir über die Straße holperte.

»Ich wollte dich fragen, wie es deinen Eltern geht«, sagte er.

»Sie sind wieder zusammengekommen – noch im selben
Sommer. Ihnen geht's gut. Und deinen? Wie geht's Lexi?«

»Sie ist noch mit Lawrence zusammen«, sagte Rad. »Sie
wohnen in Chiswick. Ich sehe sie ziemlich oft, seit ich wieder da bin. Dad hat jetzt einen anständigen Job – in letzter
Minute. Einer seiner alten Kollegen aus dem Umweltministerium hat ihm einen verschafft – er ist zwar unbedeu-
tend, aber …«

»Hat er wieder geheiratet?«, fragte ich und wischte mir
Schneeflocken von den Wimpern.

»Nein. Er ist vor kurzem mit einer Fünfundzwanzigjäh-
rigen ausgegangen, bis sie zur Vernunft gekommen ist.
Mum geht hin und wieder abends mit ihm essen. Jetzt, wo
sie mit Lawrence verheiratet ist, geht sie mit Dad aus.«

Der Taxifahrer klopfte ungeduldig aufs Lenkrad. Dann
beugte er sich wieder zum Fenster auf der Beifahrerseite.
»Es dauert nicht mehr lange«, sagte ich flehentlich und
dachte, du Mistkerl, dein Trinkgeld hast du dir verscherzt,
Kumpel.

»Wie geht's Frances?«, fragte ich. »Was macht sie
jetzt?«

»Sie lebt in Brisbane.«

»Brisbane?« Ich hätte mir nie vorgestellt, dass sie sich weit weg von zu Hause verirren würde, aber andererseits, nachdem das Haus in der Balmoral Road verkauft war, hatte sie ja kein Zuhause mehr gehabt.

»Sie ist mit einem Australier namens Neville verheiratet. Sie haben drei Kinder und ein paar Hunde.«

»Neville«, sagte ich. »Da hat sie ja Glück gehabt.« Rad sah verdutzt aus. »Ich habe nur an ihr Tattoo gedacht. Ihr semi-permanentes Tattoo.«

Er lachte bei der Erinnerung daran. »Das wäre kein Problem. Er ist plastischer Chirurg.«

»Was macht sie denn?«

»Sie ist Kindergärtnerin.« Ich brauchte ein paar Minuten, um diese Information zu verdauen. Frances Kindergärtnerin. Ich erinnerte mich vage an etwas, was Lawrence einmal gesagt hatte: »Warte nur, sie wird noch zu einer Stütze der Gesellschaft werden.«

Es schneite jetzt stärker. Rads Haare waren mit grauen Flocken gesprenkelt, und auf meinem Cello wuchs ein spitzenartiges Scheitelkäppchen. »Hast du ihre Adresse? Ich würde ihr sehr gern schreiben.«

Seine Hand wanderte zu einer Tasche in seiner Jacke, die mit einem Reißverschluss verschlossen war. »Ich kannte sie auswendig, aber sie sind gerade umgezogen. Hör zu, gib mir deine Adresse und dann schicke ich sie dir.« Er gab mir einen fünf Zentimeter langen Stummel von Wachsmalstift. »Ich habe kein Telefon«, fügte er entschuldigend hinzu. Ich widerstand dem Drang, meine Handtasche auf dem Bürgersteig auszukippen, und durchsuchte schicklich das Durcheinander, bis ich einen alten Kassenzettel fand, auf den ich meine Adresse malte, wobei ich Schneeflocken von seiner feucht werdenden Oberfläche wischte. Meine Telefonnummer schrieb ich nicht auf. Ich dachte, das wäre vielleicht übertrieben.

»Ich nehme nicht an, dass es Growth noch gibt?«, sagte ich.

»Nein, er ist tot. Als Dad das Haus verkauft hat und in eine Wohnung gezogen ist, durfte er keine Haustiere mitbringen, deshalb musste Growth wieder zu Bill und Daphne. Aber er ist geflohen und wollte wohl zurück in die Balmoral Road; unterwegs wurde er von einem Auto überfahren.«

»Oje.« Ich war mir nicht sicher, wie weit man zum Tod eines Hundes kondolieren konnte, der bereits dreizehn Jahre zurücklag. Armer Growth, dachte ich. Ein weiteres unschuldiges Scheidungsopfer. »Ich gehe jetzt besser«, sagte ich, als er den Papierfetzen sorgfältig in der Tasche mit Reißverschluss verstaute.

»Tja«, sagten wir beide und lachten verlegen. Dann setzte er seinen Sturzhelm wieder auf, winkte mir mit der behandschuhten Hand zu und schwenkte das Motorrad herum. In dem Moment trat der Taxifahrer, der den Augenblick seiner Rache für gekommen hielt, das Gaspedal durch, fuhr mit aufheulendem Motor davon und ließ mich allein an der Bordsteinkante stehen, während der Schneesturm um mich herumwirbelte wie Konfetti.

Zwei Tage später fiel eine Karte auf meine Eingangsstufe. Sie war in Staines abgestempelt und zeigte die Federzeichnung eines Hauses. »Das Schleusenwärter-Cottage, Penton Hook«, lautete die Bildunterschrift. Erleichtert nahm ich die Erste-Klasse-Briefmarke zur Kenntnis. Es wäre schwer, optimistisch wegen eines Mannes zu sein, der einen ein paar Tage länger warten lässt, nur um sechs Pence zu sparen. Oben drüber hatte Rad eine Art-Adresse geschrieben: Wentworth, Riverside, Laleham, was mich an ein herrschaftliches Anwesen mit Gärten, die sich bis hinunter zur Themse erstrecken, denken ließ. Die Nachricht selbst war kurz.

Liebe Abigail,

es war schön, dich gestern zu sehen. Hier wie verspro-
chen:
[gefolgt von fünf Zeilen mit Frances' Adresse in Brisba-
ne]
Schreib mal.

Dein Rad

Die nächsten fünf Minuten verbrachte ich damit, diese
knappen Zeilen einer harten Analyse zu unterziehen, um
sie nach Möglichkeit positiv interpretieren zu können.
»Schreib mal« war zweideutig, oder auch nicht, wenn man
berücksichtigte, dass er mich mit zwei Adressen ausgestattet hatte, und er hatte nicht versucht, einen Strich unter die
Vergangenheit zu ziehen, indem er den Namen Marcus benutzte. Aber ich war enttäuscht, dass er keine Andeutung
gemacht hatte, und sei sie auch noch so vage, dass wir uns
in Zukunft einmal treffen könnten. Er hatte nicht mal eine
Frage formuliert, um mir einen Vorwand zu geben, ihm zu
antworten. Aber ich würde antworten.

Ich holte eine Schachtel mit Postkarten hervor, die mit
meiner Adresse und Telefonnummer bedruckt waren, und
suchte in einer Schublade voller roter Kulis und abgebro-
chener Buntstifte meinen Füller. Ich schrieb den Namen
Rad ein paarmal auf ein Stück Schmierpapier, und dann
Marcus, um zu sehen, was besser aussah. Oje, dachte ich,
aus so was sollte ich inzwischen rausgewachsen sein. Meine Antwort durchlief mehrere Entwürfe und nahm fast
den ganzen Vormittag in Anspruch.

Lieber Marcus,

danke, dass du mir Frances' Adresse so schnell geschickt hast. Ich werde ihr ganz sicher schreiben. Ich kann nicht glauben, dass sie Kindergärtnerin ist – und Mutter von drei Kindern. Es war so seltsam, dir nach all der Zeit wieder über den Weg zu laufen. Ich hoffe, du bist nicht zu deprimiert, wieder mitten im britischen Winter gelandet zu sein. Wenn du je in der Nähe bist, schau doch mal vorbei. Ich bin oft zu Hause.

Viele Grüße von

Nein, zu direkt.

Lieber Rad,

danke für deine Karte. Es war schön, dich wieder zu sehen. Ich denke oft an die glücklichen Zeiten, die ich in der Balmoral Road verbracht habe. Erinnerst du dich noch daran, wie Nicky in die Themse gesprungen ist? Und an Lazarus Ohene?

Lächerlich. Peinlich. Er würde sich verarscht fühlen.

Lieber Marcus (wenn du gestattest),

es tut mir Leid, dass unser interessantes Gespräch neulich Abend durch eine Kombination aus schlechtem Wetter und der Unflätigkeit Londoner Taxifahrer vorzeitig abgebrochen wurde. Wenn du es gern fortführen willst, bin ich unter der oben angegebenen Nummer zu erreichen.

Herzliche Grüße von

Absolut hoffnungsloser Fall. Jämmerlich.

Lieber Rad,

danke für Frances' Adresse. Ich werde ihr ganz sicher schreiben. Schade, dass wir neulich Abend keine Gelegenheit hatten, uns richtig zu unterhalten. Ich war froh zu hören, dass es deinen Eltern gut geht.
Grüß sie von mir.

Abigail

Ich sah die vier Postkarten durch, entschied mich für die letzte und warf den Rest in den Papierkorb. Selbst meine Handschrift war nicht auf allen einheitlich – ein sicheres Zeichen für eine schwache Persönlichkeit. Ich zog Mantel und Stiefel an und ging hinaus in den eiskalten Dezembermorgen; der Schnee knirschte unter meinen Füßen. Die städtischen Streuwagen waren in der Nacht unterwegs gewesen, und in den Rinnsteinen lagen Haufen grobkörnigen, braunen Schneematschs. Der Briefträger leerte gerade den Briefkasten, als ich kam, deshalb warf ich meine Karte in seinen geöffneten Sack. So, dachte ich, als ich zusah, wie der rote Royal-Mail-Wagen vom Bordstein wegfuhr, wobei er den Matsch unter seinen Reifen aufwirbelte, jetzt ist der Ball auf deinem Spielfeld.

Dort blieb der Ball auch, und nach ein paar Wochen machte ich mir nicht mehr die Mühe, auf das Klappern des Briefkastens zu lauschen, und war nicht mehr die Erste, die im Flur den täglichen Stapel Post durchsah. Eine Weile bedauerte ich, dass ich meine Nachricht nicht etwas wärmer formuliert hatte, aber mit der Zeit war ich erleichtert, dass ich nicht zu viel verraten hatte. Offensichtlich war dieses fünfminütige Treffen für Rad genug gewesen. Er war nach England zurückgekommen, um sein Leben wieder aufzunehmen; das Letzte, was er brauchte, war irgendein Gespenst aus der Vergangenheit, das fest entschlossen war, ihn herunterzuziehen. Ich fing an, mir zu wünschen, ich wäre nie bei diesem verdammten Konzert gewesen. Bis dahin war ich, wenn auch nicht direkt *glücklich*, aber wenigstens normal und ausgeglichen gewesen. Mit den Jahren hatte ich festgestellt, dass der Schlüssel zur Zufriedenheit darin liegt, wenig zu erwarten. Ich war morgens nicht in der Erwartung wach geworden, glücklich zu sein, aber manchmal, ohne irgendeine bewusste Anstrengung von mir, stellte ich fest, dass ich es war. Jetzt dagegen war ich aufgeregt, unzufrieden und unfähig, mich zu konzentrieren. Dieses kurze Treffen hatte es geschafft, die Schutzschicht, die ich mir mit der Zeit zugelegt hatte, wegzuhauen.

Es dauerte ungefähr einen Monat, bis ich mich daran erinnerte, dass der vorgebliche Zweck des Austauschs von Postkarten darin bestanden hatte, mir Frances' Adresse zu beschaffen, und noch länger, bis ich dazu kam, ihr zu schreiben. Wo fängt man an, wenn man jemanden dreizehn Jahre nicht gesehen hat? Man kann entweder alles schreiben oder nichts. Man kann versuchen, eine Chronik seiner Erfahrungen und Leistungen von damals bis heute anzulegen, oder leicht und unbeschwert plaudern und in der Hoffnung auf eine Antwort ein paar Fragen stellen.

Doch als ich mich erst mal hingesetzt hatte, war es nicht so schwer, wie ich gedacht hatte.

Liebe Frances,

ich hoffe, du hast nichts dagegen, dass ich dir aus heiterem Himmel schreibe, aber ich war neulich Abend bei einem Wohltätigkeitskonzert (wo ich Cello gespielt habe), und bin Rad über den Weg gelaufen. Wir hatten nicht viel Gelegenheit, uns zu unterhalten, aber wir haben ein paar Neuigkeiten ausgetauscht und er hat mir deine Adresse gegeben. Ich war wirklich erstaunt zu hören, dass du ausgewandert bist – und dass du drei australische Kinder hast. Wenn du Zeit hast, würde ich gern hören, was du so machst, und vor allem ein paar Fotos sehen. Ich konnte nur ein einigermaßen anständiges Bild von mir finden, und es ist auch nicht ganz so neu. Es ist eine Publicity-Aufnahme für ein Konzert, das ich vor ein paar Jahren in der Wigmore Hall gegeben habe, deshalb sieht es natürlich gar nicht so aus wie ich. Das war der Höhepunkt meiner Karriere, aber ich habe den Durchbruch als Solistin nicht geschafft, und jetzt bin ich nur noch fürs Orchester brauchbar. Ich gebe auch Cellostunden, was unglaublich deprimierend ist, weil die Kinder meist völlig unmotiviert sind; die, die es ganz gut können, sind auch in allem anderen gut, und hören unweigerlich auf, um sich auf ihre Abschlussprüfungen zu konzentrieren. Ich wohne im Moment in einer Wohnung in Vauxhall – ich weiß nicht, wieso ich »im Moment« schreibe, denn es ist unwahrscheinlich, dass sich das ändert. Meine Eltern wohnen noch in unserem alten Haus in der Sackgasse – sie sind ungefähr zur Zeit von Birdies Tod wieder zusammengekommen. Meine Granny ist vor etwa fünf Jahren gestorben, deshalb haben sie das Haus wieder für sich allein, und sie scheinen jetzt glücklicher zu sein als je zuvor. Sie machen Wochenendausflüge und besuchen Kunstgalerien und Kirchen. Obwohl diese Ausflüge in der letzten Zeit immer kürzer geworden sind, weil mein Vater nicht weit laufen kann, ohne außer Puste zu geraten. Er hat jedoch aufgehört, seine eklige alte Pfeife zu rauchen, was gut

ist, wenn natürlich auch zu spät. Sie haben alle Hoff-
nung auf Enkel aufgegeben, da ich keine Anstalten ma-
che, mich niederzulassen. Vielleicht ende ich so wie Cla-
rissa – du weißt schon, nachmittags mit Männern Golf
spielen –, obwohl ich, wenn ich es realistisch sehe, sagen
muss, dass die Chancen darauf gering sind. Es ist wahr-
scheinlicher, dass ich mich in Auntie Mim verwandele.
Ich habe oft an dich gedacht und mich gefragt, wie es
dir geht – ich habe fast damit gerechnet, dich irgend-
wann im Fernsehen zu sehen. Ich habe mir immer vor-
gestellt, dass du Schauspielerin wirst. Ich gehe nicht da-
von aus, dass du es mit drei kleinen Kindern je schaffen
wirst, nach England zu kommen, aber falls doch, wür-
de ich dich sehr gerne sehen.

Alles Liebe
Abigail

Das warf ich, wieder mal, in eine unergründliche Tiefe,
ohne zu wissen, ob es je gelesen würde.

45

Am Muttertag fuhr ich zu meinen Eltern, um ein Mittagessen für sie zu kochen. Ich hatte das zum ersten Mal vor
ein paar Jahren getan, seitdem hatte diese Geste den Status einer Tradition angenommen, die ihnen lieb und teuer
war. Der Versuch, dieses Ritual zu umgehen und einfach
zu Osterglocken zurückzukehren, käme einem Affront
gleich. Mir gefällt es – ich genieße die Herausforderung, in
Mutters Küche ein Menü mit drei Gängen zuzubereiten,
ohne sie anzufahren, weil sie die Sachen wegräumt, die ich

noch brauche, und ich benutze gern alte Geräte und Töpfe, die mich an meine Kindheit erinnern. Es kann nicht viele Menschen geben, die über Küchenutensilien nostalgisch werden, aber ich bin einer davon.

Auf dem Rasen vor dem Haus wuchsen Krokusse. Der Magnolienbaum nebenan blühte bereits; auf jedem Zweig saßen wächserne Glühbirnen. Der Frühling war früh gekommen. Mutter lockerte gerade den Rasen mit einem Laubrechen auf, als ich ankam, riss große Moosstücke heraus und kratzte sie zu einem Haufen zusammen.

»Das solltest du nicht machen«, sagte ich und berührte ihre Wange leicht mit meinen Lippen. »Es ist doch dein Tag.« Sie trägt heutzutage so viel Puder auf, dass es ein wenig so ist, wie ein weiches Brötchen zu küssen.

»Jemand muss es ja machen«, sagte sie leicht ärgerlich.

Drinnen saß Vater in seinem Sessel, auf dessen Armlehne er ein Schachset im Taschenformat balancierte. Er spielte gegen sich selbst. Diese Partien konnten sich tagelang hinziehen und kamen nur zu einem Ende, wenn jemand aus Versehen das Brett umkippte.

Er stand mühsam auf, als ich hereinkam, wobei die Schachfiguren in ihren Löchern klapperten.

»Ich weiß nicht, wieso sie sich die Mühe macht«, sagte er. »Moos ist grün und man muss es nicht so oft schneiden wie Gras. Wir bräuchten mehr Moos, nicht weniger.«

»Wisst ihr, wen ich vor ein paar Wochen bei einem Konzert getroffen habe?«, fragte ich, als wir aßen.

»Simon Rattle?«, riet Mutter hoffnungsvoll.

»Nein, nein. Ich meine keine Berühmtheit. Ich habe durch Zufall Rad getroffen. Erinnert ihr euch an Rad?«

»Oh«, sagte Mum, die einfach enttäuscht sein musste. Es wäre unmöglich für mich gewesen, Simon Rattle zu übertrumpfen. »Ich habe den Jungen nie gemocht. Ich fand, dass er dich entsetzlich behandelt hat.« In dieser

Phase konnte ich mich nicht erinnern, was sie über die wahren Umstände unseres Bruchs wusste, deshalb konnte ich ihr nicht mit Sicherheit widersprechen.

»Was macht er denn?«, fragte Dad, der spürte, dass Mutters demonstrativer Groll nicht die Reaktion gewesen war, die ich mir erhofft hatte.

»Er war in den letzten fünf Jahren im Senegal und hat für eine Wohltätigkeitsorganisation gearbeitet, die dort Wasserhilfsprojekte durchführt.«

Bei dem Wort Senegal rollte Mutter beunruhigt mit den Augen. »Tja, mach um Himmels willen keine Dummheiten. AIDS ist in Afrika eine wahre Seuche.«

»Mutter!« sagte ich, schockiert darüber, wie schnell sie an Sex dachte. »Ich habe nur ein paar Worte mit ihm gewechselt. Er hat sogar nach euch beiden gefragt.«

»Ach wirklich?«, sagte sie leicht besänftigt.

»Hast du herausgefunden, was Frances jetzt macht?«, fragte Vater. Er hatte sie immer gemocht.

»Sie lebt in Australien.«

»Senegal. Australien. Sie sind ganz schön rumgekommen, was?«, sagte Mutter.

Im Gegensatz zu mir, dachte ich.

»Sie ist mit einem Chirurgen verheiratet.«

Mutter zog die Augenbrauen hoch. »Sie hat es gut getroffen.« Als Australien erwähnt wurde, hatte sie sich garantiert gedacht, dass Frances in wilder Ehe mit irgendeinem sonnengebräunten Schaffarmer oder einem Surflehrer zusammenwohnte. »Ihre Mutter wird sie vermissen. Ich hoffe, du kommst nicht auch auf die Idee, auszuwandern.«

»Ich wette, sie besucht sie jedes Jahr«, sagte ich und ignorierte ihre letzte Bemerkung. »Insbesondere weil Frances Kinder hat. Irgendwie kann ich mir Lexi nicht als Großmutter vorstellen.«

»Man kann sich nicht vorstellen, dass sie Bettjäckchen strickt«, stimmte Vater zu.

»Es gibt keine Gerechtigkeit«, sagte Mutter, eine eifrige Strickerin.

Als ich sie verließ, kurz bevor es Zeit zum Abendessen war, fuhr ich in die Balmoral Road und parkte vor dem Haus – etwas, das ich noch nie getan hatte. Heutzutage habe ich keinen Grund, in diese Richtung zu fahren; ich komme dort nie hin. Das Haus war so verändert worden, dass ich es kaum wieder erkannte. Das tabakfarbene Backsteinmauerwerk war mit Steinen verkleidet worden, damit es zu Fish und Chips' Seite passte, und Aluminiumfenster mit Imitationen von Bleiglaslichtern ersetzten die alten Schieberahmen aus Holz. Die Bleistreifen waren nicht ganz parallel, was dem Glas das Aussehen eines prall gefüllten Netzes verlieh. In der Auffahrt war ein auseinander genommenes Auto aufgebockt; die Einzelteile lagen überall auf dem Mosaikpflaster verstreut. Wenigstens war der tote Kaktus vom Fenstersims verschwunden.

Ein Auto hupte: Ich blockierte die Nachbareinfahrt. Ich setzte zurück und winkte entschuldigend, und als das Auto an mir vorbeifuhr, sah ich Fish am Steuer, und eine Frau mittleren Alters – nicht Chips – neben ihm. Er sah mich an und dann noch einmal, bis er mich wieder erkannte. Ich bin inzwischen aus dem Alter heraus, in dem man schlechte Manieren hat, deshalb fuhr ich nicht mit aufheulendem Motor davon, sondern wartete lächelnd, bis er an meine Tür kam, womit ich fest gerechnet hatte. Er sah nicht so viel älter aus – er hatte vielleicht weniger Haare, aber ich hatte mich sicher mehr verändert.

»Hallo«, sagte er, als ich das Fenster runterkurbelte. »Sie sind Dingsda, stimmt's? Frances Radleys Freundin.«

»Stimmt. Ich kam gerade vorbei, und dachte, ich schau mir mal das Haus an. Nostalgie, Sie wissen schon.«

»Sie sind schon vor Jahren weggezogen«, sagte er. »Sehen Sie die Familie ab und zu noch?«

»Nicht mehr. Wir haben den Kontakt verloren.«

»Seltsame Leute«, sagte er, ermutigt durch dieses Eingeständnis. »Ich werde diesen Hund nie vergessen – verdammt große Geschwulst an der Seite. Ich weiß nicht, wieso sie ihn nicht zum Tierarzt gebracht haben, um es in Ordnung zu bringen.«

Ich lächelte. Es war nicht meine Aufgabe, ihren Umgang mit Haustieren zu verteidigen. »Wie geht's Ihrer Mutter?«, fragte ich.

»Sie ist seit meiner Heirat in einem Heim. Wir haben sie gerade besucht.«

Seine Begleiterin war inzwischen aus dem Auto gestiegen und stand ungeduldig mit verschränkten Armen am Vorbau. Sie trug glänzend weiße, kniehohe Stiefel, wie sie vielleicht 1965 für jemanden akzeptabel gewesen wären, der halb so alt war wie sie, und eine Jacke aus schwarzer Wolle, die mich an einen Pudel erinnerte. Ihr Gesichtsausdruck war nicht besonders freundlich. »Das ist meine Frau Pauline«, sagte er mit einigem Stolz. Sie erwiderte mein Lächeln nicht, sondern drehte sich auf dem Absatz herum, ging ins Haus und knallte die Tür hinter sich zu. Eine eifersüchtige Frau, dachte ich, als Fish sich entschuldigte und die Einfahrt hinauf hinter ihr hereilte.

An diesem Abend räumte ich meine Wohnung auf. Sie war zwar aufgeräumt, aber wenn man genau hinsieht, gibt es immer was zu tun. Dann stellte ich Brittens *War Requiem* an – und zwar laut – und lag auf dem Sofa, die Tränen liefen mir in die Ohren, bis die Frau aus der Wohnung über mir an die Tür klopfte und mich bat, die Musik leiser zu drehen, weil sie versuchte, ihr Baby zum Schlafen zu bewegen.

Drei Wochen, nachdem ich meinen Brief an Frances aufgegeben hatte, kam an einem dunstigen Frühlingsmorgen ihre Antwort. Ihre rundliche Schulmädchenhandschrift auf dem Umschlag war unverkennbar. Er war auf einem dieser dünnen Aerogramme geschrieben, die man unmöglich öffnen kann, ohne dabei den halben Text einzureißen, und ich musste fünfzig Pence Nachporto zahlen, weil sie ein paar Fotos beigelegt hatte.

Liebe Abigail,

ich habe mich so über deinen Brief und deine Neuigkeiten gefreut, und ich bin wirklich froh, dass du es als Cellistin geschafft hast. Bist du in Wirklichkeit berühmter, als du vorgibst? Hast du zum Beispiel irgendwelche Aufnahmen gemacht? Wenn ja, schick mir bitte eine.
Ich bin jetzt seit acht Jahren hier und fühle mich total australisch. Das Einzige, woran ich mich nicht gewöhnen kann, ist Weihnachten im Hochsommer. Ich werde ganz sentimental wegen »Weißer Weihnacht« (es gibt bestimmt ein Wort, das die Sehnsucht nach etwas beschreibt, das man nie wirklich erlebt hat). Aber abgesehen davon, und von der Familie natürlich, kann ich nicht behaupten, dass ich Großbritannien vermisse. Ich habe im letzten Jahr die Staatsbürgerschaft beantragt – es erscheint mir verrückt, eine andere Nationalität zu haben als meine eigenen Kinder (Fotos anbei). Wir wohnen etwa fünf Minuten vom Strand entfernt, deshalb verbringen wir dort die meisten Nachmittage: Es gibt eine ganze Gruppe von Müttern und Kindern, die sich dort treffen. Vormittags helfe ich in einem Kindergarten aus. Die Zwillinge (Esme und Hera, 5) sind jetzt in der Schule, und Tyler (3) geht mit mir in den Kindergarten. Ich beabsichtige nicht, diese häusliche Sklaverei unbe-

grenzt fortzusetzen, falls du dich das gefragt hast. Sobald Tyler in der Schule ist, gehe ich auf die Universität und mache einen Psychologiekurs, damit ich Psychotherapeutin für die vielen Verrückten in dieser Gemeinde werden kann. Nev, mein Ehemann, ist plastischer Chirurg und stösst im Rahmen seiner Arbeit auf eine ganze Menge davon, deshalb wird er mir ein bisschen Arbeit zuschanzen können. (Nur ein Scherz.) Er behandelt viele Brand- und Verkehrsopfer und macht auch ein paar Schönheitsoperationen, aber mich hat er noch nicht unters Messer gelegt – wie man auf dem Foto erkennen kann, bin ich vollkommen unverschönert. Er sagt, er gibt mir einen Rabatt; wenn ich ein ganzes Paket buche – Schmolllippen, Bauchstraffung, Brustverkleinerung –, gibt er gratis eine Nasenkorrektur dazu. Es stimmt, dass ich seit der Geburt der Kinder nicht mehr in England war – ein Familienbesuch kommt nicht in Frage, aber einen Solotrip schließe ich nicht aus. Mum und Lawrence waren jetzt schon zwei Mal hier: Wir sind alle zusammen vierzehn Tage nach Carins gefahren und mit einem Boot zum Riff geschippert. Kannst du dir Mum mit einem Schnorchel vorstellen? Dad war letzten Sommer hier – er war wirklich lieb zu den Kindern – sehr großväterlich. Vielleicht versuche ich ihn zu überreden, hierher zu ziehen. Nevs Eltern leben in Melbourne, deshalb haben wir einen schrecklichen Mangel an Verwandten.

Ich konnte deinem Brief nicht entnehmen, ob du noch Kontakt zu Rad hast; wenn ja, wirst du schon von seinem Unfall wissen. Er ist im Januar im Schnee mit seinem Motorrad gestürzt und hat sich einen Arm, ein Bein, das Schlüsselbein und ein paar Rippen gebrochen. Er hat etwa sechs Wochen im Krankenhaus gelegen, aber anscheinend ist er jetzt draußen. Ich weiß das alles *von Mum, die ihn gepflegt hat. Ich habe ihn seit meiner Hochzeit nicht mehr gesehen – fast sieben Jahre, aber er schreibt gute Briefe. Ich denke, ihn vermisse ich mehr als alle anderen. Wenn du dich je danach sehnst, einem englischen Winter zu entkommen – oder auch einem englischen Sommer –, würden wir uns freuen, wenn du uns besuchst. Ich wünschte, ich könnte versprechen, in Kontakt zu bleiben, aber ich bin heutzutage die nachlässigste Korrespondentin der Welt. Nev verschickt an Weihnachten immer per E-Mail ein Rundschreiben an seine Freunde, aber ehrlich gesagt ist es völlig unlesbar – deshalb erspare ich es dir. Trotzdem schreib bitte wieder, wenn du Zeit hast.*

Alles Liebe
Frances
PS: Besuch doch mal Rad, wenn du kannst, denn er ist gelangweilt und einsam.

Es lagen vier Bilder bei – eine Studioaufnahme von den Kindern, jeweils eines von Frances und Nev, der ganzen Familie und der Fassade des Hauses, ein riesiges, weißes, einstöckiges Gebäude mit grünem Ziegeldach und einem Zitronenbaum auf dem Rasen vor dem Haus. Ich schenkte ihnen nicht die Beachtung, die ich ihnen sonst hätte zuteil werden lassen, weil meine Gedanken nur noch um Frances' Neuigkeiten über Rad kreisten. Ich las den entscheidenden Absatz noch einmal. *Er ist im Schnee mit seinem Motorrad gestürzt.* Das musste in den drei oder vier Tagen nach unserem Treffen gewesen sein, da der Schnee nicht lange liegen geblieben war und wir seitdem keinen mehr gehabt hatten. Vielleicht hatte er meine Karte nie bekommen – war ins Krankenhaus eingeliefert worden, noch bevor ich sie aufgegeben hatte. Ich las weiter: *Anscheinend ist er jetzt draußen.* Der Brief trug das Datum von vor zwei Wochen. Die Hoffnung, die einen Augenblick in mir aufgekeimt war, erstarb wieder, als mir klar wurde, dass er inzwischen eine Menge Zeit gehabt hätte, auf meine Karte zu antworten, wenn er auch nur im Geringsten interessiert gewesen wäre. Vielleicht hatte er sich den Schreibarm gebrochen?, dachte ich und versuchte ihn mir von der Schulter bis zu den Fingerspitzen eingegipst vorzustellen, wie er irgendwo im Bett lag, hilflos mit diesem fünf Zentimeter langen Stück Wachsmalstift herumfummelte, umgeben von einem Dutzend zusammengeknüllter unleserlicher Nachrichten an mich. Das erschien mir irgendwie nicht sehr wahrscheinlich: Es würde mehr brauchen als ein paar gebrochene Knochen, um jemanden abzuhalten, der wirklich interessiert und einfallsreich war. *Besuch doch mal Rad, wenn du kannst, denn er ist gelangweilt und einsam.* Tja, dann sind wir schon zwei, dachte ich und griff nach meiner Straßenkarte.

Selbst meine riesige A-Z-Straßenkarte konnte mir mit den spärlichen Informationen, die Rad als Adresse angegeben hatte, nicht weiterhelfen. Es gab Straßen namens Riverside in Twickenham, Richmond und Woolwich, aber nicht in Laleham. Ich fragte mich schon, ob meine Karte überhaupt angekommen sein konnte. Ich spielte mit dem Gedanken, hinüber in die Sackgasse zu fahren und mir Dads amtliche topografische Karte der entsprechenden Gegend auszuleihen, beschloss jedoch, dass eine Fahrt in die Stadt, um eine zu kaufen, schneller und weniger frustrierend wäre. Wir würden Stunden brauchen, um das obskure Ablagesystem zu knacken, das seit der Renovierung des Arbeitszimmers angelegt worden war, und dann würde vermutlich die Karte, die ich brauchte, fehlen oder ausgeliehen sein. Das war mir schon zu oft passiert.

Ich verbrachte einige Zeit in Geschäften, um ein passendes Mitbringsel zu finden. War es in Ordnung, einem Mann Blumen mitzubringen? *Country Living* kam in diesem Fall nicht in Frage. Ein Buch wäre nicht gut. Er konnte es bereits haben oder den Autor hassen. Wenn ich eins nahm, das ich selbst noch nicht gelesen hatte, konnte ich nicht dafür bürgen, dass es gut war, aber ein altes Lieblingsbuch von mir auszuwählen und anzunehmen, dass er es noch nicht gelesen hatte, erschien mir irgendwie arrogant – wie eine Hausaufgabe. Schließlich entschied ich mich für teure Pralinen – ich wollte nicht, dass es aussah, als hätte ich auf dem Weg noch schnell an irgendeiner Tankstelle angehalten und irgendwas gekauft – und für einen Strauß Osterglocken. Mit Osterglocken kann man nichts falsch machen: Man kann sie einfach in einen Bierkrug zwängen und sie sehen nett aus.

Was Riverside betraf, konnte die topografische Karte mir natürlich auch nicht helfen, aber sie lieferte mir doch ein paar Anhaltspunkte. Bei Laleham hatte die Themse einen Mäander abgetrennt, der so tief war, dass er fast einen toten Flussarm gebildet hätte. Bevor das geschehen konnte, war ein Kanal angelegt worden, und jetzt war dort eine Schleuse und eine kleine Insel. Das Gebiet hieß Penton Hook: Der Ort, der auf Rads Postkarte abgebildet war. Mir kam die Idee, dass er vielleicht im Cottage des Schleusenwärters wohnte; wenn nicht, könnte mich dort sicher irgendjemand in die richtige Richtung weisen.

Es dauerte zwei Stunden bis nach Laleham. Selbst mit den Karten auf dem Beifahrersitz verfuhr ich mich mehrmals, verirrte mich in einem Einbahnstraßensystem in Kingston und landete auf der falschen Seite des Flusses. Meine Aufmerksamkeit in Mrs. Twiggs Unterricht im Kartenlesen in der siebten Klasse war offensichtlich umsonst gewesen. Schichtstufen zu identifizieren und die Koordinaten einer Jugendherberge und einer Kirche ohne Turm oder Turmspitze anzugeben, hatte sich für die Praxis als nicht ausreichend erwiesen.

Schließlich fand ich, was ich gesucht hatte. Ein Durchgang zwischen zwei Häusern in einer ruhigen Wohnstraße führte an einer Baustelle vorbei zum Fluss, und da war es: Die Schleuse und das weiße Cottage auf dem Bild, das nun seit Wochen auf meinem Kaminsims stand. Ein Mann im Arbeitsanzug saß im Sonnenschein auf der Türstufe und montierte mit zwei Löffeln einen neuen Reifen an ein Fahrrad. Er blinzelte zu mir hoch, als ich mich näherte. »Kennen Sie ein Haus namens Wentworth?«, fragte ich und kam mir plötzlich töricht vor. Er nickte leicht. »Ich kann Ihnen den Weg beschreiben, aber wenn Sie den Jungen suchen, der dort wohnt, der ist draußen auf der Insel und angelt.« Er deutete über das Wehr.

Ich dankte ihm und wartete ungeduldig an der Schleuse, während die Tore aufschwenkten, um einen Vergnügungsdampfer durchzulassen. Der Dunst hatte sich inzwischen ganz aufgelöst, und eine milchige Sonne schimmerte auf dem Wasser, als ich das Wehr zur Insel überquerte.

Er saß am Ufer, mit dem Rücken zu mir, ganz hinten bei den Bäumen, auf einem dieser grünen Klappstühle ohne Beine. Vor ihm war eine Angelrute aufgestellt, und er hielt den Kopf gesenkt, als würde er lesen, doch als ich näher kam, sah ich, dass er schlief, eine aufgeschlagene Ausgabe von *Huckleberry Finn* mit dem Text nach unten auf dem Schoß. Vorn an der Angelrute hing ein silbernes Glöckchen. Plötzlich ritt mich der Teufel; ich streckte die Hand aus und zog kurz an der Leine, wodurch die Glocke zu bimmeln anfing. Rad fuhr heftig zusammen und stürzte sich auf die Rute, wodurch *Huckleberry Finn* in den Fluss purzelte. Er gab eine Art verärgertes Zischen von sich, das sich in Überraschung verwandelte, als er mich sah.

»Entschuldige«, sagte ich entsetzt, ließ Pralinen und Osterglocken fallen und kletterte die Böschung hinunter, um das Buch zurückzuholen, das jetzt in fünfzehn Zentimeter tiefem, schlammigem Themsewasser lag. Ich wischte es am Gras ab und gab es ihm triefend zurück.

»Hallo«, sagte er und warf mir einen seiner süffisanten Blicke zu. »Du bist die Erste, die in dieser Woche angebissen hat.« Er reichte mir seine Hand und zog mich aus dem Schlamm aufs Gras.

»Das hätte ich nicht tun sollen«, sagte ich. »Ich habe nur dieses Glöckchen dort gesehen und konnte nicht widerstehen.«

»Ich dachte, du wärst ein zwanzig Pfund schwerer Hecht«, sagte er.

»Tut mir Leid, wenn ich dich enttäusche.«

»Oh, ich bin nicht enttäuscht.«

»Frances hat mir geschrieben, dass du einen Motorradunfall hattest und Aufmunterung brauchst.«

»Deshalb dachtest du, du kommst mal vorbei und wirfst mein Buch in den Fluss.«

»Dieses Detail hatte ich nicht eingeplant. Ich dachte, du brauchst vielleicht Hilfe – beim Einkaufen und so. Frances hat mir den Eindruck vermittelt, dass jeder einzelne Knochen in deinem Körper gebrochen war.«

»Ich fürchte, du bist unter falschen Vorwänden hergelockt worden: Ein Bein war unversehrt.«

»Das sollte nicht enttäuscht klingen. Ich bin froh, dass es dir so gut geht.«

»Vor ein paar Wochen habe ich beeindruckender ausgesehen, als ich noch in Gips war. Jetzt komme ich mir vor wie ein Simulant, obwohl ich immer noch nicht weit laufen kann.«

»Wie ist es passiert?«

»Ich bin von der Arbeit nach Hause gefahren – ich denke, es war nicht lange, nachdem wir uns im Barbican über den Weg gelaufen sind –, und da sauste ein kleines Kind auf einem Schlitten aus einer Einfahrt direkt auf die Straße. Ich bin ausgewichen, ins Schleudern gekommen, gegen ein parkendes Auto gefallen und das Motorrad auf mich. Es war meine Schuld – ich bin zu schnell gefahren.«

»Gott. Du hast Glück, dass du noch lebst.«

»Wahrscheinlich. Als ich von Kopf bis Fuß bandagiert im Krankenhaus lag, wusste ich nicht, ob ich lachen oder weinen sollte.«

»Was hast du dir gebrochen?«

»Das Schlüsselbein, drei Rippen, den rechten Arm und das linke Bein. Das Schlimmste daran ist, dass das Motorrad nicht mal mir gehört – ich hatte es mir von dem Typen geliehen, der meinen Job übernommen hat.«

»Machst du Krankengymnastik?« Was kümmerte mich das Motorrad eines anderen?

»Im Moment zwei Mal pro Woche. Diese Frau lässt mich den Arm hin und her bewegen, Tennisbälle drücken und unglaublich leichte Gewichte heben. Aber die meiste Zeit scheint sie damit zu verbringen, einfach nur meine Schultern zu massieren und zu plaudern.«

Darauf wette ich, dachte ich. Mir fielen die Pralinen und die Osterglocken – jetzt leicht lädiert – wieder ein, die ich vorher hingeworfen hatte, und holte sie. »Ich war mir nicht sicher, was ich dir mitbringen sollte«, sagte ich. »Du hasst wahrscheinlich Blumen.«

»Eigentlich nicht«, sagte er sachlich. »Als ich im Senegal gearbeitet habe, habe ich bei einem der Honoratioren am Ort zu Abend gegessen. Er war für dortige Verhältnisse ziemlich wohlhabend und hatte ein paar wirklich schöne Möbel – Elfenbeintische mit Messingeinlegearbeit und fantastische Teppiche; er bestand darauf, mir seinen wertvollsten Besitz zu zeigen, der sich als Vase mit Plastikosterglocken entpuppte. Seitdem sehe ich Osterglocken mit anderen Augen. Ich sehe schon, du dachtest, ich wäre *Country Living* nicht gewachsen.«

»Es war andersrum, das versichere ich dir.«

»Ich sollte sie ins Wasser stellen«, sagte er. »Ich wohne nur ein paar Minuten von hier entfernt – möchtest du eine Tasse Tee? Oder ein Bier?«

»Tee wäre nett«, sagte ich, als er die Angelleine einrollte, die verschiedenen Behälter mit Ködern und Haken verschloss und gemeinsam mit seinem durchweichten Taschenbuch in einem Matchbeutel verstaute. Ich nahm den Klappstuhl, und wir gingen schweigend zurück zur Schleuse.

»Ich wollte dich zu Hause besuchen«, sagte ich schließlich, als wir über den Weg zu der Straße gingen, wo ich das Auto abgestellt hatte. »Aber ich konnte dich im A-Z nicht finden.«

»Ah. Nein, kann man auch nicht. Woher wusstest du, dass ich auf der Insel bin?«

»Der Schleusenwärter hat es mir gesagt. Ich habe ihn nach dem Weg gefragt.«

Er nickte. »Er ist ein guter Kerl – lässt mich sein Telefon benutzen, und er bringt mir immer mal Milch und Brot vorbei. Ich habe mich von Sandwiches ernährt.«

Rad führte mich zwischen zwei riesigen Einzelhäusern hindurch wieder hinunter zum Fluss, wo wir auf den Treidelpfad stießen. »Es ist gleich hier. Du musst die Unordnung entschuldigen. Ich kriege nicht viel Besuch.« Vor uns, durch einen festen Landungssteg am Ufer vertäut, lag ein kleines Hausboot. Die weiße Farbe blätterte ab, und der Lack war rissig und kristallin wie zertrümmerter Malzzucker. Der Name *Wentworth* war in durchbrochenen Buchstaben mit Schablone auf den Schiffskörper gezeichnet. Auf Deck standen ein Campingtisch und ein verblichener Liegestuhl.

»Ein Hausboot«, sagte ich neidisch. »Du Glückspilz.«

»Es gehört nicht mir; ich habe es nur gemietet«, sagte er, als er mir über den Steg half. »Vom selben Typen, der mir das Motorrad geliehen hat.« Er bückte sich, um die Tür aufzuschließen, wobei er mit mehreren Schlüsseln herumfummelte. »Ich weiß nicht, wieso ich mir überhaupt die Mühe mache – hier gibt es nichts zu klauen«, sagte er, schob die Tür auf und trat zur Seite, um mich einzulassen.

Ich stand in einem langen, schmalen Wohnzimmer mit Kombüsenbereich. Auf einer Seite befanden sich unter den Fenstern ein Gasbrenner mit zwei Ringen und eine Spüle, ein winziger Kühlschrank, ein paar Schränke und offene Regale, auf denen mehrere Dosen mit wenig verlockendem Inhalt standen: Sardinen, Milchreis, Erbsen und Frankfurter in Salzlauge. »Die gehören zum Boot«, versicherte mir Rad. Auf dem Ablaufbrett lagen eine Tasse, eine Schüssel und ein Löffel. In einer Ecke standen ein dunkler Holztisch und eine rötlich braune Sitzbank – ähnlich wie die Sitzgelegenheiten in einem Steakhaus. Die einzigen anderen Möbel waren ein Bücherregal, ein Sessel und ein niedriger Couchtisch, auf dem sich ein einziger Schieferuntersetzer, ein Stapel Zeitungen und ein Radio befanden.

»Das ist der Traum eines jeden Menschenfeinds«, sagte er. »Es gibt von allem nur eins.«

»Mir gefällt es«, sagte ich und sah ihm zu, wie er seine Angeltasche auspackte. Er legte das triefende Taschenbuch auf das Abtropfbrett und beugte sich aus dem Fenster, um die Maden in den Fluss zu kippen. Den Stuhl und die Angelrute verstaute er in einem der Schränke. »Ich hätte gedacht, es würde mehr schaukeln«, sagte ich und ging mit ein paar Schritten vom einen Ende des Raums zum anderen.

»Es ist fest vertäut. Es schwankt nur ein bisschen, wenn was Großes vorbeifährt. Es ist nicht wie auf einem Boot.«

Während er einen alten Aluminiumkessel mit Wasser füllte und Streichhölzer suchte, um das Gas anzuzünden, nahm ich *Huckleberry Finn* und versuchte die Seiten fächerförmig auszubreiten, sodass sie nicht zu einem festen Block trockneten wie ein Brikett.

»Ich fühle mich wirklich schrecklich deswegen«, sagte ich und fügte dann unschuldig hinzu: »Ich hoffe, du hast keine wertvollen Anmerkungen verloren.«

Er sah mich ein Sekunde lang mit verengten Augen an, dann fiel der Groschen. »Hab ich das wirklich gesagt? Gott, war ich aufgeblasen.« In aufgeblasenem Ton fügte er hinzu: »Ich möchte mich in aller Form für meine Aufgeblasenheit entschuldigen.«

»Wenn das so ist, nehme ich die Entschuldigung im Namen aller, die dich kennen, an«, sagte ich, und wir lachten.

»Ich glaube, Frances hat mir *Narziss und Goldmund* nie ersetzt, und ich habe es nie fertig gelesen«, sagte er, während er aus einem der Schränke mehrere zerdrückte Teepäckchen hervorkramte. »Es gibt Earl Grey, Lapsang Souchong und etwas, das sich Entspannungstee nennt, aber ich weiß nicht, wie lang das alles schon herumliegt, weil ich es mit dem Boot übernommen habe. Und da ist noch das normale Zeug, das mir gehört.«

»Dann nehme ich das normale Zeug.«

Der Kessel gab einen Pfeifton von sich, der sich in einen Schrei verwandelte, während Rad Teebeutel in zwei *Royal-Wedding-Becher* fallen ließ. »Du musst der Letzte in England sein, der noch einen Pfeifkessel benutzt«, sagte ich. Durch eine halb geöffnete Tür am anderen Ende der Kabine sah ich ein Doppelbett, das mit Kleidungsstücken überhäuft war.

»Sieh dich ruhig um«, sagte Rad, der meinem Blick gefolgt war. Ohne auf eine Antwort zu warten, ging er hinüber und drückte die Schlafzimmertür auf. Zum Vorschein kam eine kleine holzgetäfelte Kajüte, die gerade groß genug für das Bett und einen Schrankkoffer war, der als Nachttisch fungierte. Vor dem Fenster hingen an einer Stange, die mit Haken an der Decke befestigt war, ein halbes Dutzend Hemden und eine Jacke auf Drahtbügeln.

»Oh, ich habe die Vorhänge noch nicht aufgezogen«, sagte Rad und fegte die Hemden auseinander, um etwas Tageslicht hereinzulassen. Ich musste lachen.

»Rad, es wäre für mich eine Arbeit von fünf Minuten, ein paar Vorhänge zu improvisieren, wenn du welche willst.«

»Ist schon okay. Mir gefällt es so ganz gut. Ich bin meist sowieso wach, bevor es hell wird.«

»Ich meine es ernst«, sagte ich. »Wenn ich irgendwas Praktisches für dich tun kann … Ich meine, woher kriegst du dein Essen? Und was ist mit deiner Wäsche?«

»Mum kommt jede Woche zu Besuch, nimmt eine Tasche mit Wäsche mit und bringt in der nächsten Woche alles sauber und gebügelt wieder zurück.«

»Mann – Lexi macht deine Wäsche! Das nenne ich Rollentausch.«

»Ich weiß, Männer sagen das immer über Frauen, aber es scheint ihr tatsächlich Spaß zu machen.«

»Sie ist wahrscheinlich froh, dass eins ihrer Kinder im selben Land lebt wie sie – egal um welchen Preis.«

»Ist es das?«, sagte er. »Du hast wahrscheinlich Recht. Ich werde aufhören, sie auszubeuten. Das ist das Bad – luxuriös, was?« Er schob eine Tür zurück, die an den Wohnzimmerbereich angrenzte und den kleinsten vorstellbaren Raum abtrennte, in dem ein Klo, eine Dusche und ein Handwaschbecken Platz fanden. Das Becken war so winzig, dass Rad sich wahrscheinlich nur jeweils eine Hand waschen konnte. »Auf der anderen Seite ist noch ein Schlafzimmer; es ist noch kleiner als meins und voll Gerümpel.« Er ging hinüber zur Küche und öffnete eine Tür mit abgerundeten Ecken, von der ich annahm, dass sie einen Schrank verbarg. Darin war eine einzelne Koje wie ein Liegewagenplatz, auf der ein Stapel sauberer, gebügelter Wäsche lag. Auf dem Boden standen drei Pappkartons mit Büchern und Papieren.

»Ist das alles, was du besitzt?«, fragte ich.

»So ungefähr. Ich hatte mal Möbel und so weiter, aber ich habe sie verkauft oder verschenkt, bevor ich aus England wegging. Mum und Lawrence haben ein paar Kisten auf dem Dachboden. Aber wenn man erst mal damit anfängt, seine Sachen rauszuwerfen, wird man süchtig. Man betrachtet alles und denkt: Brauche ich das? Gefällt es mir wirklich? Und alles, was den Test nicht besteht, landet im Mülleimer. Manchmal werfe ich sogar einfach so ein Paar Socken weg, weil ich genug habe.«

Ich brach in Gelächter aus. »Du bist verrückt«, sagte ich, nahm mir aber gleichzeitig vor, meine Potpourrikörbchensammlung zu entsorgen.

»Tja, im Senegal hatte es keinen Zweck, was zu kaufen – nicht dass es da viel zu kaufen gegeben hätte –, aber ich hätte es sowieso nicht mit nach Hause nehmen können. Ich nehme an, ich werde mir wieder ein paar Dinge anschaffen müssen, jetzt wo ich wieder hier bin.«

»Glaubst du, dass du in diesem Land bleiben wirst?«, fragte ich und versuchte lässig zu klingen. »Dass du dir ein Haus kaufst?«

»Ich weiß nicht. Ich habe Alan – meiner Vertretung – ein Angebot für dieses Hausboot gemacht. Hier.« Er gab mir meinen Tee. »Nimmst du Zucker?« Ich schüttelte den Kopf. »Das ist gut, denn ich habe keinen.«

Lady Diana Spencer lächelte mir schüchtern von meinem Becher entgegen. »Ich habe geweint, als sie geheiratet haben«, sagte ich. Rad verdrehte die Augen. »Und als sie gestorben ist. Aber ich habe nicht geweint, als sie sich haben scheiden lassen. Ich frage mich, warum.«

»Ich kann mich nicht daran erinnern, wann ich das letzte Mal geweint habe«, sagte Rad. Er nahm einen Schluck Tee. »Oh doch«, fügte er leise hinzu, und ich wusste, was er meinte. Es herrschte eine Stille, die fest zu werden schien wie Klebstoff, als wir am Tisch standen und unseren Tee tranken.

»Hör zu«, sagten wir gleichzeitig, und ich quälte mich weiter: »Ich bin eigentlich hergekommen, um mich nützlich zu machen – bist du sicher, dass ich nichts für dich tun kann?«

Er dachte einen Augenblick nach. »Ehrlich gesagt gibt es was, wenn es dir nicht zu viel Umstände macht.«

»Komm schon, spuck es aus.«

»Ich war in der letzten Zeit ein bisschen eingesperrt – zuerst im Krankenhaus und jetzt hier, weil ich nicht mobil bin. Mum besucht mich zwar, und Dad kommt und bringt mich zur Krankengymnastik, aber was ich wirklich gern tun würde, ist irgendwo hinzufahren. Wenn du ein Auto hast …«

»Natürlich. Ich kann dich irgendwo hinfahren, wenn du das möchtest. Wo möchtest du denn hin?«

»Ich hatte an Kew gedacht. Bist du sicher, es macht dir nichts aus?«

Ich schüttelte den Kopf. »Ich würde gern nach Kew fahren.«

»Wird Mr. Jex dich einen Tag entbehren können?«

»Mr. Jex?«, sagte ich.

»Dein Mann. Ich dachte …«

»Ich bin nicht verheiratet. Jex ist mein Künstlername. Ich habe ihn erfunden.«

Er sah wirklich irritiert aus. »Als du mir als Abigail Jex vorgestellt wurdest, habe ich schlicht und einfach angenommen, dass du verheiratet bist. Ich hätte mir denken können, dass du keine Frau bist, die den Namen eines Mannes annimmt.«

»Doch, das würde ich«, sagte ich. »Wenn man mit einem Namen wie Onions gestraft ist, nimmt man jeden an. Außerdem sehe ich keinen Sinn darin, seinen Namen zu behalten, wenn man heiratet – ich meine, ich würde nicht gern einen anderen Nachnamen haben als meine eigenen Kinder.« Ich hätte mir die Zunge abbeißen können.

»Du willst also Kinder?«, fragte er.

»Ich denke schon, letztendlich. Aber bei dem Leben, das ich jetzt führe, ist es nicht so relevant. Also«, sagte ich entschlossen, »Kew.«

46

Wir hatten abgemacht, dass ich Rad am nächsten schönen Tag abholen würde, an dem ich frei hätte. Ich konnte ihn nicht telefonisch erreichen; ich würde einfach aufkreuzen. »Woher weißt du, dass ich komme?«, fragte ich. Ich treffe lieber konkretere Verabredungen.

»Werd ich nicht. Wenn es schön ist, und du kommst nicht, weiß ich, dass du arbeiten musstest.«

»Woher weiß ich, dass du da bist?«

»Ich muss da sein. Wo soll ich denn hin? Ich könnte höchstens auf der Insel sein und angeln, aber dann hinterlasse ich dir einen Zettel an der Tür.«

An diesem Abend betete ich um schönes Wetter, aber in den nächsten drei Tagen regnete es, und am vierten schien die Sonne, aber ich musste unterrichten. Ich war ungewöhnlich schroff zu meinen Schülerinnen, und ein Mädchen ging weinend nach Hause.

»Stopp«, befahl ich nach der Hälfte eines Stückes, das ich ihr in der Woche zuvor aufgegeben hatte und das sie offenbar an diesem Morgen zum ersten Mal sah. Ich hatte schon überlegt, ob ich sie zur Strafe bis zum bitteren Ende weitersägen lassen sollte, aber es klang unerträglich, und ich machte der Sache ein Ende. Das Sägen stoppte und das Mädchen blickte auf, mit einer Mischung aus Angst und Erleichterung.

»Sarah«, sagte ich müde. »Die Leute hören sich klassische Musiker an und sagen: ›Wie können sie so spielen?‹, als wäre es nur eine Glücksfrage. Aber die Antwort lautet, dass sie seit zehn, zwanzig, dreißig Jahren jeden Tag stundenlang üben.«

Sarah lächelte höflich, aber verständnislos.

»Was ich sagen will, ist, wenn du nicht übst – und ich sehe, dass du dieses Stück *überhaupt nicht* geübt hast«, ich wehrte ihr halbherziges Protestgemurmel mit einer Handbewegung ab, »sind diese Stunden eine absolute Zeitverschwendung. In der halben Stunde pro Woche, die wir zusammen haben, wirst du nie irgendwelche Fortschritte machen.« Ich fand langsam Gefallen an meinem Thema. »Du solltest lieber im Physiklabor sein oder wo du jetzt auch immer sein solltest. Da lernst du vielleicht etwas Interessantes, und das ist mehr, als du hier tust. Spielst du eigentlich gern Cello?«

»Manchmal …« Sie zog mit dem Fuß einen Kratzer auf dem gebohnerten Boden nach. »Nein«, räumte sie ein. »Aber ich rede gern mit Ihnen. Ich hasse nur das Üben.«

»Tja, ich finde, du solltest dir überlegen, ob du aufhörst.«

Manchmal überrasche ich mich selbst. Normalerweise empfehle ich das keiner Schülerin, die auch nur andeutungsweise begabt ist – ich will mich nicht um meinen eigenen Job bringen –, aber ich hatte plötzlich Lust, Rads

Evangelium des Minimalismus zu lehren. »Wenn ich zu Hause aufräume«, improvisierte ich, »sehe ich mir Sachen an und denke: ›Brauche ich das?‹ Und wenn nicht: ›Gefällt es mir?‹ Und wenn die Antwort nein ist, werfe ich es weg. Hier ist es genau dasselbe: Du *brauchst* offensichtlich nicht Cello zu spielen, und du hast zugegeben, dass es dir nicht gefällt. Also …«

»… ihre Eltern haben am nächsten Tag die Direktorin angerufen und sich beschwert, dass ich ihrer Tochter gesagt habe, sie soll ihr Fünfzehnhundert-Pfund-Cello in den Mülleimer werfen.«

»Und hat sie es getan?«

»Ähm, im übertragenen Sinne ja. Sie hat aufgehört. Aber die Direktorin hat mich gebeten, mich beim nächsten Mal mit meiner Berufsberatung etwas zurückzuhalten.«

Rad lachte. »Ich dachte nicht, dass du mich deinen Schülerinnen als Beispiel vorhalten würdest.«

»Oh, aber du hast mich vollkommen bekehrt. Du wirst nicht glauben, wie viele Paar Schuhe ich in den letzten Tagen weggeworfen habe.«

Rad sah auf meine Füße. Wir liefen über den breiten Weg zum Zierteich in Kew. Er hatte an Deck in einem Liegestuhl gesessen und Zeitung gelesen und als ich ankam, sein verletztes Bein ausgestreckt. Er trug eine dunkle Brille, sodass ich aus der Ferne nicht sehen konnte, wohin er blickte, und befangen den langen Weg über den Treidelpfad gehen musste, während ich überlegte, ob er mich beobachtete. Als ich noch ungefähr zwanzig Meter vom Boot entfernt war, hatte er, ohne sich ansonsten zu bewegen, eine Hand mit der Fläche nach außen gehoben, und ich wusste, er hatte mich schon die ganze Zeit gesehen.

In meinem Eifer, meine Wohnung auszuräumen, hatte

ich natürlich mein Auto vergessen, das voller Getränke-kartons, Bonbonpapier, Chipskrümel und kaputten Kassettenhüllen war.

»Du brauchtest dir nicht die Mühe zu machen, für mich aufzuräumen«, sagte Rad trocken, als er in dem Müll Platz für seine Füße suchte.

»Ich weiß«, sagte ich. »Deshalb hab ich's auch nicht getan.«

»Ich komme mir inzwischen vor wie ein Heuchler«, sagte Rad, als er auf der Suche nach Döbel in den Teich spähte. »Während du Sachen rausgeworfen hast, habe ich mir was gekauft. Zwei Sachen.«

»Was?«

»Das Hausboot. Und einen Stuhl. Ich habe beschlossen, dass nur einen zu haben ein bisschen ungesellig ist. Und jetzt, wo ich den neuen habe, ist mir aufgefallen, wie unbequem der alte ist.«

»Wie um alles in der Welt hast du einen Stuhl dahin gekriegt?«

»Mit Dad und einem Dachträger.«

»Das erste Mal, als ich deinen Vater sah, hat er Möbel geschleppt«, sagte ich und hielt dann schnell den Mund, als mir klar wurde, dass Rad sich vielleicht nicht gern in Erinnerungen an den Tag ergehen würde, als seine Eltern getrennte Betten bezogen.

»Genau genommen hat er nur die beiden Verkäufer rumkommandiert. Ich habe darauf geachtet, meine Schlinge zu tragen, sodass man von mir keine Hilfe erwarten konnte.« Er hob seinen gebrochenen Arm und versuchte mit verkniffenem Gesicht pantomimisch einen Tennisaufschlag darzustellen. »Jetzt werde ich nie in Wimbledon gewinnen«, sagte er mit einem Hauch Selbstmitleid.

»War das sehr wahrscheinlich?«

»Nein. Aber ich mag es nicht, wenn ich etwas ausschließen muss. Du etwa?«

Wir liefen zwischen Blumenbeeten entlang, die wie violette und rosafarbene Mosaike angelegt waren. Hier herrschte Symmetrie vor: Die Tulpen wuchsen alle gleich hoch, und die Stiefmütterchen blühten gleichzeitig. Rebelliert, drängte ich sie im Stillen. Los, welkt, kippt um.

Obwohl es in der Sonne warm war, wehte eine kalte Brise und der plötzliche Schwall heißer, feuchter Luft, der uns entgegenschlug, als wir das Palmenhaus betraten, überraschte mich. An den Fenstern perlte Kondenswasser, und hoch über unseren Köpfen blühten feine Nebelstrahlen an Metallstämmen. Rad sah hinauf zum Balkon, der um die Innenseite des Daches lief. »Geh nur hoch, wenn du mochtest«, sagte er. »Ich bin mir nicht sicher, oh ich die Wendeltreppe bewältigen kann.« Als ich oben war – meine Schuhe klirrten auf den Stufen und brachten das weiße Eisengeländer zum Singen –, war ich schwindlig und außer Atem. Die Hitze und Feuchtigkeit waren überwältigend; von der Decke tropfte Feuchtigkeit auf meine Haare. Durch die Wasserdunstschleier unter mir konnte ich Rad sehen, der zwischen den Pflanzen hin und her ging und sich hinhockte, um ihre Namen zu lesen. Die einzige andere Person auf dem Balkon war eine alte Frau in einem geblümten Kleid, Neonsocken, Wanderstiefeln, einem Pferdefellmantel und einer Bommelmütze. Sie machte sich Notizen in ein Tagebuch und murmelte hemmungslos vor sich hin. So werde ich eines Tages auch sein, dachte ich plötzlich. Eine verrückte alte Tante in Neonsocken und bequemen Schuhen, die allein botanische Gärten und Schlösser besucht. Ein großer Wassertropfen fiel auf meine Wange, und als ich ein Taschentuch aus meiner Manteltasche zog, fiel einer meiner Handschuhe – ein frivoles, rosafarbenes Lederding –, der zusammengerollt darin gesteckt hatte, heraus, segelte zwischen den Stäben der Brüstung hindurch und landete keinen Meter von Rad entfernt auf dem Boden. Er sah nach oben, als würde er mit einer ganzen Lawine rechnen, und als er sah, dass ich mich übers Geländer beugte und entschuldigend mit dem zweiten Handschuh wedelte, tat er so, als würde er etwas Missbilligendes murmeln und hob den anderen auf. Einen Augenblick später war das Klappern von Füßen auf der Treppe zu hören, und er erschien auf dem Balkon.

»Ich nehme deine Herausforderung an«, sagte er und gab mir den Handschuh zurück. »Egal, was es ist.«

»Das bezweifele ich«, sagte ich und sah ihm ins Gesicht, und einen Augenblick lang knisterte vorgetäuschte Feindseligkeit zwischen uns.

»Verzeihung, Verzeihung«, sagte eine Stimme, und wir drückten uns an die warmen Wasserrohre, die um die Wände liefen, um die Frau mit der Bommelmütze vorbeizulassen, die immer noch vor sich hin murmelte.

»So werde ich auch mal enden«, flüsterte ich Rad zu, sobald sie außer Hörweite war. Er betrachtete sie kritisch von hinten, nahm die Neonsocken auf Halbmast und den haarenden Mantel zur Kenntnis und sah dann mit prüfendem Blick zurück zu mir.

»Ehrgeiz ist etwas Schreckliches«, sagte er und ging mit großen Schritten zur Treppe am anderen Ende, bevor mir eine passende Antwort einfallen konnte.

Unten gingen wir an Tamarinden- und Elfenbeinbäumen, bengalischen Feigen, Zuckerrohr und einer Ölpalme mit einem haarigen Stamm wie einem Affenarm vorbei. Im Untergeschoss gab es riesige Algen, stahlblaue und gelbe Fische und rote Algen wie zerknitterter Samt.

»Hast du einen Garten?«, fragte Rad, als wir schließlich aus der tropischen Hitze des Palmenhauses in die Kälte eines englischen Frühlings traten.

»Nein, ich habe am Fenster einen Blumenkasten mit vernachlässigten Pflanzen«, sagte ich und zog mir den Mantelkragen über die Ohren.

»Ich verstehe, dass Gartenarbeit ziemlichen Spaß machen kann«, sinnierte er. »Ich meine, wenn alle anderen möglichen Quellen der Freude erschöpft sind.«

Ich nickte. »Aber in diesem Stadium befinden wir uns noch nicht ganz.«

Er schüttelte den Kopf. »Nein, nicht ganz.«

Ich bemerkte, dass er langsam müde wurde, als wir den *Cherry Walk* erreichten. Sein Bein machte ihm offensichtlich Probleme, und mir fiel zum ersten Mal auf, dass er humpelte. Der Himmel war inzwischen bewölkt. Es war nur eine Frage der Zeit, bis es regnen würde. Wir schafften es bis zum *King William's Temple*, wo obszöne Graffiti ins Mauerwerk eingeritzt worden waren und es nach Zigaretten stank wie in einem Bushäuschen, als der erste Schauer kam. *Tanya ist eine frigide Kuh*, lautete ein Spruch. Rad schnitt wegen des Gestanks und der Einkerbungen an der Wand eine Grimasse. »Ich hasse dieses Land«, sagte er voller Ekel. So war er schon den ganzen Tag gewesen – in der einen Minute hatte er gescherzt und in der nächsten war er in sich gekehrt und missmutig. Einen Großteil unseres Rundgang durch die Gärten hatten wir schweigend zurückgelegt. Ich stand nahe an der Tür und blickte durch den Wasservorhang hinaus in die dampfenden Gärten. Ich erinnerte mich plötzlich an das letzte Mal, als wir gemeinsam vor dem Regen Schutz gesucht hatten, in dem Cottage in Half Moon Street, und wagte nicht, ihn anzusehen, falls er auch daran gedacht hatte. »Komm schon, es ist doch nur Regen«, sagte ich und trat hinaus in den Monsun. Ich wollte nicht herumhängen wie jemand, der darauf wartete, geküsst zu werden.

»Das war eine gute Idee von dir«, sagte er ein wenig

später, als wir im Café saßen, das Wasser von unseren Haarspitzen tröpfelte und an unseren Mänteln herunterlief. Schon in den ersten Sekunden, nachdem wir vom Tempel losgerannt waren, waren wir so durchnässt, dass es sinnlos gewesen war, sich weiter zu beeilen. »Wir hätten einen Regenschirm mitnehmen sollen«, sagte Rad und beobachtete, wie ich meinen Schal in den Pflanzentopf neben mir auswrang.

»Ich habe einen brandneuen im Kofferraum«, sagte ich, als wäre das jetzt noch von Interesse. »Ich wollte ihn mir für schlechtes Wetter aufheben.«

Er stellte seinen Kaffee unberührt ab. »Ich wollte dir eigentlich sagen, dass du dich nicht verändert hast«, sagte er, »aber mir ist gerade aufgefallen, dass du nicht mehr rot wirst. Oder?«

Ich schüttelte den Kopf. »Nicht mehr oft. Ich muss meine ganze Verlegenheit schon früh losgeworden sein.«

Das war von all unseren Gesprächen, seit ich ihn angelnd auf der Insel gefunden hatte, seine erste Andeutung, dass etwas wie eine gemeinsame Vergangenheit überhaupt existierte.

»Du scheinst mehr Selbstbewusstsein zu haben.«

»Das ist komisch«, sagte ich und rührte braune Zuckerkristalle in meinen Kaffee. »Weil du weniger zu haben scheinst. Aber du hattest ja sowieso viel zu viel.« Ich lächelte, um ihn wissen zu lassen, dass ich Witze machte, was ich auch tat, fast.

»Ich glaube, wenn man jung ist, ist man eine extreme Version von sich selbst, und wenn man älter wird, bewegt sich die Persönlichkeit hin zur Norm. Und dann, wenn man wirklich alt wird, schlägt es wieder ins Extrem um.«

»Ist das eine Theorie, die du über die Jahre hinweg entwickelt hast?«

»Nein, das ist mir gerad eingefallen«, gab er zu.

»Ich erinnere mich, dass du sehr streng mit mir und Frances warst. Oberflächlich war das Wort, das oft benutzt wurde.«

»Wirklich? In welchem Zusammenhang?«

»Ach, du weißt schon, hohe Absätze, Nagellack, Schmuck – all diese Mädchensachen.«

»Wirklich? Inzwischen mag ich hochhackige Schuhe ganz gern an Frauen. Obwohl sie offensichtlich nicht dazu da sind, um darin zu laufen, oder? Nur, um sie anzusehen.«

Ich zog die Augenbrauen hoch. »*Du* hast dich aber verändert ...«

»Ab und zu bin ich durchaus für ein paar Trivialitäten zu haben. Zum Beispiel deine Ohrringe. Dass du dir die Mühe gemacht hast, einen kleinen goldenen Mond in das eine Ohr zu stecken und einen goldenen Stern in das andere – das ist nett.«

»Andererseits«, sagte ich, »kannst du immer noch genauso herrlich herablassend sein wie früher.«

»Entschuldigung«, sagte er und zuckte mit den Schultern. »Das macht die jahrelange Übung.«

Auf dem Rückweg bot Rad an, auf dem Hausboot für mich ein Abendessen zu kochen. Ich freute mich natürlich, dass er unseren gemeinsamen Tag noch ausdehnen wollte, aber vor meinem geistigen Auge erschien ungebeten dieses Regal mit den Dosensardinen und dem Milchreis. Ich konnte sie fast schmecken, und mein Gesichtsausdruck muss entsprechend gewesen sein, denn Rad sagte hastig: »Nein, natürlich, du hast wahrscheinlich andere Pläne«, und seine Stirn runzelte sich.

»Hab ich nicht«, unterbrach ich ihn. »Ich muss zwar irgendwann die Katze füttern, aber nicht in dieser Minute. Soll ich unterwegs irgendwo anhalten, um etwas einzukaufen?«, fragte ich beiläufig. »Du hattest keine großen Vorräte, als ich zuletzt da war.«

»Du machst dir Sorgen wegen meiner Kochkünste, stimmt's?«, sagte Rad. »Du denkst an diese Dose mit Frankfurtern.« Angesichts solcher Scharfsinnigkeit konnte ich es schlecht leugnen. »Ich hab dir doch gesagt, es sind nicht meine«, sagte er.

»Ich bin kein anspruchsvoller Esser«, erklärte ich zu meiner Verteidigung. »Aber mein Geschmack hat sich seit den Zeiten des ›Greasy Dogs‹ weiterentwickelt.«

»Meiner auch«, sagte Rad. »Meine Kochkünste leider nicht. Deshalb wird es nur Spaghetti mit Pesto geben, wenn das für deinen weiterentwickelten Geschmack nicht zu primitiv ist.«

»Das ist wunderbar.«

»Am Sonntag in einer Woche feiert Mum ihren sechzigsten Geburtstag«, sagte Rad plötzlich, als wir durch Richmond Park fuhren. »Kommst du?« Er versuchte gerade, mit einem Papiertaschentuchfetzen, den ich aus dem Handschuhfach ausgegraben hatte, die Windschutzscheibe von innen zu wischen. Obwohl die Autoheizung voll aufgedreht war, war sie den Dampfwolken nicht gewachsen, die aus unseren nassen Kleidern kamen.

»Das würde ich sehr gern«, sagte ich und spähte durch eine faustgroße durchsichtige Stelle auf die Straße.

»Alle werden da sein – außer Frances natürlich. Ich meine, Dad wird da sein …« Er verstummte.

»Ist schon in Ordnung«, sagte ich gelassen. »Ich würde sie alle gern sehen.«

»Ich weiß, Mum würde dich sehr gern wieder sehen. Und Lawrence. Er hat mir heftig zugesetzt, als wir, na ja, den Kontakt verloren haben.«

Ich lächelte bei der Vorstellung, dass wir »den Kontakt

verloren« hatten, und selbst nach dreizehn Jahren freute mich die Vorstellung, dass Rad zugesetzt worden war. »Keine Radleys zu sein war ein starkes Band zwischen uns«, sagte ich und dann: »Sechzig. Ich kann es kaum glauben. Ist sie grau?«

»Unten drunter«, sagte Rad. Er sah aus dem Fenster auf den Verkehr, der sich im Kriechtempo durch den Park bewegte. »Liegt es an mir, oder gibt es heute mehr Autos? Der Stoßverkehr scheint den ganzen Tag über anzuhalten.«

»Es wird immer schlimmer«, stimmte ich zu.

»Macht mich stolz, dass ich kein Auto habe.«

»Ja«, antwortete ich. »Viel bessere Idee, sich von jemandem mitnehmen zu lassen, der eins hat – so kann man sich überlegen fühlen, ohne den Bus nehmen zu müssen.«

Er warf mir einen Blick zu, der *Klugscheißer* sagte, und fing an, meine klassischen Kassetten durchzusehen, die in das Fach im Armaturenbrett gezwängt waren.

»Wer ist der größte Komponist?«

»Mozart«, sagte ich, ohne eine Sekunde zu zögern. »Wer ist der größte Philosoph?«

»Hume«, sagte er. »Aber ich habe den Kurs nie zu Ende gemacht.«

Darüber musste ich einfach lachen. »Was hast du denn getan, damals in Durham?«

»Ich weiß nicht mehr. Ich glaube, ich hatte eine Art Zusammenbruch. Nach Birdies Tod bin ich grade so durch das Herbsttrimester gekommen, gewissermaßen schlafwandelnd, aber an Weihnachten bin ich leicht durchgedreht. Ich war so besessen vom Tod, dass ich in nichts mehr einen Sinn sah – essen, arbeiten, aufstehen, ins Bett gehen. Mum hat mich zu einer Psychotherapeutin in Battersea geschickt. Sie hat nur mit gefalteten Händen da gesessen und ab und zu mit einer Gegenfrage auf meine Fragen geantwortet, und nach etwa drei Monaten rechnete ich aus, was es gekostet hatte, und dachte, Gott, dafür hätte ich um die Welt reisen und mehr Antworten bekommen können, deshalb habe ich damit aufgehört. Dann, als mir die Idee mit dem Reisen erst mal gekommen war, fing ich an, über den *Voluntary Service Overseas* nachzudenken, und sechs Monate später war ich in Indien.«

»Man sollte meinen, sie versuchen, die Leute auszusieben, die nur vor etwas weglaufen.«

»Ich bin nicht nur weggelaufen. Aber ich glaube, etwa neunzig Prozent der Freiwilligen, die ich unterwegs getroffen habe, sahen die ganze Sache als eine Art Fremdenlegion.«

»Wie lange warst du denn dort?«

»Zwei Jahre. Dann kam ich zurück und bekam einen Job bei diesem Trockengebiet-Projekt, und nach ein paar Jahren im Büro wurde eine Stelle im Senegal frei.«

»Und jetzt bist du hier.«

»Ja. Hier bin ich«, sagte er, aber er klang nicht sehr überzeugt.

Auf dem Hausboot zündete Rad den Calor-Gasofen an und hing unsere Mäntel über einen wackeligen Wäscheständer davor. Er besah sich meine Jeans, die wie seine von den Knien bis zu den Knöcheln patschnass war, verschwand in der Gästekajüte und kam mit ein paar Handtüchern zurück. »Möchtest du duschen, während ich mich mit diesem Glas Pesto herumschlage? Es ist die einzige Methode, wie einem hier warm werden kann. Du kannst dir von mir eine Hose leihen, während deine trocknet, wenn du magst.« Er schob die Kajütentür auf und zeigte auf die Stapel sauberer Wäsche. »Bedien dich.«

Das ist ein bisschen abartig, dachte ich, als ich mir eine braune Kordhose aussuchte, die Lexi mit einer Falte vorn gebügelt hatte, und ein ausgeblichenes Jeanshemd. Im Bad inspizierte ich Rads Toilettenartikel nach Anzeichen weiblicher Wesen: Shampoo, Seife, Deodorant, Zahnpasta, Rasierschaum und ein Bic-Rasierer. So weit, so gut. Ich hörte ihn draußen mit Kochtöpfen klappern und das Heulen des laufenden Wasserhahns. Die Dusche war so niedrig angebracht, dass sich nur ein Zwerg die Haare waschen konnte, ohne sich zu bücken, und selbst unendlich kleine Regulierungen am Thermostat konnten mir kein Wasser liefern, das eine Temperatur zwischen eiskalt und kochend hatte. Ich schrie, als Rad den Wasserhahn in der Küche abdrehte und siedend heißes Wasser aus dem Duschkopf strömte.

»Tut mir Leid«, rief er. »Ich habe vergessen zu erwähnen, dass der Thermostat klemmt. Man braucht das Fingerspitzengefühl eines Gehirnchirurgen.«

Dort drinnen war kein Platz, sich anzuziehen, und außerdem standen, als ich fertig war, alle Flächen unter Wasser. Deshalb war ich gezwungen, in ein Handtuch gewickelt und mit roten Schultern herauszukommen und nervös in die Gästekajüte zu gehen, wobei ich ständig Kleidungsstücke fallen ließ und wieder aufhob. Rad, der mit hochgelegtem Bein auf der Bank saß, las und Rotwein trank, beobachtete amüsiert mein würdeloses Vorrücken. »Ich fürchte, es ist ein bisschen Wasser auf den Boden gekommen«, sagte ich, wobei ich leicht untertrieb.

»Macht nichts«, sagte er. »Nimm dir ein Glas Wein.« Und dann: »Allmächtiger, was hast du da drin gemacht?«, als er mit einem Platschen ins Bad trat.

Ich goss Wein in ein leeres Glas – eins von diesen unzerstörbaren Dingern, die sie im Zuge von Benzinwerbekampagnen verschenken. Ich hatte auch noch ein paar davon zu Hause; sie haben alle anständigen überlebt – sprangen praktisch wieder hoch, wenn man sie fallen ließ. Auf dem Herd fing der Topfdeckel an zu klappern, deshalb stellte ich ein Bündel Spaghetti ins blubbernde Wasser und sah zu, wie es zur Seite und dann umfiel. Auf der Anrichte befanden sich ein Glas mit grünem Pesto und ein Stück Parmesan, das aussah, als hätte es ein paar Wochen in einer Mausefalle gelegen. Natürlich gab es keine Käsereibe, deshalb musste ich mit einem stumpfen Obstmesser große Stücke abhacken.

Wie kann man nur so leben?, fragte ich mich. Mit Sachen auskommen, die man in einem schlecht ausgestatteten Wohnwagen finden würde. All dieses Improvisieren war völlig akzeptabel, wenn man zwei Wochen Urlaub machte, aber Rad war schon über vier Monate hier, und das Boot gehörte jetzt ihm. Man konnte diesen Minimalismus auch übertreiben, befand ich.

Als ich mit dem Käse fertig war und die Spaghetti umgerührt hatte, nahm ich meinen Mantel, der inzwischen dampfte, vom Trockengestell und legte dafür meine nasse Jeans und meinen Pulli darauf. Dann ließ ich mich mit meinem Wein auf der Bank nieder und nahm Rads Buch in die Hand, eine alte Penguin-Ausgabe von *Drei Mann in einem Boot*, Preis drei Pfund sechs Pence, und schlug die erste Seite auf. »Wir waren zu viert – George, William Samuel Harris, ich selbst und Montmorency ...« Ein Lesezeichen fiel auf den Tisch. Es war meine Karte: Die, die ich ihm vor etwa drei Monaten geschickt hatte und auf die er nie reagiert hatte. *Schade, dass wir neulich Abend nicht die Gelegenheit hatten, uns richtig zu unterhalten.* Als ich sie wieder zwischen die Seiten schieben wollte, sah ich, dass er auf der Rückseite überall um die Adresse herum den Namen Jex gekritzelt hatte, immer und immer wieder, Dutzende von Malen, in großer und kleiner Schrift. Ich spürte, wie meine Kopfhaut kribbelte, und dann öffnete sich die Badtür, und ich ließ schuldbewusst das Buch fallen und stand auf.

»Es ist fast fertig«, sagte ich und deutete auf den Topf. Er brach in Gelächter aus, als er meine Aufmachung sah. Ich nehme an, in seinem überdimensionalen Hemd und seiner Hose, alles an Knöcheln, Handgelenken und Hosenbund mehrfach hochgerollt, sah ich aus wie eine dieser selbst gemachten Puppen, die man in der Guy-Fawkes-Nacht zusammengesackt vor U-Bahn-Stationen liegen sieht. Während er in seiner Kajüte war und sich umzog, suchte ich nach etwas, worin ich mein Aussehen kontrollieren konnte, und entdeckte schließlich in einer Schranktür ungefähr in Brusthöhe eine angeschlagene Spiegelkachel. Der ehemalige Besitzer des Bootes war offensichtlich nicht eitel gewesen.

Die Nudeln waren inzwischen gar und ich suchte nach einem Sieb, fand aber nur ein verbogenes Teesieb mit einem Loch in der Mitte, das so groß war wie ein Zehnpencestück, und war gezwungen, mit dem Topfdeckel zu operieren. Rad erschien in einer trockenen Jeans und einem weißen Hemd, rubbelte sich die nassen Haare mit einem Handtuch und ertappte mich dabei, wie ich Spaghettifäden aus der Spüle holte. Wir waren inzwischen so hungrig, dass uns gar nicht aufgefallen wäre, wenn sie leicht nach Spülmittel geschmeckt hätten. Rad setzte sich auf die Bank und legte sein Bein hoch, und ich saß gegenüber auf dem neuen Stuhl – ein schönes, aber ziemlich hartes viktorianisches Exemplar. Rad hatte ein Teelicht gefunden, das er in einem Marmeladenglas zwischen uns auf den Tisch stellte. »Da«, sagte er. »Ich hoffe, all dieser Luxus ist dir nicht unangenehm.«

»Wenn ich gewusst hätte, dass ich ein Candlelight-Dinner bekommen würde, hätte ich meine Juwelen angelegt«, sagte ich und rollte zum x-ten Mal den Ärmel meines geborgten Hemds wieder hoch.

Der Nachtisch bestand aus einem Apfel und einem

Müsliriegel, den wir uns zu einer Tasse Kaffee teilten. Ich war froh, dass die Pralinen, die ich ihm bei meinem ersten Besuch mitgebracht hatte, nicht mehr da waren. Es wäre mir schwer gefallen, jemanden für eine Selbstbeherrschung zu bewundern, bei der eine Schachtel Trüffel fast eine Woche überlebte.

»Sie werden dich bald wieder im Büro sehen wollen, oder?«, fragte ich, als wir abwuschen. »Du musst jetzt schon seit ein paar Monaten krank sein.«

»Sie waren sehr verständnisvoll«, sagte Rad. »Sie wollen mich erst wieder sehen, wenn ich wieder gesund und fit bin.« An der abgehackten Art, wie er sprach, bemerkte ich, dass er dieses Thema nicht gern weiter verfolgen würde, obwohl ich mir beim besten Willen nicht vorstellen konnte, warum. »Was ist mit deinem Job?«, fragte er. »Du hast mir noch gar nichts darüber erzählt.«

»Da gibt es nicht viel zu erzählen. Ich probe, ich trete auf, ich reise ziemlich viel. Ich unterrichte auch, aber nicht sehr gut, weil ich so oft weg bin. Ich habe überhaupt kein Privatleben, weil meine Abende für Konzerte draufgehen. Und wenn ich doch mal einen Vormittag oder einen Nachmittag frei habe, kann ich ihn mit niemandem verbringen, weil alle normalen Leute arbeiten. Aber ich will mich nicht beklagen. Ich weiß, dass ich Glück habe, mit meinem Hobby meinen Lebensunterhalt verdienen zu können.«

»Sie muss sehr wichtig für dich sein, deine Karriere – du spielst schon, seit du wie alt warst?«

»Neun. Ja, ich denke schon. Ich meine, ich kann auch nichts anderes.«

»Die Konkurrenz an der Spitze muss sehr hart sein.«

»Ich weiß nicht. Ich bin nicht an der Spitze – ich bin durch und durch zweitklassig.«

»Das bist du sicher nicht.«

»Nein, ehrlich. Ich dachte, ich könnte es als Solistin

schaffen, als ich das Royal College abgeschlossen hatte, weil ich ein paar Wettbewerbe gewonnen hatte. Aber es hat nicht geklappt. Ich hatte Glück, einen Job bei einem Provinzorchester zu bekommen – und sogar noch mehr Glück, als diese Stelle hier in London frei wurde. Es ist nicht wie bei anderen Karrieren, wo man sich langsam zu hohem Ansehen hocharbeitet. Wenn man hier den Anschluss verpasst, dann war's das.« Wie in meinem ganzen Leben, dachte ich.

»Wie kannst du sagen, du hast den Anschluss verpasst? Du spielst in einem der besten Orchester des Landes. Auf der Welt, nach allem, was ich weiß.«

»Ich habe doch gesagt, ich beklage mich nicht. Ich möchte nur nicht, dass du dir eine falsche Vorstellung davon machst, wie berühmt oder erfolgreich ich bin. Denn ich bin nichts von beidem.«

»Es ist seltsam, wenn man bedenkt, dass du all die Jahre, in denen wir dich kannten, still und heimlich an etwas gearbeitet hast, worin du dann wirklich hervorragend geworden bist. Ich glaube nicht, dass einer von uns dich je hat spielen hören.«

»Ich weiß noch, dass Nicky ziemlich überrascht war, als er herausfand, dass ich Cello spiele«, sagte ich und blickte durch meine Ponyfransen zu Rad auf. »›Ich kann mir nicht vorstellen, dass sie irgendwas zwischen die Beine nimmt‹, hat er, glaube ich, gesagt – zu deiner großen Belustigung.«

Rad, der gerade den Pastatopf spülte, hielt inne und schrubbte dann etwas schneller weiter. Ich konnte sein Gesicht nicht richtig erkennen, weil er mir den Rücken zuwandte und es inzwischen dunkel geworden war. Das einzige Licht kam von der Kerze und vom blauorangen Schein des Gasofens.

»Ich hab es doch nicht geschafft, dich in Verlegenheit zu bringen, oder?«, sagte ich.

Er lachte verlegen. »Ich kann mich an das Gespräch nicht erinnern, aber ich glaube dir aufs Wort, denn es klingt eindeutig nach Nicky, und es hat sich offensichtlich in dein Gedächtnis eingebrannt.«

»Tja, ich fürchte, es hat mich in dem völlig falschen Eindruck bestätigt, den man als Teenager hat, dass auf die ein oder andere Art *jeder* eine Meinung über einen hat. Es ist eine solche Erleichterung, wenn man älter wird und bemerkt, dass niemand auch nur einen Augenblick über einen nachgedacht hat.«

»Du übertreibst«, sagte er.

»Überhaupt nicht. Als ich auf die dreißig zuging, habe ich plötzlich beschlossen, dass ich mir nie wieder Gedanken darüber machen würde, was die Leute von mir denken. Diese Spitzenerfahrung wird dir entgangen sein, weil du dir noch nie Gedanken darüber gemacht hast, was andere von dir denken.«

Das bestätigte er mit einem Lächeln. »Ich meinte, du übertreibst, wenn du sagst, dass niemand eine Meinung über dich hat. Ich zum Beispiel habe eine.«

»Ach ja?«, sagte ich so neutral wie möglich.

»Aber ich denke nicht im Traum daran, sie dir zu sagen, weil du mich jetzt vollkommen überzeugt hast, dass du nicht im Geringsten an der Meinung anderer interessiert bist.«

Das nasse Geschirrtuch schnappte, als ich ihn damit schlug und ihn knapp überm Ellbogen traf. Er lachte und trat einen Schritt zurück. »Ja ich sehe, dir steht die reine Gleichgültigkeit ins Gesicht geschrieben.« *Schnapp*. Er wich mir aus, und der Luftzug löschte das Teelicht, und wir sahen uns nur noch im Schein des Ofens. »Du würdest doch gegen einen hilflosen Krüppel keine Gewalt anwenden, oder?«

Schnapp. Diesmal fing er das Ende, und wir standen

dort im Dunkeln, das straff gespannte Geschirrtuch zwischen uns. »Ich wollte nur sagen, dass du mit dem Alter gereift bist«, sagte Rad.

»Wie ein Käse?«

Das ignorierte er. »Obwohl du immer noch schlecht darin bist, Komplimente entgegenzunehmen.« Das Geschirrtuch lockerte sich und ich nahm es zurück.

»Tja, ich habe eben keine Übung«, sagte ich, faltete es zusammen und dann wieder auf. »Und wenn ich das so sagen darf, ich bin mir nicht so sicher, ob du so gut darin bist, welche zu machen: ›Mit dem Alter gereift‹ klingt, als wäre ich etwas unreif gewesen, als ich jung war.«

»Das liegt daran, dass du eine masochistische Freude daran hast, dich selbst herabzusetzen.«

»Du bist sehr überzeugt von deinem Urteil über meinen Charakter. Und das, nachdem wir uns erst so kurze Zeit wieder kennen.«

»Ich hatte nicht viel anderes, worüber ich in den letzten Tagen nachdenken konnte.«

»Du musst öfter mal raus.«

»Das hab ich auch vor. Darum ging es doch heute, weißt du nicht mehr?«

»War das Experiment ein Erfolg?«

»Bisher schon. Aber der Tag ist noch nicht zu Ende.«
Ich sah auf die Uhr: 23 Uhr. »Aber fast«, sagte ich.

»Dann werden diese letzten paar Minuten entscheidend sein. Es kann sich immer noch in verschiedene Richtungen entwickeln.«

»Dann sollten wir lieber vorsichtig sein.«

»Nein. Vorsichtig sein wäre verheerend. Ein vorsichtiger Mensch würde Mantel und Handtasche nehmen und nach Hause in seine kleine, ordentliche Wohnung gehen, um die Pflanzen zu gießen und die Katze zu füttern. Hier ist Leichtsinn angesagt.« Er ging einen Schritt auf mich zu, und eine Sekunde lang dachte ich, er würde mich küssen, doch stattdessen fing er an, mein Hemd aufzuknöpfen.

»Was tust du da?«

»Das ist mein Hemd. Ich nehme mir nur, was mir gehört.«

Später, als wir in der winzigen Kajüte lagen und durch den Spalt in Rads Hemden den Mond betrachteten, sagte ich: »Hast du mit Birdie geschlafen?«, und schämte mich dann sofort. Selbst mit einem Abstand von fast vierzehn Jahren konnte ich auf jemanden eifersüchtig sein, der so tot war wie Mozart und Hume.

Er rollte sich auf die Seite und stützte sich auf einen Ellenbogen, um mich anzusehen. »Nein, natürlich nicht. Sie war deine Schwester – ich bin nicht völlig verkommen.« Es folgte eine Pause, dann fügte er leiser hinzu: »Aber ich hätte es tun können«, und dieses kleine Aufblitzen männlicher Eitelkeit gefiel mir fast so gut wie das Dementi selbst.

»Ich habe nur gefragt, weil du damals, als du mir erzählt hast, was passiert ist, gesagt hast, du hättest gegen die Pubtür geschlagen und gerufen: ›Meine Freundin ist im See.‹«

»Wirklich? Gott, es muss ein Fluch sein, dein Gedächtnis zu haben«, sagte Rad und sah mich mit einer Mischung aus Verblüffung und Mitleid an. »Ich habe wahrscheinlich nur versucht, Aufmerksamkeit zu erregen. Es war nicht gerade der richtige Augenblick für komplizierte Erklärungen.«

»Tut mir Leid.«

»Schon gut.«

»Weißt du noch, was ich gesagt habe, als du es mir erzählt hast?«

»Abigail, ich fürchte, ich weiß nicht mehr viel von diesem Gespräch. Es ist nichts Persönliches – es ist einfach aus meinem Gedächtnis gelöscht.«

»Gut.«

Er küsste mich auf die Stirn. »Hast du je ihr Grab besucht?«

»Nur zwei oder drei Mal. Ich hatte immer Angst, Val über den Weg zu laufen. Ich bin nämlich ein Feigling. Aber es geht jemand hin, denn jedes Mal, wenn ich da war, standen frische Blumen darauf.«

»Val ist nicht nachtragend. Ich habe sie bei der gerichtlichen Untersuchung wieder gesehen, als ich aussagen musste. Danach hat sie zu mir gesagt: ›Lass dir dadurch nicht dein Leben zerstören.‹ Das hat mir mehr geholfen als alle Beratungen und die Therapie.«

»Du hast auch gesagt, Birdie hätte Half Moon Street schon gekannt.«

»Ja, sie war schon mit Val dort gewesen.«

»Mein Vater und Val haben sich dort immer getroffen. Als ich klein war, hat er mich einmal mit dorthin mitgenommen, und er hat mir erzählt, er hätte schöne Erinnerungen an den Ort, aber wir waren nie mit meiner Mutter da.«

»Vielleicht wurde Birdie dort, nun ja, empfangen«, sagte Rad, der laut dachte, hielt aber schnell den Mund, als ihm klar wurde, dass er ein Bild von meinem Vater zeichnete, über das ich lieber nicht nachdachte. »Ach, wahrscheinlich nicht«, sagte er und legte den Arm um mich. »Kannst du so schlafen?«, fragte er, als ich mich in seine Armbeuge schmiegte.

Es kam mir vor, als wäre es nur Sekunden später gewesen, als Rad mich schüttelte. Ich hatte intensiv geträumt, ausgerechnet von der *Last Night of the Proms*, und es dauerte eine Weile, bis ich das Gefühl abschütteln konnte, dass ich mich immer noch mit den Zuschauern in der Royal Albert Hall zur Musik wiegte.

»Riechst du was?«

Ich schnupperte. »Rauch.«

Er kletterte über mich zur Tür und öffnete sie. In dem Bruchteil einer Sekunde, bevor er sie wieder zuschlug, hörte ich das leise Prasseln von Feuer.

»O Scheiße, das Boot brennt«, sagte er, sprang zum Fußende und schob das Fenster auf. »Ich habe vergessen, den Gasofen auszustellen, und dieser blöde Wäscheständer muss drauf gefallen sein.« Ich hörte kaum zu: Mir dämmerte gerade, dass die Fenster zum Fluss hinausgingen, nicht zum Ufer. Betäubt sah ich zu, wie er Boxershorts und ein T-Shirt anzog. »Komm, wir müssen uns beeilen. Der Gasbehälter kann explodieren. Es sind nur knapp zwei Meter bis ins Wasser. Ich springe zuerst und fange dich auf.«

Ich schüttelte den Kopf. Mein restlicher Körper war vor Angst gelähmt. »Ich kann nicht ins Wasser springen«, sagte ich. »Ich kann's nicht. Können wir nicht versuchen, so rauszukommen?«

»Du machst wohl Witze. Da draußen ist eine Hitze wie im Backofen.« Ich wollte die Türklinke anfassen, doch er packte mich am Handgelenk. »Fass die Tür nicht an!«, schrie er, und ich wich zurück aufs Bett. »Hör zu, es sind nur ein paar Meter bis zum Ufer. Ich verspreche dir, ich lasse dich nicht ertrinken.« Wir wechselten einen Blick, der mehr zum Ausdruck brachte, als wir je über jene schreckliche Nacht in Half Moon Street hätten sagen können. »Ich will dich nicht allein hier drin lassen«, sagte er dann. »Aber ich muss zuerst springen, damit ich dich auffangen kann. Versprichst du mir, dass du nachkommst?«

Ich nickte, und er zog sich zum Fenster hoch, das nur etwa fünfzig Zentimeter hoch und breit war. Ich hörte das Platschen, dann einen Augenblick Stille und dann Rads eindringliche Stimme vor dem Fenster: »Abigail, wo bist du?« Ich zog den Schlüpfer und das Hemd an, das ich vorher getragen hatte; meine Finger fummelten an den Knöpfen herum. Selbst in einer solchen Extremsituation konnte ich den Gedanken nicht ertragen, nackt aus dem Fluss gezogen zu werden, tot oder lebendig. Bis ich Rad rausspringen sah, war mir nicht in den Sinn gekommen, dass keine Chance bestand, zuerst die Füße über das Fensterbrett zu schwingen und mich langsam herunterzulassen. Ich stieg auf das Fußende des Bettes und spähte durch das Fenster. Rads bleiches Gesicht sah aus dem tintenschwarzen Wasser zu mir herauf. »Beeil dich«, rief er. Ich lehnte mich hinaus und balancierte auf dem Bauch auf dem Metallrand des Fensters. Während ich noch zögerte, hörte ich das Krachen zerspringenden Glases aus der Hauptkajüte, und aus den Augenwinkeln sah ich Flammen über das Bootdach züngeln, und dann schloss ich die Augen und stürzte mich in die Dunkelheit.

Der Schock kalten Wassers, das sich über meinem Kopf schloss, trieb allen Atem aus meinen Lungen und mir kam die Galle hoch; ich schmeckte hinten in meiner Kehle den Tod, doch dann spürte ich Rads Arme um mich und kalte Luft auf meinem Gesicht.

»Ich hab dich. Wehr dich nicht, sonst ziehst du mich mit runter«, sagte er, und als ich fühlte, wie fest er mich hielt, und sah, wie nah wir am Ufer waren, hörte ich auf, um mich zu schlagen, und ließ mich retten.

Als wir schließlich klatschnass und zitternd im Gras saßen, tat Rad etwas sehr Seltsames. Er umarmte mich und drückte mich fest, und ich sah, dass er weinte. »Danke«, sagte er immer wieder, und einen Moment lang dachte ich, er würde zu dem Gott sprechen, an den er nie geglaubt hatte. Aber das tat er nicht; er sprach mit mir. Was ihn betraf, hatte *ich ihn* gerettet.

47

Rad nahm mein Angebot an, bei mir zu wohnen, bis das Boot repariert war. Er brachte in einem dieser Bergsteiger-rucksäcke, die Studenten mit auf Reisen nehmen, ein paar Kleidungsstücke mit, eine Zahnbürste und einen Rasierer. Es war wirklich der Rucksack, den er auf seiner Romreise mit Nicky und Frances dabei gehabt hatte. Ich hasste das Ding, wie es mit seinen langen Riemen an der Tür lehnte. »Er gibt mir das Gefühl, dass du demnächst irgendwo hingehst«, sagte ich und Rad lachte. Betreten.

Drei Mann in einem Boot war im Feuer verbrannt. »Ich werde dich immer mit Büchern in Verbindung bringen, die ich nicht zu Ende gelesen habe«, sagte Rad. »*Narziss und Goldmund, Huck Finn* und jetzt das.« Er hatte auch seinen neuen Stuhl verloren sowie alles andere in der großen Kajüte. »Da siehst du, was passiert, wenn ich anfange, raffgierig zu werden«, lautete seine Interpretation.

»Dass es gebrannt hat, lag daran, dass wir diesen beschissenen alten Wäscheständer zu nah an den Heizkörper gestellt haben. Nicht an deiner Gier.«

»Das wäre nicht passiert, wenn unsere Kleider nicht nass geworden wären. Was nicht passiert wäre, wenn du uns nicht gezwungen hättest, im strömenden Regen durch halb Kew Gardens zu rennen.«

Er tat so, als fände er die Wohnung schockierend luxuriös, war in Wahrheit jedoch ziemlich froh, in der Dusche aufrecht stehen und sich beim Fernsehen auf der Couch ausstrecken zu können. Und er starb fast vor Lachen, als er im Gästezimmer mein Rudergerät sah. »Der perfekte Sport für Nichtschwimmer«, sagte er. »Wofür trainierst du denn? Henley?«

Manchmal, wenn ich nach einer Probe oder einem

Unterrichtstag am frühen Abend nach Hause kam, saß er in der Küche, wo er etwas Ekelhaftes zum Abendessen kreierte – zum Beispiel Schweinekotelettes in Pilzsuppe oder gebackene Bohnen mit Makrelen –, und dann aßen wir gemeinsam am Küchentisch, bevor ich zu meinem Konzert ging.

Nachdem das etwa eine Woche so gegangen war, wachte ich eines frühen Morgens auf und stellte fest, dass das Bett neben mir leer war. Rad stand am Fenster und betrachtete die Wohnungen auf der anderen Seite. Bevor wir eingeschlafen waren, hatten wir über die Umstände meiner Vertreibung aus der Radley-Familie gesprochen, und wir hatten es sogar geschafft, über die Erinnerung zu lachen, wie Growth in mein Kleid verbissen hin und her schwang, während wir uns gegenseitig beschimpft hatten.

»Wenn du gewusst hättest, wie schlecht ich mich gefühlt habe, als du weg warst«, hatte Rad gesagt. »Ich war eigentlich nicht auf dich wütend. Nicht richtig. Sondern auf Dad. Aber man kann nicht mit seinem Dad Schluss machen.«

»Du hättest ans Telefon gehen oder an die Tür kommen können. Ich habe dir so viele Chancen gegeben.«

»Ich weiß, ich weiß. Aber ich hatte mir ein solches Loch gegraben, aus dem ich einfach nicht rausklettern konnte. Es war leichter, dazubleiben und zu leiden. Ich wäre letztendlich vorbeigekommen und hätte mich entschuldigt, das weiß ich. Das wollte ich immer. Aber dann, nach Birdies Tod, schien es inakzeptabel – na ja, falsch –, auch nur über mein eigenes Glück nachzudenken. Ich dachte, ich kann das nicht als Entschuldigung verwenden, um wieder mit dir zusammenzukommen. Es wäre obszön gewesen, auf irgendeine Art von ihrem Tod zu profitieren. Stattdessen habe ich mich fürs Unglücklichsein entschieden.«

Als ich aufwachte und seine Silhouette vor den Vorhängen sah, hatte ich dieselbe schlimme Vorahnung, wie man sie hat, wenn mitten in der Nacht das Telefon klingelt: Das Blut toste in meinen Ohren, mein Puls raste. *Ich kenne dich nicht*, dachte ich.

»Geht es dir gut?«, flüsterte ich. Mir kam der Gedanke, dass er vielleicht schlafwandelte.

Er fuhr zusammen und dann sackten seine Schultern ein wenig zusammen. »Ja. Danke.« Er kam zurück ans Bett und setzte sich. Er sah mir nicht ins Gesicht. »Oh Gott, hör zu.« Er riskierte einen Blick auf mich. »Ich war nicht ganz ehrlich zu dir.« Bei diesen Worten fiel die Temperatur im Raum auf Null. Meine Mutter hatte die ganze Zeit Recht gehabt.

»Du bist HIV-infiziert«, sagte ich und zog die Laken um mich herum.

»Nein, nein, so was ist es nicht. Wie kommst du denn auf die Idee?«

»Was dann?«

»Ich … Ich gehe zurück in den Senegal.«

»Wann?«

»Im Juli. Noch früher, wenn ich fit genug bin.«

»Für immer?«

»Nein, nein. Nur ein Jahr. Höchstens achtzehn Monate. Ich muss ein neues Wasserhilfsprojekt auf den Weg bringen. Dann gehe ich wieder weg.«

»Seit wann weißt du das schon?«

»Ein paar Wochen nach dem Unfall hat mich einer der Direktoren im Krankenhaus besucht und mich praktisch angefleht. Deshalb sind sie auch bei meinem Genesungsurlaub so entgegenkommend. Ich habe an dem Tag, als ich entlassen wurde, zugesagt.«

»Du hättest es mir sagen können.«

»Ich weiß. Das hätte ich, habe es aber aus Egoismus nicht getan. Ich würde dich ja bitten, mit mir zu kommen, aber ich weiß, du hast deine eigene Karriere …«

»Du könntest trotzdem fragen.«

»Kommst du mit?«

»Ich kann nicht. Ich habe meine eigene Karriere. Und meine Eltern. Und eine Katze.«

Er lächelte mich schief an. »Siehst du.«

»Können sie nicht einen anderen schicken?«

Er schüttelte den Kopf. »Ich bin schon der andere. Der Erste, den sie hingeschickt haben, ist durchgedreht. Versuch nicht, es mir auszureden. Ich fahre auf alle Fälle.«

Ich nickte langsam und versuchte herauszufinden, wie sich achtzehn Monate anfühlen würden. Was hatte ich vor achtzehn Monaten getan? »Warum hast du denn das Hausboot gekauft, wenn du wusstest, dass du wieder weggehen würdest?«

»Ich muss doch irgendwo wohnen können, wenn ich zurückkomme. Und ich wollte mir selbst beweisen, dass ich zurückkomme.«

»Musstest du mir das ausgerechnet mitten in der Nacht erzählen? Jetzt kann ich nicht mehr schlafen.«

»Tut mir Leid, ich habe schon seit Tagen auf den richtigen Moment gewartet. Ich habe gewartet, bis du in wirklich guter Stimmung warst, aber dann habe ich den Mut verloren, weil ich sie dir nicht verderben wollte. Und jetzt läuft mir die Zeit davon, weil auf Mums Party morgen bestimmt jemand davon anfängt.«

»Und du wolltest nicht, dass ich dir vor den Gästen eine Szene mache?«

»Du bist nicht der Typ, der eine Szene macht.«

»Du hast Recht. Ich habe nicht die Energie dazu«, sagte ich und legte mich mit den Armen über dem Gesicht zurück ins Kissen.

»Wenn es dir ein Trost ist: Ich hätte den Job nicht angenommen, wenn ich gewusst hätte, dass ich dich so wieder treffen würde.«

»Aber du hattest mich doch schon einmal im Barbican getroffen.«

»Du hast dich als verheiratete Frau getarnt. Das hat mir keinen großen Anlass für Optimismus gegeben.«

»Wenn du dir die Mühe gemacht hättest, auch nur ein bisschen nachzuforschen …«

»Ach, verzeih mir, dass ich mich nicht mehr angestrengt habe. Außerdem«, fügte er hinzu, »erschien es mir völlig logisch, dass du verheiratet warst. Ich meine, wer sollte dich nicht heiraten wollen?«

»Du zum Beispiel«, sagte ich, rollte mich auf den Bauch und tat so, als wollte ich schlafen.

»Doch, das würde ich. Ich meine, ich will.«

Ich lag sehr still mit dem Gesicht im Kissen und wartete auf die Pointe, den herausgezogenen Stecker.

»Wir könnten heiraten, bevor ich gehe«, sagte er. »Wenn wir uns ranhalten.«

Nicht im Entferntesten komisch, dachte ich. Unter seinem Niveau. Nach ein oder zwei Minuten tippte Rad mir auf die Schulter. »Bist du wach?«

»Meinst du das ernst?«

»Bist du interessiert?«

»Du glaubst nicht an die Ehe.«

»Okay, ich gebe zu, dass ich nie die Notwendigkeit dafür gesehen habe. Zusammenzuleben würde mir ausreichen. Aber wenn wir nicht zusammenleben können – wenigstens für eine Weile – verstehe ich, dass es vielleicht beruhigend ist, verheiratet zu sein.«

»Die Leute werden uns für verrückt halten. Zu heiraten und dann in verschiedenen Ländern zu leben.«

»Aber das ist in Ordnung, denn als du dreißig geworden bist, hast du aufgehört, dir Gedanken über die Meinung der Leute zu machen, weißt du noch? Und ich habe nie damit angefangen, also …«

»Das wird das Anstandsgefühl meiner Mutter verletzen.«

»Darf ich das als Ja verstehen?«, fragte Rad.

48

Wir werden heute nichts davon erwähnen, ja?«, sagte ich zu Rad, als wir vor Lawrences und Lexis Haus in Chiswick vorfuhren. »Es ist die Feier deiner Mum – wir dürfen ihr nicht die Schau stehlen.«

Rad sah mich ein bisschen verlegen an. »Ich habe ihnen nicht mal gesagt, dass du kommst. In der Aufregung, fast im Feuer umgekommen zu sein, habe ich ganz vergessen, es zu erwähnen. Ich weiß nicht mal, ob sie wissen, dass ich jetzt bei dir wohne. Das wird eine schöne Überraschung«, sagte er und drückte trotz meiner entrüsteten Gesten mein Bein.

Clarissa öffnete die Tür. Sie küsste Rad und musste zweimal hinsehen, bevor sie mich erkannte. »Abigail!« Sie umarmte mich – sie roch nach Parfüm – und zerdrückte dabei die Blumen, die ich für Lexi mitgebracht hatte.

»Rad, du gerissener Hund. Wo hast du sie nach all der Zeit aufgetan?«

»An meiner Angelrute«, sagte er und führte mich durch den Flur.

»Sie sind alle draußen im Garten«, sagte Clarissa und warf unsere Jacken im Arbeitszimmer in einen Sessel.

Ich ließ meinen Blumenstrauß auf den Küchentisch fallen, zu einem halben Dutzend anderer, noch im Papier und mit Karten versehen, wie Blumengrüße am Schauplatz einer Unfalls. Durch das offene Fenster konnte ich Lexi sehen, im weißen Hosenanzug, einen breiten roten Schal um ihr dunkles Haar geschlungen, wie sie Hof hielt. Ich war beunruhigt, wie wenige Gesichter ich wieder erkannte. Da war Cecile, die im Schatten auf einem Liegestuhl ruhte. Ihre Haare hatten noch denselben rotblonden Ton, mit dieser permanenten bleistiftbreiten grauen Linie am Scheitel; sie hatte sie zu einem Knoten gewunden und mit paillettenbesetzten Nadeln in Lippenform festgesteckt. Onkel Bill, der ehemalige Besitzer von Growth, pendelte zwischen den Grüppchen hin und her, in einer Hand eine Flasche Champagner, in der anderen einen Krug Orangensaft. Ich konnte weder Lawrence noch Mr. Radley irgendwo sehen. »Dein Dad ist nicht hier«, sagte ich zu Rad, als er mir ein Glas Wein reichte.

»Er wird sich verspäten«, sagte Rad. »Wenn er es überhaupt schafft.«

»Trinkt er noch?«, fragte ich. Ich heirate schließlich in diesen Genpool ein, dachte ich. Ich habe das Recht zu fragen.

»Eigentlich ist es weitgehend so wie früher. Er hat monatelang keine Probleme, und dann geht er irgendwohin – so wie hier – und trinkt so lange, bis er sich völlig zum Narren gemacht hat. Partys sind sein Untergang.«

»Und Hochzeiten?«

»Ich fürchte auch.«

Bevor wir auch nur zwei Schritte in den Garten gegangen waren, wurde Rad schon belagert. Viele Leute hatten ihn wahrscheinlich noch nicht gesehen, seit er aus dem Senegal zurück war. Alle wussten von seinem Motorradunfall, aber seine Tortur durch Feuer und Wasser war ganz neu. Ich versuchte mich zurückzuziehen, aber Rad hielt mich bei der Hand.

»Mum, ich habe jemanden für dich mitgebracht.«

Lexi quietschte überrascht und reichte ihr Champagnerglas ihrem Nachbarn, um mich richtig umarmen zu können. »Du siehst wunderbar aus«, sagte sie und schob ihre Sonnenbrille hoch auf die Stirn. Sie hatte tiefe Falten um Augen und Mund, aber die Haut auf ihren Wangen war glatt. »Ach, Rad, du bist ja verrückt«, sagte sie, als sie das Geschenkpapier von unserem Geschenk zerrte – ein neuer Putter, den sie für den Rest des Nachmittags mit sich herumtragen sollte wie einen ausgefallenen Spazierstock. »Ich hab dir doch gesagt, du sollst mir nichts kaufen.« Sie schlug versuchsweise nach einem Löwenzahn. »Aber er ist hübsch.« Ihr kam plötzlich ein Gedanke. »Dann ist Abigail also der ›Freund‹, bei dem du wohnen kannst?«

»Stimmt«, sagte Rad. »Erinner mich dran, dir unsere Telefonnummer zu geben.«

»Unsere?«, sagte Lexi und zog die Augenbrauen hoch, bevor sie sich wieder an mich wandte. »Ich bin so froh, dass du wieder aufgetaucht bist«, sagte sie, als hätte ich die dazwischenliegenden Jahre hinten in einer Schublade verbracht, und dann nahm sie meine Hände und betrachtete mich von oben bis unten. »Ich habe ein paar Kleider, die dir perfekt passen würden. Mit einem Gürtel«, räumte sie ein. »Ich darf nicht vergessen, sie dir zu geben. Von meinen anderen Freundinnen ist keine dünn genug.« Mir gefiel das »anderen«. Ich lächelte: Mich mit Lexis Sachen zu verkleiden war ein wichtiger Initiationsritus gewesen, als ich elf war – für sie hatte sich nichts geändert. Eine Sekunde lang sahen Lexis Augen aus, als würden sie tränen. »Ich kann dich nicht ansehen, ohne an Frances zu denken«, sagte sie. »Du weißt doch, dass sie in Brisbane ist?«

»Rad hat mir ihre Adresse gegeben: Wir haben uns geschrieben, und sie hat mir Fotos von sich und den Kindern geschickt.«

»Sie hat mir zum Geburtstag ein Heimvideo von der Familie geschickt«, sagte sie. »Ich habe Lawrence gestern gezwungen, einen Videorekorder zu kaufen. Als ich um Mitternacht ins Bett gegangen bin, hat er immer noch versucht, das verdammte Ding zu installieren, deshalb weiß ich nicht, ob wir es je sehen werden.«

»Ist sie gut im Kontakthalten?«

»Nicht schlecht. Besser im Telefonieren als im Schreiben. Wir waren inzwischen zwei Mal bei ihnen zu Besuch. Wenn ich wirklich alt und klapprig bin, werde ich jedes Jahr hinfahren, um dem Winter zu entfliehen. Stell dir vor, wie es wäre, nie mehr einen englischen Februar ertragen zu müssen. Du weißt doch, dass Rad mich wieder verlässt?«

»Ja. Aber nicht für immer.«

»Tja, das hat er letztes Mal auch gesagt – und dann kommt er für sechs Monate zurück und verbringt die Hälfte in Gips. Was ist mit dir? Du willst doch nicht auch irgendwohin, oder? Nein, du würdest deine Eltern nicht verlassen.« Sie warf Rad, der gerade mit Onkel Bill sprach, durch den Garten einen vorwurfsvollen Blick zu.

»Nein. Ich bleibe hier.«

»Gut, dann musst du oft zu uns kommen. Spielst du Bridge?«

Ich verneinte.

»Lawrence wird es dir beibringen. Es wird dir gefallen.«

Ich spürte bereits, wie sie sich wieder vollzog, meine Integration in die Familie. Innerhalb von Minuten würde Lexi mir Lawrences Cottage in Tarn anbieten, mich bei ihrem Fitness-Klub als Mitglied vorschlagen wollen und mich als Haussitter, Grannysitter und vierten Mann beim Bridge notieren, wenn ich nicht aufpasste. Sie war erstaunt und beeindruckt, als sie hörte, dass ich immer noch Cello spielte, und sogar in einem Orchester, das ihr ein Begriff war, das sie möglicherweise sogar schon gehört hatte, obwohl sie sich in dem Punkt nicht hundertprozentig sicher war. »Du musst mir Karten besorgen«, lautete ihr abschließender Befehl, als sie von Clarissa weggeholt wurde, um andere Gäste zu begrüßen.

Ich fand Rad am Buffet, das von einer gestreiften Überdachung geschützt mitten im Garten stand. Ab und zu wackelte die ganze Konstruktion, wenn jemand fluchend über eines der Haltetaue stolperte.

»Ich gehöre wieder zur Familie«, sagte ich, als er die oberste Frucht einer Erdbeerpyramide stibitzte. »Nach nur fünfzehn Minuten.«

»Es ist gut, dass ich ins Ausland gehe«, antwortete er. »Mums Schwiegertochter zu sein wird all deine Zeit in Anspruch nehmen – da wäre ich bloß im Weg.«

Ich protestierte. Ich hätte mir vorgestellt, zu heiraten, nicht kolonialisiert zu werden, aber Rad schnitt mir das Wort ab, indem er mir eine Erdbeere in den Mund steckte.

»Lass das«, sagte ich und versuchte, sauer zu klingen. »Die Leute werden sich schon ihren Teil denken.«

»Sollen sie doch.« Er nahm sich einen Haufen Baisergebäck und eine Faser geräucherten Lachs. »Komm, lass uns die Runde machen. Je schneller wir rum sind, desto eher können wir wieder gehen.«

Ich bin mir nicht sicher, ob die Leute bei Anlässen wie diesen einfach froh sind, einen Vertreter der nächsten Generation zu sehen, oder ob Rad so beliebt war, weil er Lexis Sohn oder schlicht er selbst war, aber in diesem Garten schien er ein beneidenswertes Maß an Berühmtheit erlangt zu haben. Selbst die Freunde von Lexi, die er nicht kannte, wussten alles über ihn. Nachdem ich Rad zugehört hatte, wie er ein halbes Dutzend Mal dieselben Fragen über den Senegal, seinen Motorradunfall und die fast völlige Einäscherung der *Wentworth* beantwortete, fiel mir ein, dass ich unseren Gastgeber noch gar nicht gesehen hatte, deshalb ging ich zum Buffet zurück, nahm mir etwas Hühnchen und begab mich nach drinnen.

In der Küche war Clarissa dabei, Blumen in Vasen, Eimer und Bierkrüge zu stellen. Der Boden war mit Blättern übersät.

»Ist Lawrence hier irgendwo?«

Sie unterbrach ihre Tätigkeit, die darin bestand, mit einem Fleischklopfer die Enden einiger langstieliger Rosen kaputtzuschlagen. »Versucht wahrscheinlich immer noch, den Videorekorder zu installieren.« Sie warf einen Blick auf meinen Teller. »Oh, das ist eine gute Idee – bring ihm was zu essen. Wenn er so weitermacht, verpasst er noch die ganze Party.«

Ich fand ihn im Wohnzimmer, wo er umgeben von Plastik, Pappe und großen Styroporbrocken auf dem Boden hockte. Vor ihm stand der Videorekorder, und auf dem Display blinkten bedrohlich die Buchstaben ERR auf. Er studierte eine Bedienungsanleitung, die in Stücke gerissen und dann mit Tesafilm wieder zusammengeklebt worden war.

»Ich kann einfach nicht ... Ach, dieses verdammte ...«, sagte er gerade mit zusammengebissenen Zähnen, als ich mich mit einem Hüsteln bemerkbar machte. Er drehte sich um und einen Augenblick lang blieb seine Stirn gerunzelt, doch dann sah man ihm an, dass er mich erkannte und sich freute, mich zu sehen. »Abigail, was für eine nette Überraschung.« Er stand auf und küsste mich auf beide Wangen. Seine Haare waren inzwischen ziemlich weiß, aber er hatte noch viele davon und sein Gesicht war gebräunt. Er sah immer noch gut aus. Er deutete anklagend mit dem Finger auf mich. »Du bist mit Rad gekommen, stimmt's?«

Ich nickte. »Es ist so schön, alle wieder zu sehen.« Wir betrachteten das Chaos um uns herum.

»Du hast mir gerade geholfen, ein paar Hundert Pfund zu sparen«, sagte er.

»Wie das?«

»Wenn du nicht reingekommen wärst, hätte ich das Ding aus dem Fenster geworfen.«

»Wie ich sehe, ist die Bedienungsanleitung bereits leicht strapaziert worden«, sagte ich lächelnd.

»Das war gestern um Mitternacht, als Lexi mir vorgeworfen hat, ich würde die Anweisungen nicht richtig lesen. Weißt du, ich glaube nicht, dass Männer ihre Frauen wegen großer Sachen wie Ehebruch umbringen. Ich glaube, es sind Kleinigkeiten – wie das hier.«

Ich nickte. »Ich habe erst neulich in der Zeitung von einem Mann gelesen, der seine Geliebte bei einem Streit darüber umgebracht hat, wie man am besten ein Hühnchen mariniert.«

»Genau«, sagte Lawrence. »Ich hoffe, die Geschworenen waren nachsichtig.«

»Möchtest du etwas Hühnchen?«, fragte ich und bot ihm meinen unberührten Teller an. »Du wirst nichts mehr zu essen bekommen, wenn du nicht aufpasst.«

Er nahm dankbar an. »Du bist sehr freundlich. Du kommst doch demnächst mal vorbei und besuchst uns richtig, oder? Lexi wird Trost brauchen, wenn Rad weggeht.«

Das versprach ich. »Aber ich spiele kein Bridge«, warnte ich ihn.

»Ach, das ist schon in Ordnung. Ich bin sicher, dass Lexi andere Wege findet, wie du dich nützlich machen kannst!« Wir lachten verschwörerisch.

Kurz bevor ich ging, um mich wieder unter die Partygäste zu mischen, zeigte Lawrence mir ein Bild an der Wand. Es war die Aquarellzeichnung eines Steincottages, Rittersporn und Geranien im Vordergrund, dahinter Felder und Wäldchen und ein felsiges Plateau am Horizont. Es war ziemlich gut.

»Lexi hat es gemalt«, sagte er, hoch erfreut über mein überraschtes Gesicht. »Es ist unser Cottage in Frankreich. Es hat sich herausgestellt, dass sie in dieser Richtung einiges Talent hat.«

Im Garten fragte Lexi aus einem bequemen Liegestuhl heraus ihre Gäste, ob sie Ahnung von elektrischen Geräten hatten. Rad saß im Schatten eines Apfelbaums, aß sein fünftes Baiser und lauschte einem Vortrag Ceciles über den Verfall der Sitten. Sie hatte beobachtet, dass Männer seiner Generation nicht mehr aufstanden, wenn eine Frau ins Zimmer kam. Rad wollte wissen, ob die Regel auch für Gärten galt. »Ich meine, hier gehen dauernd Leute hin und her: Ich würde die ganze Zeit auf und ab springen wie ein Stehaufmännchen.« Trotzdem bot er mir seinen Stuhl an und wollte mir gerade eine Schüssel Erdbeeren holen, als von drinnen ein gedämpftes Heulen kam. Einen Augenblick später erschien Lawrence in der Verandatür und winkte mit einem weißen Taschentuch.

»Ach, lass den Apparat und feiere mit«, sagte Lexi. »Wir werden jemanden kommen lassen müssen.« Ich konnte mir vorstellen, wie sie später ihr Adressbuch durchblätterte.

Bald darauf, als die meisten Gäste aufbrachen, signalisierte Rad, dass er gehen wollte.

»Bleib sitzen«, sagte er eindringlich und ließ eine Hand auf Lexis Schulter, als er ihr einen Abschiedskuss gab.

»Ruf mich nächste Woche an, Abigail, dann verabreden wir, wann du vorbeikommst«, sagte Lexi aus dem Liegestuhl.

Ich sagte, ich würde es mir notieren, gratulierte mir selbst dazu, ohne die Kleider entkommen zu sein, und wir winkten den restlichen Gästen zum Abschied zu.

Die Haustür hatte sich gerade hinter uns geschlossen, als vom Bordstein unten ein lautes Hupen ertönte und ein Mann in einem schmutzigen weißen Kombi ungeduldig gestikulierte. Er schien durch ein riesiges, flaches Brett in seinen Bewegungen beschränkt zu sein, das so lang war wie das Auto und sich von der Heckscheibe bis zu seinem Nacken erstreckte, sodass er fast gegen das Lenkrad gedrückt wurde.

»Ach verdammt!«, sagte Rad. »Wären wir doch nur zwei Minuten früher gegangen!« Er ging mit großen Schritten auf das Auto zu und öffnete die Beifahrertür.

»Steh nicht rum, mach den Kofferraum auf«, befahl der Mann, riss den Schlüssel aus der Zündung und warf ihn Rad zu. Erst als ich seine Stimme hörte, erkannte ich Mr. Radley. Gemeinsam schafften Rad und ich es, das Paket aus dem Auto zu ziehen, das etwa einsachtzig mal einszwanzig war, in braunes Papier gewickelt, und sich als erstaunlich leicht erwies. Wir stellten es auf den Bordstein und lehnten es an den Kotflügel, während Mr. Radley zerknautscht und mitgenommen auf der Fahrerseite ausstieg. Er war dicker und kahler, und zum Ausgleich für das sich verringernde Haar auf dem Kopf hatte er sich einen ziemlich üppigen Bart wachsen lassen. »Ich bin den ganzen Weg von Highbury hergefahren«, klagte er und nahm mich immer noch nicht zur Kenntnis. »Wenn mir jemand hinten drauf gefahren wäre, wäre ich enthauptet worden.« Er sah mich mit zusammengekniffenen Augen an wie jemand, der eine Brille tragen musste, es aber nicht tut. »Es ist *Blush*. Einen Augenblick lang dachte ich, Rad hätte eine neue Freundin«, sagte er und führte mich mit ein paar knappen Worten wieder in die ihm eigene Taktlosigkeit ein. »Was hast du denn in all den Jahren getan? Verheiratet? Kinder?«

»Nein, nichts dergleichen.«

»Rad auch nicht. Vielleicht könntet ihr euch gegenseitig heiraten.« Er wandte sich an Rad. »Du könntest es viel schlechter treffen. Ernsthaft.«

»Danke«, sagte Rad. »Ich werde es mir merken.«

»Aber ich kann hier nicht rumstehen und plaudern«, sagte Mr. Radley, als wären wir diejenigen, die ihn aufgehalten hatten. »Sonst verpasse ich noch die Party.«

»Die hast du schon verpasst«, sagte Rad. »Du bist drei Stunden zu spät.«

»Ist deine Mutter wütend?«, fragte er.

»Nein. Irgendwie haben es die anderen dreißig Gäste geschafft, alles zusammenzuhalten.«

»Schon gut, schon gut, du brauchst nicht sarkastisch zu werden. Sie wird mir sowieso alles verzeihen, wenn sie mein Geschenk sieht. Ein so unglaublicher Glücksfall.«

»Was ist es denn?«, fragte Rad und versuchte, durch einen Riss im braunen Papier zu spähen.

»Ich habe immer bedauert, dass ich es verkauft habe, weil es schließlich eine Hommage war. An deine Mutter. Und ungefähr vor sechs Wochen habe ich mich in Camden in einem Trödelladen umgesehen – na ja, eigentlich ein Antiquitätenladen –, und da habe ich es wieder gefunden. Ich vermute, der Käufer ist gestorben, und die Entrümpelungsfirma hat alles mitgenommen. Hinten drauf war noch der Aufkleber – Zweiter Preis: Lazarus Ohene. Ich kann es kaum erwarten, ihr Gesicht zu sehen.«

»Worüber lachst du?«, fragte Rad, als wir zurück in die Stadt fuhren.

»Das ist ein Familiengeheimnis«, sagte ich. »Hör zu ...«

49

Das war vor ein paar Monaten. Inzwischen bin ich glücklich verheiratet und allein. Rad ist in den Senegal gegangen, den ich mir auf der Times-Weltkarte an meiner Küchenwand ansehe, mir aber nicht vorstellen kann. Er schreibt oft – unerwartet lustige, romantische Briefe ohne jede Spur *National Geographic*. Manchmal ruft er an, aber normalerweise ist die Verbindung schlecht, wir müssen schreien, und Koseworte verlieren an Zauber, wenn sie gebrüllt werden. Er scheint mir dann weiter weg zu sein statt näher, deshalb sind mir die Briefe lieber. Die Restaurierungsarbeiten an der *Wentworth* sind fast abgeschlossen. Sonntags fahre ich manchmal hin und kontrolliere, wie weit sie fortgeschritten sind. Dann liege ich auf dem Bett und sehe durch die neuen Vorhänge, die ich genäht habe, zum Mond und denke darüber nach, dass achtzehn Monate keine lange Zeit sind, um auf das Glück zu warten, dass die Zeit schnell vergeht, auch wenn wir es wollen, und dass nichts – Schmerz, Ekstase, selbst Tattoos – ewig währen kann.